Evie Dunmore

Evie Dunmore a une passion pour l'Angleterre du XIXe siècle, notamment la période victorienne. Fascinée par les femmes pionnières de cette époque, elle s'inspire de ces destins singuliers dans ses romans. Saluée comme une nouvelle voix de la romance avec sa série *Les rebelles d'Oxford*, elle est membre de la British Romantic Novelists' Association (RNA).

La réputation perdue de lord Ballentine

Aux Éditions J'ai lu

LES REBELLES D'OXFORD

1 – Panique chez les Montgomery
N° 13221

EVIE

DUNMORE

LES REBELLES D'OXFORD – 2

La réputation perdue de lord Ballentine

Traduit de l'anglais (États-Unis)
par Cécile Desthuilliers

J'AI LU

Si vous souhaitez être informée en avant-première
de nos parutions et tout savoir sur vos auteures préférées,
retrouvez-nous ici :

www.jailu.com

Abonnez-vous à notre newsletter
et rejoignez-nous sur Facebook !

Titre original
A ROGUE OF ONE'S OWN

Éditeur original
A Jove Book
Published by Berkley, an imprint of Penguin Publishing Group,
a division of Penguin Random House LLC.

La Régence anglaise, qu'est-ce que c'est ?

Pour la plupart d'entre nous, la Régence, période de l'histoire anglaise très prisée des auteures de romances historiques, est une notion très vague. La Régence au sens strict ne dure que de 1811 à 1820 et correspond à la fin du règne de George III. Mais le terme de « Régence anglaise » désigne parfois une période plus étendue, de 1795 jusqu'au règne de la reine Victoria.

Ah, la Régence ! Les bals de la saison londonienne, avec ses robes somptueuses et ses pierreries étincelantes ! Ainsi parées, les débutantes ne sont là que dans un seul but : décrocher un époux titré. Pourtant, sous certains corsets et coquets chapeaux, couvent d'autres envies que celles de devenir épouse et mère – ou, pire, gouvernante, pour qui a eu la malchance de naître au sein de la noblesse désargentée. Quant à étudier ou à avoir une carrière, quelle absurdité !

Mais la révolte gronde sous les crinolines. Jane Austen fait de ses héroïnes des femmes à l'intelligence vive et à la langue acérée. Des pionnières avides d'égalité et de connaissances s'emparent de la cause des femmes et finissent par obtenir la création de collèges d'enseignement réservés aux femmes, à Oxford même, en 1879. Et, en 1882, la loi sur la propriété des femmes mariées est amendée : celles-ci peuvent désormais conserver la propriété des biens qu'elles apportent dans le mariage.

À sa façon, la Régence arrime ainsi solidement la société britannique à la modernité

À Brad et à Judy, les personnes les plus authentiquement généreuses, qui me font toujours donner le meilleur de moi-même.

1

Buckinghamshire, été 1865

Une demoiselle ne se vautrait pas à plat ventre sur le tapis derrière le canapé de la bibliothèque pour jouer aux échecs contre elle-même et ne se gavait pas de confiseries avant le petit déjeuner. Lucie savait tout cela, mais c'étaient les vacances d'été les plus déprimantes qu'elle eût jamais connues. Depuis son retour d'Eton, Tommy était devenu un horrible petit prétentieux qui refusait désormais de jouer avec les filles. Cecily, une cousine qui venait d'arriver à la maison, pleurait pour un oui ou pour un non. Et Lucie, à tout juste treize printemps, était trop jeune pour se laisser poliment périr d'ennui. Mère aurait sans doute considéré cela comme une fin glorieuse… mais, aux yeux de la comtesse de Wycliffe, tout valait mieux que se comporter comme un garçon manqué.

Un silence paisible régnait dans la bibliothèque, où flottaient des senteurs de cuir et de poussière. Le soleil matinal éclairait l'échiquier, faisant étinceler la reine blanche tel un phare dans la nuit. Elle était en péril. Un audacieux cavalier lui avait tendu un piège, et Sa Majesté avait le choix entre se sacrifier pour protéger le roi ou abandonner lâchement celui-ci.

Lucie laissait sa main planer au-dessus de la couronne d'ivoire poli, indécise, quand elle entendit des pas rapides dans le couloir. Elle reconnut aussitôt le claquement des talons de sa mère. Étrange. La comtesse de Wycliffe ne courait jamais. Il y avait également d'autres pas, plus lourds.

Soudain, la porte s'ouvrit à la volée.

— Comment avez-vous pu ? s'exclama lady Wycliffe. Comment avez-vous pu !

Lucie tressaillit. La voix de sa mère tremblait de rage. Puis le battant de chêne fut refermé dans un claquement si violent que le plancher vibra.

— Et sans la moindre discrétion ! Dans la salle de bal ! ajouta la comtesse.

— Allons, devez-vous vraiment faire un tel tapage ?

L'estomac de Lucie se noua. C'était son père. Elle aurait reconnu entre mille ses inflexions tranchantes et son timbre froid et désabusé.

— Tout le monde le savait. Et pendant ce temps, j'étais alitée à la maison, ignorant tout !

— Bonté divine, comment la femme de Rochester peut-elle prétendre qu'elle est votre amie, cela me dépasse ! Elle vous rebat les oreilles avec ses ragots, et maintenant, regardez-vous ! Vous avez l'air folle à lier. Bon sang, j'aurais dû la renvoyer chez elle dès hier soir. Il faut dire que c'est bien elle de s'inviter à une heure indue.

— Elle reste ici, décréta mère. Dans cette fosse grouillante de vipères, j'ai besoin d'au moins une personne honnête à mes côtés.

Père éclata de rire.

— Lady Rochester, une personne honnête ? Avez-vous vu son fils, ce minable rouquin ? Je suis prêt à parier mille livres qu'il n'est pas de Rochester.

— Et vous-même, Wycliffe ? Combien d'enfants illégitimes avez-vous eus de vos maîtresses ?

— Voilà qui est indigne de vous, madame.

Un silence tomba sur la pièce, pesant comme une chape de plomb. Le cœur de Lucie battait à tout rompre dans sa poitrine, si fort qu'elle s'étonnait que ses parents ne l'entendent pas.

Puis un sanglot étouffé s'éleva dans l'air, aussi douloureux qu'un coup de poing. Mère pleurait.

— Je vous en supplie, Thomas. Qu'ai-je fait de mal pour que vous n'ayez même pas la délicatesse de vous montrer discret ?

— Vous me demandez d'être discret ? Alors qu'on entend vos glapissements à des lieues à la ronde ?

— Je vous ai donné un fils, gémit-elle. J'ai failli perdre la vie en mettant Tommy au monde, et voilà que vous m'humiliez avec cette… cette créature, au vu et au su de tous !

— Sainte Patience, priez pour moi ! Pourquoi m'a-t-on infligé une épouse aussi geignarde ?

— Je vous aime tant, Thomas… Pourquoi, pourquoi ne pouvez-vous m'aimer en retour ?

Un grondement impatient s'éleva.

— J'ai bien assez d'affection pour vous. Et, sachez-le, vos crises d'hystérie ne m'aident pas.

— Pourquoi doit-il en être ainsi ? sanglota sa mère. Pourquoi ne vous suffis-je pas ?

— Parce que, ma chère, je suis un homme. Et maintenant, j'aimerais rester tranquille dans ma bibliothèque, je vous prie.

Après un silence indécis, Lucie entendit un hoquet qui ressemblait à un cri de défaite.

De l'autre côté du canapé, la massive porte de chêne se referma. À présent, le rugissement de son propre pouls assourdissait littéralement Lucie. Avec son bonbon toujours dans la bouche, elle commençait à avoir du mal à respirer, mais elle craignait d'être entendue.

Elle devait tenir. S'interdire de respirer.

Elle entendit le déclic d'un briquet. Wycliffe venait d'allumer une cigarette. Puis il y eut un craquement sur le plancher, du cuir qui grinçait. Il s'était assis dans son fauteuil.

Les poumons de Lucie étaient en feu, ses doigts plus blancs que des os. Contre les motifs en spirale du tapis, on aurait dit des griffes.

Elle garda pourtant le silence. Devant ses yeux, le roi et la reine n'étaient plus que des taches floues.

Elle pouvait tenir.

L'obscurité gagna les lisières de sa vision. Elle avait l'impression que plus jamais elle ne respirerait de nouveau.

Un froissement de papier. Le comte venait d'ouvrir le journal du matin.

Dans la fraîche verdure des bois de Wycliffe Park, à une lieue de la bibliothèque, Tristan Ballentine, second fils du comte de Rochester, venait de décider qu'il passerait désormais tous ses étés à Wycliffe Hall. Sans doute, pour mettre ce plan en application, devrait-il se lier d'amitié avec Tommy, le Pire Prétentieux d'Eton, mais rien que pour les promenades solitaires du matin, cela en vaudrait la peine. Contrairement aux jardins de son fief familial, où chaque buisson était impeccablement taillé, à Wycliffe Park on laissait libre cours à la nature. Les vieux arbres se tordaient, les buissons s'étendaient, les délicates fragrances des fleurs de la forêt embaumaient l'air, et Tristan avait trouvé l'endroit idéal pour lire Wordsworth : une clairière circulaire au bout d'un chemin creux, au centre de laquelle trônait une pierre dressée.

La rosée mouilla le bas de son pantalon quand il contourna le monolithe. Avec sa surface patinée et sa forme haute, on aurait dit un être surnaturel figé dans la pierre depuis la nuit des temps. Bien sûr, à présent qu'il avait douze ans, Tristan n'avait plus l'âge de croire aux lutins et autres créatures féeriques. Son père le lui avait fait comprendre sans la moindre ambiguïté. Ainsi, la poésie était strictement interdite à Ashdown Castle. Les vers romantiques ne s'accordaient pas du tout avec la devise des Ballentine, « Avec vigueur et valeur », mais ici, qui le surprendrait ? Personne ne le verrait lire son exemplaire des *Ballades lyriques* de Wordsworth et de Coleridge.

Il ôta sa veste, l'étendit sur l'herbe et s'y allongea à plat ventre. Le fin lainage de son pantalon lui fit aussi mal qu'une cotte de mailles quand il s'étendit sur le dos, où sa chair à vif le faisait gémir de douleur. Son père lui inculquait ses leçons à coups de fouet et, la veille, le comte s'était montré particulièrement zélé. Une fois de plus. Voilà pourquoi mère avait emmené Tristan – et ses livres de poésie – passer l'été chez son amie lady Wycliffe.

Il chercha une position confortable, en vain. Alors, renonçant à jouer les héros, il déboutonna son inconfortable pantalon.

Il s'apprêtait à l'ôter quand le sol se mit à trembler.

Il se figea. Puis, saisissant sa veste, il se redressa d'un bond et s'éloigna. À peine avait-il pris refuge derrière la pierre levée qu'un cheval noir au galop apparut dans le chemin creux.

L'animal, magnifique, luisait de sueur, et de l'écume volait de son mors. C'était exactement le genre de destrier que chevauchaient les rois et les héros. Il pila net dans la clairière, ses sabots aussi grands que des assiettes faisant voler des mottes de terre.

Tristan laissa échapper un hoquet de stupeur.

Le cavalier n'était pas un roi ni un héros. Ce n'était même pas un homme.

C'était une fille.

Certes, elle portait des bottes et un pantalon et montait à califourchon comme un garçon, mais aucun doute n'était permis. C'était une fille. Quand l'étalon fit halte et tourna sur lui-même, Tristan vit une cascade de cheveux d'or pâle ruisseler dans le dos de la cavalière, la drapant tel un voile de soie.

Même s'il l'avait voulu, il n'aurait pas pu bouger. Il la dévisagea, médusé. Était-elle réelle ? Elle avait un visage délicat en forme de cœur, des traits parfaits, des sourcils fins et arqués et un menton petit mais résolu. *Un elfe.*

Un elfe en colère, s'il en jugeait par ses joues rouges et ses lèvres pincées d'un air furieux. Elle semblait prête à se jeter dans la bataille, montée sur son grand cheval noir.

Quand elle se laissa glisser de la selle, Tristan se recroquevilla derrière la pierre. Il aurait dû se montrer, songea-t-il, la bouche soudain parcheminée, mais les mots lui manquaient. Que disait-on à une personne aussi belle, aussi sauvage, aussi fascinante ?

Elle atterrit souplement sur ses pieds et murmura quelques paroles douces à l'animal, puis plus rien.

Tristan glissa un regard discret derrière la pierre. Personne. Sans un bruit, il se laissa tomber à quatre pattes et s'avança. Encore un peu… Enfin, il aperçut la jeune fille étendue sur le dos dans l'herbe, les bras écartés.

Il continua sa prudente progression, puis se redressa et la regarda.

Elle avait fermé les yeux. Ses cils épais ombraient ses joues d'ivoire, et sa chevelure d'or pâle l'auréolait tels les rayons d'un froid soleil d'hiver.

Le cœur de Tristan se mit à battre la chamade. Une sourde douleur monta du plus profond de son être, une espérance fiévreuse, une crainte révérencielle... La vie lui offrait une chance inouïe, et il était désespérément incapable de la saisir ! Il ignorait qu'une telle créature existât, sinon dans les contes de fées et les sagas nordiques qu'il dévorait en secret.

Soudain, un piaffement menaçant brisa le silence. L'étalon approchait, oreilles aplaties, babines retroussées.

— Enfer ! marmonna le jeune garçon.

Aussitôt, la fille rouvrit les yeux. Ils se dévisagèrent. Elle était toujours étendue dans l'herbe, et lui debout au-dessus d'elle.

Puis, plus vive que l'éclair, elle sauta sur ses pieds, sa badine à la main.

— Vous ! s'écria-t-elle. Vous n'avez rien à faire ici !

Il l'avait crue plus petite, mais elle était presque aussi grande que lui.

Incapable d'effacer de son visage un sourire idiot, il répliqua :

— Oh, mais je suis...

Deux yeux d'argent en fusion le fusillèrent.

— Le fils de lady Rochester, je sais.

Il eut au moins la présence d'esprit de la saluer d'un hochement de tête. Plutôt réussi, à son avis.

— Tristan Ballentine, à votre service.

— Vous étiez en train de m'espionner !

— Non ! Enfin, si. Un peu, admit-il à contrecœur.

Il se souvint alors que le haut de son pantalon était entrouvert. Dans un réflexe, il voulut le fermer.

La fille baissa les yeux vers ses mains, puis elle émit un hoquet de stupeur.

Un instant plus tard, elle avait levé la main et, dans un sifflement, sa badine avait fendu l'air en direction du visage de Tristan. Une brûlure cuisante lui embrasa la joue gauche. Il recula en titubant, une main sur sa pommette, désorienté par la douleur.

Quand il retira sa main, ses doigts ruisselaient de sang.

Il se tourna vers la jeune fille.

— Je n'ai rien fait pour mériter cela, dit-il.

Une lueur d'indécision, peut-être de remords, atténua brièvement la rage qui luisait dans le regard de la fille. Puis elle agita de nouveau sa badine d'un geste résolu.

— Vous n'avez encore rien vu, menaça-t-elle. Fichez-moi la paix, sale petit rouquin.

Le visage de Tristan le brûla de plus belle, mais cette fois ce n'était pas à cause du coup reçu. Il savait qu'il n'avait pas grandi d'un pouce depuis son anniversaire et commençait à craindre de ne pas avoir hérité de la haute taille qui était la marque des Ballentine. Son frère Marcus ne le surnommait-il pas « l'avorton » ? Il serra son poing poisseux de sang. Si elle avait été un garçon, il l'aurait rouée de coups, mais un gentleman ne levait pas la main sur une femme. Jamais. Même si elle lui donnait envie de hurler de rage. Marcus aurait su s'occuper de cette harpie et de son fouet. Tristan, lui, ne put que battre précipitamment en retraite, la pommette en feu, oubliant les *Ballades lyriques* dans l'herbe humide.

2

Londres, 1880

Si Lucie était née homme, jamais elle ne se serait trouvée dans une telle situation. On ne l'aurait pas fait attendre dans une antichambre où flottait une odeur de renfermé, à compter les minutes qu'égrenait laborieusement une antique horloge murale. Le secrétaire ne lui aurait pas jeté des regards soupçonneux depuis son petit bureau méticuleusement ordonné. D'ailleurs, elle n'aurait même pas eu besoin de se déplacer ce jour-là. M. Barnes, éditeur et propriétaire de la moitié de la maison d'édition London Print, aurait signé le contrat depuis des jours. Au lieu de cela, il « rencontrait des obstacles » pour mener à bien leur arrangement. Naturellement. Il y avait les choses qu'une femme pouvait faire pour la simple raison qu'elle était une femme, comme s'évanouir pour une broutille, et les choses qu'une femme ne pouvait pas faire, également parce qu'elle était une femme. Et manifestement, une femme ne pouvait pas acheter cinquante pour cent d'une maison d'édition.

Elle laissa sa tête retomber contre le lambris sombre… avant de se rappeler, trop tard, qu'elle portait un chapeau quand le couvre-chef s'écrasa contre le bois en protestant.

Au nom du Ciel, elle touchait presque au but ! Barnes et elle avaient échangé une poignée de main qui scellait leur accord. Apparemment, il était pressé de vendre ses parts pour s'en aller aux Indes. Comme bien souvent dans le combat qu'elle menait, tout n'était qu'une question de temps. Hélas, la patience n'était pas sa vertu première.

Derrière ses paupières alourdies par la lassitude, son esprit explora paresseusement la maison London Print. Vu de l'extérieur, le siège de l'éditeur offrait une apparence moderne et séduisante. L'immeuble de trois étages à la façade de granit grise et lisse était situé dans une rue de Londres où les prix ne cessaient de monter. Cela convenait parfaitement à une entreprise dont les deux périodiques phares atteignaient chaque mois plus de quatre-vingt mille lectrices des classes moyennes et supérieures. Toutefois, les étages réservés aux bureaux étaient aussi ternes que les choix éditoriaux de cette maison – les tables étaient trop petites, les pièces trop sombres et l'entrée réservée à la seule femme qui travaillait ici, la fille de M. Barnes, qui officiait en tant que dactylographe, faisait passer par un escalier de service étroit envahi de toiles d'araignée. Si Lucie s'occupait sérieusement de cet endroit, cette entrée serait la première chose qu'elle éliminerait.

Le léger tintement d'une sonnette lui fit entrouvrir les paupières.

Le secrétaire venait de se lever.

— Lady Lucinda, si vous voulez bien me suivre.

Quand elle entra dans le bureau de M. Barnes, il s'approcha d'elle de son habituelle démarche pressée, lui prit son chapeau et sa veste de tweed pour les suspendre à un portemanteau déjà surchargé, puis lui proposa une tasse de thé tandis qu'elle s'asseyait devant son bureau. Elle déclina son offre. Elle avait un train à attraper pour rentrer à Oxford.

Depuis son petit bureau de dactylographe dans un angle de la pièce, Mlle Barnes lui lança des regards à la dérobée. Lucie la salua d'un hochement de tête. Aussitôt, l'autre baissa les yeux vers sa machine à écrire. Bonté divine, Lucie était la dirigeante du mouvement pour le suffrage féminin, pas une criminelle en liberté ! Mais, manifestement, pour bien des gens, c'était du pareil au même...

M. Barnes lui jeta un regard tout aussi méfiant.

— C'est le conseil d'administration, plaida-t-il. Il se demande pourquoi cela vous intéresse de reprendre des titres tels que *The Home Counties Weekly* ou *The Discerning Lady's Magazine.*

— Pas de les reprendre, rectifia-t-elle, mais d'en être copropriétaire. Quant à mes raisons, elles n'ont pas varié. Ces magazines connaissent une diffusion remarquable, touchent un large lectorat et disposent encore d'une grande marge de progression. Par ailleurs, en faisant l'acquisition de *Pocketful of Poems*, vous avez démontré que London Print pouvait s'introduire avec succès sur le marché du livre. Toute personne ayant des visées sur le monde de l'édition serait intéressée, monsieur Barnes.

Et, plus important encore, il n'y avait que deux autres actionnaires, chacun possédant vingt-cinq pour cent de London Print. Non seulement aucun d'eux ne serait majoritaire, mais l'un d'entre eux, apparemment, résidait à l'étranger. En d'autres termes, elle aurait les coudées franches pour prendre les décisions éditoriales.

— Tout cela est exact, acquiesça M. Barnes, mais jusqu'à notre dernier entretien, le conseil ignorait que vous étiez derrière le consortium d'investissement.

— Je crains de ne pas comprendre en quoi cela pourrait affecter notre accord.

Le crâne luisant de sueur, M. Barnes tira sur sa cravate d'un geste nerveux. Lucie exerçait invariablement cet effet sur les hommes. Elle les mettait mal à l'aise.

— C'est parce que vous êtes très puissante, lui avait expliqué son amie Hattie. Peut-être devriez-vous essayer de vous montrer plus souriante, cela les rassurerait.

Juste pour voir, elle étira les lèvres en regardant M. Barnes.

Une lueur d'effroi passa dans le regard de celui-ci.

Avec des gestes théâtraux, il ôta ses lunettes et les plia, avant de la regarder enfin dans les yeux.

— Madame, dit-il, permettez-moi d'être franc...

— Je vous en prie, répondit-elle.

La franchise avait toujours été son mode de communication préféré.

— Vous êtes assez active en politique, commença-t-il.

— Je dirige le mouvement des suffragettes de Grande-Bretagne, précisa-t-elle.

— Tout à fait. Et, en tant que telle, vous êtes probablement consciente d'être... hum... une personnalité publique assez controversée. Je crois d'ailleurs l'avoir lu récemment dans un article du *Times*.

— Les termes exacts de l'article étaient « dangereuse provocatrice » et « insupportable mégère », rectifia-t-elle.

— Eh bien... en effet, concéda-t-il d'un air gêné. Vous comprendrez donc que le conseil d'administration se demande pourquoi une personne qui conteste ouvertement l'ordre social souhaite acquérir des magazines aussi convenables. Sans parler d'un recueil de poèmes romantiques.

— On dirait que le conseil me soupçonne d'avoir des projets cachés, monsieur Barnes, répondit-elle d'un ton égal. De chercher à semer la révolte chez les femmes respectables par le biais du *Home Counties Weekly*, plutôt que de vouloir simplement faire une affaire intéressante.

— Ah, ah ! s'esclaffa-t-il.

Sans le moindre doute, c'était exactement ce qu'il redoutait.

— Non, bien sûr, reprit-il d'un ton plus sérieux. Vous ne feriez que perdre toutes vos abonnées.

— C'est exactement mon avis. Laissons donc *The Female Citizen* se charger de semer la révolution !

À la mention du journal aux vues radicalement féministes, M. Barnes tressaillit, mais il se ressaisit rapidement.

— Avec tout le respect que je vous dois, madame, l'édition exige une passion pour les sujets abordés et une connaissance intime de son lectorat. *The Discerning Lady's Magazine* et *The Home Counties Weekly* s'intéressent à l'univers des femmes d'un bon milieu social.

— Cela ne devrait pas être un problème, puisque je suis moi-même issue d'un bon milieu social, répondit-elle poliment.

« Ce qui n'est pas votre cas, monsieur Barnes », s'interdit-elle d'ajouter.

Il parut un peu perdu.

— Certes, mais ces titres promeuvent des centres d'intérêt féminins des plus respectables. La mode, le foyer, une vie de famille heureuse et chaleureuse…

Il se tourna vers le coin de la pièce d'où l'on n'entendait plus monter le cliquetis de la machine à écrire depuis un petit moment.

— N'est-ce pas, Beatrix ?

— Tout à fait, papa, répondit-elle aussitôt.

Manifestement, elle n'avait pas perdu un mot de leur échange.

Lucie se tourna vers elle.

— Mademoiselle Barnes, lisez-vous *The Home Counties Weekly* et *The Discerning Lady's Magazine* ?

— Naturellement, madame. Chaque numéro.

— Êtes-vous mariée ?

Mlle Barnes rougit comme une pivoine.

— Non, madame.

— Voilà qui est sage, approuva Lucie.

Puis, se tournant vers M. Barnes, elle poursuivit :

— Puisque Mlle Barnes est une lectrice avide de ces deux titres, j'en déduis que le fait d'être une femme célibataire n'empêche pas d'être ouverte à des centres d'intérêt féminins *respectables*.

À présent, il semblait totalement perdu.

— Oui, dit-il en se ressaisissant, mais ma fille lit ces journaux parce qu'elle espère atteindre ces objectifs, et dès que possible.

Ah.

Contrairement à elle, qui ne nourrissait aucun de ces projets. *Un foyer. Une vie de famille heureuse.* Elle en oublia un instant le fil de ses pensées. C'était absurde – elle n'aurait pas dû se laisser déstabiliser aussi facilement –, mais Barnes avait dit vrai. Elle ne possédait pas ces qualités qui plaisaient aux hommes, la silhouette aux courbes rondes ou les yeux de biche de Mlle Barnes, promesses de tout le confort domestique dont un mari pouvait rêver.

Non seulement elle était une activiste politique mais, à bientôt trente ans, elle était presque une vieille fille qui n'intéressait plus aucun gentleman célibataire du royaume. D'autant que ses atouts étaient bien maigres. Son salon était occupé par une presse d'imprimerie, et sa vie se partageait entre la noble cause des libertés féminines et un chat tyrannique. Elle n'avait pas de place pour une présence masculine en demande perpétuelle d'attention.

De plus, son combat principal était une guerre contre l'acte de propriété des femmes mariées, la raison même de sa présence ici aujourd'hui dans le bureau de M. Barnes. À moins que l'acte ne soit amendé, voire aboli, elle perdrait son modeste fonds en fidéicommis si elle venait à se marier, ainsi que son nom et son identité légale. Elle deviendrait, littéralement, une possession, et tout espoir d'obtenir le droit de vote lui échapperait définitivement. Sombre perspective… Ce qu'elle voulait, c'était une voix au chapitre chez London Print. Et, apparemment, on la lui refusait.

Elle avait honte de ce qu'elle s'apprêtait à dire, mais elle n'avait pas supplié une douzaine de femmes du meilleur monde d'investir avec elle dans cette entreprise pour leur avouer qu'elle avait échoué juste avant la ligne d'arrivée. Barnes était-il seulement conscient de la difficulté – pour ne pas dire de l'impossibilité – de trouver ne fût-ce que dix femmes fortunées en Grande-Bretagne capables d'utiliser leur argent comme bon leur semblait ?

D'une voix qu'elle espérait détendue, elle répliqua :

— La duchesse de Montgomery appartient au consortium d'investissement, comme vous le savez peut-être.

M. Barnes sursauta.

— En effet, en effet.

Elle lui décocha un regard sévère.

— Je dois la rencontrer prochainement pour l'informer de l'avancement de notre projet. Je crains qu'elle ne soit… terriblement déçue d'apprendre que notre proposition n'a pas été jugée recevable.

Et une duchesse terriblement déçue, c'était un duc terriblement contrarié. Un duc puissant terriblement contrarié. Un duc dont l'influence s'exerçait jusqu'aux Indes lointaines.

M. Barnes sortit de sa veste un grand mouchoir pour se tamponner le front.

— Je ne manquerai pas de présenter vos… hum… arguments au conseil, promit-il. Je suis sûr que cela répondra amplement à toutes leurs interrogations.

— Je n'en doute pas.

— Je vous propose de nous revoir en début de semaine prochaine.

— Très bien, monsieur Barnes. Je serai là mardi.

Quand Lucie sortit de la gare d'Oxford, les clochers et les pinacles de la ville se fondaient déjà dans le crépuscule, mais les bâtiments de pierre blonde de l'université rayonnaient encore de la chaleur du jour, même après le coucher du soleil. En temps normal, le spectacle de la vieille cité apaisait toujours la jeune femme quand elle rentrait de Londres. Les murs et les salles de la prestigieuse académie, qui n'avaient guère changé depuis la dernière croisade, étaient aussi étroitement imbriqués dans la vieille ville que les traditions scolaires absurdes qui en tissaient la vie sociale. Cela apportait une réconfortante sensation de permanence, raison pour laquelle Lucie avait élu domicile à Oxford une dizaine d'années auparavant. Certes, d'autres motifs avaient justifié son choix. Les loyers étaient considérablement plus modestes à Oxford qu'à Londres et, bien qu'on fût loin des yeux de la bonne société, ce qui était une bénédiction, on avait facilement accès à Westminster grâce au train.

Elle regrettait parfois que les collèges pour jeunes filles n'aient ouvert que l'année précédente, alors qu'elle était déjà trop âgée et trop célèbre pour y être admise. Mais, autrefois, elle avait au moins eu la chance de pouvoir engager des professeurs reconnus pour recevoir des cours privés d'algèbre et de latin.

Toutefois, si elle avait choisi Oxford, c'était avant tout parce que la ville n'avait pas été abîmée par le temps. Le simple trajet à pied pour rentrer à la maison l'aidait à remettre les choses en perspective, de la même façon qu'aurait pu le faire l'immensité de l'océan. Qu'était le fait d'avoir été bannie de sa famille, comparé au spectacle de ces murs qui gardaient sept siècles des connaissances humaines les plus élevées ? À moins d'un mile à l'est de sa maison, dans Norham Gardens, des génies tels qu'Isaac Newton[1], John Locke[2] ou Jeremy Bentham[3] avaient travaillé. Lors des rares occasions où elle laissait son imagination s'envoler, elle se représentait ces brillants esprits du passé l'entourant tels des aïeux aux allures de fantômes bienveillants qui lui murmuraient des encouragements, car eux aussi s'étaient autrefois dévoués à des causes que leurs contemporains jugeaient absurdes.

Ce soir, toutefois, elle ne trouva pas d'apaisement dans la vue de la vieille cité. Quand elle parvint sur le seuil de sa maison, elle était d'humeur sombre et ses jambes la soutenaient à peine. À cette heure tardive, elle ne pouvait plus rendre visite à ses amies, même si Catriona était probablement encore au travail sur quelque antique parchemin dans l'appartement de son père au collège Saint-John.

Renonçant à aller la voir, elle ouvrit la porte. Se lamenter sur ce poltron de Barnes ne lui rendrait

1. Isaac Newton (1642-1727), mathématicien et savant anglais. *(N.d.T.)*
2. John Locke (1632-1704), philosophe anglais. *(N.d.T.)*
3. Jeremy Bentham (1748-1832), philosophe et réformateur anglais. *(N.d.T.)*

aucune sérénité. Elle regrettait de ne plus avoir Thunder, car une bonne chevauchée aurait apaisé sa tension nerveuse. Elle n'avait pas revu son cheval depuis qu'elle avait quitté Wycliffe Hall, dix ans plus tôt, et pour ce qu'elle en savait, l'étalon était probablement mort depuis longtemps. Peut-être, songea-t-elle en remontant le couloir faiblement éclairé, devrait-elle cesser d'utiliser son titre de noblesse. Voilà un moment qu'elle n'était plus une lady que sur le papier.

En traversant le salon, elle salua tante Honoria qui posait pour l'éternité dans son cadre accroché au mur, puis elle fit halte devant le petit salon. Un sourire amusé étira ses lèvres. Non, ceci n'était pas la demeure d'une dame de la haute société. La table à la surface abîmée au centre de la pièce était entourée de chaises dépareillées et jonchée de plans d'action, de tasses vides et d'une lettre d'information du mouvement pour le suffrage des femmes en cours de rédaction. Contre le mur de gauche se trouvait une machine à coudre qui servait essentiellement à réaliser les bannières et les écharpes des manifestantes. Dans un coin, sur la droite, une plante de la taille d'un homme avait depuis longtemps rendu l'âme. Aucune invitation de familles bien placées n'ornait le manteau de la cheminée, et le mur autour de l'âtre était recouvert de coupures de journaux jaunissantes, ainsi que d'un tableau où elle avait brodé sa citation préférée de Mary Wollstonecraft : « Je ne souhaite pas que les femmes aient du pouvoir sur les hommes mais sur elles-mêmes. »

Pire que tout, cette pièce avait, à l'occasion, abrité des prostituées d'une maison close d'Oxford, qui avaient entendu parler d'elle par le bouche-à-oreille et sollicité son aide. Parfois aussi, elle accueillait des célibataires qui venaient, l'air embarrassés, se renseigner sur les méthodes contraceptives. Même les amies de Lucie ignoraient ces visites, car s'il était très à la mode de sauver des « femmes perdues » sous le gouvernement de lord Gladstone, Lucie ne sauvait pas celles-ci. Elle les assistait de la façon que celles-ci estimaient utile, ce qui était tout à fait scandaleux. Aussi le mot d'ordre était-il « discrétion », car elle ne devait pas mettre inutilement en danger la réputation de ses troupes de suffragettes. Toutefois, il ne fallait pas se bercer d'illusions : la plupart des dames dignes de ce nom auraient fui cette maison si elles avaient été au courant.

De légers coussinets frappèrent le plancher tandis qu'une tache sombre venait vers elle. Puis, s'aidant de ses griffes, Boadicée remonta le long de sa jupe et se percha sur son épaule gauche.

— Bonsoir, le chat.

Sa douce fourrure contre la joue de Lucie était chaude et rassurante. En réponse, l'animal frotta son nez contre le front de la jeune femme.

— La journée s'est bien passée ? s'enquit celle-ci en roucoulant.

Nouveau frottement. Levant une main, Lucie caressa la chatte entre les oreilles, puis le long du dos. Satisfaite, Boadicée sauta sur le sol et se dirigea vers son coin près de l'âtre, sa queue à la pointe blanche levée bien droit tel un point d'exclamation.

Dans un soupir d'épuisement, Lucie fit glisser sa sacoche de son épaule. Elle avait encore du travail, mais il lui fallait d'abord manger, car après une journée de jeûne, son estomac commençait à protester bruyamment.

Mme Heath, qui s'était depuis longtemps habituée à ses déplorables habitudes alimentaires, avait laissé une casserole de ragoût froid sur le poêle de la cuisine. Le journal du matin était placé sur la table, à côté d'une assiette creuse propre.

Lucie le parcourut tout en mangeant et en émettant des claquements de langue agacés devant les titres des rubriques politiques. À la page des petites annonces matrimoniales, un fermier gagnant trente-deux livres par an cherchait une femme d'une quarantaine d'années pour s'occuper de ses cochons et de ses cinq enfants – dans cet ordre. Lucie marmonna de plus belle. Quand elle retourna à son bureau dans le petit salon, nourrie et informée, la nuit était tombée derrière les rideaux de la fenêtre.

Ce soir, la pile de correspondance en cours la plus élevée se trouvait sur le côté « éducation féminine » de son bureau. Lucie venait de poser son stylo sur une feuille de papier quand elle entendit un éclat de rire. Fronçant les sourcils, elle leva les yeux. Ce rire haut perché était celui de Mabel, lady Henley, une veuve et camarade suffragette qui louait l'autre moitié de la maison. On aurait dit qu'elle se trouvait juste derrière la fenêtre aux rideaux fermés. Connaissant lady Henley, une seule raison pouvait expliquer ce gloussement de vierge effarouchée. De fait, un instant plus tard, une voix mâle au timbre grave s'éleva.

Le stylo de Lucie continua de gratter le papier. Encore des éclats de rire. La vie privée de sa voisine ne la regardait pas. Si elle était assez audacieuse et assez discrète, une veuve pouvait s'accorder certaines libertés interdites aux célibataires. D'après ce que Lucie était contrainte d'entendre à travers le mur mitoyen, lady Henley se montrait parfois audacieuse, pour ne pas dire téméraire, bien que pas toujours discrète. Mais, après tout, bien des hommes installaient leur maîtresse dans un appartement confortable pour prendre leur plaisir quand ils en avaient envie, et tout le monde feignait de ne rien remarquer.

Un glapissement féminin excité passa par la fenêtre aux rideaux fermés. Hélas, veuve ou non, aucune femme n'était à l'abri du scandale. Et si lady Henley n'était pas inscrite à l'université, elle fréquentait les étudiantes d'Oxford par le biais du groupe de suffragettes. Par conséquent, tout ce qui pouvait ternir sa réputation ternirait également celle des étudiantes, même si ces dernières se comportaient de la façon la plus respectable.

Contournant le bureau, Lucie alla ouvrir les rideaux. Deux têtes se tournèrent aussitôt vers elle. Lucie se composa un regard sévère.

Avant de laisser échapper un hoquet de stupeur.

Enfer, non !

Dans la lumière provenant de la pièce, elle reconnut, sans surprise, une lady Henley tout excitée. Quant à l'homme… Lucie n'en connaissait qu'un dans tout le royaume qui fût doté de pommettes aussi bien découpées.

Sans réfléchir, elle remonta la vitre à guillotine.

— Vous ! marmonna-t-elle.

3

Tristan, lord Ballentine. Libertin, séducteur et cauchemar de sa jeunesse.

Avec sa cravate de travers et ses cheveux décoiffés par des doigts fiévreux, il ressemblait exactement à l'homme qu'il était. Le cœur de Lucie battit nerveusement. Que faisait lord Ballentine devant chez elle ?

Ses émotions, s'il en ressentait, étaient indéchiffrables. Il observa Lucie de son habituelle expression d'ennui poli, puis les coins de ses lèvres s'étirèrent.

— Lady Lucie. Quelle agréable surprise !

Sans la quitter des yeux, il esquissa une petite courbette.

— Que faites-vous ici ? demanda-t-elle d'un ton monocorde.

Un sourire carnassier passa sur son visage.

— J'avais une charmante conversation. Jusqu'à ce qu'une grincheuse ouvre sa fenêtre.

Voilà un an qu'elle ne l'avait pas croisé. Il était rentré six mois plus tôt de la guerre en Afghanistan, et la presse s'était largement fait l'écho de la Victoria Cross qu'il avait reçue pour bravoure exceptionnelle sur le champ de bataille.

Toutefois, médaillé ou non, il restait un libertin. Lucie savait qu'il avait harcelé Annabelle lors du bal du Nouvel An de lord Montgomery. Et, à présent, voilà qu'il venait exercer ses talents de séducteur jusque sous ses fenêtres.

— Je présume que vous avez déjà été présentés ? intervint lady Henley.

Lucie la regarda en battant des paupières. Elle avait complètement oublié sa présence.

— Lord Ballentine est un vieil ami de mon frère, expliqua-t-elle.

— Oh. Très bien, répondit Mabel, qui parut se détendre.

Elle avait un faible pour cet homme et ne s'en cachait pas. Naturellement, il devait y être habitué. Depuis les débutantes jusqu'aux mères de famille, toutes les femmes ou presque s'imaginaient qu'elles étaient éprises de lord Ballentine. Peut-être cela s'expliquait-il par la beauté exceptionnelle que lui valaient sa chevelure auburn aux reflets soyeux, ses yeux d'ambre aux cils interminables, les angles rudes de sa mâchoire virile et ses lèvres d'une douceur presque indécente.

Des siècles de croisements généalogiques exigeants, ainsi que la bonne volonté imméritée de pouvoirs supérieurs, lui avaient donné le visage d'un archange, mais c'était la promesse de plaisirs dépravés, clairement lisible derrière ses traits parfaits, qui le rendait si attirant – la moue sensuelle de ses lèvres, l'éclat canaille de son regard qui semblait murmurer : « Avouez-moi vos désirs, même les plus fous, car rien ne saurait me choquer. » Lady Henley, manifestement tombée sous son charme obscur, était prête à se jeter dans la gueule du fauve comme une mouche dans une plante carnivore.

Lucie jeta un regard appuyé à sa voisine.

— Vous me pardonnerez de me montrer aussi directe, mais vous n'avez rien à gagner à faire plus ample connaissance.

— Plus ample connaissance…, répéta Mabel d'un ton perplexe.

— Avec lord Ballentine, précisa Lucie en jetant un regard à l'intéressé, qui venait de se composer une attitude trompeusement désinvolte.

L'expression de lady Henley se refroidit aussitôt.

— Vous êtes bien bonne de m'avertir.

Lucie savait qu'elle allait trop loin, mais ce fut plus fort qu'elle.

— Vous risquez d'attirer l'attention, insista-t-elle.

— Personne ne nous voit. Il y a un buisson.

Elle désigna du menton l'immense rhododendron qui les protégeait. Déjà, tout son corps se tournait de nouveau vers le vicomte.

Une désagréable sensation courut dans la nuque de Lucie.

— Peut-être, mais cela reste une attitude risquée pour une suffragette.

Lady Henley, plus têtue qu'une mule, fronça les sourcils.

— Ah oui ? N'avez-vous pas affirmé que les femmes devaient répondre à leurs propres désirs ?

— Elle a dit cela ? murmura lord Ballentine d'un air fasciné.

Lucie se força à desserrer les dents.

— Le contexte était légèrement mais significativement différent. Et je crains que nous n'ayons déjà assez de scandales potentiels parmi les étudiantes cette année.

Lady Henley pinça les lèvres.

— Très bien. Il se fait tard, non ?

Elle jeta à Ballentine un regard insistant qui ressemblait fort à une invitation à se retirer… ensemble.

— Je vous aurai prévenue, marmonna Lucie avant de refermer sa vitre.

Ou, plutôt, d'essayer de la refermer. Bon sang, le panneau était bloqué. Elle appuya plus fort. En vain. Lady Henley pencha la tête de côté d'un air impatient. Quant à Ballentine, il regardait Lucie lutter contre la fenêtre avec un intérêt croissant.

Une sueur froide inonda Lucie. Que se passait-il ? Elle serra les dents. Par tous les feux de l'enfer, le panneau refusait obstinément de coulisser !

— Permettez-moi de vous aider, proposa Tristan en s'approchant.

— Inutile, je…

Étirant ses grandes mains, il posa les doigts sur le cadre de bois. Dans un glissement lent et régulier, la vitre descendit et se posa avec douceur sur le rebord de la fenêtre qui les séparait.

À présent, le visage de Lucie se reflétait sur la fenêtre, déformé, avec ses sourcils froncés et ses cheveux raides qui s'échappaient sans grâce de son chignon.

De l'autre côté de la fenêtre, Ballentine darda sur elle un regard si étincelant d'arrogance qu'on eût dit un phare dans la nuit.

Lucie ferma les rideaux d'un geste rageur.

— Ne faites pas attention à elle, dit alors la voix assourdie de Mabel. Ce n'est qu'une vieille fille grincheuse.

Lucie pivota sur ses talons. Elle regarda dans le salon, mais sa vision était obscurcie et son cœur battait aussi vite que si elle avait couru le marathon. Une réaction physique parfaitement grotesque, songea-t-elle. Rien ne justifiait une telle émotivité ! Toutefois, elle devait quitter les lieux… à moins d'avoir envie d'assister aux ébats de Ballentine et de lady Henley à travers le mur mitoyen.

Percevant sans doute son changement d'humeur, Boadicée s'approcha d'elle depuis son coin préféré, ses yeux plus dorés que jamais dans la lumière de la lampe à gaz. Elle se frotta contre les jupes de Lucie jusqu'à ce que celle-ci se penche pour la caresser. Au contact de la fourrure douce sous ses doigts, la jeune femme sentit son pouls s'apaiser.

Elle n'avait nul besoin de craindre que lady Henley ne se jette dans les flots de l'Isis[1] à cause de Ballentine, comme d'autres avant elle avaient menacé de le faire. Sa voisine n'était plus une gamine. Et la réputation de séducteur du vicomte l'avait de toute façon précédé. Il était même la dernière personne au monde à tenter de cacher ce qu'il voulait vraiment. Ce qui était sans doute un calcul habile, songea-t-elle. Une façon d'encourager ses conquêtes à tenter de le ramener dans le droit chemin grâce à la force de guérison de l'amour féminin. Un bon nombre de femmes infortunées s'étaient probablement déjà prises à leur propre piège.

Ayant rassemblé son encrier, un buvard, un stylo-plume et ses notes, Lucie se dirigea vers la porte. En chemin, elle prit un châle. Il y avait toujours des courants d'air dans la bibliothèque de Lady Margaret Hall.

Elle sortit en trombe et dévala les marches du perron, avant de faire une pause pour prendre une ample inspiration. L'air frais de la nuit apaisa bientôt son visage brûlant.

— On se promène ? demanda alors une voix virile dont les inflexions suaves semblaient l'enlacer par la taille.

Les poings serrés, Lucie pivota lentement sur ses talons. Tristan était adossé au rebord de la fenêtre, une cigarette entre les doigts. Près de lui, sa canne de marche était appuyée contre le mur,

1. Isis : nom que l'on donne à la Tamise à Oxford. *(N.d.T.)*

son pommeau couleur d'ambre luisant tel un œil maléfique dans le rayon d'un lampadaire.

— Eh bien, vous n'avez pas perdu de temps, ironisa-t-elle.

Lady Henley avait disparu du paysage.

— Le cœur n'y était plus, répondit-il en soufflant un nuage de fumée.

— Quel dommage.

Un petit sourire étira les lèvres du vicomte.

— Bien au contraire. Cela a été plutôt amusant.

Il s'écarta du rebord de la fenêtre et s'approcha de Lucie, sa haute stature projetant vers elle une ombre menaçante. Aussitôt, une étrange sensation s'éveilla au plus secret d'elle-même, comme si une centaine de papillons de soie s'agitaient soudain. *Enfer.* En son absence, elle oubliait toujours combien il était imposant… et chaque fois que leurs chemins se croisaient de nouveau, elle s'en souvenait avec une intensité presque douloureuse.

La première fois que les papillons s'étaient manifestés, c'était un jour où elle interpellait des députés dans un couloir de Westminster. Tristan était sur le point de quitter le pays pour la première fois – sur ordre de son père, avait-elle supposé, car il n'y avait pas un soupçon de discipline militaire en lui. Quand il était soudain apparu devant elle, une bouffée de chaleur l'avait traversée, la clouant sur place. Prise au dépourvu, elle n'avait pas eu le temps de chausser les lunettes émotionnelles qui lui montraient l'exaspérant rouquin d'autrefois. Au lieu de cela, et comme tout le monde autour d'elle, elle avait vu un visage à la symétrie parfaitement ciselée, de larges épaules, des hanches minces… en un mot, la fameuse silhouette Ballentine, soulignée par un uniforme à la coupe flatteuse.

Devant le spectacle de cette virilité décomplexée, elle avait été saisie d'un étrange besoin de se recoiffer. Cela avait été mortifiant. Lucie ne refusait pas, à l'occasion, d'admirer la plastique d'un homme bien bâti, mais celui-ci ? Pendant six interminables étés, dans la demeure familiale, le jeune Tristan lui avait infligé ses regards éperdus et ses plaisanteries douteuses. Pire, il s'était insinué dans les bonnes grâces de son frère, de ses cousins et de sa mère, si bien que Lucie ne s'était plus sentie chez elle à la table du dîner. Et si elle en jugeait par les gros titres sulfureux de la presse mondaine chaque fois qu'il rentrait au pays entre deux affectations, son comportement ne s'était guère amélioré avec les années…

Il fit halte devant elle, si près qu'elle dut lever le menton. Par une cruelle ironie du sort, elle-même avait à peine grandi d'un pouce depuis leur première rencontre dans Wycliffe Park.

— Vous ne devriez pas rôder devant notre porte, maugréa-t-elle.

Une lueur s'alluma dans ses yeux ambrés.

— Vous ne devriez pas vous promener toute seule à la nuit tombée, rétorqua-t-il.

Le petit diamant qu'il portait à l'oreille droite émit un éclat de lumière froide, telle une étoile.

— Ne vous en faites pas pour moi, marmonna Lucie, sur ses gardes, avant de se remettre en chemin.

— Je n'en ai pas particulièrement envie, répondit-il en lui emboîtant le pas, mais il est de mon devoir de vous escorter.

Chaque fois qu'il faisait une enjambée, elle devait en faire deux.

— Inutile de jouer les gentlemen.

— Ne dites pas de bêtises. Un authentique gentleman porterait votre sacoche.

De fait, il n'avait pas proposé un instant de prendre la sienne.

Et elle s'était engagée dans la mauvaise direction, comprit-elle soudain, accablée. Trop tard pour faire demi-tour sans donner l'impression de fuir devant lui comme une écervelée.

— Vu votre réputation, une dame est plus en danger en votre compagnie que seule dans les rues à la nuit tombée, marmonna-t-elle.

— Votre foi dans ma notoriété est saisissante.

— Elle semblait pourtant fasciner lady Henley.

— Qui ?

Lucie émit un petit reniflement désabusé.

— Peu importe.

Puis, furieuse qu'il ait mis en danger la bonne image de leur maisonnée par pur caprice, elle ajouta :

— Je présume que quand le seul plaisir est celui de la chasse, le nom de la proie importe peu.

— Aucune idée, répondit-il d'un ton perplexe. Je ne chasse pas.

— Votre aveuglement sur vous-même est sidérant.

— Allons, n'avez-vous pas lu Darwin ? Le mâle pavane, la femelle choisit ; il en a toujours été ainsi. Méfiez-vous des séducteurs invétérés : leur seule crainte, c'est que vous remarquiez leur plumage miteux.

— Contrairement au vôtre, qui est éblouissant, ricana-t-elle.

— Je vous assure qu'il ne l'est pas, répondit-il d'une voix dénuée d'émotion.

Une bouffée d'agacement monta en elle.

— Cela ne semble pas décourager vos admiratrices.

— Incroyable, murmura-t-il. Seriez-vous jalouse ?

Les doigts de Lucie se serrèrent sur la bandoulière de sa sacoche. Pouvait-elle prétendre qu'elle ne s'était pas trompée de direction en sortant de chez elle ? À moins de faire demi-tour, elle serait bientôt au cœur de la vieille cité d'Oxford.

— Je n'en serais pas surpris, poursuivit son compagnon. Cela expliquerait votre manie de saboter mes liaisons…

— Je suis bien consciente que vous adorez écouter vos propres vantardises, l'interrompit-elle, mais pour ma part, elles ne m'intéressent pas.

— … comme ce jour, avec lady Warwick, poursuivit-il, feignant de ne pas l'avoir entendue.

Malgré elle, un souvenir lui revint. Deux silhouettes enlacées dans un jardin aux ombres propices. Elle fit la grimace.

— Elle rentrait tout juste de son voyage de noces.

— Et elle s'ennuyait déjà à mourir.

— Il fallait en effet qu'elle soit désespérée, railla Lucie. Toutefois, cela ne vous autorisait pas à la peloter sur une table de jardin.

— La peloter ? Comme vous y allez !

Il semblait vaguement froissé. Parfait. Ils avaient déjà descendu la moitié de Park Road, et elle était impatiente qu'il la laisse tranquille.

— Incroyable, railla-t-elle. Le vil séducteur se souvient de ses conquêtes !

— Oh non, la rassura-t-il. Seulement de celles qui m'ont échappé.

Elles ne devaient pas être nombreuses, songea Lucie. Faisant halte, elle se tourna vers lui.

— Aviez-vous quelque chose en particulier à me demander, lord Ballentine ?

Les yeux du vicomte étincelèrent dans la lueur des réverbères, un peu comme ceux de Boadicée.

— Cela n'a rien de bien particulier, à vrai dire, répondit-il d'une voix si grave qu'on aurait dit un ronronnement.

Sans ciller, elle lui décocha un regard hautain, mais son cœur battait la chamade. Ballentine lui faisait parfois cet effet. Il disait certaines choses sur un certain ton qui laissait supposer qu'il la voyait seule avec lui, plus ou moins dévêtue, offerte à ses avances. Sans doute s'adressait-il ainsi à toutes les femmes dans l'intention de les séduire… à cette différence que, dans son cas, naturellement, il ne le faisait que pour la contrarier.

Il parut sur le point d'ajouter quelque chose, sans doute un commentaire idiot, mais il se ravisa. Et rien n'aurait pu plus surprendre Lucie que ce qu'il déclara alors.

— Je venais déposer ma carte de visite pour vous demander un entretien quand j'ai croisé votre voisine.

Un entretien. Avec elle. Pourquoi donc ?

— Après-demain au nouveau café Blackwell, proposa-t-il comme elle ne répondait pas. À moins que vous ne préfériez un autre lieu de rendez-vous ?

— Que voulez-vous ? demanda-t-elle tandis que ses pensées tournaient à toute vitesse.

— Il paraît que vous avez une solide connaissance du monde de l'édition en Grande-Bretagne, et j'ai besoin de vos conseils.

— Qui vous a dit cela ? demanda-t-elle, inquiète.

— Venez me retrouver et je vous expliquerai tout.

Non seulement il était aussi pénible que provocant, mais elle avait le plus grand mal à déchiffrer son expression dans l'obscurité. Elle croisa les bras sur sa poitrine.

— Même si j'avais envie d'un rendez-vous avec vous, ce qui n'est pas le cas, il doit y avoir des dizaines d'experts capables de vous éclairer.

— Je m'intéresse aux lectrices des classes moyennes et supérieures. Il est donc logique que je m'adresse à une spécialiste de ce lectorat.

Elle le dévisagea avec attention. Avec sa veste de velours d'un pourpre criard et sa somptueuse canne à pommeau d'ambre, l'homme qui se tenait devant elle ressemblait à Tristan Ballentine, mais les paroles qui sortaient de ses lèvres ne lui ressemblaient pas. Jamais elle ne l'avait soupçonné de s'intéresser à un domaine en particulier. Certes, sans doute s'intéressait-il aux *femmes* qui lisaient, ce qui correspondait parfaitement à son caractère. Et cela était vaguement inquiétant.

— Allons, Lucie, reprit-il d'une voix aux intonations cajoleuses.

Le genre de voix qui pénétrait jusqu'au tréfonds de votre être… et vous conduisait aux pires sottises.

— Acceptez ce rendez-vous, dit-il. En souvenir du bon vieux temps.

Tristan recula d'un pas. Dans les yeux de Lucie semblait tourbillonner une véritable tempête, aussi sombre et agitée que des nuées d'orage. Son visage d'elfe était tendu, comme si elle était déchirée entre deux puissantes émotions – la curiosité et le profond mépris dans lequel elle le tenait.

Il y avait eu une époque, pendant ces étés de douloureuse extase à Wycliffe Hall, où il n'avait vécu que pour arracher une réaction, n'importe laquelle, à l'inaccessible lady Lucie Tedbury. Ses crimes avaient été modestes, rien de plus que de plonger ses pâles tresses blondes dans un encrier – l'unique fois où il avait touché ses cheveux – ou de remplacer sa collection de premières éditions des essais de Mary Wollstonecraft par des magazines scabreux.

Ou de se laisser volontairement surprendre alors qu'il embrassait lady Warwick sur une table de jardin.

Il aurait été prêt à tout pour la faire réagir.

Et s'il n'était plus le gamin efflanqué d'autrefois, avide de la moindre miette d'attention, elle avait conservé son pouvoir sur lui. La nostalgie, sans doute. Elle était suprêmement agacée mais elle était là, en chair et en os. Les notes familières de son savon aux notes citronnées lui chatouillaient les narines malgré la fumée de sa cigarette, allumant en lui un délicieux incendie.

— Ce n'est peut-être pas très sage d'invoquer le bon vieux temps pour me demander une faveur, dit-elle d'une voix cassante qui le ramena à la réalité.

Il haussa les épaules, fataliste.

— Alors je crains de devoir faire appel à votre esprit charitable, répondit-il.

Dans la lueur diffuse de la lune, les cheveux de sa compagne étincelaient comme une pièce d'argent bien poli. Il n'avait jamais oublié leur contact entre ses doigts pendant ces instants volés, des années auparavant, cette chevelure lisse et douce comme la plus fine des soies… *Et le meilleur de l'ombre et de la lumière, Se retrouve dans ses traits et dans ses yeux…*

Il se figea. Malgré la brise d'été, il frissonna. Ces vers l'avaient assailli par surprise. Certes, ce n'était que deux vers de Byron, mais voilà des années que Tristan n'avait pas entendu de poésie. Intéressant…

Il secoua la tête.

Les choses promettaient effectivement de devenir intéressantes, mais pour de tout autres raisons. Il avait le pressentiment que les véritables motifs de Lucie de s'intéresser à l'édition n'avaient pas grand-chose à voir avec une soudaine passion pour la presse, et son instinct le trompait rarement. Et si ses soupçons étaient confirmés, il serait contraint d'entraver ses projets.

— Je vous attendrai après-demain au Blackwell à 10 h 30, reprit-il. Je me suis laissé dire que leur café était tout à fait acceptable et je me ferai un plaisir de vous en offrir un.

Elle ne répondit pas.

Il jeta son mégot au loin.

— Au fait, ajouta-t-il, je crois que la bibliothèque est du côté opposé, très chère.

4

Le lendemain, Ashdown Castle

Sombre, froid, silencieux… le cabinet de travail de lord Rochester était une véritable tombe. Cette impression provenait en partie du lourd mobilier d'ébène et des rideaux épais, mais surtout du gardien du sépulcre lui-même. Autour de son père, songea Tristan, la lumière faiblissait et le silence tombait.

Quand il entra dans la pièce, le maître des lieux était installé derrière son bureau, sa silhouette se découpant contre sa possession la plus précieuse à ses yeux, une immense tapisserie représentant l'arbre généalogique des Ballentine depuis 1066, personnellement offerte par Henry VIII à la maison des Rochester. La tradition. Le nom de famille. Les faveurs royales. Les valeurs cardinales de Rochester étaient résumées dans cette pièce de soie piquée de moisissures. S'il avait dû choisir entre sauver des flammes un nourrisson ou sa précieuse tapisserie, nul doute que le comte aurait laissé l'enfant périr.

Lorsqu'il trônait ainsi derrière son bureau, les branches de l'arbre familial semblaient jaillir de sa tête tels des bois de cerf ornés de feuillages. La première fois que Tristan avait remarqué ce détail, il avait huit ans. Et, naturellement, il avait éclaté de rire. Un instant plus tard, du sang ruisselait de sa lèvre fendue, et Rochester se rasseyait à sa place. La main paternelle frappait aussi vite et aussi fort qu'un serpent qui attaque.

— Votre mère est souffrante, l'informa son père.

Il semblait plus contrarié qu'inquiet.

— J'en suis désolé, répondit Tristan d'un ton égal.

— Si vous l'étiez, vous lui auriez déjà rendu visite. Vous n'avez pas mis les pieds ici depuis votre retour.

Tristan hocha la tête. C'était son père, bien entendu, qui avait eu l'idée de l'enrôler dans l'armée de Sa Majesté et de l'expédier au bout du monde dans les montagnes de l'Hindou Kouch. Sans doute aurait-il été ravi que son cadet y reste si son aîné, l'infaillible Marcus, ne s'était pas brisé la nuque.

— Je passerai la voir après ceci.

Quoi que soit *ceci*. Rochester ne lui avait pas encore révélé l'objet de sa convocation.

Son père joignit les extrémités de ses doigts longs et pâles, comme il le faisait souvent quand il abordait un sujet important, et riva sur lui un regard vert glacial.

— Il est temps de songer au mariage.

Le mariage ?

Le mot tourna dans l'esprit de Tristan comme s'il s'était agi d'une phrase en pachtoune ou en dari dont la signification lui échappait.

— Le mariage, répéta-t-il d'une voix étrangement distante.

— Vous m'avez bien entendu. Le temps est venu pour vous de prendre épouse.

Tristan ouvrit des yeux ronds.

— Maintenant ?

— Ne soyez pas ridicule. Je vous accorde trois mois. Vous avez trois mois pour annoncer vos fiançailles avec une jeune femme convenable.

Une bouffée de rage froide monta en lui. Il n'était absolument pas en position de se fiancer ! Certes, depuis quelque temps, le mariage planait à l'horizon, mais il semblait toujours s'éloigner à mesure que Tristan avançait dans la vie. Et s'il adorait les femmes, leur douceur, leur parfum, leur esprit, une épouse était une tout autre affaire. Il y aurait des demandes, des obligations. Il y aurait des enfants à sa propre image. Il y aurait des attentes. Un frisson d'alarme le parcourut.

— Pourquoi maintenant ? demanda-t-il d'un ton menaçant qui aurait effrayé n'importe quel autre homme que son père.

Rochester fronça les sourcils.

— Je vois que la vie militaire ne vous a pas guéri de votre déplorable manque de sérieux. Je vais donc vous rappeler la situation. Vous avez vingt-huit ans. Vous êtes à présent l'héritier du titre et, puisque votre frère laisse une veuve sans enfants, vous êtes le dernier des Ballentine en ligne directe pour la succession. Vous avez un devoir, et un seul : assurer la relève. Si vous échouez, quatre siècles de règne des Ballentine sur le titre de Rochester s'achèveront et les Winterbourne s'installeront dans notre maison. Voilà plus d'un an que vous fuyez vos responsabilités.

— J'étais aux Indes, en train de me remettre de blessures par balle qui auraient pu m'être fatales.

— Vous êtes rentré depuis six mois, rétorqua Rochester. Et avez-vous courtisé des demoiselles respectables ? Que nenni ! Vous avez occupé la une des journaux en faisant cocus des pairs du royaume et en vous livrant à… à des activités que la morale réprouve.

— Ah oui ? demanda Tristan, sincèrement surpris.

Rochester pinça les lèvres. L'espace d'un instant, il ressembla à une version plus jeune de lui-même, à l'époque où il prenait ostensiblement son temps pour choisir entre le fouet et la badine afin d'infliger une punition à son rebelle de cadet. Parce que Tristan était trop nerveux. Parce qu'il aimait la poésie et les belles choses. Parce qu'il s'attachait « comme une fille » à ses animaux préférés.

— La vérité, poursuivit Tristan, c'est que je n'ai pas l'habitude de lire la presse à scandale. Sachez que je suis dans une bienheureuse ignorance de toute rumeur concernant ma personne.

Le comte se pencha légèrement sur son siège.

— On vous a vu dans un… certain établissement.

— C'est bien possible.

— En compagnie du plus jeune fils du marquis de Doncaster.

Cela arracha à Tristan un rire surpris.

— Lord Arthur ?

Il avait dit cela d'un ton désinvolte qui fit pâlir Rochester. Intéressant.

Ne vous inquiétez pas pour lord Arthur Seymour, père. Je l'ai laissé regarder pendant que je troussais une certaine personne, mais il n'a pas participé activement à l'affaire. Les mots lui brûlaient la langue.

Au lieu de cela, il répliqua :

— Faites confiance aux journaux britanniques pour forger un événement à partir de rien. Je doute qu'ils aient osé se montrer plus explicites sur cette histoire.

Un muscle tressaillit dans la mâchoire paternelle.

— Ils en ont assez dit pour que Doncaster envisage de traîner la *Pall Mall Gazette* devant les tribunaux pour diffamation.

— Grotesque. Toute la Grande-Bretagne connaîtrait alors les préférences du tendre Arthur.

— Ainsi que les vôtres, probablement, gronda Rochester. Ce qui ne rend que plus urgents vos projets matrimoniaux. Une alliance avec une jeune femme à la réputation impeccable restaurerait la vôtre, mais il est à craindre que les pères de telles demoiselles ne soient pas très enclins à confier leurs filles à quelqu'un comme vous. À moins que je n'y laisse une petite fortune.

Tristan serra les dents.

— Gardez votre argent. Je n'ai nul besoin d'une épouse.

Il n'existait qu'une femme avec qui il aurait pu envisager plus qu'une brève liaison, et elle n'était pas sur le marché du mariage.

Toutefois, cela était bien égal à Rochester.

— Étant donné les circonstances, insista son père, nous ne pouvons pas perdre de temps.

Tristan haussa les épaules.

— En ce qui me concerne, le cousin Winterbourne est le bienvenu s'il a envie de prendre la relève.

Avec une désinvolture soigneusement calculée pour contrarier son père, il ponctua ses paroles d'un geste vague, assez large pour inclure Wycliffe Hall et toute la maison de Rochester.

Aussitôt, le comte fronça les sourcils.

— Ce n'est pas un jeu, Tristan.

— Monsieur, avez-vous envisagé la possibilité que je ne trouve aucune jeune femme respectable prête à m'épouser dans les trois mois, avec la réputation sulfureuse qui m'entoure ?

Puis une idée lui vint.

— À moins que vous n'ayez déjà trouvé la fiancée idéale ? ajouta-t-il, sur ses gardes.

— En effet, mais devant le scandale potentiel, son tuteur refuse pour l'instant de signer le contrat de mariage. Vu votre réputation actuelle, vous ne pouvez pas humilier la demoiselle et sa famille en lui demandant sa main.

— Exact. Au fait, qui est l'heureuse élue ?

Rochester secoua la tête.

— Pour que vous soyez tenté de commettre je ne sais quelle sottise et de tout gâcher avant que le marché soit conclu ? Pas question. Pour l'instant, votre mission est simplement d'établir de bonnes relations avec les mères de filles à marier de la bonne société. Et de vous vêtir et de vous comporter comme un homme de votre rang. En commençant par vous débarrasser de cette… fantaisie.

D'un geste hautain, il désigna l'oreille droite de Tristan, ou plus exactement le petit clou à tête de diamant qui l'ornait. Tristan adorait ce bijou. Il décocha un regard froid à son père, se leva et déclara en le toisant avec mépris :

— J'ai survécu au siège de Sherpur et j'ai marché jusqu'à Kandahar en portant sur mon dos un camarade à moitié mort. J'ai vu plus de morts, de sang et de boue que je ne puis m'en souvenir. Je n'ai que faire de sujets aussi futiles que les débutantes en robes blanches et les torchons à scandale.

Il avait presque atteint la porte quand le comte rétorqua :

— Si vous souhaitez que votre mère reste à Ashdown, je vous suggère de vous montrer plus raisonnable.

Tristan se figea, assailli par toutes sortes de sensations contradictoires. Une sueur glacée et une bouffée de chaleur. L'accélération de son pouls. Le rugissement de son sang à ses oreilles. Une part de son esprit allait à toute vitesse, une autre était pétrifiée.

Avec une lenteur délibérée, il pivota sur ses talons. Son corps était déjà prêt pour le combat. Presque trop prêt. Si une telle réaction était utile en territoire ennemi, elle n'avait pas sa place dans le bureau d'un aristocrate. Dans les propriétés terriennes d'Angleterre, « tuer ou être tué » n'était qu'une figure de style.

— Quel est le rapport avec mère ? demanda-t-il avec une douceur trompeuse.

Le visage de Rochester n'était plus qu'ombres menaçantes et traits taillés à la serpe.

— Comme je vous l'ai dit, elle est souffrante. On prendrait probablement mieux soin d'elle ailleurs qu'ici.

Sur le pommeau de sa canne, Tristan serra les doigts à s'en faire blanchir les jointures.

— Soyez plus clair.

— Il y a des endroits plus indiqués pour les personnes... fragiles comme elle.

Une nausée souleva l'estomac de Tristan.

— Parleriez-vous de l'asile de Bedlam ?

Le comte pencha la tête de côté tandis qu'un fin sourire étirait ses lèvres, comme fendues au couteau.

— Bedlam ? Non. Il existe des maisons plus discrètes et mieux adaptées à son cas.

Des instituts privés, où des épouses et des filles en parfaite santé mentale mais gênantes pour leurs familles étaient enfermées, parfois jusqu'à la fin de leurs jours.

Tristan revint vers le bureau. Une lueur d'inquiétude passa dans les yeux de Rochester. Ce sadique savait qu'il était allé trop loin, mais il n'avait pas hésité. D'où lui venait une telle audace ?

— Elle est en deuil, lui rappela Tristan en vrillant son regard dans celui de son père. Elle a perdu son fils.

— Moi aussi, rétorqua le comte d'un ton rogue.

En d'autres circonstances, Tristan aurait pu éprouver de la compassion.

— Mère n'a rien à faire dans une institution pour aliénés mentaux. Cela la tuerait, et vous le savez.

— Tristan, ma tolérance aux comportements anormaux sous mon toit a ses limites. Choisissez qui devra faire un effort : vous ou elle.

C'était du chantage pur et simple, mais Tristan n'avait d'autre choix que de s'y plier. Il dut faire appel à toute sa volonté pour s'interdire de refermer les mains sur le cou de Rochester et de serrer. Il prit une profonde inspiration pour calmer sa rage, puis une autre, jusqu'à ce que la fièvre meurtrière s'apaise en lui.

Derrière le bureau, Rochester donna un petit coup de menton et reprit, avec des accents presque amicaux :

— J'en appelle à votre sens du devoir, Tristan. Mariez-vous, ayez un héritier et quelques autres rejetons, au cas où. Vous avez trois mois pour vous refaire une virginité. Montrer que vous n'êtes pas totalement inutile.

Inutile. L'insulte préférée de Rochester. Tout ce qui ne servait pas ses intérêts personnels d'une façon ou d'une autre entrait dans cette catégorie. Et, malgré les années qui avaient passé, ce simple adjectif, « inutile », blessait toujours aussi profondément Tristan.

Très bien. Sa visite à sa mère dans l'aile ouest d'Ashdown devrait attendre.

Une fois qu'il fut remonté dans la voiture, et alors que l'attelage prenait de la vitesse dans l'allée qui quittait Ashdown, Tristan avait commencé à comprendre pourquoi Rochester se servait de la comtesse pour le contraindre à obéir, au lieu de le menacer de lui couper les vivres comme il le faisait d'ordinaire. D'abord, il devait avoir appris que Tristan était sur le point d'atteindre une certaine indépendance financière. Ensuite, Rochester semblait résolu à le voir se marier et soupçonnait, à juste titre, que de nouvelles restrictions monétaires ne pourraient l'y obliger. *Enfer*. Épouser la fiancée que Rochester lui avait choisie ? Avoir des enfants qui, jusqu'à la fin de ses jours, lui rappelleraient son propre père ? Il n'en avait aucune envie. D'où le chantage exercé par le comte. Une vie contre une autre. La sienne contre celle de sa mère.

S'il commençait à céder, Rochester n'avait pas fini d'utiliser la comtesse comme otage pour le manipuler. Par conséquent, Tristan devait lui aussi établir un plan de bataille. Il allait envoyer un courrier à Delhi, à la résidence du général Foster. Peut-être celui-ci accepterait-il d'accueillir deux hôtes anglais pour un séjour de longue durée sans poser de questions. Hélas, tout cela prendrait du temps. Le courrier mettait des semaines à arriver aux Indes et à en revenir. Il pouvait utiliser le câble sous-marin pour envoyer un télégramme à Bombay, mais les câbles de Bombay à Delhi étaient souvent coupés. Un instant, il envisagea de s'embarquer vers l'inconnu en compagnie d'une femme invalide et d'envoyer au diable Foster et les projets bien balisés mais, par le passé, l'impulsivité ne lui avait guère réussi.

Sa seule certitude, c'était qu'il devrait assurer son indépendance financière plus rapidement qu'il ne l'avait prévu. Le visage de Lucie passa devant ses yeux, et une vague de colère monta en lui. Sans le savoir, elle était en train de contrarier les plans qu'il avait formés pour se bâtir une confortable existence en Angleterre. Et, depuis une quinzaine de minutes, cette fâcheuse interférence était devenue une véritable menace.

Le regard perdu dans le vide, il observait le paysage sans le voir, assailli par les souvenirs de Lucie. En arrivant à la gare, il se demanda si une part de lui, celle qui avait nourri ses longues nuits solitaires en Orient de souvenirs de la jeune femme et de paisibles étés anglais, avait espéré revenir dans le même pays qu'elle.

Dans le compartiment vide régnait un silence presque assourdissant. Tristan sortit de sa poche une flasque de whisky. Il devrait jouer le jeu de Rochester pendant quelques semaines, afin de gagner du temps.

Mais, d'abord, il allait se soûler.

5

À son réveil, Lucie avait un chat sur le visage et les pieds froids comme des glaçons.

— Bon sang, Boadicée ! marmonna-t-elle.

Le chat sauta et atterrit sur le plancher dans un son assourdi.

— Ta place, c'est sur mes pieds et tu le sais très bien ! poursuivit Lucie d'un ton accusateur.

Boadicée s'éloigna dignement en direction de la cuisine. Elle n'avait jamais été une chaufferette pour les pieds. Pour ce genre de service, les dames avaient leurs carlins.

Dans un soupir, Lucie rejeta la couverture et se dirigea pieds nus vers l'angle de la pièce où se trouvaient une cuvette et un pichet en faïence. Elle frotta ses yeux encore lourds de sommeil. Elle avait travaillé tard dans la nuit, et ses paupières sèches étaient brûlantes de fatigue.

Un regard dans le miroir confirma ses soupçons. Elle avait des cernes épouvantables et le teint blafard. Elle ressemblait un peu aux femmes représentées sur les cartes glissées de part et d'autre des bords du cadre de la glace, des Valentines au vinaigre[1] qu'elle

1. Valentines au vinaigre : de *Valentine Vinegar*, littéralement, « cartes de la Saint-Valentin au vinaigre ». En vogue à

avait prélevées dans l'avalanche d'insultes anonymes qui s'abattait sur sa boîte aux lettres chaque année aux alentours du 14 février. Leurs rimes grossières et leurs images vulgaires parvenaient toutes à la même conclusion : elle était une honte pour le beau sexe et finirait seule après une vie misérable.

Elle a attrapé un pauvre matou et un oiseau,
Mais on la dit incapable d'attirer un julot…
Te voir muselée une bonne fois pour toutes,
Voilà qui réjouirait la foule !

Sa carte préférée représentait une suffragette au regard enragé transpercée par une fourche. La crinière bouclée de la vieille fille volait en tous sens, son nez était rouge et crochu comme un bec. On aurait dit une sorcière. Et tout le monde tremblait secrètement de peur devant le pouvoir des sorcières, n'est-ce pas ?

Dans le miroir, son reflet esquissa un sourire sardonique. Ce matin, elle ne se sentait pas particulièrement puissante. Elle n'avait qu'une envie : se glisser de nouveau sous les draps, même s'ils étaient moites de transpiration.

En bas, Boadicée miaulait à fendre le cœur et donnait des coups de patte dans sa gamelle vide.

Avec un soupir résigné, Lucie enfila son peignoir.

La pâle lumière de l'aube se reflétait sur le carrelage blanc et les meubles de bois poli de la cuisine. Un parfum de thé flottait dans l'air. Mme Heath, gouvernante hors pair, avait déjà allumé le feu, fait griller du pain et ouvert une boîte de saumon de l'Alaska.

---

l'époque victorienne, elles caricaturaient les femmes progressistes et stigmatisaient en particulier les suffragettes. *(N.d.T.)*

— Tu peux remercier tante Honoria de m'avoir laissé de l'argent, ou tu devrais te contenter des restes du boucher, dit Lucie en partageant le contenu de la boîte entre son assiette et la gamelle sous le regard attentif de Boadicée. Ou, pire, tu devrais partir à la chasse aux souris tous les jours, comme un chat ordinaire. Qu'as-tu à répondre à cela, dis-moi ?

Boadicée agita sa queue à la pointe toute blanche avec une parfaite indifférence.

— Bestiole ingrate. J'aurais pu te laisser dans ce panier. J'aurais très bien pu te remettre à la rue.

« Tu bluffes, répondit le regard vert du félin. Tu étais aussi perdue que moi et tu avais désespérément besoin de compagnie. »

C'était bien possible. Une dizaine d'années plus tôt, alors qu'elle sortait de chez elle, Lucie avait failli trébucher contre le haut panier en osier déposé sur son perron. Il contenait une petite boule de fourrure noire aux miaulements déchirants, qui avait attaqué férocement le doigt que Lucie avait tendu dans sa direction. Aussitôt, elle avait compris qu'elle allait garder le chaton. Elle venait de s'installer ici après avoir été chassée de Wycliffe Hall et… eh bien, oui, elle se sentait désespérément seule. Et jamais personne n'était venu réclamer sa nouvelle amie à quatre pattes.

Dans le salon de réception, l'horloge sonna 7 h 30. Le thé n'avait pas encore totalement réveillé Lucie, mais elle ne pouvait pas se permettre d'être fatiguée aujourd'hui. Son agenda était chargé de rendez-vous. D'abord au Randolph Hotel avec lady Salisbury, à qui elle devrait avouer un léger retard dans l'acquisition des parts de London Print. Puis un second petit déjeuner était prévu, toujours au Randolph, avec Annabelle, Hattie et Catriona, à qui elle devrait révéler qu'elles avaient un gros problème.

Et, à 10 h 30, l'Insupportable Ballentine occupait un troisième créneau dans son emploi du temps serré.

Son estomac se noua. Leur rencontre inattendue l'avant-veille au soir expliquait probablement ses insomnies. Toute la nuit, elle s'était retournée dans son lit, incapable de chasser un désagréable pressentiment. « En souvenir du bon vieux temps », avait-il plaidé. Il ne manquait pas d'air ! Leur passé commun n'avait été qu'un long antagonisme, et cette époque était révolue depuis bien longtemps. Elle appartenait à une autre vie, dont il ne restait plus rien sinon, curieusement, et en de rares occasions, Ballentine lui-même. Ils se croisaient parfois par hasard lors d'événements mondains à Londres. Et il y avait les gros titres et les rumeurs qui lui parvenaient toujours d'une façon ou d'une autre. Elle n'avait aucune envie d'aller à ce rendez-vous, mais s'il nourrissait des projets menaçant, même de loin, la cause des femmes et le monde de l'édition, elle devait le savoir.

Sous la table, Boadicée émit un miaulement affamé, comme si elle était privée de nourriture depuis des jours.

— Despote, marmonna Lucie en vidant dans sa gamelle le poisson qui restait dans son assiette.

Lady Salisbury avait pris une chambre au Randolph sous le nom de Mme Miller, ce qui était ridicule. Avec ses manières et son apparence ostensiblement aristocratiques, personne n'aurait pu la confondre avec une roturière, mais elle préférait que son investissement dans la Cause reste incognito, comme elle le formulait elle-même, surtout en ce qui concernait cette mission en particulier. Toutefois, elle avait amené dans le consortium d'investissement plusieurs femmes appartenant à des cercles que Lucie ne fréquentait pas et versé elle-même une généreuse contribution. Lucie était furieuse d'avoir des nouvelles décevantes à lui annoncer.

La comtesse était assise dans le salon sur une méridienne capitonnée, un châle noir drapé sur les épaules, une délicate tasse de thé à la main. À l'arrivée de Lucie, elle posa sa tasse et se leva, comme elle insistait toujours pour le faire bien qu'elle eût soixante-dix ans passés et qu'elle marchât avec une canne.

— Lady Lucinda, future directrice de London Print ! la salua-t-elle, une expression joyeuse et impatiente éclairant son visage aux joues rondes.

Lucie se composa un sourire poli.

— Pas encore, je le crains.

Les traits de lady Salisbury s'affaissèrent.

— Pas encore ? Le contrat ne devrait-il pas être rédigé depuis des jours ? Mais prenez donc place. Une tasse de thé ? Un verre de xérès ?

Du vin ? L'horloge sur le manteau de la cheminée indiquait 9 heures du matin.

— Du thé, s'il vous plaît.

Elle s'assit pendant que son hôtesse la servait.

— Bien. « Pas encore », disiez-vous ?

— M. Barnes a eu du retard dans la rédaction du contrat. J'espère avoir résolu l'affaire la semaine prochaine.

La comtesse n'était pas dupe. Ses yeux bleus pétillants d'intelligence, aussi acérés que ceux d'une trentenaire, se rivèrent à ceux de Lucie.

— Ils sont embarrassés par votre personnalité et vous mettent des bâtons dans les roues, déclara-t-elle.

— Rien d'exceptionnel, répondit Lucie. Nous allons réussir.

— J'en serais très contente, dit lady Salisbury d'une voix égale. Ma chère Athéna est impatiente de se rendre utile.

Lady Athéna, la nièce de lady Salisbury, avait particulièrement envie de les assister dans leur prise de pouvoir. C'était l'une des nombreuses femmes de son rang qui rêvait de s'investir dans autre chose que la fabrication de napperons.

— Transmettez mes amitiés à lady Athéna. Ce n'est qu'une question de jours.

Lady Salisbury secoua la tête.

— Quelle sale affaire, ces intrigues politiques…

— Oh, cela pourrait être pire, répondit Lucie. Nous pourrions nous battre avec des épées et des fourches plutôt qu'avec des stylos et du papier pour conquérir notre liberté.

Toutefois, ces derniers temps, l'idée de charger l'ennemi en brandissant des armes primitives lui avait souvent paru infiniment plus séduisante.

Lady Salisbury l'observa, pensive, tout en tournant sa cuillère dans son thé.

— N'avez-vous jamais envisagé de vous rendre un peu plus avenante ? Moins autoritaire, moins radicale… et un peu plus élégante ? Cela arrondirait assurément les angles.

Lucie lui décocha un faible sourire. Comment aurait-elle pu *ne pas* y penser ? On lui offrait ce conseil avec une désespérante régularité.

— Si les tenues à la mode et les gentils sourires étaient aussi efficaces, nos banquiers, nos ducs et nos politiciens arboreraient tous des costumes impeccables et des sourires jusqu'aux oreilles, répliqua-t-elle. Ce qui n'est pas le cas.

— C'est que les hommes et les femmes ne manient pas les mêmes armes, argua lady Salisbury. Voyez-vous, une femme qui cherche ouvertement le pouvoir est considérée comme une créature vulgaire… sauf si elle est jolie. Cela sème la confusion parmi les démagogues.

Lucie poussa un soupir las.

— Madame, je crains que le postulat selon lequel toute femme, mariée ou non, est une *personne* ne soit si radical en lui-même que, quelle que soit la façon dont je le présente, il sera toujours considéré comme un problème.

Plus qu'un problème. Un défi. Une menace. Car si une femme était une personne à part entière, cela signifiait qu'elle était également en possession d'un esprit et d'un cœur bien à elle et que, par conséquent, elle avait des besoins propres. Seulement, une bonne mère, et une bonne épouse, qui se sacrifiait inlassablement, ne devait pas avoir de besoins personnels. Ou, comme le disait le poème de Patmore à la popularité consternante : « L'homme doit être satisfait, mais satisfaire l'homme est la satisfaction de la femme[1]. »

— Quelle sale affaire, répéta la comtesse en secouant la tête. Je vois bien que cela vous épuise. Vous avez une mine épouvantable. Tenez, prenez donc un biscuit.

— J'ai été absorbée par ma correspondance hier soir. Ou alors je me fais vieille, murmura Lucie sans réfléchir.

La comtesse se redressa en haussant les sourcils d'un air surpris.

— Vieille, vous ? Ne dites pas cela, ou alors je dois en déduire que j'ai un pied dans la tombe.

1. Coventry Patmore (1823-1896), poète anglais. *(N.d.T.)*

Allons, ma chère, croyez-en une authentique vieille dame : vous êtes encore dans le bel âge. Et bien trop jeune pour avoir la mine aussi soucieuse. Dites-moi, n'avez-vous pas d'ami ?

Lucie fronça les sourcils.

— J'ai trois excellentes amies. Je dois d'ailleurs leur rendre visite tout à l'heure. Elles logent dans des appartements du rez-de-chaussée pendant le trimestre.

— Très bien, répondit lady Salisbury en prenant une petite gorgée de thé, mais ma question était de savoir si vous avez un prétendant.

Lucie jeta un regard déconcerté à la comtesse.

— Non, madame.

— Je vois.

— Je dirige la campagne contre l'acte de propriété des femmes mariées. Je ne resterais pas très crédible si je me mariais.

Lady Salisbury esquissa un haussement d'épaules désinvolte.

— Millicent Fawcett est mariée, et tout le monde dans le mouvement la tient en haute estime.

— Son époux défendait le suffrage féminin longtemps avant qu'ils se rencontrent, murmura Lucie. Cela aide.

— Bien, mais je ne faisais pas allusion à un arrangement aussi formel, insista lady Salisbury.

Elle pencha la tête de côté avec une mine de conspiratrice.

— Je parlais d'un bon ami, comme on disait autrefois. Un amant.

Un amant ?

Lucie jeta un coup d'œil discret vers la tasse de la comtesse. Que prenait-elle pour le petit déjeuner ? Du xérès ?

La vieille dame éclata de rire.

— Eh bien, vous avez l'air consternée ! Vous n'ignorez sûrement pas les joies qu'un homme peut apporter à l'occasion, n'est-ce pas ? Il est essentiel d'établir une distinction entre la vie privée et l'action politique, mon enfant. Oh, vous n'êtes certainement pas aussi vieille que cela, si vous rougissez à la simple mention d'un amant !

Lucie avait les joues en feu. Cette discussion était sur le point de prendre un tour grivois. Et pourquoi, pourquoi le visage de Tristan Ballentine, avec son expression d'arrogance blasée, venait-il de s'imprimer dans son esprit ?

Lady Salisbury se pencha par-dessus la table pour tapoter la main de Lucie.

— Peu importe. Les plus courageux sont solitaires, et il en a toujours été ainsi. J'espère de tout cœur que nous allons acquérir cette maison d'édition. Nous comptons toutes sur vous. Vous portez le flambeau pour celles d'entre nous qui ne le peuvent pas.

— Exact, répondit Lucie distraitement. Et je vais faire de mon mieux.

— Le Ciel sait que je ne verrai pas de mon vivant les changements espérés, dit lady Salisbury, mais j'ai de grands espoirs pour ma chère Athéna. Et cela me donne du courage d'avoir un but. Mon chargé d'affaires croit toujours que j'ai investi mon argent dans une nouvelle collection de chapeaux ! ajouta-t-elle avec un éclat de rire joyeux. De combien de chapeaux pense-t-il qu'une femme ait besoin ?

L'appartement de Hattie, au rez-de-chaussée de l'hôtel, était surveillé en permanence par son garde du corps, un certain M. Graves. Ce jour-là, ils étaient deux à rôder dans l'ombre, essayant de se faire passer pour des valets de pied, l'air faussement impassibles. Bien entendu. Désormais, Annabelle aussi était protégée. C'était l'un des quelques inconvénients qu'il y avait à être l'épouse d'un duc. Sans doute fallait-il se réjouir que Montgomery autorise sa nouvelle épouse à poursuivre ses études en histoire de l'Antiquité !

Lucie remonta sans bruit le couloir couvert d'un tapis moelleux, surprise par le silence qui régnait. Les portes-fenêtres grandes ouvertes sur le salon révélèrent un spectacle chaleureux. Le chandelier en verre de Murano projetait des lueurs scintillantes sur la table basse et les canapés qui l'entouraient. Sur le plateau trônait un présentoir à étages rempli de scones et de tartelettes au citron qui, étrangement, était encore intact. Les amies de Lucie étaient rassemblées sur le sofa jaune, leurs têtes rousse, brune et noire se touchant presque, autour d'un magazine. Ce qui expliquait le silence ambiant. On pouvait entendre le doux crépitement des flammes dans l'âtre. Au-dessus de la cheminée était accroché un canevas proclamant leur mission prioritaire : « Amender l'acte de propriété des femmes mariées. »

Un portrait de gentleman en perruque poudrée, qui avait dû céder la place au blason, était à présent appuyé contre une commode, prêt à être remis en place si les parents de Hattie lui rendaient visite. Jamais la famille du richissime banquier n'aurait approuvé l'activisme politique de la jeune femme. Quant à la grand-tante qui lui servait de chaperon, elle avait la vue trop basse pour remarquer quoi que ce soit. Sans doute était-elle encore en train de dormir, ce qui permettait aux amies de Hattie de rester plus longtemps que le quart d'heure ordinairement dévolu à une visite de politesse.

Oxford était un endroit curieux, songea Lucie en regardant ses amies. Au mépris de toutes les conventions sociales, et par la grâce de l'université, se trouvaient réunies sur le même canapé une fille de banquier fortunée étudiante en beaux-arts, une aristocrate écossaise employée comme assistante par son père, qui était professeur, et une fille de vicaire devenue duchesse qui poursuivait des études en histoire antique.

— Bonté divine, Lucie ! s'exclama Hattie en levant les yeux. Vous nous avez fait peur. Vous vous déplacez comme un fantôme !

La jeune femme sauta sur ses pieds, faisant danser autour de son visage les boucles rousses qui s'échappaient de son chignon.

— Le contrat n'a pas été signé, annonça Lucie sans préambule.

Annabelle et Catriona, qui s'apprêtaient à se lever à leur tour, se laissèrent retomber sur le sofa.

— À cause de votre personnalité, je présume, murmura Annabelle tandis qu'une lueur de compréhension éclairait son regard vert.

— C'est bien possible.

Lucie s'assit sans grâce sur le canapé tendu de velours.

— Il semble que le conseil ait remarqué mon nom sur les documents légaux du consortium. À présent, il me soupçonne de vouloir corrompre London Print et supplie M. Barnes de ne pas nous vendre ses parts.

Hattie, qui était occupée à lui verser une tasse de thé, s'immobilisa pour poser sur elle son beau regard brun brillant d'inquiétude.

— Est-il obligé de suivre l'avis du conseil ? demanda-t-elle.

— Il est d'un tempérament anxieux.

— Alors qu'allons-nous faire ?

Lucie eut un haussement d'épaules fataliste.

— Comme toujours. Patienter.

Catriona ôta ses lunettes. Ses yeux bleus, hérités de ses ancêtres celtes, étaient plus sérieux que jamais.

— Ne vous reprochez rien, dit-elle avec un accent écossais prononcé qui trahissait l'intensité de ses émotions. Nous avons envisagé toutes les options. Vous confier la charge de ce projet était, si je puis dire, le moins mauvais de toute une série de mauvais choix.

— Eh bien, merci, répondit Lucie un peu sèchement.

En vérité, depuis son dernier entretien avec M. Barnes, les doutes l'assaillaient. Cette entreprise n'était-elle pas complètement stupide ? Quand l'idée lui était venue d'acheter une maison d'édition pour diffuser un rapport dénonçant l'acte de propriété des femmes mariées, Lucie l'avait trouvée tout simplement géniale. Après tout, aux grands maux les grands remèdes ! Toutefois, il avait été plus facile de se perdre dans la fièvre de l'action – en l'occurrence, constituer un consortium d'investissement dans des conditions qui n'étaient guère favorables et comprendre l'aspect légal de ce projet – que d'envisager jusqu'au bout les conséquences possibles. Ruiner des réputations et décourager des volontés bien disposées envers le mouvement pour le suffrage féminin, qui était déjà très impopulaire, ne représentaient qu'une partie des risques encourus. Risques qu'elle s'était empressée d'oublier quand des parts d'une maison d'édition respectable avaient été mises en vente de façon tout à fait inattendue quelques mois auparavant.

À présent qu'elle se trouvait en équilibre entre la victoire et une cruelle défaite de dernière minute, Lucie était accablée par l'énormité de son plan. « Je ne suis pas tranquille, aurait-elle aimé confier à ses amies. Je crains d'avoir eu les yeux plus gros que le ventre. » Naturellement, elle ne dirait rien de cela. Un meneur hésitant était aussi inutile qu'une couverture mouillée.

Elle se tourna vers Annabelle.

— Je crains d'avoir dû menacer Barnes de la colère de lord Montgomery. Je suis bien consciente que ce n'est pas le meilleur moment pour invoquer votre nom en faveur d'activités potentiellement scandaleuses, mais il m'a semblé que c'était ma dernière chance de le convaincre.

Le duc de Montgomery était un homme très influent, mais son image avait souffert de son mariage avec Annabelle quelques mois plus tôt. La haute société n'avait pas très bien accueilli sa décision d'épouser une simple fille de vicaire, sans parler de son changement de parti politique. Depuis, il évitait les mondanités.

— Je ne pense pas que vous ayez pu nous faire du mal en mentionnant notre nom, la rassura Annabelle. Et quand le rapport sera publié, toute trace de ma participation aura été effacée.

— Vous êtes très généreuse.

Avec grâce, Annabelle inclina la tête. Une pierre précieuse qui ornait son épingle à cheveux joua dans la lumière et alluma un petit arc-en-ciel dans sa chevelure acajou. Petit détail amusant au sujet des ducs, aucun scandale n'était assez grand pour les mener à la banqueroute.

Pendant ce temps, Hattie avait commencé à remplir son assiette de scones et de tartelettes.

— Lady Salisbury vous a-t-elle donné des conseils ?

Oui. De prendre un amant pour avoir meilleure mine.

— Rien de nouveau, répondit Lucie. Je devrais être moins moi-même et ressembler un peu plus à un modèle acceptable pour donner une meilleure image du mouvement.

Elle prit un scone, qu'elle émietta entre ses doigts.

— Je ne m'y ferai jamais. Même si nous l'oublions facilement dans notre cercle, petit mais j'ose le dire éclairé, cela n'y change rien : aux yeux de la loi, une fois mariées, nous avons les mêmes droits que les enfants et les prisonniers, à savoir aucun. Et pourtant…

Ignorant les regards désapprobateurs de Hattie sur le scone massacré, elle poursuivit :

— Et pourtant, certaines personnes s'imaginent que des détails aussi mineurs que la coupe ou la couleur de nos robes pourraient faire une différence. Quand la mode a-t-elle permis de gagner une guerre ? Annabelle, Catriona ?

Annabelle, qui possédait une solide connaissance des guerres de l'Antiquité, et Catriona, qui possédait une solide connaissance de n'importe quel sujet, lui jetèrent un regard mêlé de prudence et de sympathie. Hum. Lucie prit une profonde inspiration. Elle devait l'avouer, elle se sentait particulièrement agitée. Il n'y avait pas que son incertitude concernant London Print. L'apparition inopinée de Tristan Ballentine devant sa fenêtre l'autre soir rôdait sans cesse aux lisières de son esprit. Un instant, elle envisagea de parler à ses amies de son rendez-vous imminent au café Blackwell, mais elle y renonça. Elle se moquait éperdument de Tristan Ballentine.

— Peut-être y a-t-il du vrai dans les mérites d'une bonne image, suggéra Hattie d'un ton diplomate. L'eau qui coule creuse la pierre… Je crois que c'est Ovide qui a dit cela.

Annabelle hocha la tête.

— Exact, confirma-t-elle.

— Cela ne prend qu'un petit millénaire, ricana Lucie.

— Pendant que nous travaillons à creuser la pierre, poursuivit Hattie, imperturbable, pourquoi ne pas rester élégantes ? Si vous décidiez d'essayer la stratégie de lady Salisbury, vous pourriez commencer par honorer les événements mondains de votre présence. D'ailleurs, nous étions justement en train de parler de la partie de campagne chez lord Montgomery.

Un irrésistible sourire éclaira son visage.

— Ne serait-ce pas merveilleux si vous veniez, pour une fois ?

Lucie hésita.

— Je n'ai pas assisté à une partie de campagne depuis l'incident avec l'ambassadeur d'Espagne et la fourchette.

— Alors il est grand temps que cela change. Nous pourrions aller ensemble chercher de nouvelles robes.

Elle poussa sur la table le journal que les trois amies étaient occupées à regarder à son arrivée, un magazine de mode dont la couverture montrait une femme vêtue d'une robe si étroite qu'elle semblait cousue sur elle.

— Étant donné la situation précaire de Montgomery, est-ce bien le moment d'organiser une partie de campagne ? s'empressa de répliquer Lucie.

Annabelle hocha la tête.

— Certains estimeront peut-être qu'il est trop tôt, mais le prince de Galles a émis le désir de se rendre à Claremont pour la chasse à la grouse. Nous avons décidé qu'il serait l'invité d'honneur d'une partie de campagne.

— N'est-ce pas remarquablement habile ? s'exclama Hattie.

Ça l'était. Si le prince de Galles en personne était là, même les adversaires de Montgomery n'oseraient décliner l'invitation. Peut-être enverraient-ils l'un de leurs fils à leur place, mais chaque famille influente serait représentée. Et même si le prince ne faisait cela que pour agacer Sa Majesté la reine, qui n'appréciait pas du tout les caprices de son auguste rejeton, l'événement arrivait à point nommé pour redorer le blason de Montgomery.

— Je vous remercie pour l'invitation, dit Lucie à Annabelle, mais si le but de Montgomery est de faire oublier les scandales du passé, il serait plus prudent de ne pas me convier.

Annabelle secoua la tête.

— Vous êtes mon amie. Et je risque d'avoir besoin de toutes mes amies, car je vais être entourée de gens impatients de voir une parvenue se ridiculiser.

Enfer. Lucie n'avait pas envisagé qu'Annabelle aurait besoin de son aide.

— La première partie de campagne d'Annabelle à Claremont ne serait-elle pas une occasion parfaite pour faire un tour chez la couturière ? insista Hattie d'un ton faussement détaché.

Artiste et incurable romantique, Hattie avait des opinions particulièrement tranchées sur les couleurs, les coupes et leurs associations. Et, derrière ses airs élégants et son sourire chaleureux, elle cachait un entêtement contre lequel Lucie n'était pas de taille à lutter.

— Hattie, je ne nie pas qu'une allure élégante puisse devenir une véritable arme entre les mains d'une femme, mais ce qui me dérange, c'est que c'est la seule que nous puissions manier en public sans qu'on nous regarde de travers...

— … et refuser d'utiliser cette arme est en soi un acte politique, je sais, je sais, marmonna Hattie. Eh bien, moi, je préfère choisir mes armes, et être mal fagotée n'en fait pas partie. Quelle chance vous avez que votre mère ne choisisse pas vos tenues à votre place ! Quand je pense à tout ce que vous pourriez porter !

— J'ai déjà bien assez de robes.

— Et elles sont tout à fait convenables, répondit son amie avec un enthousiasme très modéré, mais elles sont très… grises.

— En effet.

— Et elles se ressemblent toutes.

— Je n'ai pas envie de passer une demi-heure chaque matin à assortir ma tenue.

Sans compter que le gris était une couleur bien pratique pour une femme dont les activités quotidiennes l'exposaient à la poussière et aux taches d'encre, et qui devait laver ses vêtements à la main chaque samedi, même si elle était aidée par sa gouvernante.

Elle croisa le regard maussade de Catriona. Manifestement, celle-ci s'était fait sermonner par Hattie avant l'arrivée de Lucie. Bien qu'elle fût l'héritière d'un comté écossais, c'était dans son vieux châle en tartan du clan Campbell, avec ses cheveux bruns noués en chignon bas et le nez enfoui dans un parchemin byzantin, que Catriona se sentait toujours le plus à son aise. Pauvre Hattie !

Il ne fallut pas vingt secondes à celle-ci pour s'exclamer :

— Jaune citron ! Avec votre teint, vous devriez porter du jaune citron pour une robe de jour. Du mauve, du bleu glacier et du bleu poudré pour une élégante robe de promenade, ou éventuellement un gris perle très doux, mais en aucun cas cette sinistre couleur ardoise mouillée. Vous pourriez même envisager du rouge cerise pour une robe du soir éblouissante, voire du pourpre pour faire une entrée remarquée dans un bal. Pas de motifs complexes pour vous, mais des lignes épurées. Je recommanderais une touche de douceur avec des textures veloutées. Vraiment, Lucie, je vois en vous un potentiel considérable.

— Vous m'impressionnez, ma chère.

— Si vous allez commander une nouvelle tenue avec elle, prudence ! l'avertit Annabelle. La dernière fois que je lui ai fait confiance, je me suis retrouvée avec une robe magenta qui a scandalisé toute la salle de bal.

— Puis un duc est tombé éperdument amoureux de vous et a fait de vous sa duchesse, répondit Hattie sans la moindre modestie. Pas de doute, je suis très mauvaise conseillère.

Un bref regard à la haute horloge réveilla en Lucie un sourd malaise. Elle posa sa tasse de thé. Elle n'aurait pas dû laisser Ballentine la troubler de la sorte, mais elle préférait se préparer.

— Hattie..., commença-t-elle.

— Oui ? répondit celle-ci tandis qu'une lueur d'espoir éclairait son visage.

— J'aurais une question à vous poser sur lord Ballentine...

D'un air délicieusement choqué, Hattie porta une main à ses lèvres.

— *Le* lord Ballentine ? Le fameux libertin ?

— Lui-même. Il vient de recevoir la Victoria Cross, n'est-ce pas ?

— En effet.

— Savez-vous pour quel acte de bravoure ? demanda Lucie.

Cela lui valut aussitôt un regard surpris.

— Bien entendu ! Pour avoir couru au-devant du danger au lieu de le fuir.

— Comme tous les soldats, répondit Lucie.

Son amie secoua la tête.

— Apparemment, il a fait plus que cela. J'ai cru comprendre que son bataillon avait été pris au piège au pied d'une falaise dans une embuscade, sans aucune protection ou presque, et que son capitaine avait été touché par une balle.

Annabelle se mordit les lèvres.

— C'est terrible, murmura-t-elle.

— Oui. Pire, les hommes ne pouvaient pas aller chercher leur capitaine, qui était tombé dans un endroit à découvert, car ils savaient qu'ils seraient à leur tour la cible des tirs, dont ils ignoraient la provenance.

Catriona se pencha en avant, l'air dubitative.

— Alors comment lord Ballentine s'est-il sorti de cette mauvaise passe ?

Les joues de Hattie s'empourprèrent.

— À ce qu'il semble, sa bonne étoile l'a aidé. Il avait pris du retard sur le bataillon… Une rumeur affirme qu'il s'était absenté sans permission.

Baissant la voix, elle poursuivit dans un murmure :

— Il était allé se baigner dans une rivière non loin de là et… ma foi, ce détail ne figurait pas dans les journaux, mais j'ai entendu Mme Heathecote-Gough affirmer qu'il n'était pas complètement vêtu quand l'incident est arrivé.

— C'est bien lui, marmonna Lucie.

— Entendant des coups de feu, lord Ballentine s'est rué vers le lieu de l'embuscade sans même prendre le temps de se rhabiller, puis il a attaqué les assaillants à revers. Armé de son seul revolver, il en a abattu autant qu'il le pouvait, jusqu'à ce qu'il soit à court de munitions. Alors il a terrassé les derniers en combat au corps-à-corps. Imaginez le tableau ! Enfin, tandis qu'il tentait de récupérer le capitaine, il a reçu une balle à l'épaule, tirée par un ennemi qu'il n'avait fait qu'assommer.

— Il a donc joué les têtes brûlées, murmura Lucie. Cela aussi, c'est bien lui.

Hattie lui jeta un regard désapprobateur.

— Il a sauvé des vies, Lucie. Il a fait un rempart de son corps pour protéger son capitaine pendant que ses camarades le rejoignaient pour assaillir le tireur. Puis, alors qu'il était blessé, il les a ramenés en sécurité à travers un territoire ennemi.

Elle réfléchit quelques instants.

— Cela dit, ajouta-t-elle, il est tout de même une brute, pour avoir ainsi harcelé Annabelle au bal du Nouvel An.

— Une vraie brute, renchérit Annabelle. Un héros et un grossier personnage – un homme peut être les deux à la fois.

— Oui, mais cela a incité Montgomery à vous déclarer ses sentiments, répliqua Hattie.

— En quelque sorte, murmura Annabelle en rougissant.

Quand l'horloge sonna, Lucie était toujours assaillie par d'inavouables visions d'un Tristan meurtrier et à moitié nu. Le moment était venu de quitter ses amies pour aller retrouver le héros du jour.

6

Le petit matin avait cédé la place à une chaude matinée, sans un souffle de vent pour rafraîchir les joues inexplicablement brûlantes de Lucie. À son arrivée devant la devanture du café Blackwell, la jeune femme transpirait. Elle regarda, agacée, la veste de Ballentine. Le vêtement, d'un lumineux marron glacé, étincelait dans le soleil d'été comme une châtaigne, et son propriétaire ne semblait pas un instant incommodé par la chaleur. Lucie avait eu le temps de l'observer avant qu'il la remarque – il dépassait d'une bonne tête le flot de badauds qui passaient devant la librairie, alors qu'elle-même était perdue dans la foule.

Quand elle fit halte devant lui, elle vit les coins de ses lèvres s'étirer.

Il souleva son chapeau.

— Madame, la salua-t-il.

Un rai de soleil fit étinceler sa chevelure auburn comme du cuivre poli. Lucie aurait juré avoir entendu une passante pousser un soupir admiratif.

— J'ai une demi-heure à vous consacrer, annonça-t-elle.

— Parfait. De mon côté, j'ai un train à prendre.

« Pour retourner à Londres », songea Lucie. Elle gravit les trois marches du perron et entra dans la librairie, faisant tinter la clochette suspendue au-dessus de la porte.

Dans la pénombre, une dizaine de têtes se tournèrent vers elle. Des étudiants aux visages pâles chaussés de lunettes. Puis on ouvrit des yeux ronds en la voyant. *Enfer.* Trop de gens dans cette ville connaissaient son visage. Mais peut-être était-ce Tristan qu'ils regardaient. Sans doute trouvaient-ils aussi étrange que sensationnel de voir lady Lucie Tedbury se montrer avec le pire libertin de Londres sur ses talons. Au sens littéral du terme, car il se trouvait derrière elle, bien trop près à son goût maintenant qu'elle s'était immobilisée. Son parfum l'enveloppait, un mélange chaud et viril de tabac et d'épices qu'elle aurait reconnu entre mille.

Elle se dirigea vers l'étroit escalier.

Le salon de thé situé à l'étage, pas plus grand que la librairie qui occupait le rez-de-chaussée, pouvait accueillir une dizaine de clients tout au plus autour des quelques tables serrées les unes contre les autres autour de l'âtre froid. Ils étaient seuls. Par une journée aussi chaude, si les étudiants les plus zélés se trouvaient en bas, leurs condisciples étaient encore au lit, ou en train de canoter paresseusement sur les eaux de la Cherwell.

Quand Tristan l'aida à s'asseoir à une table près de la fenêtre, elle contint un mouvement nerveux. Il arborait une expression trop innocente pour être honnête. Pas un regard appuyé, pas un sourire suffisant… C'était louche.

— Deux cafés, demanda-t-il au serveur qui venait de déposer une nappe blanche immaculée sur la table. Avec un nuage de lait et trois sucres pour la dame. Noir pour moi. À moins que…

Il se tourna vers Lucie.

— … vos habitudes n'aient changé ?

Un instant, elle fut tentée de répondre par l'affirmative. Apparemment, quelqu'un l'avait épiée pendant son petit déjeuner à l'époque où elle vivait à Wycliffe Hall.

— Un nuage de lait et trois sucres, confirma-t-elle de mauvais gré.

La table n'était pas grande. Un observateur extérieur aurait pu voir en eux deux amis prenant le café, leurs genoux proches à se toucher sous la nappe.

À présent qu'elle pouvait l'observer de plus près, Lucie remarquait sur le visage de son compagnon des changements que l'obscurité avait dissimulés quand elle l'avait rencontré l'avant-veille. Des mois après son retour en Angleterre, il avait toujours le teint hâlé d'un homme qui a marché pendant des miles sous un soleil étranger. L'ombre d'une ride se formait entre ses sourcils, et des cernes pourpres apparaissaient sous ses yeux, comme s'il manquait de sommeil. Rien de cela n'atténuait sa beauté, mais cela durcissait ses traits.

Quelque chose d'autre avait changé. Il fallut un moment à Lucie pour se rendre compte qu'il n'avait plus son diamant à l'oreille. L'avait-elle imaginé, l'autre soir ? Cela la tracassait. Ballentine vieillissait-il seulement… ou avait-il enfin acquis un peu de maturité ? Elle ne put s'empêcher de se demander, alors, quels changements le temps avait apportés à son propre visage.

— Vous êtes toujours aussi charmante, Tedbury, dit-il d'un ton suave, comme s'il avait lu dans ses pensées. Puis-je vous complimenter pour votre teint parfait ?

Elle fronça les sourcils.

— Ce n'est pas indispensable, marmonna-t-elle. Et avant de discuter de quoi que ce soit avec vous, j'ai une question à vous poser. Quelles étaient vos intentions envers la duchesse de Montgomery au bal du Nouvel An ?

Il cligna des yeux d'un air perdu.

— Je vous demande pardon ?

— Le bal du Nouvel An de Montgomery. J'ai appris que vous aviez tenté d'entraîner la duchesse dehors après une danse.

— Oh. Elle n'était qu'une simple fille de la campagne, à l'époque.

— Cela ne change rien à ma question.

Dans les profondeurs de son regard, elle vit une émotion se former.

— Si j'étais le genre d'homme pour qui vous semblez me prendre, vous dirais-je la vérité ?

— Si vous me mentiez, je le verrais.

Il lui décocha un sourire sardonique.

— Permettez-moi d'en douter.

— Très bien.

Avant qu'elle ait eu le temps de se lever, estimant que cet entretien avait déjà assez duré, il posa ses coudes sur la table et se pencha vers elle en la couvant d'un regard intense.

— Je ne m'impose pas aux dames, dit-il. Je n'en ai pas besoin.

Jamais elle ne l'avait vu aussi contrarié, ni aussi éloigné de son personnage éternellement indolent, songea-t-elle, plus fascinée qu'elle ne l'aurait voulu.

— Alors pourquoi avoir insisté pour qu'elle vous accompagne dehors ? demanda-t-elle.

Il esquissa un haussement d'épaules évasif.

— Peut-être parce que j'avais l'impression qu'elle s'ennuyait à mourir et avait besoin d'aide. Le respect des convenances est le fléau de la classe moyenne. Ces gens ne savent pas s'amuser. N'allez pas en déduire que j'aurais pris des libertés avec elle contre sa volonté.

— Seigneur, on ne saurait être plus arrogant ! À vous entendre, vous lui faisiez une faveur.

— Ma foi, nous ne saurons jamais ce qui aurait pu se passer, n'est-ce pas ? Montgomery a commencé à se montrer possessif en voyant sa future duchesse à mon bras. J'ai estimé qu'il était plus sage de battre en retraite avant qu'il envoie un de ses sous-fifres armé d'une fourche pour me chasser de la salle de bal.

S'il mentait, elle aurait effectivement été incapable de le dire. Ses iris étaient un trouble mélange d'ambre et de vert mousse, et plus elle tentait d'en sonder les profondeurs, plus elle avait l'impression de s'y noyer. Elle était assez proche de lui pour sentir son souffle lui caresser doucement la joue. Assez proche pour remarquer une fine cicatrice sur le côté de sa mâchoire, encore légèrement rosée, comme une blessure qui n'a pas fini de guérir. Sans réfléchir, elle porta son regard sur l'imperceptible marque en forme de petit croissant sur sa pommette gauche – une marque qu'elle lui avait elle-même imprimée en le frappant, il y avait bien longtemps, dans Wycliffe Park, un jour où elle était en proie à une rage impuissante dont il n'était nullement responsable…

Le serveur revint d'un pas rapide avant d'hésiter, peut-être en les voyant ainsi, tête à tête, dans une attitude presque intime. Lucie se redressa en sursaut pour le laisser déposer deux tasses fumantes sur la table.

Prenant sa cuillère, elle remua son café.

— Qu'est-ce qui vous a ramené en Angleterre ? s'enquit-elle.

Il la scruta avec attention, puis elle vit ses épaules s'affaisser tandis qu'il s'installait plus confortablement sur son siège.

— J'ai quitté l'armée.

— Déjà ?

Il n'avait pas encore atteint le rang de capitaine, qu'il aurait pourtant amplement mérité après six années sous les drapeaux. Toutefois, s'il fallait en croire la rumeur, ses désobéissances répétées, qui l'incitaient à aller s'ébattre dans les rivières pendant que ses camarades essuyaient les tirs ennemis, n'avaient guère plaidé en sa faveur. Il était même surprenant qu'il n'ait jamais été démis de ses fonctions.

Il lui adressa un sourire vaguement amusé.

— Difficile de faire mieux que d'être décoré de la Victoria Cross, Lucie, lui rappela-t-il.

De fait, cette médaille était la récompense militaire la plus prestigieuse en Angleterre. Les hommes du clan Ballentine s'étaient toujours distingués sur le champ de bataille – leur devise n'était-elle pas « Avec Vigueur et Valeur » ? Le frère aîné de Tristan, Marcus, avait fait une brillante carrière dans la Royal Navy, interrompue tragiquement par une chute de cheval.

Lucie observa la main gauche de son compagnon, dont les doigts étaient serrés autour de sa tasse de café. La chevalière de la maison de Rochester ornait son auriculaire, avec son rubis qui scintillait telle une énorme goutte de sang. C'était probablement la véritable raison de son départ de l'armée : à présent qu'il était l'unique héritier, il ne pouvait plus risquer sa vie sur le front. Désormais, sa principale mission était d'assurer la continuité de la lignée et d'assimiler aussi rapidement que possible tout ce que le précédent héritier Ballentine avait eu le temps d'apprendre depuis le berceau.

Elle était curieuse. Était-ce le chagrin qui avait creusé ces légers sillons entre ses sourcils ? Autrefois, leurs mères avaient été de proches amies ; peut-être étaient-elles encore en bons termes. Il n'aurait pas été contraire aux usages de s'enquérir de la santé de lady Rochester, ou même de celle de Tristan... mais de telles questions risquaient de réveiller des souvenirs et des émotions indésirables. De plus, si elle était assise en cet instant à la même table que lui, c'était probablement parce qu'il mijotait un mauvais coup. « Un héros et un grossier personnage – un homme peut être les deux à la fois. » C'étaient les pires aspects de son caractère et non les meilleurs, elle n'en doutait pas, qui étaient à l'origine de ce rendez-vous.

— Bien, dit-elle. Qui vous a dit que j'étais experte dans le domaine de la presse ?

Il esquissa un petit sourire.

— Mon notaire. Il tient absolument à me donner chaque mois une leçon sur la situation économique en Grande-Bretagne. Grâce à lui, je sais donc que le pays contrôle plus de vingt pour cent du commerce international et que vous êtes très occupée à acheter des maisons d'édition.

Tristan Ballentine avait un notaire. Incroyable.

Lucie redressa le menton.

— Et qu'est-ce qui a éveillé si soudainement votre intérêt pour le lectorat féminin ?

Il prit sa cuillère.

— La vraie question est plutôt de savoir ce qui a éveillé le vôtre.

Lucie lui jeta un regard méfiant.

— Que voulez-vous dire ?

À présent, il jouait avec sa cuillère comme un enfant, y cherchant son propre reflet renversé.

— N'est-ce pas curieux qu'une femme dotée de votre vision et de votre ambition achète des parts majoritaires d'une solide maison d'édition de Grande-Bretagne spécialisée dans les magazines féminins ? Et des magazines des plus recommandables, qui plus est.

Lucie se figea, mal à l'aise. Que savait-il exactement ?

Rien. Il ne pouvait rien savoir. Et même si c'était le cas, cela ne le concernait nullement.

À cet instant, il leva les yeux de sa cuillère et posa sur elle un regard froid, perçant. Lucie recula imperceptiblement. Son regard semblait être entré en elle aussi facilement qu'un rai de soleil traversant un voile de coton. Elle se composa un masque impassible, mais avec un temps de retard. Elle le comprit en voyant les lèvres de son compagnon s'étirer en un sourire qui n'avait rien d'amical.

Elle lui répondit par la même expression de froideur polie.

— Il n'y a rien d'exceptionnel à avoir plusieurs centres d'intérêt. Je peux défendre les droits des femmes et garder un œil sur une bonne opération financière, voyez-vous. Au demeurant, les deux se complètent bien. Le mouvement pour le suffrage féminin est une entreprise coûteuse, non seulement en argent, mais aussi en temps. D'ailleurs, vous êtes en train de me faire perdre le mien.

Il acquiesça d'un coup de menton.

— Très bien. Si j'envisageais de publier un livre, demanda-t-il lentement, devrait-il être anonyme, publié sous un pseudonyme quelconque ou signé lord Ballentine ?

Il avait posé cette question d'un ton hésitant qui intriguait la jeune femme.

— Ce n'est pas une question rhétorique, n'est-ce pas ? Vous l'avez déjà écrit, ce livre.

Il hocha la tête.

— Ma question est de savoir si mon nom, ou plus exactement la réputation qui l'entoure, inciterait les femmes respectables de Grande-Bretagne à l'acheter ou les en découragerait. Mon intuition me dit qu'elles dépenseraient volontiers leur argent de poche pour lire ma prose.

— Bref, vous me demandez si les femmes achèteraient quelque chose non pas pour son contenu ou sa qualité, mais parce que cela serait associé à votre nom ?

Il haussa les sourcils, comme surpris par son ton incrédule.

— J'en garantis le contenu et la qualité, mais oui, c'était bien ma question.

— C'est grotesque. Vous n'êtes tout de même pas assez dépourvu de scrupules pour tirer un profit financier de votre expérience de libertin.

— Voilà un défi intéressant. Mais imaginons que cet ouvrage existe déjà, que sa publication ait été fructueuse et que j'envisage de le faire rééditer sous le nom de Ballentine.

— Que cet ouvrage existe déjà, répéta Lucie avec un désagréable pressentiment. De quelle sorte de livre s'agit-il, au fait ? Un journal de guerre, je présume ?

Une expression interloquée passa sur le visage de son compagnon.

— Non, dit-il. De la poésie.

— De la poésie, répéta-t-elle de nouveau, abasourdie.

— Exactement.

— De la poésie de guerre ? insista-t-elle.

De nouveau, l'ombre d'une hésitation passa sur les traits de Tristan.

— Pas du tout. De la poésie romantique.

Le regard gris de Lucie, plus incrédule et acéré que jamais, semblait lui tailler la peau telle une lame de rasoir au fil émoussé. Ce qui était assez ironique, car il avait dit la vérité sur la poésie et sur sa confiance dans l'avis de la jeune femme. Toutefois, il avait menti sur son but en lui proposant ce rendez-vous, aussi avait-elle de bonnes raisons de soupçonner un piège. Lucie était aussi intuitive qu'une chatte, mais totalement dénuée de malice. En dépit de tous les combats qu'elle avait menés, elle avait conservé une forme de naïveté. Il lisait sur son visage comme dans un livre ouvert. Si elle s'intéressait à London Print, ce n'était certainement pas que pour des raisons financières.

Tristan prit sa tasse et but quelques gorgées de café sans même en sentir le goût. Cette femme possédait le don de lui compliquer la vie, et sans doute se compliquait-elle également la sienne. Les deux petites rides soucieuses qui séparaient ses sourcils lui donnaient une irrésistible envie d'y poser son pouce pour les lisser. Sans doute s'imaginait-elle encore qu'elle pouvait affronter à mains nues toutes les souffrances de l'humanité parce qu'elle avait la justice de son côté ! Nourrir de telles convictions ne pouvait être qu'une source de frustration sans fin. Sans cela, il aurait envié la pureté de sa colère et sa détermination sans faille. Contrairement à lui, jamais elle ne devait se réveiller le matin et regarder le plafond en se demandant ce qu'elle allait faire de sa journée.

— De la poésie romantique, répéta-t-elle d'un ton condescendant.

Manifestement, la poésie romantique était aussi sérieuse à ses yeux que les comptines pour enfant. Sa réaction aurait sans doute accablé un génie de la littérature – après tout, les poètes étaient des âmes sensibles –, mais Tristan avait depuis longtemps perdu sa sensibilité. Ainsi qu'une bonne partie de son âme. Aussi ne sentit-il rien d'autre que ses instincts virils qui se réveillaient et lui donnaient envie de relever le défi.

Ce qui était une mauvaise idée, surtout dans un établissement public, car la perspective de conquérir Lucy Tedbury éveillait toujours la même image en lui : Lucie dans le plus simple appareil, sa peau laiteuse rosie par le désir, sa langue occupée à d'autres activités que de lui reprocher ses défauts. En la voyant écarquiller les yeux de stupeur, il s'avisa qu'il avait dû laisser échapper un grondement.

— Le café, marmonna-t-il d'une voix enrouée. Il est trop fort.

La jeune femme ne répondit pas, car son attention venait d'être attirée par un brouhaha derrière lui.

Il regarda par-dessus son épaule.

Trois jeunes femmes se bousculaient, tout excitées, sur le seuil de la petite salle. Il les avait déjà remarquées un peu plus tôt, quand ils avaient gravi l'escalier parmi les rires et les murmures étouffés. Elles avaient dû les épier discrètement avant de se décider enfin à se montrer. De petites vendeuses, s'il en jugeait par leur apparence, délicieusement roses et rondes, mais un peu trop jeunes pour sortir sans chaperon, même en groupe. Sous son regard scrutateur, elles tentèrent sans trop de conviction de se cacher les unes derrière les autres.

— Bonjour, mes beautés, dit-il. Peut-on faire quelque chose pour vous ?

Une bouffée d'exaltation féminine monta vers lui telle une douce brise.

— Lord Ballentine...

Comme une seule femme, elles s'approchèrent de la table, apportant une douce senteur de muguet, et esquissèrent une petite révérence. Puis la plus courageuse des trois fit un pas en avant, les mains nouées dans le dos.

— Nous vous avons vu entrer dans la librairie, commença-t-elle.

— Vraiment ? murmura-t-il.

Leurs yeux brillants d'excitation contredisaient leur apparente timidité. De l'autre côté de la table, Lucie fronçait les sourcils d'un air mécontent.

— Nous espérions que vous accepteriez de nous signer ceci, dit une autre.

C'était une jolie rousse au petit nez constellé de taches de rousseur. Comme les yeux de Lucie semblaient lancer des éclairs, il fut tenté un instant de flirter avec la jeune fille, mais celle-ci lui tendit quelque chose. Une carte. Il crut reconnaître une carte de la Saint-Valentin – au cours de sa carrière de séducteur, ses innombrables admiratrices lui en avaient envoyé de quoi remplir un cargo entier –, mais la personne représentée sur la carte n'était autre que lui. On avait découpé une image de lui qui le montrait en uniforme, regardant au loin, dans un article de presse consacré à la cérémonie de remise de la Victoria Cross, et on l'avait collée sur le carton. Puis on avait ajouté un cadre en dentelle, coloré ses yeux en bleu et dessiné un *chien*, un de ces petits roquets qui semblaient toujours sur le point de japper et de vous mordre les chevilles.

— C'est..., dit-il en plissant les yeux. C'est...

— C'est une carte de la Saint-Ballentine[1] ! s'exclama la première jeune fille qui s'était adressée à lui, faisant glousser ses compagnes.

— Je vois, dit-il avec flegme. C'est bien trouvé.

— N'est-elle pas charmante ? roucoula l'une des demoiselles.

— Vous voulez bien signer nos cartes, lord Ballentine ? Cela les rendra encore plus précieuses que les autres.

— Les autres ? répéta-t-il sans comprendre.

Trois jeunes têtes donnèrent de vigoureux coups de menton.

— Elles font fureur, expliqua la rousse. Il y a d'autres héros que les filles aiment bien mettre sur leurs cartes, mais vous êtes de loin le plus populaire. Vos cartes s'échangent contre deux autres héros au moins, et même plus si les autres cartes n'ont pas de cadre en dentelle.

— Nous ne nous séparerions de nos cartes pour rien au monde, s'empressa d'ajouter la première. Elles sont nos porte-bonheur.

Renonçant à comprendre, il glissa une main dans sa veste et sortit un stylo de sa poche intérieure.

— Très bien, dit-il en pianotant sur la table.

Tandis que les jeunes filles l'observaient, le souffle coupé, il signa la carte ornée du chien ainsi que deux autres tout aussi absurdes.

Les trois gamines disparurent dans un chœur de soupirs, laissant derrière elles un délicieux sillage de fleurs de printemps.

Lentement, Tristan tourna de nouveau la tête vers Lucie.

Une lueur mauvaise dansait dans ses yeux argentés.

---

1. Jeu de mots sur Ballentine et *Valentine card*, carte de la Saint-Valentin. *(N.d.T.)*

— Bien, dit-elle d'un ton indéchiffrable.

— Bien, dit-il d'un ton accablé.

Elle semblait se mordre les lèvres pour ne pas sourire.

— Je présume que ceci répond amplement à votre question. Entre nous, je vous aurais plutôt recommandé d'explorer cette idée de carnets de guerre, mais de la poésie romantique sous votre nom, cela pourrait très bien marcher. Ou alors vous pourriez ouvrir une boutique…

Manifestement incapable de conserver plus longtemps son sérieux, elle éclata de rire, faisant étinceler ses dents nacrées.

— Écoutez…, commença-t-il.

— … une boutique de cartes de la Saint-Ballentine ! Ce serait très lucratif.

Il aurait dû se fâcher, mais elle était si délicieusement effrontée de rire ainsi aux éclats en public qu'il n'en eut pas le cœur. Il n'avait qu'un regret : être l'objet de son hilarité.

— Et n'oubliez pas le cadre en dentelle, ajouta-t-elle, hilare, en s'essuyant les yeux.

Puis, après un regard à sa montre de gousset, elle se leva, le salua et s'en alla, l'abandonnant devant sa tasse vide.

Tristan finit son café, l'air imperturbable, un sourire amusé aux lèvres, mais l'absence de sa compagne, que cette salle vide ne faisait que souligner, lui semblait presque palpable.

Puis le monde parut reprendre sa course autour de lui. En contrebas, la rumeur de la rue s'éleva de nouveau, et Tristan remarqua enfin la décoration du petit salon de thé. Toutefois, plus son environnement s'imposait à ses sens, plus son esprit, qui d'ordinaire s'activait sans relâche, explorant plusieurs pistes à la fois, semblait désormais s'apaiser.

Il se sentait particulièrement calme et concentré en présence de Lucie, cette force de la nature qui le mettait sans cesse au défi. On sous-estimait toujours la valeur du calme.

Si Tristan avait eu une conscience, il aurait probablement regretté de devoir bientôt faire perdre toute raison de rire à la belle lady Lucinda Tedbury.

7

Le train de la Great Western Railway qui menait d'Oxford à Ashdown traversait la région des Cotswolds avec une exaspérante lenteur. Des collines aux doux vallonnements, si civilisées, si *anglaises* avec leurs sommets modestes et leurs vallées pittoresques, défilaient derrière la fenêtre, mais qu'elles étaient ternes en comparaison des montagnes émeraude d'Afghanistan ! Depuis le retour de Tristan en Angleterre, les couleurs de son pays natal semblaient avoir pâli, et tout, dans les environs de Londres, était abominablement lent : le service des domestiques, l'esprit des gens, la vie en général.

Hélas, depuis que Rochester l'avait sommé de convoler en justes noces, la location de son appartement dans Saint James's était devenue trop chère pour sa bourse, et il était hors de question qu'il s'installe dans l'hôtel particulier familial londonien. Là-bas, les murs avaient des yeux. Le petit logement qu'il louait désormais à un ancien camarade d'école dans Logic Lane, à Oxford, était bon marché et le rapprochait d'Ashdown. Certes, cela signifiait qu'il était désormais cloué à Oxford, où le tailleur était médiocre, la nourriture indigeste et la débauche désespérément convenue. Qu'il était pénible de devoir toujours garder un œil sur ses comptes !

D'un geste pensif, il lissa la soie fluide de son gilet. Durant son séjour à l'étranger, il avait souvent rêvé de luxueux vêtements à la coupe parfaite. Pour oublier la chaleur, les charançons et le sang, il avait imaginé des étoffes douces qui ne lui donneraient pas de démangeaisons de la tête aux pieds. De fraîches senteurs de draps propres. Des vins riches et capiteux comme du velours…

Tant pis. Plutôt renoncer à tout cela que de plier devant la volonté de Rochester !

Toutefois, on ne sacrifiait pas aussi facilement une mère, n'est-ce pas ? D'ailleurs, il avait la déplorable habitude de songer à lady Rochester chaque fois que se présentait une occasion de rompre ses liens avec Ashdown. La première fois qu'il avait choisi de *ne pas* partir, il avait seize ans et était en possession d'une somme rondelette, fruit de la vente de nouvelles érotiques à ses camarades d'Eton et à une boutique louche de Whitechapel, un petit magot suffisant pour financer un billet sur un vapeur en partance pour l'Amérique et se loger décemment jusqu'à ce qu'il trouve un emploi. La perspective de devoir travailler et vivre parmi ces bruyants Américains ne lui souriait guère, mais celle de continuer à supporter Rochester et son fouet lui était devenue intolérable.

Seulement, il y avait sa mère. S'il partait, qu'adviendrait-il d'elle ? Marcus n'avait jamais été cruel, mais il était aux ordres de Rochester et avait hérité de son tempérament : il n'avait pas la moindre patience envers l'excentricité et la mélancolie. Tristan n'en avait pas beaucoup plus, à vrai dire, sauf pour ses propres excentricités et sa propre mélancolie, mais des trois hommes Ballentine, il était le seul à se sentir plus protecteur qu'irrité quand la comtesse faisait des choses étranges, comme s'enfermer pendant tout un printemps pour peindre deux mauvais tableaux impressionnistes par jour, puis ne plus jamais toucher une brosse après avoir émergé de sa réclusion.

La vérité, c'était que si l'on ne pouvait échapper ouvertement aux contraintes imposées par un homme tel que Rochester, qui avait des principes rigides et détenait le pouvoir financier, on devait s'exiler en soi-même. En peignant. En écrivant. En buvant et en forniquant. Voire en allant ramper dans la poussière au fin fond de l'Afghanistan.

Tristan se laissa aller contre le dossier de la confortable banquette. Il aurait dû être en train d'écrire car Lucie, naturellement, avait raison. Ses carnets de guerre s'arracheraient comme des petits pains. Son carnet était ouvert sur la tablette devant lui ; la page blanche attendait qu'il griffonne les grands axes de son récit, ainsi que quelques réflexions sur les événements qu'il choisirait de relater.

Le problème, c'était que même au plus fort de l'inspiration, le simple fait de coucher les mots sur le papier lui demandait un violent effort. Et, en cet instant, il n'avait pas la moindre inspiration. Cette guerre n'avait pas été la sienne. À présent qu'elle était finie, il ne ressentait pas la moindre envie de s'y attacher plus qu'il ne l'avait été. Certes, il avait été élevé pour porter l'uniforme, grâce à l'entraînement exigeant que Rochester lui avait infligé et au sang des Ballentine qui courait dans ses veines. Et, là où régnait le chaos, ses décisions impulsives étaient plus utiles que d'interminables réflexions. Voilà pourquoi il était régulièrement appelé à effectuer des actions qui plaisaient au public. Faire écran de son corps à son capitaine blessé au lieu de détaler comme un lapin, par exemple. La gloire qu'il en retirait aujourd'hui lui laissait un goût amer dans la bouche, mais il était un garçon pragmatique. Il rédigerait ces mémoires de guerre. Demain.

Le bâtiment carré en pierre blonde d'Ashdown Castle était plus doré qu'un rayon de miel dans le soleil de l'après-midi. Un visiteur innocent se serait facilement laissé tromper par cette apparence chaleureuse. La vérité, c'était que l'endroit était sinistre.

Rochester était à Londres ce jour-là, appelé par quelque affaire à la Chambre des lords, mais Jarvis, la fouine aux lèvres pincées qui lui tenait lieu de majordome, ne manquerait pas de renifler la piste de Tristan.

Pour parvenir à l'aile ouest, il fallait passer dans le grand hall devant le portrait grandeur nature de Marcus, qui ne laissait jamais Tristan indifférent. Sous le regard brun et fixe de son aîné, la chevalière à son petit doigt lui parut soudain peser plus lourd, tel un boulet au bout de sa chaîne, et un grand froid l'envahit. Il pressa le pas, mais il lui sembla sentir le regard de Marcus dans son dos jusqu'à ce qu'il atteigne le grand escalier.

Il entra dans la chambre de sa mère après avoir rapidement frappé à la porte. Tout d'abord, il fut désorienté. La pièce était plongée dans l'obscurité, et un silence absolu y régnait. Si Tristan n'avait pas su où il se trouvait, il aurait pu croire qu'il n'y avait personne sur le lit, mais l'air était lourd d'une présence triste et morne.

Il referma doucement la porte derrière lui.

— Mère ? appela-t-il.

Silence.

Il traversa la pénombre avec prudence, au cas où un meuble aurait été ajouté dans cette pièce, un siège ou une desserte ne figurant pas encore sur sa carte mentale des lieux.

Il fit halte près de la fenêtre la plus proche.

— Mère, je vais ouvrir les rideaux, la prévint-il.

Il tira sur la lourde tenture de brocart. Aussitôt, la lumière l'aveugla. Puis Ashdown Park apparut devant lui, dans toute la gloire verdoyante du début de l'été.

Derrière lui, il entendit un léger froissement de draps.

— Marcus ?

Un sourire triste étira les lèvres de la comtesse.

Tristan se retourna.

Sa mère était étendue sur le côté, minuscule silhouette dans le vaste lit, une main glissée sous sa joue.

— Non, répondit-il. Seulement Tristan.

Elle avait les yeux cernés. Ses cheveux à la natte défaite reposaient sur son épaule, plus gris que bruns, nota Tristan, le cœur serré.

Elle ne bougea pas d'un pouce tandis qu'il s'approchait d'elle et prenait place dans le fauteuil destiné à ses visiteurs.

Une âcre senteur médicinale lui chatouilla désagréablement les narines. Sur la table de chevet se trouvaient les innombrables poisons qu'on faisait avaler à sa mère, ainsi qu'un plateau avec un bol de soupe et une tranche de pain desséchée depuis longtemps.

— Bonjour, mère.

— Mon beau garçon, dit-elle doucement en observant son visage avec attention.

Il prit sa main. Au contact de ses doigts osseux, un frisson lui parcourut le dos.

— Pourquoi n'êtes-vous pas venu me voir plus tôt ?

— Il n'y a pas longtemps que je suis rentré.

— Menteur, répliqua-t-elle sans émotion apparente. Carey m'a dit que vous étiez revenu avant Noël.

— Votre femme de chambre est une redoutable espionne.

Cela ne la fit pas sourire. Quand elle était dans cet état, il avait l'impression de parler dans le vide. Son visage n'était plus le même, comme si son corps était là mais pas son esprit. Cela aurait amené l'homme le plus blasé à croire à l'âme humaine, car son absence était parfaitement visible.

— Pourquoi ne mangez-vous pas ? s'enquit-il. Voulez-vous que j'aille dire un mot à la cuisinière ?

Pas de réponse.

Tous ses muscles étaient tendus, comme si son corps le suppliait de s'éloigner de tant de vulnérabilité. Dans ses lettres, la femme de chambre lui avait caché combien l'état de la comtesse s'était dégradé. Ou peut-être était-ce lui qui avait refusé de lire entre les lignes...

Il observa plus attentivement les flacons sur la table de chevet. Du laudanum, naturellement, ainsi que d'autres teintures, sans doute des remèdes de charlatans. On en administrait à la comtesse dans ses moments les plus dépressifs... et on tentait de lui en donner dans ses phases d'exaltation, quand elle commandait trente nouvelles robes en une seule journée ou décidait de rallier toute seule le Maroc à la voile.

— Mère, vous ai-je dit qu'à Delhi, j'ai été invité chez le général Foster ? demanda-t-il. Il a un éléphant dans ses jardins.

La comtesse fronça les sourcils.

— Très étrange... Un éléphant vivant ?

— Parfaitement. Toutefois, il est petit. C'est encore un éléphanteau. Un jour, il a glissé sa trompe par une fenêtre des cuisines et quémandé à manger. Vous l'adoreriez.

Comment se porterait-elle aux Indes, sous le toit du général Foster ? À la voir aussi fragile, il craignait qu'un simple déplacement en voiture ne la brise. Il se demanda si elle avait perdu de vue la mère de Lucie. Autrefois, les deux femmes avaient passé des vacances ensemble, dans l'une des petites propriétés de Wycliffe. Un peu de compagnie amicale aurait fait le plus grand bien à sa mère, mais même si elle était encore en relation avec la comtesse de Wycliffe, il était peu probable que Rochester la laisse s'éloigner d'Ashdown, à présent qu'elle était sa monnaie d'échange.

— Un éléphant..., murmura-t-elle, intriguée. Comment fait-il pour l'empêcher de piétiner les rosiers ?

— Le général est parfois excentrique mais sa conversation est passionnante, poursuivit Tristan sans répondre à sa question. Il se targue de posséder de solides connaissances sur le panthéon hindou et peut disserter pendant des heures sur le sujet.

Sa mère fronça les sourcils.

— Est-ce bien raisonnable de fréquenter des aspirants païens, mon cher ? Surtout s'ils ont une tendance au prosélytisme ?

— Vous avez raison, admit Tristan sans conviction. Quoi qu'il en soit, je suis ici, à présent.

Au fond des yeux bleus de sa mère, une étincelle parut se rallumer.

— Allez-vous rester ? demanda-t-elle d'une voix à peine audible.

Il n'avait qu'une envie : s'enfuir.

— À condition que vous mangiez, répondit-il.

Il se leva pour tirer le cordon de la sonnette accroché au-dessus de la table de chevet et, incapable de s'attarder plus longtemps, s'éloigna. De toute façon, il avait l'information qu'il était venu chercher. Lady Rochester n'était pas en état de voyager et ne manifestait aucune curiosité pour le général Foster. Il reviendrait la voir plus tard, quand ses projets auraient avancé. N'importe quelle bonne pourrait lui faire avaler son bouillon à la cuillère. Après tout, il n'était pas un saint.

Et, ce soir, il avait un rendez-vous en tête à tête avec un homme que l'on surnommait Belzébuth.

La nuit était tombée quand il arriva à Londres, mais le quartier où il se rendit était plongé dans une perpétuelle pénombre, quelle que soit l'heure. L'immeuble qui se dressait devant lui était élégant, et présentement bien éclairé par de hauts réverbères, mais les façades blanches polies et les entrées flanquées de piliers dissimulaient des arrière-salles et des caves où des hommes influents se retrouvaient pour assouvir leurs vices. Et quand le pouvoir était illimité, le vice l'était aussi.

Des années auparavant, cela avait été sa vie quotidienne. Laisser un heurtoir de porte retomber selon un rythme convenu à l'avance, murmurer des mots de passe à des portiers taillés comme des armoires à glace, descendre d'étroits escaliers sombres… Au cœur même de Londres, il avait traversé Sodome et Gomorrhe. Sans les poètes et leurs vers sur tout ce qui est noble et vrai, ces eaux troubles auraient définitivement noyé son âme. Encore à présent, on le reconnaissait, ici. Des regards s'éclairèrent dans l'ombre quand il franchit l'antichambre de l'hôtel particulier plongée dans l'obscurité.

Avant même qu'il entre dans la dernière salle de jeu, son odorat l'informa que Blackstone était là… par l'absence notable de la fumée de cigarette qui, en temps ordinaire, masquait la puanteur des vieux tapis souillés de fluides divers. En présence du richissime investisseur, personne n'avait le droit de fumer. On se perdait en conjectures sur les raisons de cette interdiction. La moitié des gens le soupçonnaient de nourrir une inquiétude déraisonnable pour ses dents et ses poumons, l'autre moitié n'y voyait qu'une façon de tyranniser son entourage. Tristan, quant à lui, le connaissait depuis assez longtemps pour savoir que les deux hypothèses étaient vraies.

Blackstone était vautré dans un fauteuil face à la porte, le dos au mur. Ses traits cruels, qu'un nez à l'arête brisée rendait plus rudes encore, n'indiquèrent en rien qu'il avait remarqué que Tristan venait d'entrer. Il ne faisait attention à personne en particulier, et ses cartes pendaient de sa main pâle et languide. Les autres hommes du cercle, ceux qui osaient parier avec lui, auraient tout aussi bien pu ne pas être là. Par son apparence comme par son expression, Blackstone ressemblait plus aux seigneurs de la pègre qui régnaient sur les docks de Londres qu'aux hommes d'affaires de sa classe sociale.

Tristan passa devant le groupe sans ralentir et, d'un hochement de tête, indiqua qu'il désirait s'entretenir avec Blackstone. Les cils de ce dernier s'abaissèrent brièvement, signe qu'il acceptait. C'était prometteur. Si chacun suivait avec attention la vie de l'autre, voilà des années qu'ils ne s'étaient pas croisés volontairement.

Tristan entra dans un salon vide attenant à la salle et s'installa confortablement dans un grand fauteuil de cuir. Blackstone pouvait le faire attendre dix minutes... ou plusieurs heures. Il était toujours éminemment pénible de devoir patienter en respirant cet air fétide. Dans le passé, cela ne l'avait pas dérangé. À dix-huit ans, tout excité par la chasse, il avait été prêt à tout. C'était l'époque où il avait découvert que son visage ne plaisait pas qu'aux femmes mais aussi à certains hommes et que le demi-monde, séduit par sa jeunesse et sa fraîcheur, adorait qu'il se joigne aux jeux de cartes et aux nuits de débauche. Il lui avait été facile d'attirer les naïfs en feignant de partager leur faible pour l'alcool et les courtisanes, puis de gagner leur confiance quand ils étaient ivres de whisky et de plaisir. Un secret inavouable était aisément arraché pendant ces heures troubles, et Tristan avait incité ses camarades de débauche à jouer gros, tout en restant lui-même parfaitement sobre derrière ses airs d'ébriété complète. Bientôt, il avait rempli tout un livre de comptes d'un mélange soigneusement composé de dettes à rembourser et de faveurs à retourner, mais aussi de secrets qu'il pourrait éventuellement monnayer cher. C'était son compte en banque personnel et discret, son dernier atout.

C'était ainsi qu'il avait croisé le chemin de Blackstone. Une nuit, tous deux avaient tenté de plumer le même pigeon, sans que la balance penche d'un côté ou de l'autre. Aussi, après quelques démonstrations de force un peu puériles, avaient-ils uni leurs efforts pour exercer leurs méfaits. La brute et le serpent. L'un avait fourni les moyens de pression, l'autre un accès à des cercles très fermés. Le tandem avait fait merveille pendant quelques années. Au demeurant, l'arrangement s'était révélé plus profitable pour Blackstone, qui était à présent l'un des hommes d'affaires les plus riches de Londres… mais, contrairement à Tristan, Blackstone n'avait pas été détourné de ses entreprises florissantes par un père tyrannique. Blackstone, pour ce que Tristan en savait, n'avait jamais eu de père.

Une ombre passa sur le plancher. Quand on parlait du loup… La silhouette massive de l'homme d'affaires obscurcissait à présent l'entrée de la pièce. Deux yeux froids, couleur d'ardoise, se rivèrent aux siens.

— Je dois vous parler affaires, annonça Tristan.

Blackstone réfléchit puis, après un bref hochement de tête, pivota sur ses talons et s'en alla. Tous deux savaient que les moulures de ces salons étaient percées de trous stratégiquement disposés afin que de tierces personnes puissent voir et entendre ce qui s'y déroulait. Ils avaient passé assez de temps de l'autre côté de ces murs.

Ils se dirigèrent vers une sortie côté est, où des voitures de location attendaient. Blackstone fit signe à Tristan de monter à bord de son attelage à l'apparence anonyme. Quelques instants plus tard, le véhicule s'ébranla. À moins qu'ils n'en aient décidé autrement, il les emmènerait à quelques rues de là, dans Belgravia, ce qui leur laissait assez de temps pour discuter affaires, à condition de se montrer succincts. Puis Tristan descendrait et Blackstone s'éloignerait, probablement en direction de l'une de ses différentes demeures dont il gardait l'adresse jalousement secrète. Il possédait un célèbre hôtel particulier dans Chelsea, rempli de sa collection d'art dont il connaissait le prix de chaque pièce, même s'il en ignorait la valeur artistique. L'investisseur était totalement dénué de sensibilité. Rien d'exceptionnel pour un parvenu, supposait Tristan.

— Il me faut de l'argent, dit-il. Demain.

Sur la banquette d'en face, Blackstone regardait la nuit défiler derrière les vitres. L'alternance rapide d'ombre et de lumière jouait sur ses traits rudes.

— Combien ? marmonna-t-il d'une voix rocailleuse dénuée de toute inflexion, et qui avait presque perdu son accent écossais.

Quand Tristan indiqua le montant, Blackstone tourna lentement la tête vers lui. Le regard qu'il lui lança était particulièrement éloquent. Tristan n'en fut pas très surpris ; la somme qu'il demandait était particulièrement élevée.

— Je suis presque curieux de savoir pourquoi vous en avez besoin, murmura Blackstone.

— Les femmes, répondit Tristan.

Lucie, sa mère, et cette fiancée inconnue dont il ne voulait pas, pour être plus précis.

— Évidemment, marmonna Blackstone.

Il se tourna de nouveau vers la vitre. Après un silence, il ajouta :

— L'argent sera sur le compte à midi. Rendez-vous au Claridge demain matin à 8 heures pour signer les papiers avec mon chargé d'affaires.

La discussion était close. Blackstone récupérerait son argent sans aucun état d'âme et à n'importe quel prix ; Tristan connaissait les conditions. La dernière fois qu'il avait effectué un gros emprunt, il avait vingt-deux ans et venait d'intégrer l'armée. Cela avait été la seconde occasion où il avait été sérieusement tenté de se laisser déshériter et d'émigrer en Amérique. Au lieu de cela, il avait eu la présence d'esprit, avant d'embarquer sur le navire en compagnie de son régiment, de réaliser un investissement pour l'avenir. En plus d'intérêts usuraires, son vieil ami avait exigé que quelques dettes soient transférées du livre de comptes de Tristan vers le sien. Blackstone adorait détenir des dettes d'aristocrates et les réclamer au moment le moins opportun – le moins opportun pour les aristocrates endettés, plus précisément. Il avait laissé dans son sillage d'innombrables faillites et banqueroutes. Tristan esquissa un sourire. Traiter avec Blackstone quand on était vicomte… il fallait être désespéré.

8

Lucie fut interrompue pendant son petit déjeuner par un gamin des rues mal peigné qui se présenta à sa porte. Après lui avoir demandé à deux reprises si elle était bien *la* lady Lucie Tedbury, il lui tendit un message. Celui-ci avait été expédié depuis le Snug Oyster[1].

Lucie gratifia l'enfant d'une pièce pour sa peine. Quand cette maison close d'Oxford faisait appel à elle au lieu de lui envoyer directement l'une de ses pensionnaires au beau milieu de la nuit, il se passait quelque chose de grave. Elle s'habilla rapidement et se rendit dans Cowley Road en fiacre au lieu d'y aller à pied.

Dans le vestibule faiblement éclairé de l'établissement, les senteurs lourdes des herbes orientales étaient suffocantes. De l'encens, que l'on brûlait en quantités excessives. Comme toujours, étrangement, cette odeur ramena Lucie aux petits matins dans la chapelle de Wycliffe.

Il était 8 heures du matin et, au Snug Oyster, on s'apprêtait à aller se coucher. La femme qui avait fait entrer Lucie semblait épuisée ; le khôl qui soulignait ses yeux se dissolvait en traces gris bleuté.

1. *Snug Oyster* : littéralement, « huître douillette ». *(N.d.T.)*

— Bonjour, Lilian, dit Lucie.

Celle-ci lui adressa une révérence sur ses jambes tremblantes.

— Madame. C'est très généreux de votre part d'être venue.

Lucie la suivit le long d'un couloir, puis au bas d'un escalier aux marches grinçantes qui descendait vers la cuisine en sous-sol.

— C'est la petite Amy, expliqua Lilian par-dessus son épaule. Maintenant qu'elle a son mouflet, elle a nulle part où aller.

Il faisait frais dans la pièce, et des assiettes sales jonchaient la grande table. D'un geste las, Meg la Rousse passait un chiffon douteux parmi les miettes qui en constellaient la surface. Elle leva les yeux à l'arrivée de Lucie.

— Madame, la salua-t-elle en esquissant un vague hochement de tête.

Comme la plupart des femmes du Snug Oyster… Non, comme la plupart des femmes en général, elle ne savait comment se comporter vis-à-vis d'une dame qui acceptait d'entrer dans une maison close.

La petite Amy devait être cette frêle jeune fille qui dévisageait Lucie depuis le côté opposé de la pièce. Une tresse blonde en désordre retombait sur son épaule droite, et elle serrait dans ses bras un paquet de linge qui devait envelopper son nouveau-né.

Lucie se tourna vers Lilian.

— Quand doit-elle partir ?

— Maintenant. La patronne veut plus la voir.

— Elle devrait déjà être partie, renchérit Meg la Rousse, mais elle a supplié qu'on la garde jusqu'à votre arrivée. On a accepté, allez savoir pourquoi. La patronne nous tuera si elle l'apprend.

C'était toujours la même histoire. Un homme mettait une prostituée enceinte. La maquerelle donnait le choix à la malheureuse : s'en aller avec son bébé vers un avenir inconnu ou abandonner l'enfant. Si la plupart restaient dans la prison de ce qu'elles connaissaient déjà, certaines décidaient de garder leur petit. La jeune Amy semblait résolue, si Lucie en jugeait par la ferveur avec laquelle elle serrait le petit paquet contre son cœur. Quand Lucie s'approcha, elle se figea.

— Pourquoi m'avez-vous fait appeler, mademoiselle Amy ?

De ses yeux cernés de rouge, celle-ci jeta des regards nerveux à travers la pièce.

— Les filles m'ont parlé de vous, répondit-elle. Il paraît que vous avez déjà aidé d'autres filles comme moi et j'ai pensé… j'ai pensé que vous pourriez faire quelque chose pour nous, madame.

En entendant sa voix éraillée, Lucie sentit sa gorge se serrer douloureusement. Elle avait dû hurler toute la nuit, déchirée par les douleurs de l'accouchement. C'était un miracle qu'elle soit debout.

— Et vous voulez que je vous aide ? demanda Lucie.

Amy serra son enfant un peu plus fort.

— On dit que vous connaissez des endroits où on nous accueillerait.

— Fallait prendre tes précautions ! grommela Meg.

Aussitôt, le nez de la jeune femme rougit et des larmes roulèrent de ses yeux.

— J'étais d'accord pour la donner à l'adoption, mais quand je l'ai tenue dans mes bras… quand j'ai vu son tout petit visage…

— En avez-vous parlé au père ?

Le menton de la jeune femme trembla.

— Il ne veut rien savoir.

Dans un claquement sonore, Meg la Rousse déposa une pile d'assiettes sales dans l'évier.

— Qu'est-ce que tu croyais ? ricana-t-elle. Il était beau et riche, et tu as été assez sotte pour t'imaginer qu'il se soucierait d'une putain et de son marmot !

Amy tremblait à présent de tous ses membres. Entre ses bras, le nourrisson émit un faible vagissement de protestation.

— Oh, boucle-la, Meg ! répliqua Lilian.

S'approchant d'Amy, elle entoura ses frêles épaules d'un bras protecteur et reprit :

— Madame, savez-vous qui a écrit cela ? Cette personne pourrait parler d'Amy.

Elle avait sorti de la poche de sa jupe un feuillet qu'elle tendit à Lucie. Celle-ci reconnut aussitôt la une aux lettres rouges énergiques. C'était un exemplaire tout froissé du *Female Citizen*[1], le pamphlet radical dont l'éditeur restait anonyme mais qui, mystérieusement, trouvait toujours son chemin jusqu'aux lectrices les plus improbables.

— Parler d'Amy ? ricana Meg. Qui se soucie de la pauvrette ? Personne s'intéresse aux filles comme nous.

— Eh bien, ce n'est pas juste, protesta Lilian. Le père ne manque pas d'argent. Il lui a fait des promesses, et maintenant, elle n'a nulle part où aller. Et ce journal parle tout le temps des prostituées. Écoutez…

— Foutaises ! l'interrompit Meg. Tu veux qu'on raconte dans les journaux ce qui se passe ici, au Snug, pour nous rouler dans la boue et ruiner la maison ? La patronne te ficherait à la porte, toi

1. *Female Citizen* : littéralement, « citoyenne féminine ». Le terme *female* employé comme adjectif n'a rien de péjoratif en anglais (contrairement au terme *female* employé comme substantif, qui est insultant). *(N.d.T.)*

aussi. Et pour Amy, c'est son problème. Elle a une araignée au plafond, la môme !

Elle ponctua ce diagnostic de quelques coups d'index sur son front luisant.

— Dix-neuf ans et elle croit encore aux contes de fées ! ajouta-t-elle.

Les yeux embués de larmes, Amy s'exclama :

— Je ne peux pas l'abandonner, madame ! Il paraît qu'on fait des choses terribles aux bébés… On les vend, ou pire…

— Rien ne vous oblige à l'abandonner, répondit Lucie d'un ton ferme.

Elle sortit de sa poche un petit carnet et un crayon, essuya quelques miettes de la table et fit courir son crayon sur le papier.

— Avez-vous préparé vos affaires ?

Hochant la tête, la jeune femme donna un petit coup de pied dans une vieille sacoche posée sur le carrelage.

— Avez-vous un peu d'argent ?

Elle secoua la tête.

— J'en avais économisé, mais la patronne l'a pris quand j'ai dû arrêter de travailler.

— C'est bien normal, commenta Meg.

Lucie poussa un soupir agacé. Bon sang, allait-elle se taire ?

Elle arracha la page du carnet, la mit dans sa poche et alla ramasser le sac. Il était si léger que c'en était poignant.

— Venez, dit-elle à Amy.

Remonter l'escalier fut une petite épreuve. Amy tenait à peine sur ses jambes, mais elle refusait de confier son enfant à quiconque. Il leur fallut un long moment pour atteindre l'entrée du personnel. Une fois dehors, l'air pur fit à Lucie l'effet d'une gorgée d'eau fraîche un jour de canicule. Par chance, quand elles eurent regagné la rue principale, il ne leur fallut pas longtemps pour héler un fiacre.

Lucie jeta une pièce au cocher, puis elle en déposa d'autres dans la paume d'Amy.

— Ceci vous paiera un billet au Great Western Railway. Prenez le train de 9 h 15 pour Wokingham et descendez à la gare de Wokingham. J'envoie immédiatement un câble pour qu'on vienne vous chercher et qu'on vous emmène à l'Académie pour jeunes femmes de Mme Juliana.

Amy lui jeta un regard surpris.

— Une académie ? Je sais à peine lire !

— C'est simplement l'appellation respectable et discrète d'un foyer pour femmes seules. Si vous le souhaitez, vous pourrez y apprendre à lire et à écrire, ou d'autres savoir-faire qui vous intéresseraient.

Cela ne fit qu'accentuer l'agitation de la jeune femme.

— Y a-t-il des religieuses, madame ?

Lucie secoua la tête.

— Non. L'endroit est dirigé par des femmes bénévoles.

Elle tendit à la jeune femme le billet qu'elle avait rédigé dans la cuisine.

— Vous donnerez ceci à Mme Juliana pour qu'elle sache que vous êtes la personne que je lui envoie.

Amy hocha la tête. Elle était hagarde. Jamais elle n'aurait dû voyager dans son état.

Lucie hésita. Elle percevait le poids du souverain en or qu'elle avait glissé la veille au soir dans la poche de son manteau. Un souverain qu'elle avait destiné à une visite dans Bond Street, à Londres, et à quelques tenues neuves. Peut-être une robe bleu porcelaine, dans le style de celle qu'elle avait vue sur la couverture du magazine au Randolph Hotel. Il lui en coûtait de l'admettre, mais au café Blackwell, quelques jours plus tôt, elle s'était sentie aussi terne qu'un corbeau quand les trois petites vendeuses avaient fait irruption. Avec leurs robes de cotonnade ajustées aux couleurs joyeuses bordées de dentelle blanche, elles avaient éclairé la pièce comme un bouquet de fleurs de printemps. Des fleurs dont elles avaient également répandu le doux parfum, d'ailleurs. La scène avait été une preuve éclatante de la popularité de Tristan Ballentine. Il lui avait paru évident, en le voyant signer ses cartes de la Saint-Ballentine d'un geste languide, qu'il était habitué à être accosté de la sorte par des jeunes femmes éperdues d'admiration. Il lui suffisait probablement de s'asseoir quelque part pour que les maîtresses lui tombent sur les genoux. Le Ciel vienne en aide à la malheureuse qui serait un jour lady Ballentine !

Dans un piaffement impatient, le cheval du fiacre frappa le pavé. Sans réfléchir, Lucie glissa une main dans la poche de son manteau et en sortit le souverain.

Quand elle déposa la petite fortune au creux de la paume d'Amy, celle-ci écarquilla les yeux de stupeur.

— Promettez-moi de consacrer cet argent à une visite chez un médecin, pour vous et pour votre petite, dit Lucie. Et quelques vêtements neufs ne seraient pas du luxe.

La jeune femme posa un regard incrédule sur la pièce dans sa main.

— Vous avez ma parole, madame, murmura-t-elle.

Lucie hocha la tête.

— Alors je vous souhaite le meilleur.

— Madame ? demanda alors Amy en tendant l'enfant vers elle, le regard embué d'émotion.

Pourriez-vous la tenir un instant ? Pour lui porter chance.

Lucie recula.

— Ne me prenez pas pour une bonne fée marraine, mademoiselle Amy. Je vous assure que je n'en suis pas une.

Aussitôt, le visage de la jeune femme se décomposa.

— Non, bien sûr. Je vous demande pardon.

Les joues rouges de confusion, elle serra de nouveau son enfant contre elle.

— Oh, c'est bon ! marmonna alors Lucie. Donnez-la-moi.

Le bébé s'était endormi. Il ne se réveilla pas quand Amy, avec mille précautions, le déposa dans les bras de Lucie.

Celle-ci baissa les yeux, fascinée, vers le minuscule visage, le tout petit nez, la mèche sombre et soyeuse qui dépassait d'un bonnet de lutin. Sur chaque paupière de l'enfant, elle compta trois cils délicatement recourbés.

— Comment allez-vous l'appeler ? demanda-t-elle dans un murmure.

— Elizabeth, répondit Amy. Comme ma mère.

L'odeur du bébé montait de la petite couverture, aussi douce que du lait sucré, recouvrant les senteurs d'encens qui imprégnaient encore le manteau de Lucie. Dans sa poitrine, quelque chose se serra douloureusement.

Avec soin, elle rendit la petite à sa mère.

— Elizabeth, c'est un bon prénom, dit-elle. Un prénom de reine. Puissiez-vous l'élever pour qu'elle devienne une femme solide.

— J'espère l'élever pour qu'elle vous ressemble, madame.

Lucie ne put retenir un sourire amusé.

— Alors que le Ciel vous vienne en aide à toutes les deux, répondit-elle.

Elle aida Amy à monter dans le fiacre, puis regarda l'attelage s'éloigner.

Dix-neuf ans et elle croit encore aux contes de fées.

Certaines femmes ne cessaient jamais d'y croire. Dans toutes les couches de la société, dans les maisons closes comme dans les manoirs, des femmes attendaient sagement qu'un homme vienne les sauver.

Étaient-elles conscientes que le sauveur qu'elles espéraient pouvait facilement devenir leur bourreau ? Très probablement. Pourtant, depuis une dizaine d'années qu'elle observait ce qui se passait derrière les façades les plus respectables, Lucie avait fini par comprendre que certaines femmes ne trouvaient pas d'autres options ou n'osaient pas les saisir. Et que d'autres, comme Amy, n'avaient même pas la moindre idée qu'il existât d'autres options. Parfois, elle avait l'impression qu'aucun combat au monde n'aurait le pouvoir d'y changer quoi que ce soit.

Une fois de retour devant chez elle, dans Norham Gardens, elle se sentait vaguement coupable de regretter de s'être délestée de son souverain. Il en serait fait le meilleur usage possible, elle n'en doutait pas, mais en fin de compte, c'était une goutte d'eau dans un tonneau percé. Même si elle se dépouillait de tout, il y aurait toujours d'autres femmes et d'autres enfants à la rue. La caravane de la misère était un défilé sans fin. Lucie pouvait de temps à autre changer le cours d'une vie en consentant de petits sacrifices personnels, mais ce qu'il fallait, c'étaient de meilleures conditions de vie pour chaque femme, pour chaque enfant, sans que cela dépende de providentiels gestes de charité. Cela impliquait qu'à Westminster, on vote des politiques fondées sur la justice sociale... et que, de son côté, elle parvienne à se convaincre que les froufrous n'avaient pas la moindre importance. Avec ses robes gris ardoise aux poignets élimés, elle ressemblait moins à une habituée des couloirs du Parlement qu'à une vieille fille résignée à son sort depuis bien longtemps. Elle en avait cruellement pris conscience au café Blackwell. Peut-être même dès sa visite matinale à lady Salisbury, devant cette femme qui avait plus du double de son âge et qui lui avait suggéré avec un clin d'œil de prendre un amant.

Ses réflexions sur la mode et la politique s'interrompirent quand elle ouvrit sa boîte aux lettres. Parmi la dizaine de plis à son nom, celui qui était libellé de l'écriture tremblante de M. Barnes se détachait tel un phare dans la nuit. Elle déchira l'enveloppe tout en remontant le couloir, le cœur battant.

— Bien, bien, bien, murmura-t-elle. Comme quoi, il faut toujours avoir un duc dans son carnet d'adresses... Boadicée !

La chatte poussa un miaulement indigné quand elle l'attrapa pour la gratifier d'une caresse enthousiaste.

— Réjouis-toi ! dit-elle à l'animal. Nous sommes les nouvelles propriétaires de London Print.

Arrivée à l'immeuble qui abritait London Print, Lucie gravit rapidement le grand escalier de marbre qui menait du rez-de-chaussée à l'étage où se trouvaient les bureaux. M. Sykes, son notaire, trottait sur ses talons, le souffle court et les lunettes de travers.

M. Barnes les attendait dans son cabinet de travail, accompagné de son propre notaire, un certain M. Marshall. Mlle Barnes se tenait discrètement dans un angle du bureau, devant sa machine à écrire. Et, sur la massive table d'acajou qui trônait au centre de la pièce, se trouvaient des feuillets d'un blanc étincelant en pile bien nette. Le contrat.

— Madame est consciente que je vais devoir lire chaque phrase de ce document ? s'enquit M. Marshall.

Lucie posa les yeux sur la vingtaine de pages couvertes d'une écriture minuscule.

— En effet, mais est-ce bien nécessaire ?

Comme un seul homme, M. Sykes et M. Marshall s'exclamèrent que oui, c'était absolument indispensable.

Cela prit une heure et demie. M. Marshall lisait, M. Sykes protestait, les deux s'affrontaient jusqu'à ce que M. Marshall annote le document, pendant que Mlle Barnes pianotait furieusement sur sa machine à écrire. Quant à Lucie, son cœur battait à tout rompre et son visage était en feu. Elle brûlait de voir sa signature sécher sur la petite ligne pointillée de la dernière page.

Finalement, M. Marshall déposa le dernier feuillet devant elle.

— Veuillez signer ici, madame.

Quelqu'un lui tendit un stylo plume à la pointe dorée.

L'espace d'un instant, sa main trembla comme si elle ne savait plus écrire son propre nom.

Et enfin, ce fut terminé.

Dans un soupir saccadé, elle posa le stylo.

L'avant-dernière étape de leur plan était achevée.

Tout le monde se leva, ces messieurs échangèrent des poignées de main satisfaites et, sans enthousiasme, lui adressèrent les félicitations d'usage. Ils n'avaient aucune confiance en elle. Et ils avaient bien raison.

— Si vous le souhaitez, vous pouvez rencontrer le nouveau copropriétaire dès maintenant, proposa M. Barnes en rangeant son stylo plume. Il a pris ses fonctions hier et devrait se trouver dans les locaux à l'heure qu'il est.

Lucie le regarda, perplexe.

— Le nouveau copropriétaire ? répéta-t-elle sans comprendre.

— Eh bien, oui. Il a racheté les parts restantes, expliqua M. Barnes d'un air alarmé. N'avez-vous pas reçu ma lettre à ce propos ?

Un horrible pressentiment fit frissonner Lucie.

— Elle aura échappé à mon attention, répondit-elle.

Parce que, au lieu de finir de trier la pile de courrier qui envahissait chaque jour sa boîte aux lettres, elle s'était ruée hors de chez elle dès qu'elle avait trouvé l'acceptation de l'offre de rachat.

— Cela change-t-il quelque chose ? demanda-t-elle, vaguement inquiète.

— Lord Ballentine, qui vient de rentrer en Angleterre, a récemment acheté les parts restantes, poursuivit M. Barnes. Mais peut-être préférez-vous discuter directement de ces détails avec votre nouvel associé, madame ?

9

Les traits figés par la rage, les oreilles assourdies par les battements de son cœur, Lucie remonta le couloir. Elle faillit bousculer le secrétaire qui l'annonçait à l'occupant du bureau.

Elle fut accueillie par les longues semelles de chaussures négligemment posées sur une immense table de travail. Un journal grand ouvert dissimulait le visage du propriétaire desdites chaussures.

L'estomac de Lucie se noua.

Le journal s'abaissa lentement, puis deux yeux félins croisèrent les siens.

En un éclair, l'air crépita d'électricité. Quand Lucie reprit son souffle, ses poumons s'embrasèrent.

— Lady Lucie, dit Tristan Ballentine en ôtant ses pieds de la table. Je vous attendais.

Les mots s'étranglèrent dans la gorge de Lucie.

Bonté divine, il était plus élégant que jamais. Pas de velours pourpre ce jour-là, mais une subtile gamme de gris déclinée dans un lainage à la coupe impeccable et de la soie aux nuances sourdes.

Tout en repliant son journal, il lui lança un regard interrogateur. Puis, comme elle demeurait interdite, il haussa les épaules, se leva et s'approcha d'une console.

Tristan Ballentine se déplaçait dans ce bureau de London Print comme s'il était le maître des lieux.

Parce qu'il *était* le maître des lieux.

Un léger vertige la saisit.

— Puis-je vous offrir un verre ? demanda-t-il en passant la main sur les flacons. Cognac, whisky, xérès ?

Lucie croisa les bras sur sa poitrine d'un geste rageur, le cœur battant furieusement.

— Depuis quand ? gronda-t-elle.

Il ouvrit une bouteille et la porta à son nez pour en humer le parfum.

— Depuis quand… quoi ?

Il lui décocha un sourire faussement innocent qui fit trembler ses nerfs déjà tendus à se rompre.

— Depuis quand possédez-vous des parts dans cette maison ?

— Oh. Ma foi, j'en ai acquis vingt-cinq pour cent il y a environ six ans, avant mon départ pour le Continent. Les autres, je les ai achetées hier. À un prix défiant toute concurrence, une fois que j'ai eu informé le précédent propriétaire qu'une suffragette détiendrait bientôt les parts majoritaires. Êtes-vous sûre que vous ne voulez pas un petit cognac ? Vous êtes livide.

Le cœur de la jeune femme lui martelait la poitrine, menaçant de lui transpercer les côtes. Son pire ennemi détenait l'autre moitié de sa maison d'édition.

— Alors c'était vous… vous qui avez effrayé le conseil d'administration et fait pression sur M. Barnes !

— Exact, répondit-il sans une once de contrition. Avant de faire une offre, il fallait que je gagne du temps pour rassembler des fonds et pour m'assurer que vous mijotiez quelque chose.

Qu'elle mijotait quelque chose… Était-ce la raison de leur rendez-vous au Blackwell ?

Bien entendu.

Elle l'avait pressenti. Elle avait eu l'intuition qu'il lui tendait un piège. Et elle s'était tout de même jetée dans la gueule du loup.

— Pourquoi ? demanda-t-elle, furieuse d'entendre sa voix trembler. Pourquoi London Print ?

Il se servit deux doigts de liqueur tout en revenant vers son bureau, emportant la bouteille.

— Pourquoi pas ? rétorqua-t-il. C'est une entreprise dotée d'un vaste lectorat et d'un potentiel encore largement inexploité. Toute personne ayant des visées sur le monde de l'édition et cherchant une source de revenus faciles serait intéressée.

Ces paroles lui firent l'effet d'une gifle. C'était presque mot pour mot ce qu'elle avait répondu à M. Barnes, le jour où elle avait dégainé des arguments financiers pour dissimuler son intention réelle – s'appuyer sur les magazines pour faire progresser la Cause.

Que lui cachait Ballentine ? Il aurait dû se contenter de vivre de la pension que lui versait son père, comme n'importe quel héritier mâle de l'aristocratie, plutôt que de chercher des « sources de revenus faciles » !

— Si c'est de l'argent que vous voulez, trouvez une autre affaire, marmonna-t-elle.

Il pencha la tête de côté.

— Pourquoi ? Mes deux achats sont antérieurs au vôtre. J'étais assurément le premier.

— Goujat, murmura-t-elle en tremblant de rage.

Cela parut l'amuser.

— Soyez un peu indulgente, Lucie. Je rentre de la guerre, peut-être ai-je seulement envie d'une occupation… Et London Print détenant les droits de mes œuvres littéraires, vous pourriez éventuellement considérer que je suis émotionnellement investi dans cette affaire.

— Vos œuvres littéraires ?

De sous ses cils scandaleusement fournis, il lui adressa un regard de reproche.

— De la poésie romantique.

Il aurait tout aussi bien pu lui parler chinois.

Et soudain, elle comprit.

Elle secoua la tête, abasourdie.

— Vous n'êtes tout de même pas en train de m'expliquer que vous êtes l'auteur de *Pocketful of Poems* ?

— Si, répondit Tristan en l'observant, une lueur étrange au fond des yeux. Qu'en pensez-vous ?

Ces poèmes ayant été publiés anonymement, Lucie avait cru jusque-là que l'auteur en était une femme. Mais la vérité était bien plus choquante que cela. Apparemment, il existait une réalité dans laquelle son nouvel associé était un libertin notoire et où lord Ballentine, l'homme le plus superficiel d'Angleterre, était un poète reconnu. Était-elle tombée dans le terrier du lapin blanc d'Alice ?

— Ce que je pense de votre poésie ? demanda-t-elle. Ma foi, rien du tout.

Elle lui décocha un regard hautain.

— Je n'en ai pas lu une ligne. Les jolies choses creuses ne m'intéressent pas.

La lueur au fond des yeux de Tristan s'éteignit.

— Tss tss, fit-il. Vous me décevez. Je vous aurais crue plus curieuse. Vous achetez une maison d'édition sans vous inquiéter un instant de l'identité des copropriétaires, ni du contenu de sa collection phare ? Voilà qui est bien imprudent.

Lucie pinça les lèvres, bouillonnant de rage contenue. Il n'avait pas tort. Pour mener à bien son projet, elle n'avait pas eu besoin de tout savoir de London Print, mais elle ne pouvait pas le lui dire. Aussi devait-elle se taire et accepter de passer pour une sotte.

— Au demeurant, poursuivit-il d'un ton désinvolte, nous profiterons tous deux de mon intervention. Mon livre se vend toujours six ans après la première édition, ce qui est remarquable. Toutefois, les chiffres stagnent... mais supposez que l'on apprenne que j'en suis l'auteur ?

Une expression satisfaite passa sur son visage.

— Nous devrions le rééditer. Nous pourrions...

Levant une main, elle le fit taire.

— Je ne fais pas affaire avec vous.

— Ne dites pas de sottises, répondit-il calmement. Vous n'avez pas le choix.

— J'espère bien que si !

Il haussa les épaules.

— Dommage. Votre suggestion de publier mes carnets de guerre était excellente. Il faudrait les éditer dans la foulée des poèmes.

Lucie avait l'estomac noué de rage. Pourquoi, pourquoi était-elle allée au Blackwell ?

— Vendez-moi vos parts, demanda-t-elle d'une voix blanche.

Cela parut l'amuser.

— Alors que je viens de les acquérir ?

Lucie s'approcha de lui.

— Votre prix sera le mien.

Elle trouverait l'argent, quel que soit le montant qu'il demanderait.

Il s'appuya négligemment contre son bureau tout en faisant tourner son whisky dans son verre, d'un air paisible et supérieur qui ulcéra Lucie.

— Mon but n'est pas de réaliser un profit immédiat, ma belle. Ce qui m'intéresse, c'est que mon investissement dans London Print me rapporte à long terme.

Elle darda sur lui un regard meurtrier. Le sourire de Ballentine se fit franchement ironique.

— Allons, poursuivit-il, nous savons tous les deux que jamais vous n'auriez acheté de respectables magazines féminins sans une intention bien précise. La plume est plus puissante que le sabre, etc.

Croisant les bras sur son large torse, il la regarda et haussa un sourcil, amusé.

— Le *Home Counties Weekly* entre vos mains ! Pour que vous vous amusiez à remplacer les recettes de charlottes aux fraises par des pamphlets sur les droits des femmes ? Pas question. Je veux garder le contrôle de notre ligne éditoriale.

Une sueur glacée inonda la jeune femme.

Cette brute épaisse était en train de tout faire échouer.

Saisie d'une nausée, elle déglutit péniblement.

— Il y a toutes sortes de façons de réaliser du profit, si c'est votre intention, répondit-elle. Trouvez-en une autre.

Les traits de Ballentine se durcirent.

— Et vous regarder faire fuir notre lectorat ? Je crains d'en être incapable.

Notre lectorat.

Elle avait envie de griffer et de gronder comme un renard pris au piège. Il n'y avait pas de « notre ». Il n'y en aurait jamais.

Tout en sirotant tranquillement son whisky, il venait de saboter tous les espoirs qu'elle avait mis dans ce projet. Son cœur battait si fort qu'elle en était assourdie. Quoi qu'elle réponde, elle se ridiculiserait. Et elle n'avait pas l'intention de lui faire ce plaisir.

— Ne vous imaginez pas que vous avez gagné, gronda-t-elle entre ses dents.

— J'adore qu'on me résiste, répliqua-t-il alors qu'elle sortait en claquant la porte derrière elle.

Tandis que le ciel s'assombrissait derrière les toits et les cheminées d'Oxford, Lucie arpentait d'un pas rageur le tapis persan de l'appartement de Hattie, incapable de tenir en place. Le retour en train depuis Londres ne l'avait pas apaisée, et même le spectacle des antiques murs d'Oxford ne lui avait pas rendu la moindre sérénité.

— Il s'est joué de moi ! fulmina-t-elle. Et je l'ai laissé faire ! Comment ai-je pu être aussi naïve ? Quand je pense qu'il est ivre la moitié du temps !

— Vous ne pouviez pas imaginer un tel coup de théâtre, murmura Annabelle qui, assise sur le canapé, la couvait d'un regard inquiet. Personne ne l'aurait pu.

— Tout cela est bien étrange, ajouta Hattie depuis son fauteuil. On dirait une scène tirée d'une comédie. Les probabilités qu'une telle situation advienne, que vous rachetiez tous les deux les parts d'une même entreprise, étaient si faibles…

Lucie pivota sur ses talons.

— Ce n'est pas une comédie, Hattie, marmonna-t-elle. C'est une tragédie.

Un silence accablé tomba sur le quatuor. Lucie prit une profonde inspiration, mais cela ne l'aida guère. La tête lui tournait toujours.

— Vous savez toutes ce que cela signifie, poursuivit-elle. Il aura un droit de veto sur tout. Nous ne pouvons plus appliquer notre plan. Impossible de publier notre rapport.

Elle pressa ses paumes contre ses tempes pour chasser une migraine naissante.

— Nous avons collecté une fortune et acheté une maison d'édition pour rien.

Le silence parut encore s'alourdir.

— Nous pourrions chercher une autre solution pendant que le Parlement est en congé pour l'été, suggéra Annabelle. Je vais demander à Montgomery de reporter la date de sa proposition d'amendement.

— Merci, mais s'il existait une autre solution, nous l'aurions trouvée, à présent.

— Et si nous essayions tout de même ? insista Hattie d'une petite voix. Si nous poursuivions notre plan quoi qu'il advienne ?

Lucie fronça les sourcils.

— Maintenant, la moindre décision exigera deux signatures. Nous avons perdu toute liberté de mouvement. Oh, je suis folle de rage !

Catriona se drapa frileusement dans son châle.

— Et si nous utilisions cette maison d'édition d'une autre façon ?

Lucie la regarda sans comprendre.

— Par exemple ?

— L'entreprise est florissante, ce n'est donc pas un investissement inutile, expliqua la jeune femme d'un ton posé. Et vous avez toujours autant de pouvoir que lord Ballentine. Vous aussi, vous aurez votre mot à dire sur ses propositions.

Lucie leva les yeux au plafond, agacée.

— Vous voulez que je passe mes journées à me chamailler et à négocier avec Ballentine au lieu de me consacrer à notre but ? Bon sang, quand je pense que je devrai supporter jour après jour ses airs méprisants !

Annabelle prit la parole, pensive.

— L'idée de Catriona me plaît. Nous pourrions nous appuyer sur London Print pour faire avancer notre cause d'une autre façon. Pourquoi ne pas engager autant de femmes que nous le pouvons ? Nous pourrions même leur verser un salaire équivalent à celui des hommes.

Hattie hocha la tête avec enthousiasme.

— Ce serait mieux que de laisser les célibataires s'exiler en Australie !

Lucie réfléchit. L'idée était intéressante. Malgré les émotions qui l'agitaient, elle savait qu'elle méritait qu'elle y réfléchisse. De fait, un nombre croissant de femmes de la classe moyenne avaient besoin de trouver un emploi, en grande partie parce qu'il n'y avait pas assez d'hommes en Angleterre pour les épouser et les entretenir. En raison de la guerre et de l'émigration, d'innombrables hommes étaient morts ou avaient quitté le pays, et les convenances sociales décourageaient les femmes restées en Angleterre de s'abaisser à des tâches manuelles pour assurer leur subsistance. La réponse du gouvernement, qui consistait essentiellement à leur offrir un aller simple pour l'Australie pour qu'elles y trouvent un époux, était, comme toujours, parfaitement stupide. Toutefois... Lucie secoua la tête.

— C'est une bonne idée et une noble intention, répondit-elle, mais non.

— Non ? Pourquoi ? s'étonna Catriona.

— Une entreprise où il n'y aurait que des femmes ? demanda Lucie en secouant de nouveau la tête. Dans les mêmes locaux que Ballentine ? Ce serait de la folie ! Rien qu'en se pavanant dans les bureaux, il pourrait semer un véritable chaos ! C'est d'ailleurs ce qui nous pend au nez. Les femmes les plus raisonnables vont se battre pour attirer son attention. Celles qu'il aura séduites auront le cœur brisé et risquent de commettre des actes désespérés... Vous avez lu les gros titres des journaux à son sujet. Et je serai contrainte de licencier ces malheureuses, parce que je ne pourrai pas le mettre à la porte, lui !

Ses amies la regardèrent comme si elle avait soudain perdu la tête.

— N'êtes-vous pas un peu dure envers les femmes ? demanda prudemment Annabelle. Je sais que c'est un séducteur, mais il faut plus qu'un beau visage et quelques compliments pour transformer les femmes en parfaites idiotes.

— C'est aussi mon avis, renchérit Catriona. Vous devriez avoir plus confiance en nos facultés rationnelles.

Lucie poussa un soupir. Aux yeux d'un inconnu, elle serait sans doute passée pour une déséquilibrée.

— Vous ne le connaissez pas, insista-t-elle. Non seulement Ballentine était le fils cadet d'un comte, mais il avait les cheveux d'un roux flamboyant. Certaines rumeurs ont même affirmé qu'il n'était pas le fils de Rochester. Que fait un garçon si mal loti par le sort pour survivre ? Il apprend à plaire. À faire rire. Il devient un Machiavel de la séduction. Il perçoit vos désirs et vos faiblesses mieux que vous-même et n'hésite pas à s'en servir contre vous. Maintenant, imaginez qu'un garçon affligé d'une telle blessure et doté de tels atouts devienne un homme à la beauté remarquable, hérite d'un titre et rentre au pays avec la Victoria Cross… À votre avis, que se passe-t-il ?

Pendant un long moment, on n'entendit que les craquements du feu dans la pièce. Annabelle et Catriona semblaient troublées.

— Il devient un homme dangereux, murmura Hattie, pensive. Toujours avide de conquêtes féminines pour apaiser ses vieilles blessures.

Et cela semblait vaguement intriguer son amie, nota Lucie.

— Quelle déveine, marmonna Annabelle. Ne pouvons-nous pas acheter une autre maison d'édition ? Je parlerai à Montgomery. Je suis sûre qu'il ne me refusera pas un peu d'argent supplémentaire.

— Ma foi, railla Lucie, si vous en trouvez une autre à vendre, avec le même lectorat, pourquoi pas ?

Elles savaient toutes que cela n'existait pas. Si leur projet d'utiliser London Print comme tremplin pour le suffrage féminin n'était pas parfait, il avait été établi en fonction des contraintes du moment. Dire qu'en cet instant, elles auraient pu passer à l'action, au lieu de chercher désespérément un moyen de contourner de nouvelles contraintes !

— Plus j'y réfléchis, plus je pense que vous avez raison et que lord Ballentine n'a rien à faire dans nos bureaux, murmura Hattie, songeuse. Il y a quelques jours, de nouvelles élèves se sont inscrites au trimestre d'été de l'École des beaux-arts de l'université d'Oxford. Certaines d'entre elles ont reconnu qu'elles n'étaient pas venues pour suivre les cours du professeur Ruskin mais dans l'espoir de croiser lord Ballentine, à présent qu'il s'est installé en ville.

Lucie ouvrit des yeux ronds de stupeur.

— Il s'est... Pardon ?

— Bonté divine, gémit Hattie, vous ne saviez pas ?

— Non, marmonna Lucie. Dans quelle rue ?

— Logic Lane, je crois... Lucie, où allez-vous comme cela ? Ce n'est pas une heure décente pour rendre visite à un gentleman !

10

Le domestique de Ballentine ne parut pas particulièrement surpris de trouver une femme trépignant d'impatience devant la porte de son employeur à une heure aussi indue. Toutefois, il lui barra le passage de toute sa haute et mince stature.

— Monsieur n'est pas à la maison, déclara-t-il avec des inflexions suaves.

Ses sourcils noirs à l'arc parfait exprimaient une arrogance digne d'un duc. Et ce n'était pas le valet qu'elle avait vu à l'époque de Wycliffe Hall.

— Vous êtes nouveau, dit-elle. Quel est votre nom ?

Il la toisa de son regard sombre.

— Avi, madame, dit-il finalement.

— Très bien. Avi, lord Ballentine et moi avons à parler affaires, alors à moins que vous ne préfériez que toute la rue en soit informée, veuillez me laisser passer. Et je vous préviens, il paraît que ma voix porte assez loin.

Deux sourcils aristocratiques se froncèrent.

— En effet. Elle s'entend. Madame est-elle armée d'un objet dangereux ?

— À part ma langue ?

Comprenant qu'il n'était pas de taille à lutter, le valet baissa la tête et s'effaça pour la laisser passer.

Lucie entra en trombe, le cœur battant furieusement.

L'escalier était étroit. Le palier, minuscule. Que faisait donc le futur comte de Rochester dans une demeure aussi modeste ?

La porte d'une chambre à coucher était ouverte, laissant se déverser dans le couloir la chaude lumière d'un feu et d'une bonne dizaine de bougies.

Lucie s'en approcha et se planta sur le seuil.

Avant de se figer, stupéfaite.

Au fond de la pièce, elle venait de reconnaître le maître des lieux étendu sur un divan, appuyé sur un coude…

Et nu comme Adam.

Lucie le regarda, le souffle court. Pendant un instant, il lui sembla que le temps avait suspendu son vol.

Ballentine leva lentement les yeux de son livre, l'air surpris.

Lucie sursauta comme si elle s'était brûlée et ferma les yeux.

Trop tard. Le spectacle s'était imprimé dans son esprit, comme gravé au fer rouge sous ses paupières closes. Une peau lisse aux reflets de miel, une musculature ciselée, de larges épaules, un torse solide… et un tatouage sur les pectoraux.

Soudain, elle avait les lèvres parcheminées. Quant à son cœur, il battait encore plus fort, si cela était possible.

Un craquement s'éleva du divan. Lucie rouvrit les paupières en gardant prudemment la tête tournée de côté. Une ligne de duvet sombre sous le nombril de Ballentine attira son regard, toujours plus bas… Il n'était pas totalement nu. Un pantalon taillé dans une étoffe fluide, à la taille basse, couvrait ses hanches.

Du coin de l'œil, elle vit que le maître des lieux s'était assis. Elle serra les poings à se griffer les paumes. « Que le spectacle commence ! » songea-t-elle.

— Lucie, dit Ballentine d'une voix enrouée. Vous, dans ma chambre ! Mes rêves se réaliseraient-ils enfin ?

— Auriez-vous l'amabilité de vous vêtir décemment ? rétorqua-t-elle avec des inflexions guindées qui ne lui étaient pas coutumières, le regard toujours rivé sur l'encadrement de la porte.

— Ma chère, répliqua-t-il d'une voix suave, si la nudité masculine vous dérange, personne ne vous oblige à faire irruption dans la chambre d'un célibataire à la nuit tombée.

La nudité masculine ne dérangeait pas Lucie le moins du monde. Toutefois, devant cette nudité en particulier, dans sa perfection blonde et dorée, elle était soudain saisie d'une étrange faiblesse dans les genoux.

À la lisière de son champ de vision, elle vit le maître des lieux se lever et s'étirer avec une grâce féline, faisant rouler les muscles de son dos sous sa peau hâlée. Était-ce mal d'admirer le spectacle ? C'était comme si une œuvre d'art, un marbre romain par exemple, prenait soudain vie sous ses yeux.

Toutefois, quand il se dirigea vers une grande armoire, elle fut tentée de dévaler les marches, de passer devant l'insolent Avi et de s'enfuir avec le peu de dignité qu'il lui restait. Parfois, ses propres décisions la laissaient perplexe. Elle venait effectivement de faire irruption dans la chambre d'un célibataire – un comportement totalement inacceptable et tout à fait scandaleux, même selon ses critères personnels pourtant souples. Des années d'hostilité mutuelle lui avaient sans doute donné une trompeuse impression de familiarité avec Tristan Ballentine.

— *Et voilà*, ronronna-t-il en français.

Elle pivota sur ses talons.

Il se tenait près de l'âtre, dans une tenue qui n'avait rien de décent, une sorte de peignoir de soie rouge bordé de motifs floraux exotiques dont les pans laissés ouverts révélaient un abdomen plat à la musculature parfaite. Dans les lueurs ambrées du feu, sa peau nue semblait plus lisse que du satin. Un picotement parcourut les lèvres de la jeune femme.

Lucie esquissa un mouvement agacé, puis s'arma de courage. Ceci était probablement ce que Tristan Ballentine pouvait offrir de mieux en matière de décence. Avec une nonchalance qu'elle était loin de ressentir, elle fit quelques pas dans la chambre. Rester figée sur le seuil comme une statue de sel ne l'aiderait en rien.

Sur sa droite, un immense lit à baldaquin occupait la moitié de la pièce. Côté gauche, devant le mur orné de tapisseries aux couleurs vives, se trouvait une commode en bois sombre. Le parfum du maître des lieux flottait dans l'air, aussi déstabilisant que sa tenue impudique.

— Auriez-vous perdu votre langue ? demanda ce dernier.

Il l'observait, une lueur amusée au fond des yeux. S'il avait été un lion, il aurait probablement balancé sa queue de droite et de gauche, tel un prédateur sur le point de fondre sur sa proie.

Hélas, l'instinct de Lucie lui disait que la curée avait déjà commencé.

Se souvenant de la raison qui l'avait amenée ici, elle tressaillit, puis le toisa d'un air de défi.

— Alors c'est vrai ? demanda-t-elle. Vous vous êtes établi à Oxford ?

Il prit le temps d'observer son attitude belliqueuse avant de lui répondre.

— Pour l'instant, oui.

— Pourquoi ?

Il haussa les épaules d'un geste évasif.

— C'est une charmante petite cité.

Lucie secoua la tête, incrédule.

— Jamais vous ne vous seriez installé volontairement dans cette bicoque de province, rétorqua-t-elle en désignant la pièce d'un geste agacé. D'abord vous achetez la moitié de ma maison d'édition, ensuite vous déménagez dans ma ville… À quoi jouez-vous, Ballentine ?

Il haussa un sourcil, hautain.

— Votre ville ? Ne seriez-vous pas un peu mégalomane ?

Elle serra les poings d'un geste rageur.

— Nous ne pouvons pas rester une minute dans la même pièce, ou dans la même ville, sans nous quereller, lui rappela-t-elle. Vous devez bien comprendre que jamais nous ne pourrons travailler ensemble. Vendez-moi vos parts. Je m'engagerai par contrat à éditer vos ouvrages avec le plus grand soin.

Il pencha la tête de côté.

— Qui vous dit que je ne goûte pas nos chamailleries ? demanda-t-il. Elles ajoutent un certain piquant à mes journées.

Bien entendu. Il allait faire durer le plaisir et la contraindre à le supplier.

— Soyez raisonnable, insista-t-elle. Nous ne pouvons pas détenir chacun la moitié exacte des parts.

De nouveau, il haussa les sourcils d'un air amusé.

— Parce que cela signifie que je peux – et que je vais – mettre mon veto à tout ce qui nous ferait perdre des ventes ? Comme, au hasard, des revendications féministes radicales ?

— Exactement, siffla-t-elle.

Elle s'avisa alors qu'elle était bien plus près de le supplier qu'elle ne l'avait cru. Tous ses projets, deux années de préparation, anéantis en un instant. À cause de lui, entre tous les hommes ! Horrifiée, elle s'aperçut que des larmes de frustration lui brûlaient les paupières. Bon sang, elle ne se souvenait même pas de la dernière fois où elle avait pleuré !

Ballentine fronça les sourcils.

— Allons, marmonna-t-il. Vous n'avez pas non plus intérêt à vous saborder. Je sais que je vous ai joué quelques tours autrefois à Wycliffe Hall et que tous n'étaient pas du meilleur goût, mais nous sommes adultes, à présent. Ne pouvez-vous oublier le passé, tourner la page et nous permettre de commencer un nouveau chapitre ? Si cela peut vous calmer, je veux bien vous présenter des excuses pour mes inconduites de jeunesse.

Par tous les diables de l'enfer ! L'espace d'un instant, un voile rouge monta devant les yeux de Lucie. Un sermon sur les vertus du pardon, maintenant ? De la part d'un homme qui, s'il fallait en croire les rumeurs, avait récemment sauté d'un balcon et atterri dans un buisson de rosiers pour échapper à un mari furieux ?

Une bouffée de rage et d'incrédulité l'envahit, chassant toute sensation d'impuissance.

— Parce que vous vous imaginez que c'est à cause de vos farces puériles d'autrefois que je vous méprise ? demanda-t-elle, abasourdie.

Il parut surpris.

— Pour quelle autre raison pourriez-vous m'en vouloir ?

— Votre inconscience n'a pas de bornes.

— Alors éclairez-moi, marmonna-t-il. Quel crime ai-je commis pour mériter votre ressentiment ?

— Mon *ressentiment* ? répéta-t-elle en tremblant d'indignation. Très bien, voici les raisons de mon *ressentiment*. Vous trichez. Vous charmez pour le plaisir de la chasse. Vous n'hésitez pas à séduire une femme et à l'abandonner juste pour passer le temps. Vous ne respectez rien et vous dénigrez tout. Vous parlez beaucoup pour ne rien dire. Ce qui m'amène à croire que vous êtes soit un parasite de la société, soit un déséquilibré, voire les deux. Vous faites honte à votre rang par votre oisiveté scandaleuse et vos tenues grotesques, dans un monde où la plupart des gens doivent se battre pour survivre. Et, pire que tout, vous avez hérité, comme de droit divin, d'un siège à la Chambre des lords dans lequel vous n'avez jamais posé votre auguste séant – pas une seule fois ! – quand des millions de personnes n'ont pas voix au chapitre dans ce pays. En toute honnêteté, je ne connais pas beaucoup d'hommes qui soient plus inutiles que vous. Je n'ai pas de ressentiment envers vous, monsieur. J'ai un mépris absolu.

Une digue en elle, fêlée depuis longtemps et contenue à grand-peine, venait de se briser, et à présent, les paroles de haine déferlaient comme un raz de marée.

Quand elle eut fini de parler, un silence assourdissant tomba sur la pièce. On n'entendait que son souffle, rapide et haletant.

Ballentine s'était figé comme s'il venait de recevoir une balle.

Si figé que c'en était presque surnaturel.

Toutefois, ses joues s'empourpraient de rage, un détail qui ne pouvait pas échapper à l'attention de Lucie.

Il prit une profonde inspiration.

— Inutile, répéta-t-il d'un ton glacial.

Elle croisa les bras.

— Exactement. Et je n'ai pas l'intention de diriger une entreprise avec vous.

— Je vois.

Sa voix était contrôlée, mais une lueur effrayante luisait au fond de ses yeux. Avec une lenteur délibérée qui lui donna la chair de poule, il la parcourut d'un long regard de la tête aux pieds. Elle l'avait profondément contrarié.

Il se tourna vers l'âtre, une main sur le manteau de la cheminée, et regarda les braises qui rougeoyaient dans le foyer. Dans ce peignoir, avec son profil rude et menaçant, il ressemblait à un dieu de la vengeance.

— Dites-moi, Lucie, demanda-t-il d'une voix suave, que seriez-vous prête à donner ?

Sa question s'enroula autour de son cou telle une corde de soie. La gorge de la jeune femme se serra.

C'était un piège.

Elle redressa le menton.

— Dites-moi votre prix, et je verrai si je peux le payer.

— Oh, vous le pouvez.

De sa main gauche, il jouait négligemment avec les bibelots posés sur le manteau de la cheminée, s'attardant avec sensualité sur la courbe de l'horloge, la ligne d'un coffret oblong, un lourd bougeoir en chêne massif. Quand ses doigts se refermèrent sur la bougie comme pour en éprouver la rondeur, une vague de chaleur submergea Lucie.

— Vous le pouvez, répéta-t-il en cherchant son regard.

Dans la pénombre, ses yeux n'étaient plus que deux puits sans fond.

— La question est plutôt de savoir si vous le voulez.

Ses doigts remontèrent avec langueur le long de la chandelle avant de redescendre en un geste des plus explicites... et terriblement fascinant, dans les lueurs dansantes des flammes qui jouaient sur son torse nu et ses doigts habiles et fuselés qui, elle n'en doutait pas, maîtrisaient l'art des caresses les plus audacieuses. Son culot lui coupait littéralement le souffle.

— Votre prix, dit-elle d'une voix étranglée. Annoncez la couleur, Ballentine.

Il lui décocha un sourire carnassier.

— Vous êtes une femme intelligente. Devinez.

— Dans la mesure où vous tentez de me choquer en caressant un objet de forme phallique, répliqua-t-elle avec un calme qu'elle était loin de ressentir, nul besoin d'une intelligence supérieure pour supposer que vous me faites une proposition malhonnête.

— Hum..., fit-il. Vous supposez bien.

— Quelle indécence !

— De qui parlez-vous, de vous ou de moi ?

Lucie ne put que lui jeter un regard de mépris.

Ôtant sa main du bougeoir, il pencha la tête de côté.

— Vous oubliez à qui vous parlez, ma belle. Je reconnais le désir à vingt pas. Et derrière votre vertueuse indignation, vous êtes en feu. Je le vois dans l'éclat de vos yeux, dans cette charmante rougeur qui envahit vos joues. Si je posais ma main sur votre gorge, je sentirais votre pouls rapide et impatient.

Lucie crut que ses jambes allaient se dérober sous elle. Son visage en feu, son cœur qui battait la chamade… tout était vrai.

— Vous êtes ridicule, maugréa-t-elle d'une voix enrouée.

Un sourire de triomphe étira les lèvres de son compagnon.

— Pourtant, vous n'avez pas l'air de rire.

Puis, d'un ton plus grave, il reprit :

— Une nuit. Une nuit dans votre lit contre un pour cent des parts de la société. Et vous vous engagerez par contrat à éditer mes œuvres. Voilà mon prix.

Lucie fut saisie d'un vertige.

— Alors vous êtes effectivement un menteur, déclara-t-elle. Vous avez menti en affirmant que jamais vous n'imposiez vos attentions à une femme.

Cette fois, il rejeta la tête en arrière dans un grand éclat de rire.

— Je ne vous impose rien, Lucie. Déclinez mon offre et la situation restera telle qu'elle est. Acceptez-la et London Print est à vous.

Il posa son regard derrière elle, vers le lit.

— Nous pourrions commencer dès maintenant. En vous réveillant demain matin, vous serez comblée de plaisir et vous serez l'actionnaire principale d'une maison d'édition. Je suis fou de vous proposer une si belle affaire.

Le lit était tout près, à peine un pas ou deux sur sa droite… Malgré son ton désinvolte, Ballentine semblait très sérieux. Lucie serra les poings. Pendant un bref instant, elle crut sentir la douceur de la courtepointe sous ses paumes et voir le torse nu de son compagnon se frotter contre sa peau. Son charme irrésistible, affiné par des années de pratique, était déjà en train de faire son œuvre en elle.

Puis le sortilège pervers qu'il avait tissé autour d'elle avec ses inflexions caressantes et ses mains expertes vola en éclats.

— Si vous espérez que je vais échanger une part dans ma société contre la petite vérole, vous vous méprenez, laissa-t-elle tomber d'une voix glaciale.

Il fit la grimace.

— Il y a des méthodes pour se protéger de ce genre de chose, protesta-t-il.

Et il voulait lui faire croire qu'il les utilisait ? À d'autres !

Elle pivota sur ses talons.

— Mon offre reste valable jusqu'à la fin de l'été, lança-t-il.

Il avait parlé dans son dos, mais elle entendit son sourire railleur dans sa voix.

— Faut-il que vous soyez désespéré pour insister ainsi ! répliqua-t-elle en se retournant pour le regarder.

— Je suis toujours désespéré, princesse. Prenez le temps de réfléchir à ma proposition. Je suppose que vous trouverez plus avantageux de me supporter une nuit dans un lit que jour après jour dans votre bureau. Il se trouve que dans une chambre à coucher, je ne suis pas aussi *inutile* que cela.

Elle le savait, hélas. Les femmes parlaient entre elles.

— Allez au diable, répliqua-t-elle avant de quitter la pièce d'un pas rageur.

Les lucarnes en œil-de-bœuf déformaient la silhouette encapuchonnée de Lucie qui se fondait dans les ombres de Logic Lane, mais Tristan continua longtemps à contempler la rue déserte plongée dans la pénombre. La vague de chaleur qui l'avait envahi quelques minutes auparavant commençait à peine à décroître. Soudain, s'avisant qu'il avait porté ses doigts à sa pommette – celle que Lucie avait un jour blessée d'un coup de badine –, il eut l'impression d'être le gamin de douze ans d'autrefois qui tentait d'apaiser la brûlure de l'impact.

Il laissa retomber sa main avec un rire incrédule. *Inutile*. Cette petite sorcière avait diaboliquement choisi son insulte ! Elle aurait aussi bien pu se jeter sur lui en brandissant un cimeterre. Au demeurant, il aurait préféré qu'elle l'attaque à l'arme blanche ; cela aurait été un jeu d'enfant de la neutraliser.

Pivotant sur ses talons, il retourna s'étendre sur le divan, qui protesta sous son poids. *Enfer !* Rien, dans cette « bicoque de province », n'était à sa taille. À part le lit, qui était fait pour deux personnes.

Le regard de Tristan s'attarda sur la courtepointe de soie tandis qu'il tendait la main vers le flacon de cognac. Quel déprimant enchaînement de circonstances ! Il n'avait pas imaginé qu'elle puisse ressentir un tel mépris pour lui… ni qu'il serait aussi blessé en le découvrant. Son béguin de jeunesse pour elle était plus profondément gravé en lui qu'il ne l'avait cru. Si profondément, en fait, qu'il était devenu invisible à mesure que les années passaient. Pourtant, il était bien là, telle une longue balafre sur une part oubliée de son âme. Et le simple fait de la voir dans sa chambre, tout près de son lit, avait inondé de désir cette profonde entaille, aussi soudainement qu'une crue soudaine submerge un oued asséché. Il n'avait jamais cessé de voir en elle un elfe, comme s'il l'avait figée dans le temps, intouchable, presque irréelle. La vérité, c'était qu'elle était une femme de chair et de sang dont il ne savait presque rien… sinon qu'elle le désirait.

Et ce petit détail irrésistiblement excitant changeait la donne du tout au tout.

Un frisson de plaisir le parcourut quand il l'imagina sous lui, sur lui, ivre de passion.

À peine la gorgée de cognac était-elle descendue dans sa gorge en une traînée de feu que sa décision était prise. Il allait la séduire. Et il le ferait si bien qu'elle considérerait qu'il en valait la peine, indépendamment de ses parts de la société.

Parce qu'il n'avait pas la moindre intention de renoncer à celles-ci.

11

Lucie avait traversé le centre-ville d'Oxford et remonté Parks Road d'un pas rapide mais, quand elle parvint devant sa maison dans Norham Gardens, elle était toujours la proie de violentes émotions.

Elle faillit trébucher sur un sac de courrier que Mme Heath avait déposé dans le couloir mal éclairé. En chemin vers la cuisine, elle attrapa Boadicée pour la serrer contre elle, mais la chatte, surprise, lui enfonça ses griffes dans la paume.

Lucie la laissa retomber dans un gémissement. Au moins, songea-t-elle, la douleur détournait son attention d'une furieuse envie de retourner à Logic Lane pour étrangler Ballentine.

Une cocotte de ragoût froid l'attendait à la cuisine. Elle en prit deux cuillerées avant de déclarer forfait. Son estomac noué de colère refusait toute nourriture. Certains jours, il n'y avait rien d'autre à faire qu'aller se coucher et attendre le lendemain.

Comme souvent au beau milieu de l'été, une chaleur étouffante régnait dans sa chambre située sous les toits. Le col haut de sa veste de tailleur l'étranglait comme un nœud coulant. Elle défit l'agrafe de sa jupe, qu'elle laissa tomber sur le plancher, avant de se débarrasser de sa veste avec la même négligence. Son jupon, son corset et sa chemise suivirent le même chemin. Enfin, un léger courant d'air frais lui caressa la gorge.

Dans le coin réservé à la toilette, la bassine de faïence avait été remplie d'eau propre. Lucie prit le morceau de savon et le frotta énergiquement sur son gant de toilette. Quand elle nettoya la plaie que Boadicée lui avait infligée, elle tressaillit de douleur. Tant pis. Inutile d'ajouter une infection à la liste des contrariétés de la journée. Elle se passa ensuite le gant de toilette sur le visage, le cou, les bras, comme pour se laver de l'odieuse proposition de Ballentine.

Hélas, les sensations qu'il avait éveillées en elle étaient tenaces. D'inavouables images défilaient devant ses yeux. Un dos musclé frémissant sous ses doigts brûlants. Un visage à la beauté ensorcelante. Un ballet sensuel unissant deux corps...

Laissant tomber le gant de toilette dans la cuvette, elle chercha son reflet dans la glace.

Ce soir, Ballentine l'avait traitée avec un inacceptable manque de respect.

« Tu n'as pas été particulièrement bienveillante non plus », murmura son double dans le miroir.

Elle se pencha en clignant des yeux, le visage encore plein de savon. Elle avait l'air d'une centenaire, avec ses lèvres crispées et les rides entre ses sourcils.

Tandis qu'elle s'observait sans indulgence, ses pupilles s'étrécirent jusqu'à n'être plus que deux billes sombres.

Son visage n'avait pas perdu toute sa beauté, songea-t-elle.

Elle recula jusqu'à ce que le haut de sa poitrine apparaisse dans le miroir.

Son corps solide, jamais malade, était assez fiable pour l'emmener où elle devait se rendre... mais était-il désirable aux yeux d'un homme ?

Elle avait surpris des commentaires sur sa personne, formulés à voix assez haute pour qu'elle les entende. « Il y a plus de viande sur un os pour chien... » « Une vraie planche à pain... » « Vous croyez qu'elle grince quand on couche avec elle ? » Rien de plus instructif que les paroles qui jaillissaient des lèvres des prétendus gentlemen en présence d'une femme qu'ils ne considéraient pas comme une dame !

Naturellement, l'apparence d'une femme était une cible facile. Même le pire des imbéciles pouvait frapper là où cela faisait mal. Elle le savait. En cet instant où elle tentait de se voir avec les yeux d'un homme, ces commentaires revenaient la hanter.

Elle fit courir un doigt sur sa clavicule. Celle-ci était dure et saillante sous une peau que rien ne venait jamais caresser, ni les rayons du soleil ni les regards masculins. Et encore moins une main virile.

Puis, du bout du doigt, elle suivit une veine depuis le creux de sa gorge vers sa poitrine. Un frisson s'éveilla dans son sillage, faisant se hérisser le fin duvet blond sur ses bras. Sous le dos de ses doigts, la courbe de son sein gauche était fraîche et douce comme un pétale. Hélas, elle n'était pas dotée de l'ample poitrine tellement à la mode. Elle n'était pas près d'attirer un homme avec cela.

Elle referma les bras sur elle-même. Que ressentirait-elle si un homme l'enlaçait tendrement ?

Sans doute l'expérience serait-elle aussi décevante que son premier baiser. C'était à un jeune homme de l'ordre des avocats qu'elle avait accordé cet honneur. Elle l'avait cru timide et sans malice mais, peu de temps après l'événement, des rumeurs lui avaient appris qu'il avait gagné cinquante livres au White's pour avoir embrassé Tedbury la Furie. Par chance, l'affaire avait été bien moins excitante qu'elle l'avait espéré. Tout avait été étrangement froid ; il avait même maladroitement cogné ses dents contre les siennes. Elle ne l'avait pas regretté.

En revanche, non seulement Tristan Ballentine possédait des lèvres douces et sensuelles, mais il était assurément un expert en baisers…

Une bouffée de colère la traversa. S'il n'avait pas été doté d'un physique si avenant, pas une seconde elle ne se serait abaissée à envisager son offre – c'est dire combien celle-ci était révoltante. De plus, il ne lui avait pas proposé cela parce qu'il la trouvait attirante, mais dans le seul but de la provoquer. Sans doute adorait-il l'idée de la voir se soumettre de la façon la plus primitive qui soit.

Son regard parcourut lentement les Valentines au vinaigre qui bordaient son miroir, avec leurs suffragettes au visage taillé à la serpe et leurs rimes cinglantes sur les femmes audacieuses. Si elle les avait apportées dans le sanctuaire de sa chambre, c'était pour s'y accoutumer, et que l'habitude en érode le tranchant et en dissolve la méchanceté. Voilà comment elle traitait avec l'adversité. Elle l'affrontait dans l'arène. Elle ne ferait pas autrement avec Tristan. Quand elle croisa de nouveau son regard dans le miroir, son expression était résolue.

Lord Ballentine voulait la guerre ? Il pouvait numéroter ses abattis.

12

L'horloge venait de sonner 10 heures. Il était trop tôt pour qu'un aristocrate soit déjà en train de se vêtir, mais les événements récents avaient incité Tristan à retrouver ses habitudes militaires et à se lever en même temps que la classe laborieuse. Sur le bureau au fond de sa chambre se trouvaient les traces de son activité matinale : une pile de lettres à destination de Londres ou des Indes, déjà scellées.

Pensif, il regarda son valet, qui s'activait à nettoyer sa veste, armé d'une brosse à habits.

— Avi, vous venez de Calcutta, n'est-ce pas ?

— Oui, monsieur.

— Bien. Étant donné ce que vous savez de moi, de Calcutta et des Anglais en général, pensez-vous qu'une dame née en Grande-Bretagne et moi-même trouverions la vie plus plaisante à Calcutta ou à Delhi ?

Tout d'abord, la brosse continua son mouvement régulier, puis Avi leva vers lui son regard aux cils noirs.

— La dame trouverait la vie plus plaisante à Calcutta, mais Monsieur préférerait sans doute Hyderabad.

— Bien. Hyderabad, répéta Tristan, perplexe. Veuillez me préparer une liste de toutes les affaires dont une comtesse anglaise aurait besoin pour son confort à Calcutta, et une liste des familles qu'elle pourrait y fréquenter. Faites-en autant pour Delhi. Il me faut ces listes pour mardi prochain.

— Bien, monsieur.

Avi remit la brosse sur le plateau et prit des boutons de manchette ornés d'émeraudes.

— Pas ceux-là, dit Tristan. Les plus simples, avec les chaînettes, aujourd'hui.

— Certainement, monsieur. Allons-nous rentrer aux Indes ?

Avi ignorait obstinément la consigne voulant qu'un domestique ne parle que quand on lui adressait la parole, ce qui apportait une note divertissante aux matinées solitaires de Tristan.

— Si c'était le cas, qu'en penseriez-vous ? Soyez franc. L'Angleterre vous manquerait-elle ?

Cette fois, Avi n'eut pas besoin de réfléchir.

— Non, monsieur.

— Non ? s'étonna Tristan. Pourquoi donc ?

Le valet le regarda droit dans les yeux pendant que, d'une main experte, il fermait sa manchette gauche.

— Parce que le climat est froid et la nourriture fade, répondit-il. Et que de nombreuses *ayahs*[1] que je connais ici sont très mal payées par leurs employeurs anglais. Je ne regretterais pas du tout l'Angleterre.

Cela arracha à Tristan un rire surpris.

— Il y a une frontière entre la franchise et l'insolence, Avi, commenta-t-il. L'audace avec laquelle vous la franchissez m'impressionne.

— Merci, monsieur. Puis-je demander à Monsieur de lever le menton ?

---

1. *Ayah* : bonne d'enfants employée par les Européens aux Indes ou dans les anciennes colonies britanniques. *(N.d.T.)*

Pendant que le valet de chambre piquait dans sa cravate une épingle en argent, Tristan poursuivit, s'adressant au plafond :

— De *nombreuses ayahs* que vous connaissez, hum ? Les gages que je vous verse vous permettent donc de fréquenter plusieurs femmes ?

Reculant d'un pas, Avi évalua son travail.

— Je suis économe, monsieur.

— Je vois. Au fait, rappelez-moi pourquoi vous avez accepté de me suivre sur cette île froide à la nourriture fade.

Le sourire d'Avi révéla une dentition parfaite.

— Je voulais étudier à Oxford.

— Très bien, mais c'est à Londres que je devais vous emmener.

L'Indien haussa les épaules.

— Oxford, Londres... C'est du pareil au même quand vous venez de Calcutta.

C'était bien probable, songea Tristan. D'autant que, comparée aux distances aux Indes, l'Angleterre paraissait bien minuscule.

— Il n'est pas facile d'y être admis, dit-il.

— J'ai entendu dire que Rabindranath Tagore avait étudié à Londres et à Brighton, répondit Avi. Un grand poète.

— C'est terrible, murmura Tristan. Quand je pense que vous avez traversé un océan dans l'espoir d'entrer à l'université alors que, pour ma part, j'ai gaspillé ma jeunesse ici.

Avi secoua la tête.

— J'avais d'autres raisons, monsieur. Des ennuis avec la famille d'une demoiselle de Calcutta. Et, plus important, poursuivit-il en prenant la seconde manchette, c'est un plaisir de vous habiller.

Tristan haussa un sourcil, amusé.

— Ah oui ?

— Oui. Monsieur est parfaitement proportionné.

— Je vois.

— Votre physique met en valeur les plus beaux vêtements. C'est terrible, un magnifique gilet gaspillé sur celui qui le porte. Sur vous, rien n'est gâché.

— Ma foi, fit Tristan, c'est une chance que ce physique avenant reste attaché à ma personne quel que soit notre lieu de résidence.

— En effet, monsieur. Quand partons-nous ?

Dès que j'aurai séduit Tedbury la Furie.

Pourquoi cette réponse absurde était-elle la première à lui venir à l'esprit ?

Il chassa cette idée d'un haussement d'épaules. Sur la liste des affaires urgentes à régler, qui allait de protéger ses comptes bancaires et affaires personnelles de Rochester jusqu'à survivre à un voyage lointain en compagnie d'une mère dépressive, l'alinéa « séduire Lucie » était de loin le plus attirant.

— Dans six semaines au plus tard, plus tôt si possible, répondit-il.

Ainsi, ils auraient quitté l'Angleterre bien avant les trois mois d'ultimatum imposés par Rochester. Certes, il était ambitieux d'espérer séduire une femme telle que Lucy Tedbury en si peu de temps. Elle allait résister juste par principe, ou par dépit, et à moins qu'elle ne soit souvent dans ses bureaux londoniens, il aurait peu d'occasions de la courtiser.

— D'une façon ou d'une autre, murmura-t-il, elle devra capituler.

— Monsieur ?

— Ne faites pas attention, Avi.

En ce vendredi midi, Oxford était baigné de soleil et de chants d'oiseaux. Les vitres aux carreaux sertis de plomb étincelaient, des hirondelles fendaient le ciel, et la brise portait les senteurs des grappes de glycines qui retombaient de la façade du collège de Somerville Hall. Les lèvres pincées, sa jupe claquant autour de ses chevilles, Lucie descendait Woodstock Road d'un pas décidé.

Sa nuit avait été courte, agitée par des réflexions sur l'avenir de London Print et des rêves érotiques hantés par le torse tatoué de Ballentine. Quand l'aube avait point derrière les rideaux, deux choses lui étaient apparues clairement. D'une part, Tristan Ballentine avait le pouvoir de faire de sa vie un enfer. La bonne société avait beau se dire choquée par son personnage de libertin, il n'en était pas moins un héros de guerre, un pair du royaume et le futur héritier d'un comté prospère. Selon les termes de Darwin, il était au sommet de la chaîne alimentaire. Ce qui conduisait Lucie à la seconde évidence : à présent, elle avait besoin de tous les alliés qu'elle pourrait rassembler. Sa position dans le monde avait longtemps été, au mieux, précaire, mais au fil des années, elle avait acquis un statut qui lui avait permis de faire avancer la Cause en dépit de ses manières trop directes.

Le moment qu'elle avait secrètement redouté était venu. Elle devait s'efforcer d'être… aimable. Choisir les armes des femmes respectables : la modestie, l'élégance, l'art de manipuler en douceur des hommes exaspérants. S'il était trop tard pour être crédible en femme modeste ou élégante, adopter une attitude plus diplomate envers les hommes restait dans ses possibilités. Elle avait envoyé un courrier à Annabelle pour lui demander un entretien urgent au Randolph Hotel cet après-midi. Et, à présent, elle était sur le point de passer au deuxième point de son plan d'attaque : commander un ensemble de robes neuves.

La vitrine de la boutique de Mme Winston, la couturière la plus chic de la grand-rue d'Oxford, accueillait trois mannequins portant des tenues sans doute à la dernière mode. Derrière, l'intérieur était petit mais bien organisé, avec des rouleaux d'étoffe accrochés aux murs et un comptoir en bois de cerisier étincelant au centre de la pièce.

Quand elle entra, un son assourdissant la fit sursauter.

— Bonté divine !

Elle leva les yeux en couvrant ses oreilles de ses mains. Une énorme... cloche à vache se balançait dangereusement au-dessus de sa tête. Oui, c'était bien une cloche à vache. L'objet ressemblait exactement à ceux qu'elle avait vus au cou des ruminants lorsqu'elle avait visité la Suisse dans sa jeunesse.

— Bonjour, madame. Que puis-je faire pour vous ?

D'un couloir qui s'enfonçait vers les profondeurs de l'arrière-boutique venait d'émerger une femme grande et mince, un mètre de couturière autour du cou et une paire de lunettes au bout du nez. Déjà, son regard parcourait Lucie de la tête aux pieds comme si elle prenait mentalement des notes – corpulence : plutôt menue, taille : plutôt fine, poitrine : plutôt inexistante.

Lucie déposa sa carte sur le comptoir.

— J'aurais besoin de sept robes à la dernière mode.

Mme Winston lui jeta un regard interloqué, probablement surprise par le décalage entre son élocution d'aristocrate cultivée et le patronyme roturier imprimé sur le petit carton : Mlle Morray. Pour dire la vérité, Lucie ne savait jamais qui pouvait la reconnaître et si on accepterait de la servir. Aujourd'hui, elle n'avait pas de temps à perdre.

Mme Winston saisit un crayon et un feuillet fixé à une planchette de bois.

— Une pour le matin, commença Lucie. Une tenue de voyage. Trois robes de promenade et deux de soirée, avec les gants assortis. Voici mes mesures.

Elle glissa un feuillet sur le comptoir en direction de Mme Winston, qui se contenta d'y jeter un bref regard.

— Je préfère que mes assistantes les prennent elles-mêmes.

— Je suis assez pressée, insista Lucie. Les chiffres sont exacts.

La couturière posa son crayon, la mine sévère.

— Avec tout le respect que je vous dois, mademoiselle, d'après mon expérience, les mesures ont tendance à fluctuer notablement entre les mètres dont se servent nos clientes et ceux que nous utilisons ici.

Elles fluctuaient notablement entre leurs désirs et la réalité, traduisit Lucie en son for intérieur.

— Rassurez-vous, répliqua-t-elle, je ne me fais aucune illusion sur mes mensurations.

La seule perspective d'être déshabillée, mesurée et tournée sur elle-même comme une toupie lui donnait de l'urticaire. Plus vite elle serait au Randolph pour préparer son plan d'action, mieux cela vaudrait.

— Hum, fit la couturière en faisant alternativement passer son regard des chiffres inscrits sur le feuillet au buste de Lucie. Ces mesures ne semblent pas correspondre à celles d'un corset correctement ajusté.

— Si, mais le mien est lacé sur le devant et je ne le serre pas trop.

Une expression consternée se peignit sur les traits de la couturière.

— C'est bien ce qu'il me semblait, marmonna-t-elle.

— Je suppose que cela ne pose pas de problème à une couturière aussi renommée que vous ?

— Pas le moindre, rétorqua Mme Winston avec assurance. Nous sommes fières de réaliser des tenues d'une élégance incomparable, quels que soient les défis à relever. Bien, avez-vous des préférences pour les tissus et les couleurs ?

Lucie tourna les yeux vers les rouleaux fixés aux murs. Il n'y avait que des nuances pastel de rose, de bleu et de jaune soleil. Cette saison, les rassemblements de dames évoquaient irrésistiblement des paniers remplis d'œufs de Pâques.

— Du coton jaune pâle pour la robe du matin, répondit-elle. Du taffetas de soie bleu ciel, turquoise et mauve pour les tenues de promenade. De la soie rouge cerise pour les robes du soir. Votre plus fine laine vierge gris perle pour la tenue de voyage.

La couturière prit note avec un enthousiasme renouvelé. Une fois de plus, les recommandations de Hattie en matière de couleur avaient l'assentiment d'un expert du domaine concerné.

— Pas de traîne pour la tenue de voyage et les robes de promenade, précisa Lucie.

Mme Winston tressaillit.

— Pas de traîne ?

— Pas un soupçon.

— Très bien, concéda Mme Winston après un silence douloureux. Je vous recommande toutefois quelques ajouts stratégiques pour équilibrer le buste.

— Vous voulez dire des jabots ? Non, merci.

— À votre guise. Puis-je suggérer quelques touches de velours pour les robes de promenade ? J'ai reçu hier un magnifique velours bleu nuit. Il ferait un superbe contraste avec le bleu ciel et le turquoise.

— Entendu, concéda Lucie. Et je veux trois poches dans chaque jupe.

La couturière faillit en laisser tomber son crayon.

— *Trois* poches ?

— Pas une de moins.

— Il y en a une tout au plus dans les jupes que nous réalisons sur patron ou dans nos créations personnelles, et uniquement pour les robes de promenade.

— Bien, mais j'en veux trois dans chaque jupe, d'accès facile et assez grandes.

À présent, une expression hostile se peignait sur les traits de Mme Winston.

— Il est d'usage de prévoir une seule poche, et de petite taille, dans la jupe d'une robe de promenade, mais trois... Voilà qui est tout à fait inédit.

— J'ai toujours des affaires à transporter, expliqua Lucie. Et je sais ce que je veux.

— Sans vouloir vous offenser, mademoiselle, vous avez demandé des robes à la dernière mode. Or, la dernière mode, pour la résumer, est *très près du corps*. De toute façon, des poches remplies ruinent la ligne de n'importe quelle jupe et la silhouette de n'importe quelle dame.

Mme Winston avait progressivement élevé le ton et prononcé ce dernier mot d'une manière agitée.

Lucie prit dans son sac quelques pièces qu'elle déposa sur le comptoir.

— Parfait. La *dame* que vous avez en face de vous paiera le prix qu'il faut pour ces poches.

De ses doigts longs et fins, la couturière reprit son crayon.

— Il est assurément possible de les payer, marmonna-t-elle, mais cela n'en fera pas moins un crime contre une innocente jupe. Appartiendriez-vous à cette nouvelle société qui milite pour une tenue rationnelle ?

— Non, répondit Lucie.

« Bon sang », songea-t-elle, se rappelant soudain sa pile de courrier en retard. Quelque part dans la liasse se trouvait une réponse inachevée à la vicomtesse Harberton, une femme qui avait récemment hérité d'une fortune et fondé la Rational Dress Society[1]. La Société pouvait-elle présenter des recommandations sur les sous-vêtements féminins (« aucune femme ne devrait porter des sous-vêtements dont le poids total excède sept livres ») ? avait demandé lady Harberton. Et Lucie soutiendrait-elle une campagne pour que les femmes puissent se déplacer à vélo ? La réponse aux deux questions était oui, et Lucie était même prête à rédiger une pétition en faveur de la bicyclette pour les femmes, mais elle n'avait pas encore trouvé le temps de s'en occuper. Et le surcroît de travail à London Print ne l'aidait pas. Maudit soit Tristan Ballentine, qui s'opposait aux progrès féminins sur tous les fronts !

Derrière elle, la cloche retentit de nouveau dans une explosion sonore.

— Bonté divine ! tonna une femme aux accents aristocratiques. On se croirait en Suisse.

Lucie se figea.

Oh non !

Mme Winston s'était tournée vers la nouvelle arrivante pour lui souhaiter la bienvenue, mais Lucie n'entendit pas ses paroles. Un silence assourdissant lui emplissait soudain la tête.

---

1. *Rational Dress Society* : « Société pour une tenue rationnelle », mouvement pour la promotion de tenues pratiques. *(N.d.T.)*

Rêvait-elle ? Voilà dix ans qu'elle n'avait pas entendu cette voix !

Avec prudence, elle jeta un regard par-dessus son épaule.

Un ange venait d'entrer dans la petite boutique. Des boucles brillantes aux nuances blond cendré. De grands yeux bleus limpides. Des lèvres qu'un poète aurait comparées à un bouton de rose. Jamais Lucie n'avait vu une telle beauté.

Hélas, le chaperon qui escortait cet ange tombé du ciel n'était autre que lady Wycliffe, qui regardait Lucie d'un air contrarié.

Alors elle n'avait pas rêvé. C'était bien sa mère qui se tenait là, caparaçonnée dans sa robe de soie claire et de dentelle au col haut.

Chaque fois que Lucie s'était demandé quel effet cela lui ferait de la revoir, son estomac s'était noué d'angoisse. À présent, curieusement, elle ne ressentait rien. Son cœur battait avec un calme presque surnaturel.

La comtesse avait minci. Sur son ossature fine, ses traits semblaient plus tirés que jamais. Peut-être était-ce dû au choc – d'abord cette épouvantable cloche à vache, puis sa propre fille.

Un valet de pied accompagnait les deux femmes. Il se tenait près de l'entrée, chargé de cartons de diverses tailles.

— Lucinda, dit sa mère d'un ton glacial, tout en la dévisageant.

Une dame ne dévisage pas.

— Mère.

Sans quitter Lucie des yeux, la comtesse prit l'ange par le bras.

— Vous souvenez-vous de votre cousine Cecily ?

L'espace d'un instant, Lucie ne se souvint de rien.

Puis la jeune femme... ou plutôt, lady Cecily, inclina la tête.

— Cousine Lucie, la salua-t-elle.

En entendant cette douce voix, Lucie retrouva la mémoire : une fillette de six ans qui pleurait tout le temps... Après le décès de ses parents dans un accident ferroviaire, Cecily, dont le père était un cousin germain de lord Wycliffe, était venue vivre à Wycliffe Hall. Aujourd'hui, à... voyons... vingt et un ans, elle était une authentique beauté, et sans doute une reine de la bonne société.

— Puis-je offrir des rafraîchissements à ces dames ? proposa Mme Winston, qui semblait avoir retrouvé sa bonne humeur.

— Cecily est très douée pour l'aquarelle, déclara lady Wycliffe comme si elle ne l'avait pas entendue. Elle a été accueillie à bras ouverts par le professeur Ruskin pour le trimestre estival d'Oxford.

— Toutes mes félicitations, s'entendit répondre Lucie.

Soudain, l'atmosphère dans la boutique semblait plus épaisse que le brouillard londonien. Lady Wycliffe venait-elle d'annoncer que Cecily et elle étaient à Oxford pour l'été ?

— Venez-vous souvent dans ce quartier ? demanda sa mère.

— C'est une petite ville, mère.

Leurs chemins ne manqueraient pas de s'y croiser. Lucie aurait eu du mal à dire laquelle d'entre elles en était le plus contrariée. La comtesse avait lâché le bras de Cecily, mais une rougeur de mauvais augure avait envahi son visage.

— Cecily, allons faire quelques pas dehors. Cette boutique est minuscule, et l'air y devient rapidement irrespirable.

— Bien, ma tante, répondit docilement la cousine Cecily.

— J'allais partir, s'empressa d'annoncer Lucie.

Elle n'avait pas de raison de priver Mme Winston de deux riches clientes, malgré les réticences de la couturière sur la question des poches.

Lady Wycliffe émit un petit reniflement hautain.

Lucie se tourna de nouveau vers la couturière.

— Avez-vous de la soie pourpre ?

Mme Winston lui jeta un regard sec par-dessus le rebord de ses lunettes.

— Bien sûr. Elle est dans l'arrière-boutique. Voulez-vous la voir ? demanda-t-elle à contrecœur.

De toute évidence, elle craignait que ces deux dames du meilleur monde ne partent.

— Le pourpre est toujours pourpre, je suppose, reprit Lucie. Il me faudrait une robe de bal pour la semaine prochaine. Ajoutez les ornements que vous voudrez mais pas de jabot.

Mme Winston ouvrit des yeux ronds de stupeur.

— Pour la semaine prochaine ?

— Je paierai le double du prix.

— Ma foi, ce doit être possible, répondit la couturière en faisant courir son crayon sur le papier.

— Parfait.

Puis, élevant la voix, Lucie ajouta :

— Et retirez quelques pouces à la taille. Je serrerai le corset.

Lucie n'avait aucun souvenir du trajet qu'elle avait emprunté pour se rendre au Randolph Hotel et fut assez surprise de se trouver soudain devant la porte du bureau d'Annabelle.

Celle-ci était assise à sa table de travail, entourée de livres ouverts. Elle devait être occupée à traduire, car ses lèvres bougeaient en silence. La lourde masse de ses cheveux était fixée sur le sommet de sa tête en un chignon dénué de toute recherche.

— Lucie ! s'exclama-t-elle en levant les yeux.

L'air gênée, elle consulta du regard l'horloge posée sur le manteau de la cheminée.

— Veuillez m'excuser, dit-elle en se levant, je ne vous attendais pas. Je suis couverte d'encre.

— Je viens de commander une robe de bal en soie pourpre.

Tout en s'essuyant les doigts, Annabelle éclata de rire.

— Au nom du Ciel ! Hattie vous a eue à l'usure, on dirait. Je ne vous le reproche pas, nous finissons toutes par capituler.

— Non. C'était ma mère.

Annabelle lui jeta un regard surpris.

— Votre mère ?

— Elle-même. Elle n'a pas beaucoup changé.

L'air alarmée, son amie s'approcha d'elle.

— Que s'est-il passé ?

— Toutes mes excuses, dit Lucie. J'arrive beaucoup trop tôt.

— Je vous en prie, ne vous excusez pas ! Venez.

Elle entraîna Lucie dans le salon et l'invita à s'asseoir sur le canapé tendu de vert.

— Elle est entrée dans la boutique de la couturière de la grand-rue, expliqua Lucie. Elle était accompagnée de ma cousine Cecily. J'ai cru comprendre qu'elles devaient séjourner à Oxford pour l'été afin que Cecily, qui est déjà excellente en aquarelle, améliore sa technique à l'école du professeur Ruskin.

L'aquarelle. L'une des rares disciplines qu'une femme respectable avait le droit d'étudier sérieusement. Nombre d'entre elles se rendaient même sur le Continent pour progresser. Lady Wycliffe avait toujours gémi de désespoir devant le manque de finesse avec lequel Lucie maniait le pinceau. Aucune visite en Europe n'aurait pu améliorer sa technique.

Annabelle, qui s'apprêtait à sonner pour faire apporter du thé, se figea.

— Seigneur ! s'exclama-t-elle. Votre mère et votre cousine seront en ville tout l'été ?

— J'en ai bien l'impression. Je suppose qu'elles sont descendues ici, au Randolph. C'est le meilleur établissement de la ville, après tout.

La pénible rencontre de la journée ne serait sans doute pas la dernière. Comme si la mainmise de Ballentine sur la destinée de London Print ne suffisait pas !

— J'ai été ridicule, avoua-t-elle. J'ai commandé une robe de soie rouge en clamant haut et fort que je ne serrais pas trop mes corsets.

— Vous étiez sous le choc, plaida Annabelle avec l'indulgence d'une véritable amie.

Un choc ? Lucie refusait d'accorder une telle importance à cette rencontre.

— Cela aurait pu être pire. Elle aurait pu m'ignorer.

Elle fronça les sourcils.

— Cecily et elle semblaient très proches, ajouta-t-elle.

— Vous entendiez-vous bien avec votre cousine ?

Lucie secoua la tête.

— C'était encore une petite fille quand je suis partie. Nous n'avons jamais rien eu en commun.

Lorsque Lucie avait quitté Wycliffe Hall, Cecily, à l'âge de onze ans, avait déjà un visage et une voix destinés aux hommes, et un autre visage et une autre voix pour les femmes. Lucie n'avait jamais compris quelle version était la vraie Cecily et avait trouvé cela tout à fait déconcertant.

— Cecily est très jolie, je suppose. Elle aimait bien Tristan. Elle le suivait partout chaque été comme si elle était attachée à lui par une laisse, comme ces canards en bois montés sur roues.

Et Tristan avait joué le jeu, la complimentant sur ses poupées et ses rubans. Parfois, il avait fait danser des pièces entre ses doigts ou apparaître des caramels dans les airs. Même Lucie avait été impressionnée par ces tours de passe-passe.

— Ainsi, vous commandez des robes de bal ? s'enquit Annabelle en souriant. Pouvons-nous en déduire que vous assisterez à notre partie de campagne ?

— Vous le pouvez, répondit Lucie avec un sourire forcé.

« Pouvons-nous... » « Notre partie de campagne... » Cette manie qu'avaient les gens, une fois mariés, de cesser d'être deux « je » pour devenir un « nous » était exaspérante. Depuis ses noces, Annabelle avait changé. Son accent de la campagne cédait peu à peu la place aux inflexions distinguées de la classe supérieure et ses robes reprises à la main avaient disparu, remplacées par les tenues très près du corps qui convenaient à une duchesse. Toutefois, il était rassurant de voir qu'elle avait toujours les doigts pleins de taches d'encre, même si elle avait quitté sa modeste chambre d'étudiante de lady Margaret Hall pour s'installer dans cet hôtel luxueux.

Pourtant, Lucie était douloureusement consciente que les instants chaleureux partagés dans la suite d'Annabelle ne dureraient pas. Bientôt, Annabelle s'éloignerait de ses amies et serait perdue pour la Cause. Après tout, elle était désormais une femme mariée. Et si Montgomery l'autorisait à séjourner loin de Claremont, c'était un duc très conscient de ses devoirs. Un jour ou l'autre, il attendrait de son épouse qu'elle lui donne un héritier.

— Oh ! s'exclama Annabelle. Je ne sais plus où j'ai la tête, en ce moment. Il faut dire qu'entre mes allers-retours entre Claremont et Oxford et l'apprentissage de mes devoirs de duchesse… Lucie, je crois que votre mère et votre frère sont sur la liste des invités. Ainsi, il me semble, que l'un des cousins de votre père, le marquis de Doncaster.

L'estomac de Lucie se noua douloureusement.

— N'ayez crainte, la rassura-t-elle, je me comporterai correctement. De toute façon, il est presque impossible d'éviter ses proches dans ce genre de festivité. Ne sommes-nous pas tous plus ou moins parents, dans la bonne société ?

— Je n'ai jamais mis en doute votre bonne éducation.

— Annabelle, je viens de commander une robe de bal *pourpre*. Il est clair que je perds tout bon sens en présence de ma famille.

— Les relations familiales ne sont jamais simples, murmura Annabelle, pensive.

Si Lucie en jugeait par les bribes qu'elle savait du passé de son amie, celle-ci parlait d'expérience. Elle s'adossa plus confortablement au moelleux canapé. Peu à peu, la tension quitta ses membres.

— Je ne vous ai jamais dit que mon père m'avait bannie, n'est-ce pas ?

— Non, répondit Annabelle avec prudence. J'ai toujours cru que c'était l'incident de la fourchette et de l'ambassadeur d'Espagne qui vous avait éloignée des vôtres.

— Oh. Non, c'était à cause de l'Acte sur les maladies contagieuses[1].

Annabelle écarquilla ses yeux verts.

— Celui-là même que nous essayons de faire abroger ?

Lucie hocha la tête.

— J'avais dix-sept ans et je brûlais de faire quelque chose. Je veux dire, autre chose que lire les aventures de Florence Nightingale et annoter les essais de Mary Wollstonecraft. Quand nous étions à Londres pour la saison, je pouvais lire d'autres journaux que le *Times*. Par hasard, je suis tombée sur le manifeste de Josephine Butler contre cet acte, dans le *Manchester Guardian*.

Annabelle se mordit les lèvres.

— Je suppose que cela a été instructif ?

— Vous n'avez pas idée. Mme Butler venait de fonder la Ladies National Association pour faire abroger cet acte, et elle effectuait une tournée dans le pays pour rassembler des soutiens. À cette époque, une jeune ouvrière avait failli se noyer sur les docks de Londres en se jetant dans la Tamise pour échapper à la police. Cela avait fait les gros titres. Les officiers de patrouille l'avaient prise pour une prostituée et avaient tenté de l'appréhender. Les femmes qui travaillaient craignaient, si elles étaient arrêtées, d'être soumises de force à un examen, dont on disait qu'il avait parfois même lieu devant leurs collègues masculins. Cela m'a mise dans une colère noire. Cette jeune fille, saisie de panique, avait préféré sauter dans le fleuve plutôt que de subir une telle humiliation. J'étais folle de rage, Annabelle.

---

1. *Contagious Diseases Act* : loi passée en 1864, obligeant les prostituées à se déclarer à la police et à se soumettre à des examens gynécologiques pour déterminer si elles étaient atteintes de maladies vénériennes. *(N.d.T.)*

Contraindre une femme, n'importe quelle femme, à subir un examen pour s'assurer qu'elle n'a pas de maladie vénérienne... c'est abominable.

Elle vit son amie frissonner.

— Et tout cela pour éviter aux hommes qui fréquentent des prostituées d'attraper la petite vérole ! renchérit Annabelle.

— Exactement. Bien sûr, j'ai fugué pour assister à une réunion de Mme Butler, à Islington.

Et là, elle avait fait une remarquable découverte : une femme qui dénonçait à voix haute et claire des choses épouvantables. Une femme qui utilisait les mots comme des armes pour défendre des gamines qui n'avaient pas d'autre choix que de se jeter dans le fleuve. Pendant que, dans le salon de sa mère, des dames comme il faut se plaignaient de la difficulté à trouver la bonne nuance pour leur nouveau papier peint, Mme Butler parlait de femmes arrêtées sans ménagement, d'injustices criantes, d'inégalités de traitement. Lucie l'avait écoutée avec fascination. La colère diffuse qui bouillonnait en elle depuis des années avait enfin trouvé un exutoire.

— J'en ai ressenti un immense soulagement, dit-elle. Pendant une bonne moitié de ma vie, je m'étais sentie inexplicablement asphyxiée en présence de ma mère et de ses amies. Enfin, je respirais ! Comme si j'avais finalement trouvé une tenue à mes mesures, un vêtement qui ne m'entravait pas...

Parce que ces femmes s'étaient mobilisées. « Battez-vous ! » avait-elle eu envie de crier à sa mère après cette terrible scène dans la bibliothèque. « Battez-vous ! » quand les commentaires humiliants de Wycliffe avaient continué à pleuvoir jour après jour. Hélas, sa mère n'avait jamais réagi. Elle avait serré les dents, avait maigri et pâli, s'était aigrie, jusqu'à ce qu'elle hante Wycliffe Hall tel un spectre maltraité. Et plus elle s'était enfoncée dans le mutisme et la douleur, plus Lucie avait eu envie de hurler.

Des années plus tard, alors que son combat pour la Cause avait pris de l'ampleur, Lucie s'était rendu compte que c'était contre son père qu'elle aurait dû diriger toute sa rage juvénile. Mais, à cette époque, elle n'avait pas encore bien compris ce qu'était le pouvoir, combien il était dangereusement facile de se mettre de son côté, d'exiger des victimes qu'elles changent plutôt que de demander justice aux bourreaux.

Annabelle l'observait, un petit sourire aux lèvres.

— Et voilà comment est née la lady Lucie Tedbury que nous connaissons.

Lucie hocha la tête.

— Ce soir-là, Mme Butler m'a présentée à Lydia Becker, qui venait de fonder à Manchester le premier groupe pour le suffrage féminin. J'ai perdu ma famille peu de temps après.

Annabelle fronça les sourcils.

— Je crois savoir qu'un certain nombre de dames ont rejoint le mouvement contre l'Acte sur les maladies contagieuses. Je suppose qu'elles n'ont pas toutes été bannies de leur foyer ?

— En effet, confirma Lucie. Toutefois, j'ai travaillé en secret avec Mmes Butler et Becker. Mon père a tout découvert deux ans plus tard à la suite d'une fâcheuse rencontre. Je m'étais rendue à Westminster en compagnie d'un groupe de suffragettes pour demander des comptes au secrétaire Henry Bruce, qui n'avait pas tenu ses promesses, exactement comme Gladstone aujourd'hui. Hélas, il se trouvait avec mon père et un autre pair du royaume. Et j'ai pris la décision d'assister malgré tout à la confrontation.

— Oh, Lucie ! Cela a dû être terrible.

Elle haussa les épaules, fataliste.

— J'aurais certes pu me cacher au dernier moment. Je suppose que cela aurait été plus prudent, mais j'aurais eu l'impression de trahir des camarades avec qui je militais depuis deux ans. De me trahir moi-même. J'ai fait mon choix.

— Oui, murmura Annabelle avec douceur.

— Il a attendu notre retour à la maison pour me sermonner, poursuivit Lucie.

Et sa mère n'était pas intervenue. Elle était restée de l'autre côté du bureau, livide, comme en état de choc, et n'avait même pas dit au revoir à Lucie quand le comte avait mis celle-ci à la porte avec en tout et pour tout une malle contenant quelques affaires personnelles. Feu tante Honoria, qui avait eu la sagesse et la prévoyance de lui léguer un petit héritage, l'avait sauvée. Par chance, Wycliffe ne s'était pas opposé à ce que Lucie le réclame avant d'avoir atteint sa majorité. Sans doute s'était-il cru magnanime. À son crédit, jamais il n'avait publiquement accusé Lucie. Pour ce que leur entourage en savait, Lucie avait choisi de s'installer à Oxford comme bien d'autres femmes savantes. C'était pour cette raison qu'elle n'avait jamais été mise au ban de la bonne société et qu'elle avait trouvé des alliées pour sa Cause, mais elle était certaine que Wycliffe n'avait agi ainsi que pour préserver la famille du scandale.

Elle secoua la tête.

— Ce n'est pas pour remuer de vieux souvenirs que je vous rends visite ce matin, dit-elle.

— Je vous écoute, répondit Annabelle. Votre message était pour le moins… laconique.

— Je voulais vous demander de m'enseigner quelques ruses féminines.

Un silence abasourdi accueillit ses paroles.

— Je crains de ne pas comprendre, dit Annabelle.

Lucie poussa un soupir.

— Vu la situation à London Print, j'ai besoin de tous les alliés possibles. Ballentine va tenter de me faire passer pour une mégère à fuir à tout prix.

Annabelle se pencha en avant.

— Lui avez-vous réellement rendu visite hier soir ? demanda-t-elle.

« Surtout, ne pas rougir. Surtout, ne pas rougir ! » se répéta Lucie en son for intérieur.

— En effet, répondit-elle avec un détachement qu'elle était loin de ressentir.

— Et alors ?

Il est bâti comme un dieu grec, il a été parfaitement odieux et j'ai rêvé de lui toute la nuit.

Elle toussota pour s'éclaircir la voix.

— Inutile de vous dire que cela n'a mené à rien. Étant donné les circonstances, il nous faudra trouver ailleurs des soutiens pour notre rapport. Ce qui signifie que je dois à présent tenter d'inspirer un peu de sympathie à des hommes influents, du moins jusqu'à la reprise de la saison parlementaire en septembre.

— Cela semble sage et je serais ravie de vous aider, dit Annabelle d'un ton navré, mais n'oubliez pas que je suis la duchesse scandaleuse. Et, avant cela, j'étais un bas-bleu scandaleux. Je ne suis guère en position de donner des conseils.

— C'est tout de même bien vous qui avez fait capituler sous votre charme le plus fin stratège du royaume. Manifestement, vos méthodes fonctionnent.

— Hum. La vérité, c'est que je n'ai aucune méthode. Je n'ai pas contraint Montgomery à faire quoi que ce soit qu'il n'ait eu envie de faire.

Lucie haussa un sourcil, dubitative.

— J'ai du mal à croire qu'il ait eu *envie* d'être pris dans un scandale à cause de son mariage.

Cela parut amuser Annabelle.

— Très bien, voici ma méthode : j'ai été la personne la plus têtue et la plus contrariante que le duc ait jamais rencontrée. Je me suis contentée de dire non à tout ce qu'il proposait.

Elle haussa les épaules comme pour s'excuser.

— Je suppose que, quand un homme désire vraiment quelque chose ou quelqu'un, il fera tout ce qui est en son pouvoir pour l'obtenir. C'est très simple, en définitive.

C'était peut-être très simple, mais cela semblait désespérément aléatoire.

À cet instant, l'estomac de Lucie émit une protestation sonore. Annabelle lui jeta un regard amusé.

— Que diriez-vous de déjeuner avec moi ?

— J'en dirais le plus grand bien, marmonna Lucie.

Annabelle se leva et se dirigea vers une série de cordons accrochés au mur.

— Un restaurant indien vient d'ouvrir dans la grand-rue, dit-elle en appelant un valet de pied. J'ai bien envie de l'essayer.

— Voilà qui a l'air tout à fait intrigant.

— Ensuite, nous pourrions revenir ici et passer l'après-midi à lire autant qu'il nous plaira.

— Excellente idée, répondit Lucie, mais je dois absolument m'occuper de ma correspondance. Et il faut aussi que je passe à la Bodleian[1] pour consulter des ouvrages de droit.

---

1. Bodleian Library : bibliothèque de Bodley, prestigieuse bibliothèque universitaire d'Oxford, l'une des plus anciennes d'Europe. *(N.d.T.)*

Annabelle lui sourit.

— Tout ce qui vous fera plaisir.

Mais Lucie avait le pressentiment que rien ne lui ferait vraiment plaisir avant un bon moment.

13

Plus tard dans la journée

Oxford avait remporté la victoire contre Cambridge à l'occasion du match annuel de cricket qui s'était joué ce soir-là, et la Turf Tavern était bondée de clients tapageurs et mal élevés. Jouant de sa haute taille, Tristan se fraya un passage à travers la foule jusqu'au bar, mais il avait déjà envie de s'en aller. Encore plus que d'ordinaire, la Turf Tavern empestait la bière et l'urine. Comme toutes les tavernes d'Oxford, au demeurant.

On lui servit son whisky dans un verre à la propreté douteuse. Des éclats de rire sonores faisaient trembler les poutres. À une époque, Tristan avait aimé cette ambiance de fête et d'excitation bruyante mais, ce soir, ce tintamarre lui cassait littéralement les oreilles.

Quelque part dans les ombres de la salle rôdait lord Arthur Seymour, second fils du marquis de Doncaster. Tout en feignant de s'amuser comme un fou avec ses amis, il jetait de temps à autre des regards maussades dans sa direction. Tristan avait reconnu sa crinière blonde en passant. Bah ! Le désir non payé de retour conduisait les gens à faire toutes sortes de choses ridicules.

Il en savait quelque chose.

Il reposa son verre sur le comptoir d'un geste sec.

Cette couarde de Lucie s'était faite discrète. Il ne l'avait pas croisée de la journée dans les bureaux de London Print, et elle n'était pas revenue le sermonner chez lui ce soir. Quant à lui, fou de désir, il n'avait cessé de penser à elle.

— Seigneur, que vous êtes beau !

Un homme de son âge venait d'être poussé contre lui par la foule. Grand, mais pas autant que lui. Des lèvres bien dessinées. De longs cheveux bouclés qui retombaient librement sur ses épaules. De son regard bleu, il scrutait le visage de Tristan, en suivant les traits avec la concentration d'un artiste.

Se penchant vers lui, Tristan répondit à mi-voix :

— Bonsoir à vous également.

— Un tel visage devrait être gravé dans le marbre ou immortalisé à l'huile afin que les futures générations le contemplent et pleurent la gloire d'une époque disparue, déclara l'homme.

Tristan fit tourner son verre déjà presque vide.

— Je crois qu'on pleure déjà, mais à cause de mon manque de personnalité plutôt que de ma belle mine, rétorqua-t-il, maussade.

Rejetant la tête en arrière, l'autre éclata de rire.

— Trêve de modestie ! C'est votre beauté qui fait verser des larmes.

Il lui tendit la main.

— Oscar Wilde, pour vous servir.

— Je sais qui vous êtes, monsieur Wilde. Vous avez remporté le prix Newdigate il y a deux ans pour votre poème *Ravenna*.

Le dramaturge hocha la tête.

— Ma foi, je suis flatté. Aimez-vous la poésie ?

— À l'occasion.

— Et vous-même, écrivez-vous ? Vous êtes bien lord Ballentine, n'est-ce pas ?

— Oui, et oui.

Wilde parut ravi de sa réponse.

— Un camarade écrivain ? Je vous offre votre prochain verre !

Il se tourna vers un barman.

— Garçon, un cognac !

Puis, manifestement à la recherche de quelques pièces, il glissa une main dans une poche intérieure de sa veste, laquelle était coupée avec un soin remarquable dans une étoffe bleu nuit, avec des revers en velours et des boutons en argent représentant des paons. Tristan aurait bien aimé posséder la même.

D'une légère pression de ses doigts sur la main du poète, il l'interrompit dans sa recherche fébrile. Wilde sursauta et leva vers lui ses yeux bleus, l'air surpris, puis intrigué. Aussitôt, Tristan retira sa main. Bon sang, les auteurs de théâtre... Sans doute la seule espèce encore moins conventionnelle que lui !

— Je vous en prie, dit-il en sortant un shilling de sa propre poche et en la tendant au barman. Un cognac pour mon ami et la même chose pour moi.

Wilde l'observait toujours, ses paupières mi-closes.

— Que faites-vous donc dans ce pub mal famé alors que vous pourriez avoir tout Londres à vos pieds ? demanda-t-il à mi-voix. Ou même toute l'Italie.

Un petit sourire étira ses lèvres.

— Londres est assez surfait. La variété est l'épice qui donne toute sa saveur à la vie, répliqua Tristan, citant les paroles d'un autre – une excellente façon de parler sans rien dire de soi.

Après une ou deux secondes de silence, Wilde hocha la tête d'un geste un peu sec.

— Tiens donc, vous aimez Cowper ? demanda-t-il avant de glisser le verre de nouveau rempli sur le comptoir en direction de Tristan.

Quand ce dernier referma les doigts sur le verre, un frisson lui parcourut la nuque. Il tourna les yeux et croisa le regard jaloux de lord Arthur, debout de l'autre côté de la salle. On aurait dit un gamin à qui on avait volé son jouet. Seigneur, c'était la dernière fois que Tristan invitait un jeune homme trop sensible à l'une de ses orgies !

— Juste Ciel, murmura Wilde, qui avait suivi son regard. Qu'il a l'air malheureux ! Une peine de cœur, peut-être ?

Il émit un petit rire blasé.

— Non, bien entendu, reprit-il. Une histoire de draps froissés, rien de plus.

Tristan entrechoqua son verre contre le sien.

— Comme toujours, confirma-t-il.

— Tout, dans le monde, tourne autour de la sexualité, renchérit Wilde. Sauf le sexe.

— Oh. Et autour de quoi la sexualité tourne-elle, je vous prie ?

Le dramaturge sourit.

— Du pouvoir. Mais vous le savez déjà, n'est-ce pas, mon cher ?

Quand Tristan quitta la taverne, trois verres plus tard – ou était-ce cinq ? –, il ne vacillait pas vraiment, mais il avait la tête lourde. Au moins, il avait eu la satisfaction de constater que Wilde tenait moins bien l'alcool que lui. En finissant son dernier cognac, il avait promis à Tristan d'une voix pâteuse de le faire figurer dans son premier roman, où il serait question des périls de la beauté éternelle, et qui serait sombre et gothique.

Que diriez-vous du récit scabreux d'un comte décidé à faire enfermer sa propre épouse dans un asile, monsieur le dramaturge ? Cela serait-il assez sombre et gothique pour votre goût ?

Le temps avait changé. Une fine pluie d'été humidifiait l'air et formait des arcs-en-ciel autour des lampadaires de Holywell Street. Un halo auréolait le chignon blond pâle d'une femme qui remontait la rue d'un pas pressé.

Une femme menue, que n'accompagnait pas le moindre chaperon.

Tristan fit halte et plissa les yeux.

Une sueur froide le parcourut. Lucie Tedbury. Il aurait reconnu cette démarche pressée n'importe où. Et il n'y avait qu'elle pour se promener en ville au beau milieu de la nuit sans escorte ! Déjà, elle s'éloignait en contournant un groupe d'étudiants.

Sans réfléchir un instant, Tristan s'élança à sa poursuite.

Elle était seule en pleine nuit dans cette ville grouillante d'hommes ivres à qui la victoire sportive du jour donnait probablement l'impression d'être les maîtres du monde. L'inconsciente ! Dès qu'il l'aurait rejointe…

Il n'eut pas le temps d'achever cette pensée. Une main venait de se poser sur son bras, l'obligeant à ralentir.

— Ballentine. Accordez-moi un instant.

Dans un réflexe, il se retourna et saisit l'assaillant à la gorge.

Enfer ! Lord Arthur Seymour le regardait d'un air effaré en essayant de dénouer les mains de Tristan fermées sur son cou.

— Ne me prenez jamais par surprise, triple sot, marmonna celui-ci en le libérant d'une poussée.

Son cœur lui martelait la poitrine, chassant les vapeurs de l'alcool. En un instant, la nuit retrouva ses contours nets et précis, avec les rues sombres et luisantes de pluie et les lampadaires allumés.

Lucie venait d'atteindre le carrefour, à l'extrémité d'une rangée d'immeubles à la façade de grès. Il aperçut l'éclat argenté de sa chevelure quand elle quitta la grand-rue pour s'engager dans Mansfield Road.

Agacé, il s'aperçut que lord Arthur le suivait d'un pas vacillant.

— Écoutez-moi, dit le jeune homme d'une voix épaissie par l'alcool, exhalant une haleine chargée de whisky.

Bon sang, pourquoi les amis de ce gamin n'étaient-ils pas là pour le sauver de lui-même ?

— Vous êtes ivre, marmonna Tristan. Rentrez chez vous.

Là-bas, Lucie s'éloignait d'un pas rapide. Elle aurait bientôt atteint le portail du parc, côté est. Avait-elle l'intention de le traverser ?

Arthur s'accrocha au bras de Tristan.

— Accordez-moi un rendez-vous. Un seul.

Tristan tressaillit. Holywell Street était toujours très animée, même quand il n'y avait pas d'événement sportif à fêter, car la rue, assez étroite, reliait deux grands pubs et accueillait plusieurs petites salles de concerts. Des fêtards remontaient le trottoir et de nombreux clients sortaient des tavernes qui fermaient leurs portes, de l'autre côté de la chaussée.

— Je vous ai vu avec M. Wilde ! s'exclama lord Arthur d'un ton accusateur. Vous buvez avec lui mais pas avec moi !

Il le prit par le coude pour l'attirer à lui, le traînant presque tout en marchant. Ils devaient avoir l'air de deux ivrognes se soutenant mutuellement, songea Tristan, irrité.

— Faites attention, menaça-t-il à mi-voix. N'approchez personne de cette façon, ou cela pourrait vous attirer de sacrés ennuis.

De sa main libre, le jeune homme prit Tristan par le revers de sa veste.

— J'ai déjà des ennuis. Je ne pense qu'à vous.

Bonté divine !

— Nous ne nous sommes pas vus plus de trois fois, lui rappela Tristan. Nous avons bu et parié, comme n'importe quels gentlemen, et vous vous êtes trouvé dans la même pièce que moi un soir de débauche. Nos relations s'arrêtent là.

Arthur le serra de plus belle, fou de rage.

— Ne me mentez pas. L'autre jour, vous ne m'avez pas quitté des yeux pendant que vous...

Quand Tristan referma la main sur lui avec la force d'un étau, le jeune homme émit un petit glapissement.

— Seymour, il est possible que l'éventail de mes préférences personnelles soit assez vaste, mais cela ne signifie pas que j'aie un intérêt particulier pour vous.

Certes, il avait regardé lord Arthur, mais cela n'avait rien à voir avec lui. Il avait simplement été pris par le sombre désir de regarder et d'être vu, qui le prenait parfois sans crier gare. Ironiquement, la débauche le plongeait dans toutes sortes de rêveries, comme l'aurait fait la lecture de mornes traités en latin. Toutefois, il ne voyait pas l'intérêt d'expliquer cela à un gamin éperdu.

Quand il s'engagea dans la rue qui menait vers University Parks, il traînait toujours Arthur dans son sillage.

Ils croisèrent plusieurs groupes de passants excités qui parlaient fort, mais la mince silhouette de Lucie avait disparu.

— C'est ici que nos chemins se séparent, déclara Tristan en libérant brusquement le jeune lord.

Glissant sur le pavé humide de pluie, ou peut-être emporté par son élan, Arthur perdit l'équilibre et tomba.

Bon sang, il ne manquait plus que cela. Arthur Seymour à genoux devant lui au beau milieu de Mansfield Road !

Tristan le contourna. Aussitôt, l'autre noua ses bras autour de ses jambes.

— Bon Dieu, voulez-vous nous faire arrêter ?

— Vous êtes un monstre ! gémit Arthur sans le lâcher. Vous n'avez pas de cœur !

Des étudiants qui passaient par là se mirent à pousser des encouragements obscènes.

— Désolé, grommela Tristan.

Saisissant les mains du jeune homme blanchies par l'effort, il les écarta sans ménagement, lui arrachant un cri de douleur.

Un instant plus tard, enfin libre, il remontait à grandes enjambées la rue plongée dans l'ombre.

Le portail de University Parks était fermé à clé après 21 heures mais, quelques pas plus loin, un sentier menait à un trou dans la grille, assez grand pour laisser passer un enfant… ou un adulte peu corpulent.

Dès que Lucie eut franchi les hautes barres de fer forgé, elle respira plus librement. Voilà longtemps qu'elle préférait se rendre seule là où elle devait aller plutôt que d'être escortée d'un chaperon. Non seulement c'était bien plus pratique, mais l'idée d'une vieille fille surveillant une autre vieille fille lui semblait parfaitement ridicule.

Toutefois, une femme traversant Oxford seule à la nuit tombée avait intérêt à connaître le calendrier des événements sportifs de l'université. Et elle avait complètement oublié que c'était le jour du match annuel contre Cambridge – une omission regrettable mais bien compréhensible après la rencontre inattendue avec sa mère chez la couturière. Ce soir, des groupes de sportifs de l'université et de sociétés de beuverie hantaient la ville, pressés d'en découdre avec le premier venu. De l'autre côté des pelouses du parc, des cris et des bribes de chansons paillardes montaient des rues adjacentes. Par chance, le sentier qui menait chez elle était désert et bien éclairé par une rangée de réverbères.

Elle pressa le pas. Le crachin s'était transformé en une fine pluie qui ruisselait, glacée, de ses joues vers son col, lui donnant la chair de poule. Une fois chez elle, elle se préparerait un thé bien chaud et irait se coucher. Pour une fois, son travail attendrait. Seigneur, sa mère était à Oxford ! Ce soir, elle ajouterait un trait de cognac à son thé.

Soudain, elle entendit des voix enrouées qui mirent tous ses sens en alerte.

Elle ralentit aussitôt.

Un groupe d'hommes venait d'apparaître sur le sentier devant elle.

Ses épaules se tendirent. Ils étaient cinq, certains bras dessus, bras dessous, et venaient dans sa direction. Ils avaient dû s'installer dans le parc et boire jusqu'à la tombée de la nuit. Ou peut-être étaient-ils entrés par la Cherwell, évitant ainsi le portail, et avaient-ils abandonné leur barque au fil de l'eau.

Un éclat d'acier étincela quand ils passèrent sous un réverbère. Des fleurets. L'estomac de Lucie se noua. Des membres d'un club d'escrime ? Ils venaient souvent s'entraîner au parc. Ils étaient également connus pour créer des incidents en ville.

Ils interrompirent leur chanson à boire. Elle comprit qu'ils l'avaient vue et que, s'ils s'étaient tus, ce n'était pas par politesse. Une femme seule dans un parc à minuit n'était pas une dame. Une soudaine tension fit crépiter l'air entre eux tandis que leur expression se faisait carnassière. Ils étaient tous ivres et, si elle en jugeait par leurs hauts-de-forme, c'étaient de riches jeunes gens. Les aristocrates étaient les pires.

Elle sentait son cœur battre sourdement dans sa poitrine. Dans quelques instants, elle devrait passer entre eux. Impossible de les contourner par la droite – il serait risqué, et humiliant, de quitter le sentier bien éclairé pour marcher à l'aveuglette sur l'herbe inégale de la pelouse. Sur sa gauche, un grand bosquet formait une masse noire et menaçante.

Elle carra les épaules. Courage ! Ils étaient jeunes ; ce n'étaient que des étudiants.

Comme par un accord tacite, ils formèrent alors une ligne, épaule contre épaule, un même sourire obscène sur le visage.

Une sueur glacée parcourut Lucie. Ils n'allaient pas la laisser passer.

Lentement, elle glissa sa main droite dans la poche de sa jupe.

Trop tard, elle remarqua qu'un homme l'avait rejointe par-derrière.

Son corps le reconnut avant son esprit, peut-être à la chaude et familière odeur de tabac et d'épices qui montait de lui, apaisant aussitôt sa terreur.

— Vous voilà, dit Tristan Ballentine d'un ton léger. Pour une femme aussi menue, vous marchez sacrément vite.

L'enlaçant par la taille, il l'attira contre lui sans ménagement. Saisie de stupeur, et vaincue par la force de son bras, elle ne protesta pas.

Devant eux, la formation en ligne parut hésiter. Tristan continua d'avancer comme si les étudiants n'étaient pas là. Puis il ralentit le pas. Une bouffée de panique envahit Lucie. Était-il conscient qu'ils n'étaient que deux et que les autres étaient cinq ? Manifestement non. Il s'arrêta tout à fait et se posta au milieu de l'allée, bien campé sur ses jambes.

— Bon sang ! dit l'un des jeunes gens. C'est Ballentine.

Tristan s'avança vers le plus grand du groupe, plus près que ne le voulaient les convenances. Les puanteurs mêlées d'une haleine chargée d'alcool et de la sueur masculine assaillirent les narines de Lucie. La main toujours dans sa poche, les doigts sur du métal froid, elle enfouit son visage contre la veste de Tristan en retenant son souffle.

— Messieurs, dit celui-ci.

Sa voix était amicale. Faussement amicale. Il la serrait toujours contre lui, et à travers les épaisseurs de lainage et de coton, elle percevait l'énergie virile qui courait sous sa peau, primitive, meurtrière. Un indéfinissable frisson la parcourut.

Les jeunes gens avaient dû percevoir la même force sauvage émanant de lui, car ils s'étaient redressés et semblaient avoir dessoûlé en un instant.

— Belle soirée pour une promenade, dit Tristan sur le ton de la conversation.

— En effet, répondit avec des accents traînants celui qui était toujours nez à nez contre lui. Superbe soirée.

— Plaisante et apaisante, insista Tristan.

— Nous allons poursuivre notre petit tour, fit le meneur.

— Excellente idée.

Les hauts-de-forme plongèrent tandis qu'on échangeait des hochements de tête polis.

Tristan n'ayant toujours pas bougé d'un pouce, ils durent le contourner, ainsi que Lucie.

— Laissez-moi le défier et emparez-vous de la fille ! marmonna l'un d'entre eux d'une voix pâteuse alors qu'ils avaient déjà fait quelques pas.

— Il ne fera qu'une bouchée de toi, crétin, dit un autre.

— J'ai une épée, il n'a qu'une canne.

— Pauvre idiot, il y a une lame dans sa canne.

Leurs voix s'évanouirent à mesure qu'ils s'éloignaient.

Lucie avait le dos plus rigide qu'une pierre. Elle s'attendait encore vaguement à recevoir une lame de fleuret entre les omoplates, projetée par une main rageuse. Après quelques pas, elle jeta un regard en arrière.

Les sportifs continuaient à s'éloigner en ordre dispersé, le pas vacillant, tout en se donnant de grandes claques dans le dos. Un rire excité monta du petit groupe.

La jeune femme fut parcourue d'un frisson de peur rétrospective. Ils n'auraient pas hésité à s'amuser avec elle avant de poursuivre leur chemin. Quiconque les aurait vus descendre la rue de l'autre côté du parc n'en aurait rien su.

Tristan raffermit son bras autour d'elle, lui pressant la joue contre l'étoffe douce de sa veste. Des senteurs de lainage humide se mêlaient à son parfum. Dans un réflexe, elle se blottit sous son épaule protectrice, tel un poussin s'abritant sous une aile.

Pourtant, elle ne se sentait pas du tout en sécurité. Il marchait ramassé sur lui-même tel un prédateur sur une piste, plongé dans un silence tendu.

De la même façon qu'il y avait, apparemment, une lame cachée dans sa canne élégante, il y avait un fauve aguerri sous ses manières désinvoltes et ses gilets de dandy.

Elle scruta son visage.

Il avait le regard rivé sur le sentier devant eux et un sourire sans joie sur les lèvres. La jeune femme frissonna de nouveau devant son expression rude. L'empereur Néron arborait sans doute le même rictus quand, baissant le pouce, il condamnait à mort quelque malheureux gladiateur.

Elle s'écarta légèrement de lui. Aussitôt, il la libéra. Sans la protection de son bras, l'air lui sembla soudain très froid. En cet instant, elle aurait été ravie d'entendre l'une de ses exaspérantes réflexions, mais il se contentait de marcher à ses côtés en silence. Sans un mot, il s'écarta pour la laisser se glisser par un autre trou dans la grille, puis il escalada celle-ci sans effort apparent, et sans se blesser sur les pointes acérées. Quand il la suivit dans Norham Gardens telle une ombre puissante, elle comprit qu'il serait vain d'essayer de le renvoyer.

À vrai dire, elle lui devait plutôt des remerciements.

Lorsqu'ils parvinrent devant sa maison, puis qu'elle gravit les marches du perron, ses lèvres tentaient toujours sans succès de former des paroles de gratitude.

Elle jeta un regard par-dessus son épaule tout en insérant la clé dans la serrure.

Il était resté en bas des marches. De ce fait, elle se trouvait légèrement plus haut que lui, ce qui lui donnait un point de vue inhabituel.

Le bord de son chapeau laissait dans l'ombre une bonne partie de son visage, ne révélant que sa bouche et la ligne nette de ses mâchoires. Ses lèvres, d'ordinaire si sensuelles, étaient tendues en une expression sévère.

Lucie se tourna vers lui et prit une profonde inspiration. Après tout, ce n'étaient que deux petits mots, n'est-ce pas ? *Merci, Ballentine.*

Au lieu de cela, elle s'entendit marmonner :

— Allez-y, dites-le.

Il esquissa une moue agacée.

— Quoi donc ?

— N'allez-vous pas me sermonner sur les dangers que je cours en me promenant la nuit ?

Il pencha la tête de côté d'un air pensif.

— Cela vous inciterait-il à ne pas recommencer ?

Lucie battit des paupières, surprise.

— Non, admit-elle.

Haussant les épaules d'un geste fataliste, il répondit :

— Alors à quoi bon perdre mon temps ? Je préfère le consacrer à des activités plus plaisantes.

Il était toujours en colère, elle le percevait à sa voix glaciale et à sa posture rigide.

— Cela vous soulagerait peut-être, insista-t-elle.

Ballentine lui décocha un sourire ténébreux.

— Oh, il faudrait plus que cela pour me *soulager*.

— Si cela peut vous rassurer, je suis toujours armée.

Il demeura imperturbable.

— Un pistolet de poche ?

Elle hocha la tête.

Donnant un petit coup de menton approbateur, il tendit une main.

— Puis-je le voir ?

Aussitôt, elle glissa une main dans la poche de sa jupe et en sortit le pistolet à deux coups. Délicat et orné de motifs, il était conçu pour une main de femme mais son contact était froid et impersonnel.

Tristan le retourna dans sa paume avec précaution pour examiner le percuteur, avant de faire courir son pouce sur le manche en nacre qui luisait doucement.

— Très joli, dit-il en le lui rendant, mais êtes-vous prête à en faire usage ?

Les visages aux expressions carnassières des jeunes gens du parc passèrent devant les yeux de Lucie. Ces hommes avaient été animés par une pulsion primitive ; à ce seul souvenir, elle avait de nouveau la gorge nouée.

— Oui, répondit-elle posément.

Il ne répondit pas.

— Vous désapprouvez, constata-t-elle.

Il poussa un soupir.

— C'est une curieuse expérience que de tirer sur quelqu'un, répondit-il finalement. Vous agissez dans le feu de l'action, mais rares sont ceux qui vous avoueront que, par la suite, vous sombrez dans une étrange mélancolie aux moments les plus inattendus ou que vos nuits sont hantées par des rêves douloureux.

— Hantées, répéta Lucie.

— À moins d'y être absolument obligée, poursuivit-il, évitez de trouer la peau de votre prochain.

Des gouttes de pluie ruisselaient du bord de son chapeau. Il ne pouvait pas rester indéfiniment ici. Il allait attraper froid. Et si on le voyait devant sa porte, on jaserait.

Pourquoi s'attardait-il ?

Parce qu'elle ne l'avait toujours pas remercié. Car, naturellement, il voulait l'entendre lui exprimer sa gratitude.

— C'est une chance que vous n'ayez pas besoin de pistolet, reprit-elle. Vous pouvez vous promener sans escorte en toute quiétude. Votre seule présence a suffi pour qu'on nous cède le passage. N'est-ce pas remarquable ?

Il haussa les épaules.

— Séduire une femme qui est déjà courtisée par un autre homme est rarement une bonne idée. Je n'ai pas imaginé un instant qu'ils protesteraient.

Lucie s'appuya contre l'encadrement de la porte.

— Je n'ai aucun désir d'être courtisée, déclara-t-elle. Je rentrais seulement chez moi en empruntant une allée publique.

Elle vit qu'il parcourait du regard ses vêtements détrempés par la pluie. Elle était trop fatiguée pour se tenir droite. Il lui semblait que ses forces s'écoulaient par ses jambes pour être absorbées par les briques humides sous ses pieds.

— Vous savez, dit-il sur le ton de la conversation, je peux encore les retrouver et les abattre. Pour vous venger.

Un frisson courut sur la peau de Lucie. Cette sombre énergie qu'elle avait perçue en lui quand ils étaient au parc semblait refaire surface.

— Ne venez-vous pas de me conseiller d'épargner mon prochain ?

— En effet, confirma-t-il, mais pour moi, il est trop tard.

« Naturellement », songea-t-elle. Il avait passé des années dans l'armée. Avait-il des accès de mélancolie ? Ses nuits étaient-elles… hantées ?

Ses genoux se mirent à trembler. Son col était trempé jusqu'à l'intérieur. Elle n'avait qu'une envie : se glisser sous un lourd édredon dans un lit réchauffé par une bassinoire remplie de braises et demander une boisson chaude, comme la petite fille gâtée qu'elle avait été autrefois – une fille de comte disposant d'un grand lit confortable et d'un personnel bienveillant qu'il suffisait de sonner pour avoir une tasse de chocolat.

Mais il était hors de question qu'elle se montre faible devant Ballentine. Il en profiterait pour ajouter à sa panoplie une nouvelle arme dont il ne manquerait pas de faire usage à la première occasion. Car cette trêve était illusoire. Minuit approchait. Bientôt, il redeviendrait le libertin qu'il était, et elle une femme avec une cible sur le dos.

— Merci de m'avoir raccompagnée chez moi, monsieur, dit-elle.

Puis elle pivota sur ses talons et tourna la clé dans la serrure.

Boadicée l'accueillit d'un air boudeur. Elle se tenait derrière la porte tel un petit sphinx à la douce fourrure. Sans doute n'avait-elle pas perdu un mot de son échange avec Ballentine et ne l'avait-elle pas apprécié. Boadicée se méfiait des hommes.

Ôtant ses gants mouillés, Lucie se pencha pour caresser le dos noir et soyeux de l'animal.

À sa surprise, Boadicée s'approcha de la porte, ses yeux verts rivés sur Ballentine.

Celui-ci n'avait pas bougé. On eût dit une sentinelle en haut-de-forme montant la garde devant sa maison.

— Bonsoir, dit-il poliment à la chatte.

Sous le regard interdit de Lucie, Boadicée descendit prudemment deux marches humides pour l'examiner. S'il y avait quelque chose que la chatte détestait plus que les hommes, c'était de mouiller ses délicats coussinets.

Fronçant les sourcils, Lucie vit l'animal décrire un huit autour des jambes de Tristan. Ce dernier se pencha pour gratter Boadicée sous le menton, exactement comme elle l'aimait.

— Que tu es belle ! lui dit-il.

— Comment savez-vous que c'est une femelle ? marmonna Lucie.

Il leva les yeux vers elle.

— Peut-être parce qu'il lui a suffi d'un seul regard sur moi pour tomber amoureuse ?

Elle retrouvait le Tristan qu'elle connaissait, avec son regard pétillant de joyeuse arrogance.

Il avait dit vrai, hélas. Boadicée se frottait à présent le front contre le bas de son pantalon pour réclamer de nouvelles caresses sans la moindre dignité.

La traîtresse.

Lucie siffla.

— Allons, Boadicée. Tu rentres.

Tristan se redressa.

Lucie dut siffler encore deux fois avec insistance pour que Sa Majesté daigne remonter les marches.

Quant à Ballentine, il ne bougea pas jusqu'à ce qu'elle lui ait pratiquement claqué la porte au nez.

Serrant contre son cœur la chatte toute trempée, Lucie jeta un regard furieux par la fenêtre. Elle eut tout juste le temps d'apercevoir Tristan qui disparaissait dans la nuit.

Puis, pour la première fois depuis qu'il l'avait rejointe dans le parc, elle se demanda ce qui l'avait amené là au beau milieu de la nuit.

Elle n'a pas ralenti un seul instant. Cette pensée tournait en boucle dans l'esprit de Tristan, avec la sombre régularité d'un vautour dans le ciel, tandis qu'il marchait à grands pas sous la pluie. La même image ne cessait de revenir à sa mémoire : Lucie carrant ses minces épaules et continuant d'avancer vers les cinq étudiants éméchés.

Animé par une rage froide, il s'engagea sans réfléchir dans Broad Street. Ne comprenait-elle pas combien elle était vulnérable ? S'illusionnait-elle sur ses forces ? « Elle sait très bien tout cela », murmura une voix en lui. Elle se déplaçait avec un pistolet dans la poche. C'était lui qui était stupide de l'avoir crue, pour une raison qu'il ne s'expliquait pas, impossible à briser.

Son pouls battait toujours à tout rompre quand, se composant le pas incertain d'un homme en état d'ébriété, il s'engagea dans la loge du portier couverte de lierre de Trinity College.

L'homme à la carrure râblée qui se tenait derrière le bureau arborait la mine incorruptible qui seyait à son poste.

Tristan déposa sa chevalière sur le comptoir.

— Ceci doit être livré à M. Wyndham sans délai, déclara-t-il. Chambre douze, aile ouest.

Le portier plissa les paupières, baissa le regard vers la bague, puis observa de nouveau Tristan de ses yeux délavés.

Le couvre-feu avait sonné depuis longtemps. Les entrées des collèges d'Oxford étaient fermées à double tour et gardées par des portiers qui géraient des frasques estudiantines depuis des années et ne se laissaient plus impressionner par les manières aristocratiques, ce qui faisait d'eux de formidables défis pour quiconque tentait de s'introduire clandestinement dans les lieux. Tout étudiant qui rentrait à cette heure tardive avait besoin d'une autorisation exceptionnelle, et tout visiteur restait sur le trottoir à moins d'être muni d'un laissez-passer… ou d'avoir gardé de ses années de scolarité le souvenir précis de l'endroit où l'on pouvait escalader le mur d'enceinte des jardins de Trinity depuis Parks Road.

— Je le déposerais bien dans sa boîte aux lettres, poursuivit Tristan en se penchant un peu trop près et en parlant un peu trop fort, mais comme vous l'avez compris, puisque vous avez l'air d'être un type intelligent, ceci…

D'un geste vague, il désigna la chevalière et poursuivit :

— … a une valeur sentimentale.

— En effet, monsieur, répondit le portier avec un flegme imperturbable.

— Parfait, dit Tristan en haussant les sourcils d'un air plein d'espoir.

— Si Monsieur veut bien passer demain aux heures d'ouverture, M. Wyndham pourra venir ici même récupérer cet objet de valeur.

Tristan secoua la tête.

— Il s'agit d'une affaire entre gentlemen et elle doit être réglée ce soir, insista-t-il en baissant la voix avec des inflexions théâtrales. Si vous aviez l'obligeance d'apporter ceci à la chambre douze de l'aile ouest au plus vite, je vous en serais reconnaissant.

— Ce n'est plus l'heure, monsieur.

— *Très* reconnaissant, insista Tristan.

C'était manifeste, l'autre avait bien envie de le chasser comme un malpropre mais, ainsi que Tristan l'avait escompté, il estima que pour une affaire aussi insignifiante qu'un objet à livrer dans une chambre, mieux valait céder que contrarier un aristocrate à moitié ivre et complètement exaspérant.

— Très bien, dit l'homme. Cette bague doit-elle être apportée à la chambre douze de l'aile ouest ou à M. Wyndham ?

— Mon ami, vous parlez par énigmes. Et je ne suis pas d'humeur à jouer aux devinettes.

— Ce n'est pas une devinette, monsieur. M. Wyndham ne loge pas dans la chambre douze de l'aile ouest.

Tristan pencha la tête de côté.

— Vous plaisantez ?

— Non, monsieur.

— Tant mieux, car je ne suis pas non plus d'humeur à plaisanter.

Il ne l'était même pas du tout. Il devait absolument mettre la main sur M. Wyndham.

Pinçant les lèvres d'un air agacé, le portier demanda :

— Soit vous avez le bon numéro de chambre, soit vous avez le bon nom du destinataire. Lequel est-ce ?

— Qui offrirait quelque chose à une *chambre* ? s'impatienta Tristan. Que voulez-vous qu'une *chambre* fasse de ma bague ? C'est à M. Wyndham qu'il faut la porter, voyons.

— Très bien, répondit le portier qui, selon toute probabilité, était en train de se dire que les Français avaient été bien inspirés de chasser une bonne partie de leur aristocratie à coups de fourche. Je vais apporter cette bague à M. Wyndham.

— Chambre douze de l'aile ouest, précisa Tristan d'un ton joyeux.

— Non, monsieur. Ce n'est pas là qu'il loge.

— Et moi, je sais de source sûre qu'il y est, insista Tristan. Cela me navre de le dire, mais je commence à me demander si je peux vous confier cet objet en toute sécurité.

Il fronça les sourcils.

— C'est une ruse, n'est-ce pas ? Vous me promettez d'apporter à M. Wyndham une bague que celui-ci ne recevra jamais à la suite d'une malencontreuse confusion sur le numéro de sa chambre ? Et qui arrivera entre d'autres mains, peut-être ?

Autrement dit, Tristan insinuait que le portier tentait de dérober la chevalière. Piqué par l'accusation, l'homme se redressa de toute sa taille et rajusta sa casquette.

— Une ruse ? répéta-t-il d'un ton outré.

Puis il se tourna vers le vénérable registre à la couverture de cuir posé sur le bureau, le déposa sur le comptoir, le feuilleta rapidement et le fit pivoter en le poussant vers Tristan tout en tapotant une ligne du bout du doigt.

M. Thomas Wyndham occupait la chambre neuf de l'aile est.

— Je vois, murmura Tristan d'un air faussement contrit. En effet, il y aura eu un malentendu…

Puis, alors que le portier tendait la main vers la chevalière, il plaqua une paume sur la bague.

— Attendez ! s'exclama-t-il. L'affaire n'est peut-être pas aussi pressante que cela. Je vous laisse.

La laborieuse escalade du mur glissant de pluie pour s'introduire dans l'enceinte de Trinity fut agréablement compensée par l'expression horrifiée qui se peignit sur le long visage de Wyndham quand celui-ci vit Tristan sur le seuil de la chambre neuf. L'étudiant était en bras de chemise, sans doute en train de se préparer à aller au lit.

— Que voulez-vous ? grommela-t-il alors que Tristan, mettant à profit l'effet de surprise, le repoussait à l'intérieur de la chambre.

Sans la rassurante compagnie de ses camarades d'escrime, il se montrait nettement moins téméraire qu'un peu plus tôt dans le parc, quand il avait tenu tête à Tristan.

— Wyndham, dit Tristan en fermant la porte derrière lui, j'ai une proposition à vous faire.

— Allez au diable, maugréa l'autre. Nous n'avons pas été présentés.

— C'est bien possible, répondit Tristan, mais votre écharpe parle à votre place.

D'un coup de menton, il désigna celle-ci, accrochée à une patère après avoir rempli sa fonction pour les événements sportifs de la journée. Quand Wyndham suivit son regard et qu'une lueur de douloureuse compréhension se peignit sur son visage, Tristan ajouta d'un ton presque navré :

— Et les armoiries des Wyndham y sont cousues de façon à être très visibles.

Le jeune homme plissa les yeux d'un air menaçant, mais Tristan le vit déglutir avec nervosité.

— Que... que voulez-vous ? Nous nous sommes quittés en bons termes au parc. Personne n'a été offensé.

Les traits tirés de Lucie passèrent devant les yeux de Tristan. Jamais il n'avait vu la jeune femme dans un tel état d'épuisement que quand elle s'était appuyée au chambranle de sa porte d'entrée, trempée par la pluie, le visage aussi chiffonné que ses vêtements. Savoir qu'elle avait failli être violentée par cette bande de lâches sans cervelle devait irriter l'esthète en lui, car il était animé d'une rage meurtrière parfaitement irrationnelle.

— Je me demandais, mon vieux, quelle valeur vous accordiez à votre main droite.

14

Le lundi matin, trois jours après avoir raccompagné Lucie chez elle, Tristan fut convoqué en urgence à Ashdown. Il était pratiquement certain de savoir pourquoi Rochester exigeait de le voir.

Ses soupçons furent confirmés dès l'instant où il entra d'un pas tranquille dans le tombeau qui servait de bureau à son père. Rochester faisait les cent pas dans la pièce, l'air plus furieux qu'un ange de la vengeance.

Un journal était grand ouvert sur la table de travail.

La *Pall Mall Gazette*, cette feuille à scandale.

— Expliquez-moi ceci, articula Rochester d'une voix blanche en tapotant la page d'un index rageur.

Inutile de regarder de plus près. C'était l'édition de la veille. Tristan le savait déjà, elle montrait la caricature d'un dandy de haute taille au sourire gourmand (lui-même) promenant un chiot à l'air avide le long d'une rue pavée. Avec un peu d'imagination, on pouvait voir dans la médaille ornant le collier du chien une vague ressemblance avec la couronne des Doncaster. « La promenade du soir d'un gentleman », disait la légende. C'était bien tiède. Le dessinateur avait perdu de son audace depuis l'an passé, songea Tristan.

— Qu'avez-vous à dire pour votre défense ? aboya Rochester.

Tristan noua les mains dans son dos.

— C'est la faute d'Oscar Wilde, dit-il.

— Plaît-il ?

— Ce dessin est stupide.

Rochester semblait sur le point de cracher du feu.

— Il a failli me coûter vos fiançailles.

Tristan dut contenir un mouvement de rage froide. Ses fiançailles. La situation aurait pu être amusante si sa mère ne s'était pas trouvée en cet instant même à l'étage de l'aile ouest dans un profond état dépressif, littéralement prise en otage par Rochester. Tristan avait l'impression d'avoir un collier d'étranglement autour du cou.

— Lord Arthur était ivre, dit-il. Un groupe d'étudiants dans le même état l'ont vu se comporter comme un idiot ; l'un d'entre eux a dû se dire que cela ferait une bonne caricature.

C'était là tout ce qu'il *pouvait* dire de l'affaire.

Rochester fit un pas dans sa direction, le regard noir.

— En tant que fils cadet, vous étiez déjà insupportable, dit-il avec une douceur trompeuse. En tant qu'héritier, vous me rendez malade.

Tristan fut plus touché par ces mots qu'il ne l'aurait voulu. Il n'avait jamais ignoré le mépris dans lequel son père le tenait mais, en cet instant, son dégoût semblait ne plus avoir de bornes.

Rochester revint vers le bureau.

— Il est urgent de réparer cela, dit-il. Tenez.

Il prit un feuillet et le lui tendit. Une liste, constata Tristan. Songeant à sa mère là-haut, dans l'aile ouest, il parcourut le feuillet d'un regard rapide.

Puis il haussa les sourcils, abasourdi.

— Vous voulez que j'assiste à la partie de campagne d'un duc déchu et que je courtise une vieille connaissance ? C'est cela, votre plan pour redorer mon blason ?

— Montgomery est bien stupide d'avoir épousé sa catin, mais il est difficile d'ignorer un duc qui reçoit le prince héritier chez lui. L'un de nous doit répondre à son invitation, et étant donné les circonstances, ce sera vous.

Rochester avait parlé avec un dédain absolu. Il devait souffrir le martyre de voir un de ses pairs se rebeller contre la Sainte-Trinité – la Reine, la Tradition et la Société – et tenir encore debout une fois le scandale apaisé. De fait, il était presque impossible de faire tomber un duc. Quand un homme tel que Montgomery brisait les chaînes qui le retenaient prisonnier des convenances, il avait toute latitude d'assouvir ses désirs charnels au lieu d'obéir à des stratégies politiques. Un esprit libre, incontrôlable… quoi de plus dangereux ?

— Le prince de Galles est un soutien inconditionnel de la campagne d'Afghanistan, poursuivit Rochester. Quand il s'adressera à vous, comportez-vous correctement.

— Oui, oui, marmonna Tristan en fourrant la liste dans sa poche. De toute façon, j'ai pris quelques mesures pour restaurer ma réputation.

Son père lui décocha un regard soupçonneux.

— Qu'avez-vous encore manigancé ? marmonna-t-il.

— Ce sera dans l'édition de demain soir de la *Pall Mall Gazette*. Ou dans n'importe quel autre journal britannique.

Après la scène avec Arthur Seymour, il n'avait eu d'autre choix que de frapper fort. Le public n'aimait rien tant que les coups de théâtre.

Dans l'aile ouest, la comtesse était endormie. Elle ne se réveilla pas quand Tristan ouvrit les rideaux et que la lumière du jour, entrant dans la chambre, éclaira son visage.

Sur la table de chevet se trouvait de nouveau un plateau chargé d'un repas intact.

— Mère ? dit-il.

Elle ne bougea pas.

Il s'approcha du lit. Elle était pâle comme un spectre. Ses cheveux tressés étaient retenus par un ruban de soie bleu clair, dont l'éclat aussi lumineux que ciel semblait déplacé.

Quand Tristan s'assit sur le lit, le matelas s'enfonça sous son poids. Toujours pas de réaction. Bon sang, sa mère était aussi dynamique qu'un sac de farine. Était-elle seulement consciente de son environnement ? Après tout, peut-être serait-elle la dernière personne à remarquer la différence entre une confortable chambre d'amis chez le général Foster et un dortoir dans un asile !

Son poing se serra avec force. Peut-être avait-il accepté tous ces sacrifices en vain – se prêter à ce grotesque jeu des fiançailles imposées par Rochester, se dévoiler dans la presse nationale, s'engager avec l'un des hommes d'affaires les plus impitoyables du pays…

— Cela en vaut-il la peine ? demanda-t-il dans le vide.

Même à ses propres oreilles, sa voix était dure, agressive.

Il baissa les yeux vers la vieille femme obstinément endormie.

— Faites-vous ceci pour vous rapprocher de Marcus ? demanda-t-il.

Peut-être retrouvait-elle son fils dans le crépuscule où elle avait sombré. Peut-être aimait-elle errer dans cet espace. Pour sa part, il croisait plus souvent son aîné dans ses cauchemars qu'il ne l'avait côtoyé de son vivant. Ses rêves se terminaient toujours de la même façon : Marcus le regardait, un flot de sang jaillissant de ses yeux, alors que, dans la réalité, il s'était rompu le cou proprement et n'avait pas saigné, sans doute pas même souffert.

Dans la vie comme dans la mort, Marcus avait toujours été net et efficace. Quant à lui, Tristan, il se réveillait chaque fois couvert de sueur, un poids écrasant sur la poitrine. Pourquoi ? se demandait-il parfois. Enfant, il avait trottiné derrière Marcus, en adoration, dès qu'il était libéré de ses devoirs et qu'on lui accordait une récréation. Durant l'adolescence, leurs relations avaient été courtoises et leurs rôles clairement définis. Marcus était l'héritier et Tristan le marginal. Toutefois, jamais il n'avait envié la position de son aîné.

Après le mariage de celui-ci, la distance entre eux s'était encore creusée, probablement parce que l'épouse de Marcus craignait la mauvaise influence de Tristan. À cette époque, un océan les séparait déjà. Alors pourquoi ces cauchemars ? Peut-être parce que, comme le disait Wordsworth, « les meilleurs partent les premiers, et ceux dont le cœur est sec comme la poussière de l'été se consument totalement ». Le poids sur sa poitrine était peut-être dû à la culpabilité que le bon frère ait disparu, et non le mauvais.

Il prit la cuillère sur le plateau et l'approcha du nez de sa mère. Quand un souffle à peine perceptible embua le métal, la tension de ses muscles s'apaisa quelque peu.

Il imprima un léger mouvement de rotation à la cuillère.

— Saviez-vous que Rochester me haïssait ? demanda-t-il. J'en suis conscient depuis bien longtemps, depuis qu'il a ordonné à Jarvis de noyer Kitten. Vous souvenez-vous de lui ? Vous me l'aviez offert pour mes treize ans.

Mère dormait. Elle ne cilla même pas.

— C'était un adorable chaton blanc et roux, aussi doux que du duvet. Il arrivait en sautillant quand je le sifflais, comme un chiot. Je me rappelle avoir pensé que la seule raison qui pouvait pousser un homme à enfermer une si merveilleuse créature dans un sac et à le jeter dans une mare, c'était la haine.

C'était une journée d'automne au ciel d'un bleu sans nuages. Ce temps magnifique avait dû le distraire de sa traduction latine, ou peut-être s'était-il échappé une fois de trop pour fureter dans le parc au lieu de réciter ses tables. Il ne se souvenait pas exactement. En revanche, il se rappelait très bien l'expression de joie mauvaise sur le visage de Jarvis lorsque celui-ci avait lancé dans la mare le sac où Kitten avait été enfermé. Le sac avait flotté quelques instants sur la surface noire de l'eau, puis Rochester avait posé une main lourde sur l'épaule de Tristan.

— Voyez-vous ceci, Tristan ? Voilà ce qui arrive quand on est insouciant et qu'on ne fait pas attention. Voilà ce qui arrive quand on néglige ses devoirs. Vous échouez, et ce qui vous a été confié périt.

Le sac avait été agité de soubresauts désespérés pendant que le chaton luttait pour survivre et miaulait, appelant son maître au secours. Et son maître n'était jamais venu le sauver. Il était resté sur le rivage, maintenu par une poigne de fer, la gorge nouée par le hurlement de rage et d'impuissance qu'il retenait. Le sac et le chaton avaient été engloutis par les eaux, ne laissant qu'une imperceptible ride.

Par la suite, Tristan n'avait pas progressé d'un iota dans sa capacité à rester docilement assis toute une journée pour concentrer son attention sur des devoirs qu'il trouvait déprimants. Et il avait rejeté le chiot que sa mère lui avait offert pour son anniversaire suivant.

Il se massa le cou d'un geste pensif. Quelle ironie ! Il était capable de sauver des camarades sous le feu ennemi, mais pas les femmes vivant dans un lieu aussi protégé qu'Ashdown, pas même les chatons. *Inutile.* Entre ces murs, c'était exactement ce qu'il était.

Quand il remit la cuillère sur le plateau, un petit objet sur la table de chevet attira son regard. Une figurine de bois. Il ne l'avait pas vue lors de sa dernière visite. C'était un ange de Noël, dont la facture maladroite et la crinière en fils dorés lui étaient étrangement familières. Il le prit et le fit tourner dans sa main.

— Je l'avais fait pour vous, murmura-t-il. C'est le premier objet que j'ai sculpté avec le couteau de poche que vous m'aviez offert.

Inexplicablement, ce cadeau naïf avait survécu aux vingt dernières années.

Avec soin, Tristan reposa la figurine parmi les flacons de médicaments, puis il remonta la couverture sur les épaules de sa mère.

— J'ignore si vous lisez toujours les journaux, dit-il. Si c'est le cas, ne soyez pas surprise d'y trouver mon nom cette semaine. J'ai publié anonymement quelques poèmes il y a un certain temps, et les circonstances m'obligent aujourd'hui à en assumer la paternité.

Un instant, il envisagea de lui faire d'autres confidences. *J'ai proposé à Lucy Tedbury d'abattre cinq hommes pour la venger, et je ne sais pas ce que cela signifie.*

— Je dois assister à une partie de campagne à Claremont dans quelques jours, reprit-il. À mon retour, je vous rapporterai tous les ragots.

Le lundi après-midi était le moment de la semaine que Lucie aimait le moins. Il était réservé aux tâches administratives concernant la Cause : partager les dernières nouvelles, enregistrer les dernières inscriptions, effectuer la comptabilité de la section d'Oxford et préparer l'emploi du temps de la semaine à venir en fonction des rendez-vous et des événements prévus. Depuis qu'Annabelle allait rejoindre son duc dans le Wiltshire quatre jours par semaine, leurs rangs s'étaient clairsemés. Lucie avait demandé à Mabel, lady Henley, de la remplacer. La veuve était depuis longtemps membre du groupe, et elle habitait juste à côté. Hélas, depuis que Lucie avait interrompu son badinage avec un certain lord, lady Henley était très occupée le lundi après-midi. Cela apprendrait à Lucie à vouloir aider les gens.

Cette avalanche de tâches et d'obligations variées avait néanmoins le mérite de détourner ses pensées des événements récents. La rencontre au parc. La présence imposante de Ballentine devant sa porte.

— Merci d'être venues, dit-elle à Catriona et à Hattie.

Munies de leur calepin et de leur crayon, ses fidèles amies avaient pris place autour de la table du salon. Hattie grignotait une pâtisserie qu'elle avait achetée dans Little Clarendon Street, semant des miettes autour d'elle.

— Pour commencer, voici un exemplaire de la dernière conférence de Millicent Fawcett à la London School of Economics. C'est un texte particulièrement passionnant sur l'éducation des filles, dit Lucie en faisant glisser le document vers le centre de la table.

— « Ces considérations nous obligent à conclure que la vision populaire des devoirs des épouses et des mères est particulièrement dégradante et inappropriée, lut Hattie à haute voix, et qu'elle donne aux fonctions biologiques des femmes une suprématie absolue sur leurs apports intellectuels et moraux... »

Elle leva les yeux.

— Comment se fait-il que Millicent soit autorisée à donner des conférences novatrices à Londres tandis qu'ici, à Oxford, les étudiantes n'ont même pas le droit de s'inscrire et d'obtenir des diplômes comme leurs camarades masculins ?

— Oxford a été créé pour des moines et, depuis, l'université est administrée par des fossiles vivants, répliqua Lucie. Ici, le temps ne passe pas à la même vitesse. Et n'oubliez pas que le mari de Millicent a une position à la London School of Economics. Et maintenant, le premier point à l'ordre du jour. Avons-nous une solution pour publier notre rapport sur l'Acte de propriété des femmes mariées ? Pour ma part, je n'en vois pas. J'ai de nouveau écrit au *Manchester Guardian* pour solliciter un entretien, et on n'a pas daigné me répondre, même pour me dire non.

Catriona secoua la tête d'un air consterné.

— J'ai demandé à mon père ce qu'il ferait s'il souhaitait publier un ouvrage dont aucune maison d'édition ne voudrait, dit Hattie.

— Et ?

— Il a répondu qu'il créerait sa propre maison d'édition, répondit Hattie d'un ton navré.

— Excellente idée ! ricana Catriona.

Lucie leva les yeux au plafond.

— Merci, Hattie. Deuxième point : où en est le décompte concernant la lettre sur l'Acte de propriété ?

Catriona, chargée de tout ce qui était chiffres, consulta son carnet.

— Nous en sommes à plus de quatorze mille neuf cents. Toutefois, nous n'avons toujours pas les chiffres des sections écossaises. Je crains des retards dans la distribution du courrier.

— Hum. Un jour ou l'autre, la poste mènera la Cause à sa perte.

— Que voulez-vous dire ?

— Les retards… sans parler des courriers perdus, répondit Lucie. Par exemple, prenez la lettre que Millicent a expédiée en même temps que la transcription de sa conférence. Elle contenait des informations obsolètes. J'avais informé Lydia Becker d'un notable retour du conservatisme dans la section de Primrose au moins deux semaines plus tôt, et elle aurait dû le signaler à Millicent. Non seulement cela arrive souvent, mais c'est de pire en pire. Millicent nous envoie des remarques ou a besoin d'organiser un plan, alors nous commentons, nous renvoyons le courrier, elle l'expédie à Lydia Becker, qui commente et fait suivre à Rosalind Howard, etc.

— Et plus nous ajouterons de destinataires à nos courriers, plus le système sera confus…, murmura Catriona.

— Il doit bien exister un moyen de nous organiser autrement.

— Oui, mais comment ? demanda Hattie. Vous n'allez pas vous rendre à Londres chaque jour rien que pour assister à des réunions du mouvement, et les autres dirigeantes des sections locales non plus.

— Non, répondit Lucie, soucieuse.

— De plus, nous avons déjà le Comité central à Londres, fit remarquer Catriona.

— J'en suis bien consciente, répondit Lucie, mais il n'est pas aussi efficace qu'il le pourrait. Et je crains que la situation n'empire. Il y a des dizaines de sections locales à présent, ainsi que quelques associations, mais à moins de pouvoir échanger régulièrement, cela ne servira à rien.

— Imaginez un monde où le courrier ne mettrait pas des jours à arriver à destination ! rêva Hattie à haute voix. Un monde où tout le monde pourrait lire la même lettre en même temps !

Un sourire pensif éclaira les traits de Catriona.

— Dans un monde aussi merveilleux, nous verrions une armée de femmes se lever en quelques semaines.

— Les choses étant ce qu'elles sont, nous pourrions au moins nous réunir une fois par mois pour aligner nos positions, proposa Hattie.

— Comme un rassemblement de clans en Écosse, murmura Catriona.

— Le clan MacSuffrage ? proposa Hattie.

Lucie émit un petit reniflement impatient tandis que Catriona étouffait un fou rire.

— Bien, troisième point à l'ordre du jour. Catriona supervise les comptes, Hattie est chargée des nouvelles inscriptions, et je prépare un mémorandum des actions à mener inspirées par ma correspondance.

Sur le dessus de sa pile de courrier se trouvait un rappel bienveillant de lady Harberton au sujet de sa campagne en faveur de la bicyclette pour les femmes. Lucie poussa un soupir. Pourquoi oubliait-elle régulièrement ce dossier ? Non, elle ne l'oubliait pas. C'était seulement le temps qui lui manquait.

— Voilà qui est curieux..., murmura alors Catriona.

Lucie se tourna vers elle, intriguée. Rien ne semblait jamais surprendre la jeune Écossaise. Celle-ci observait la liste des donations d'un air perplexe.

— Qu'y a-t-il ?

— Un don du club d'escrime de l'université d'Oxford.

Lucie se figea.

— En êtes-vous certaine ?

— Tout à fait. Ce doit être une erreur.

C'était bien possible.

Ou alors c'était un peu plus complexe que cela...

— Combien ? s'enquit Lucie d'une voix étranglée.

Catriona leva les yeux. Derrière ses lunettes, une lueur incrédule éclairait ses yeux bleus.

— Cent livres.

— Bonté divine !

C'était autant que la somme de toutes les donations individuelles versées à la section d'Oxford en un mois.

— Comme c'est étrange ! s'exclama Hattie. Pourquoi les escrimeurs s'intéressent-ils tout à coup aux droits des femmes ?

Catriona griffonna quelques mots dans la marge du livre de comptes.

— Je vais demander à leur trésorier si ceci est normal.

— Merci, dit Lucie, saisie d'un vertige.

Cette donation n'était pas une erreur, elle en avait la certitude. Elle revoyait la lueur menaçante sur la lame d'acier humide de crachin, aussi clairement que si les jeunes gens s'étaient encore trouvés devant elle, lui barrant le chemin. Même s'ils avaient su qui elle était, cela ne les aurait pas incités à verser une telle somme au lendemain de l'affaire. Sauf si quelque chose – ou *quelqu'un* – les avait fortement invités à le faire.

Tristan. Qui d'autre ?

Bien, mais pourquoi ? S'agissait-il d'une attaque en deux volets ? Jouait-il de la carotte et du bâton pour la déstabiliser ?

Ce qui était certain, c'était qu'il avait réussi à la plonger dans la plus grande confusion.

Elle était bien tentée de l'ignorer, mais elle devrait régler cette question. Elle n'osait pas penser à la façon dont Tristan avait extorqué cette somme, et la section d'Oxford ne pouvait se permettre de se faire des ennemis parmi les hommes de la classe supérieure de la ville. Elle nota sur son agenda de résoudre ce problème dès son retour de la partie de campagne chez les Montgomery.

15

Lucie avait douze ans la dernière fois qu'elle s'était rendue avec sa famille à Montgomery Castle, dans les Cotswolds, aussi le paysage que traversait la voiture ne lui était-il pas familier. Elle n'avait de souvenirs que de Claremont, un immense palace aux murs de grès qui surplombait les vertes collines du Wiltshire et dont le hall d'entrée, haut de trois étages, était surmonté d'un immense dôme en verre.

— Cela ne devrait pas être difficile, résuma-elle à haute voix. Je porterai des tenues à la dernière mode. Je ne ferai pas la moindre allusion au suffrage féminin, aux maladies contagieuses ni à la politique en général. Je me contenterai de discuter avec les dames les plus respectables qui accepteront d'être vues en ma compagnie. Je danserai peut-être même une valse.

Sur la banquette d'en face, Hattie se redressa.

— Une valse ? Ce n'était pas sur la liste.

Hattie disait vrai. Ce nouvel alinéa venait de surgir dans l'esprit de Lucie. Peut-être à cause de la robe de bal pourpre qui occupait la moitié de sa malle… et la totalité de ses pensées.

Hattie l'observa de nouveau d'un air curieux avant d'émettre un claquement de langue satisfait.

— Aucun problème concernant le premier point ; vous êtes d'une élégance parfaite. Je sais, il faudrait que j'arrête de le répéter.

Chaque fois qu'elle l'avait dit, elle avait pressé les mains sur son cœur et ses grands yeux bruns s'étaient embués d'émotion. Hattie était sincèrement ravie quand ses amies étaient en beauté... surtout lorsqu'elles avaient suivi ses conseils vestimentaires.

Lucie lissa le tissu gris perle de sa jupe de voyage. L'odeur du fin lainage tout neuf était bien agréable. De fait, ses nouvelles tenues étaient particulièrement flatteuses avec leur coupe moderne et épurée. Elles étaient aussi un peu trop serrées, car leur élégance tenait en grande partie au fait qu'elles étaient d'une seule pièce et très près du corps, contrairement à ses anciennes robes qui étaient en trois parties. Il lui restait à espérer qu'elle se serait habituée aux restrictions de mouvement imposées par ces tenues lorsqu'elle devrait affronter la meute hurlante. Au demeurant, elle était bien consciente que cette garde-robe dernier cri serait impuissante face à n'importe quelle manœuvre de Tristan.

Le mardi précédent, les journaux avaient révélé qu'il était l'auteur de *Pocketful of Poems*. Mercredi matin, Lucie avait reçu un câble surexcité de lady Athéna, qui était désormais secrétaire générale chez London Print : que fallait-il faire du courrier ? Le bureau était enseveli sous une avalanche de lettres dont une bonne moitié était lourdement parfumée. Les cartes de la Saint-Ballentine arrivaient à flots, exigeant d'être signées et retournées aux expéditrices. Contrainte de se rendre à Londres, Lucie avait dû se composer son expression la plus féroce pour décourager la meute de journalistes en embuscade près de l'entrée de service de London Print. Jeudi après-midi, le doute n'était plus permis : il fallait de toute urgence procéder à une réimpression de la poésie de Tristan. Quant à celui-ci, il avait brillé par son absence. Après avoir envoyé des messagers aux quatre vents pour le retrouver, Lucie avait découvert un billet sur le bureau de l'intéressé. *Suis occupé à réviser mes carnets de guerre. Vous pourrez me remercier plus tard pour la hausse des ventes.*

Un soupir agacé monta des lèvres de Lucie. Devant le regard interrogateur de Hattie, elle expliqua :

— Lui.

Hattie se mordit les lèvres.

— Ah, dit-elle d'un air entendu. Lui.

Pourtant, Hattie ne connaissait pas la moitié de l'histoire ; Lucie n'avait pas trouvé le courage de s'ouvrir à ses amies de la proposition scandaleuse qu'il lui avait faite.

— Je maintiens que cette publicité pour London Print est une bonne chose, déclara alors Catriona.

Assise près de Lucie, un livre à la main, elle avait gardé le silence depuis leur départ. D'ailleurs, elle avait toujours les yeux baissés vers l'ouvrage posé sur ses genoux.

— Vraiment ? marmonna Lucie. Le nombre de commandes et la valeur de la société ont-ils explosé du jour au lendemain ? Oui. Lord Ballentine est-il devenu un peu plus puissant ? Oui également.

Un silence morose tomba dans l'habitacle.

— L'avez-vous lue ? s'enquit Hattie, qui n'avait aucun respect pour les silences moroses.

— Sa poésie ? Non.

Son amie l'observait de cet air pensif qu'elle prenait chaque fois qu'elle se tenait devant un tableau pour en étudier la composition.

— Puis-je vous demander pourquoi ?

Lucie haussa les épaules.

— C'est de la poésie romantique.

— Eh bien ?

— N'est-ce pas à leur fiancée que la plupart des gentlemen écrivent de la poésie ?

— Ma foi, il me semble que oui.

— Et combien d'entre eux prennent une maîtresse une fois de retour de leur lune de miel ?

Les sourcils fauves de Hattie se rejoignirent, signe d'intense concentration.

— Quelques-uns, je suppose.

— Plus que quelques-uns. Et j'imagine qu'en tant qu'épouse, je me sentirais doublement flouée de savoir mon mari en train de folâtrer avec une autre pendant que je suis à la maison devant une pile de lettres où il me déclare une flamme éternelle. Tout ça, ce ne sont que des mensonges.

Le doux visage de Hattie se rembrunit.

— N'y a-t-il pas un peu de cynisme dans une telle vision ?

— Pour ma part, j'appelle cela du réalisme.

Hattie esquissa une moue têtue.

— Même si les sentiments amoureux s'émoussent avec le temps, les poèmes peuvent avoir été sincères au moment de leur rédaction.

Lucie secoua la tête.

— Je crains de ne pas accorder beaucoup de crédit aux vérités qui ne durent qu'un moment. La vérité ne se fane pas du jour au lendemain. Quitte à mettre quelque chose en rimes, autant que ce soit éternel. Une authentique attitude chevaleresque serait de jeter à la poubelle des bouffées d'émotions passagères plutôt que de s'en servir pour séduire une innocente.

Hattie battit des paupières comme si Lucie venait de lui jeter un seau d'eau froide à la figure.

— Seigneur, Lucie, ce n'est que de la poésie !

Très lentement, Catriona leva les yeux de son livre ouvert.

— *Que* de la poésie ?

Levant les mains au ciel – ou plutôt au toit de la voiture –, Hattie rejeta la tête en arrière d'un air inspiré.

— Faisons un pari, voulez-vous ? Je mets ma main à couper que cette partie de campagne sera scandaleuse. Comme chacune de nos apparitions en public.

Alarmée, Lucie agita un doigt menaçant.

— Hattie Greenfield, ne jetez pas de sort sur cette partie de campagne.

— S'il vous plaît, Hattie, renchérit Catriona. Annabelle ne nous le pardonnerait pas.

— Je ne peux tout de même pas contrôler mon intuition ! protesta Hattie.

— Faites un effort, s'il vous plaît, marmonna Lucie.

Quand la voiture s'arrêta dans l'immense cour carrée de Claremont, Lucie ne put contenir un mouvement d'admiration. En général, les lieux que l'on n'a pas revus depuis l'enfance nous semblent plus petits que dans notre souvenir. Ce ne fut pas le cas de Claremont. L'endroit était un véritable palais, avec ses dimensions dignes d'une petite cité et ses longues rangées de colonnes qui semblaient monter la garde devant le bâtiment principal telles des sentinelles de pierre.

Une file d'élégantes voitures serpentait tout autour de la cour, la plupart transportant des gens avec qui Lucie n'avait pas dîné depuis une dizaine d'années. Aux yeux de ces personnes, elle était une traîtresse.

Son estomac se noua douloureusement. Même si elle était depuis longtemps passée experte dans l'art de frôler les limites de la respectabilité et des règles de bienséance, la perspective de se plier de nouveau aux convenances l'emplissait d'appréhension.

À l'entrée, le maître des lieux souhaitait personnellement la bienvenue à ses invités. Sa haute silhouette bien droite rivalisait de dignité avec celle des hauts piliers gris de la façade. C'était un homme de nature froide, et toute son apparence le disait : teint pâle, yeux délavés, chevelure d'un blond nordique et lèvres au dessin sévère. Le scandale qui l'avait frappé ne l'avait pas rendu plus humble. Devant tant de suffisance, l'ancienne Lucie aurait été tentée de lui lancer une ou deux piques.

Visiblement, Sa Seigneurie en avait autant à son service. S'il manifesta un soupçon d'émotion devant Catriona et Hattie – fut-ce l'ombre d'un sourire sur ses lèvres, quand il les salua ? –, quand vint le tour de Lucie, son visage se ferma. Un glacier aurait été plus expressif !

— Lady Lucinda, bienvenue à Claremont, dit-il d'une voix polaire.

— Je vous remercie pour votre invitation, Votre Grâce, répondit-elle en faisant la révérence.

Montgomery possédait le don de vous transpercer d'un regard froid qui vous aurait fait confesser n'importe quoi, même des fautes que vous n'aviez jamais commises. Lucie se composa une expression docile. En vain. Inclinant la tête, il déclara :

— J'ai cru comprendre que la duchesse avait beaucoup d'affection pour vous.

Cela pouvait être considéré comme un compliment… ou comme un avertissement : un seul faux pas mettrait en danger son amitié avec Annabelle. Lucie opta pour la seconde hypothèse. Voilà peu, le duc était encore l'un de ses plus puissants adversaires sur l'échiquier politique. Elle ne devait pas s'attendre à des compliments avant un bon moment.

— Lucie !

Annabelle venait d'apparaître près de Montgomery, le visage éclairé d'un grand sourire.

— Quelle joie de vous avoir parmi nous ! ajouta-t-elle.

Puis, prenant Lucie par la main, elle se tourna vers son formidable époux.

— Je vous la vole ! annonça-t-elle.

Quand le duc regarda sa radieuse épouse, ses traits austères se métamorphosèrent. Soudain, il était un homme chaleureux, rayonnant de beauté.

— Volez donc, ma chère, murmura-t-il d'une voix à peine audible.

Ils échangèrent un regard si brûlant que Lucie sentit ses joues s'empourprer. Puis Annabelle la prit par le bras pour l'entraîner vers le grand hall d'entrée sous la verrière, où les attendaient Catriona et Hattie, que des bonnes attentionnées avaient déjà débarrassées de leurs manteaux de voyage et de leurs chapeaux.

— Je suis ravie que vous soyez toutes là, dit Annabelle en prenant la main de Catriona, sans lâcher le bras de Lucie. Lucie, j'adore votre robe. J'espère que vous avez fait bon voyage ? Oui, vraiment, cette robe est parfaite.

Lucie ralentit.

— Est-ce que tout va bien, Annabelle ?

Son amie était plus élégante que jamais dans une robe émeraude aux manches de gaze, avec sa chevelure acajou lustrée retombant sur son épaule gauche, mais ses joues étaient trop rouges et son dos trop droit, même pour une duchesse.

— Je suis vraiment heureuse que vous soyez là, répéta-t-elle sans se départir de son sourire.

Ses yeux verts se posèrent brièvement sur les invités qui approchaient tandis qu'elle poursuivait :

— Je sais qu'ils guettent tous le moindre faux pas de ma part.

Jamais Lucie n'avait vu Annabelle aussi nerveuse, et pourtant elles avaient partagé quelques aventures dans le passé.

D'un geste rassurant, elle lui pressa le bras.

— Vous vous en sortez à merveille. Et personne ici n'aurait envie de se fâcher avec votre mari.

— Ma foi, nous avons déjà eu un petit souci. Le chat de lady Hampshire s'est échappé. Si vous croisez un Maine Coon roux de la taille d'un petit tigre, merci de le signaler immédiatement.

— Oh non ! gémit Hattie. Que s'est-il passé ?

— Apparemment, un valet de pied a posé le panier du chat trop brusquement sur le sol, et le couvercle s'est ouvert. L'animal en a profité pour se sauver. Lady Hampshire est folle de rage. Elle exige la tête du valet de pied, et la moitié du personnel est en train de chercher le fugitif au lieu d'accueillir les invités.

Lucie fit une petite grimace. Lady Hampshire nourrissait une hostilité farouche envers le suffrage féminin, et envers les femmes en général. La bonne société la tolérait poliment, aussi continuait-elle à faire pression sur différents journaux pour qu'ils publient des articles mensongers sur l'infériorité de l'intelligence et des capacités féminines. Si Lucie avait été le Maine Coon de lady Hampshire, elle aussi aurait pris la fuite à la première occasion.

On leur montra leurs chambres, où elles purent se rafraîchir et se changer. Puis Annabelle revint afin de les emmener dans une immense salle de réception dont la décoration venait d'être refaite. Des invités s'y trouvaient déjà, sirotant un verre et bavardant à mi-voix, réunis en petits groupes. Dans un angle de la pièce, un quatuor à cordes jouait en sourdine.

Quand elles entrèrent dans la pièce, des regards se tournèrent vers elles tandis que les conversations s'interrompaient un instant.

— Je dois vous laisser pour m'occuper de mes invités, murmura Annabelle en entraînant ses amies vers le frère et les parents de Hattie, qui étaient déjà arrivés de Londres et se trouvaient non loin d'une superbe statue grecque en marbre. Faites comme chez vous. Je vous retrouverai avant le dîner.

Lucie demeura en arrière pendant que Hattie retrouvait sa famille pour de chaleureuses embrassades. Sa mère, Mme Greenfield, avait la même chevelure d'un roux intense qu'elle. Quant à son père, le richissime Julien Greenfield, avec sa carrure replète et ses joues rougies par trop de repas copieux et arrosés, il ressemblait à l'un de ces oncles débonnaires qui racontent des plaisanteries grivoises à table. Toutefois, on disait de lui qu'il était impitoyable en affaires.

Par-dessus l'épaule de Hattie, il observa Lucie en plissant les yeux. Néanmoins, il ne semblait pas hostile.

Lui non plus n'avait pas sa place dans ce monde, songea la jeune femme. Il était issu d'une lignée de banquiers ; la fortune et l'influence de sa famille étaient le fruit d'un siècle d'avidité financière assumée. Rien en lui ne le recommandait aux gens qui l'entouraient en cet instant… sinon sa capacité à leur accorder de substantiels crédits bancaires.

Une désagréable sensation lui picota soudain le dos. Quelqu'un l'observait. Penchant la tête, Lucie jeta un coup d'œil discret par-dessus son épaule.

Cecily. Sa cousine se tenait à deux ou trois pas d'elle et la regardait d'un air innocent. Sa robe était blanc et bleu comme un ciel d'été. Un ange sur son nuage.

Quand Lucie pivota pour lui faire face, elle détourna aussitôt les yeux. Elle était escortée par un jeune homme beaucoup plus grand qu'elle. Celui-ci était assez beau... et étrangement familier. Cheveux blond cendré, yeux gris qui ressemblaient à ceux de Lucie...

Bonté divine !

— Tommy ? s'exclama-t-elle.

Son frère n'était plus l'adolescent de quinze ans dont elle se souvenait. Il avait considérablement grandi, et son long visage était à présent encadré de pattes taillées avec un soin méticuleux.

Et il la dévisageait comme si elle était un fantôme.

Il émit une petite toux pour s'éclaircir la voix.

— Thomas, rectifia-t-il froidement.

— Oh. Oui, bien sûr. Thomas.

Il ne lui tendit pas la main, ne la salua même pas. Toutefois, il ne pouvait pas non plus la snober ouvertement ici, alors qu'ils étaient tous deux des invités.

Il saisit Cecily par le bras.

— Vous souvenez-vous de votre cousine Cecily ?

Celle-ci ouvrit des yeux ronds de douleur ou de surprise. La main de Tommy..., non, de Thomas, semblait s'être refermée comme un étau sur elle. Toutefois, elle se ressaisit rapidement.

— Cousine Lucie, dit-elle d'une voix timide.

— Cousine Cecily, dit Lucie. C'est un plaisir de vous revoir. J'espère que vous avez fait bon voyage ?

— Tout à fait, répondit Thomas.

À présent qu'il s'était ressaisi, son visage était fermé et rouge de contrariété. Tout à coup, il ressemblait à leur mère, songea Lucie.

Celle-ci n'était pas loin, d'ailleurs. Derrière Thomas, Lucie apercevait sa silhouette au dos bien droit. Elle semblait plongée dans une grande conversation avec lady Hampshire.

C'était évident, elle savait que Lucie était là. Elle avait toujours possédé un don pour voir derrière elle et surprendre Lucie en flagrant délit, de sorte qu'en cet instant, alors même qu'elle lui tournait le dos, elle semblait la regarder d'un air fâché.

Il était fort probable que tout le monde, dans la pièce, avait remarqué l'hostilité entre la mère et la fille. La rupture de leurs relations était un secret, mais personne n'était vraiment dupe. Un nuage de curiosité malsaine flottait déjà autour d'elles, et des regards discrets se posaient sur Lucie, lui donnant la chair de poule.

En temps normal, cette situation aurait déclenché sa colère, le genre de sainte colère qu'il lui fallait pour défier des adversaires plus grands, plus forts et plus retors qu'elle. Pourtant, dans cette opulente salle de réception, alors que des gens qui l'avaient aimée et qu'elle avait aimés lui tournaient volontairement le dos, c'était la tristesse qui lui nouait la gorge.

Bravement, elle se composa un sourire.

— Parfait, répondit-elle à Thomas. Je vous souhaite un excellent séjour. Et je crois que vous pouvez libérer Cecily, à présent.

Il tourna vivement les yeux vers sa main droite, toujours serrée comme un étau sur le bras de leur cousine. Ses excuses empressées furent couvertes par le brouhaha des conversations tandis que Lucie se détournait pour se diriger vers les portes-fenêtres.

Elle ne fut guère surprise de se retrouver devant les écuries de Montgomery. À leur arrivée, pendant que ses amies et elle attendaient dans la voiture en admirant les superbes chevaux qui passaient devant la fenêtre, elle avait remarqué avec intérêt l'arche menant à la cour des écuries.

S'étant glissée à l'intérieur par une porte de service, elle découvrit un haut plafond et des murs blanchis à la chaux. Elle prit une profonde inspiration, savourant les odeurs de foin propre et de chevaux bien entretenus. Un sourire nostalgique se dessina sur son visage au souvenir des merveilleux étés insouciants qu'elle avait passés autrefois dans les écuries, quand elle était toute jeune fille.

Au son de ses pas dans l'allée de terre battue, une demi-douzaine de chevaux curieux passèrent la tête par-dessus la porte de leur box pour l'observer, les oreilles dressées.

Puis elle sursauta.

Quelque part, un homme vociférait.

— Saleté de bestiole ! Dès que je t'attrape, je t'amène aux cuisines ! De la chair à saucisse, voilà ce qu'on va faire de toi !

Voilà qui était tout à fait déplaisant.

— Et je fabriquerai un plumeau avec ta fichue queue, tu m'entends ?

À pas de loup, Lucie s'engagea dans une allée latérale. Sur sa droite, un muret bas délimitait une grande alcôve où étaient accrochées de nombreuses selles. Au centre se tenait un jeune homme, les poings sur les hanches, les yeux levés vers les poutres au-dessus de lui.

Ou plutôt vers le grand chat roux qui y était perché.

Le Maine Coon de lady Hampshire.

Une échelle était appuyée contre une poutre.

— Fichu sac à puces ! continuait le jeune homme. Je vais te...

— Pourquoi n'allez-vous pas le chercher ? demanda Lucie d'un ton posé. Cet animal ne va pas descendre l'échelle de lui-même.

Surtout tant que cet excité continuerait à le menacer de mille supplices !

Le jeune homme sursauta et se tourna vers elle.

C'était probablement un jardinier, songea Lucie. Sa casquette était roulée en boule dans son poing gauche et ses cheveux roux étaient tout décoiffés, comme s'il avait tenté de les arracher dans sa colère.

— Madame, marmonna-t-il en rougissant jusqu'aux oreilles. Veuillez m'excuser. Le... chat...

— Oui ?

Elle pénétra dans l'alcôve sous le regard méfiant du gamin.

— J'ai essayé, madame, dit-il en montrant sa main droite.

Quatre longues stries rouge vif en marquaient le dos.

— Il ne veut pas descendre.

Au-dessus de leurs têtes, l'animal émit un miaulement plaintif.

— Si, insista Lucie. Ne l'entendez-vous pas pleurer ? Il est effrayé.

— Et il m'a mordu, ajouta le jeune homme.

Il tendit l'autre main. Deux profondes entailles marquaient sa chair, entre le pouce et l'index.

Lucie lui jeta un regard sévère.

— Seriez-vous en train de me dire qu'un gaillard tel que vous est incapable d'attraper un chaton ?

Il fit passer son regard de Lucie au « chaton » qui miaulait de plus belle.

Lucie poussa un soupir.

— Et si vous alliez chercher de l'aide ? suggéra-t-elle.

— Tout de suite, madame, répondit-il en s'élançant d'un air presque soulagé.

Avec ses lourdes bottes qui faisaient trembler le sol, pas étonnant que le chat ait pris peur !

Lucie leva les yeux vers l'animal.

— On va venir te chercher dans un moment, dit-elle pour le rassurer.

Le félin lui décocha un regard furieux.

— Et tu ne devrais pas monter à des hauteurs dont tu ne peux pas redescendre tout seul, ajouta-t-elle. Crois-moi, j'en sais quelque chose.

Elle s'avisa alors que, si elle ramenait elle-même le chat, elle ferait d'une pierre deux coups. Certes, cela ne lui gagnerait pas l'amitié de lady Hampshire, mais la marquise serait bien obligée de contrôler son hostilité envers elle si elle ne voulait pas passer pour une ingrate.

Lucie jaugea l'échelle du regard. Les barreaux semblaient assez solides, et elle avait effectué des escalades bien plus périlleuses que cela dans sa jeunesse. Sans plus réfléchir, elle posa un pied sur le premier échelon.

Oui, mais dans sa jeunesse elle n'était pas entravée par une robe à la dernière mode.

Elle devait monter de côté, de sorte que sa progression était lente et maladroite. À mi-chemin, un barreau émit un sourd grincement sous son pied droit.

Lucie fit halte et regarda en bas. Dans un réflexe, elle serra les mains plus fortement sur les montants. Elle était plus haut qu'elle ne l'avait cru. Toutefois, elle n'était pas encore près du chat, qui avait commencé à reculer. Quand la tête de Lucie parvint à la hauteur de la poutre, le Maine Coon était à trois pas de là, hors d'atteinte.

— Allons, viens, dit-elle en tendant le bras vers lui.

Du moins, elle essaya. Son corsage de soie ajusté l'entravait aussi sûrement qu'une élégante camisole de force. Elle essaya de nouveau, avec pour seul résultat un menaçant craquement de coutures tendues à l'extrême.

— Enfer, marmonna-t-elle.

Renonçant à la force, elle tenta la flatterie.

— Seigneur, que tu es beau ! roucoula-t-elle. Un vrai fauve ! Tu dois peser au moins quinze livres, n'est-ce pas ?

L'animal ne bougea pas. Sa queue, aussi épaisse que celle d'un renard, fouettait rageusement l'air tandis que son regard doré se fixait sur Lucie.

— Allons, insista Lucie en agitant les doigts. Viens là, mignon chaton.

— Ça alors ! fit soudain une voix mâle en contrebas.

Une voix qu'elle ne connaissait que trop bien, hélas.

— Il s'en passe des choses passionnantes dans les écuries de Montgomery !

Elle tressaillit, le bras toujours tendu dans une posture ridicule.

Tristan Ballentine.

Elle jeta un regard vers le bas. Il se trouvait encore de l'autre côté du muret et s'approchait de l'entrée de l'alcôve. Elle aurait dû se douter qu'il assisterait à cette partie de campagne. Son père était trop imbu de lui-même pour répondre en personne à l'invitation ! Et, à présent, il se tenait juste en dessous d'elle en faisant semblant de regarder sous ses jupes… Non, il ne faisait pas semblant. Ses yeux étaient posés sur ses chevilles avec tant d'insistance que c'en était gênant.

Fermant les paupières, elle compta en silence jusqu'à cinq.

Ce fut cet instant que le chat, comprenant enfin qu'elle venait le libérer, choisit pour sauter sur elle.

Quand elle rouvrit les yeux, quinze livres de félin volaient vers elle, les oreilles à plat, la queue hérissée. Un bâillon de fourrure rousse étouffa son cri de surprise, puis des griffes se plantèrent dans sa gorge comme autant d'aiguilles acérées.

Lucie referma les mains dans le vide puis, un chat sifflant de terreur noué à son cou, elle se sentit tomber en arrière.

16

Le choc allait être terrible. Prête au pire, Lucie se roula instinctivement en boule.

Il n'y eut pas de choc.

Elle atterrit sur une surface solide, mais celle-ci céda sous son poids. Puis elle continua de descendre lentement, et tout fut fini.

Pendant un moment, elle demeura étendue, tout étourdie, assourdie par les martèlements de son cœur.

L'un après l'autre, elle fit jouer ses membres. Ils semblaient tous intacts, à part une légère douleur dans les côtes. Toutefois, des étoiles blanches dansaient toujours sous ses paupières closes. Puis elle ouvrit vivement les yeux en comprenant qu'elle était étendue sur un corps masculin, le nez pressé dans une chemise amidonnée qui dépassait du haut d'un gilet dont le propriétaire exhalait un agréable parfum viril.

Excellent. Elle était étendue sur Tristan Ballentine, lui-même couché par terre, de sorte qu'elle ne touchait même pas le sol. Il les avait rattrapés au vol, le chat et elle, et c'était son corps qui avait essuyé le plus gros de l'impact sur le sol de pierre grossière.

Elle n'avait pas fini de l'entendre rire de cette histoire, songea-t-elle, mortifiée.

Un instant, elle fut tentée de refermer les yeux et de feindre un évanouissement.

Toutefois, il était tellement immobile que c'en était inquiétant. Pas un souffle ne soulevait son large torse.

Lucie se redressa pour l'observer.

Ses paupières étaient fermées et ses cils épais dessinaient de petits croissants sur le haut de ses joues. Ses cheveux étaient épars sur le sol. Il avait perdu son chapeau, qui avait roulé à quelques pas de là.

Seigneur ! Sa tête avait dû heurter les dalles.

— Ballentine ?

Pas de réaction.

Un étau glacial se resserra autour de son cœur. Elle lui donna une claque sur la joue.

— Ballentine, ce n'est pas drôle, s'impatienta-t-elle.

Toujours rien.

L'avait-elle tué ? Personne ne croirait à un accident !

Sottises. Il n'y avait pas de sang – du moins n'en voyait-elle pas.

Elle ôta ses gants, les jeta et se pencha vers lui pour passer ses mains dans ses cheveux. Ses mèches soyeuses glissèrent autour de ses doigts tandis qu'elle palpait fébrilement ses tempes, puis les côtés et l'arrière de son crâne. Pas de bosse, pas de plaie.

— Je vous interdis de mourir, marmonna-t-elle, gagnée par la panique. Ou même d'être grièvement blessé.

Cet homme était peut-être une brute et un bon à rien, mais tout de même !

Elle entendit alors un grondement monter de sa poitrine.

Elle se figea. Bon sang, il *riait* !

Puis il rouvrit ses yeux pétillants de malice.

Lucie en demeura saisie de stupeur, le souffle coupé. Envahie par un mélange d'émotions contradictoires, elle darda un regard furieux sur son visage à l'expression insolente.

Très lentement, il secoua la tête.

— Je n'arrive pas à croire que vous soyez tombée dans le panneau.

Ses mains toujours dans ses cheveux, elle crispa les doigts d'un geste rageur.

— Je déteste les farces, murmura-t-elle.

Cette fois, il sourit jusqu'aux oreilles.

— Je sais, répondit-il sur le même ton.

Puis elle sentit ses mains se poser sur ses hanches.

Il lui sembla alors que le temps ralentissait sa course. Son compagnon s'était figé sous elle, et toute trace d'ironie avait disparu de ses yeux. Une vague de chaleur submergea la jeune femme quand elle s'avisa qu'elle était étendue sur lui de tout son long, ses hanches contre les siennes.

Elle s'interdit tout mouvement qui l'aurait pressée un peu plus contre lui, mais elle ne percevait que trop nettement son corps viril – son torse aussi large et solide que les dalles sous eux, la douceur sensuelle de ses cheveux sous ses doigts, la sourde pulsation d'un désir naissant entre leurs corps... À présent, le souffle de Tristan était rapide et son regard plus brûlant que de l'or en fusion, comme s'il percevait son émoi.

Les mains de Lucie se mirent à trembler. Fascinée, elle regarda sa bouche au modelé sensuel. Quand il passa un bref coup de langue sur sa lèvre supérieure, elle s'entendit émettre un petit soupir étranglé. Elle avait soudain envie de sentir cette bouche s'écraser sur la sienne... et, dans l'état de confusion qui la possédait en cet instant, rien ne lui semblait plus naturel.

Sans réfléchir, elle baissa la tête.

Dans un mouvement à peine perceptible, il remonta sa cuisse entre les siennes, s'approchant dangereusement du point le plus sensible de sa personne. Elle laissa échapper un gémissement… et revint brusquement à la réalité.

Elle était étendue sur un homme à même le sol d'une écurie dans une position des plus compromettantes.

Elle se redressa en sursaut.

— Lâchez-moi, ordonna-t-elle.

— Lucie…, murmura-t-il d'une voix tremblante.

— Allons !

À présent, elle était pressée de se relever. Ils ne pouvaient pas rester enlacés par terre, à peine protégés de la vue par un muret !

Sur ses hanches, les mains de son compagnon relâchèrent enfin leur prise. Il leva lentement les bras au-dessus de sa tête dans une posture de reddition un peu théâtrale, mais il fallut quelques instants à Lucie pour se redresser. Après avoir roulé sur le côté, elle se remit sur ses pieds avec difficulté. Toutefois, non seulement la tension dans ses membres ne s'apaisa pas mais la douleur parut même s'accentuer.

Sans se presser, Tristan s'assit et referma un bras autour de ses genoux. Un brin de paille était resté dans ses cheveux, accentuant son expression canaille, et une moue arrogante étirait sa bouche.

Sa bouche qu'elle avait failli embrasser, songea Lucie, les lèvres brûlant de frustration.

Pivotant sur ses talons, elle quitta les écuries à grands pas rageurs, la tête bien droite, ne sachant si c'était contre lui ou contre elle-même qu'elle était le plus furieuse.

Le souffle court, Tristan regarda la jeune femme s'éloigner. Bon sang, il déclinait ! Jamais il n'avait perdu son empire sur lui-même au point de se frotter lascivement contre une dame sur le sol d'une écurie. C'était consternant. Et pourtant, une folle euphorie courait dans ses veines. Il était au bord de l'extase… alors qu'il n'avait même pas embrassé cette femme !

Il avait vu Lucie traverser la cour alors qu'il arrivait à Claremont et, sur une impulsion, avait décidé de la suivre. Quand un valet terrifié était sorti au pas de course en marmonnant des paroles incompréhensibles au sujet d'une dame et d'un chat – apparemment aussi redoutables l'une que l'autre –, Tristan avait expédié le garçon de l'autre côté de la cour. Bien lui en avait pris.

Bon sang, ses mains ne lui avaient pas obéi immédiatement quand il leur avait ordonné de libérer Lucie. Il avait dû lutter contre une folle envie de la faire rouler avec lui pour s'étendre sur elle. Il ne lui aurait fallu qu'une poignée de secondes pour la trousser. *Sur le sol d'une écurie.*

Il ravala un rire incrédule. Dire qu'il s'était toujours considéré comme un hédoniste raffiné !

Assis sur les dalles, il ferma les paupières et attendit que la vague de passion retombe, mais quand il songeait à l'éclat des yeux de Lucie, à ce combat entre le désir et la rage… Le jour où elle tomberait enfin dans ses bras, le monde tremblerait sur ses fondations ! Ou, à tout le moins, le lit.

À cet instant, il perçut un regard posé sur lui. Tournant les yeux, il en localisa bientôt la source. La tornade rousse que Lucie avait tenté de sauver. Le félin s'était réfugié dans une encoignure à quelques pas de là. Les chats ! Plus un espace était exigu, plus ils le trouvaient attirant.

Tristan se remit sur ses pieds et, les reins encore en feu, rajusta le devant de son pantalon. À son approche, l'animal se mit à ronronner. Il ne résista pas quand Tristan le sortit prudemment de son abri pour le prendre dans ses bras.

Il n'aurait pas pu trouver mieux pour s'attirer la faveur des respectables matrones de la bonne société que de faire une entrée théâtrale dans la salle de réception, le chat dans les bras. La marquise de Hampshire fendit la foule telle une goélette et, poussant des exclamations incohérentes, lui prit le fauve des mains pour le presser contre elle. Dans un concert de louanges, un cercle d'admiratrices se forma autour d'eux.

— Aux écuries, dites-vous ? s'exclama la marquise. Il aurait pu se faire écraser ! *Vous* auriez pu vous faire écraser, lord Ballentine.

— Ma foi, c'était un risque à prendre, répondit-il avec modestie, s'attirant un chœur de soupirs extatiques.

Lady Hampshire émit un petit reniflement délicat.

— Je dois dire qu'étant donné la personnalité de notre hôtesse, je m'attendais à des ennuis pendant cette partie de campagne, murmura-t-elle tout en dardant un regard noir sur la nouvelle duchesse, qui se tenait à prudente distance du petit groupe. Toutefois, la perte d'un cher compagnon… cela va trop loin. Cet animal est très fragile ! Il aurait pu lui arriver n'importe quoi !

Quand la marquise quitta la salle pour se retirer dans ses appartements, emportant le félin au regard torve, la duchesse de Montgomery s'approcha de Tristan. Un léger sourire aux lèvres, il la salua d'une courbette, avec le respect qu'exigeait son nouveau statut. Le jour où il avait fait sa connaissance, elle était Annabelle Archer, une petite provinciale du Kent, et il l'avait abordée dans le seul espoir de se distraire de son ennui. C'était également une femme à la beauté remarquable. Grande et radieuse, elle rayonnait de cette sensualité latente que l'on combattait énergiquement chez les demoiselles de la bonne société.

Un regard glacial se posa sur lui. Tournant la tête, Tristan croisa les yeux de Montgomery, qui se tenait de l'autre côté de la vaste salle. « Un seul geste déplacé de votre part et je vous étrangle », disaient ses iris délavés. Tristan acquiesça d'un coup de menton à l'attention du duc protecteur.

La duchesse l'observa d'un air circonspect.

— Merci d'avoir ramené le chat, lord Ballentine.

— N'importe qui en aurait fait autant.

— Il paraît qu'il a griffé et mordu plusieurs valets de pied ainsi qu'un jardinier. En revanche, vous semblez parfaitement indemne.

— En effet, madame, et je m'en félicite. Ma belle mine est un capital précieux.

— Certes, répondit-elle d'un ton blasé.

Si elle n'avait pas été duchesse, elle aurait levé les yeux au plafond d'un air consterné.

Bienvenue dans un monde d'obligations mesquines, Votre Grâce. Elle avait intérêt à ce qu'aucun incident ne vienne ternir cette partie de campagne. Une matrone de la bonne société telle que lady Hampshire pouvait faire ou défaire une réputation.

— Je crains de devoir abuser encore de votre bonté, dit-elle.

— Abusez donc, duchesse, répondit-il en hochant obligeamment la tête.

Elle laissa son regard dériver vers le groupe de dames qui agitaient à présent leurs éventails avec nonchalance.

— Sous la pression de mes invités, je dois vous demander si vous accepteriez de nous lire un de vos poèmes, par exemple ce soir au salon.

Une vague réticence monta en lui. Les années de jeunesse durant lesquelles il avait rédigé ces poésies pleines de sensibilité, alimentées par un romantisme puissant mais désormais perdu, avaient trouvé leur quintessence dans *A Pocketful of Poems*, publié voilà déjà bien longtemps. Faire éditer son œuvre était une chose, la lire en public en était une autre ! Cela lui rappelait ces vétérans usés par les ans qui ressassaient leur campagne de Crimée vieille de trente ans parce qu'ils n'avaient rien accompli de remarquable depuis. Toutefois, à présent qu'il s'était fait connaître comme auteur, les soirées littéraires seraient probablement inévitables.

— Si cela peut vous faire plaisir, avec joie, répondit-il.

Cela lui valut un hochement de tête reconnaissant.

— La demande concerne plus spécifiquement *La Ballade de la Valkyrie*.

— C'est entendu.

À cet instant, le regard de la duchesse se porta sur un point derrière son épaule. Quelqu'un approchait.

— Lord Ballentine, dit une douce voix qui le fit tressaillir.

Il ne quitta pas la duchesse des yeux.

La dernière fois qu'il avait parlé à la jeune femme qui se tenait à présent à ses côtés, elle n'était qu'une vague connaissance. On s'accordait à la considérer comme un diamant de la plus belle eau, et il était peut-être le seul homme du royaume à n'avoir aucune envie de lui faire la conversation. Hélas, cet instant aurait été inévitable de toute façon.

Se forçant à sourire, il baissa les yeux et croisa le regard bleu ciel de son hypothétique fiancée.

17

— Lady Cecily, la salua-t-il.

Elle leva les yeux vers lui, assez longtemps pour qu'il ne puisse manquer la lueur admirative dans son regard, avant de baisser modestement la tête. Puis, de sous ses paupières à demi baissées, elle lui décocha un autre coup d'œil.

Depuis la dernière fois qu'il l'avait vue, elle était devenue une délicieuse jeune femme, avec un teint de pêche et des courbes généreuses. Son petit nez était parsemé de taches de rousseur couleur d'or pâle qu'elle n'avait pas tenté de dissimuler, comme c'était d'usage. Si elle n'avait pas été vierge… si elle n'avait pas été une demoiselle à l'éducation parfaite… si elle n'avait pas été sa promise… peut-être l'aurait-il trouvée intéressante.

Cela faisait un peu trop de « si ».

— Lord Ballentine, dit une voix glaciale.

La mère de Lucie flanquait la débutante, aussi grise et sèche que sa nièce était blonde et pulpeuse.

— Lady Wycliffe, c'est un plaisir de vous voir.

Elle posa un regard désapprobateur sur son épingle de cravate, un gros lapis-lazuli rapporté de Kaboul. Dans sa liste, Rochester n'avait rien mentionné au sujet des épingles de cravate.

— Vous voilà de nouveau le héros du jour, on dirait, reprit-elle d'une voix dénuée d'émotion.

— Je me suis juste trouvé au bon endroit au bon moment.

— Un talent fort enviable, commenta-t-elle.

Il n'aurait su dire, à son expression, si elle se réjouissait ou se lamentait que sa pupille se fiance avec lui. Sa beauté aristocratique était définitivement ternie par une colère diffuse et vaguement teintée d'amertume qu'elle nourrissait probablement depuis des années. Sa fille n'était pas très différente d'elle sur ce point... à la différence que la colère de Lucie était polie comme une flèche et visait une cible bien précise.

— Je suis tellement heureuse que vous ayez sauvé cette pauvre créature ! s'exclama Cecily avec des accents émus. Toutes les dames ici en sont très touchées.

Elle devait avoir été informée des projets de Rochester la concernant. Il y avait dans son regard une lueur de... connivence. Bonté divine ! Elle avait tort de se réjouir d'une union qui ne se conclurait jamais. Si elle avait été la fille de Wycliffe, et non une orpheline confiée à sa garde, jamais il ne l'aurait offerte à Tristan. Il était plus facile d'abandonner une pupille qu'une fille de son propre sang à un libertin notoire.

— Venez, Cecily, ordonna lady Wycliffe, allons faire quelques pas. Lord Ballentine, peut-être aurez-vous la bonté de raconter vos exploits à Cecily au dîner ? Je crois savoir qu'elle sera votre voisine de table.

— Avec plaisir, mentit-il poliment.

Son regard dériva vers la duchesse, qui observait la scène, imperturbable. C'était elle qui avait décidé du plan de table. Était-elle informée de ce projet de fiançailles ?

Et Lucie, que savait-elle ? Car c'était la question qui suivait logiquement la précédente.

Il tressaillit, tous ses sens aux aguets.

Lucie n'avait probablement pas eu vent de l'affaire. Jamais elle ne lui aurait rendu visite chez lui si elle avait appris qu'il devait épouser sa cousine.

Alors qu'il cherchait dans la foule sa chevelure blond cendré, il aperçut lord Arthur qui boudait non loin du Rembrandt accroché au mur, aux côtés du marquis de Doncaster.

Conscient des regards curieux de Cecily, qui feignait admirablement de ne pas l'observer, il s'éloigna en prétendant qu'il devait demander à son valet de brosser sa veste, constellée de poils de chat.

Deux heures plus tard, il était coincé entre lady Wycliffe et Cecily. Lucie, elle, se trouvait trois tables plus loin, presque cachée derrière les innombrables têtes qui les séparaient.

Toutes ces têtes, du reste, étaient légèrement tournées vers le haut bout de la table, où Bertie – Son Altesse royale Albert Edward, prince de Galles et futur roi d'Angleterre – était assis à côté du duc, dont il était l'invité d'honneur. L'atmosphère de la vaste salle à manger vibrait d'excitation mal contenue, et chaque échange entre Bertie et Montgomery était suivi avec la plus grande attention.

Seule Cecily semblait parfaitement indifférente à la présence du prince.

— J'ai été fort surprise d'apprendre que vous étiez l'auteur de *A Pocketful of Poems*, déclara-t-elle en cherchant ses yeux.

— Je n'en doute pas.

Dans sa robe du soir blanc et or qui la faisait ressembler à un doublon espagnol étincelant, elle picorait la pièce de viande dans son assiette. Sa tante, quant à elle, paraissait étrangement fascinée par son autre voisin de table. Façon de laisser les tourtereaux faire connaissance, peut-être ?

— Je ne me souviens pas de vous avoir vu écrire, autrefois à Wycliffe Hall, insista-t-elle.

Parce qu'elle s'était intéressée à lui ? s'étonna-t-il. Le dernier été qu'il avait passé là-bas, elle était encore une gamine d'une douzaine d'années efflanquée avec de longues tresses.

— Les auteurs travaillent souvent la nuit, répondit-il distraitement.

Il avait appris que Lucie était assise entre l'héritier Greenfield, prénommé Zachary, et lord Melvin, qui n'était pas très populaire à la Chambre des lords en raison de son soutien ostensible au suffrage féminin. Melvin avait l'âge de Lucie et était encore célibataire. Sans doute allaient-ils flirter outrageusement en prétendant débattre de telle ou telle question politique. Une douleur à la main l'arracha à ses sombres méditations. Baissant les yeux, il se rendit compte qu'il était en train de serrer sa fourchette comme s'il étranglait quelqu'un.

Consterné par ce réflexe absurde, il s'obligea à décrisper les doigts et à tourner de nouveau le regard vers sa voisine.

— Et vous, Sissy, quels sont vos passe-temps préférés à présent ?

Cecily rougit en l'entendant l'appeler par le petit nom qu'on lui donnait autrefois. Après avoir pris une gorgée de vin, elle lui jeta un regard timide par-dessus le rebord de son verre.

— Si je vous le dis, je crains que vous ne me trouviez bien audacieuse.

« Chérie, rien de ce que vous faites ne pourrait me sembler audacieux », eut-il envie de répondre. Mais il se contenta de lui sourire en espérant que son expression n'était pas trop carnassière.

— Allez-y.

Elle se pencha vers lui avec des mines de conspiratrice.

— Je m'essaie à la poésie, moi aussi, murmura-t-elle.

Il ne résista pas au plaisir de prendre l'air horrifié.

— Ciel ! Je suis terriblement choqué ! roucoula-t-il.

Un rire cristallin accueillit sa plaisanterie.

— Allez-vous nous en lire quelques lignes ce soir ? demanda-t-il.

— Oh non ! protesta-t-elle d'un air embarrassé. Un autre jour, peut-être... Je pourrais choisir le poème auquel j'ai pensé quand vous êtes entré dans la salle de réception avec le chat de lady Hampshire dans les bras.

— Vraiment ?

— Oui, il parle d'un chat, voyez-vous. Un chaton, plus exactement.

Elle s'était penchée un peu plus vers lui, l'enveloppant de son délicat parfum de rose. Il n'y échapperait pas, elle était déterminée à lui infliger son maudit poème.

— Un chaton, répéta Tristan. Me feriez-vous l'honneur de me le réciter ?

— J'en serais bien incapable ! protesta-t-elle avec la modestie qui seyait à une débutante.

— Vous ne le savez pas de mémoire ? insista-t-il galamment.

— Oh si. Il n'est pas bien long.

— Un poème court, c'est rare. Je suis désolé, mais il faut absolument que je l'entende.

— Pas ici, à table !

Il secoua la tête.

— Alors vous n'êtes pas aussi audacieuse que vous me l'avez laissé entendre. Quelle déception !

À ces mots, elle se mordit les lèvres.

— Je suppose que je n'ai pas le choix, puisque vous insistez, répondit-elle en rougissant.

Puis, baissant la voix, elle murmura d'une voix à peine audible :

Écoutez ! Qui entend l'appel du chaton,
Si doux, si tendre, si plaintif ?
Il est tout seul au cœur de la nuit,
Parmi ces effrayantes ombres !

Ses frères sont partis, le lit est glacé.
Où est le maître à qui on l'a vendu ?
Oh, quelle cruelle torture –
Gémir, trembler, désespérer.

Mais voilà le jeune maître tant espéré !
D'une caresse il chasse ses peurs.
Par la main de son maître caressé,
Le chaton ronronne de nouveau, heureux.

Le regard de Tristan était rivé sur le visage innocent de sa voisine levé vers lui. Elle semblait attendre quelque chose.

Il fronça les sourcils, indécis.

— Est-ce à prendre au sens littéral ou figuré ?

Cecily battit des paupières d'un air perdu.

— Que voulez-vous dire ?

— S'agit-il d'un véritable chat, avec ses moustaches et tout le reste ?

— Naturellement. J'adore les chatons et je laisse volontiers aux gentlemen le plaisir de forger des interprétations métaphoriques. Je me souviens que vous adoriez les chats de ma tante, à Wycliffe Hall. J'imagine que vous ne les estimez pas indignes de quelques vers ?

— Oh, pas du tout.

Surtout l'un d'entre eux, particulièrement rusé, songea-t-il sombrement.

Les yeux de sa voisine s'éclairèrent. Apparemment, elle avait pris sa réponse pour un compliment. L'étiquette et les manigances de Rochester obligeaient Tristan à louer ses épouvantables vers de mirliton à la salacité involontaire. À les louer vraiment, sans le moindre sous-entendu grivois. L'espace d'un instant, il ne sut que dire.

— Vous avez un bon sens du rythme, dit-il finalement.

Elle parut hésiter entre la méfiance et la fierté.

— Est-ce important ? demanda-t-elle.

— Certains vous répondraient que c'est essentiel ! déclara Tristan avec le plus grand sérieux.

Elle pencha la tête de côté.

— Et vous-même, qu'en diriez-vous ?

J'en dirais que pour un agneau supposément timide et délicat, vous possédez un sacré talent de séductrice. Sous son regard bleu éperdu d'innocente admiration, n'importe quel homme un peu moins dépravé que lui se serait cru le roi du monde.

Plongeant ses yeux dans les siens, il se pencha vers elle.

— Pour ma part, j'ai toujours soutenu l'idée que l'important n'est pas ce que l'on dit mais la façon dont on le dit. On ne louera jamais assez les bienfaits d'un bon rythme bien régulier pour procurer des sensations satisfaisantes.

— Ooh..., fit-elle dans un souffle, soudain plus rouge qu'une pivoine.

Selon toute probabilité, songea-t-il, elle devinait la dimension lubrique de ses propos, même si elle était incapable d'en saisir le sens exact.

Il prit son verre et, tout en le portant à ses lèvres, observa son profil angélique en s'efforçant d'imaginer ce que ce serait de vivre avec une telle épouse. Elle attendrait de lui tout ce qu'une femme espérait d'un mari : de beaux enfants, le train de vie qu'elle avait toujours connu, des compliments. Elle n'était peut-être pas particulièrement fragile, mais elle semblait aussi malléable que du beurre et avait été éduquée pour plaire à un mari. Sans doute sa personnalité était-elle plus complexe qu'elle n'en donnait l'impression ; toutefois, jamais il ne saurait ce qu'elle pensait s'il ne prenait pas la peine de la questionner. Et s'il avait des aventures, elle s'en accommoderait.

La vie aux côtés de Cecily serait si conventionnelle qu'il ne faudrait sans doute pas plus d'une semaine pour qu'il se lasse d'elle et la rende malheureuse. Et elle n'en serait pas responsable. Il n'était pas fait pour prendre soin d'une femme dépendante… ni même d'une femme indépendante. Car même si elle avait été parfaite pour lui, il suffisait que Rochester l'ait choisie pour qu'elle soit la dernière personne au monde qu'il ait envie d'épouser.

En la voyant s'agiter sur son siège, il s'avisa qu'il l'observait depuis de longues minutes. Il vida son verre en regrettant que l'heure des alcools forts soit encore loin devant lui.

Le banquet offert par Montgomery était d'une qualité inattendue. Les cuisines de Claremont servaient un mélange idéal de grande cuisine française et de recettes plus rustiques. Il y avait bien longtemps que Lucie n'avait pas goûté de mets aussi raffinés : tourtes joufflues et dorées, filets de poisson et pièces de gibier parfaitement fondantes, sauces bien relevées, sans parler de tout un assortiment de légumes aux couleurs appétissantes. Cela suffisait à distraire ses pensées de ce qui avait failli se passer dans les écuries quelques heures auparavant. Non, elle ne voulait même pas penser aux écuries. Ni à la caresse de cheveux soyeux entre ses doigts. Et encore moins au contact d'un corps viril sous le sien.

D'un geste plus vif que nécessaire, elle donna un coup de fourchette à sa tartelette. La croûte se brisa dans un craquement du meilleur augure tandis qu'un parfum savoureux s'en élevait. La jeune femme ferma les paupières. Bientôt, le brouhaha des conversations autour d'elle s'assourdit. Quand avait-elle oublié le plaisir d'un bon repas ?

Avec gourmandise, elle porta une bouchée à ses lèvres. Seigneur, que c'était bon ! Sa gouvernante était une perle, mais ce n'était pas une cuisinière. Du reste, Lucie avalait ses repas sans y accorder la moindre attention, ses pensées focalisées sur sa grande table de travail dans le salon même si son corps se trouvait dans la cuisine.

— Le personnel s'est surpassé, dit-elle à lord Melvin en s'apercevant qu'elle dévorait son repas dans un silence égoïste au lieu de faire la conversation à son voisin, comme le voulaient les convenances.

Ce dernier avala sa bouchée, se tamponna les lèvres avec sa serviette et répondit :

— C'est assurément meilleur que le nouveau service de restauration de Westminster, répondit-il. Vivement que Bellamy rouvre ses portes ! La blanquette qu'on nous a servie l'autre jour était immangeable.

Lucie lui adressa un sourire sardonique.

— Ma foi, que voulez-vous que j'en sache ?

Bellamy, le restaurant de Westminster, n'avait jamais admis les femmes – du moins pas les activistes politiques – du temps où il était encore ouvert, et Lucie n'avait pas été autorisée à se joindre aux parlementaires lors des collations servies sur place.

Melvin secoua la tête d'un air amusé.

— On vous voit pourtant partout, dit-il. J'ai du mal à imaginer qu'il reste des endroits au palais de Westminster où lady Lucie Tedbury ne puisse pas apparaître à l'improviste.

— À vous entendre, lord Melvin, je hante littéralement les lieux.

— C'est ce que diraient bon nombre de gens, répondit-il sans s'émouvoir.

Cette discussion prenait un tour qui ne convenait pas du tout aux plans de Lucie. Ici, à Claremont, sa notoriété ne devait absolument pas alimenter les conversations.

Le regard intelligent de lord Melvin se fit songeur. Avec son nez long et fin, il offrait une vague ressemblance avec une pie près de fondre sur un trésor.

— Vous envisageriez sérieusement cela ? demanda-t-il. Siéger au Parlement et supporter les collations qu'on y sert ?

— Bien entendu, répondit-elle sans hésiter. Et je le ferai, un jour ou l'autre.

Melvin hocha la tête.

— Alors vous devez insister pour que Gladstone tienne ses promesses, ironisa-t-il.

Elle fronça les sourcils, agacée par ce rappel dénué de subtilité. Durant sa récente campagne électorale, le Premier ministre Gladstone avait évoqué le mouvement pour les droits des femmes – du bout des lèvres, mais suffisamment pour éveiller un espoir, même chez Lucie. À travers toute la Grande-Bretagne, les sections locales du mouvement pour le suffrage féminin s'étaient mobilisées pour soutenir sa candidature, avaient manifesté, avaient fait signer des pétitions en sa faveur et lui avaient de bonne foi confié leurs revendications.

Et depuis trois mois qu'il était à la tête de l'exécutif, il n'avait toujours pas dit un mot sur le suffrage féminin. À Westminster, les affaires continuaient comme avant, sur fond de promesses non tenues. Bientôt, les suffragettes devraient effectivement lui demander des comptes. Et, comme tous ses prédécesseurs, il leur demanderait d'être patientes.

Posant sa fourchette, Lucie prit son verre de vin. Le Sauvignon était délicieusement frais et aromatique, mais il lui laissa un arrière-goût amer.

— À moins de développer le don d'ubiquité, répondit-elle, je vois mal comment je pourrais être plus présente sur le front Gladstone.

— Vous pourriez confier vos tâches à d'autres au lieu de vous croire irremplaçable, répliqua Melvin. Déléguer est une forme d'art.

— Merci pour le conseil, marmonna-t-elle. Cela ne m'était jamais venu à l'esprit.

Il hocha la tête, mais elle n'aurait su dire si c'était par politesse ou par désinvolture.

— Voyez-vous, ce qu'il y a d'intéressant dans les grandes causes politiques, c'est qu'en général elles se débrouillent très bien sans vous. La question est plutôt de savoir comment vous vous débrouillez sans elles. Au fait, avez-vous lu la proposition d'amendement de Montgomery ?

Puis il laissa échapper un petit rire ironique avant de reprendre :

— Naturellement, vous l'avez lu. Qu'en avez-vous pensé ?

En cet instant, Montgomery était en train de dire quelque chose au prince de Galles, qui hochait la tête en souriant.

— Il n'y a pas eu d'objections de la part de Millicent Fawcett ni de nos conseillers juridiques concernant le fond et la forme, répondit-elle. J'ai en revanche quelques réserves.

— Évidemment.

Elle haussa les épaules d'un geste agacé.

— Toutefois, si l'on tenait compte de mes suggestions, l'amendement serait rejeté par la vieille garde de la Chambre des lords. En l'état actuel, le texte a des chances de passer. Nous pourrons sans doute l'améliorer au fil du temps, par petites touches.

— Montgomery sait rédiger une proposition, fit remarquer Melvin. Les siennes sont aussi glissantes qu'une anguille huilée. Vous les avalez sans vous en apercevoir.

— Oh, fit Lucie en baissant les yeux vers son assiette.

Les légumes avaient refroidi. Et l'image d'une anguille huilée, qui s'imposait à présent à son esprit, lui coupait soudain l'appétit.

Son voisin, en bon politicien irrésistiblement attiré par le pouvoir, tournait régulièrement les yeux vers le haut bout de la table.

— C'est l'influence de la duchesse, dit-il d'un ton de conspirateur. Les nouvelles idées de Montgomery…

Pendant un moment, ils observèrent discrètement Annabelle, qui semblait écouter d'un air passionné une anecdote que lui racontait le prince de Galles. L'héritier du trône était si emporté par son récit que sa main droite menaçait de renverser son verre pendant qu'il esquissait de grands gestes, le regard rivé sur sa jolie voisine. Tout le monde dans la salle regardait également la scène, nota Lucie. L'incident du chat de lady Hampshire n'y ferait rien : personne ne pouvait désormais ignorer l'intérêt que le prince manifestait sans la moindre discrétion à la duchesse de Montgomery.

— Surprenant, non ? murmura Melvin. Je comprends que mes camarades de la Chambre des lords hésitent à accorder plus de pouvoir au beau sexe !

Lentement, Lucie se tourna vers lui.

— Que voulez-vous dire, monsieur ?

Sans détourner les yeux du prince, il répondit :

— La nouvelle duchesse était une fille de la campagne, n'est-ce pas ?

Une bouffée d'instinct protecteur envers son amie envahit soudain Lucie.

— En effet, répondit-elle avec prudence.

Son voisin hocha la tête.

— Et aujourd'hui, elle oriente la politique d'un duc et charme notre futur souverain. La plupart des hommes ne parviennent à un tel niveau d'influence que grâce à leur naissance et à des années de manœuvres politiciennes. Il est bien normal de se demander pourquoi les dames auraient besoin de plus de droits quand le simple fait d'être femmes leur confère un tel pouvoir.

Lucie laissa échapper un petit rire surpris.

— Je présume que vous jouez à vous faire l'avocat du diable, lord Melvin ?

— Imaginons que ce soit le cas… Qu'auriez-vous à opposer à cet argument ?

— Je suggérerais d'étudier la définition du mot « liberté », à la lettre *l* du *Dictionnaire d'Oxford*, répliqua-t-elle.

Melvin haussa un sourcil, hautain, comme si elle se comportait en gamine mal élevée.

— Je suis très sérieuse, poursuivit-elle. Parmi les dames que connaissent vos camarades de la

Chambre des lords, combien sont dotées de la beauté, de la jeunesse et de l'intelligence de la duchesse de Montgomery ?

Son voisin parut perplexe.

— Un gentleman n'a que des compliments pour l'apparence et les accomplissements des dames de sa connaissance, protesta-t-il galamment.

— Bien entendu, répondit Lucie d'une voix posée, mais, politesses mises à part, reconnaissez que lady Montgomery possède une rare combinaison de qualités qui fascinerait n'importe quel homme. En revanche, l'influence et la respectabilité d'un gentleman dépendent-elles de quelque chose d'aussi transitoire que son charme naturel ? Doit-il être d'une beauté saisissante pour être entendu ? Non. Il lui suffit d'être un homme pour avoir voix au chapitre.

Cette fois, un petit sourire étira les lèvres de Melvin.

— Et d'être propriétaire terrien, ajouta-t-il. Sinon, il ne compte pas.

— Un homme n'a pas de voix parce qu'il n'a pas de propriété, résuma Lucie dans un murmure. Une femme n'a pas de voix parce qu'elle est une femme.

— Exactement, répondit son voisin.

Une lueur de satisfaction dans les yeux, il leva son verre en direction de Lucie.

— Je suis ravi que nous ayons été placés l'un à côté de l'autre. C'est toujours un plaisir de discuter avec quelqu'un qui n'a pas perdu sa flamme. De nos jours, trop de gens ne s'intéressent à la politique que pour leur gloire personnelle.

Dans le reflet de ses iris sombres, elle pouvait presque se voir, avec son chignon blond orné de fleurs de soie, une coiffure inhabituellement sophistiquée pour elle. Avec un temps de retard, elle hocha la tête.

Lord Melvin était intelligent. Politiquement, il était plutôt de son côté. Au Parlement, on voyait en lui un futur John Stuart Mill[1], et même elle, qui n'admirait pas grand monde, avait la plus haute estime pour le travail qu'il accomplissait.

Cet homme pouvait-il, comme le formulait lady Salisbury, lui apporter des « joies » ? Possédait-il le pouvoir d'embraser son corps comme l'avait fait dans les écuries, d'un seul regard moqueur, un certain individu des moins recommandables ?

Elle l'observa à la dérobée. De petites rides encadraient ses lèvres. Si enflammé qu'il fût dans ses discours, elle soupçonnait qu'en privé, il devait se montrer aussi hautain que n'importe quel aristocrate, et terriblement guindé.

Il dut remarquer qu'elle l'observait, car une expression intriguée se peignit sur son visage.

Pour se donner une contenance, elle prit son verre de vin.

« Une dame ne devrait jamais montrer d'appétit pour la boisson ou la nourriture. Il serait même préférable qu'elle n'y trouve pas le moindre plaisir. Et un peu de délicatesse quand vous mangez, Lucinda. Vous êtes une demoiselle, pas un cheval. »

Dans cette salle à manger ducale, parmi les verres en cristal étincelant et les plats en argent, le passé revenait la hanter. Une autre version d'elle-même aurait pu assister à cette soirée, être assise sur ce même siège. Une respectable mère de famille. L'épouse d'un homme tel que Melvin. Une femme qui n'aurait pas été nécessairement heureuse de son sort…

Hormis la situation des droits féminins en Grande-Bretagne, bien des questions pouvaient tracasser

---

1. John Stuart Mill (1806-1873), philosophe et économiste anglais, auteur de *De l'asservissement des femmes*. *(N.d.T.)*

une femme – un mari tyrannique, une saison ratée, la couleur des rideaux. Tout ce qui séparait Lucie de cette femme-là, c'étaient quelques essais et pamphlets trouvés au bon moment. Ou peut-être cela avait-il commencé plus tôt ? Y avait-il depuis toujours dans son caractère des éléments qui l'avaient peu à peu éloignée des sentiers battus ?

Elle chassa ces pensées. Quelle que soit la façon dont elle était parvenue à ce point dans sa vie, le seul chemin à présent était d'aller de l'avant.

Si lord Melvin avait eu la courtoisie d'escorter Lucie vers le vaste salon tendu de vert, son attention semblait irrésistiblement attirée par des collègues de la Chambre des lords qui traversaient le grand hall en même temps qu'eux.

Un peu plus loin devant, dans la foule, elle voyait Tristan Ballentine, Cecily à son bras. Le visage de celle-ci était levé vers son cavalier, et ses yeux étaient rivés sur lui comme s'il venait de lui décrocher la lune. Un souvenir revint à la mémoire de Lucie : la petite Sissy courant après une version plus jeune et plus mince de Tristan, ses tresses blondes et les rubans de son tablier blanc volant derrière elle.

Aujourd'hui, la jeune femme semblait voguer aux côtés de Tristan tel un cygne majestueux sur un lac, la traîne de sa robe blanche comme neige dans son sillage. Ce spectacle était exaspérant. Pourquoi sa mère n'était-elle pas là pour jouer les chaperons ? Elle ne voyait que Tommy… non, Thomas, qui suivait le couple à quelques pas, le dos raide.

— Lady Lucinda ?

Lord Melvin l'observait d'un air curieux.

— Je vous demande pardon ?

— Le programme de la soirée vous intéresse-t-il ? répéta-t-il patiemment.

— Tout à fait, répondit-elle machinalement.

— Il paraît que lord Ballentine doit réciter un de ses poèmes.

— Passionnant, murmura-t-elle.

— Vous n'avez pas l'air enthousiaste, fit remarquer son cavalier.

— Oh, je suis enthousiaste, s'empressa-t-elle de répondre. Extrêmement enthousiaste.

La soirée promettait d'être une épreuve.

Par chance, Hattie et Catriona l'attendaient à l'entrée de l'arène. L'immense salle aux murs vert émeraude avait été aménagée pour accueillir quatre cents fauteuils couverts de dorures et tendus de velours pourpre, disposés en demi-cercle. Au centre trônait un étincelant piano Steinway laqué de noir.

Lucie suivit Hattie le long de l'une des allées qui permettaient aux invités de circuler à travers les rangées de sièges. Lord Melvin, qui n'avait pourtant plus de raison de l'escorter, était toujours sur ses talons.

Le prince arriva et prit place à côté de Montgomery au premier rang, dans un siège haut qui bloquait la vue aux malheureux assis derrière lui.

Tout en disposant avec élégance ses jupes sur ses genoux, Hattie regarda autour d'elle avec curiosité.

— Êtes-vous au courant ? demanda-t-elle à mi-voix. Il paraît que lord Ballentine va réciter un poème.

— C'est ce que je me suis laissé dire.

— J'espère que ce sera *La Ballade de la Valkyrie*, poursuivit Hattie sans cesser de scruter les alentours.

Cherchait-elle Ballentine ?

— Il est assis en face de nous, au deuxième rang sur la gauche, dit Lucie.

— Ce n'est pas *lui* que je cherche, mentit Hattie.

Impossible d'y échapper, ce serait l'unique sujet de conversation de ces dames une fois que les gentlemen se seraient retirés dans le fumoir : Ballentine et ses satanés poèmes.

Pendant ce temps, l'humiliation qu'il lui avait infligée ce matin aux écuries continuait à la brûler. Et comme si cela ne suffisait pas, il était devenu la mascotte du beau monde depuis qu'il avait ramené le Maine Coon de lady Hampshire… que Lucie lui avait pratiquement offert sur un plateau !

— N'est-ce pas votre cousine, à côté de lui ? murmura Hattie en observant Cecily.

— Elle-même.

— Très jolie. Un vrai Botticelli.

— Ma foi, je suppose, admit Lucie du bout des lèvres.

Elle n'avait pas une once de sens artistique en elle. En revanche, elle ne pouvait ignorer les regards éperdus que Thomas jetait à Cecily pendant que celle-ci discutait avec Ballentine. Intéressant.

Une jeune femme prit place au piano et fit courir ses doigts sur le clavier. Le programme ouvrait sur la *Marche turque*, un morceau particulièrement entraînant de Mozart.

Aussitôt, les pensées de Lucie revinrent à ce qui s'était passé aux écuries. L'incident l'aurait moins préoccupée si Tristan s'était comporté de façon normale pendant la semaine précédente, mais il avait volé à son secours dans le parc, puis elle avait reçu une mystérieuse donation de la part du club d'escrime. À son insu, cela avait dû éveiller en elle l'espoir qu'il s'était amélioré. À tout le moins, cela avait fait naître en elle une certaine curiosité à son égard. Et à présent qu'elle savait combien ses cheveux étaient soyeux, impossible de l'ignorer.

La *Marche* s'acheva dans un tonnerre d'applaudissements. Le prince sursauta, regarda autour de lui d'un air surpris et se mit à taper dans ses mains avec la foule. Trois autres morceaux de musique suivirent, qui n'avaient rien d'inoubliable.

Puis Tristan se leva et, dans un chœur de murmures admiratifs, s'avança vers le centre de la salle.

Hattie, juste à côté d'elle, laissa échapper un drôle de soupir extatique. Quand Lucie tourna vers elle un regard plus sec que nécessaire, son amie se tassa sur son siège en rougissant.

— Je sais, je sais, marmonna-t-elle. Je suis vraiment désolée, mais c'est plus fort que moi. Il est tellement…

— Détestable ? suggéra Lucie.

— Sublime, répondit Hattie avec un haussement d'épaules impuissant. Il est absolument sublime. Regardez-moi cette mâchoire !

Lucie obtempéra. Là-bas, Ballentine prenait place près du piano et saluait l'assistance.

— Eh bien ? demanda-t-elle, perplexe.

— Elle forme des angles parfaits. Savez-vous combien c'est rare ? Tout en lui est harmonieux. Oh, il faut qu'il pose pour ma série d'archanges !

Lucie plissa les lèvres, agacée.

— Ne pouvez-vous pas en dessiner de mémoire ?

— Que voulez-vous dire ? demanda Hattie d'un air intriguée.

— Une mâchoire. Ne pouvez-vous pas en dessiner une avec les angles qui vous conviennent ?

Son amie lui jeta un regard consterné.

— Ce n'est pas ainsi que l'on procède, Lucie !

— Chut ! dit quelqu'un derrière elles.

Des voisins les observaient sans aménité, et Lucie pouvait presque percevoir le regard intrigué de lord Melvin posé sur elle.

— Votre Altesse royale, mesdames, mes chers amis, commença Tristan quand le silence fut revenu. Permettez-moi de vous emmener faire un voyage en compagnie de…

Il marqua une pause. La salle retint son souffle.

— … la Valkyrie, finit-il.

Un murmure de pâmoison parcourut l'assemblée.

— C'est un poème excellent, chuchota Hattie. On dirait du Tennyson.

Lucie croisa les bras sur sa poitrine d'un geste dubitatif pendant que Tristan faisait un pas en avant.

De part et d'autre de la forêt
De frais lacs bleus bordent le ciel
Là où elle va voir l'aigle voler
La Valkyrie d'un temps oublié
La princesse sans sujets.

C'était mortifiant. En cinq vers, pas un de plus, il venait de démontrer sans le moindre doute qu'il savait écrire. Et réciter.

Impuissante, elle dut l'écouter faire passer sa voix de baryton, sans effort apparent, du velours râpeux à la soie fluide, de la lumière aux ténèbres, jusqu'à ce que le sens de ses paroles lui échappe et que le poème se fasse mélodie. Autour d'elle, les regards étaient vitreux, les souffles retenus. « Quatre cents personnes en transe », songea-t-elle.

Manifestement, lui aussi avait compris que les paroles pouvaient être des armes… et il les maniait avec une adresse redoutable.

Quand le silence tomba enfin sur l'assemblée, il y eut une pause. Puis la foule parut se réveiller, comme libérée d'un charme puissant.

Cette fois, le prince de Galles sauta sur ses pieds en battant des mains.

— Bravo ! s'écria-t-il. *Bravissimo !*

Aussitôt, tout le monde imita Son Altesse royale. Dans un fracas de fauteuils poussés sur le parquet, la foule se leva et fit trembler les chandeliers sous un tonnerre d'applaudissements.

Lucie profita de l'effervescence générale pour s'éclipser.

Tristan salua de nouveau son public et profita de ce bref moment de gloire pour présenter au monde une expression sereine. Parfait. En quelques secondes, l'enthousiasme princier venait de laver des années de péchés.

La récitation de son poème devait conclure la première partie de la soirée, car des groupes de femmes se formèrent autour de lui, l'enveloppant de nuées d'ambre gris et de rires excités. Cecily passait d'un cercle à l'autre tout en le couvant de regards ardents qu'il aurait sans doute trouvés possessifs s'il n'avait pas été interrompu dans ses réflexions.

— Lord Ballentine.

Le prince approchait, suivi par son bras droit, lord Manchester, fendant la foule comme Moïse la mer Rouge.

Tristan claqua des talons, assez fort pour rendre crédible ce pseudo-salut militaire.

— Repos, Ballentine ! s'exclama Bertie d'un ton joyeux. Lieutenant un jour, lieutenant toujours, n'est-ce pas ? Vous êtes un brave ! Et si doué avec les mots… Pourquoi ne vous voit-on pas plus souvent à la cour ?

Parce que madame votre mère n'apprécierait pas. De fait, Tristan Ballentine était sans doute la dernière personne au monde que la reine Victoria voulait voir fréquenter son rejeton et héritier, qu'elle considérait comme un incorrigible libertin et une cruelle déception morale.

— Je crains d'être très occupé par la révision de mes carnets rédigés pendant la campagne d'Afghanistan, Votre Altesse, prétexta-t-il. J'espère les publier dans quelques mois.

— Des carnets de guerre ? Rédigés par un tel poète ? Qu'en dites-vous, Manchester ? s'exclama le prince, obligeant son bras droit à déclarer que c'était une excellente idée et que l'ouvrage serait assurément remarquable.

Sans quitter Tristan des yeux, Bertie hocha la tête.

— Parfait, parfait. Dédiez-moi ces carnets, voulez-vous ?

— Ce sera un honneur, Votre Altesse.

Le prince s'était exprimé assez haut pour que n'importe qui à dix pieds à la ronde entende sa demande. Il ne faudrait pas une journée pour que tous les gens qui comptaient dans la bonne société sachent que l'héritier du trône parrainait le prochain ouvrage de Ballentine. On pouvait déjà multiplier par trois le tirage prévu pour l'ouvrage.

Sa mission officielle de redorer son blason était accomplie.

Quant à sa mission officieuse…

Une rangée de portes vitrées permettaient de passer de la salle de réception tendue de vert à une vaste terrasse. Lucie avait discrètement disparu par là, profitant du tumulte que causaient quatre cents invités se levant d'un bond.

Tristan salua le prince. Puis il se dirigea vers la terrasse, laissant derrière lui un lord Arthur Seymour à la mine renfrognée, qu'il ignora superbement, une Cecily dévorée de curiosité et une armada d'œillades enamourées et d'éventails battant l'air avec sensualité.

18

Après avoir descendu l'escalier de la terrasse en direction des jardins à la française, Lucie s'était engagée dans une allée de gravier sur sa gauche. Adossé au mur patiné de la terrasse, près d'un lion de granit, se trouvait un banc de pierre.

Dans un profond soupir, elle s'y assit sans grâce. Elle frotta ses bras nus, mais l'air nocturne était encore assez tiède pour qu'elle ne prenne pas froid et, après trois verres de vin, elle était réchauffée.

Au-delà du rectangle parfaitement symétrique des jardins à la française qui s'étirait devant elle s'élevaient les collines. Sur l'une d'entre elles avait été bâtie une folie, placée avec goût pour flatter l'œil depuis la terrasse. Le petit bâtiment se détachait à présent sur un fond de nuages enflammés par le couchant. Le chant plaintif d'un merle flotta depuis l'une des haies taillées avec soin. Peu à peu, ses notes simples effacèrent les échos de *La Ballade de la Valkyrie*.

Cet instant paisible ne dura pas.

Des pas approchaient, manifestement ceux d'un homme à la démarche souple et assurée. Lucie ne fut guère surprise de voir une silhouette familière apparaître dans l'allée.

Les paumes soudain moites, elle marmonna :

— Cessez de me suivre, Ballentine.

— Vous vous flattez, ma chère. Je suis seulement sorti pour fumer.

Sans y avoir été invité, il s'installa confortablement à côté d'elle sur le banc, puis sortit de sa poche un étui à cigarettes en argent.

— Servez-vous, je vous en prie, dit-il en le lui tendant.

L'étui apparut sous les yeux de Lucie, rempli d'une rangée de cigarettes alignées avec soin. C'était tout lui de proposer à une dame de fumer, ou d'allumer une cigarette en sa présence !

À moins qu'il ne la considère pas du tout comme une dame ?

Elle se détourna.

— Vous étiez dans le parc à Oxford, l'autre nuit. Vous étiez aux écuries ce matin… Je ne crois pas à de telles coïncidences, Ballentine. Vous me suivez.

Il referma l'étui dans un claquement sec.

— Ma foi, si vous préférez vous faire trousser par cinq ivrognes ou tomber du haut d'une échelle sur un sol dallé, à votre guise.

Elle serra les dents, exaspérée. Ils demeurèrent longtemps silencieux, lui fumant, elle se demandant pourquoi elle ne s'en allait pas.

Peut-être restait-elle parce que les choses n'étaient plus aussi simples qu'elle l'avait cru. Des forces égales mais opposées – ou peut-être l'effet de l'alcool – semblaient la clouer sur place, à cet endroit précis, entre un lion de granit et un fauve humain.

— Qu'en avez-vous pensé ? demanda-t-il, les yeux rivés sur l'horizon.

— De votre poème ?

Il hocha la tête.

Cela aussi était une question complexe.

— Il était bon, admit-elle à contrecœur.

Malgré elle, elle avait été impressionnée. C'était précisément dans l'espoir de fuir les émotions contradictoires qui l'avaient envahie qu'elle était sortie pour prendre un peu d'air frais.

— Est-ce la poésie dans son ensemble que vous méprisez tant, ou seulement la mienne ? s'enquit-il avec un soupçon d'ironie.

— Ne vous flattez pas, rétorqua-t-elle froidement. Je n'ai rien contre la poésie.

— Mais ?

Elle poussa un soupir las.

— Je n'apprécie pas beaucoup les grandes envolées lyriques. En général, ce n'est que du vent. Les romantiques étaient de lamentables maris et amants.

À sa surprise, il se tourna vers elle d'un air intéressé.

— Vraiment ? fit-il.

— Allons, vous savez déjà tout cela.

— Peut-être, mais je serais ravi de vous entendre me l'expliquer.

Pourquoi ? se demanda-t-elle. Et pourquoi devrait-elle lui accorder ce plaisir ?

— Très bien, marmonna-t-elle. Prenez Shelley, par exemple. D'après la rumeur, sa première épouse s'est jetée dans la Serpentine alors qu'elle était enceinte de lui parce qu'il l'avait abandonnée une fois de plus pour aller retrouver une maîtresse.

Il tressaillit.

— C'est exact.

— Quant à Coleridge, il détestait son épouse, s'adonnait à l'opium et ne s'en cachait pas. Byron est peut-être le plus méprisable de ces messieurs. Son amante n'a plus jamais revu sa fille après qu'il l'a fait enlever pour la placer dans un couvent.

Dans l'air, elle esquissa une chiquenaude pleine de mépris.

— Il écrit peut-être qu'« elle marche dans sa beauté, semblable à la nuit[1] », mais lui, il prend son enfant, l'abandonne, et elle meurt peu de temps après. Ses belles paroles perdent tout leur charme quand on connaît son histoire.

Tristan était à présent silencieux, son expression indéchiffrable. Lucie redressa le menton, comme pour le mettre au défi de la contredire, mais il se contenta de hocher la tête et se remit à observer le coucher de soleil en fumant.

Lucie s'agita sur le banc.

— Eh bien ? insista-t-elle.

— Eh bien, dit-il avec des inflexions traînantes, cela soulève une question intéressante.

— Hum, fit-elle. Laquelle ?

Il lui jeta un bref regard, une moue cynique aux lèvres.

— D'après votre raisonnement, seul un parangon de vertu pourrait légitimement célébrer la beauté.

Un sourire carnassier dévoila ses dents parfaites tandis qu'il poursuivait :

— Voilà pour la poésie. Et la musique ? Dans l'ensemble, les compositeurs étaient tous insupportables.

Comme elle gardait le silence, il poursuivit :

— Nous aurions aussi beaucoup moins de tableaux. Ces sublimes œuvres préraphaélites, avec ces chevaliers et ces jeunes filles aux cheveux blond vénitien ? Millais a volé l'épouse de Ruskin sous son nez pour l'épouser, d'accord, et je reconnais que c'était assez grossier de sa part, mais refusez-vous pour autant d'admirer son *Ophélie* ?

---

1. Traduction de Benjamin Laroche. *(N.d.T.)*

— On dirait que je vous ai froissé, constata-t-elle, abasourdie.

Il se figea.

— Froissé ? répéta-t-il d'un air vexé. Bonté divine, je ne suis pas une débutante en robe pastel ! Bientôt, vous allez me dire que je ne suis qu'une tête de linotte et me conseiller de ne pas chercher à comprendre ce qui me dépasse et de retourner à ma broderie !

— Cela vous aiderait-il ?

Il laissa échapper un grand éclat de rire surpris.

— Certainement pas !

Lucie eut un haussement d'épaules fataliste.

— Eh bien, à nous non plus, cela n'est d'aucune aide.

— Message reçu, dit-il, encore hilare.

Curieux. C'était peut-être la première fois qu'elle l'entendait rire ainsi de bon cœur. Tristan Ballentine maîtrisait à la perfection toutes les nuances de sourire, mais jamais il ne riait à gorge déployée. Ce qui était peut-être préférable, au demeurant, car cela creusait d'adorables fossettes dans ses joues et révélait une admirable dentition.

Sur la colline, derrière la folie, les brumes mauves du crépuscule viraient peu à peu au bleu nuit.

Ce n'était pas raisonnable de rester seule en compagnie de cet homme, réchauffée par le vin, inspirant la fumée bleue qui sortait de ses poumons. Leur échange prenait un tour trop chaleureux. Il était urgent d'y mettre un terme.

Au lieu de cela, elle poursuivit :

— Je ne demande pas aux poètes d'être des modèles de vertu ou de perfection morale. Tout ce que j'attends d'eux, c'est la vérité.

Elle perçut un changement en lui. Quand elle tourna les yeux vers lui, elle vit qu'il avait recouvré tout son sérieux.

— La vérité ? répéta-t-il.

— L'honnêteté. La sincérité. L'authenticité. Appelez cela comme vous voulez.

— C'est beaucoup demander.

— Peut-être, mais sans cela, qu'est-ce qui a encore de la valeur ?

— Vous êtes une puritaine, murmura-t-il. Une idéaliste.

Elle haussa un sourcil, surprise.

— C'est bien la première fois qu'on emploie ce terme pour me désigner !

— Idéaliste ?

— Oui. En général, on me traite d'épouvantable cynique.

Pourquoi lui confiait-elle cela ? Elle n'en avait aucune idée. Tout ce qu'elle savait, c'était que sa remarque sur les parangons de vertu l'avait fait réfléchir.

— C'est du pareil au même, dit-il. Idéalisme, cynisme... ce sont les deux faces de la même médaille.

— Et quelle est-elle, cette médaille ?

Il agita sa main qui tenait la cigarette.

— Le désir de contrôler nos destins capricieux, répondit-il avec un accent légèrement théâtral. Le cynique n'est qu'un idéaliste qui prévient tout risque de déception en prenant les choses avec dérision. L'un comme l'autre ont des attentes bien trop élevées. Si ce n'est pas déjà fait, vous devriez lire Tennyson. Quelque chose me dit que le thème de sa poésie tout autant que sa morale personnelle supporteraient fort bien votre examen.

Un vague malaise monta en elle. Voilà qu'il lui conseillait des lectures, à présent. Comme un ami.

L'air était soudain plus chaud autour d'elle. Peut-être était-ce dû à la chaleur qui se dégageait de lui, car la froideur entre eux semblait avoir fondu.

Elle s'écarta légèrement sur le banc. Il s'interdit manifestement de suivre le mouvement – il était trop intelligent pour cela ! – mais, à son grand agacement, Lucie vit un sourire entendu passer sur son visage.

— Vous avez obligé le club d'escrime à verser un don plus que généreux à la cause du suffrage féminin, dit-elle.

Il ne parut pas surpris. Après avoir soufflé un rond de fumée, il demanda :

— Tiens donc ?

— Oui, marmonna-t-elle, agacée. Comment avez-vous fait ?

— Je préférerais ne pas vous le révéler. Cela ne plairait pas du tout à la puritaine en vous.

— Dites-moi au moins pourquoi, alors.

Il haussa un sourcil, évasif.

— Qui sait ? Peut-être essayais-je de rentrer dans vos bonnes grâces, pour que vous cédiez enfin à votre attirance envers moi.

Sa voix déjà grave s'était enrouée sur ces derniers mots, allumant en elle un inavouable frisson. L'espace d'un instant, elle se retrouva aux écuries, étendue sur lui, envahie par l'irrépressible désir de poser ses lèvres sur les siennes.

Elle s'agita, mal à l'aise. Elle avait laissé les choses aller beaucoup trop loin, sur ce banc à présent plongé dans la pénombre. Elle ne devait pas faire confiance à cet homme. Pire, elle ne pouvait pas se faire confiance en sa présence. Jamais il ne se comporterait en gentleman, jamais il ne la protégerait d'elle-même.

Elle se leva d'un bond. Ses jambes étaient toutes raides. Sans qu'elle y prenne garde, le froid de la pierre avait traversé ses jupes et envahi son corps.

— Pour un joueur notoire, vous montrez votre jeu de la façon la plus imprudente, dit-elle d'un ton désinvolte.

Il rit doucement.

— Dans certains cas, la meilleure façon de se cacher est de rester à la vue de tous. Vous devriez essayer vous-même.

Elle le toisa avec méfiance.

— De me cacher à la vue de tous ?

— De séduire.

Un rire de mépris lui échappa.

— Pour ce que j'en vois, il suffit d'être une femme et de respirer pour éveiller l'intérêt de la plupart des hommes.

— Je ne parle pas de la gent masculine, répondit-il avec nonchalance. Ce serait bien trop facile. Je parle de la bonne société, ce monolithe ignorant, capricieux et intolérant.

Devant son regard insondable, elle s'interrogea. Que savait-il de ses tentatives pour se rendre plus aimable ?

Comme s'il avait suivi le tour inquiet de ses pensées, il lui décocha un sourire rassurant.

— Le gotha est moins intelligent que vous, mais il est plus fort que vous, murmura-t-il. Soyez rusée. Soyez subtile. Si vous le pouvez.

Lucie s'éloigna aussi vite que le lui permettaient ses jupes serrées, mais elle pouvait presque sentir le poids de son regard dans son dos, entre ses omoplates nues. Son cœur battait à toute vitesse. Elle avait toujours vu en Tristan Ballentine un irresponsable qui se lassait vite parce que son esprit était trop paresseux. Elle s'était trompée. Il se lassait vite parce que son esprit était trop rapide.

À son retour dans le grand salon vert, comprenant qu'elle n'était pas d'humeur à se mêler aux invités pour parler de tout et de rien, elle décida de se retirer dans sa chambre.

Pour que vous cédiez enfin à votre attirance envers moi.

Ses paroles n'avaient été qu'une pure provocation, mais sa voix de baryton avait éveillé en elle une irrésistible chaleur. Les mots comptaient – cela, elle l'avait toujours su –, mais la façon dont ils étaient prononcés comptait tout autant. Et peut-être avait-elle légèrement sous-estimé ce détail.

Elle sortit de son sac de voyage quelques exemplaires du *Discerning Lady's Magazine* et les étala sur le petit secrétaire en bois de cerisier, à côté d'une pile de *Female Citizen* qu'elle n'avait pas encore eu le temps de lire.

Bientôt, elle posa les journaux sur le tapis qui occupait le centre de la pièce, chacun ouvert au début d'une rubrique différente.

Le sommaire suivait toujours le même schéma. En premier venait un compte rendu des principaux événements mondains – bals, mariages ou expositions artistiques –, puis suivaient des reproductions de gravures de mode et des conseils de bonnes manières. Enfin, on trouvait des recettes de cuisine. Diverses recommandations sur la bonne gestion de la maison remplissaient la section la plus volumineuse. La dernière page était réservée à une fiction d'une épouvantable mièvrerie, et le tout était entrelardé de publicités pour des corsets, des potions et des couturières.

Chaque page offrait une sorte de récit qui, d'une manière ou d'une autre, s'efforçait de légiférer, d'édicter des règles sur la bonne façon de se comporter. C'était atterrant. S'il était vraiment dans la nature féminine de rester éternellement un timide et charmant rayon de soleil dans l'obscurité, pourquoi fallait-il tant d'encre et d'articles pour le rappeler aux femmes ?

Soyez rusée. Soyez subtile.

Lucie n'avait pas envie de se mettre à la recherche de Hattie et de Catriona dans cette immense demeure, et Annabelle serait occupée toute la soirée par ses devoirs d'hôtesse. Avec l'aide de valets de pied obligeants, elle fit porter un message à chacune de ses amies pour leur demander de venir la retrouver dans sa chambre le lendemain matin avant le petit déjeuner. Après réflexion, elle rédigea un quatrième message pour lady Salisbury.

19

— J'ai peut-être une idée de l'usage que nous pourrions faire de ces magazines, annonça-t-elle une fois que tout le monde fut rassemblé autour du tapis de sa chambre.

Ses amies levèrent les yeux du fatras de journaux étalés sur le sol pour l'observer, chacune avec une curiosité plus ou moins voilée.

— Je suis tout ouïe, dit lady Salisbury, confortablement installée dans le grand fauteuil baigné de soleil, sa canne appuyée contre un accoudoir.

— Nous renonçons à frapper fort, déclara Lucie, et nous entreprenons un patient travail de sape.

Elle prit un exemplaire du *Discerning Lady's Magazine*.

— Chaque semaine, ces journaux expliquent aux femmes de tout le pays comment s'habiller, cuisiner, se comporter, et leur rapportent ce qui se passe dans la société. Ils pourraient être de puissants véhicules, des chevaux de Troie en quelque sorte, si nous parvenions à relayer le message de la Cause dans chaque section, mais de façon subtile.

Un silence abasourdi emplit la pièce. Peut-être parce qu'elle venait d'employer le mot « subtile ».

— Je sais, s'impatienta-t-elle. Ce n'est pas une idée nouvelle que de passer par la presse pour informer les lectrices de la vie politique. Dans le passé, il y a eu l'*English Woman's Journal* et le *Female's Friend*, mais ils n'ont tenu qu'un an ou deux. Le lectorat était trop restreint. Même si, par miracle, toutes nos concitoyennes adhéraient à la Cause, leur budget resterait serré. Il m'en coûte de l'admettre, mais peu de femmes peuvent se permettre de préférer des essais critiques à des recommandations pratiques. Voilà pourquoi je propose que nous donnions aux femmes un accès facile aux deux : des conseils pour s'habiller ou tenir la maison, mais aussi un rappel bienveillant que, dans les faits, nous ne sommes pas considérées comme des personnes à part entière. Le tout dans un seul périodique.

Sa suggestion fut accueillie par un silence pensif.

— Vous ressemblez à Lucie, murmura Hattie en l'observant d'un œil méfiant, mais vous ne parlez pas comme elle.

Lucie lui jeta un regard éloquent.

— Je ne suis pas totalement incapable de changer de tactique, marmonna-t-elle.

— Votre idée me plaît, dit Annabelle, mais quel est votre plan exactement ? Nous ne pouvons pas abandonner notre rapport !

— Non ! répondit vivement Lucie, que cette seule hypothèse désespérait. Non, nous allons le publier. Chacune d'entre nous doit chercher une solution, de préférence avant le vote sur l'amendement, à l'automne. Entre-temps, nous devons faire le meilleur usage possible de ces magazines. Par exemple, j'aimerais ajouter une nouvelle rubrique. Nous pourrions publier les lettres les moins choquantes de nos lectrices, résumées si besoin, et leur apporter sur la même page une réponse rédigée par une dame du meilleur monde.

Son regard se posa sur lady Salisbury.

— Cela ressemblerait plus à un dialogue qu'à un sermon ou à des provocations, poursuivit-elle. Et ce serait une façon de faire pénétrer des sujets délicats dans les salons les plus respectables.

Depuis le début, Catriona écoutait en hochant la tête, ce qui était bon signe car elle était généralement la première à identifier les problèmes.

— J'aime votre idée, dit-elle. Ce principe existe déjà dans la presse scientifique. Les lecteurs envoient des questions et les réponses sont publiées pour que tout le monde en profite.

Elle hésita.

— Bien sûr, il s'agit de questions scientifiques et non d'ordre privé.

— Certes, mais les questions féminines sont toujours d'ordre privé, plaida Annabelle. Et c'est précisément pour cette raison que nous sommes si seules pour résoudre les difficultés que nous rencontrons.

— L'idée me plaît aussi, dit Hattie. Cela me rappelle la rubrique « Questions et réponses » du journal pour jeunes filles auquel je suis abonnée, qui est très appréciée.

— De quoi y parle-t-on ?

— Oh, de rien de très profond. Les demandes concernent des conseils de lecture, des essais de pilules pour maigrir, la façon de prononcer certains mots ou la signification de termes en langues étrangères.

— Des pilules pour maigrir, répéta Lucie. C'est consternant.

Lady Salisbury toussa pour s'éclaircir la voix.

— Vous ai-je bien comprise ? Vous me demandez de conseiller les lectrices dans une colonne en y instillant discrètement une apologie du suffrage féminin ?

— Pas juste une colonne, lady Salisbury. Au moins deux pages. Et nous pouvons rédiger les réponses si vous n'avez pas envie d'y réfléchir. Ce qu'il nous faudrait, c'est la signature d'une personne à la réputation sans tache.

Hattie se frotta les mains.

— Comme c'est astucieux !

— Voilà qui est tout à fait intéressant, murmura lady Salisbury. Je vais y réfléchir avec attention.

— Nous pourrions aussi infléchir les tendances vestimentaires, suggéra Hattie, les joues rougies par l'excitation. Il y a cette nouvelle Rational Dress Society, et je crois qu'un certain nombre de femmes apprécieraient une mode plus moderne et confortable.

Lucie hocha la tête avec enthousiasme.

— C'est exactement le genre d'idée que j'ai en tête.

— Et la fiction de la dernière page ? demanda Catriona. Nous pourrions mettre en scène des héroïnes qui aspirent à la liberté et à l'égalité.

— Ou des victimes de l'opinion publique, ajouta Hattie. Pour que les lectrices aient envie de prendre leur défense.

Un sourire étira les lèvres de Lucie. Pour la première fois depuis que Ballentine s'était ingéré dans les affaires de London Print, elle retrouvait son enthousiasme à la perspective de diriger une maison d'édition. Ou, du moins, la moitié d'une maison d'édition.

— Pour l'instant, nous devons seulement nous accorder sur notre nouvelle stratégie, déclara-t-elle. La révolution discrète.

— C'est une excellente décision, approuva Annabelle.

— Bravo ! s'exclama lady Salisbury.

— Comment allons-nous passer outre l'avis de lord Ballentine ? s'inquiéta Catriona. Rien ne peut l'empêcher de s'opposer à ces changements, après tout.

— Je dois dire que sa manœuvre m'a choquée, s'indigna lady Salisbury. Lord Ballentine est peut-être un apollon, mais quelle grossièreté de sa part de ruiner nos plans à la dernière minute !

— C'est aussi mon avis, dit sombrement Lucie. S'il s'obstine à contrecarrer nos plans, je le ridiculiserai en public une fois que nous aurons obtenu l'adhésion de notre lectorat.

— N'est-ce pas un peu puéril ? demanda lady Salisbury.

— Bien sûr que ça l'est !

Dans un gémissement de frustration, Lucie passa ses mains sur son visage.

— Il faudra des années pour que notre action porte ses fruits. Comment vais-je supporter l'attente ?

— En gardant les yeux sur la ligne d'arrivée, répondit Annabelle.

— Une longue file de femmes dans Parliament Square, venues voter pour la première fois.

— Lady Lucinda Tedbury, première dame membre de la Chambre des lords ! s'exclama Hattie. Et c'est moi qui réaliserai votre portrait pour Westminster !

Lucie leva les yeux.

— Je ferai de mon mieux pour ne pas être insupportable jusqu'au lancement de notre nouvelle formule éditoriale, promit-elle.

— Nous avons toute confiance en vous, la rassura Hattie. Jusqu'à présent, vous vous en êtes sortie à merveille.

Se tournant vers lady Salisbury, elle expliqua :

— Lady Lucinda travaille à améliorer sa réputation.

Lady Salisbury haussa un sourcil, intriguée.

— Ah. J'avais remarqué que vous étiez très à la mode, répondit-elle en gratifiant d'un regard approbateur la robe de promenade mauve que Lucie étrennait.

— Il ne s'agit pas que de ma garde-robe, précisa Lucie. Le prochain alinéa sur ma liste est de renouer avec certaines composantes de la bonne société.

Après avoir consulté l'horloge du regard, elle ajouta :

— D'ailleurs, je ne dois pas manquer le petit déjeuner.

Lady Salisbury émit un petit claquement de langue faussement contrarié.

— Pourquoi ne m'avez-vous pas dit que vous étiez prête à vous réconcilier avec le monde ?

Prenant sa canne, elle se remit debout.

— Venez, dit-elle. Je vais faire les présentations.

Ce que lady Salisbury entendait par « faire les présentations » consista à entraîner sa petite troupe sur la vaste pelouse baignée de soleil des jardins de Claremont après le petit déjeuner. Des pavillons tendus de toile blanche et des chaises longues en osier permettaient aux invités de se rassembler pour discuter en buvant du thé glacé. Un parcours de jeu de croquet avait été installé plus loin, près d'un bosquet, et les cris de triomphe des joueurs parvenaient au petit groupe, portés par la brise.

Lady Salisbury ouvrait la marche en compagnie de Catriona – une authentique lady également –, tandis que la roturière Hattie et Lucie le mouton noir devaient les suivre à plusieurs pas de distance, l'air de rien. À la surprise de Lucie, la comtesse s'approcha de lady Wycliffe qui, accompagnée de la docile Cecily, discutait avec deux dames d'un certain âge. Lucie et Hattie avaient presque dépassé le petit groupe quand lady Salisbury tourna vivement la tête.

— Mais c'est lady Lucinda ! s'exclama-t-elle en feignant de découvrir sa présence. Ma chère, quelle superbe robe ! Et la couleur est très originale. Approchez donc, que mes yeux usés puissent vous admirer !

Hum. La comtesse jouait gros en s'immisçant dans une famille en froid. Par ailleurs, si l'on voyait Lucie deviser aimablement avec sa propre mère, ce serait un point en sa faveur.

Lady Salisbury admira ostensiblement le superbe tissu mauve.

— N'est-ce pas tout à fait charmant ? demanda-t-elle avec un tel enthousiasme que lady Wycliffe n'eut d'autre choix que de feindre de s'intéresser à la robe et d'admettre qu'en effet, elle était « tout à fait charmante ».

Entre les aînées du petit groupe s'ensuivit un échange poli sur la dernière mode. Soudain, du coin de l'œil, Lucie vit lady Hampshire approcher. Escortée par un gentleman à la barbe et aux cheveux blancs, elle était plongée dans une conversation qu'elle soulignait de grands gestes.

Quand la marquise aperçut la mère de Lucie, son regard s'éclaira.

— Lady Wycliffe ! s'exclama-t-elle. Justement, je vous cherchais. Nous discutions des dernières recherches du professeur Marlow sur l'hystérie.

— Cela doit être intéressant, répondit sans entrain la mère de Lucie.

— Très ! insista lady Hampshire. Je vous le dis, bientôt, le professeur Marlow sera à la tête de la Royal Society[1].

Les dames s'écartèrent lorsqu'elle poussa son compagnon d'un geste résolu dans le petit cercle.

— Lord Montgomery a invité le professeur à ma demande, poursuivit-elle, et j'affirme qu'il y a une remarquable dimension philosophique chez un homme capable de faire passer la science avant l'étiquette quand cela est nécessaire. Bien, vous savez que j'ai commencé à rédiger un article sur les désordres utérins chez les vieilles filles...

Le professeur Marlow émit une petite toux gênée.

— Dans la mesure où des oreilles chastes nous écoutent, peut-être devrions-nous éviter ce délicat sujet pour l'instant ?

Lady Hampshire se raidit, avant de darder un regard aigre sur Cecily et Hattie.

— Nous parlions des chats, déclara alors lady Salisbury d'un ton chaleureux.

C'était un mensonge éhonté, mais le visage maussade de lady Hampshire s'éclaira aussitôt.

— Et vous avez bien raison ! s'exclama-t-elle, retrouvant son enthousiasme. Tout comme moi, lady Wycliffe est non seulement une experte en la matière mais aussi l'une des rares personnes capables d'un regard éclairé sur les félins domestiques. Bien des gens prennent encore ces superbes créatures pour de vulgaires chasseurs de souris alors que nous n'avons pas oublié que les anciens

---

1. *Royal Society of London for the Improvement of Natural Knowledge* : littéralement, « Société royale de Londres pour l'amélioration des connaissances sur la nature ». Équivalent de l'Académie des sciences en France. *(N.d.T.)*

Égyptiens les révéraient comme des dieux, n'est-ce pas, très chère ?

— En effet, répondit lady Wycliffe.

Lucie se souvenait vaguement des chats de sa mère : des fauves pomponnés et mal élevés qui se promenaient à leur guise dans les appartements de la comtesse et que l'on amenait en caisses capitonnées à d'obscures expositions félines. Elle avait toujours soupçonné sa mère de ne faire cela que pour contrarier son père, lequel n'avait jamais cessé de pester contre l'absurdité de laisser monter à l'étage des animaux censés surveiller le cellier.

— En Égypte, on les momifiait, reprit lady Hampshire d'un ton docte. J'ai eu le privilège d'obtenir l'une de ces momies félines grâce au docteur Carson. Je suppose que vous avez entendu parler du docteur Carson ?

— Je crains que non, répondit lady Wycliffe.

Ce fut le moment que choisit Hattie pour déclarer innocemment :

— Lady Lucie a un chat.

— Ah oui ? demanda lady Hampshire.

Pas un mot de plus. Toutefois, ses petits yeux froids parcouraient à présent Lucie de la tête aux pieds, comme si elle venait de remarquer sa présence.

Lady Wycliffe se pencha imperceptiblement vers elle.

— Quelle race ?

— Je n'en sais rien, avoua Lucie, mal à l'aise de voir sa mère si proche. C'est une chatte noire. Je l'ai recueillie.

— Ciel ! s'exclama le professeur Marlow. Un chat de gouttière ?

— Je ne crois pas, répondit Lucie. Elle est bien trop élégante pour un animal d'origine modeste.

Le professeur fronça les sourcils, mais lady Wycliffe approuva d'un coup de menton, estimant manifestement l'argument valide, et Cecily s'empressa de l'imiter.

— Elle s'appelle Boadicée, poursuivit Lucie.

— Le nom d'une meneuse de tribu païenne, marmonna le professeur Marlow. Drôle d'idée.

Lady Hampshire continuait à observer Lucie d'un regard intrigué.

— Vous êtes bien mince, lady Lucinda, demanda-t-elle en posant les yeux sur la taille étroite de la jeune femme. Auriez-vous ingéré un ver solitaire, par hasard ?

Lucie la regarda, indécise. S'agissait-il d'un piège ? D'une insulte ? D'une plaisanterie ?

— Chez une femme, la maigreur excessive est généralement le signe d'un tempérament très nerveux, pontifia le professeur. Je recommande de longues siestes quotidiennes.

Lucie éprouva soudain une furieuse envie de s'emparer de la canne de lady Salisbury pour en frapper le vieux pédant à coups redoublés. Par chance, Hattie et Catriona se souvinrent à cet instant qu'on les attendait de toute urgence au jeu de cricket, s'excusèrent et prirent chacune Lucie par un bras pour l'éloigner manu militari.

— Parfait, commenta Hattie tandis qu'elles se dirigeaient vers le bosquet. Tout s'est bien passé.

— Bien passé ? s'indigna Lucie. Ces gens n'ont que du mépris pour moi. Un *ver solitaire* ?

— Elle essayait seulement de faire la conversation.

— En insinuant que j'ai un parasite ?

— Certaines femmes en ingèrent pour garder la ligne, expliqua Hattie sans s'émouvoir. Les femmes créent souvent des liens en échangeant des conseils de régime.

— Hum. Je l'imagine mal posant une telle question à ma mère.

— Elle préfère discuter de l'hystérie féminine et des « désordres utérins » avec elle en public, railla Hattie.

Un éclat de rire inattendu jaillit des lèvres de Lucie.

— Je crains qu'il n'en faille plus pour impressionner ma chère mère.

Elle jeta un regard par-dessus son épaule. Lady Wycliffe discutait toujours avec lady Salisbury, mais elle parut voir sa fille. Celle-ci soutint son regard. La comtesse en fit autant. Elles demeurèrent ainsi quelques instants, jusqu'à ce que Cecily s'approche et attire l'attention de lady Wycliffe.

— J'estime également que cela a été un succès, déclara Catriona. On vous a vue discuter avec des personnes influentes et, plus important encore, avec votre mère…

— Oh, regardez ! l'interrompit Hattie. Lord Peregrin est en train de jouer. Il nous laissera sûrement participer.

Le frère cadet de lord Montgomery avait manifestement remarqué le trio. Interrompant le coup qu'il s'apprêtait à assener avec son maillet, il leva une main à son front, là où aurait dû se trouver son chapeau s'il avait porté une tenue plus élégante, pour les saluer. Aujourd'hui, il était particulièrement décontracté avec sa veste d'aviron d'Oxford aux rayures vives et ses cheveux blonds éclairés de soleil que la brise avait décoiffés.

Au bras de Lucie, Catriona se tendit soudain tandis qu'une inexplicable rougeur envahissait ses joues.

— Je ferais peut-être mieux d'aller chercher un rafraîchissement, murmura-t-elle.

— Trop tard, répondit Hattie sur le même ton. Il vous a déjà remarquée.

— Mesdames, mademoiselle Greenfield ! s'exclama-t-il.

Puis, comme pour ne laisser aucun doute sur le fait qu'il les avait vues, il agita son maillet en l'air, manquant de peu d'en frapper la tête bouclée de lord Palmer.

— Enfer, gémit Catriona.

Lucie était assez déconcertée de voir son amie, que rien ne semblait jamais troubler, saisie d'une telle nervosité. Puis elle se souvint que, quelques mois auparavant, Catriona avait pris la défense de lord Peregrin, alors en conflit avec son puissant frère aîné. Elle ralentit, abasourdie.

— Auriez-vous un faible pour lui ? demanda-t-elle dans un souffle.

— Chut ! fit Catriona.

— Il ne peut pas encore nous entendre, assura Hattie.

Apparemment, elle était déjà au courant de l'affaire.

— Peu importe, de toute façon, marmonna Catriona. Il m'a dit que j'étais « un bon camarade ».

À ces mots, Hattie pila net, les lèvres arrondies en un « oh » d'indignation muette.

— Pardon ?

Catriona rajusta ses lunettes.

— Après l'épisode de la cave à vin, quand il m'a remerciée pour mon aide, il m'a dit que j'étais « un vrai bon camarade ». C'est évident, il ne me classe pas dans la catégorie des femmes.

— Le goujat !

Catriona poussa un soupir de dépit.

— Il n'est pas le premier. Allons-y, voulez-vous ?

« Ne faites pas attention à lui », avait envie de dire Lucie. À dix-neuf ans, lord Peregrin Devereux était encore bien immature comparé à Catriona, déjà âgée de vingt-trois ans, sans compter qu'il lui était largement inférieur par l'intelligence. Hélas, les émotions que les hommes éveillaient chez les femmes semblaient échapper à toute logique. Pour preuve, alors qu'elles approchaient du groupe de gentlemen qui jouaient au croquet, Lucie se surprit à chercher parmi eux un libertin de haute taille aux cheveux auburn dont les crimes étaient autrement plus graves que de l'avoir qualifiée de « bon camarade ».

Prenant Catriona par la main, elle désigna les joueurs d'un coup de menton.

— Sommes-nous vraiment obligées de nous faire passer pour d'épouvantables maladroites et de manquer tous nos tirs ? chuchota-t-elle.

— Naturellement, répondit Hattie d'un ton joyeux. Du moins, si vous avez envie que l'un de ces messieurs vous invite à danser ce soir. Une valse, si possible. Je vous recommande lord Palmer ; il a le pied léger et la main solide.

— Je déteste devoir jouer ce jeu de dupes, maugréa Lucie.

Catriona lui serra la main un peu plus fort.

— Je gagnerai pour nous toutes, promit-elle à mi-voix. De toute façon, personne ne m'invite jamais à danser.

Tristan n'avait jamais assisté à de bal plus ennuyeux que celui-ci, et la soirée n'avait même pas encore commencé. Bien entendu, Cecily était pendue à son bras. Elle avait tout d'une rose, avec son parfum sucré et sa robe pastel chargée de pompons et de volants. Il était entouré de la mère et du frère de Lucie, la taciturne lady Wycliffe et le glacial Thomas Tedbury. La présence de ce trio l'étouffait plus que sa cravate, qui l'étranglait pourtant douloureusement depuis qu'il était allé chercher Cecily et la comtesse dans leur suite pour les escorter.

Tandis qu'ils traversaient le grand hall, il croisa quelques anciens de son groupe de camarades d'Eton, un verre à la main. Weston, Calthorpe, Addington et MacGregor, s'il ne se trompait pas. Ils crièrent son nom, manifestement déjà légèrement ivres.

Se tournant vers Thomas, Tristan lui demanda :

— Puis-je vous confier Sissy ?

Tout en parlant, il avait déjà posé la main gantée de la jeune femme sur le bras de son ancien camarade de jeu.

Tedbury lui lança un regard maussade.

— On ne se débarrasse pas d'une dame comme d'un paquet, Ballentine.

— Je la considère au contraire comme le plus précieux des fardeaux, répliqua-t-il avant de s'éloigner en direction des anciens d'Eton.

Leur comportement n'avait guère évolué depuis le collège. Toujours les mêmes vantardises, les mêmes rires idiots, les mêmes claques dans le dos… Leur apparence, en revanche, avait changé. Leurs fronts se dégarnissaient, leurs joues se teintaient de couperose. Malgré tout, ils n'en étaient pas moins la compagnie la plus fréquentable de l'endroit pour l'instant.

— Je vous taquinerais volontiers sur votre charmante poésie, déclara Addington en levant son verre à sa santé, mais je n'ai pas envie de recevoir un coup de couteau dans le dos au moment où je m'y attends le moins.

Tristan lui décocha un sourire sans joie. Autrefois, à Eton, Tristan avait déjà donné à Addington un ou deux de ces fameux coups de couteau dans le dos. Quand on était le plus jeune, la seule façon de défendre sa place dans la hiérarchie d'un pensionnat était de se montrer... créatif.

Il fit signe à un valet de pied qui passait, portant un plateau de rafraîchissements, et choisit un cognac.

— Comment vont les affaires, Weston ? s'enquit-il.

Les exploits agricoles de celui-ci avaient toujours fait bâiller d'ennui Addington. Comme Tristan l'avait prévu, Weston se lança dans un interminable discours sur son élevage bovin... jusqu'à ce que sa voix s'étrangle, que ses yeux s'écarquillent et qu'un sifflement admiratif s'échappe de ses lèvres. Sans doute venait-il de voir quelque jolie femme.

— Incroyable. On dirait Tedbury la Furie.

Tristan dut faire appel à toute sa volonté pour s'interdire de pivoter sur ses talons et se contenter de tourner légèrement la tête d'un air détaché.

Ses yeux se posèrent sur Lucie au moment où celle-ci descendait les dernières marches de l'escalier.

Et le grand hall disparut autour de lui. L'espace d'un instant, il n'y eut plus que cette femme si délicate en robe rouge. Non, pas rouge. Pourpre. La couleur de la vie. Du rubis qui brillait à son doigt. Du sang qui coulait dans ses veines.

Malgré le cognac, ses lèvres étaient soudain parcheminées.

Avec cette toilette et ses cheveux d'un blond argenté, elle incarnait le feu et la glace. Un génie machiavélique avait fixé sur l'arrière de ses manches un voile d'organza pourpre si léger qu'il dansait à chacun de ses pas, donnant l'impression qu'elle flottait sur la brise telle une créature ailée.

Tel un spectral ravissement
Elle m'apparut un jour, étincelante
Flamme qui dansait et tournoyait
Pour hanter, surprendre et tourmenter[1]*...*

Les paroles semblaient rugir dans son esprit. Bon sang, du Wordsworth !

Tristan porta son verre à ses lèvres et le vida d'un trait. Tout son être était en proie à une émotion si violente qu'il avait du mal à se contenir.

— Sacredieu, quelle classe ! marmonna Weston sans cacher sa surprise.

— Ne soyez pas stupide, l'avertit Calthorpe. Elle vous congèlerait les bijoux de famille en un instant.

— Elle les flétrirait d'un seul regard, renchérit MacGregor avec des inflexions inquiètes.

— Je vais lui montrer ce que c'est qu'un homme ! murmura Addington.

— Vous n'en aurez jamais le cran ! ricana Calthorpe.

— Vous n'êtes qu'une chiffe molle, mon vieux. Si ces femmes-là ruent dans les brancards, c'est parce que les hommes sont trop timorés avec elles. Tout ce dont elles ont besoin, c'est d'une poigne ferme et d'un bon coup de vit pour les remettre à leur place. Plus vous courbez l'échine devant elles, plus elles deviennent hystériques.

— Bien dit ! beugla Weston.

MacGregor laissa échapper un rire gras en dansant d'un pied sur l'autre.

1. Sauf mention contraire, les traductions de poèmes sont de Cécile Desthuilliers. *(N.d.T.)*

— Prenez garde, Addington, dit Tristan en adoptant une voix aimable. Vous parlez de la sœur de Tedbury.

Un homme sobre aurait compris l'avertissement sous son ton mesuré. Mais, avec un ricanement idiot, Addington mit sa main en visière devant ses yeux et feignit d'inspecter les alentours.

— Tedbury ? Je ne le vois pas.

— Considérez-moi comme son représentant ici.

Lucie avait fait halte au pied des marches et semblait indécise. Aucun cavalier ne venait à sa rencontre. Elle allait entrer seule dans une salle de bal remplie de gens qui la prenaient pour une dangereuse originale. Pourtant, en matière de courage, aucun de ces vantards ne lui arrivait à la cheville.

Une bouffée de fierté lui gonfla la poitrine, si bienfaisante qu'elle combla momentanément tout le vide en lui.

Il réfléchirait plus tard à ce que cela signifiait.

— Vingt livres que MacGregor n'aura pas le cran d'inviter la harpie à danser, lança Calthorpe.

MacGregor haussa ses sourcils roux.

— Merci bien, je tiens plus à mes attributs virils qu'à votre misérable aumône.

— Trente ! renchérit Calthorpe. Et deux fois plus si c'est la première danse.

— MacGregor ? Valser avec *elle* ? demanda Weston dans un éclat de rire. Je double la mise.

— Vous êtes démoniaques ! dit Addington. Comme si MacGregor pouvait se permettre de refuser cent vingt livres ! Son vieux a le porte-monnaie plus fermé qu'une huître.

MacGregor émit un grognement de défaite.

— Qu'en dites-vous, Ballentine ? murmura Addington à son oreille. N'avez-vous pas un faible pour les… garçons manqués ?

À l'évidence, l'alcool lui faisait oublier toute prudence.

Tristan se tourna vers lui.

— Tenez-moi ça, voulez-vous ?

Il mit d'autorité son verre vide dans la main libre d'Addington. Dans un réflexe, ce dernier referma les doigts sur le verre.

Lucie se tenait près d'un énorme bouquet et regardait un cortège d'invités qui se dirigeaient vers la salle de bal.

La boucle blonde qui retombait entre ses délicates épaules semblait trop lourde pour sa nuque délicate. Il avait toujours su qu'elle était mince, mais il découvrait qu'elle était plus fine qu'un roseau. Il avait l'impression qu'il aurait pu la soulever d'une seule main pour la glisser dans sa poche de poitrine, et cette idée éveillait en lui une irrésistible excitation.

Elle ne lui accorda même pas un regard quand il fit halte près d'elle, se plaçant là où aurait dû se trouver son cavalier.

— Nous avons déjà discuté de votre manie de me suivre, dit-elle d'un ton sec, le regard rivé sur le dos du gentleman qui, juste devant elle, attendait que la file avance.

— Bonsoir, belle inconnue, répondit-il sans s'émouvoir.

Elle dansa d'un pied sur l'autre comme si elle avait un caillou dans sa chaussure.

— Préférez-vous vous faire remarquer en entrant seule, poursuivit-il, ou acceptez-vous que je vous escorte ?

Enfin, elle leva les yeux vers lui. Une boucle d'or pâle retombait sur son front, et des fleurs pourpres ornaient ses cheveux. C'était une coiffure à la mode, il le savait, mais cela donnait effectivement à la jeune femme l'air d'une inconnue.

— Entrer à votre bras est aussi une façon de me faire remarquer, rétorqua-t-elle.

Il approuva ses paroles d'un hochement de tête.

— Aujourd'hui, ajouta-t-elle, j'ai été contrainte de perdre au croquet.

— Oh. Cela a dû être terrible.

— Disons que cela me donne envie de me venger en faisant une entrée remarquée, admit-elle en regardant le bras qu'il lui offrait.

Le cœur de Tristan battit plus fort.

— Je suis sûr que cela vous donne également envie de m'accorder la première danse.

Elle tourna de nouveau les yeux vers l'homme qui attendait dans la file, juste devant eux. Puis, d'un ton ironique, elle demanda :

— Pourquoi ne prenez-vous pas le risque de poser la question, monsieur ?

« Pourquoi ne prenez-vous pas le risque de poser la question, monsieur ? »

Apparemment, songea Lucie, une grotesque partie de croquet suffisait à lui faire perdre toute prudence. Ou peut-être étaient-ce les deux coupes de champagne qu'elle avait avalées en vitesse dans sa chambre avant de descendre. Elle était prête à entrer dans une salle de bal au bras de Tristan Ballentine, comme si sa robe pourpre ornée d'une cape arachnéenne n'était pas assez provocante. Et elle hésitait entre danser une valse avec son pire ennemi ou ne pas valser du tout.

En dépit de sa défaite au croquet, aucun gentleman ne l'avait invitée à danser. Ces messieurs n'étaient pas prêts à prendre un tel risque devant une salle de bal bondée. Ballentine, naturellement, était assez insouciant pour trouver très amusant de faire courir des rumeurs sur Tedbury la Furie et lui.

Elle l'observa du coin de l'œil. Bien entendu, il était plus élégant que jamais dans sa tenue de soirée tout en noir et blanc, qu'il portait avec une désinvolture des plus séduisantes. Elle aurait été bien inspirée de rejeter son invitation, de préférence devant tout le monde, mais à l'instant où ils entraient dans la salle de bal, un cor fit entendre les premières mesures du *Beau Danube bleu*. Un courant électrique passa dans ses jambes, lui donnant des picotements dans les pieds. Bonté divine, depuis combien de temps n'avait-elle pas dansé ?

Son compagnon se tourna vers elle, un bras replié derrière le dos en une attitude étrangement formelle.

Aussitôt, le souffle de la jeune femme s'accéléra.

— Je suppose que vous allez m'inviter à danser, murmura-t-elle.

— Vous supposez bien.

Il plongea en une courbette délicieusement démodée et demanda :

— Lady Lucinda, me feriez-vous l'honneur de m'accorder cette valse ?

Tous les invités avaient les yeux rivés sur eux, avec une telle intensité que leur attention était aussi palpable qu'un courant d'air glacial.

Elle ne prit pas immédiatement la main qu'il lui tendait mais chercha son regard. Dans ses yeux, elle vit des émotions bien plus complexes qu'une simple lueur d'ironie. Il lui offrait une trêve. Une fois de plus.

Puis les notes languides du violoncelle cédèrent la place à un entraînant rythme à trois temps et, comme s'ils n'avaient attendu que ce signal, des dizaines de couples se mirent à virevolter autour d'eux.

Sans réfléchir, Lucie posa sa main droite dans la paume gauche de son compagnon. Dès l'instant où elle effleura sa peau, un crépitement électrique la parcourut. Saisie d'un vertige, elle le regarda refermer les doigts sur les siens et élever leurs mains jointes. Puis elle perçut sur sa taille la pression de son autre main, dont la chaleur traversa rapidement la soie de sa robe et de son corset pour pénétrer sous sa peau. « Gardez vos ennemis près de vous », d'accord, mais aussi proches que cela ? C'était une mauvaise idée. Une très mauvaise idée.

Trop tard. Déjà, il reculait d'un pas, l'entraînant dans son mouvement, pour se placer parmi les danseurs. Elle s'envola, littéralement, emportée par leur élan. Son petit cri de surprise fut couvert par la musique qui prenait de l'ampleur et le fracas rythmique des pas sur le parquet, mais Tristan l'avait manifestement entendu, car il raffermit sa prise sur elle. Aussitôt, un souvenir lui revint – le contact de ses mains sur ses hanches quand ils avaient roulé dans la poussière aux écuries.

Elle riva son regard sur le nœud de sa cravate blanche, qui arrivait bien au-dessus de ses yeux, l'obligeant à rejeter la tête en arrière.

— Vous êtes vraiment grand, marmonna-t-elle d'une voix trop aiguë.

Baissant les yeux vers elle, il répliqua d'un ton léger :

— Vous avez de sacrées capacités d'observation pour une femme. Je suppose qu'avec un cran pareil, il vous arrive parfois d'effrayer les messieurs ?

Du cran ?

Il sourit. Elle détourna vivement le regard, à la recherche d'un point moins intimidant à fixer. Sa gorge. Non, trop intime. Son épaule gauche. Qu'elle avait vue nue, bronzée, satinée. Une bouffée de chaleur l'envahit. Bon sang, aucune part de son grand corps viril n'était neutre, ce soir !

— Et d'où êtes-vous, belle inconnue ? demanda-t-il comme s'il flirtait avec elle. Je ne vous ai jamais vue ici.

Il laissa son regard errer aux lisières de son décolleté carré, coupé très bas.

— Il me semble que ceci est une entreprise de séduction, monsieur, répondit-elle vertueusement.

— De la pire espèce, admit-il avant de la serrer plus près.

En voilà au moins un que son *cran* n'effrayait pas, songea-t-elle. Une onde de chaleur s'attardait sur le chemin qu'avaient suivi ses yeux sur sa gorge. Les effets conjugués du champagne et de son corset plus serré que d'ordinaire commençaient à se faire sentir. La tête lui tournait, et une bienheureuse insouciance l'envahissait.

Ils continuèrent à tourner sur la piste, les jupes, les éventails et les piliers garnis de fleurs se fondant en rubans de brume colorée.

— À votre tour de faire une remarque pleine d'esprit, reprit son compagnon.

— Oh, dit-elle. Qu'avez-vous fait de votre boucle d'oreille ?

Il haussa un sourcil, surpris.

— Ce n'est pas le genre de réplique que j'avais imaginé, avoua-t-il.

Après un silence, il répondit :

— Elle a pris la même direction que vos jupes-culottes.

— Mes jupes-culottes ?

— Oui. Avec leurs jambes larges qui dansaient à chacun de vos pas, on aurait dit que vous les aviez taillées dans une vieille jupe. Vous les portiez chaque fois que vous tentiez de vous glisser discrètement aux écuries, et vous avez presque réussi à ne jamais vous faire surprendre. Je crois que c'était l'été de vos quinze ans.

Elle s'en souvenait, à présent. C'était l'année où elle était devenue trop âgée pour voler les pantalons de Tommy afin de chevaucher Thunder. Ne pouvant pas monter avec une jupe, elle s'était cousu des pantalons. Elle était surprise que Tristan se rappelle ce détail.

— Je détestais monter en amazone, dit-elle. Tommy m'a dénoncée, ce sale petit rat. Ils m'ont enfermée dans ma chambre pendant trois jours, afin de me faire comprendre que je m'étais très mal comportée.

Il affirmait que sa boucle d'oreille avait suivi le même chemin que ses jupes-culottes... Quelqu'un avait donc dû lui demander de l'ôter, mais qui détenait le pouvoir de dicter sa conduite à un homme de son rang ? se demanda-t-elle, curieuse.

Quand ils passèrent non loin de lord Melvin et de sa cavalière, Lucie répondit au salut du parlementaire par un sourire.

— Lord Melvin, murmura Tristan quand elle tourna de nouveau les yeux vers lui. Votre soupirant ?

S'il ne l'avait pas soutenue, elle aurait trébuché.

— Rien ne vous autorise à poser une telle question, protesta-t-elle.

— Vous sembliez bien intimes, pendant le récital.

C'était faux. Et d'ailleurs, question plus importante, il l'avait donc observée ? S'il avait été n'importe quel autre homme, elle aurait cru qu'il lui faisait une scène de jalousie, mais Tristan Ballentine ne serait jamais assez maladroit pour se montrer jaloux, même s'il en avait le droit.

— Je suis surprise que vous vous en soyez aperçu, répliqua-t-elle, étant donné que vous ne sembliez avoir d'yeux que pour lady Cecily. Où ma mère avait-elle la tête quand elle vous a demandé d'escorter ce pauvre petit agneau ?

Le visage de son compagnon se ferma. Avait-elle touché sans le vouloir un point sensible ?

— Vous n'avez pas entendu son poème sur le chat, répliqua-t-il d'un ton lugubre. Sinon, ce n'est pas elle que vous qualifieriez de pauvre petit agneau.

— Un poème sur un chat ? Excellent. J'adore les chats. Le poème était-il bon ?

— Calamiteux. Et délicieusement grivois, même si c'était involontaire. Enfin, il me semble.

Elle ne put retenir un éclat de rire qui alluma une lueur intriguée dans le regard de son compagnon.

Tandis qu'ils virevoltaient au son de la valse, elle s'obligea à être honnête avec elle-même. La vérité, c'était qu'elle était attirée par cet homme à la beauté sulfureuse. Voilà pourquoi elle était parcourue de picotements chaque fois qu'il posait la main sur sa taille. Voilà pourquoi elle était envahie par une inexplicable chaleur quand elle songeait à tout ce qu'elle détestait chez lui. Elle était possédée par un désir inavouable, déraisonnable, et d'autant plus puissant qu'il était inapproprié. Une femme respectable n'était même pas censée avoir de mots pour désigner les parties de son corps qui la lançaient douloureusement lorsque Tristan la regardait comme s'il voulait pénétrer jusqu'au plus secret de son être. Mais il y avait des années qu'on ne voyait plus en elle qu'une femme scandaleuse. Elle pouvait savourer le plaisir de cette valse sans mettre en danger sa réputation, perdue depuis longtemps.

À l'abri d'un des piliers de la salle de bal, deux paires d'yeux observaient plus attentivement encore que les autres l'improbable couple qui évoluait sur la piste.

— Vous êtes d'un calme admirable, Sissy, fit remarquer lord Arthur. Après tout, cela aurait dû être votre valse.

Lady Cecily ne leva pas les yeux vers lui. Son regard était rivé sur le centre de la vaste salle, où Tristan se pavanait avec une audacieuse en robe pourpre au son d'une valse qui, par un accord tacite, aurait effectivement dû lui être réservée.

Toutefois, elle était loin d'être aussi sereine qu'elle le montrait. Une brûlure familière dans son nez lui indiquait que les larmes étaient dangereusement près de rouler sur ses joues.

— Elle l'aura accosté, c'est évident, dit-elle d'une voix très douce. Sans doute craignait-elle que personne ne l'invite. Et Tristan est trop galant pour éconduire une dame de sa connaissance, même quelqu'un comme elle.

Arthur hocha la tête. C'était toujours ainsi que l'on réagissait aux comportements grossiers de Ballentine : on lui trouvait des excuses. Il avait vu cela trop souvent ; il l'avait fait lui-même. Toutefois, il était sans doute épris de cet homme depuis aussi longtemps que la jolie Cecily.

Cela avait commencé l'été de ses onze ans. Ses parents l'avaient envoyé passer son premier été à Wycliffe Hall chez des parents éloignés au lieu de l'emmener aux Indes. Il s'était ennuyé pendant des jours. Tommy, du haut de ses quinze ans, l'avait trouvé sans intérêt, et Cecily, qui avait le même âge que lui, était désespérément terne.

Puis *il* était arrivé. Arthur s'en souvenait comme si c'était arrivé la veille. La voiture qui s'arrêtait dans la cour. La portière qui s'ouvrait. Le superbe jeune homme qui sautait à terre, son chapeau sous le bras. Dans le soleil de l'été, ses cheveux étincelaient comme un feu ardent et ses mouvements étaient aussi gracieux que ceux d'un danseur. Arthur n'avait pas oublié sa bouche soudain sèche et son estomac qui se nouait. Plus tard, bien plus tard, il avait compris que cet instant avait marqué la naissance de sa passion.

D'un pas nonchalant, Tristan était passé devant ceux qui étaient venus lui souhaiter la bienvenue, puis il avait distraitement décoiffé Arthur en demandant : « Tiens, qui avons-nous là ? » Dix ans plus tard, leurs chemins s'étaient de nouveau croisés dans un antre de perdition, mais Tristan ne l'avait pas reconnu. C'était comme si jamais Arthur n'était venu à Wycliffe Hall, comme si jamais il n'avait couru après Tristan pendant un mois, empli de juvénile ardeur, ni rêvé de lui bien longtemps ensuite.

À présent, Ballentine faisait valser la scandaleuse lady Lucie Tedbury, et si Arthur était déjà dans un état d'ébriété certain, il n'était pas assez ivre pour observer ce spectacle avec un serein détachement. Il avait juste suffisamment bu pour laisser libre cours à sa frustration.

À titre personnel, il n'avait jamais rien eu à reprocher à lady Lucinda, qu'il avait à peine croisée autrefois durant son séjour chez elle. Plus âgée que Tristan, elle menait une vie solitaire, entre sa chambre et le parc. Pourtant, en cet instant, en la voyant valser entre les bras de Ballentine, il la détesta.

Il se tourna vers sa voisine et, d'une voix où se mêlaient le dédain et la pitié, déclara :

— Il ne vous épousera jamais, Sissy.

Levant la tête vers lord Arthur, Cecily battit des paupières d'un air surpris.

— Pourquoi dites-vous une chose pareille ?

— Parce qu'il n'est pas du genre à se marier.

— Oh, mais il n'a pas le choix. Les contrats sont pratiquement signés.

Comme Arthur ne répondait pas, elle insista :

— La seule raison pour laquelle nos fiançailles ne sont pas encore officielles, c'est que mon oncle a exigé que lord Ballentine rétablisse d'abord sa réputation afin de ne pas ternir le nom de notre famille. Ce qui est tout à fait injuste, d'ailleurs. Il est victime de terribles malentendus.

Arthur laissa échapper un rire incrédule.

— Enfin, regardez-le. Regardez-le donc, ma chère !

Cecily tourna de nouveau les yeux vers la piste de danse. Oh, elle le regardait. Elle ne faisait que cela depuis deux jours ! Il n'existait pas d'homme plus séduisant en Angleterre, ce qui signifiait qu'il n'existait pas d'homme plus séduisant dans le monde entier. Quand son regard doré s'embrasait, quand ses lèvres parfaites lui souriaient, une inavouable fièvre montait en elle. Il suffisait qu'il la regarde pour que sa peau soit en feu. Toutes les femmes dans cette pièce le désiraient.

Elle avait su qu'il était pour elle dès qu'elle avait posé les yeux sur lui, alors qu'elle n'était qu'une enfant. Certes, sans doute pas la première fois qu'elle l'avait vu, mais même à l'époque où sa beauté spectaculaire ne s'était pas encore révélée, il avait toujours fait attention à elle.

Il allait l'épouser. Lord Arthur était seulement d'humeur maussade, comme il l'était bien trop souvent.

— Je vois un homme assez bienveillant pour faire danser ma pauvre cousine, déclara-t-elle.

Un peu trop bienveillant, à son avis.

— Et le prince de Galles a de l'estime pour lui, ajouta-t-elle.

Son compagnon esquissa une moue impatiente.

— Ballentine se moque éperdument des contrats ou de l'honneur. Il n'a que du mépris pour ceux qui l'admirent. Je parie qu'il rit même de sa Victoria Cross. Croyez-moi, le mariage est bien la dernière de ses préoccupations. Il n'y a que deux choses qui l'intéressent dans la vie : lui-même et ses plaisirs personnels.

Cecily fronça les sourcils.

— Vous affirmez des horreurs avec une curieuse assurance.

— Parce que je le connais.

— Moi aussi.

— Je le connais d'une façon que vous ne pouvez comprendre, insista-t-il.

Cecily réprima une soudaine envie de frapper le sol de son petit pied délicat. Elle savait que les gentlemen avaient tendance à tisser entre eux des liens qui échappaient totalement aux femmes de leur entourage. Et cela ne lui plaisait pas du tout.

— Peu importe, dit-elle d'une voix tendue. C'est lui que j'épouserai, et pas un autre.

Lord Arthur la scruta longuement, plissant les yeux comme s'il ne parvenait pas à ajuster sa vision.

— Juste Ciel, marmonna-t-il d'une voix pâteuse. Vous êtes vraiment éprise de lui.

Les joues en feu, elle détourna le regard.

— Et cette femme pour qui il a écrit un livre entier de poésies, insista-t-il, qu'en faites-vous ?

De fait, tous ses poèmes avaient manifestement été inspirés par une femme.

— Il est tout à fait naturel qu'un artiste ait besoin d'une muse, répondit-elle. D'ailleurs, peut-être n'est-elle que le fruit de son imagination.

Et elle, Cecily, était beaucoup plus intéressante qu'une femme imaginaire. Beaucoup plus intéressante que la plupart des femmes réelles, même, soit dit sans se vanter.

À cet instant, Tristan rejeta la tête en arrière dans un éclat de rire joyeux, faisant étinceler sa dentition parfaite. Puis il baissa de nouveau les yeux vers sa cavalière avant de l'attirer à lui d'un geste si intime que c'en était indécent. Et il y avait à présent cet éclat, dans son regard…

Une douloureuse sensation transperça la poitrine de Cecily. Dans un réflexe, ses poings se fermèrent.

Voyons, cela ne signifiait rien. Ce n'était que Lucie, après tout. Tout le monde la détestait.

Peut-être, mais voir Tristan couver une autre femme de regards aussi enflammés était une véritable humiliation. Elle déglutit péniblement. S'était-elle leurrée ? Leurs fiançailles n'étaient-elles pas aussi certaines qu'on le lui avait laissé croire ?

Des taches noires se mirent à danser devant ses yeux. Dans un réflexe, elle se retint au pilier.

— Sissy ! s'exclama lord Arthur avec des inflexions soudain pleines de pitié.

— Cette conversation me déplaît au plus haut point. Et je n'aime pas le voir danser avec Lucinda.

Arthur ne répondit pas immédiatement. Il observa sa cousine, ses joues rougies et ses yeux brillants.

— Tout va bien, Sissy, dit-il d'un ton apaisant, tout va bien. Si quelqu'un doit l'avoir, mieux vaut que ce soit vous plutôt qu'elle.

Elle semblait sur le point de fondre en larmes.

— Comme si vous y pouviez quelque chose ! Et s'il me repoussait ?

Il referma ses doigts sur sa délicate petite main.

— Sissy..., commença-t-il dans un murmure. Je pourrais vous confier un secret susceptible de vous aider, si jamais il refusait de tenir son engagement envers vous. Seulement, il faudrait que vous soyez courageuse.

Elle battit des paupières tandis qu'une lueur d'espoir s'allumait dans ses yeux bleu porcelaine.

— Je peux être courageuse.

À présent, Arthur se sentait légèrement nauséeux. Seigneur, il avait dû boire plus qu'il ne l'avait cru.

— Il ne vous mérite pas, Sissy. Vous devez le savoir.

Elle poussa un soupir saccadé.

— Vous avez toujours été un de mes cousins préférés, Arthur, minauda-t-elle.

En réponse à la faible pression qu'elle venait d'exercer sur ses doigts, il lui serra la main. Il aurait aimé pouvoir affirmer qu'il ne faisait cette proposition que pour jouer les preux chevaliers pour sa jolie cousine, mais ses motifs n'étaient pas aussi nobles, loin s'en fallait.

Ce qui l'animait, en toute honnêteté, c'était un désir mesquin de contraindre Ballentine à plier, à s'agenouiller, son arrogance et ses appétits sérieusement entravés par les liens du mariage. Peut-être cela lui apprendrait-il ce que c'était que d'être privé de ce que l'on désirait.

20

Le désastre survint le lendemain matin, alors que Lucie avait encore l'estomac vide. Dans les heures indécises entre le sommeil et le réveil, elle s'était accordé une longue rêverie sur la valse de la veille, puis elle avait demandé à une bonne de lui faire une coiffure sophistiquée, avant de perdre un temps ridiculement long à choisir la fleur de soie qui apporterait la touche finale parfaite à son chignon, de sorte qu'à présent elle était en retard pour le petit déjeuner.

Dès l'instant où elle franchit la porte de la salle, trois cents têtes ou plus se tournèrent vers elle.

Elle ralentit.

Soudain, la vaste pièce était plus silencieuse qu'un mausolée. Et à peu près aussi glaciale.

Dans un réflexe, elle porta une main à ses cheveux. Sa fleur de soie était bien à sa place. Ce n'était tout de même pas sa robe qui choquait ainsi ?

Depuis sa place au haut bout de la table, Annabelle l'observait, un sourire aux lèvres. Un sourire poli et froid.

Le cœur de Lucie se serra. Il s'était passé quelque chose entre les petites heures du jour et maintenant… et, quoi que ce soit, ce n'était pas une bonne chose.

Puis les têtes se détournèrent d'elle et les conversations reprirent.

En proie à une vive confusion, Lucie se dirigea vers le buffet, prit une assiette comme un automate et choisit quelques fruits disposés sur des plateaux à étages. Quoi qu'il se soit passé, elle n'en était pas responsable.

Un parfum de lavande lui chatouilla les narines. Lady Salisbury, qui venait d'apparaître à ses côtés, semblait fascinée par les oranges présentées dans une grande coupe en argent.

— Certains d'entre nous ont fait d'étranges découvertes ce matin au hasard des couloirs, annonça-t-elle sans préambule.

— Quoi donc ? demanda calmement Lucie.

Lady Salisbury tourna les yeux vers elle. Son regard la transperça littéralement.

— Des pamphlets.

Un frisson d'alarme courut le long du dos de la jeune femme.

Un pamphlet, quelle que soit sa teneur, n'avait pas sa place dans un château ducal. Surtout quand le prince de Galles y séjournait. *A fortiori* quand le maître des lieux tentait de restaurer sa réputation parmi le beau monde.

— Le *Female Citizen*, poursuivit lady Salisbury d'une voix sèche. Le prince lui-même en a trouvé un exemplaire.

À présent, Lucie avait les paumes moites et la vue brouillée. Les pommes et les oranges ne formaient plus qu'une tache floue devant ses yeux.

Il lui sembla soudain voir sur la surface en bois de sa coiffeuse la pile de pamphlets qu'elle avait déposée là d'un geste distrait pour étaler les *Discerning Lady's Magazine*, en songeant que personne ne risquait de venir dans sa chambre, de les voir et de s'en offusquer.

Lady Salisbury les avait probablement remarqués la veille au matin. Croyait-elle que c'était Lucie qui les avait ainsi éparpillés dans les couloirs ?

Bien sûr. Comme tout le monde ici.

Oubliant son assiette, elle se tourna vers la salle.

Personne ne semblait plus la voir. Comme si, soudain, elle était devenue transparente. Comme si elle n'existait même plus. Non, un homme la regardait droit dans les yeux. Le duc de Montgomery. Depuis sa place au bout de l'immense table, il la scrutait de ses iris délavés, aussi froid et immobile que s'il avait été taillé dans un bloc de glace. Assis à ses côtés, une coupe de champagne à la main malgré l'heure matinale, le prince héritier arborait une expression faussement blasée.

Lucie observa la salle. Tous les visages, dans son champ de vision, étaient aussi fermés que des poings.

Elle croisa le regard de lord Melvin, qui détourna les yeux.

— Veuillez m'excuser, murmura-t-elle à lady Salisbury.

Puis elle quitta la pièce. Elle s'obligea à marcher dignement pendant qu'elle traversait le grand hall, mais l'écho de ses pas était plus assourdissant que des tirs d'arme à feu. Quand elle dépassa un petit groupe d'invités qui bavardaient, ceux-ci se turent brusquement. Il lui sembla que leurs regards lui transperçaient le dos comme autant de poignards lorsqu'elle gravit le grand escalier. Entravée par ses jupes étroites, elle était obligée de monter une marche après l'autre avec élégance et délicatesse. Une fois sur le palier, le dos raide, elle prit à droite pour s'engager dans le couloir de l'aile est.

Deux femmes marchaient devant elle.

Des boucles d'or pour l'une et une silhouette maigre pour l'autre, reconnaissable entre toutes. Lady Wycliffe remontait le corridor comme une vieille dame affligée d'une légère claudication, lourdement appuyée sur le bras de Cecily. Étrangement, Lucie en fut touchée.

Quand elles disparurent dans une antichambre, Lucie pressa le pas pour les rattraper et entra sans frapper.

— Mère ?

Cecily et la comtesse de Wycliffe s'étaient approchées des hautes fenêtres et lui tournaient le dos. La cousine de Lucie jeta un regard par-dessus son épaule, émit un petit hoquet de surprise et écarquilla les yeux de… de *peur* ?

Lady Wycliffe demeura bien droite, plus rigide qu'un roseau pris dans les glaces de l'hiver.

— Sortez d'ici, Lucinda.

Il y avait tant de froideur et de mépris dans la voix de sa mère que Lucie eut l'impression de se heurter contre un mur. Cecily, elle, avait maintenant les yeux baissés vers ses bottines.

— Allons ! insista lady Wycliffe.

Lucie hocha la tête, même si sa mère ne pouvait pas la voir.

— Comme vous voudrez.

Elle avait atteint la porte quand sa mère demanda d'un ton glacial :

— Vous n'avez pas pu vous en empêcher, n'est-ce pas ? C'était plus fort que vous ?

Ne sachant que répondre, Lucie regarda l'encadrement de la porte peint en bleu glacier.

— Vous avez toujours fait votre possible pour me contrarier. Déjà toute petite, vous étiez si désobéissante, si difficile ! Je ne devrais plus m'étonner de vos incartades, mais que vous ayez eu l'audace d'humilier le duc et son épouse devant le prince de Galles pour faire aboutir vos idées politiques…

Assourdie par les battements de son cœur, Lucie pivota sur ses talons.

— Ce n'était pas moi.

La comtesse daigna enfin se tourner vers elle pour darder sur elle un regard plus meurtrier que du verre brisé.

— Vous n'êtes qu'une petite égoïste, dit-elle. Vous n'avez pas changé.

À présent, Cecily se cachait derrière ses mains comme une enfant.

Lucie n'avait plus qu'une envie : partir. Manifestement, sa mère était encore capable de se mettre dans une rage folle, et elle avait eu son content de scandale pour la journée.

— Bonne journée, mère.

— Naturellement, vous n'avez pas le moindre scrupule à vous en aller, maintenant que vous avez semé le chaos.

Devant ce mélange unique de mépris et de déception qui ne semblait appartenir qu'à sa mère, Lucie eut l'impression que les années s'effaçaient et qu'elle redevenait une petite fille maladroite. Sur la poignée de la porte, sa main s'était figée.

Quant à lady Wycliffe, son visage avait pris une expression curieusement triomphante.

— Il y a d'autres dames qui s'essaient à l'activisme politique, poursuivit-elle. Ne vous êtes-vous jamais demandé pourquoi *elles* n'avaient pas perdu leur famille ? Pourquoi *elles* avaient toujours leur place dans le monde ?

Derrière la comtesse, Cecily avait toujours le visage enfoui entre ses mains. Quand on n'y était pas habitué, songea distraitement Lucie, les scènes et les querelles pouvaient sans doute être effrayantes. À présent, la comtesse de Wycliffe semblait rechercher activement la confrontation. Sa colère était ancienne, tapie depuis toujours au fond d'elle-même. Elle ne se laisserait pas apaiser facilement.

— Sachez que Wycliffe aurait pu vous pardonner si vous ne l'aviez pas embarrassé devant ses pairs, continua-t-elle, mais vous vous moquez éperdument de piétiner les convenances, n'est-ce pas, tant que cela sert votre objectif ? À vrai dire, j'ai longtemps pensé que votre père et vous étiez aussi égoïstes l'un que l'autre. La différence, bien entendu, est que Wycliffe est un homme. Il ne peut pas faire autrement.

Elle parcourut Lucie d'un long regard, depuis la pointe de ses escarpins flambant neufs jusqu'à la fleur de soie dans son chignon.

— C'était une ruse, n'est-ce pas ? Les jolies robes, la conversation polie ?

Sous son inspection, Lucie se hérissa.

— Que voulez-vous dire ?

Sa mère ricana.

— Je vous en prie ! Croyez-vous sincèrement que vous pouvez dissimuler votre véritable nature en glissant quelques fleurs dans vos cheveux ?

Assommée par la violence de ces propos, Lucie ouvrit la porte et quitta la pièce.

— Vous ne comprendrez jamais cela ! dit sa mère en la suivant. Chez vous, le mal n'est pas juste sous la peau, il est au cœur même de votre être. Comment aurais-je pu le corriger ? J'ai essayé. Oh, Dieu sait que j'ai essayé ! Mais n'importe quel individu normalement constitué perçoit votre nature masculine. Vous ne pouvez pas cacher ce que vous êtes, Lucinda. La vérité finit toujours par éclater au grand jour !

La jeune femme pila et fit volte-face.

— La vérité ? répéta-t-elle d'une voix métallique, impersonnelle, cette voix qu'elle utilisait pour s'adresser aux étrangers. La vérité, c'est que, malgré vos airs autoritaires, vous n'avez pas la moindre autorité réelle, mère. Wycliffe peut vous l'enlever d'un claquement de doigts, comme ceci ! Vous n'avez pas le moindre droit, même pas sur votre propre corps, parce que vous êtes une femme mariée. Votre piédestal repose sur des sables mouvants. Et si vous vous contentez d'un tel destin pour vous-même, pour la moitié de l'humanité, jamais nous ne serons d'accord, vous et moi. Alors pardonnez-moi, mais je préfère m'en aller plutôt que d'écouter vos sermons.

Lady Wycliffe se redressa de toute sa taille.

— Il y a de la dignité à porter sa croix de femme, répliqua-t-elle d'un ton glacial. Il n'y en a aucune dans votre refus obstiné de plier. Il n'y a que de la déchéance. Vos glapissements, vos marches, vos pamphlets : déchéance, encore et toujours !

Lucie réprima une expression de joie mauvaise. *Vous souvenez-vous de ce matin-là, dans la bibliothèque de Wycliffe Hall, mère ? Il n'y avait que de la déchéance dans vos jérémiades, quand vous imploriez votre mari de vous manifester un peu d'affection alors qu'il se pavanait avec ses maîtresses en toute impunité ! Peut-on tomber plus bas que de quémander quelques miettes d'amour à un tel ingrat ?*

— Croyez-vous que ces activistes que vous préférez à votre propre famille se soucient un instant de vous ? poursuivit lady Wycliffe. Tout ce qui les intéresse, c'est ce que vous avez à leur offrir.

Sa mère s'élança de nouveau à sa suite, trottant derrière elle et vomissant ses imprécations.

— Elles se moquent éperdument de vous ! Croyez-moi, vous finirez vieille fille, aigrie et stérile, sans une seule amie pour vous réconforter pendant vos vieux jours.

— Si cela arrive, je vous promets de ne pas vous appeler à l'aide, rétorqua Lucie.

— Et quand votre pécule aura fondu ? Vous ne ferez pas la fière, à l'asile !

Lucie faillit trébucher lorsque ces paroles venimeuses se frayèrent un chemin jusqu'à son cœur, se faufilant sous la porte qu'elle gardait toujours solidement fermée contre ses terreurs secrètes. Elle ne devait pas céder à la panique ; elle ne pouvait tout simplement pas se le permettre. Sa seule issue était d'aller de l'avant, toujours de l'avant.

Elle était parvenue à un point où le couloir se séparait. Elle se tourna pour aller vers sa droite. Au même moment, sa mère, qui se tenait sur sa droite, se tourna vers sa gauche, de sorte que les deux femmes se retrouvèrent face à face.

L'une comme l'autre avaient le souffle court.

Lucie tenta de contourner sa mère pour passer, mais celle-ci la retint fermement par le bras.

— Lucinda, dit lady Wycliffe d'une voix menaçante. Personne ne tolère une femme égoïste, vous devez le savoir.

— Je le sais. Oh, je le sais très bien !

Les yeux bleu porcelaine de la comtesse s'embuèrent soudain.

— Vous… vous auriez pu tout avoir. Tout.

Elle esquissa un petit haussement d'épaules fataliste.

— Au lieu de cela, vous gâchez votre vie, et pour quoi ? Pour quoi donc ?

Pour quelque chose que vous ne comprendrez jamais, mère.

Pour quelque chose sans quoi Lucie ne pouvait vivre.

La jeune femme chercha le regard de sa mère.

— Pour être libre.

Cette fois, quand elle s'éloigna, personne ne la suivit.

Les exemplaires du *Female Citizen* avaient disparu de sa coiffeuse. Quelqu'un avait posé quelques numéros du *Discerning Lady's Magazine* à l'emplacement qu'ils avaient occupé. Très bien. Qui que soit l'auteur de cette ignoble ruse, il avait réussi son coup.

Le sac de voyage et la malle de Lucie se trouvaient dans le dressing-room. Avec des gestes mécaniques, elle entreprit de ramasser ses robes et ses jupons, qu'elle apporta jusqu'au lit et déposa sur la courtepointe. Son cœur battait encore à tout rompre, et elle avait les nerfs à fleur de peau.

Des années auparavant, alors qu'elle faisait ses premiers pas dans l'activisme politique, elle s'était effectivement demandé comment les dames qui soutenaient la Cause parvenaient à conserver leur place dans le monde. En général, leurs proches faisaient preuve d'une tolérance exceptionnelle. Toutefois, ces dames se tenaient à l'écart des questions les plus sensibles, qu'elles laissaient aux militantes des classes moyennes. Et, pour la plupart, elles étaient plus patientes que Lucie et se contentaient d'œuvrer à ouvrir des espaces à de nouvelles idées là où elles le pouvaient. Un orphelinat, une école pour filles, un foyer pour femmes déchues, ou encore un poste de conseillère pour les questions de santé obtenu par leurs relations, comme l'avait fait Florence Nightingale.

Tout cela était estimable mais insuffisant. Pour sa part, jamais Lucie ne s'en contenterait. Cette attente interminable lui pesait. Elle était impatiente de voir des femmes conseillères pour le ministère de l'Économie. Elle aurait aimé qu'il y ait moins de foyers pour prostituées et plus de changements dans les circonstances qui les avaient poussées à se prostituer. Sa mère avait raison, elle était égoïste. Elle se laissait aller à l'impatience et demandait trop, trop vite.

Ôtant la fleur de ses cheveux, elle la jeta sur le tas de vêtements. *Nature masculine*. Combien d'invités s'étaient gaussés dans son dos de ses tentatives de se faire jolie ?

Alors qu'elle commençait à jeter en désordre les robes dans sa malle, écrasant sans douceur le velours et la soie, on frappa quelques coups à la porte. Discrets, mais fermes.

— Entrez, marmonna-t-elle sans s'interrompre.

Annabelle apparut sur le seuil. Son regard se posa rapidement sur la pile de robes, puis sur la malle ouverte. Refermant la porte derrière elle, elle demanda :

— Ne me dites pas que vous envisagez de nous quitter ?

— Il me semble que c'est ce que j'ai de mieux à faire étant donné les circonstances.

Son amie s'approcha d'elle.

— Pourquoi pensez-vous cela ?

— Je vous en prie. Tout le monde pense que c'est moi qui ai fait le coup. Même vous.

C'était compréhensible de la part de sa mère, qui ne l'avait jamais vraiment connue mais, venant d'une amie, c'était si douloureux que Lucie en avait presque le souffle coupé.

— Je ne vous crois pas responsable de cette affaire.

Lucie leva les yeux. Annabelle la regardait d'un air douloureux.

Ramenant derrière son oreille une mèche de cheveux qui avait glissé de son chignon, elle reprit :

— J'ai bien vu la façon dont vous m'avez regardée quand je suis entrée dans la salle du petit déjeuner, tout à l'heure.

Son amie secoua la tête.

— Cet acte était stupide et déloyal. Vous n'êtes ni l'un ni l'autre.

Cela n'apaisa pas la déchirure dans la poitrine de Lucie.

— Tant mieux, mais j'aurais aimé être prévenue avant d'avoir l'impression de poser les pieds en Antarctique.

Annabelle poussa un soupir.

— Je n'ai pas pu quitter Montgomery un seul instant. Nous avons été très occupés à feindre que tout allait pour le mieux.

Après une hésitation, elle ajouta :

— Cela dit, il est vrai que j'ai vu ces pamphlets hier matin sur votre coiffeuse et…

— Et ?

— Et je sais que vous n'aimez pas beaucoup Montgomery.

Lucie hocha la tête.

— C'est vrai, je ne l'aime pas beaucoup.

— Il n'est plus un opposant à notre cause, maintenant, poursuivit calmement Annabelle. En fait, il est de notre côté.

— Est-ce encore *notre* côté ?

Une expression de surprise passa sur le visage de son amie.

— Bien entendu. Pourquoi dites-vous une chose pareille ?

Parce que vous avez tout ce dont une femme pourrait rêver et qu'il ne faudra pas longtemps pour que cela vous détourne de poursuivre une activité masculine.

Lucie haussa les épaules.

— Peut-être parce que je n'aime pas ce qu'il fait de vous.

— Ce qu'il fait de moi ? Que voulez-vous dire ?

C'était une erreur de poursuivre cette conversation.

Aussi, naturellement, Lucie fut-elle incapable de s'arrêter.

— Vous ne faites plus vraiment partie du groupe des étudiantes. Vous ne venez plus à Oxford que deux ou trois jours par semaine, alors que votre rêve était d'étudier les lettres classiques.

Annabelle secoua la tête d'un air abasourdi.

— Je suis mariée, à présent. Je ne peux pas vivre loin de mon époux sept jours par semaine. Et, pour tout vous dire, je n'en ai pas le désir.

— Précisément. Et je trouve que c'est bien dommage, étant donné le petit nombre de femmes qui ont accès à l'enseignement supérieur.

— Lucie, l'université d'Oxford n'autorise même pas les étudiantes à être réellement inscrites.

— Oh, j'en suis bien consciente. Je rédige un courrier chaque semaine pour faire changer cela. Nous devons nous battre encore plus au lieu de déclarer forfait.

— Je n'ai pas déclaré forfait, j'ai trouvé un compromis. Ce n'est pas parce que je suis mariée que je vais renoncer à notre combat.

— C'est pourtant ce qui arrive, en général.

Annabelle lui décocha un regard méfiant, comme si elle se demandait ce qui lui arrivait.

— Pour l'instant, lui rappela-t-elle, l'université ne nous autorise pas à passer les mêmes examens de fin d'année que les garçons, et nos cours se déroulent à l'étage d'une boulangerie. On ne nous estime pas dignes de fréquenter les mêmes amphithéâtres que les hommes. Vous ne pouvez tout de même pas me demander de mettre en danger ma relation avec Montgomery à cause du mépris des dirigeants d'Oxford et de leur diplôme de troisième classe. Surtout alors que je suis parfaitement capable de suivre l'essentiel du programme à distance.

Elle avait raison, bien sûr.

— Peut-être, ne put s'empêcher d'insister Lucie, mais vous ne vous promenez plus beaucoup avec nous à présent que vos robes sont un peu trop serrées. Et vous n'avez plus le même accent. Vous aurait-il obligée à prendre des cours d'élocution ?

Elle était allée trop loin. Elle le comprit avant même d'entendre le petit hoquet douloureux de son amie.

— Je n'aurais pas dû dire cela, murmura vivement Lucie, envahie par un mauvais pressentiment.

— Non, répondit Annabelle avec un calme inquiétant.

Son beau visage était livide.

— Non, vous n'auriez pas dû, reprit-elle.

— Je fais une très mauvaise amie, admit Lucie.

— Vous êtes surtout très injuste ! explosa Annabelle.

Elle croisa les bras. Autour d'elle, l'air parut crépiter de colère.

— Ma vie a-t-elle changé ? Eh bien, oui. J'ai échangé les contraintes de la pauvreté contre celles des convenances. Devinez lesquelles je préfère ? Je suis heureuse d'être en sécurité et de manger à ma faim. Je préfère porter des robes serrées plutôt que de ravauder sans fin de vieilles tenues en me demandant comment je vais les remplacer avant qu'elles se transforment en haillons. J'aime avoir de la force et des ressources à ma disposition pour des questions qui dépassent ma survie immédiate. Je suis plus utile pour la Cause maintenant qu'autrefois. Pourtant, rien de tout cela n'a une grande importance. L'essentiel, c'est que Montgomery a renoncé à presque tout ce qui comptait à ses yeux pour être avec moi. J'aurais pu vivre dans une masure avec lui, parce que personne au monde ne me connaît mieux que lui et qu'il n'y a personne en qui j'aie plus confiance.

— Je vous présente mes excuses, murmura Lucie.

— Comment pourrait-il me donner plus que ce qu'il m'offre déjà ? Il sacrifierait sa vie pour moi sans la moindre hésitation s'il le fallait.

À présent, les yeux d'Annabelle étincelaient comme deux émeraudes de feu. Elle était folle de rage, et Lucie ne pouvait pas le lui reprocher.

— Je vous présente mes excuses, répéta-t-elle, submergée par les remords. J'ai parlé sans réfléchir.

Comme Annabelle gardait les bras croisés, Lucie s'assit sans élégance, à côté du tas de robes qu'elle n'avait pas encore jetées dans sa malle.

Ceci était encore pire que ce qui s'était passé dans la salle du petit déjeuner. Pire que sa querelle avec sa mère. Elle avait l'impression d'être un navire qui prenait l'eau de toutes parts, et voilà des jours que cela durait. Le ressentiment de la bonne société se refermait peu à peu autour d'elle, telles les tentacules de quelque monstrueux kraken tentant de l'entraîner au fond de l'océan. Pouvait-elle reprocher à ses amies d'avoir des doutes ?

Elle leva les yeux vers Annabelle, l'air grave.

— Cela n'excuse pas mes paroles malheureuses, mais je vous le dis pour ce que cela vaut : je me suis sentie blessée.

Elle était malade de l'avouer à haute voix. Cela lui donnait l'impression de dévoiler la part la plus vulnérable de son être à un tireur d'élite.

— J'ai été odieuse avec vous parce que j'ai cru que vous me preniez pour la responsable de la distribution des pamphlets et que j'en ai été profondément blessée. Jamais je ne tenterais de vous mettre dans une situation embarrassante, surtout sous votre propre toit.

Enfin, le visage d'Annabelle se décomposa. S'asseyant près de Lucie, elle prit ses mains entre les siennes.

— Je suis désolée.

Ses iris émeraude avaient retrouvé leur douceur habituelle. La colère était passée.

— Je vous en prie, croyez-moi, insista-t-elle en lui pressant les mains. Mon intention n'était pas de vous faire du mal.

Lucie haussa les épaules.

— Voilà des années que je suis la trouble-fête de service, marmonna-t-elle. Pour tout le monde, je fais une coupable idéale.

Les yeux de son amie s'embuèrent.

— Je ne suis pas tout le monde, Lucie. Je suis votre amie. Et j'avoue que je suis assez émotive en ce moment. Me pardonnez-vous ?

Lucie poussa un soupir de soulagement. Comment aurait-elle pu en vouloir à Annabelle ?

— Il n'y a rien à pardonner, répondit-elle en serrant à son tour les mains de son amie. Et je suis heureuse pour vous. Vraiment.

Avec son maintien altier et ses pommettes hautes, Annabelle semblait destinée de toute éternité à devenir quelqu'un qui compte. Sa grâce et sa majesté étaient innées. Il avait toutefois fallu la fortune et l'influence d'un homme pour que les portes du destin s'ouvrent devant elle, et Lucie trouvait la pilule dure à avaler. Mais c'était ainsi. Et peut-être étaitelle effectivement en train de se transformer en vieille fille aigrie avant l'âge.

Annabelle joua avec un pompon qui ornait la ceinture de sa robe.

— Pour tout vous dire, toutes les contraintes me pèsent, qu'il s'agisse de mes robes, de mes gardes du corps ou de l'étiquette, mais...

Quand elle leva les yeux pour chercher le regard de Lucie, celle-ci frémit devant la profondeur des émotions qu'elle lut en elle.

— Lucie, jamais je n'ai été aussi heureuse. J'en demande peut-être trop mais je veux croire que je peux avoir les deux : être l'épouse de l'homme que j'aime et œuvrer à la libération des femmes.

Cela, Lucie demandait à le voir !

Néanmoins, si quelqu'un pouvait accomplir un tel exploit, c'était bien Annabelle.

— Vous avez le droit de demander tout ce que vous désirez, répondit-elle.

D'ailleurs, même avec ses yeux de vieille fille aigrie, Lucie voyait bien que le duc était éperdument amoureux d'Annabelle. Ce n'était pas un homme expressif, mais son attention était toujours tournée vers son épouse, quel que soit l'endroit où elle se trouvait. Sur le plan de l'affection, leur union semblait équilibrée. Ce n'était pas vraiment dégradant d'être follement éprise d'un homme qui vous le rendait bien.

— Que va-t-il se passer, au sujet de ces pamphlets ? demanda Lucie. Le prince doit écumer de rage, non ?

Annabelle laissa échapper un petit rire amusé.

— Entre vous et moi, je crois qu'il s'ennuie tellement que toute diversion est la bienvenue. Même s'il tolère mal les provocations personnelles contre lui.

— J'imagine... Qu'allez-vous faire ?

— Montgomery a réussi à le convaincre que ces pamphlets avaient été répandus dans les couloirs après le bal par quelques femmes qui avaient un peu trop bu et qu'il ne s'agissait en somme que du pari stupide d'une poignée d'écervelées.

— Bien vu. Accuser l'immaturité féminine reste la meilleure façon de désamorcer bien des situations.

— Hélas, oui. Aucun homme digne de ce nom ne prendrait au sérieux ces jeux puérils.

— Pour les femmes, en revanche, c'est une autre affaire, murmura Lucie.

Elle n'avait pas oublié les dos tournés, le regard perçant de lady Salisbury, la honte et la rage de sa mère.

— Elles me soupçonnent toutes d'avoir tenté d'humilier un duc ou d'avoir voulu me faire remarquer. La question est de savoir qui a fait le coup, et pourquoi. A-t-on des indices ?

Le visage d'Annabelle s'assombrit.

— Pas encore. Montgomery a parmi les invités de nombreux détracteurs qui se réjouiraient de lui faire perdre la face.

— Comme moi, murmura Lucie.

Annabelle ouvrit des yeux ronds.

— Vous pensez que c'est vous que l'on visait ?

— Cela a été ma première idée, mais pourquoi quelqu'un irait-il jusqu'à... Oh !

Une pensée venait de lui traverser l'esprit, si choquante qu'elle en avait soudain la nausée. Elle connaissait une personne qui avait tout intérêt à saboter sa crédibilité. Une personne qui possédait une solide expérience dans l'art de lui jouer des tours cruels.

Tristan Ballentine.

Soudain, ses paumes étaient moites et son cœur battait la chamade.

— Nous découvrirons le coupable, promit Annabelle avec assurance. En attendant, cet épisode ne sera qu'une farce idiote si c'est ainsi que nous le présentons. Tant que nous ne prendrons pas l'affaire au sérieux, ceux qui voudront s'en offusquer courront le risque de se ridiculiser. Et personne ici n'a envie de se ridiculiser.

Annabelle avait raison. Pourtant, Lucie se remit à faire ses bagages. La seule idée de passer une journée de plus sous les regards accusateurs la hérissait. La magie de la soirée, la chaleur des mains de Tristan, les rires légers et les bulles de champagne… tout avait disparu en un instant, ne lui laissant qu'une douloureuse sensation de vide.

Annabelle croisa les mains sur ses genoux.

— Lucie, je ne voudrais pas être indiscrète mais…

— Oui ?

— Y a-t-il quelque chose qui vous contrarie ? Si vous me permettez cette remarque, vous semblez en colère, depuis quelque temps.

Lucie émit un petit rire sans joie.

— Je suis née en colère, rétorqua-t-elle.

Annabelle secoua la tête.

— Je ne parle pas de cela. Si vous avez besoin de vous confier, je suis là.

Une demi-heure plus tôt, Lucie aurait peut-être accepté l'offre, mais si c'était Tristan qui avait éparpillé les *Female Citizen* dans les couloirs de Claremont, elle n'avait plus que du mépris pour lui, ce qui ne nécessitait pas la moindre analyse de ses sentiments.

On frappa de nouveau à la porte, cette fois avec énergie. Un instant plus tard, Hattie et Catriona entraient dans la chambre.

— Je vous l'avais dit ! claironna Hattie en s'asseyant à son tour sur le lit. Ne l'avais-je pas prédit ?

Comme tout le monde la regardait sans comprendre, elle leva les mains au plafond d'un geste triomphant.

— Chaque fois que nous sommes réunies toutes les quatre pour un événement mondain, il y a un scandale.

Elle décocha un regard éloquent à Lucie.

— Et celui-ci n'a aucun rapport avec le fait que je ne maîtrise pas mes intuitions.

Annabelle fit passer son regard de Hattie à Lucie, puis à Catriona.

— A-t-elle perdu la tête ?

— Ne faites pas attention à elle, dit Catriona en prenant la dernière place disponible sur le lit. Avons-nous un suspect ? Savons-nous si la cible était Lucie ou Montgomery ?

— Il nous faut aussi un plan pour pincer le coupable et contenir les soupçons à un niveau raisonnable jusqu'à notre départ, ajouta Hattie.

Enfin, le cœur de Lucie commença à s'apaiser. Le vide dans sa poitrine s'emplissait à présent d'une douce chaleur. La gorge nouée par l'émotion, elle regarda ses amies.

— Pas de coupable pour l'instant, répondit-elle, mais nous allons faire comme si tout cela nous laissait indifférentes.

— Parce que cela nous laisse effectivement indifférentes, déclara Annabelle avec fermeté.

Puis elle sonna pour commander un petit déjeuner complet pour Lucie, ainsi qu'un plateau de thé et de viennoiseries pour tout le monde.

Quand Tristan entra dans la salle du petit déjeuner, il avait les yeux gonflés de sommeil et grand besoin d'un café, noir et bien serré de préférence.

Peu après minuit, alors que le bal se terminait déjà, il avait proposé à quelques gentlemen, dont lord Peregrin, le frère de Montgomery, de s'affronter au vingt-et-un dans le fumoir tendu de bleu du château. Ces messieurs avaient joué aux cartes et bu jusqu'à avoir les yeux injectés de sang et la cravate de travers. Quant à Tristan, il était sorti victorieux d'une interminable partie de cartes, mais comme ses pensées tournaient encore irrésistiblement autour d'une certaine femme en robe pourpre, il avait convaincu lord Peregrin de faire une razzia dans la cave de Montgomery. Le jeune homme, une proie facile de dix-neuf printemps, avait choisi un alcool aussi ancien que remarquable… qui donnait à présent à Tristan un mal de tête tout aussi remarquable.

Comme toujours, la dernière bouteille était probablement la goutte qui faisait déborder le vase, songea-t-il en parcourant le buffet vide, le crâne dans un étau de fer. Il fit signe à l'un des valets de pied alignés le long d'un mur tendu de brocard. Le personnel de Montgomery était bien rigoureux, pour que la table du petit déjeuner soit déjà débarrassée avant 13 heures ! Il demanda qu'on lui prépare un petit déjeuner et qu'on lui apporte son plateau dehors, sur l'arrière du bâtiment.

La lumière du soleil, qui entrait à flots par les hautes portes-fenêtres menant à la terrasse, transperça son cerveau douloureux. Il plissa les yeux. Il aurait dû passer par une porte de service pour éviter la foule. Tout un régiment d'invités dans leurs plus beaux atours paradait sur la terrasse et dans les jardins à la française en contrebas.

Tristan s'apprêtait à battre en retraite quand une voix féminine le héla.

— Lord Ballentine !

Cecily était là, les yeux limpides et les joues roses. Elle, au moins, n'avait pas bu et parié jusqu'à une heure indue. Elle déclara qu'elle avait envie de faire un tour dans les jardins en le couvant d'un regard brillant d'espoir, sous l'œil glacial de lady Wycliffe, qui ne la quittait pas d'une semelle. Contrairement à l'innocente Cecily, la comtesse ne se laissait pas duper par sa tenue choisie avec soin et sa cravate nouée trop serré ; elle voyait le cognac et le porto qui couraient encore dans ses veines.

Un instant, il fut tenté d'envoyer tout le monde au diable.

Au lieu de cela, il offrit son bras à Cecily, qui referma sur lui sa petite main avec une force surprenante.

Tandis qu'ils descendaient les marches qui menaient aux jardins, elle se mit à babiller. Sans doute parlait-elle de la pluie et du beau temps. L'attention de Tristan était entièrement tournée vers un groupe de femmes qui cheminaient dans leur direction d'un pas tranquille, se tenant par le bras, leurs voix légères portées par le vent. Lucie et ses amies.

Quand il les croisa, lady Catriona Campbell, la fille Greenfield et la duchesse de Montgomery lui rendirent son salut. Lucie, en revanche, lui décocha un regard assassin. Manifestement, elle avait quelque chose à lui reprocher. Il faillit s'arrêter pour lui demander ce qui la contrariait, mais il perçut un véritable mur de glace qui se formait autour de lady Wycliffe au moment où le quatuor les dépassait. À moins d'abandonner devant tout le gotha du pays la femme qu'il escortait pour courir après une autre, il ne pouvait que poursuivre son chemin comme si de rien n'était.

— La duchesse est bien généreuse, murmura Cecily alors qu'ils s'engageaient dans les jardins, mais certains estiment qu'en pardonnant si facilement cette odieuse provocation, elle révèle un peu trop ses inclinations radicales.

Tristan cligna des yeux, le cerveau trop embrumé par l'alcool pour suivre ses paroles.

— Quelle provocation ?

— Vous n'êtes pas au courant ? demanda Cecily d'une voix de conspiratrice. Lady Lucie a déposé des pamphlets radicaux dans les couloirs de Claremont pour que le prince de Galles les trouve.

Tristan conserva une expression impassible, mais il avait recouvré toute sa clarté d'esprit en un éclair.

— A-t-elle reconnu que c'était elle ?

Cecily lui jeta un regard déconcerté.

— Non. Enfin, je ne l'ai pas entendue l'avouer.

— Bien. Alors ce n'est pas elle.

— Comment pouvez-vous en être aussi certain ? demanda la jeune femme d'un air abasourdi.

— Parce que c'est une provocation inutile, et par conséquent un acte totalement stupide. De plus, étant donné que la duchesse de Montgomery est son amie, ce serait également déloyal de sa part. Or votre cousine n'est ni stupide ni déloyale.

Cecily lui adressa un sourire si mielleux qu'il en eut mal aux dents.

— Vous semblez très bien la connaître.

— Il n'y a pas besoin de bien la connaître pour comprendre cela.

— Que vous savez vite juger du caractère d'une personne ! s'émerveilla Cecily, changeant de registre. Est-ce votre regard acéré d'écrivain ?

« Au nom du Ciel, à l'aide ! » songea-t-il tout en décochant à sa compagne un sourire éblouissant. Si éblouissant, apparemment, qu'elle trébucha et se raccrocha à lui avec plus de force.

Lucie l'intercepta alors qu'il revenait enfin vers la salle du petit déjeuner. Elle semblait folle de rage. Il regretta de ne pas avoir eu le temps d'avaler un bon café avant d'affronter la tornade.

— Est-ce vous ? demanda-t-elle simplement.

Il ne s'était pas attendu à la réaction de son corps à cette accusation. Tous ses muscles se tendirent, et la douce chaleur qui le baignait depuis la veille se dissipa en un instant.

— Est-ce moi qui ai éparpillé des magazines radicaux dans les couloirs, voulez-vous dire ? Dans le but de vous discréditer ? Alors qu'il faut être le dernier des imbéciles pour s'amuser à ce genre de plaisanterie ?

Elle le transperça de son regard gris comme si elle tentait de lire dans son âme.

— Ce n'est un secret pour personne que vous tentez de m'évincer.

Elle ne l'avait jamais trouvé très intelligent, Tristan le savait. Elle l'avait traité de paresseux, ou d'idiot, ou peut-être des deux, et elle ne semblait pas avoir changé d'avis.

— Je suppose que vous croyez également que notre valse d'hier soir faisait partie d'un complot contre votre personne ? demanda-t-il.

— Je ne sais plus ce que je dois croire.

Elle fit un pas vers lui, apportant une fraîche senteur citronnée. Son visage levé vers lui était crispé de rage.

— Parfois, j'ai l'impression que vous hésitez entre tenter de me séduire et tenter de m'anéantir.

Il haussa les épaules.

— Cela reviendrait au même, non ?

— Pour tout vous dire, j'ai cru un instant que vous valiez mieux que cela, répondit-elle en redressant le menton.

Tristan aurait pu réagir comme l'adulte qu'il était. Au lieu de cela, il laissa le gamin à la tignasse rousse prendre le dessus.

— Pourquoi ne pas accepter mon offre, juste pour voir ce que je vaux ? lui demanda-t-il à mi-voix. Elle tient jusqu'à la fin de l'été.

Il ne la regarda même pas s'éloigner. Sans doute marchait-elle le dos bien droit, ses jupes battant ses chevilles. À la réflexion, c'était aussi bien ainsi. Il avait besoin de prendre un peu de distance vis-à-vis d'elle. Peut-être avait-il espéré la séduire, mais il se rendait compte que son propre jeu – danser avec elle, flirter avec elle ou lui révéler des aspects secrets de sa personnalité dans l'espoir de l'intriguer – commençait à l'affecter. À raviver des parts de lui qu'il croyait mortes depuis longtemps. À le rendre vulnérable à ses attaques.

Il devait se ressaisir.

21

— Je préfère celle-ci.

Lucie fit glisser le magazine de l'autre côté du vaste bureau en direction de Hattie, l'index sur la page ouverte. Son amie jeta un bref regard à l'échantillon de tissu sous la lithographie en noir et blanc et secoua la tête si vigoureusement qu'elle fit cliqueter les perles de ses boucles d'oreilles.

— Il faut une étoffe plus lourde, et certainement pas de cette nuance. Voyons, Lucie, du pourpre !

— Pourquoi pas du pourpre ?

— Parce que c'est pourpre.

— C'est pourtant une couleur qui a une certaine solennité mais qui n'est pas du gris, lequel est sinistre, comme vous me l'avez bien fait comprendre. Et je préfère un tissu léger plutôt que lourd. Une pièce où l'air circule élève l'esprit humain. C'est ce qui est écrit sur l'échantillon de la page vingt-sept de ce magazine.

Les lèvres de Hattie demeurèrent obstinément pincées.

— Très bien, capitula Lucie. Pas de pourpre.

Jamais elle n'aurait dû se mêler du choix des rideaux. Il n'y avait que vingt-quatre heures dans une journée, et elle avait sur sa liste d'autres tâches bien plus importantes à faire progresser. Toutefois, puisqu'elles avaient opté pour une réforme en douceur plutôt que pour un coup de force, London Print allait continuer à exister, voire à s'étendre. Il fallait donc donner aux lieux une apparence qui refléterait la nouvelle direction qu'elles allaient lui imprimer et qui conviendrait aux femmes qu'elles allaient recruter.

À sa surprise, Ballentine s'était contenté de hocher la tête et de signer sa proposition de budget quand elle lui avait présenté leur projet de changement de décoration. Depuis, un nouveau mobilier avait été livré, des tapis usés jusqu'à la trame avaient été jetés, et on était en train d'abattre une cloison. Les travaux produisaient une épaisse poussière, et le pas pesant des ouvriers résonnait dans les couloirs de l'étage des bureaux.

Le personnel marmonnait mais continuait à travailler au milieu de ce chaos, car il n'avait pas été possible de prendre une semaine de congé. En effet, la rumeur que le prince de Galles avait donné son aval à la publication des carnets de guerre s'était vite répandue, générant une avalanche de commandes du dernier livre de Ballentine, ainsi que de son recueil de poèmes. Le chef de fabrication était sur les dents.

— Nous pouvons publier l'un de ces deux ouvrages mais pas les deux à la fois, et certainement pas si vous voulez aussi refaire la maquette des magazines ! s'était-il écrié, rouge de colère, durant leur dernière réunion.

À ce souvenir, un début de migraine monta aux tempes de Lucie. Il lui semblait que son emploi du temps, si soigneusement organisé depuis des années pour concilier ses nombreuses activités, commençait à chanceler comme un ivrogne. « Vous pourriez confier vos tâches à d'autres au lieu de vous croire irremplaçable. Déléguer est une forme d'art... »

Pour Melvin, c'était facile à dire. Certes, elle aurait pu s'en remettre entièrement à Hattie pour la décoration, mais, la veille encore, son amie avait proposé des tapisseries murales représentant des chatons pour la salle des employées. Lucie avait beau adorer la gent féline, ce n'était pas ainsi qu'elle concevait l'image que devait donner London Print. Et si elle confiait la décoration à quelqu'un d'autre, son amie serait blessée, et cela se conclurait par une longue fâcherie. Le Ciel vienne en aide à quiconque se plaçait entre Hattie et ses projets !

— Que diriez-vous d'un bleu nuit ? suggéra celle-ci. Le bleu est apaisant mais...

Elle fut interrompue par la plus grande des clochettes fixées au mur derrière elles. Dans l'antichambre, la secrétaire générale demandait la permission d'entrer.

— Veuillez m'excuser, dit Lucie.

Elle tira sur un cordon et, un instant plus tard, lady Athéna, la nièce de la comtesse de Salisbury, glissa sa tête blond vénitien par l'entrebâillement de la porte.

— Pardonnez-moi de vous déranger, mais le contremaître demande où placer les caisses qui contiennent les fournitures de bureau.

D'un geste, Lucie désigna Hattie.

— Lady Athéna, permettez-moi de vous présenter Mlle Greenfield. Hattie, voici lady Athéna, qui occupe actuellement le poste de... eh bien, à peu près tous les postes vacants. Elle sera chargée de revoir le contenu du *Discerning Lady's Magazine*.

Elle se tourna de nouveau vers la jeune femme à la porte.

— Veuillez lui dire de les mettre dans la réserve, comme c'était convenu ce matin.

— Je l'ai fait, répondit lady Athéna d'un air pincé. Il insiste pour que je vérifie auprès du *directeur*.

— Naturellement. Vous serait-il possible de lui répondre que c'est vous qui donnez les ordres et que, s'il veut être payé, il ferait mieux de ne pas déranger le *directeur* ?

— Extrêmement possible ! répondit la jeune femme en fermant la porte, une lueur déterminée sur son visage intelligent.

Hattie haussa un sourcil interrogateur.

— Elle a l'air très compétente.

— Jusqu'à présent, elle a démontré qu'elle l'était.

— Fait-elle partie du mouvement ?

— De cœur, oui, mais pas officiellement. Pas encore.

— Vous finirez par la convaincre de rejoindre nos rangs, déclara Hattie avec assurance. Qu'est-il arrivé au vieux réceptionniste ?

— Il a donné sa démission le jour où M. Barnes est parti.

— Oh.

Lucie haussa les épaules.

— Cela laisse une place pour une femme qui a besoin de travailler. J'ai planifié pour demain une première série d'entretiens de recrutement pour les postes à pourvoir.

— Voilà qui est très excitant ! s'exclama Hattie, les yeux brillants.

Comme toutes les personnes qui n'auraient jamais besoin de chercher du travail à moins d'en avoir vraiment très envie, Hattie trouvait qu'être soutien de famille, envoyer des lettres de candidature et passer des entretiens était quelque chose de tout à fait exotique et fascinant.

— L'annonce a paru hier dans tous les grands journaux, poursuivit Lucie. Nous cherchons aussi une nouvelle dactylographe, ainsi qu'une seconde correctrice de copie.

Une expression intriguée se peignit sur le visage de Hattie.

— J'ai cru comprendre qu'il n'était plus rare que des femmes apprennent à taper à la machine de nos jours, mais jamais je n'ai entendu parler de correctrices de copie.

— Il y en a, pourtant. Emily Faithfull a dirigé Victoria Press dans les années 1860, et son personnel était exclusivement féminin. En effectuant quelques recherches la semaine dernière, j'ai découvert que l'entreprise était à présent dirigée par un homme. J'envisage de le rencontrer pour visiter sa maison d'édition et discuter avec des femmes qui y travaillent, s'il y en a encore.

— Excellente idée, approuva Hattie.

— Toutefois, ce qu'il me faut vraiment, c'est une femme capable de faire tourner toute l'affaire.

— Quelle affaire ?

— Ceci.

D'un geste, Lucie désigna la table de travail, les étagères à moitié vides et toutes de guingois et le chandelier aux perles de cristal poussiéreuses.

— Je ne peux pas diriger une maison d'édition en plus du mouvement pour le suffrage féminin. J'ai réussi à rassembler assez de femmes pour investir dans l'achat de London Print et je dois veiller à ce que l'entreprise prenne la bonne direction, mais en assurer la gestion quotidienne… Impossible !

— Non, bien sûr, vous ne pouvez pas, dit Hattie. Avez-vous quelqu'un en tête ?

« Si seulement ! » songea Lucie en se massant les tempes. Depuis quelque temps, la migraine était devenue sa compagne assidue. Elle disparaîtrait si Lucie pouvait s'accorder quelques jours à la campagne pour reposer ses yeux, mais cela ne serait pas envisageable avant un bon moment.

— Je suppose que lady Athéna sera à la hauteur de la tâche, mais la période de transition est un défi.

Elle songea avec perplexité, et ce n'était pas la première fois, à la totale désorganisation du projet.

— Sans compter qu'à présent il lui faudra, en plus du reste, gérer lord Ballentine.

Hattie parut sur le point de répondre quelque chose, mais elle ravala ses paroles et se contenta d'un « hum » poli.

— Hum ? répéta Lucie.

Son amie referma le journal, puis l'ouvrit de nouveau.

— Il sera peut-être moins difficile que vous le craignez, dit-elle, de trouver une femme capable de *gérer* lord Ballentine. Il suffirait qu'elle soit plus âgée que lui et qu'elle ait les nerfs solides. Comme une directrice d'école, peut-être.

— Mais je suis plus âgée que lui et j'ai les nerfs solides !

— Bien sûr, s'empressa de répondre son amie, mais vous conviendrez, je pense, qu'il y a un… curieux antagonisme entre vous et lui.

Lucie fronça les sourcils.

— Pas du tout. Notre antagonisme est parfaitement normal.

Toutefois, elle ne pouvait nier qu'il avait pris un tour catastrophique. Après une discussion en léger état d'ébriété sur un banc de jardin et une valse langoureuse, le retour à la réalité avait été rude. On n'avait toujours pas de certitude sur l'auteur de l'épisode des pamphlets, mais Lucie n'avait pas présenté d'excuses à Ballentine pour ses accusations

– qu'il n'avait d'ailleurs pas niées – et, à présent, il était plus désagréable que jamais.

Depuis leur retour de Claremont, une semaine plus tôt, il avait organisé plusieurs réunions au sujet de ses livres avec le personnel et des fournisseurs, réunions auxquelles elle n'avait pas été conviée. Chaque fois qu'ils se trouvaient dans les bureaux de London Print en même temps, elle le voyait se pavaner dans les couloirs, fourrer son nez dans les différents services, poser des questions et demander les livres de comptes. La veille, il avait même établi une liste des changements qu'il estimait nécessaires pour les circuits de distribution du département des éditions littéraires… de nouveau sans la consulter.

Toutefois, même s'il tentait manifestement de la provoquer, le plus inquiétant était qu'il paraissait sincèrement intéressé par le fonctionnement et les améliorations de la maison d'édition. Et, contrairement à elle, il disposait de tout le temps libre qu'il voulait pour occuper le terrain du matin au soir et se mêler de tous les détails.

Pire, même si leur trêve semblait rompue, les inavouables rêveries dont il était le héros continuaient à la hanter. Toutes sortes de scènes torrides profitaient de son sommeil pour se glisser dans ses songes mais, si prometteuses qu'en fussent les prémices, Tristan s'évanouissait chaque fois au moment précis où ses lèvres s'approchaient enfin des siennes, et ces nuits agitées la laissaient dans un état d'irritation qui durait jusqu'au soir.

Au mur, la clochette tinta de nouveau dans un son strident qui mit à l'épreuve ses nerfs déjà tendus à se rompre. Avant qu'elle ait eu le temps de poser la main sur le cordon, les larges épaules de Ballentine apparurent dans l'encadrement de la porte.

L'estomac de Lucie se serra, comme si elle tombait dans le vide. Quand on parlait du loup…

Quoique… Avec sa veste et son gilet à la coupe impeccable, ses cheveux lustrés et son teint radieux, il ressemblait plus à un agneau, aujourd'hui.

— Lady Lucinda, mademoiselle Greenfield, les salua-t-il.

— Lord Ballentine, dit Hattie d'une drôle de petite voix.

Il entra dans le bureau d'un pas nonchalant et observa les rénovations en cours, faisant si peu d'efforts pour dissimuler sa curiosité que Lucie fut parcourue d'un frisson inquiet.

Elle lui décocha un regard agacé.

— Que puis-je faire pour vous ? demanda-t-elle.

Il tenait un classeur noir dans sa main gauche. Cela ne plaisait pas du tout à Lucie.

Lorsqu'il s'arrêta devant son bureau et que leurs regards se croisèrent, le cœur de la jeune femme fit un petit bond dans sa poitrine. Quelque chose parut crépiter dans l'air et, pendant une fraction de seconde, elle eut l'impression de sentir sa main se poser au creux de sa taille, comme le soir où il l'avait fait danser. Elle s'agita sur son fauteuil, sa peau plus sensible que jamais contre le coton de ses sous-vêtements.

Il posa le classeur sur la table, sur laquelle il s'appuya.

— Je voulais seulement vous informer du nouveau planning d'impression, annonça-t-il.

Elle se figea. Jamais elle n'avait discuté avec quiconque d'un nouveau planning avec les services de fabrication.

— Comme vous le savez, poursuivit-il, notre capacité de production est surchargée en raison du millier de précommandes pour mes carnets de guerre et de la réédition de mon recueil de poés...

— Vous avez changé le planning des parutions avec l'imprimerie ? Sans m'en parler ?

Il parut vaguement agacé par son interruption.

— En effet.

— Vous ne pouvez pas prendre une telle décision sans me consulter !

— N'ayez crainte, répondit-il d'une voix apaisante. J'ai tout organisé dans l'intérêt de London Print.

Lucie serra les poings à se griffer les paumes.

— Si la parution des magazines en est affectée, et même si elle ne l'est pas, je dois participer aux discussions.

— Bien, mais nous savons déjà que mes ouvrages sont prioritaires. Le profit généré par les précommandes en une seule semaine est plus élevé que les bénéfices cumulés des trois mois précédents. Regardez.

Ouvrant le classeur, il tapota du doigt – qu'il avait long et fuselé – une colonne de chiffres.

Lucie se leva en le fusillant du regard et posa les mains sur le bureau.

— Je veux être présente aux réunions qui nous concernent tous les deux.

— Je n'en doute pas, très chère, mais ce n'est vraiment pas indispensable.

Il se pencha en avant, si près qu'elle pouvait sentir son parfum, et sourit.

— De toute façon, c'est moi que les hommes écouteront, pas vous.

Elle avait envie d'effacer d'une gifle son sourire suffisant. D'une gifle... ou d'un baiser. Comment pouvait-elle être assez faible pour désirer cet homme pour qui elle n'avait que mépris ?

Ses joues étaient en feu, mais sa voix était glaciale quand elle reprit la parole.

— Vos petits jeux ne changeront rien aux faits. Je détiens la moitié de cette société.

— La belle affaire !

D'un haussement d'épaules désinvolte, il chassa l'argument et poursuivit :

— Pour votre information, les hommes sont sourds aux glapissements d'une femme hystérique. Surtout s'ils peuvent se tourner vers une voix masculine et rationnelle.

Lucie retint de justesse un hurlement de rage impuissante.

— Dites-moi qui vous a prêté l'argent pour investir, que je le fasse empoisonner, marmonna-t-elle.

Il laissa échapper un rire surpris.

— J'aimerais bien voir cela, répondit-il, mais même vous, vous n'êtes pas de taille à lutter contre Blackstone. Je ne serais pas surpris qu'il se fasse des gargarismes à la strychnine tous les matins.

Ce nom ne disait rien à Lucie. En revanche, un hoquet de surprise s'éleva dans la pièce. Bon sang, Lucie avait presque oublié la présence de Hattie ! Son amie dévisageait Ballentine, les yeux écarquillés.

— Comment avez-vous fait ? s'exclama-t-elle.

Il se tourna vers elle.

— Veuillez m'excuser ?

Hattie était rouge d'embarras, mais elle demanda :

— Je présume que vous parlez de M. Blackstone, l'investisseur ?

— Lui-même.

— Cet homme est totalement insaisissable. Comment avez-vous réussi à faire affaire avec lui ? Ces derniers temps, papa ne parle que de lui au dîner. Il aimerait le convaincre d'investir dans un projet à Saragosse, mais j'ai cru comprendre que cet homme ne répondait jamais aux invitations.

— Et naturellement, *papa* serait ravi d'apprendre que vous nous révélez des informations confidentielles, je suppose ?

— Cela n'a rien de confidentiel, protesta faiblement Hattie, à présent plus rouge qu'une pivoine.

Puis, lançant vers lui son regard brun suppliant, elle ajouta :

— Néanmoins, peut-être serait-il en effet préférable que vous ne parliez à personne de ceci... sauf à M. Blackstone, éventuellement.

Ballentine secoua la tête.

— Désolé, ma chère, mais je n'ai pas l'intention de jouer les entremetteurs entre le puissant Julien Greenfield et son plus grand rival en affaires.

— Non, bien sûr, mais vous pourriez tout de même m'indiquer quel club il fréquente, quels lieux de détente...

Il y eut un silence.

— Hum, fit Ballentine. Il va en effet dans des... lieux de détente.

Le ton sur lequel il avait prononcé ces derniers mots plongea Hattie dans un silence confus. Quant à Lucie, une image se forma aussitôt dans son esprit : Tristan Ballentine drapé dans son peignoir de soie rouge et entouré de corps lascifs. Le prince de la débauche dans toute sa splendeur.

Elle émit une petite toux.

— Bien. Nous avons du travail, déclara-t-elle.

Aussitôt, Ballentine reporta son attention sur elle.

— Nous discuterons plus tard du planning des parutions.

À sa surprise, il se contenta de hocher la tête et de reprendre le classeur.

— Parfait. Quand vous voudrez.

Puis il quitta la pièce d'un pas nonchalant. Même vu de dos, il semblait très content de lui.

Très lentement, Lucie poussa le soupir qu'elle retenait depuis une éternité. Ses pensées tournaient à toute vitesse. Elle devait discuter avec le chef de fabrication. Elle devait se débarrasser de Tristan Ballentine. Elle devait aider lady Harberton pour sa campagne en faveur des femmes à bicyclette. Oh, pourquoi les journées ne faisaient-elles pas quarante heures ?

— Je crois comprendre que ce n'est pas dans un établissement respectable qu'il a fait la connaissance de M. Blackstone, murmura Hattie, le regard encore posé sur la porte par laquelle Tristan avait disparu.

— N'en doutez pas une seconde, marmonna Lucie. Puis-je vous demander quel était le but de cet interrogatoire ?

— Ce n'était pas un interrogatoire, se défendit Hattie.

— Vous sembliez pourtant très résolue à lui arracher des informations.

Les épaules de son amie s'affaissèrent.

— Très bien, avoua-t-elle. Comme vous le savez, ma passion dévorante pour l'art et ma totale absence de talent avec les chiffres ne contribuent guère à l'enrichissement de la famille Greenfield.

Elle se mordilla les lèvres avant de poursuivre :

— Zachary est l'héritier, mes sœurs sont capables d'investissements fort avisés, et Benjamin est la prunelle des yeux de maman. Je ne suis rien de tout cela. Alors si j'avais pu arranger un rendez-vous entre papa et le fameux M. Blackstone…

— Qu'a-t-il de si fameux ?

— Eh bien, pour commencer, il est aussi riche que rusé.

La voix de Hattie n'était plus qu'un murmure.

— Lord Ballentine a raison de le considérer comme le rival de papa, parce que ses investissements sont très judicieux, mais très peu de gens l'ont rencontré en personne. Nul ne sait d'où il vient. Et, pour des raisons très mystérieuses, il a sciemment mené plusieurs pairs du royaume à la ruine. Il fait la sourde oreille aux demandes de rendez-vous de papa, un luxe que seuls quelques impudents peuvent se permettre.

Elle frissonna.

— Certains l'appellent Belzébuth, chuchota-t-elle.

— Excellent, grommela Lucie. Qu'il soit officiellement considéré comme un homme d'affaires ou non, il est manifeste que c'est surtout un seigneur de la pègre. Un seigneur de la pègre qui détient à présent la moitié de notre maison d'édition.

Hattie émit un hoquet de stupeur.

— Juste Ciel ! Je n'avais pas vu la situation sous cet angle.

— Je dois absolument me débarrasser de lui.

Son amie lui jeta un regard interloqué.

— De qui parlez-vous, au juste ?

Au même instant, la clochette retentit de nouveau. Lucie se promit de la faire enlever dès que possible.

Sa tension s'allégea quelque peu quand elle vit que c'était lady Athéna et non Ballentine qui revenait. La jeune femme semblait agitée.

— Je suis vraiment désolée de vous déranger une fois de plus, dit lady Athéna, mais plusieurs caisses de cartes de la Saint-Ballentine viennent d'arriver, et vous ne m'avez pas dit où les entreposer.

Lucie battit des paupières, déconcertée.

— Des *caisses* ? répéta-t-elle.

Lady Athéna esquissa un haussement d'épaules impuissant.

— Apparemment, une société de Shoreditch a entrepris d'en imprimer officiellement. Il semble que lord Ballentine en ait fait livrer ici.

Lucie fronça les sourcils.

— Très bien. Faites-les déposer devant la porte de son bureau.

Lady Athéna hésita.

— Juste devant ?

— Oui.

— La porte de son bureau ?

— Oui. Une pile bien haute, s'il vous plaît.

— Comme vous voudrez, répondit la jeune femme avant de s'éloigner, une ride de perplexité sur son front constellé de taches de rousseur.

Hattie jeta un regard en biais à Lucie, un sourire ironique aux lèvres. On aurait dit un lutin aux cheveux roux.

— Un antagonisme parfaitement normal, disiez-vous ?

— Voyons, vous venez de le constater vous-même. Cet homme est exaspérant.

Le sourire de son amie s'évanouit.

— Pour ne rien vous cacher, s'il est en affaires avec des gens tels que M. Blackstone, je crains qu'il ne soit beaucoup plus qu'exaspérant.

Lucie ne l'aurait pas admis à voix haute, mais elle était parvenue à la même conclusion. Et cela ne la rassurait pas du tout.

Ce soir-là, de retour à Oxford, elle fit halte devant le Randolph Hotel sur le trajet qui la ramenait chez elle. Elle venait de voir de la lumière derrière les rideaux de l'appartement qu'occupait Annabelle, rentrée de Claremont après les festivités pour reprendre ses cours. Elle devait être seule, car Montgomery ne venait jamais à l'hôtel. D'après ce que Lucie avait compris, le duc se rendait à Londres quand son épouse était à Oxford.

Elle gravit les marches jusqu'au premier étage et remonta le couloir aussi vite que le lui permettait la lourde sacoche qui pesait sur sa hanche, en priant pour ne pas croiser sa mère ou Cecily, qui étaient descendues au Randolph pour l'été.

Annabelle parut heureuse de cette visite impromptue. Elle fit entrer Lucie au salon, lui offrit le fauteuil le plus confortable, près de l'âtre, et s'alarma d'entendre les protestations sonores de son estomac affamé. Avait-elle envie qu'on lui commande un repas en cuisine, par exemple un blanc de poulet en sauce au citron avec des pommes de terre sautées ?

— Un cognac m'intéresserait plus, répondit Lucie.

— J'ai du xérès, proposa Annabelle.

Elle se dirigea vers l'élégant cabinet à liqueurs, situé sous un tableau tout aussi élégant représentant un paysage. Tout en fredonnant doucement, elle choisit une bouteille et en versa un petit verre. Dans la lumière tamisée par les rideaux roses, elle était l'incarnation de la sérénité. D'un geste absent, Lucie pianota sur l'accoudoir du fauteuil. Quelque chose en elle était agacé par l'aspect féminin et bien rangé de cette chambre, avec ses sièges moelleux et le léger parfum de jasmin et de linge propre qui flottait dans l'air. Dans cette atmosphère de contentement paisible discrètement ponctuée par le tic-tac régulier de l'horloge, Lucie avait l'impression d'être une intruse.

Son amie lui tendit un verre de xérès.

— Comment était votre journée à Londres ?

Frustrante.

— Débordante d'activité, répondit-elle. Les travaux de rénovation ont commencé, et j'ai prévu des entretiens de recrutement pour demain. Le chef de fabrication est au bord de l'apoplexie. Nous avons plus d'un millier de précommandes pour le prochain ouvrage de Ballentine et la réédition de l'ancien.

Elle porta son verre à son nez pour en humer le parfum.

— Si nous voulons que tout paraisse dans les délais, nous devrons probablement investir dans une presse.

Annabelle s'assit dans le fauteuil placé face à elle.

— Toutes ces commandes, c'est une bonne nouvelle, non ?

Une gorgée de xérès descendit le long de la gorge de Lucie, brûlante et sucrée.

— En effet.

Toutefois, ces commandes conféraient à Ballentine un pouvoir supplémentaire. Elle avait vu les chiffres aujourd'hui. Il avait de bonnes chances de faire réaliser des profits substantiels à London Print.

Elle ferma les yeux tandis qu'une nouvelle vague de migraine lui serrait la nuque.

— Allez-vous bien ? demanda Annabelle.

Lucie hocha la tête.

— Oui, mais je m'inquiète pour la publication de notre rapport. Il serait infiniment préférable de le faire paraître avant que Montgomery propose l'amendement à la Chambre des lords.

— Certes.

— Pour l'instant, non seulement nous ne trouvons pas de solution, mais je suis débordée par une entreprise nouvelle pour moi, qui accapare tout le temps et les ressources dont j'aurais besoin pour ma véritable mission…

Lucie poussa un soupir. Bientôt, un silence paisible descendit sur elle. Le xérès commençait à faire effet. Une douce chaleur l'envahissait, et un agréable vertige lui faisait tourner la tête. Elle observa Annabelle, qui semblait si comblée et si rayonnante, assise dans son fauteuil.

« Je suis jalouse, comprit-elle. Je suis jalouse d'une amie chère. »

Elle n'enviait pas à Annabelle son duc éperdu d'amour, même si cela avait probablement son charme d'avoir à ses pieds un époux qui ne demandait qu'à mettre sa fortune à votre service et à vous couver de son affection.

Ce qu'elle lui enviait, c'était ce contentement, cette grâce, cette douceur qui cachaient une âme en acier trempé, ainsi que cette capacité à encaisser les coups, voire à plier un peu s'il le fallait afin de ne pas se briser, même quand une force aussi formidable que le duc de Montgomery pesait sur elle. Annabelle était comme un brin d'herbe : si le vent la couchait à terre, elle se relevait le lendemain.

Lucie soupçonnait qu'elle-même incarnait exactement l'inverse. En apparence, elle était dure comme le fer, capable de forcer des passages là où il n'y en avait aucun, mais sous sa carapace, à part les faits, les chiffres et les buts à atteindre, tout était assez nébuleux. Ses émotions manquaient totalement de grâce et se livraient un combat sans merci depuis qu'elle avait vu Tristan Ballentine presque nu. Sous sa coquille, elle n'était qu'une petite chose fragile. Jamais elle ne serait une herbe droite et résiliente. Elle ressemblait plutôt à un insecte avec son exosquelette. Un insecte à bout de nerfs, depuis quelque temps.

Elle avala d'un trait le reste de son verre et le posa, saisie d'un étourdissement.

— Annabelle… S'il advenait que je prenne un amant, quelles seraient les conséquences, selon vous ?

Son amie se figea.

Elle était choquée, sans doute. Jamais Lucie n'aurait demandé cela à une autre femme, mais elle soupçonnait qu'Annabelle et Montgomery ne s'étaient pas contentés d'échanger des regards enamourés avant d'envoyer les conventions au diable et de convoler en justes noces. Son amie n'était sûrement pas *trop* choquée par sa question.

Finalement, Annabelle leva vers elle un regard d'une franchise absolue.

— Étant donné vos activités, vous connaissez mieux que personne les effets que peut entraîner chez une femme une association intime avec un homme, n'est-ce pas ?

Lucie acquiesça d'un coup de menton.

— En effet.

— Le fait que vous me demandiez maintenant de vous le rappeler m'amène à croire que vous attendez la confirmation que ce serait une mauvaise décision, poursuivit Annabelle. Ce qui, à son tour, m'amène à croire que vous estimez être déjà trop tentée de prendre cette mauvaise décision.

— J'ai toujours admiré vos talents de déduction.

Annabelle émit un petit rire désabusé, puis un sourire hésitant éclaira son visage.

— Auriez-vous rencontré un gentleman que vous aimez bien ? Quoique... Si c'était un gentleman, il ne vous proposerait pas une relation clandestine.

— Bonté divine, non. Je ne l'aime pas du tout.

— Alors je crains de ne pas comprendre.

Moi non plus.

Il y avait bien sûr la beauté sulfureuse de Ballentine et sa réputation, qui pouvaient inciter une femme à s'imaginer que le risque en vaudrait la peine, mais c'était plus complexe que cela. Peut-être pensait-elle à lui ainsi précisément parce que c'était un séducteur. La perspective d'une relation intime avec un gentleman honorable et bien élevé ne l'attirait pas du tout. Comme le disait Annabelle, un tel homme la demanderait en mariage, et tout engagement de ce type ne pourrait mener qu'à la déception. Un libertin comme Ballentine, en revanche... Jamais elle ne devrait lui manifester la moindre déférence. Jamais elle n'aurait à se contraindre à se montrer gentille ou à faire semblant d'être quelqu'un d'autre en sa compagnie.

— Quoi qu'il en soit, ce serait risqué, murmura-t-elle.

— En effet, approuva Annabelle d'un ton égal.

— Si on l'apprenait, je serais définitivement perdue de réputation.

De nombreuses femmes mariées ou veuves prenaient un amant en toute discrétion sans que cela porte trop à conséquence, mais il n'en allait pas de même pour les célibataires. Dans la salle du petit déjeuner de Claremont, Lucie avait eu un aperçu de ce que cela pourrait donner : des regards méprisants et des dos tournés, comme si elle était une pestiférée. Si l'on apprenait qu'elle avait un amant, ce serait dix fois pire, car les personnes qui comptaient pour elle seraient contraintes de l'ignorer elles aussi – ces femmes, ces activistes qu'elle en était venue à admirer et sur qui elle avait appris à s'appuyer.

— Il y aurait assurément le risque de rumeurs qui ruineraient votre réputation, dit Annabelle, mais aussi l'éventualité de conséquences plus embarrassantes.

— Un enfant.

Son amie répondit d'un hochement de tête plein de gravité.

— Il y a des moyens d'éviter cela, répondit Lucie.

Elle les connaissait tous. Elle savait aussi qu'aucun n'était totalement assuré de fonctionner.

— Et les maladies, puisque nous disons les choses sans détour, poursuivit Annabelle. Sans parler de toutes les autres façons dont un homme tel que lui peut ruiner une femme.

Lucie tressaillit. *Un homme tel que lui ?*

— N'ayez crainte, poursuivit son amie, je ne sais pas qui il est. Toutefois, si vous envisagez une liaison clandestine avec un homme que vous n'aimez pas, je crois deviner de quel genre de personne il s'agit. Il doit avoir attiré votre attention par sa seule séduction physique. Vous voyez en lui un amant exceptionnel, ce qu'il est probablement, mais ces hommes ont tous un point commun, Lucie : une seule nuit avec l'un d'entre eux peut briser une femme.

Lucie fronça les sourcils.

— Je vous l'ai dit, je n'éprouve rien pour lui.

— Très bien, répondit Annabelle en se penchant vers elle. Ce que je sais, c'est qu'un bon amant a le pouvoir de vous faire perdre toute clarté d'esprit. Il peut éveiller en vous des émotions que vous n'imaginiez pas ou que vous n'aviez aucune envie de ressentir. Et que se passera-t-il si la passion que vous vivez avec lui dépasse tout ce que vous attendiez, s'il vous fait perdre tout intérêt pour les autres hommes ?

Lucie chassa l'argument d'un geste de la main.

— Quitte à prendre un amant, à quoi bon en choisir un médiocre ? Ce qui m'inquiète le plus, c'est de mettre ma réputation en danger. Ce n'est pas le moment d'offrir des munitions à nos opposants.

Les traits d'Annabelle s'adoucirent.

— Et vous-même ?

— Moi ?

— Oui, vous. Si vous vouliez contracter un bon mariage, vous le pourriez.

Lucie laissa échapper un petit hoquet de surprise.

— Je dois vous avouer qu'étant donné les circonstances, j'ai du mal à envisager un conte de fées avec un homme.

Lucie s'était toujours estimée heureuse de ne pas être née un ou deux siècles plus tôt. Aujourd'hui, les jeunes femmes qui avaient du caractère et de l'ambition pouvaient devenir de respectables vieilles filles ou même s'installer avec de vieux professeurs appelés Bhaer[1].

Annabelle soupira.

— Ma foi, quel que soit le chemin que vous choisirez, envisager quelque chose, ce n'est pas le faire effectivement. La réalité révèle parfois des conséquences imprévisibles. Vous pourriez franchir le Rubicon sans même l'avoir voulu.

Le lendemain matin, Lucie prit l'un des premiers trains pour Londres. Elle portait une robe bleu pâle et avait rassemblé ses cheveux en un chignon strict afin de se conformer à l'image de la femme qu'elle devait être à présent. Raisonnable. Une qualité qui ne lui venait pas spontanément, depuis quelque temps.

En approchant de l'imposante façade de granit de London Print, elle fut interloquée.

Une file de femmes vêtues avec chic s'était formée sur le trottoir et le long du perron de la maison d'édition.

L'étrange file se poursuivait à travers tout le hall d'entrée.

---

1. Allusion à un personnage des *Quatre filles du docteur March*, roman de Louisa May Alcott paru en 1868 et 1869 aux États-Unis. *(N.d.T.)*

Quand elle entra dans les locaux d'un pas pressé, des regards discrets et des sourires nerveux l'accueillirent. Ce ne fut qu'en atteignant l'étage où se trouvait son bureau, et où la file d'attente se transformait en une petite foule autour d'une lady Athéna à l'air effaré, qu'elle comprit que ces dames venaient présenter leur candidature pour les postes à pourvoir.

— Bonjour, dit-elle, abasourdie, sans s'adresser à quelqu'un en particulier.

Un chœur de « bonjour » lui répondit, qui n'était pas sans rappeler celui d'une classe de bons élèves dans une école de village.

Tandis qu'elle se frayait un chemin vers son bureau, un petit sourire fleurit sur ses lèvres. La situation prenait un tour aussi intéressant qu'inattendu.

La première candidate était une certaine Mlle Granger, vingt-cinq ans, originaire d'Islington. Quand la jeune femme tendit à Lucie le document présentant ses références, une vive rougeur envahit son cou, du moins ce qu'en dévoilait son col haut.

Lucie lui adressa un sourire encourageant en prenant son stylo.

— Mademoiselle Granger, si vous me disiez pourquoi vous désirez travailler pour London Print ?

— C'est qu'il n'y a plus beaucoup de gentlemen à épouser de nos jours, n'est-ce pas, madame ?

— Ma foi… en effet.

— J'ai envisagé de demander une de ces subventions du gouvernement destinées à aider les célibataires à trouver des maris en Australie mais, après réflexion, j'ai décidé de rester au pays et de chercher du travail. D'une façon ou d'une autre, désormais, nous devons apprendre à nous débrouiller seules.

— C'est exact, répondit Lucie, mais pourquoi préféreriez-vous travailler ici plutôt que... eh bien, dans l'administration, par exemple ?

Le regard bleu de la jeune femme s'éclaira.

— Oh. J'aime beaucoup vos magazines. Ma mère est abonnée à *Home Counties Weekly*, et je lis tous les numéros.

Hochant la tête, Lucie fit courir son stylo sur son carnet. Voilà l'enthousiasme dont elle avait besoin.

— Et j'adore *A Pocketful of Poems*, poursuivit Mlle Granger d'une voix un ton plus aigu.

Lentement, Lucie leva les yeux de son carnet.

— Ah oui ?

La rougeur monta jusqu'au nez et aux joues de la jeune femme.

— Oui, répondit-elle. J'ai été très surprise d'apprendre que lord Ballentine en était l'auteur.

— Comme nous tous, marmonna Lucie, qui n'aimait pas l'éclat qui venait de s'allumer dans le regard de Mlle Granger.

— Sa réputation est scandaleuse, mais ses poèmes me donnent à penser que ce ne sont que des rumeurs, continua la jeune femme avec flamme. Un véritable libertin ne serait pas capable d'une telle profondeur émotionnelle, n'est-ce pas ?

— Voilà une intéressante réflexion.

— Vient-il souvent ici ? Lord Ballentine ?

— Je crains que non, hélas.

Elle avait dû répondre d'un ton trop sec, car une expression embarrassée se peignit sur le visage de son interlocutrice, qui ressemblait soudain à une enfant surprise les doigts dans le pot de confiture.

Lucie prit une profonde inspiration. En vain. Son mal de tête était revenu, plus lancinant que jamais.

La candidate suivante était une certaine Mary Doyle, vingt printemps et une frimousse constellée de taches de rousseur. Elle avait effectué tout le trajet depuis Birmingham, et ses yeux cernés disaient qu'elle avait dû se lever aux aurores pour arriver à temps à Londres.

— Mademoiselle Doyle... vous postulez pour la place de dactylographe, mais votre curriculum vitae n'indique pas clairement pendant combien de temps vous avez pris des cours de frappe ni où vous avez travaillé avant, dit Lucie tout en parcourant les feuillets, les sourcils froncés.

Mlle Doyle garda les yeux rivés sur la surface du bureau.

— Je ne maîtrise pas encore totalement la dactylographie, madame.

Lucie haussa les sourcils.

— Je vois...

Un regard timide se leva vers elle.

— J'espérais pouvoir acquérir toutes les compétences nécessaires ici, à London Print.

Lucie secoua la tête.

— Vos aspirations sont louables, mais le poste à pourvoir exige une personne expérimentée.

Devant la mine déconfite de la jeune fille, elle ajouta :

— Toutefois, ce serait une bonne idée d'organiser un cours ici pour enseigner ce métier aux femmes.

Une si bonne idée qu'elle la nota immédiatement dans son carnet.

— Travailler pour vous implique-t-il aussi de s'occuper des besoins administratifs de lord Ballentine ? demanda alors Mlle Doyle.

L'espace d'un instant, la vision de Lucie se brouilla. Elle leva les yeux et fut vaguement surprise que la demoiselle ne se transforme pas en pierre quand leurs regards se croisèrent.

— Aucun poste dans cette maison n'implique de s'occuper des besoins de lord Ballentine, quels qu'ils soient.

La jeune femme parut un peu déçue.

— On dit qu'il possède London Print.

— La moitié, rectifia Lucie. Il n'en possède que la moitié.

La demoiselle de Birmingham, qui commençait à faire perdre son temps à Lucie, ne se laissa pas décourager.

— N'avez-vous pas besoin de quelqu'un pour servir les rafraîchissements ? J'ai une petite expérience dans le maniement d'un chariot à thé.

Quand la candidate suivante – robe en mousseline jaune soleil et démarche si enthousiaste que c'en était inquiétant – fit son entrée, le mal de tête de Lucie prit les proportions d'une solide migraine.

Elle toussa pour s'éclaircir la voix.

— Bonjour, mademoiselle…

— Potter, madame, répondit la demoiselle.

Elle rougit, fit une petite révérence, puis tira la chaise des visiteurs à elle.

— Mademoiselle Potter, qu'est-ce qui vous a poussée à présenter votre candidature à London Print, à part l'espoir d'entrevoir lord Ballentine en chair et en os ?

La jeune femme, qui était en train de s'asseoir, tressaillit. Puis elle ouvrit la bouche, avant de la refermer aussitôt. Enfin, elle répondit :

— Bah ! Je dois gagner mon pain, madame. J'ai besoin d'un emploi ici, à Londres, pour faire vivre ma mère.

Elle se mordit la lèvre, puis eut un haussement d'épaules navré.

— Cela dit, lord Ballentine est beau comme un archange, ce n'est un secret pour personne.

— Je vois, marmonna Lucie. Veuillez m'excuser un instant.

Dans l'antichambre, des dizaines de visages curieux se tournèrent vers elle sous les chapeaux et les mèches artistiquement arrangées. Combien de ces jeunes femmes s'étaient coiffées ce matin en prenant un soin tout particulier avec un seul et unique espoir ?

Quand Lucie arriva en vue de la porte du bureau de Ballentine, son cœur battait encore plus douloureusement que ses tempes.

Le héros du jour était assis à sa table de travail, en gilet et manches de chemise, la tête penchée, occupé à écrire. Une mèche de ses cheveux trop longs retombait devant ses yeux.

Lucie claqua la porte derrière elle.

Il leva les yeux, parut vaguement déçu de la voir, mais une lueur d'intérêt s'alluma dans son regard quand il aperçut son petit carnet, qu'elle tenait toujours à la main. Bonté divine, elle ne l'avait même pas lâché. Et elle avait maintenant une furieuse envie de le lancer à la tête de l'exaspérant bellâtre.

— J'accepte, dit-elle.

Il la regarda d'un air interloqué.

— Vous m'en voyez fort aise, mais qu'acceptez-vous, au juste ?

Elle jeta son carnet sur le fauteuil le plus proche.

— Votre offre, répondit-elle en redressant le menton. Une nuit avec vous contre un pour cent de vos parts.

Toute surprise disparut aussitôt des traits de Tristan. À présent, son visage était indéchiffrable.

Le souffle de Lucie s'était accéléré et un rugissement grondait sous son crâne, tel celui d'une tempête s'abattant sur une forêt.

— Tiens donc, murmura Ballentine de sa voix grave.

Lucie acquiesça d'un coup de menton, la gorge trop nouée pour parler.

Il vrilla son regard au sien. Le visage en feu, les poings serrés, elle lui répondit en plongeant les yeux dans ses iris dorés. Qu'il essaie donc de se dédire, à présent !

Une lueur inquiétante s'alluma alors dans le regard de Ballentine. Pendant quelques secondes, il joua avec son stylo plume. Puis il se pencha en avant.

— Alors je vous suggère de fermer la porte à clé.

22

Elle l'avait fait. Impossible de revenir en arrière, désormais. Ses paroles avaient jailli de ses lèvres tel un morceau de roche déclenchant une avalanche.

À tâtons, elle tendit un bras derrière elle pour fermer la porte. Le déclic métallique de la clé dans la serrure fit courir un frisson sur sa peau.

Derrière son bureau, le maître des lieux n'avait pas cillé. Il semblait hypnotisé.

Lucie croisa les bras.

— Auriez-vous perdu votre langue, monsieur ?

Il plissa les paupières. Ses yeux n'étaient plus que deux fentes.

— Approchez, dit-il.

Le cœur de la jeune femme se mit à battre douloureusement, comme s'il tentait de s'enfuir de sa poitrine. Laissant retomber ses bras le long de son corps, elle obtempéra... avant de ralentir alors qu'elle contournait le bureau.

Juste avant d'arriver à la portée de Ballentine, elle s'arrêta.

Dans un crissement de fauteuil sur le plancher, il s'écarta de la table pour lui faire face. Jambes écartées, tête penchée de côté, il l'observa longuement. Elle endura son inspection en se composant une petite moue de défi. Bientôt, le silence entre eux s'étendit, se mit à vibrer…

D'un geste lascif, il désigna son chignon.

— Détachez vos cheveux, ordonna-t-il d'une voix enrouée.

Les genoux de la jeune femme se mirent à trembler. Il ne semblait guère pressé de se dédire de son offre. Peut-être n'en avait-il aucune intention. Peut-être était-il très sérieux. Peut-être espérait-il consommer leur accord ici et maintenant. Il était assez dépravé pour cela.

Sans réfléchir, elle porta une main à la grande épingle à cheveux qui retenait son chignon.

Avant de s'immobiliser quand il laissa échapper un hoquet.

Ses yeux étaient rivés sur les doigts de Lucie posés sur l'épingle. Il semblait… affamé.

Intéressant.

Il avait beau adopter une attitude nonchalante et donner des ordres, il n'était pas aussi indifférent qu'il le prétendait. Intriguée, elle tira sur l'épingle à cheveux. Bientôt, ses cheveux s'échappèrent, libérés. Un parfum de savon aux agrumes s'éleva dans la pièce tandis que ses longues mèches retombaient en cascade jusqu'à sa taille.

Tristan s'agita sur son fauteuil, et ses pommettes hautes se colorèrent. Des étincelles de triomphe se mêlèrent au mépris qu'elle éprouvait pour lui. Elle ramena sa chevelure derrière ses épaules d'un geste aussi désinvolte que le sien quelques instants auparavant, façon de se moquer de lui.

Sans la quitter des yeux, il se tapota la cuisse gauche.

— Venez donc vous asseoir, proposa-t-il alors sur le ton de la conversation.

Elle se figea, toute sensation de triomphe disparue.

— Ce ne sera pas nécessaire, dit-elle.

Une nuance cruelle apparut dans le sourire de Tristan.

— Si vous acceptez mon offre, vous serez très bientôt assise sur une part bien plus intime de ma personne.

Si ?

— Bien.

Elle se plaça entre ses genoux écartés, lui tourna le dos d'un mouvement raide et s'assit sur sa cuisse.

Aussitôt, il glissa son bras gauche autour de sa taille. Son contact sur elle était léger, mais le geste en lui-même était si possessif que c'en était choquant.

Elle regarda droit devant elle en direction du mur, mais remarqua à peine le classeur à tiroirs, le papier peint suranné et les appliques passées de mode.

Malgré les épaisseurs de vêtements qui les séparaient, elle percevait le contact étrange et puissant d'une cuisse virile sous les siennes. Elle en ressentait une telle faiblesse que même si elle l'avait voulu, elle n'aurait pas eu la force de se débattre.

Il se pencha vers elle, pressant son torse contre son dos.

— Pourquoi êtes-vous ici, Lucie ?

Son souffle lui caressa la nuque. Contre les omoplates de la jeune femme, sa poitrine musclée était chaude et dure comme un mur de brique chauffé par le soleil. Les bras de Lucie étaient hérissés de petits frissons.

Vous serez très bientôt assise sur une part bien plus intime de ma personne.

— J'accepte votre offre, puisqu'elle est toujours valable, articula-t-elle péniblement.

Il émit un son qui tenait autant du rire incrédule que du grondement de fauve.

— Vous me voulez, alors ?

La question, posée sans détour, était déconcertante. Le mur, le meuble, les appliques dansèrent devant les yeux de Lucie.

— Je vous veux… loin de London Print, rectifia-t-elle d'une voix étranglée.

Il plongea sa main libre dans ses cheveux, sur l'arrière de sa tête. Elle se tendit, mais son geste avait été délicat. Il fit glisser une mèche entre ses doigts, puis une autre, très lentement, comme s'il étudiait chaque ruban d'or pâle avant de le libérer. Bientôt, une tension nouvelle se forma en elle. Dans un réflexe, elle serra les genoux afin de contenir une soudaine agitation. Sous les caresses de son compagnon, qui peignait à présent ses cheveux de ses doigts dans un geste délicieusement intime, une chaleur s'était formée sous la peau de son crâne avant de descendre vers son cou, sa gorge, ses seins, puis au plus secret d'elle-même, et jusqu'à la pointe de ses pieds.

Quand, de son pouce, il effleura sa nuque, elle laissa échapper un soupir. Puis elle perçut le contact de ses lèvres contre son oreille.

— La question est simple, très chère. Me désirez-vous, oui ou non ?

Lucie serra les dents.

— Je ferais n'importe quoi pour me débarrasser de vous.

— Je vois.

Il fit descendre ses doigts le long de son bras, jusqu'à son poignet, puis la chaude pression de sa main plaqua la paume de Lucie contre sa cuisse virile, avant de la faire remonter… toujours plus haut.

Une nuée d'étincelles crépita sous ses paupières quand elle comprit où il la menait.

Puis un petit hoquet s'étrangla dans sa gorge.

Il marqua une pause à peine perceptible avant de lui plaquer la main sur son érection.

Une vague de chaleur déferla en elle. On n'entendait plus que son souffle haletant dans la pièce. Elle avait la main sur le sexe d'un homme – si dur, si brûlant, si massif qu'elle ne put que se demander : comment ? Comment *cela* serait-il possible ?

Elle tenta d'ôter sa main.

— Lâchez-moi.

Il obéit, mais il était trop tard. La rude réalité de leur accord lui était maintenant connue, ne lui laissant plus la moindre illusion ni la moindre possibilité de retraite. Et, une fois que tout serait consommé, elle ne pourrait plus revenir en arrière.

— Seriez-vous imbu de votre personne au point de vouloir être désiré pour vous-même ? demanda-t-elle d'un ton acerbe, avant de répondre elle-même : Oui, bien entendu.

— Pour une femme plus courageuse, je vous trouve bien évasive, tout à coup, dit-il d'une voix désinvolte, comme s'il ne venait pas de lui presser la main contre son érection. Pourquoi ne me répondez-vous pas franchement ?

La paume de Lucie lui brûlait encore. Elle serra le poing.

— La réponse est simple : vous ne me laissez pas le choix.

— Voilà donc ce que vous devez vous raconter pour obtenir ce que vous désirez ? demanda-t-il dans un murmure. Pour vous autoriser à vous abandonner avec un homme tel que moi, vous avez besoin de prétendre que vous n'avez pas le choix ? Très bien.

L'attirant à lui, il enfouit son visage au creux de sa nuque.

— Lucie, Lucie… Je vous convierai à chaque réunion de London Print, qu'elle concerne ou non vos projets. Je signerai tout ce que vous désirerez, sauf si cela nuit à nos bénéfices. Plus de jeux dans ces bureaux, sur mon honneur. Que dites-vous, à présent ?

Sous l'avant-bras musclé de son compagnon, le cœur de la jeune femme lui martelait les côtes. Il semblait la lire avec son corps, la renifler tel un fauve en chasse, et cela suffisait à l'empêcher de réfléchir.

Elle se tourna pour lui faire face. Dans les profondeurs de ses yeux ambrés, une émotion qu'elle n'aurait su nommer étincelait comme de la braise.

— Votre honneur ? ricana-t-elle, sur la défensive. À d'autres ! Vous essayez de me dissuader, voilà tout. Tout compte fait, vous avez peur de perdre le contrôle de la société et vous tentez de me faire reculer, tel le couard que vous êtes.

Le sourire de Tristan se fit plus sombre.

— Pensez de moi ce que vous voulez, mais comprenez bien que je préférerais être maudit plutôt que de vous obliger à vous donner à moi si vous n'avez pas de bonnes raisons pour cela. Et la seule raison acceptable, c'est le désir, Lucie. Le désir pur et simple.

À présent, elle avait l'impression que tout son corps était en fusion. S'avisant que cela était peut-être du *désir,* elle bondit sur ses pieds… et faillit perdre l'équilibre quand Tristan la libéra sans la moindre résistance.

Quand elle pivota vers lui, elle vit que son expression s'était refroidie.

— Quand je vous ai fait cette offre, j'étais furieux, expliqua-t-il. Vous m'aviez provoqué, avec votre façon de me traiter vertueusement d'inutile et de parasite tout en louchant sur mon corps.

Elle tressaillit.

— Vous n'êtes qu'un misérable.

— Ma foi, répondit-il avec un haussement d'épaules fataliste, je suppose que cela fait partie de mon charme.

Elle le regarda, fascinée par son calme olympien. Il ne tentait même pas de dissimuler la bosse qui tendait son pantalon. Une bouffée de rage monta en elle. Elle n'avait plus qu'une envie : le voir tomber à genoux devant elle.

Mais d'abord... Elle se força à le regarder droit dans les yeux.

— Supposez que je vous désire, laissa-t-elle tomber. Supposez-le donc. Je veux tout de même mes parts, comme promis.

Il tressaillit.

Puis il la parcourut d'un regard indéchiffrable tandis que tout un cortège d'émotions défilait sur son visage.

— Sortez, dit-il.

Puis il bondit sur ses pieds.

— Sortez. Maintenant !

Inexplicablement vexée, elle se redressa.

— Pourquoi ? demanda-t-elle.

— Pour retrouver votre calme et vous donner le temps de réfléchir.

Il la surplombait à présent de toute sa taille. Sans reculer, elle leva les yeux vers lui.

— C'est vous qui avez initié tout ceci, monsieur. Il est trop tard pour revenir sur notre accord. Je vous attendrai chez moi ce soir à 23 heures.

Il hésita.

— Très bien, dit-il d'une voix tendue, mais maintenant, partez.

Il avança, l'obligeant à reculer pour ne pas se retrouver de nouveau plaquée contre lui. Sous son teint hâlé, il avait pâli. Elle discernait une tension inhabituelle autour de ses lèvres, et les tendons de son cou saillaient.

Elle se détourna pour s'en aller, mais jeta un dernier regard par-dessus son épaule.

— J'exige de vous la plus absolue discrétion. Prenez la petite allée entre ma maison et celle d'à côté et passez par-dessus le mur qui ferme la cour de derrière. Vous entrerez par la porte de la cuisine.

Il étouffa un juron.

— Quand vous aurez changé d'avis, marmonna-t-il, il ne sera plus temps de venir à la porte. Ne l'ouvrez même pas. Je m'en irai sans discuter.

— Je n'ai pas l'intention de...

— Partez ! gronda-t-il. À moins que vous ne préfériez que je tâte la marchandise ici, sur mon bureau ?

— On n'est pas plus grossier, ricana-t-elle en récupérant son carnet sur le fauteuil.

Puis, une main sur la poignée de la porte, elle se retourna une dernière fois.

— Je veux votre engagement formel de me donner la part promise.

— Naturellement, répondit-il en lui décochant un regard sardonique. Souhaitez-vous que nous signions un contrat ? Dois-je appeler mon notaire sur-le-champ pour stipuler par écrit que vous consentez à être ma maîtresse et serez payée en parts sociales en échange de vos services ?

— Tout ce que je vous demande, c'est de respecter votre engagement.

Il garda le silence pendant quelques instants.

— Que le Ciel me foudroie si je me dédie, gronda-t-il.

Elle hocha la tête et quitta son bureau, les genoux tremblants comme si elle venait de livrer un rude combat… alors que la bataille ne faisait que commencer.

D'interminables heures plus tard, alors qu'un mince croissant de lune se levait sur Oxford et que les cris des petites chouettes résonnaient au-dessus de University Parks, Tristan se disait qu'il ne goûtait guère l'ironie de la situation. Car il y avait une sacrée ironie dans le fait de se diriger vers la maison d'une femme qu'il rêvait de séduire depuis toujours… pour lui dire non. Pour se dire non à lui-même.

Une fois la tentation passée, après que Lucie avait quitté son bureau, il n'avait ressenti aucun triomphe de l'avoir vue capituler. Il avait été follement excité quand elle s'était assise sur ses genoux mais, lorsque le désir était retombé, tout était devenu clair : il ne ferait rien avec elle tant qu'elle ne désirerait rien d'autre qu'une part du capital de London Print.

Parvenu à l'angle de Norham Gardens, il ralentit. La nuit respirait l'innocence. L'air doux et paisible charriait des senteurs de feu de bois et le parfum des fleurs ; la nuée brillante de la Voie lactée dessinait une arche dans le ciel. Par une nuit aussi magique, et si Tristan avait eu l'intention d'aller jusqu'au bout de son offre, il aurait choisi un endroit isolé mais en plein air pour consommer leur union.

Hélas, ce n'était pas son intention.

Il existait des solutions pour conserver le contrôle sur ses revenus sans être propriétaire à parts égales de London Print, mais ces solutions étaient complexes et aléatoires, étant donné qu'il serait bientôt à l'étranger, dans l'incapacité de garder un œil sur ses affaires en cours. Certes, il pouvait coucher avec

Lucie sans lui céder sa part, mais il ne fallait pas être grand clerc pour deviner qu'elle ferait tout pour saboter le succès de ses livres... et qu'elle y arriverait, du moins en son absence.

Au demeurant, peut-être le ferait-elle aussi s'il ne se présentait pas chez elle ce soir pour lui dire non en face. Même si elle éprouvait du désir pour lui, elle se méprisait pour cela, de sorte que s'il refusait ce soir d'honorer sa promesse, cela éveillerait en elle des émotions dont il devrait assumer les conséquences.

La maison était plongée dans le silence, et ses fenêtres obscures semblaient regarder la nuit d'un air maussade. Il s'engagea dans la petite allée sombre qu'elle avait mentionnée. Quand il en émergea, le mur ceignant la cour de derrière apparut sur sa droite. La porte de la cuisine fut facile à trouver. Lorsqu'il y frappa du pommeau de sa canne, le panneau de verre cliqueta dans son cadre vermoulu.

Curieux. Il aurait cru qu'une femme comme elle tiendrait son logis de façon plus méticuleuse.

Son corps se tendit quand il vit apparaître derrière la vitre le pâle visage en forme de cœur de la jeune femme.

Il desserra les poings. Bientôt, la porte allait s'ouvrir.

Au même instant, la clé tourna dans la serrure avec un grincement.

— Chut ! fit-elle en jetant derrière lui des regards furtifs.

Puis, le prenant par la manche, elle ordonna :

— Vite !

Il ne vit de la cuisine qu'une suite de taches floues et de traces de lumière luisant faiblement sur un mur carrelé. Le parfum de Lucie l'entourait, plus frais et plus puissant que d'ordinaire, comme si elle venait de prendre un bain, songea-t-il, plus troublé qu'il ne l'aurait voulu.

Il s'avisa alors qu'elle portait un peignoir dont elle serrait les pans sur sa poitrine. Le vêtement, taillé dans une étoffe satinée, était d'une couleur impossible à distinguer dans la pénombre et beaucoup trop grand pour elle, comme en attestait le bas qui traînait sur le sol.

Tristan aurait dû être intrigué. Non, il *était* intrigué.

— Bien, dit-il à contrecœur. Je n'irai pas par quatre chemins…

— Oui, cela me va très bien. Suivez-moi.

Elle se détourna et disparut dans les ombres aussi discrètement que si elle était portée par des ailes. Était-elle pieds nus ?

Étouffant un juron, il s'engagea dans un couloir d'un noir d'encre en suivant son parfum aux notes citronnées. Quelques pas plus loin, des lueurs ambrées dansaient sur le mur, projetées par une porte ouverte sur la gauche par laquelle Lucie venait de disparaître.

Quand il s'y engagea à son tour, il pila net.

Au fond de la pièce étincelait un halo de lumière créé par un arc de cercle de lampes à gaz et de chandelles. Au centre, devant le feu qui crépitait dans l'âtre, elle avait disposé une épaisse couche de couvertures.

Un véritable nid d'amour.

Tristan se retrouvait rarement à court de mots mais, en cet instant, il était muet de stupeur. Bon sang, la situation se compliquait.

Lucie, qui venait d'allumer une bougie, se redressa et se tourna vers lui. Ses cheveux retombaient librement sur l'étoffe fluide de son peignoir. Malgré lui, le corps de Tristan se durcit au souvenir de ses mèches soyeuses entre ses doigts, de son poids de femme sur ses genoux, du contact délicat de sa paume sur son sexe en érection.

Son front se couvrit de sueur. Le souffle coupé, il glissa un doigt dans son col pour l'écarter.

— Lucie, nous devons parler.

Elle redressa le menton.

— N'avons-nous pas assez discuté ?

Puis, portant une main à la ceinture qui fermait sa robe de chambre, elle tira d'un coup sec. Aussitôt, le vêtement s'écarta, révélant sa peau d'une blancheur de nacre.

Elle était nue comme Ève.

Un gémissement incontrôlable monta de la gorge de Tristan.

La jeune femme referma les pans du peignoir, mais il en avait vu assez. Assez pour savoir certaines choses que plus jamais il ne pourrait oublier. Elle était infiniment plus douce qu'il ne l'avait imaginé. Et elle était blonde… partout.

— Vous trichez, grommela-t-il.

Elle rejeta fièrement la tête en arrière.

— Ne dit-on pas que tous les coups sont permis en amour comme à la guerre ?

Parfait.

— Alors ce sera la guerre, murmura-t-il.

Confusément, il entendit le claquement de sa canne qui tombait sur le plancher. Son manteau, son chapeau, sa veste chutèrent derrière lui à mesure qu'il approchait d'elle. Quand il parvint devant elle, il finissait de déboutonner son gilet… et Lucie avait l'air complètement affolée.

Elle suivit du regard les mouvements rapides de ses doigts sur les boutons, avant de lever le visage vers lui lorsque le vêtement tomba sur les couvertures dans un froissement à peine audible.

— Eh bien, dit-il en faisant glisser ses bretelles de ses épaules. Vous vous rendez déjà, Tedbury ?

— Je...

— Trop tard, dit-il.

Il glissa ses mains dans ses cheveux et l'embrassa. Elle émit un petit hoquet surpris quand il plongea sa langue entre ses lèvres.

L'espace d'un instant, il eut l'impression de flotter dans l'air, perdu dans la chaleur intime et veloutée de sa bouche.

Enfin !

Enfin, il la goûtait.

Ivre de joie, il fit courir sa langue sur la sienne. Ce qui lui restait de clarté mentale l'avertit qu'elle risquait bien de le mordre. Il sentit le frottement de ses dents, plus maladroit que rageur. Peu importait. Il l'aurait laissée boire son sang si elle l'avait voulu.

Il la prit dans ses bras pour l'attirer à lui, ses lèvres sur les siennes, son torse contre sa poitrine. À travers le brouillard de la passion, son miaulement de surprise se fraya un chemin jusqu'à lui. Une puissante vague de sensations déferlait en lui, l'affaiblissant dangereusement, au contact de ses lèvres douces, de sa langue tiède, de son corps mince et souple entre ses bras. Une féroce envie d'être plus proche encore d'elle monta en lui, aussi puissante et désespérée que le souffle éperdu d'un homme qui se noie.

Interrompant leur baiser, il la libéra, le temps d'ôter sa chemise.

Elle l'observa, faisant passer son regard de son torse à ses épaules, puis plus bas, vers son abdomen... comme le faisaient toutes les femmes au moment de décider si *cela* en vaudrait la peine.

Leurs regards se nouèrent.

Elle avait les yeux vitreux, comme si elle était ivre.

Tant mieux.

Car, à présent, il aurait été incapable de la moindre subtilité. Son vernis civilisé se craquelait, une irrépressible urgence montait en lui. Une vague de chaleur le parcourut à la vue de... Seigneur, ces seins... ces hanches délicates... ces cuisses admirablement fuselées...

Il tomba à genoux.

Quand il la prit par les hanches pour enfouir son visage contre son abdomen, elle poussa un petit cri de protestation.

— Tristan !

Il déposa un baiser sous son nombril, puis lui donna un coup de langue, et elle cessa enfin de protester. Elle tressaillit lorsqu'il recommença, mais il la serra d'une main ferme, parce que lui aussi était ivre. Ivre de sa nudité et de son parfum, subtil mélange de notes de citron, de peau soyeuse et de désir féminin.

De sa bouche, il traça un sillon de feu le long de son ventre pour descendre vers la source de ces fragrances enivrantes qui avaient le pouvoir de transformer un homme en animal. Lorsque ses lèvres effleurèrent le point le plus sensible de son intimité, il marqua une pause.

Sous ses lèvres, il percevait une chaleur, une pulsation, le rythme du désir gagnant les replis les plus secrets de la chair féminine. Seigneur, jamais rien ne lui avait paru plus *juste*.

Il pressa le plat de sa langue contre sa perle de chair. Bonté divine ! Il aurait pu passer le reste de sa vie ici, la tête entre ses cuisses, à parsemer sa peau de baisers entrecoupés de prières et de jurons.

Elle l'arracha à ses rêveries en tirant sur ses cheveux d'un geste sec.

Au-dessus de lui, son visage lui apparut, rouge et agité.

— N'aimez-vous pas cela ? demanda-t-il d'une voix enrouée de passion.

Les yeux de Lucie étincelèrent de mille émotions contradictoires.

— Si, murmura-t-elle. Je crois que si...

Toutefois, elle ne libéra pas immédiatement ses cheveux. Il allait trop vite, comprit-il. Emporté par son excitation, il était en train de mettre à mal sa réputation d'amant habile. Était-ce dû au désir ? Oui, ou peut-être à une émotion moins flatteuse et de nature moins virile... La crainte qu'elle ne se dissolve entre ses bras telle une apparition, et que plus jamais il ne puisse la serrer contre lui.

— Puis-je ? demanda-t-il.

Il fit glisser ses mains de ses hanches à sa taille. Puis, d'un mouvement fluide, il la fit tomber dans ses bras. Elle leva vers lui un regard affolé, comme si elle venait d'atterrir dans quelque contrée inconnue. Lucie, nue et confuse, contre lui... Il avait si souvent vu cette image dans ses rêves qu'il aurait pu la dessiner les yeux fermés. Ses lèvres entrouvertes. Ses pupilles dilatées. Sa gorge délicate nouée par la nervosité.

Le Tristan des rêves s'adonnait avec elle à toutes sortes de plaisirs sulfureux.

Le Tristan des rêves ne s'était pas attendu à cette souffrance. Le simple fait de la tenir contre lui éveillait en lui une profonde douleur qui lui nouait la gorge et lui serrait la poitrine.

Sans attendre, il l'étendit sur les couvertures et s'allongea auprès d'elle, l'immobilisant en posant sa jambe, encore vêtue de son pantalon, sur ses cuisses nues.

Dans la pénombre, les lueurs des flammes dansaient sur sa délicate peau de femme.

Dieu qu'elle semblait menue à côté de lui ! Il aurait été si facile de la blesser ! Bien trop facile...

Avec légèreté, il posa les mains sur son ventre. Même là, il percevait sous ses paumes les battements erratiques de son cœur.

Il écarta les doigts en éventail.

— Que préférez-vous ? demanda-t-il.

Elle leva vers lui un regard perdu. Ses amants ne lui posaient donc jamais la question ?

— La façon habituelle, articula-t-elle, les yeux vitreux.

— Je suis curieux de savoir ce qui est habituel pour vous, répondit-il, amusé.

Elle eut un petit haussement d'épaules désinvolte.

— N'est-ce pas plus amusant de le découvrir par vous-même ?

Elle voulait qu'il apprenne ce qu'elle aimait par un processus d'essais et d'erreurs ?

— À votre guise, dit-il.

Quand il posa de nouveau les lèvres sur elle, elle émit un petit gémissement de bien-être qui le fit sourire. Mais il perdit bientôt toute notion du temps, totalement absorbé par la joie de lui arracher de petits cris de plaisir avec sa langue, puis avec ses doigts, jusqu'à ce qu'il ait le dos emperlé de sueur et que l'envie de la pénétrer fasse battre son pouls comme autant de coups de bélier.

Elle s'agita, pantelante et moite de désir.

— J'aimerais que nous en finissions, dit-elle.

Lui aussi, mais elle était si étroite autour de son doigt qu'il était perplexe. Même le Tristan des rêves n'aurait pas imaginé la posséder dans ces conditions.

Il secoua la tête.

— Nous ne sommes pas prêts, dit-il.

— S'il vous plaît, insista-t-elle.

Il glissa un deuxième doigt en elle, peut-être un peu trop impatiemment, mais elle vint s'empaler sur lui. Puis il la vit fermer les paupières avec force en laissant échapper un gémissement.

Un gémissement de douleur.

Il s'immobilisa.

Voilà une réaction qu'il ne connaissait pas. Et qu'il aimait encore moins.

Peu à peu, le visage de sa compagne se détendit. Parce qu'elle était de nouveau gagnée par le plaisir… ou pour dissimuler ses sensations ?

Un désagréable pressentiment lui noua le ventre.

Les brumes du désir se dissipèrent, la pièce autour d'eux lui apparut de nouveau clairement. Les crépitements du feu. La couverture de laine un peu rugueuse sous sa peau.

Bientôt, certains détails revinrent à la surface de sa conscience. Ses baisers maladroits. Ses petits hoquets de surprise. Son fourreau de chair bien trop serré autour de son doigt. Oh non. Ce n'était pas possible !

Sans oser la regarder, il retira ses doigts.

— Lucie.

Elle rouvrit les yeux d'un air alarmé.

Oh, son audace de l'accueillir totalement nue ! Seule une femme expérimentée faisait ce genre de chose… ou une femme qui avait l'instinct de se battre plutôt que de fuir quand on lui lançait un défi – quel que soit le défi, songea-t-il, mal à l'aise.

— Vous…

Il hésita.

— Vous avez de l'expérience avec les hommes, n'est-ce pas ?

23

Vous avez de l'expérience avec les hommes, n'est-ce pas ?

Il y avait un tel tourment au fond du regard ambré de Tristan que Lucie fut tentée de mentir. Seulement, elle ne mentait jamais.

— Quelle importance ? s'entendit-elle rétorquer d'un ton maussade.

Il la regarda d'un air médusé.

— Quelle importance ? répéta-t-il. C'est essentiel ! Je ne touche pas aux vierges.

— Jamais ?

— Absolument jamais, maugréa-t-il en s'asseyant. Elle se redressa à son tour en remontant la couverture sur sa poitrine.

— Pourquoi ?

— Parce qu'elles sont vierges.

Il avait répondu d'un ton vertueux qui contrastait étrangement avec son torse viril et tatoué.

— Bonté divine, murmura Lucie, abasourdie. Le libertin a une conscience.

Il pâlit.

— Pas du tout, protesta-t-il. Je n'ai pas envie de me compliquer la vie, voilà tout. Une femme qui tremble et qui pleure dans mon lit, non merci.

Il prit sa chemise, qui avait atterri sur les couvertures.

— Sans compter qu'il faut tout leur apprendre, marmonna-t-il. Je n'en ai pas la patience.

Quand il bondit sur ses pieds, une vague de panique envahit Lucie. Il s'en allait. La légère douleur qu'il lui avait infligée commençait seulement à se dissiper. Il s'apprêtait à la laisser avec la souffrance et sans le plaisir.

— Alors c'est juste une question pratique, résuma-t-elle.

— Parfaitement.

Il remit maladroitement sa chemise, en essayant d'abord de l'enfiler à l'envers. Quand sa tête émergea de nouveau du vêtement, il déclara :

— Aucune partie de plaisir ne mérite autant de complications. Par conséquent, je ne touche pas aux vierges. Ni aux sœurs, aux filles ou aux mères d'amis proches… surtout ceux qui ont des hommes de loi dans leur entourage. Cela n'amène que des ennuis.

Il se pencha pour ramasser son gilet.

— Les mères ? répéta Lucie, abasourdie. Les filles ?

Il était déjà en train de fermer les boutons du vêtement avec une précision militaire.

Il partait bel et bien.

Refoulant une bouffée d'angoisse, elle déclara :

— Je ne vous poserai aucun problème. Je ne pleure jamais. Et j'ai lu toutes sortes de choses sur… la question. Même les comptes rendus les plus osés. J'en sais assez.

Il posa sur elle un regard froid.

— Vous ne savez rien du tout.

Elle bondit sur ses pieds, gagnée par la colère.

— Vous ne m'avez jamais demandé si j'avais eu des amants. Et je n'ai jamais prétendu que c'était le cas.

— Vous affirmez que les femmes devraient assumer leurs désirs, marmonna-t-il en se dirigeant vers sa veste, qui gisait sur le parquet. Il y a quelque temps, j'ai remarqué que votre manteau sentait la même odeur que ceux de mes hommes quand ils rentraient du bordel. Mais, bien sûr, vous seriez bien capable de vous rendre dans les pires lieux de débauche, rien que pour prendre des notes en vue d'un article savant.

Lucie se redressa, furieuse.

— Je n'ai jamais eu l'intention de vous détourner de vos vertueuses règles de vie, ricana-t-elle dans son dos, mais il est trop tard. Je crains que tout n'ait déjà été brisé – la vertu comme les règles.

Enfin, il tressaillit. La main qui l'avait caressée de façon aussi intime se serra et se desserra, nerveuse.

Lucie était stupéfaite de voir à quelle vitesse ils venaient de passer de l'extase à la discorde. Elle en avait presque le vertige. Il avait raison, elle ne savait pas grand-chose. Pour l'instant.

— À présent que nous avons réglé le problème de ma vertu, vous pourriez envisager de rester.

Il pivota sur ses talons, l'air incrédule.

— Nous l'avons réglé ? répéta-t-il.

Elle eut un haussement d'épaules faussement désinvolte.

— J'avoue que je n'ai jamais aimé l'idée de finir vieille fille.

De mourir sans avoir été touchée, au moins une fois. Sans avoir connu le contact des lèvres d'un homme sur les siennes, de sa langue contre la sienne.

Elle s'était longtemps demandé à quoi ressemblerait un baiser avec Tristan Ballentine, mais l'imagination lui avait cruellement fait défaut. Quand il l'avait enfin embrassée, l'expérience avait été merveilleuse et effrayante, un embrasement de tout son être, un peu comme en ce jour lointain où elle avait plongé dans les eaux fraîches du lac après avoir sauté d'un haut rocher. Naturellement, elle avait été rudement sanctionnée à l'époque.

Et, en cet instant, elle ressentait la même impression d'être injustement punie.

Tristan la regardait d'un air furieux.

Il lui apparut soudain que sa réaction était peut-être de nature plus pragmatique que morale. Il avait fait allusion à des hommes de loi. C'était un aristocrate. Quant à elle, malgré son parcours atypique, elle était toujours fille de comte, célibataire et encore en âge de mettre des enfants au monde. Un homme tel que Ballentine ne ruinait pas impunément la réputation d'une femme comme elle. La seule façon de réparer une telle transgression était le mariage. Et, libertin ou non, il portait, profondément imprimées en lui, les valeurs de l'institution la plus sacrée de la bonne société.

Elle poussa un soupir de soulagement. Aussitôt, il fronça les sourcils d'un air sévère.

— Tristan... Vous devez savoir que la vertu d'une femme de mon âge n'est pas exactement un trophée recherché, dit-elle. Elle ne vaut plus grand-chose. Ne prenez pas cet air fâché. Moi-même, j'ignore comment cela fonctionne exactement, mais un jour, la virginité d'une femme est son unique bien, et le lendemain, c'est un sujet de ridicule et de pitié, parce que la malheureuse a trop tardé à négocier ce capital. Dans ma position, la mienne n'a plus la moindre valeur.

Il secoua la tête très lentement.

— Ne tentez pas de me manipuler pour me convaincre de coucher avec vous.

Et il s'en alla, oubliant son chapeau.

Lucie regarda l'encadrement de la porte par lequel il venait de disparaître, au bord de l'effondrement. Le séducteur le moins regardant de tout le royaume venait de la quitter sans un regard en arrière, après avoir à peine… *tâté la marchandise*.

— Vous m'avez déjà ruinée ! lança-t-elle. Au moins, faites-le correctement !

Le silence qui lui répondit n'aurait pu être plus éloquent.

Elle se laissa retomber sur les couvertures, vidée de ses forces.

— S'il vous plaît…, murmura-t-elle d'une voix à peine audible.

Puis elle ferma les paupières et s'obligea à respirer calmement. Il était inacceptable de perdre ainsi toute dignité à cause d'un homme. Surtout un homme aussi inconstant.

Quand elle rouvrit les paupières, elle tressaillit.

Il était de nouveau sur le seuil de la pièce et la couvait d'un regard qu'elle était totalement incapable de déchiffrer.

Elle se mordit les lèvres, mortifiée. Sans doute n'était-il revenu que pour récupérer son chapeau.

Il entra, passa devant le couvre-chef sans lui adresser un regard et revint dans le cercle de lumière, faisant danser les flammes sur son passage.

Puis il s'agenouilla devant elle. La crainte et le désir se lisaient sur ses traits, se livrant un combat farouche.

— Bon sang, murmura-t-il. Quand vous me suppliez, je suis incapable de vous résister.

Puis il prit son visage entre ses paumes et s'empara de ses lèvres. Surprise, Lucie leva les mains, hésita, puis les posa sur ses épaules. À une vitesse inquiétante, sa bouche s'offrit à celle de son compagnon tandis que ses doigts s'agrippaient à lui.

Il releva la tête, le souffle court.

— Avez-vous enfermé votre chatte ?

Lucie battit des paupières, déconcertée.

— Pourquoi ?

— Parce que, répondit-il en la parcourant d'un regard gourmand, les seules griffes que je veux dans mon dos ce soir, ce sont les vôtres.

— Oh. Je l'ai mise dehors avant votre arrivée.

Il acquiesça d'un coup de menton.

— Alors nous pouvons commencer votre apprentissage. Leçon numéro un : ne dites jamais à un homme que vous ne lui poserez pas de problème. La réalité se chargerait de vous détromper l'un et l'autre. Bien. Déshabillez-moi, à présent.

Il s'assit sur ses talons, une lueur de défi dans les yeux.

Lucie parcourut du regard son large torse, pensive.

— Très bien.

Avec précaution, elle ôta le manteau de ses épaules. Dans son geste, la couverture glissa de sa poitrine et retomba autour de ses hanches. Ses joues la brûlèrent. Il était tout habillé alors qu'elle était nue, à peine dissimulée par le rideau de ses longs cheveux.

Sans la quitter des yeux, il ordonna :

— Continuez.

— Patience, monsieur.

Après lui avoir retiré son manteau, elle entreprit de le débarrasser de sa veste. Il ne faisait rien pour l'aider. Elle dut se presser contre lui pour dégager ses bras des manches du vêtement, et les pointes de ses seins se frottèrent contre la soie de son gilet. À ce contact délicat, il lui sembla qu'un courant électrique la parcourait jusqu'aux pieds, lui arrachant un petit hoquet.

Lorsqu'elle leva les yeux vers son compagnon, elle s'aperçut que son visage était tendu et que ses yeux aux pupilles dilatées reflétaient le ballet fiévreux des lueurs du feu.

— Courage, murmura-t-il. Cela ne mord pas.

D'un coup de menton, il désigna son torse, sous son gilet.

Elle hésita. Il y avait quelque chose d'assez audacieux à défaire les boutons d'un vêtement masculin. Une étrange timidité s'empara d'elle, qu'elle n'avait pas ressentie quand il s'était tenu à genoux devant elle un peu plus tôt, lorsqu'il lui avait fait des choses scandaleuses avec sa bouche. Tout aurait été tellement plus facile, songea-t-elle, s'il avait de nouveau pris l'initiative !

Les boutons de nacre du gilet étaient doux et lisses sous ses doigts. Au quatrième, elle avait gagné un peu d'assurance.

— Vous tentez de me décourager, n'est-ce pas ? marmonna-t-elle tout en s'activant sur les boutons.

Il lui décocha un sourire sans joie.

— Si vous avez déjà des doutes à ce stade, vous risquez de ne pas apprécier la suite.

Il lui donnait le temps de changer d'avis, comprit-elle. Et il lui laissait faire connaissance avec lui. À mesure que la soie et le coton glissaient sous ses doigts, elle découvrait peu à peu le corps de son compagnon. Sa force, sa taille, toutes ses textures – la dureté de ses épaules quand elle lui ôta ses bretelles, la chaleur veloutée de sa peau lorsqu'elle fit courir ses paumes sur son abdomen musclé puis plus bas, jusqu'à l'ouverture de son pantalon.

Comme dans un brouillard, le souffle court, elle s'attaqua au premier bouton de sa braguette. Quand elle eut défait le dernier, elle était en feu. Elle le toucha sans regarder, mais en voyant les lèvres de son compagnon s'entrouvrir dans un soupir muet au contact de ses doigts sur son érection, elle fut saisie d'un vertige.

Soudain, d'un geste impatient, il repoussa sa main et acheva de se dévêtir à la vitesse de l'éclair. Un instant plus tard, il l'avait étendue sur le dos et s'était couché sur elle, solide, nu, brûlant.

— Attendez.

Elle s'était préparée. Elle chercha quelque chose derrière elle et lui tendit une petite boîte en bois contenant des préservatifs.

Sans ciller, il hocha la tête et se couvrit d'un geste rapide et sûr. Toutefois, quand il la prit de nouveau contre lui, l'imminence de ce qui allait se produire fit faiblir Lucie. Il roula de nouveau sur elle et plaça ses jambes entre les siennes. Son corps sur le sien était lourd, presque effrayant, et il suffit à Lucie d'un seul regard à ses yeux embrasés de désir pour comprendre qu'elle ne lui échapperait pas, sauf s'il le voulait bien.

Il dut lire dans ses pensées, car il s'immobilisa.

— Lucie.

Elle attendit, le souffle court.

— Lucie, répéta-t-il en lui redressant le menton.

— Oui ?

— Voulez-vous que nous arrêtions ?

Elle regarda ses larges épaules, qui lui donnaient l'impression d'être plus menue que jamais. Elle percevait son désir d'homme qui courait sous sa peau, à peine contrôlé.

— En seriez-vous capable ?

Il lui jeta un regard surpris.

— Naturellement.

Les mains de la jeune femme, nouées derrière la nuque de son compagnon, se détendirent et se plaquèrent dans son cou.

Avec une infinie douceur, il lui caressa les pommettes du bout de ses pouces.

— Je ne vous demande pas de me faire confiance pour tout, mais ce soir vous le pouvez. Si vous voulez que j'arrête, un seul mot suffira.

Le désir de la jeune femme se ranima alors, plus intense encore. Attirant à elle la tête de son compagnon, elle protesta :

— Je ne veux pas que vous arrêtiez.

Il lui répondit par un baiser fougueux, mais ce fut avec beaucoup de tendresse qu'il vint à elle. Il faisait très attention à ne pas la blesser – elle le percevait à sa façon de procéder avec lenteur, qui lui donnait l'impression de nager dans du miel, à la douceur de ses lèvres sur ses joues, son nez, son front. Ses gestes étaient délicats, comme s'il craignait de la briser entre ses mains, et cette sensation d'être fragile et précieuse était délicieusement troublante. Sans parler de son visage juste au-dessus du sien, totalement détendu. C'était un étranger... un étranger qui entrait maintenant en elle.

Bientôt, elle s'abandonna au rythme lent et régulier qu'il lui imprimait, à son odeur chaude et virile, à ses petits soupirs de plaisir. Elle avait l'impression de flotter et de les regarder tous deux d'en haut, entourés de ce cercle de flammes, le large dos de son compagnon au-dessus d'elle, ses minces jambes blanches nouées autour de ses hanches viriles. Elle observa la scène jusqu'à ce que Tristan se cambre et rejette la tête en arrière dans un cri étranglé.

Puis elle posa la tête sur son torse, et il noua ses bras autour d'elle comme s'il n'était pas du tout pressé d'être séparé d'elle. Elle demeura contre lui, bercée par les battements rapides de son cœur sous son oreille, son propre pouls encore agité par ce qui venait de se passer. Toutefois, à mesure qu'elle recouvrait ses esprits en se demandant s'il était habituel de s'enlacer ainsi après une étreinte amoureuse, elle s'apaisa peu à peu entre les bras de son compagnon.

Alors que le souffle de Tristan ralentissait, la tête de Lucie s'alourdit sur son épaule.

— Ce n'est pas vous qui avez volé mes pamphlets à Claremont, n'est-ce pas ? demanda-t-elle doucement.

— Bien sûr que non, voyons, répondit-il d'une voix ensommeillée.

Elle demeura immobile et l'écouta s'assoupir.

Entre l'heure la plus sombre de la nuit et la naissance de l'aube, il la chercha de nouveau. Ou peut-être fut-ce elle qui le chercha. Étendue sous lui, elle caressa son corps chaud et musclé, embrassa ses lèvres douces comme de la soie, jusqu'à ce qu'un désir grandissant la sorte assez du sommeil pour qu'elle accepte de l'accueillir de nouveau en elle. Il ne faisait qu'un avec la nuit mais ses mains lui soulevèrent les genoux, éveillant un incendie sous sa peau, et cette fois, à force de patience et de passion, il la fit basculer dans le plaisir. Quand un voile blanc monta devant ses yeux, elle dut se mordre les lèvres pour retenir un long cri de volupté.

24

La plupart des hommes sont de nature plutôt perverse et, si on leur en donne la moindre chance, ils s'adonneront aux pratiques les plus révoltantes, allant jusqu'à accomplir l'acte dans des positions anormales, poser leurs lèvres sur le corps féminin ou exiger que leurs bas organes soient pris dans la bouche en retour.

Roulée en boule sur le côté, la hanche inconfortablement posée sur le plancher, Lucie regardait le soleil matinal dessiner de doux motifs sur les murs et les rideaux. La pièce, qui semblait bien différente vue depuis leur nid de couvertures devant l'âtre, offrait un paisible tableau, avec ses meubles patinés par les ans et ses tapis orientaux fanés, et toutes les lignes semblaient estompées par la brume dorée de l'aurore.

Lucie ressentait entre les jambes une douleur inédite, mais elle s'y était attendue. Étonnamment, cette sensation n'était pas totalement déplaisante. Elle sourit, le regard perdu dans le vide. Elle n'était plus vierge.

Certaines jeunes femmes attendent l'épreuve de la nuit de noces avec impatience et curiosité. Gardez-vous bien d'une telle inconscience !

Lucie avait lu toutes sortes de publications sulfureuses afin de s'informer sur ce qui se passait entre un homme et une femme, mais c'étaient les conseils aux jeunes mariées de la prude Ruth Smythers qui lui revenaient sans cesse à l'esprit. Toutes les Ruth Smythers du monde auraient eu des vapeurs en la voyant à présent, nue et brûlante de la tête aux pieds. Quand les premiers oiseaux avaient entonné leur chant matinal derrière les fenêtres, il ne restait plus un endroit de son corps où Tristan n'eût posé ses lèvres, pas une seule parcelle de sa peau qu'il n'eût léchée ou embrassée. Lucie ferma les paupières avec force, le visage en feu. Quand elle songeait à ce qu'elle l'avait laissé faire…

Un souffle lui caressa le dos. Elle tressaillit.

Il était resté auprès d'elle toute la nuit.

Que disait-on au matin après une nuit pareille ?

Si elle en jugeait par sa respiration régulière, il était encore assoupi.

Avec prudence, elle roula sur le dos et s'immobilisa. Comme il ne bougeait toujours pas, elle se tourna très lentement vers lui.

Il dormait sur le dos, ses puissantes épaules dénudées, le visage tourné vers elle. Son avant-bras était rejeté au-dessus de sa tête dans un mouvement plein d'abandon.

Il n'avait pas été aussi insouciant cette nuit. Il s'était endormi les bras noués autour d'elle, plaqué contre son dos, et chaque fois qu'elle avait tenté de se glisser vers un endroit plus frais et moins intime, il l'avait ramenée contre son corps viril d'un geste de propriétaire, sans même se réveiller. Peut-être était-ce pour cela que certaines de ses aventures faisaient les gros titres de la presse, quand ses conquêtes menaçaient de se jeter dans la première rivière venue. Qu'il vous donnait facilement l'impression d'être la seule femme au monde, avec cette façon d'avoir besoin de votre corps contre le sien même dans le sommeil ! Elle devait le reconnaître, cette sensation était grisante.

Dans les rayons du soleil qui baignaient la pièce, il semblait tout doré, même s'il n'avait guère besoin d'une lumière flatteuse pour l'embellir. Quand son esprit calculateur était au repos et que l'expression de son visage n'était plus déformée par la perversion, le cynisme et l'égoïsme, il révélait la beauté noble et harmonieuse de l'ange que Hattie et tous les grands maîtres aspiraient à immortaliser sur la toile. *L'archange Gabriel endormi.*

Étrangement, elle le préférait éveillé. Non seulement elle ne possédait pas une once de sens artistique, mais même elle comprenait que c'était précisément son esprit sulfureux qui faisait passer son visage de la perfection à la séduction.

Sortant le bras de sous la couverture, elle fit courir ses doigts dans l'air comme pour souligner son front pur, l'arête de son nez aristocratique, la courbe de sa pommette... Il y avait bien longtemps, elle avait vu celle-ci saigner sous le coup qu'elle lui avait assené. Qu'elle avait été furieuse, ce jour-là, à Wycliffe Park ! Furieuse et impuissante...

Elle poursuivit sa délicate exploration plus bas, vers sa gorge.

Un instant plus tard, son poignet fut pris dans l'étau d'une main virile. Tout juste avait-elle perçu un froissement de couverture tant le mouvement de Tristan avait été rapide.

Son regard était posé sur elle, l'œil vif sous ses paupières encore lourdes de sommeil.

Il devait être éveillé depuis un moment, comprit-elle en tentant de retirer sa main.

Il ne la lâcha pas, mais sa poigne se détendit imperceptiblement tandis qu'il la parcourait d'un regard paresseux, dans lequel elle pouvait lire tous les événements de la nuit. Il lui sembla entendre de nouveau leurs gémissements impudiques, revivre leurs baisers, jusqu'à sa capitulation finale. Ses deux capitulations, pour être précise.

Sans grande surprise, elle vit une lueur de satisfaction s'allumer dans les iris ambrés de son compagnon. Malgré elle, ses joues s'embrasèrent.

— Comment saviez-vous que ma main était là ? demanda-t-elle.

Les coins de ses yeux se plissèrent comme s'il souriait.

— J'ai senti votre odeur.

Prenant sa main pour l'approcher de son visage, il huma le creux de son poignet, là où elle avait déposé une goutte de parfum la veille au soir. La voix de Tristan était différente, plus profonde, enrouée de sommeil. Excitante. Bonté divine, il l'avait déjà corrompue.

Elle se redressa sur un coude d'un geste qu'elle espérait nonchalant.

— Vous avez un bon odorat.

— J'ai un excellent odorat, rectifia-t-il en levant vers elle un regard gourmand, le nez toujours sur son poignet.

— La part animale domine, chez vous.

— Je ne vous ai pas entendue vous en plaindre cette nuit.

Il frotta ses lèvres sur sa peau, là où battait son pouls. À ce simple contact, un délicieux frisson la parcourut. Dans les yeux de Tristan brillait une lueur complice qui, la veille encore, aurait exaspéré Lucie. À présent, cela éveillait surtout une impatience nouvelle en elle. Puis l'expression de son compagnon se fit plus sérieuse. Faisant glisser sa main le long de son bras, il posa sa paume sur sa joue avant de lui caresser la lèvre inférieure du pouce – sa lèvre douloureuse d'avoir été mordue pour contenir ses cris de volupté.

— En vérité, poursuivit-il, je ne vous ai pas entendue du tout, cette nuit.

Lucie recula légèrement.

— Est-ce indispensable ?

— Non, admit-il, mais il n'y a pas de honte à exprimer son plaisir.

Lucie détourna les yeux. Il existait certaines ultimes défenses qu'une femme devait maintenir quand elle commettait une folie, et pour des raisons qu'elle n'aurait su nommer, « exprimer son plaisir » lui aurait donné l'effrayante impression de céder son dernier bastion.

Son compagnon s'assit et balaya la pièce du regard. Ses yeux se posèrent brièvement sur l'appel de Mary Wollstonecraft pour l'égalité des sexes, au-dessus du manteau de la cheminée.

— Nous nous sommes endormis ici, dit-il. Ensemble.

— Ma foi, on dirait bien.

Il secoua la tête, comme pour chasser un trouble secret.

— Pourquoi ici ? Sur le plancher ?

— Mon lit est trop étroit, répondit-elle distraitement.

Tristan Ballentine torse nu offrait déjà un spectacle impressionnant à la lueur tamisée des bougies. Mais, dans l'éclat du soleil matinal, avec la couverture qui avait glissé jusqu'à ses hanches, Lucie le trouvait effrayant et irrésistible à la fois.

En plein jour, le tatouage sur son torse se détachait avec une netteté saisissante. Le motif circulaire était aussi grand qu'une assiette et déclinait toutes les nuances du bleu. En son centre dansait une femme aux cheveux longs agitant... de multiples bras ? Lucie s'absorba dans l'examen du dessin. Le tatouage était remarquable. La danseuse arborait une expression sereine, et son corps semblait avoir été saisi au beau milieu d'une gracieuse rotation sur lui-même. Elle était nue mais, à la surprise de Lucie, ses longs cheveux la couvraient, préservant sa modestie.

— C'est très joli, dit-elle.

— Joli ? C'est un chef-d'œuvre de Pierre Charmaine !

Elle tourna les yeux vers lui.

— Qui ?

— M. Pierre est un ancien officier de la Légion étrangère française. Pour des raisons qu'il n'a jamais révélées, il s'est installé à Londres il y a quelques années. Aujourd'hui, il gagne des sommes astronomiques dans un salon de tatouage secret de Mulberry Walk. Je suppose qu'il y a une femme derrière sa disgrâce.

— Comme toujours, marmonna Lucie. Pourquoi celle-ci a-t-elle quatre bras ?

— Parce qu'elle est inspirée par le dieu Shiva.

— Bien entendu. Et qui est ce monsieur ?

Tristan éclata de rire, faisant s'agiter doucement les bras de la femme en bleu.

— Shiva est l'une des trois principales divinités de l'hindouisme, aussi appelées Mahadeva. Il est le maître de l'énergie divine, le créateur de l'univers, le dieu de la transformation et de la destruction. Selon les différents courants de l'hindouisme, il a d'autres noms et attributs. C'est une déité complexe. Il est souvent représenté avec la peau bleue, quatre bras et un serpent autour du cou.

— Un dieu de la destruction…, murmura Lucie, fascinée. Et, naturellement, il fallait que vous vous fassiez tatouer une femme sur la peau.

Il lui décocha un regard grave.

— Sachez que quand je séjournais chez le général Foster, j'ai eu quelques entretiens avec le pujari, le prêtre du temple, qui m'ont dissuadé de tatouer des déités trop puissantes sur mon corps d'Anglais débauché.

Encore des règles et des principes ! Et, à présent, son « corps d'Anglais débauché » avait corrompu le sien… Bon sang, si elle continuait à rougir ainsi, elle finirait par rester indéfiniment rose comme une pivoine.

— Mulberry Walk ? dit-elle, vaguement déçue. J'espérais un récit plus haut en couleur, avec un vieux loup de mer, un pari d'ivrognes et une ruelle poussiéreuse de Kaboul.

Il secoua la tête.

— Quand j'ai quitté le Proche-Orient, mes cicatrices se fermaient à peine.

Elle se souvint alors qu'il avait reçu des balles en sauvant son capitaine et regarda plus attentivement le motif. La petite estrade sous le pied pointu de la danseuse n'était pas dessinée avec la même précision que le reste. À cet endroit, la texture de sa peau était piquetée. Et cette nuance rose n'était pas de l'encre mais une cicatrice.

— Voilà qui est… terriblement mystérieux, bafouilla-t-elle.

— N'est-ce pas ? roucoula-t-il.

Sans réfléchir, elle se pencha pour déposer un baiser à cet endroit.

Il dut être aussi surpris par son geste qu'elle l'était elle-même car, quand elle releva les yeux vers lui, ses traits étaient étrangement figés. Toutefois, il se ressaisit vite.

— Je présume que des félicitations sont appropriées, dit-il alors d'un ton léger.

Puis, comme elle le regardait sans comprendre, il pencha la tête.

— À la propriétaire majoritaire de London Print.

Elle battit des paupières.

— Oh oui. Bien sûr.

Lucie resserra la couverture autour de ses épaules. Du coin de l'œil, elle localisa son peignoir, jeté au pied de leur lit de fortune, à côté de la petite boîte en bois.

Elle détourna les yeux.

— Il faudra que je parle au consortium d'investissement avant de vous transférer la somme, dit-elle. Cela peut prendre quelques jours.

— Rien ne presse.

Cette discussion sur leur transaction lui donnait la douloureuse impression de se prostituer. Sans doute Tristan avait-il prévu que cela exercerait sur elle cet effet refroidissant.

Dehors, on entendit le claquement des sabots d'un cheval. Un frisson d'alarme parcourut Lucie, lui donnant la chair de poule.

— Ma gouvernante sera bientôt de retour, dit-elle. Je lui ai donné sa soirée, mais elle peut rentrer d'un instant à l'autre.

Son compagnon était déjà en train de remettre sa chemise. Elle détourna pudiquement la tête quand il se leva pour ramasser son pantalon… avant de lui jeter un regard à la dérobée dès qu'il se fut retourné. Sa longue chemise couvrait tout son dos, constata-t-elle avec dépit. Elle l'avait caressé cette nuit, mais elle aurait aimé le voir.

— Je vous verserai le prix que vous avez payé pour vos parts, l'avertit-elle. N'espérez pas une plus-value.

Il s'immobilisa alors qu'il était en train de rajuster ses bretelles et lui jeta un regard insondable.

— Vous êtes dure en affaires, madame. Je regrette d'autant plus de ne pas avoir insisté pour rédiger un contrat.

Elle croisa les bras d'un geste résolu. Se tournant vers elle, il reprit :

— Je plaisantais. Étant donné que c'est vous qui perdez au change, votre demande est tout à fait recevable.

— Que voulez-vous dire ?

Il enfila son gilet.

— Vous n'aurez connu qu'une fois le néant de l'extase, expliqua-t-il avec des inflexions suaves.

Le néant de l'extase… Cette vague chauffée à blanc qui l'avait emportée durant leur deuxième étreinte.

— Ceci était tout à fait nouveau pour moi, dit-elle, sur la défensive.

Le regard de son compagnon s'adoucit.

— Ce n'était pas un reproche. Pas le moins du monde.

Elle lui décocha un petit sourire supérieur.

— Non, mais la rumeur serait bien peu flatteuse, n'est-ce pas ? Ballentine le séducteur incapable de satisfaire totalement une de ses conquêtes…

Il fronça les sourcils.

— En effet.

Relevant le menton, il noua sa cravate avec l'habileté qui ne vient qu'après des années de pratique, en un geste délicieusement masculin. Cela aussi était surprenant. N'avait-il pas un valet ? Le pouls de Lucie battit un peu plus vite. Il dut remarquer son trouble car, tout en la parcourant d'un regard gourmand, il poursuivit :

— Naturellement, vous pourriez m'accorder une occasion de me racheter.

Le cœur de la jeune femme fit un petit bond dans sa poitrine. Une autre nuit avec lui ?

Pendant quelques instants, elle lutta entre la raison et d'autres instincts, plus anciens et nettement moins nobles.

— Ma foi, pourquoi pas..., murmura-t-elle sans oser le regarder dans les yeux. Je donne son vendredi soir à ma gouvernante chaque semaine.

Il y eut un silence.

— Vendredi... c'est demain, dit-il d'un ton désinvolte.

— Exact.

— Comme cela tombe bien.

Saisie d'une vague angoisse, elle le regarda prendre sa canne et son manteau. Il partait, et elle allait rester seule avec l'énormité de ce qu'elle venait de faire. Et de ce qu'elle s'apprêtait à faire de nouveau.

Dès qu'il coiffa son chapeau, il retrouva son apparence d'élégant aristocrate, même si sa tenue était un peu froissée. Il darda sur elle un regard qui parut traverser la couverture qu'elle serrait contre elle avec une pudeur un peu dérisoire.

— Même lieu, même heure ? demanda-t-il simplement.

Elle ne put que hocher la tête.

Un clin d'œil, une rapide courbette, et il disparut. Un instant plus tard, elle entendit la porte de la cuisine se refermer, faisant cliqueter les vieux carreaux dans leur encadrement.

En temps normal, lorsque l'épuisement d'après l'amour se dissipait, un agréable détachement envahissait Tristan. Aujourd'hui, il ne ressentait rien de cela, et quand, après une vingtaine de minutes de marche, il atteignit Banbury Road, il était bouleversé. Il avait enfin réussi à séduire la femme qu'il avait désirée la moitié de sa vie, et maintenant qu'il la quittait, il était *bouleversé*. La tête lui tournait, à cause de la chaleur de l'été ou d'une raison qui n'avait rien à voir avec le temps, et il dut faire plusieurs tentatives pour héler un fiacre.

Dans la chaleur obscure de l'habitacle, les images de la nuit lui revinrent avec force. Lucie nue. Lucie rose de plaisir. Lucie étendue sur le dos, levant vers lui un regard de biche aux abois. Ces souvenirs étaient imprimés dans sa mémoire en couleurs étincelantes, comme s'ils étaient les premiers moments de son éducation érotique.

Il rejeta la tête en arrière et s'adossa contre la banquette élimée, le dos inondé de sueur. Jamais il ne restait jusqu'au matin. Il avait compris très tôt que cela créait des attentes qui, elles-mêmes, créaient des complications. Or, cette fois, non seulement il était resté, mais il avait proposé de la revoir. Il était aussi stupide que ridicule ! La seule vierge avec qui il avait imaginé coucher un jour, c'était la femme qu'il épouserait, une inconnue sans visage dans un avenir nébuleux. Bon sang, il étouffait dans ce fiacre.

Les mains de Lucie sur lui, avec la curiosité sauvage d'un chaton… Il comprenait à présent que c'était lui qu'elle avait choisi pour « régler le problème de sa vertu », comme elle l'avait si rudement formulé, et il aurait été bien en peine d'expliquer comment il avait mérité une telle confiance. Tout son corps tremblait d'envie de s'éloigner au plus vite de ce petit bout de femme, si précieuse et si vulnérable derrière ses airs farouches. Une autre part de lui, plus profonde et plus sombre, avait envie de l'enfermer au fond d'une grotte et de l'y garder jalousement jusqu'à la fin des temps.

Puis une autre préoccupation s'imposa à son esprit. Lucie allait insister pour qu'il lui remette ses satanées parts, et elle s'empresserait de prendre des décisions insensées et progressistes concernant la ligne éditoriale des magazines, ce qui causerait du tort à London Print, et par conséquent à son propre compte en banque.

Quand il parvint devant sa porte dans Logic Lane, il avait à peu près recouvré son calme. Naturellement, il aurait besoin d'une deuxième nuit avec elle pour satisfaire plus d'une douzaine d'années de fantasmes d'adolescent et d'affronts subis en silence.

Et, bien entendu, il devrait trouver le moyen de garder intacte sa source de revenus.

— Bonjour, Avi.

— Bonjour, monsieur.

Sans grand succès, son valet feignit de ne pas remarquer qu'il portait encore sa tenue de la veille, affreusement froissée.

— Il me faut un bain. Bien chaud, je vous prie.

— Certainement, monsieur, dit Avi en le suivant dans l'escalier. J'ai mis les billets de train et le bouquet pour madame sur votre bureau, comme vous l'avez demandé.

Tristan n'avait aucune idée de ce dont parlait son valet. Puis il se souvint qu'il avait promis à sa mère de lui faire un compte rendu de son séjour à Claremont. Il devait se rendre à Ashdown. Aujourd'hui. Non pas pour raconter les derniers ragots à la vieille dame, mais pour évaluer sa capacité à supporter un long voyage en mer et décider de la meilleure façon de lui faire quitter la maison en toute discrétion.

— Bon Dieu ! marmonna-t-il.

Puis il ajouta :

— Cessez de prendre ces airs désapprobateurs dans mon dos, Avi. Vous saviez très bien en acceptant cet emploi que je passais l'essentiel de mon temps à courir les jupons et à jurer comme un charretier.

— Oui, monsieur.

— Et ce n'est pas près de changer, m'entendez-vous ? s'emporta Tristan. Certainement pas !

— Bien, monsieur, répondit Avi, imperturbable.

Sur son bureau, à côté des billets de train, il y avait une lettre. L'expéditeur n'avait pas noté son nom, mais Tristan reconnut immédiatement l'écriture de Blackstone à la régularité laborieuse de ses lettres. Cet homme pouvait détruire des gens et, visiblement, trouver son adresse sans le moindre effort, mais il écrivait toujours comme un enfant apprenant son alphabet. Le contenu était également à la manière de Blackstone, qui le félicitait d'avoir versé le premier remboursement de son emprunt et lui confirmait que l'édition était un bon investissement de nos jours. Le ton semblait amical mais, entre les lignes, Blackstone lui faisait savoir qu'il gardait un œil sur lui.

Tristan jeta la lettre dans la corbeille. Il aurait mieux fait de remettre à son ancien associé son livre de reconnaissances de dettes et de secrets de famille en guise de paiement et d'en finir avec cette affaire. Ainsi, il aurait laissé à Blackstone la peine de collecter les dettes de jeu et de recourir aux délicates manœuvres requises pour extorquer ses pigeons. De toute façon, voilà des années qu'il ne se servait plus de ce livre de comptes ! Toutefois, la seule perspective de s'en délester lui nouait les tripes… et son instinct ne l'avait jamais trahi.

Une demi-heure plus tard, il s'assit dans la baignoire de cuivre dont montait une bienfaisante vapeur, tout en se demandant si, à la réflexion, son instinct ne l'avait pas trahi pour la première fois la veille au soir en le poussant à passer la nuit entre les cuisses pâles de Lucy Tedbury. À son réveil, il avait non seulement mal partout après une nuit sur un plancher, mais il s'était délesté d'une part de London Print.

Il se frotta le torse à l'eau savonneuse. Quand il posa le doigt avec prudence sur la cicatrice laissée par la balle, la plaie était aussi douloureuse qu'avant. Le baiser de Lucie ne l'avait pas guérie.

Fermant les paupières, il tenta de se détendre dans le bain aux senteurs de pin. En vain. La tension dans ses membres était toujours vive. Même si c'était aussi absurde que de vouloir posséder le vent, une évidence revenait en boucle.

Elle est à toi, maintenant. Lucie est à toi.

25

Rochester avait dû guetter l'arrivée de Tristan, car il mit le cap sur son fils dès que celui-ci entra dans le grand hall.

— Tristan ? Un mot, je vous prie.

Il tourna vers son père un masque poli. Si Rochester soupçonnait un seul instant les tourments qui l'agitaient, il en chercherait la cause tel un chien de chasse ayant flairé le sang, et rien de bon n'en sortirait.

Le comte marcha à ses côtés, le regard droit devant lui, les mains nouées dans le dos. Les regards vitreux d'une bonne dizaine de lointains ancêtres les suivirent tandis qu'ils remontaient en silence la galerie des portraits, jusqu'à ce que Rochester déclare :

— Je voulais vous féliciter.

Cette simple remarque mit tous les sens de Tristan en alerte.

— Je me suis laissé dire que vous aviez remporté un vif succès chez Montgomery, poursuivit son père. Le prince, les mères de demoiselles à marier… tout le monde chante vos louanges. Résultat, Wycliffe a enfin signé le contrat de mariage.

Tristan ne trouva rien à répondre. Lucie semblait le regarder, son visage d'habitude sévère à présent tendre et confiant. Dans le silence, il fit craquer les jointures de ses doigts.

— Félicitations, conclut Rochester d'un ton blasé.

Il fit halte et poursuivit :

— Il a également été porté à mon attention que vous aviez investi dans une affaire avec l'argent de Blackstone.

— En partie, oui, répondit prudemment Tristan.

Rochester plissa les yeux.

— Cet homme est dangereux.

— Ah oui ? répondit Tristan sur le ton de la conversation. Cela m'avait échappé.

Son père ne répondit pas tout de suite, comme s'il hésitait.

— Blackstone est l'une des raisons pour lesquelles je vous ai fait enrôler dans l'armée de Sa Majesté, déclara-t-il.

L'expression de Tristan dut trahir sa surprise, car le comte hocha la tête.

— J'ignore dans quel crime exactement vous avez été impliqué mais, tôt ou tard, vous auriez sali notre nom ou seriez mort dans des circonstances douteuses. Et même si Blackstone est aujourd'hui reconnu comme un homme d'affaires, dans le passé il a délibérément détruit la vie de pairs du royaume. Croyez-moi, il est impitoyable.

— Totalement impitoyable, renchérit Tristan. Dangereux. Inflexible. Et hors de votre atteinte, je suppose.

C'était d'ailleurs précisément pour cette raison que Tristan s'était tourné vers lui pour emprunter.

Rochester fit soudain un petit pas vers lui.

— J'ignore encore quel jeu vous jouez, dit-il avec une douceur trompeuse, mais je sais que vous manigancez quelque chose. Et je vous ai à l'œil.

Tristan acquiesça d'un coup de menton.

— Je n'en attends pas moins de vous.

C'était précisément pour cette raison qu'il espérait trouver sa mère en meilleure santé, songea-t-il quelques instants plus tard en gravissant les marches de l'aile ouest. Il ne pouvait chasser le pressentiment qu'ils auraient moins de temps qu'il ne l'avait espéré.

Ses espoirs furent confirmés quand la femme de chambre le fit entrer dans la chambre de la comtesse, où le soleil pénétrait à flots. Sa mère était assise sur son lit, adossée à de grands oreillers, sa tresse bien nette et son regard éclairé d'une rassurante lucidité. Son visage s'illumina quand elle posa les yeux sur le bouquet que Tristan lui avait apporté, des pivoines roses aux grands pétales veloutés.

La femme de chambre s'empressa de prendre les fleurs et d'aller chercher un vase pendant qu'il s'approchait du lit.

La comtesse leva vers lui sa main pâle, sur laquelle il se pencha avec respect.

— Mon cher garçon, je suis fâchée contre vous, dit-elle sans conviction.

Une bouffée d'inquiétude monta en lui. Mais non, elle ne pouvait rien savoir de ses ébats de la nuit avec Lucie.

Il poussa un fauteuil vers le lit et s'y assit.

— Qu'ai-je fait pour vous contrarier, mère ?

— Vous n'êtes qu'un petit cachottier !

D'un coup de menton, elle désigna une lettre sur sa table de chevet encombrée, ou plus exactement toute une liasse de pages couvertes d'une écriture menue et serrée.

— Lady Wycliffe m'informe que vous êtes fiancé à Cecily.

— Non, répondit-il.

Voyant son visage se décomposer, il prit conscience de son ton abrupt et reprit avec plus de douceur :

— Je n'ai encore rien signé. Aucune annonce officielle n'a été faite.

— Je vois, dit sa mère, l'air rassérénée.

L'ombre d'un sourire passa sur ses lèvres.

— Aucune annonce n'est nécessaire, reprit-elle. Il y a quelque chose de changé en vous. Vous êtes rayonnant.

D'un geste vague, elle désigna le tour de sa tête. Il ne pouvait pas mettre cela sur le compte de ses potions – c'était exactement le genre de chose qu'elle disait à l'époque où elle allait bien.

— Toutefois, poursuivit-elle, j'aurais préféré l'apprendre de vous plutôt que de demander à Rochester de me le confirmer. Il est d'ailleurs terriblement peu orthodoxe que ce soit le maître des lieux et non son épouse qui joue les marieurs. Mais je suppose que je ne suis plus la maîtresse de cette maison depuis longtemps.

— Ne vous inquiétez pas pour cela, dit-il.

— Oh, je m'inquiète… Mais je suis tellement heureuse pour vous, Tristan.

Il pâlit.

— Vraiment ?

Le regard qu'elle posa sur lui était si brillant de joie qu'il en eut le cœur serré.

— Bien entendu, répondit-elle. J'ai tellement envie que vous soyez heureux ! Une épouse vous fera rentrer dans le droit chemin.

— Oh, répondit-il, amusé. Je ne suis pas encore marié.

— Tous les officiers sont perdus après la guerre, mon fils. Comme des poissons échoués sur le sable. Maintenant, dites-moi tout. Je savais que la demoiselle était éperdument amoureuse de vous depuis son enfance, mais je dois avouer qu'en revanche, jamais je n'avais remarqué le moindre intérêt pour elle de votre part.

Elle le regarda d'un œil brillant d'espoir tandis qu'il prenait conscience de l'attachement de Cecily pour lui. Pendant ce temps, la femme de chambre disposait les fleurs dans le vase, la tête penchée, les joues rouges, plus semblable à une fouine que jamais. Bon sang, elle devait les espionner.

— Ma foi, dit-il, Rochester l'a chaudement recommandée.

— Votre père est incapable de se montrer chaleureux, mon chéri.

— Je m'abstiendrai de tout commentaire à ce sujet, répondit-il avec prudence.

Il y avait quelque chose de différent chez la comtesse, aujourd'hui. Comme si elle retrouvait son énergie d'autrefois, peut-être ressuscitée par la perspective d'un mariage. Bonté divine !

— Qui aurait cru qu'une jeune fille aussi réservée attirerait votre attention ? demanda-t-elle d'un ton pensif. Je suppose que les femmes les plus discrètes font les meilleures épouses.

— C'est bien probable, répondit-il.

— Je suis si heureuse !

La gorge de Tristan se noua douloureusement.

— Je m'en réjouis, mère.

— Vous devez l'inviter à des sorties, dit-elle en lui tapotant la main.

Elle tourna de nouveau les yeux vers la lettre sur la table de chevet.

— Lady Wycliffe me dit que vous ne résidez qu'à quelques rues l'un de l'autre. Je crois comprendre que Cecily et elle se sont installées à Oxford pour l'été afin que vous ayez le temps de faire connaissance.

Pourtant, vous n'êtes pas encore sorti en ville une seule fois.

Il retint un hoquet de stupeur. Elles étaient venues à Oxford à cause de lui ?

— Lady Wycliffe ne fait pas les choses à moitié, murmura-t-il.

— Naturellement. Nous autres femmes, nous prenons toujours soin de ceux qui nous sont confiés. Et une fiancée de bonne naissance doit être courtisée en bonne et due forme…

Sa voix prit un ton plus sévère.

— ... surtout si le fiancé a un passé. Vous ne devez pas laisser lady Cecily douter un instant de votre affection si vous voulez rassurer votre bien-aimée.

Il s'agita sur son siège, mal à l'aise.

— Certes…

— Pourquoi ne pas les inviter à un pique-nique ? Non, je sais ! Emmenez-les plutôt faire un tour en barque, suggéra-t-elle avec un spectaculaire regain d'énergie.

Une image se forma dans l'esprit de Tristan. Lui-même, Cecily, la poétesse au chaton, et la mère de la femme qu'il venait de déflorer, serrés les uns contre les autres dans une coquille de noix… Plutôt se rengager dans l'armée !

— Que le ciel est beau, aujourd'hui ! s'exclama la comtesse en tournant vers les fenêtres un regard d'envie. Fait-il chaud, dehors ? Je partirais volontiers en expédition.

— Excellent ! répondit aussitôt Tristan en riant. Que diriez-vous d'un voyage aux Indes, par exemple ?

Elle lui jeta un regard amusé.

— Je pensais plutôt au belvédère.

Le belvédère. Même pas à un demi-mile de la maison.

— Carey ! appela-t-elle en se tournant vers sa femme de chambre. Que pensez-vous d'une promenade au belvédère ?

Carey, qui rôdait au fond de la pièce tel un spectre, se figea.

— Je ne sais pas, madame, répondit-elle d'un ton alarmé. Peut-être la fontaine suffirait-elle pour aujourd'hui ?

« La fontaine. À peine à deux cents mètres de la porte », songea Tristan, abattu.

Une traversée en mer avec une femme invalide lui semblait de moins en moins faisable. Peut-être s'était-il illusionné en pensant pouvoir gagner sur les deux tableaux : protéger sa mère et échapper au piège matrimonial que Rochester lui tendait.

Et s'il lui disait la vérité ? *Mère, votre mari se sert de vous comme otage et vous n'êtes pas en sécurité sous votre propre toit*. Elle n'y survivrait pas. Déjà, il la voyait perdre son bel entrain. Trop de discussion, trop d'excitation autour de ces satanées fiançailles. Tout juste réagit-elle quand la femme de chambre déposa le vase près de son lit.

— Carey m'a lu vos poèmes, dit-elle alors qu'il l'avait déjà saluée et se dirigeait vers la porte. Je suis fière de vous.

Ses inflexions appuyées l'alarmèrent. Quand il se retourna, le regard de sa mère était de nouveau flou.

— Et Rochester ne vous déteste pas, murmura-t-elle. Il a peur que vous deveniez comme moi.

« Folle comme moi », voulait-elle dire. Tristan la regarda, pétrifié.

— Quelle drôle d'idée, mère.

Naturellement, il s'était souvent demandé si les tendances dépressives de la comtesse couraient dans le sang de la famille. Comme si elle avait lu dans ses pensées, elle secoua la tête.

— J'ai été une grande déception pour votre père. Pour tout le monde, je le crains. Il y a de la peur dans sa colère, Tristan, mais n'ayez crainte. Vous avez reçu le meilleur de moi, pas ma malédiction. À votre âge, j'étais déjà souffrante depuis longtemps. Hélas, Rochester est incapable de voir les nuances. Pour lui, tout est noir ou blanc.

Tristan revint vers elle.

— Aucune malédiction ne vous frappe. Pourquoi me dites-vous cela ?

Elle était déjà en train de s'assoupir, ou de faire semblant. Il la quitta finalement, tous ses sens en alerte.

Jarvis, le majordome, rôdait dans le couloir, à quelques pas de la porte des appartements de la comtesse. Au moins, son père n'avait pas osé envoyer son espion jusque dans la chambre à coucher.

— Monsieur ? chuchota alors une voix féminine dans son dos.

Carey était sortie derrière lui. Toutefois, quand elle aperçut Jarvis, elle tressaillit. Ses yeux sombres s'écarquillèrent, puis elle s'empressa de baisser la tête.

Dans un réflexe, Tristan se plaça entre le majordome et la femme de chambre.

— Oui, Carey ?

Elle avait les oreilles rouge vif, mais toutes sortes de raisons pouvaient l'expliquer – le fait de s'adresser à lui sans y avoir été invitée, la crainte de le regarder, ou peut-être la peur de Jarvis. Elle redressa le visage sans vraiment chercher son regard.

— Je…, murmura-t-elle d'un ton embarrassé. Permettez-moi de vous féliciter pour vos fiançailles, monsieur.

Puis elle s'éloigna en trottinant d'un pas nerveux, les épaules bien droites.

Entre le jeudi matin et le vendredi soir, le temps avait passé plus lentement que le vote d'un amendement pour les droits des femmes. Lucie avait eu amplement l'occasion de réfléchir et d'annuler son rendez-vous avec le libertin qu'elle avait invité dans son lit, mais elle avait trop tergiversé. Elle avait découvert combien il était torturant de se languir d'un homme, et elle avait détesté cela. Son estomac s'était noué chaque fois que lui était revenue l'image de Tristan, paresseusement étendu sur les couvertures.

Quand, à 23 heures, il apparut enfin sur le seuil de la cuisine, l'air désinvolte, fleurant ce merveilleux parfum d'homme et de feu de bois qui n'appartenait qu'à lui, elle était au bord de la crise de nerfs.

Il dut s'en apercevoir immédiatement, car un sourire radieux éclaira son visage. Sans lui laisser le temps de dire un mot, il plaqua une main dans sa nuque pour l'attirer à lui et l'embrasser.

La tête lui tournait encore lorsqu'elle prit son manteau et son chapeau pour les suspendre aux patères des domestiques, à côté du vaisselier.

— Vous êtes bien silencieuse. Seriez-vous nerveuse ?

Lucie serait bientôt nue dans les bras de cet homme. Cette fois encore, elle ne portait que son peignoir, et même pas de chaussons. Comment aurait-elle pu ne pas être tendue ?

— Pas du tout, mentit-elle.

— Non ? Ma foi, tant mieux.

Sans la quitter des yeux, il ôta lentement ses gants, un doigt après l'autre. Quand il les eut déposés tous les deux sur le comptoir de la cuisine, la jeune femme avait les joues et les lèvres brûlantes. Depuis la nuit précédente, elle savait ce qu'il pouvait faire avec ses doigts.

Elle le regarda ouvrir le robinet de l'évier et se savonner les mains avec soin, observa la mèche qui retombait sur son front, avant d'admirer son profil, dont la lumière de la lampe à gaz mettait en relief la rude beauté. Soudain, la puissance de son désir pour lui la terrifia. « Un bon amant a le pouvoir de vous faire perdre toute clarté d'esprit, l'avait avertie Annabelle. Il peut éveiller en vous des émotions que vous n'imaginiez pas ou que vous n'aviez aucune envie de ressentir… »

Il se séchait les mains quand son estomac émit un grondement sonore dans le silence tendu. Il haussa les sourcils d'un air désolé.

— Avez-vous faim ? s'empressa de demander Lucie. N'avez-vous donc pas dîné ?

Il secoua la tête.

— J'arrive directement du bureau à Londres. Venez ici.

Elle s'approcha, plus nerveuse qu'un poulain sauvage.

— Vous devriez manger, insista-t-elle.

Les lèvres de Tristan s'étirèrent en un petit sourire.

— Tout à l'heure, promis, dit-il. Tournez-vous.

De l'index, il effectua un mouvement de rotation.

Lucie hésita, mais le sourire de son compagnon s'était teinté de défi. Elle pivota sur ses talons.

D'un geste fluide, il ramena ses cheveux dénoués devant l'une de ses épaules.

— Que…

Elle s'interrompit dans un soupir de bien-être quand il pressa ses doigts avec adresse entre ses omoplates. Puis ses lèvres chaudes se posèrent au creux de son cou.

— J'adore vos soupirs, murmura-t-il. Recommencez.

— Vous…

Elle s'interrompit de nouveau. Il poursuivait son délicat massage, se dirigeant habilement vers le point sensible à la base de sa nuque avant de redescendre. Puis il lui pétrit doucement la colonne vertébrale, de chaque côté, jusqu'à ce qu'elle laisse sa tête retomber en arrière contre son torse. Elle avait fermé les yeux. Elle ne voulait pas lui montrer combien elle avait envie qu'il l'embrasse, combien son corps lourd de désir attendait qu'il glisse les mains vers ses seins…

Il la prit par le menton pour l'obliger à lever le visage. Bientôt, elle sentit ses lèvres sur les siennes, sa langue dans sa bouche. Elle gémit de nouveau, incapable de réfléchir plus longtemps. De sa main libre, il effleura ses seins, son abdomen, ses cuisses, où il pressa le bout de ses doigts. Sous les paupières de Lucie, l'obscurité explosa. S'il ne l'avait pas retenue, elle serait tombée. Et, à présent, ses mains machiavéliques achevaient de la détruire, une caresse après l'autre.

Son érection se pressait contre ses fesses. Au moins, il éprouvait la même fièvre qu'elle, songea-t-elle en se cambrant. Aussitôt, il raffermit sa prise sur elle dans un grondement impatient. Sans la lâcher ni cesser de l'embrasser, il la fit pivoter sur elle-même et reculer, jusqu'à ce que l'arrière de ses cuisses se heurte contre la table de la cuisine.

Il la souleva, la déposa sur la surface de bois et se plaça entre ses jambes.

— Sur la table ? demanda-t-elle, les paupières mi-closes.

Il fit courir son doigt sur ses lèvres humides avant de descendre le long de sa gorge.

— Ne m'avez-vous pas dit de manger ? demanda-t-il avant de tomber à genoux devant elle.

Il y eut un gémissement étranglé. Cela devait venir d'elle. Les mains de Tristan remontèrent le long de ses jambes, écartant les pans du peignoir, puis, la prenant avec fermeté par les hanches, il l'approcha du bord de la table. Elle avait de nouveau fermé les yeux, mais elle percevait son contact. Il frotta son visage entre ses cuisses, agaçant sa peau si tendre avec sa joue rugueuse, avant de faire courir ses lèvres veloutées sur elle, d'avant en arrière, dans une caresse tour à tour rude et douce, jusqu'à ce qu'elle glisse ses doigts tremblants dans ses cheveux pour l'attirer au plus secret d'elle-même.

Un rire secoua ses épaules viriles. Il leva la tête.

— Dites-moi, demanda-t-il, les pupilles dilatées par le désir. Me détestez-vous toujours, à présent ?

Elle ravala un gémissement de dépit.

— Vous n'êtes pas très fair-play.

— Non, admit-il. À la guerre comme en amour… n'est-ce pas ?

Il déposa un baiser à deux doigts du point le plus sensible de sa féminité.

— Dites-le, insista-t-il, les lèvres sur sa peau.

— Je vous déteste, murmura-t-elle. Je vous déteste absolument.

À cet instant, il lui souleva la cuisse pour donner un long coup de langue sur son sexe offert. Un déluge de sensations et d'émotions s'abattit sur elle… mais il penchait plus du côté de l'amour que de la guerre.

26

Quand elle se réveilla le lendemain matin dans le salon, Lucie songea à la table de la cuisine. Plus jamais elle ne pourrait la regarder sans rougir. Comment y prendre son petit déjeuner, désormais, sans songer à ce qui s'y était passé la veille au soir ? Tristan avait le don de rendre torrides les lieux les plus innocents.

Cette fois encore, il était resté auprès d'elle après l'avoir emmenée, toute languissante, depuis la cuisine jusqu'au salon pour y poursuivre leurs ébats devant l'âtre.

Il était réveillé, à présent. Redressé sur un coude, une main sous le menton, il l'observait d'un air de satisfaction paisible. Aucune once de culpabilité ne ternissait l'éclat de son regard.

Pour sa part, elle était en proie à des émotions plus ambivalentes. C'était probablement la dernière fois de sa vie qu'elle s'éveillait aux côtés d'un amant. Et les dernières fois avaient toujours une touche de nostalgie, même quand elles n'étaient pas encore terminées.

Inconscient de ses tourments, Tristan jouait de sa main libre avec ses cheveux, qu'il faisait tourner entre ses doigts d'un geste paresseux.

— La première fois que je suis venu ici, dit-il, vous avez affirmé avoir lu des comptes rendus osés sur ce qui se passe entre un homme et une femme.

Elle battit des paupières, prise au dépourvu.

— En effet, admit-elle.

Il tira doucement sur la mèche qu'il tenait entre ses doigts. Le picotement sur son crâne la fit frissonner.

— Qu'avez-vous lu exactement ? demanda-t-il d'une voix grave et délicieusement érotique.

Elle esquissa un léger haussement d'épaules.

— Je suppose que les scènes plus audacieuses étaient dans *La Perle*.

À ces mots, il tressaillit.

— *La Perle*, répéta-t-il. Par la Société du Vice ?

— Oui.

— Bonté divine ! s'exclama-t-il.

Il semblait partagé entre la stupeur et le ravissement.

— C'est affreusement coch… hum. Vous n'auriez pas pu choisir pire que cela.

— C'est ce qu'il m'a semblé. Sans compter que c'est grotesque.

— Grotesque ?

— Parfaitement. Toutes ces petites bonnes et cousines virginales qui ne rêvent que de se partager le corps d'un visiteur qui n'a rien demandé… C'est toujours la même histoire.

Il se laissa tomber en arrière dans un éclat de rire qui ressemblait curieusement à une quinte de toux.

Intriguée, Lucie se redressa.

— Vous vous sentez bien ?

Il leva les yeux vers elle et secoua la tête.

— C'est une publication récente, dit-il tandis que son regard se faisait calculateur. Soit vous avez commencé très tardivement votre éducation, soit vous la poursuivez avec une admirable diligence.

— Qu'importe ? marmonna-t-elle.

Il lui caressa la joue.

— Y a-t-il dans ces récits quelque chose qui vous ait plu ?

Cette question recelait une promesse. *Avouez-moi vos désirs, même les plus secrets.*

Il lui ferait tout ce qu'elle demanderait, comprit-elle. Elle baissa les yeux vers lui et, l'espace d'un instant, fut saisie d'un délicieux vertige à la perspective des possibilités qu'offrait un amant qui ne s'embarrassait pas trop de principes moraux. Cela ressemblait à s'y méprendre à la liberté.

Hélas, ceci était leur dernier matin ensemble. Elle ne devait pas l'oublier.

— Vous feriez mieux de partir, à présent.

Il se figea, puis tourna les yeux vers l'horloge.

— Vous avez raison, dit-il en libérant sa mèche de cheveux. Je me suis trop attardé.

Il s'assit et se pencha vers elle pour déposer un baiser sur son front de ses lèvres douces et joueuses. Il fallait avoir un cœur de pierre pour s'autoriser un geste aussi intime avant de s'en aller sans un regard en arrière.

Elle le vit se tourner et se pencher pour ramasser sa chemise, négligemment jetée sur le plancher près des couvertures.

La lumière du matin se posa sur son dos… révélant un entrelacs de lignes blanches qui couraient de ses épaules au creux de ses reins. Il fallut quelques instants à Lucie pour en comprendre l'origine.

— Je croyais que l'armée avait rendu le fouet illégal il y a des dizaines d'années, dit-elle en posant la main sur lui. D'ailleurs, je pensais qu'on ne fouettait jamais les aristocrates.

Sous sa paume, son compagnon s'était figé.

— Ce n'était pas dans l'armée, répondit-il.

Il se leva, puis les terribles marques disparurent sous sa chemise. Pourtant, Lucie était toujours troublée.

— À l'école, alors ? demanda-t-elle.

Tout en passant ses bretelles, il se tourna vers elle.

— Mes professeurs en ont sans doute rêvé, mais non, ce n'était pas à l'école.

Une sensation glaciale étreignit la poitrine de Lucie.

— Rochester, murmura-t-elle.

Il hocha la tête. Elle devait avoir une expression horrifiée, car il haussa les épaules d'un geste fataliste.

— Beaucoup de pères corrigent leurs fils. Qui aime bien châtie bien.

— Ce n'était pas une correction, dit-elle, choquée. C'était de la cruauté. Il vous a quasiment fait battre à mort.

— Oh, il s'en est chargé lui-même, répondit Tristan. Il faut au moins lui reconnaître cela.

L'expression de Tristan semblait parfaitement indifférente, mais Lucie eut la vision d'un adolescent long et mince qui avait dû saigner et souffrir le martyre. Envahie par une vive émotion, elle bondit sur ses pieds.

Son compagnon, qui était occupé à boutonner son gilet, s'immobilisa et la parcourut d'un regard appuyé. Elle s'avisa alors qu'elle se tenait complètement nue devant lui.

Elle croisa les bras sur sa poitrine.

— Ce qu'il vous a infligé… c'est terrible !

— Que vous êtes belle quand vous êtes furieuse et impudique, murmura-t-il.

À sa surprise, il l'attira à lui et la serra contre son torse. Le contact de ses vêtements contre sa peau nue la fit tressaillir. Elle se figea tandis que, d'une main, il traçait un lent sillon de feu le long de son dos, puis sur ses fesses.

Il savait très bien ce qu'il faisait. Une simple caresse bien placée avait le pouvoir de lui faire éprouver toutes sortes de choses. Si elle y réfléchissait un peu plus attentivement, c'était effrayant.

Et il y avait cette triste vérité : elle n'avait pas envie que ce soit leur dernier matin.

Brièvement, elle se demanda si c'était ainsi que commençait la descente aux enfers des malheureux qui finissaient dans un salon d'opium. Par cette pensée : « Juste une dernière fois. »

Elle leva les yeux vers lui.

Il avait fermé les paupières et semblait absorbé par la sensation de son corps contre le sien. Toutefois, elle devinait qu'il ne lui demanderait rien. *Le mâle se pavane, la femelle choisit.*

Elle n'allait pas s'abaisser à quémander une autre nuit, songea-t-elle avec fermeté.

— J'aimerais vous revoir, s'entendit-elle demander.

Quand il rouvrit les yeux, elle sentit son estomac se nouer. Seigneur, qu'elle détestait cela ! Voilà qu'elle suppliait quelqu'un. Et cet homme-là en particulier.

Il plaqua ses mains au creux de son dos.

— Quand ? demanda-t-il d'une voix enrouée.

La tension entre ses épaules s'apaisa quelque peu.

— Bientôt, dit-elle, mais pas ici.

Il y eut un silence.

— Je m'en occupe, déclara-t-il.

Puis il la prit par le menton pour l'obliger à le regarder dans les yeux.

— Toutefois, poursuivit-il, cela signifie qu'il est temps de poser quelques règles.

Elle fronça les sourcils, alarmée.

— Encore des règles ?

— Oui. Deux nuits, cela peut passer pour un accident. Trois, c'est le résultat d'une volonté délibérée.

— Et cela vous pose un problème ? demanda-t-elle, percevant une hésitation dans sa voix.

Il secoua la tête.

— Non. Parfois, il faut du temps pour assouvir le désir que l'on a de quelqu'un, mais cela demande que vous me disiez clairement quelles sont vos attentes.

— À quoi bon ? demanda-t-elle, dubitative.

— Cela limitera le risque de regrettables malentendus.

Il avait déjà eu des liaisons de ce type, et elle n'aimait pas qu'il le lui rappelle. Elle se dégagea de ses bras pour ramasser sa robe de chambre.

— La discrétion, répondit-elle en se tournant de nouveau vers lui. J'attends de vous la plus grande discrétion.

Elle riva ses yeux aux siens.

— Ma mission et ma réputation seraient ruinées si cela se savait.

— Vous prenez un risque énorme, ma belle.

Elle en était douloureusement consciente.

— Je n'hésiterai pas à saboter vos publications s'il le faut, le menaça-t-elle froidement.

— Charmant, marmonna-t-il. Au moins, cela a le mérite d'être clair. Autre chose ?

Elle acquiesça d'un coup de menton.

— L'honnêteté.

— L'honnêteté, répéta-t-il comme s'il testait le mot.

— Oui. Sans honnêteté, il ne peut y avoir de confiance.

— Ah, ma belle ! s'exclama-t-il avec un sourire en coin. C'est justement ma seconde règle : ne me faites pas confiance. Jamais.

— Pourquoi ?

— Parce que même moi, je ne me fais pas confiance.

— Charmant, grommela-t-elle à son tour, mais vous ne m'avez pas dit quelle était votre première règle.

Sa voix était bienveillante mais son regard plus sérieux que jamais quand il répondit :

— Ne vous éprenez jamais de moi.

27

— Combien de lettres avons-nous pour l'instant ?

Lucie posa sur Catriona un regard interrogateur. On n'était pas lundi, mais le surcroît de travail occasionné par la révision complète de la ligne éditoriale de deux magazines et par les travaux de remise à neuf d'une maison d'édition entraînait des réunions supplémentaires. Bientôt, sa liste de tâches à accomplir serait aussi longue que le mur de son salon.

— Plus ou moins quinze mille trois cents, selon les rapports qui ont pris du retard en raison des problèmes de poste, répondit Catriona.

— Très bien. Point suivant.

« Enfer, songea Lucie en posant les yeux sur sa liste. Encore ce maudit rapport. »

— Des idées pour publier nos découvertes ?

Tandis que tout le monde secouait la tête, elle joua nerveusement avec son stylo plume. Cela aurait été le bon moment pour annoncer qu'elle avait, du moins en théorie, repris la majorité des parts de London Print, mais il lui semblait impossible d'avouer *comment* elle avait accompli cet exploit. Toutefois, cela n'aurait pas dû l'empêcher de fournir plus d'efforts pour trouver un moyen de publier ce rapport.

C'était à cause de sa liaison. Ses pensées tournaient sans cesse autour des nuits partagées avec son amant et la distrayaient pendant la journée. Tristan leur avait trouvé une chambre dans Adelaide Street, à un demi-mile de chez elle. La maison de ville avait une façade respectable et une entrée de service discrète, et jamais on ne voyait la gouvernante. Lucie s'était abstenue de demander à Tristan comment il connaissait un tel endroit, qui n'avait manifestement qu'une fonction : faciliter les rencontres clandestines.

Cela faisait à présent une semaine qu'elle s'y rendait chaque soir à la nuit tombée, se glissait à l'intérieur et laissait la porte ouverte pour lui. Puis elle attendait. Le son de ses pas. Le frisson qui la parcourait quand il apparaissait sur le seuil. Le contact impatient de ses lèvres sur les siennes.

À tous points de vue, une relation secrète avec un libertin dans une chambre de location était le comble de la décadence. En fin de compte, ses détracteurs l'avaient bien jugée : non seulement elle n'était pas une femme convenable, mais elle était probablement dépravée. Oui, ils devaient avoir raison, car elle avait l'étrange impression d'être à sa place quand elle était étendue sur son torse, comblée, sur ce lit qui grinçait, alors qu'elle aurait dû être pétrie de culpabilité. Il n'y avait aucune dignité dans ce qu'ils faisaient et pourtant, entre les bras de Tristan, elle s'éveillait, se sentait plus vivante qu'elle ne l'aurait cru possible. C'était comme si, à son contact, elle devenait enfin elle-même.

Jamais un mot de jugement ne franchissait les lèvres de son compagnon. Sa bouche n'avait que du plaisir à lui offrir. Et puisqu'il semblait impossible de choquer cet homme, elle partageait librement ses pensées avec lui, sans réfléchir à ce qu'il était possible ou non de dire. Entre ses bras, elle respirait si librement que la tête lui tournait.

— Lucie ?

Arrachée à ses rêveries, elle regarda les trois visages tournés vers elle avec curiosité.

— Hum, fit-elle. Pour l'instant, je n'ai pas d'autre idée pour publier notre rapport.

Ce n'était pas un mensonge. De plus, le contrat concernant le transfert des parts était encore en cours de rédaction chez l'homme de loi, un certain Beedle, qui semblait assez perplexe et…

— Lucie ?

À présent, tout le monde la regardait d'un air discrètement interloqué.

— Oui ?

— Nous… hum… nous ne parlons plus du rapport, expliqua Hattie avec diplomatie. Nous discutons de la foire de St. Giles.

— Toutes mes excuses. Bien sûr. La foire.

La foire annuelle qui se tenait dans les principales rues d'Oxford attirait des visiteurs de toute l'Angleterre.

— C'est dans trois semaines, n'est-ce pas ?

— Exactement, répondit Annabelle. Devons-nous réserver un stand ? Préparer une bannière ? Imprimer des tracts ?

Lucie poussa un soupir.

— Faire de l'activisme sur une foire locale… c'est un pari, dit-elle, pensive.

Certes, la foire de St. Giles attirait de nombreux visiteurs, aussi leur section devait-elle être présente. Toutefois, dans cette atmosphère de musique de cirque et d'excitation générale, les suffragettes et leurs revendications politiques sembleraient bien ternes. Comme on le lui avait dit sans douceur dans de semblables circonstances, elles étaient de véritables rabat-joie. En outre, dans la mesure où les festivités devaient se dérouler au cœur de la ville, on pouvait craindre que des professeurs ne reconnaissent des étudiantes d'Oxford parmi les activistes. Or, l'université ne voyait pas d'un très bon œil la question du suffrage féminin.

— Il faut le faire, dit Catriona. Il paraît qu'ils vont de nouveau installer la corde avec les trapèzes volants. Vous souvenez-vous de l'an dernier, quand les femmes et les jeunes filles ont eu le droit d'y aller pendant une journée, avant qu'on exige du propriétaire qu'il n'admette que les hommes et les garçons ? Je suppose que de nombreuses femmes ne seront pas très contentes de voir cela, surtout si elles se rappellent que l'an dernier, elles y ont eu accès.

Hattie hocha la tête avec enthousiasme.

— Il ne faut pas rater cette occasion, dit-elle. Qui n'a pas envie de faire un tour sur un trapèze volant ?

Lucie hocha la tête. Ses amies avaient raison. Elle aurait dû y penser elle-même. Cela ne lui ressemblait pas de laisser passer ainsi une belle occasion de recruter des membres.

— Très bien. Préparons quelques tracts et centrons notre message sur le trapèze plutôt que sur des questions trop politiques, trancha-t-elle. Annabelle, pouvez-vous vous en occuper ?

Pour sa part, elle n'en avait pas le temps. Elle retournait à Londres dès le lendemain afin de poursuivre les entretiens de recrutement pour les postes de dactylographes et de secrétaires, et la campagne de lady Harberton pour la bicyclette, dont elle ne s'était toujours pas occupée, flottait au-dessus de sa tête telle une épée de Damoclès.

— Je vais rédiger une proposition de tract, répondit Annabelle. Au fait, vous avez une réunion de travail à Westminster dans une quinzaine de jours avec lord Melvin au sujet de la proposition d'amendement de Montgomery.

Sans enthousiasme, Lucie inscrivit ce point dans son agenda. Encore un alinéa sur sa liste qui s'allongeait chaque jour. Elle pouvait presque se pardonner de laisser de nouveau ses pensées se tourner vers ce que la soirée lui apporterait…

Viendrait-*il* ?

Elle avait commencé à s'interroger. Pourquoi était-il toujours fidèle au rendez-vous ? Pourquoi ne s'était-il pas encore lassé d'elle ? La veille au soir, elle s'était demandé si c'était parce que, non content de posséder son corps, cet homme-là cherchait surtout à posséder son âme…

Tristan était étendu sur le dos, caressé par la cascade soyeuse des cheveux de Lucie sur son torse nu. *Rivières d'hiver sur la roche chauffée par le soleil…* Le poète en lui faillit s'esclaffer devant cette métaphore un peu ridicule. Les images que lui inspirait cette femme étaient d'un épouvantable sentimentalisme mais, au moins, les mots lui revenaient enfin. Bien entendu, elle n'aurait pas supporté l'idée d'être une muse, inspirant passivement le poète par la seule grâce de sa présence.

Profitant de ce qu'elle était encore assoupie, il prit une mèche d'or pâle pour la faire glisser entre ses doigts. Jamais il ne se lasserait de ce simple geste, de la volupté qu'il éprouvait à enrouler ses cheveux de soie autour de son poignet, de son cou, de son sexe, jusqu'à ce qu'il soit totalement pris dans les filets sensuels de la belle Lucie.

Hélas, le soleil se levait déjà derrière les rideaux dans Adelaide Street. Au loin montaient les bruits de la rue au petit matin : le claquement des sabots des chevaux de livraison, le cliquetis des pots de lait devant les portes. C'était l'inconvénient des chambres dédiées aux amours clandestines – entre leurs murs, on perdait facilement le sens du temps et des réalités.

Avec précaution, il fit rouler sa compagne sur le dos et se redressa sur un coude pour observer son corps de reine. Elle n'avait pas remis sa chemise de nuit avant de s'endormir, de sorte qu'il pouvait la regarder tout à loisir… et il ne s'en priva pas. Pendant des années, il avait rêvé de ses seins. Ses robes grises et guindées n'en révélaient rien, aussi son esprit fiévreux avait-il tout imaginé – parfois une poitrine menue et ferme sur un buste adolescent, parfois un ample giron dissimulé sous ses corsages. Il les aimait tels qu'ils étaient, parce qu'ils étaient les siens et qu'il pouvait enfin les lécher. Ce qu'il fit derechef, en se penchant vers elle pour faire courir sa langue sur une délicate pointe rose qui se durcit à ce contact.

Sous ses baisers, elle s'étira. Levant la tête, il la regarda ouvrir les paupières.

Sans la quitter des yeux, il laissa descendre sa main sur son abdomen, puis entre ses cuisses. Sous sa caresse impudique, elle se cambra. Il continua de faire danser ses doigts dans la douceur de ses replis les plus secrets, lui arrachant bientôt un soupir de plaisir.

— Bonjour, chuchota-t-il avant de se pencher vers elle pour l'embrasser.

D'un geste vif, elle repoussa alors sa main.

Il la regarda, perplexe.

— Voilà qui était inattendu, avoua-t-il.

Dans un gémissement, elle ferma de nouveau les paupières. Tristan se pencha vers elle, inquiet.

— Allez-vous bien ? Lucie, répondez-moi.

Elle lui décocha alors un regard accusateur.

— Ce n'est peut-être pas très sain, dit-elle d'une voix encore ensommeillée.

Rêvait-elle ?

— Qu'est-ce qui n'est pas très sain ?

— La fréquence de nos... rencontres.

Avec un soupir agacé, elle remonta les draps sur sa nudité.

— Vous m'avez dit qu'il fallait parfois plus d'une ou deux nuits pour assouvir un désir.

— En effet.

— Combien ? Combien faut-il de nuits ?

Tristan se redressa légèrement.

— Voilà une question intéressante.

Elle regarda le plafond, les bras croisés sur sa poitrine avec une modestie presque virginale. Pourtant, cette nuit, il n'y avait rien eu de virginal en elle quand elle l'avait chevauché comme si sa vie en dépendait. À cette seule idée, il avait les reins en feu.

— Cette... urgence, dit-elle. Cela ne se dissipe pas. Et épargnez-moi vos remarques de séducteur content de soi.

— Ce sont les premiers jours, répondit-il.

À sa propre surprise, il n'éprouvait pas la moindre arrogance. Il ressentait plutôt un mélange de désir... et d'inquiétude, car elle avait raison. Son désir pour elle ne se dissipait pas. Au contraire, il semblait se renforcer.

— Douze, dit-elle. Cela fait douze jours.

— Vous avez compté ? ne put-il s'empêcher de demander.

Nouant ses doigts aux siens, il porta sa main à ses lèvres. Quand il aspira son petit doigt dans sa bouche, elle poussa un léger soupir de surprise. Derrière des portes bien fermées, elle émettait toutes sortes de gémissements et de cris, parfois délicats, parfois enthousiastes, mais jamais cyniques et tous aussi excitants les uns que les autres. Toutefois, lorsque la jouissance l'emportait, elle restait toujours silencieuse. Cette nuit encore, alors qu'il avait rugi de plaisir, elle n'avait rien laissé entendre. Se retenait-elle ? Quelque chose l'empêchait-il d'exprimer son plaisir ? Cela le tracassait, mais il s'interdisait de lui poser la question. Si la femme la plus franche et directe de sa connaissance se taisait, elle devait avoir ses raisons.

Libérant sa main, il dit :

— Je n'ai pas été honnête avec vous.

Aussitôt, elle se tendit.

— Que voulez-vous dire ?

— Certaines passions ne peuvent s'assouvir dans l'obscurité.

— Oh.

— Nous sommes devant un problème délicat. Parfois, cette faim ne s'éteint qu'à force de jeûne. L'assouvir ne fait que la nourrir.

Elle réfléchit à cela en silence, puis se leva pour faire ses ablutions à la table de toilette installée dans un angle de la chambre.

« Cette pièce n'est pas faite pour elle », songea-t-il, toujours étendu sur le lit, tout en la regardant évoluer avec précaution dans l'étroit espace et s'essuyer avec une serviette usée jusqu'à la trame. Il aurait voulu la retrouver dans un endroit qui lui aurait mieux correspondu. Une vraie chambre à coucher dans une maison à la campagne, avec du personnel pour lui apporter son petit déjeuner le matin. Au réveil, elle était toujours affamée.

À présent qu'il la connaissait mieux, il savait qu'elle préférerait toujours la vérité au plus doux des mensonges. L'honnêteté, la seconde règle de Tristan, aurait dû lui commander de lui parler des tentatives de Rochester de le marier à sa cousine, et de son projet de partir pour les Indes avec sa mère afin de fuir une fois pour toutes la tyrannie de son père… mais par où commencer de tels aveux ?

Douze jours plus tôt, ou même une semaine auparavant, cela ne concernait en rien Lucie. Il n'aurait su dire à quel moment ils avaient franchi une ligne invisible, mais il devinait qu'à présent, s'il lui disait la vérité, elle se sentirait dupée et lui en voudrait terriblement.

Elle avait terminé sa toilette. Vaguement frustré, il la regarda faire disparaître son corps sublime sous les couches de vêtements.

— Je ne vous verrai pas ce soir, dit-elle alors en boutonnant sa veste.

Ces paroles lui firent l'effet d'un coup de poing. Contenant sa déception, il hocha la tête. Si elle n'avait pas envie de le retrouver ce soir-là, elle ne lui devait aucune explication. Bon sang, avec son petit discours sur la meilleure façon d'éteindre la flamme du désir, il venait stupidement de lui tendre une perche.

Percevant une hésitation en elle, il lui lança un regard interrogateur.

— Je serai probablement indisposée, murmura-t-elle en s'empourprant.

Il fallut quelques instants à Tristan pour saisir le sens de ses paroles. La question qu'elle abordait n'était pas un sujet de conversation ordinaire entre hommes et femmes, aussi était-il touché qu'elle l'évoque franchement au lieu de le laisser s'interroger sur ses raisons.

Il toussa pour s'éclaircir la voix.

— Dans ce cas, je présume que nous ne nous verrons pas pendant une semaine ?

Elle acquiesça d'un coup de menton et se tourna pour inspecter son reflet dans le petit miroir. Dans quelques instants, elle s'en irait. Et il ne la verrait plus pendant une semaine.

— Pardonnez ma question, mais serez-vous tout de même disponible dans la journée ?

Elle se tourna vers lui, les joues encore teintées de rose.

— Pourquoi ?

— J'aimerais vous proposer une sortie.

Elle fronça les sourcils d'un air perplexe.

— Une sortie ? répéta-t-elle. Rien de plus ?

— Comment, rien de plus ? Mes sorties sont toujours spectaculaires ! se défendit-il.

Elle parut se mordre les lèvres pour ne pas rire.

— J'aimerais vous emmener faire un tour en barque. Après-demain, par exemple, proposa-t-il.

Une lueur d'excitation alluma des étincelles d'argent dans ses beaux yeux gris, mais elle secoua la tête.

— On pourrait nous voir.

— Pas si nous allons en amont. À l'ouest de Margaret Hall, il n'y a que des vaches et des lapins.

S'il en jugeait par les expressions contradictoires qui passaient sur son visage, elle aimait cette idée… mais elle n'aimait pas du tout le fait d'aimer cette idée.

— Nous pourrions faire un pique-nique, poursuivit-il d'un ton désinvolte. C'est la saison des tartes aux fraises.

Visiblement indécise, elle se mordit les lèvres. Elle allait céder, il le savait. Il ne tenta même pas de cacher son sourire de triomphe. Elle était de maintes façons aussi gourmande que lui.

28

Les tartes aux fraises. Lady Wycliffe avait souvent averti Lucie que son goût pour les sucreries la mènerait à sa perte, mais cette promenade en barque sur les eaux de la Cherwell sous un grand ciel d'été tout bleu était une bien agréable façon de sombrer dans la décadence. Tandis que Tristan leur faisait remonter le courant sur les flots paresseux, le soleil caressait le visage de la jeune femme, et le parfum des fleurs de pommiers sauvages embaumait l'air.

Les paupières mi-closes, elle l'observait. Sa silhouette se découpait contre le ciel lumineux, avec ses bras solides qui maniaient la perche sans effort apparent, en longs mouvements réguliers. Dire qu'il était à elle pour la journée ! Il l'emmenait en promenade, comme s'il la courtisait. Elle en avait le tournis. Pas de doute, elle courait à sa perte.

Il n'avait pas coiffé de canotier, aussi dut-il mettre une main en visière sur ses yeux pour regarder alentour.

— Vous pouvez vous redresser, à présent, dit-il.

Afin d'éviter qu'on la reconnaisse, elle n'était montée dans la barque qu'en amont du hangar à bateaux de lady Margaret Hall et avait préféré rester discrètement étendue sur le fond de l'embarcation, sa robe bleu pâle protégée par le plaid que Tristan avait apporté, jusqu'à ce qu'on ne puisse plus les voir depuis le sentier.

Elle s'assit et remit son chapeau.

— Oh, que c'est beau ! s'exclama-t-elle.

Une végétation luxuriante bordait les rives ponctuées çà et là de saules pleureurs qui se penchaient avec langueur vers les eaux miroitantes. Les épaules de la jeune femme se soulevèrent et descendirent tandis qu'elle poussait un profond soupir. Voilà une éternité qu'elle n'avait pas été entourée d'un tel calme. Ôtant son gant droit, elle plongea les doigts dans l'onde fraîche de la Cherwell. Elle perçut plus qu'elle ne le vit le sourire de son compagnon qui l'observait.

Bientôt, Tristan dirigea la barque vers une petite crique de sable blanc, où ils étendirent le plaid pour s'installer.

— Voyons ce que mon brave Avi a estimé indispensable à notre pique-nique, dit-il en s'agenouillant pour ouvrir le panier en osier.

Lucie noua les bras autour du cou de son compagnon puis se pencha par-dessus son épaule et regarda le contenu du panier.

— Des boissons alcoolisées, je présume, dit-elle en riant.

De fait, le panier contenait une carafe de cristal emballée avec soin, des bouteilles de Pimm's, de champagne et de limonade... et un pot de fraises ridiculement petit. Un objet oblong enveloppé dans du papier brun s'avéra être un concombre pelé destiné à accompagner le cocktail.

Tristan se gratta l'arrière de la tête.

— La prochaine fois, marmonna-t-il, il faudra que je lui donne des instructions plus précises.

— Ne soyez pas trop dur avec lui, plaida Lucie. Il a sans doute préparé la même chose que pour toutes vos sorties galantes.

— Ma belle jalouse ! dit-il avant d'ôter sa veste pour préparer le cocktail dans la carafe.

Son breuvage se révéla plutôt puissant. Quelques coupes et plusieurs fraises au champagne plus tard, Lucie flottait dans une douce euphorie. Son compagnon était étendu sur le plaid, la tête sur l'abdomen de la jeune femme.

Il leva vers elle un regard paresseux.

— Sachez que je ne multiplie pas les sorties galantes, madame.

Posant sa paume nue sur la joue baignée de soleil de Tristan, elle répliqua :

— Ce n'est pas ce que disent les journaux, ainsi que d'innombrables femmes.

Tel un chat avide de câlins, il tendit la joue vers elle.

— Ils mentent, les uns comme les autres, répondit-il en fermant les yeux. Réfléchissez un instant. Depuis que je me suis engagé dans l'armée, je n'ai pas passé beaucoup de temps au pays. Pauvre de moi, je serais épuisé si j'avais couché avec toutes les personnes qui affirment avoir partagé mon lit !

Elle secoua la tête, perplexe.

— Pourquoi une femme mentirait-elle à ce propos ?

— Je présume que, comme j'ai la réputation d'être un bon amant, certaines veulent faire croire au monde qu'elles ont profité de mes talents. Bien des hommes sont de très mauvais séducteurs, au lit ou en dehors, voyez-vous. Vous n'imaginez pas le nombre de lits conjugaux qui restent froids.

L'intuition de Lucie lui disait qu'il n'exagérait pas. Son estomac se noua douloureusement. Elle n'avait pas besoin qu'on lui rappelle que les merveilleuses sensations qu'elle vivait avec lui étaient exceptionnelles, peut-être même uniques. Une interrogation glaçante lui vint alors à l'esprit : comment pourrait-elle continuer à vivre quand les meilleurs moments seraient derrière elle ?

Elle tressaillit. En un instant, le monde autour d'elle avait perdu ses couleurs joyeuses. Non ! protesta une petite voix en elle. Sa plus grande joie serait le jour où elle pourrait enfin voter lors d'élections législatives. Ce serait le couronnement d'une vie de combat. Et ce moment était indiscutablement devant elle. Il lui échappait même dans une continuelle fuite en avant, comme lorsqu'on tente de rattraper un arc-en-ciel.

D'un geste absent, elle caressa la joue de son compagnon.

— Alors… votre liaison avec lady Worthington ?

Il laissa échapper un petit rire.

— Un pur fantasme. Je ne lui ai jamais adressé la parole.

— L'épisode scandaleux avec Mme Bradshaw dans une buanderie ?

— Forgée de toutes pièces par un journaliste délirant du *Punch*.

— L'histoire de l'atterrissage dans le buisson de rosiers sous les fenêtres de lady Rutherford ?

Il ouvrit un œil.

— Celle-ci est exacte.

Tournant la tête, il déposa un baiser sur les doigts de Lucie.

— Vous êtes très bien informée de ma vie privée, dit-il.

— Grâce à Hattie, murmura-t-elle, distraite par la douceur de ses lèvres sur sa main. Elle dévore la presse à scandale et croit devoir partager ses lectures avec tout le monde. Pourquoi cultiver une telle réputation de séducteur si la moitié seulement de ce qu'on raconte est vraie ?

Quand il glissa sa langue entre son majeur et son annulaire, elle retira sa main.

— Très bien, dit-il. Quand j'étais jeune et sot, j'ai remarqué que non seulement cela contrariait au plus haut point Rochester, mais aussi que cela titillait les femmes d'un certain âge que j'avais envie de séduire. C'était même d'une efficacité remarquable. Alors, sans réfléchir, j'ai soufflé sur ces flammes. Très rapidement, le feu a pris une vie propre. C'est l'opinion publique qui décide du moment où une célébrité tombe dans l'oubli.

— Exact, concéda-t-elle avec une pointe d'amertume.

— Vous devez en savoir quelque chose, Tedbury la Furie, ajouta-t-il en cherchant son regard.

Un regard complice passa entre eux, la faisant sourire. Entre célébrités sulfureuses, on se comprenait.

Puis il se redressa, la prit dans ses bras et l'entraîna avec lui sur le plaid en lui plaquant le dos contre son torse, avant d'enfouir son visage dans ses cheveux.

Lucie continuait à s'émerveiller de la façon si naturelle dont leurs corps fusionnaient. Comme si, malgré leur différence de taille, ils avaient été faits l'un pour l'autre. Quand ils étaient étendus, ils allaient parfaitement ensemble.

Sous sa joue, le lainage du plaid était chaud et un peu rugueux. Une abeille tourna près de son visage en bourdonnant, mais elle n'eut pas le courage de la chasser. Une bienheureuse lassitude s'était emparée d'elle. Soudain, elle s'avisa qu'elle n'avait pas eu mal à la tête depuis des semaines.

— Vous me tenez souvent ainsi, quand vous dormez, murmura-t-elle.

— Oui, répondit-il à son oreille. Cela apaise les terreurs nocturnes.

— Les terreurs… à cause de la guerre ?

Elle se souvenait de leur conversation sur le seuil de sa porte, sous la pluie, le soir où il avait volé à sa rescousse dans le parc.

— Viennent-elles vous hanter dans votre sommeil ?

— À l'occasion.

Il la libéra, roula sur le dos et reprit :

— Cela a été tellement effroyable…

Intriguée, elle se tourna vers lui et se redressa sur un coude.

— Effroyable, répéta-t-il, les yeux au ciel. Et inutile, ce qui est encore pire.

— Pourquoi cela a-t-il été inutile ?

Il ne la regardait toujours pas.

— Vous voulez savoir ce que je pense de la guerre ?

— Oui.

Pour tout dire, elle voulait savoir ce qu'il pensait de bien des choses.

— C'est un crime. Un crime contre eux, contre nous.

Il chercha son regard.

— Je vous choque ?

— Poursuivez, dit-elle lentement.

— Je me souviens de la première fois que j'ai compris cela. J'étais occupé à installer le campement sur une plaine immense. Tout autour de moi m'était étranger : les montagnes déchiquetées à l'horizon, les animaux sauvages, l'odeur qui flottait dans l'air... J'aurais aussi bien pu me trouver sur la Lune tant je me sentais loin de l'Angleterre. D'un rivage à l'autre, le voyage avait duré un mois. L'Afghanistan pourrait être rayé de la carte sans que personne le sache en Angleterre, et inversement. Pourtant, nous nous sommes donné la peine d'aller là-bas, alors qu'eux ne sont jamais venus jusqu'à nous et ne le feront jamais, et nombre de ces gens sont morts de faim et ont été assassinés, sans compter que j'ai dû inhumer de bons Anglais en terre étrangère. Tout cela à cause d'un manifeste expansionniste tory que Disraeli a publié à seule fin d'assouvir ses ambitions personnelles. Oui, il y a peut-être des intérêts économiques en jeu par le biais d'une longue et complexe chaîne de causes à effets, mais l'impression globale d'absurdité demeure, et c'est peut-être le pire. Vivre et mourir pour une cause qui en vaut la peine, pourquoi pas, mais pour une cause absurde ?

Elle l'observa, alarmée.

— Est-ce de cela que vous parlez dans vos carnets de guerre ?

Il la regarda en plissant les yeux.

— C'est possible.

— Vous n'hésiterez pas à mettre en péril London Print avec vos publications séditieuses ? Et vous m'interdisez de parler de la cause des femmes ?

Sous le gouvernement tory, dénoncer ouvertement cette guerre expansionniste revenait à un acte de trahison ; ceux qui prenaient un tel risque étaient considérés comme de dangereux extrémistes. Et avec Gladstone, le Premier ministre actuel, Lucie n'avait pour l'instant aucune raison de penser que cela était près de changer.

Son compagnon l'observa d'un air intrigué.

— Vous inquiétez-vous pour moi ? Craignez-vous que je n'aie maille à partir avec la justice ?

Elle s'agita, mal à l'aise. Elle ne s'était pas attendue qu'il nourrisse des opinions aussi radicales. Elle avait - très naïvement, elle le comprenait à présent - sous-estimé la profondeur des cicatrices que lui avait laissées la guerre. Et, oui, elle s'inquiétait pour lui.

— Je comprends vos sentiments, dit-elle en toute honnêteté. Je suppose que je me suis un peu trop attachée à notre maison d'édition.

— Alors c'est la nôtre, à présent ? demanda-t-il. Rassurez-vous, je sais tourner une phrase. Ils liront ce qu'ils auront envie de lire dans mes écrits.

— Vous êtes doué avec les mots, concéda-t-elle.

Ne voulant pas remuer trop de souvenirs douloureux, elle poursuivit :

— Et la poésie ? Comptez-vous en publier de nouveau ?

Non seulement cela ne chassa pas l'expression pensive de Tristan, mais son humeur parut encore s'assombrir.

— Je ne sais pas..., murmura-t-il.

— Pourquoi pas ?

— Comme vous me l'avez fait savoir à Claremont de la façon la plus claire, vous voulez de la vérité dans l'art.

Au souvenir de cet épisode, elle esquissa un léger sourire.

— Je vous ai vexé.

— Oui, admit-il. Parce que je suis d'accord avec vous. Et il se trouve que la vérité et moi avons des relations assez tendues.

Voyant sa surprise, il poursuivit :

— Comme vous le savez, mon père a fait de son mieux pour me construire, à coups de fouet s'il le fallait. Il y a assurément pris plus de plaisir que nécessaire, mais je veux croire qu'il espérait, au moins en partie, me simplifier les choses et m'enseigner à distinguer le bien du mal sans la moindre hésitation. Il estimait probablement qu'un homme a plus de chances de rester droit quand les choses sont claires et simples dans son esprit. Pour ma part, je trouve qu'elles sont rarement d'un bloc. Et je pense que la vérité est inaccessible. Plus vous tentez de la saisir, plus elle vous échappe. Je n'ai réussi à la capter qu'une fois et j'en ai fait les poèmes de *Pocketful*. Puis je suis parti à l'étranger et, depuis, je n'ai rien écrit de valable.

Lucie comprit alors que par « vérité », il ne comprenait pas « honnêteté », mais quelque chose de plus essentiel : le même mystère, peut-être, que celui que poursuivaient Hattie, qui était furieuse pendant des jours parce qu'une de ses peintures « manquait d'âme », ou Annabelle, qui travaillait tard dans la nuit pour « capter l'esprit » d'un texte antique dans une traduction.

Elle fit courir le bout de son doigt sur la lèvre boudeuse de son compagnon.

— Pour ce que vaut mon avis, murmura-t-elle, je crois que votre père vous a détruit au lieu de vous construire.

Il se figea. Un cortège de pensées et d'émotions défila dans son regard, avant de disparaître aussitôt. Puis il roula sur le côté, le menton dans sa paume, les traits figés en une expression de prudente neutralité.

— Et vous ? demanda-t-il. En dehors du dévouement pour votre combat, nourrissez-vous d'autres aspirations plus personnelles ?

— Non, répondit-elle en secouant la tête, amusée par la naïveté de sa question. Jamais.

— Jamais, cela dure longtemps, murmura-t-il paisiblement.

— Je n'ai pas le choix. Vous souvenez-vous de la citation au-dessus de ma cheminée ?

Il réfléchit un instant, puis hocha la tête.

— « Je ne souhaite pas que les femmes aient du pouvoir sur les hommes, mais sur elles-mêmes. »

— Exactement. Mary Wollstonecraft a écrit cela en 1792. 1792, Tristan ! C'était il y a presque un siècle, et nous sommes toujours en train de nous battre.

Il fronça les sourcils, pensif.

— En effet, c'est bien long.

— Et prenez John Stuart Mill... Voilà quinze ans qu'il tente de faire de nous des égaux. Le saviez-vous ?

— Oui.

— Eh bien, jusqu'à présent il a échoué. Ou regardez Gladstone. Il nous a promis la lune tant que nous supportions sa campagne électorale. Récemment, j'ai découvert qu'il muselait les membres de son cabinet quand des lois oppressives devaient être votées. Il a personnellement interdit au mari de Millicent Fawcett de s'abstenir. Rendez-vous compte ! Cet homme n'a même pas eu le droit de s'abstenir de voter contre nous, contre les intérêts de sa propre épouse !

— Le comportement de Gladstone est déplorable, confirma Tristan d'un ton paisible.

— Alors vous comprendrez que quand je dis « jamais », c'est « jamais ». S'ils voulaient nous écouter, il y a longtemps qu'ils l'auraient fait. J'essaie de me convaincre du contraire, mais il est fort probable que je serai déjà froide dans ma tombe quand les femmes de Grande-Bretagne seront libres.

La main de Tristan enveloppa les siennes, chaude et rassurante.

— Et si c'est effectivement le cas ?

Elle plongea son regard dans le sien.

— Alors je quitterai ce monde en sachant que j'ai vécu pour une cause juste et je n'aurai pas de regrets.

En un éclair, il roula sur elle, et elle se retrouva sous son grand corps solide. Toutefois, son rire de surprise se dissipa vite, car il la couvait d'un regard si ardent qu'une coupable faiblesse la gagnait.

— Ah, princesse ! s'exclama-t-il avec une tendresse qu'elle ne lui connaissait pas. À côté de vous, me voilà bien humble.

— Comme si vous étiez capable de la moindre humilité !

Il tenta de l'embrasser, mais elle détourna la tête.

— Et pourquoi m'appelez-vous ainsi ? demanda-t-elle. Princesse ?

Il poussa un soupir.

— Vous n'avez toujours rien lu de Tennyson, n'est-ce pas ?

— Non, admit-elle.

— Il a écrit un poème intitulé *La Princesse*. Il y parle de femmes telles que vous.

Elle esquissa un sourire surpris… et un peu flatté.

— Que dit-il ?

— Je vais vous en citer un passage, vous verrez.

— Si vous insistez.

Il rit doucement.

— Comment résister à une demande si enthousiaste ?

Il y avait toujours un sourire dans sa voix quand il récita :

Mais pendant qu'ils parlaient,
au-dessus de leurs têtes je vis
Le guerrier féodal en robe de femme…
Qui repoussait férocement l'ennemi de ses murs
Et je louai ardemment sa noblesse,
« Où, demanda Walter… vit une telle femme à présent ? »
Lilia répondit aussitôt : « Elles sont des milliers maintenant,
Ces femmes-là, mais les conventions les écrasent.
Cela ne fait que commencer, rien de plus.
Vous, les hommes, avez fait cela. Que je vous déteste !
Ah, si j'étais quelqu'un de grand ! J'aimerais être
Quelque puissante poétesse,
alors je vous ferais honte
De tant aimer nous traiter en enfants !
Oh, j'aimerais
Être quelque grande princesse, et je bâtirais
Loin des hommes un collège semblable
à ceux des hommes ;
Et j'y enseignerais tout ce que l'on enseigne
aux hommes ;
Nous sommes deux fois plus rapides ! »

Longtemps avant qu'il ait terminé, une étrange sensation avait commencé à monter et à descendre le long de la colonne vertébrale de Lucie, comme si des fragments de pensée tentaient de s'assembler en elle.

— Je dois admettre, dit-elle, que je préfère de loin ceci à *L'Ange dans la maison* de Patmore.

— Cependant, vous semblez dubitative, constata-t-il. Pourquoi ?

Elle le regarda droit dans les yeux.

— Ce poème célèbre-t-il réellement les femmes anticonformistes, ou s'achève-t-il sur une sinistre conclusion ?

— Il n'exprime que de l'admiration, répondit Tristan avec un sourire qui fit plisser ses yeux.

— Bien, mais voilà des années que vous m'appelez « princesse », alors que nous venons seulement de nous rapprocher.

Les yeux de son compagnon se firent soudain opaques, telle une source aux eaux troublées par un mouvement dans leurs profondeurs.

Il tenait toujours son visage entre ses mains. Avec une tendresse inattendue, il effleura ses pommettes du bout de ses pouces.

— Peut-être parce que je vous ai toujours admirée, Lucie.

À ces mots, la jeune femme eut l'impression que son esprit se vidait de toute pensée. L'espace d'un instant, elle en eut le souffle coupé, comme si elle avait perdu tous ses repères.

— Est-ce dans vos habitudes de teindre en bleu les cheveux d'une femme que vous admirez ? marmonna-t-elle.

Il ne sourit pas.

— À l'époque où j'ai mis de l'encre sur vos tresses, je n'étais qu'un gamin idiot. Toutefois, si je vous présente toutes mes excuses, je n'éprouve pas le moindre regret. Je n'avais jamais rien touché d'aussi doux que vos cheveux.

Il les caressait à présent avec une véritable révérence. C'était la première demande qu'il avait formulée le jour où leur relation avait franchi un point de non-retour : qu'elle dénoue ses cheveux. Depuis combien de temps en rêvait-il ?

Le cœur de la jeune femme battait beaucoup trop vite à son goût. En quelques phrases lancées d'un ton désinvolte, il était en train de réécrire le passé, qui ne correspondait plus soudain à ce qu'elle s'était toujours représenté.

— Je préférerais que vous ne disiez pas ce genre de choses, protesta-t-elle faiblement.

Les mains de Tristan s'immobilisèrent.

— Pourquoi ?

— Parce que je pourrais être tentée de les croire.

Voyant qu'il s'apprêtait à répondre, elle secoua la tête pour l'interrompre. Le martèlement de son cœur, son souffle court… C'était de la peur. Car il semblait logique, et même naturel, qu'un passé plein de tendresse et un présent vibrant de magie mènent à un avenir en commun.

Ce qui était impossible.

Rien ne prospérait, rien ne survivait à moins de pouvoir continuer à croître, or, à part ces délicieux moments volés, l'attirance qui s'était formée entre eux n'avait nulle direction où s'écouler. Même si les paroles qu'il prononçait à présent étaient sincères, Lucie était fermement décidée à ne jamais se marier. Pour lui, c'était au contraire une obligation. Et en cet instant, au bord de cette rivière, enivrée de Pimm's et des tendres caresses de son amant dans ses cheveux, elle aurait aimé que tout soit différent. Et c'était ce qui l'effrayait le plus.

Elle leva les yeux vers son beau visage et noua les bras autour de son cou.

— Embrassez-moi, ordonna-t-elle.

Il hésita, comme s'il était tenté d'insister pour obtenir des réponses, mais parut se raviser. Une pensée semblait avoir traversé son esprit et apaisé sa fièvre. Toutefois, quand il baissa les paupières, elle s'interrogea. Était-ce de la culpabilité qu'elle venait de voir au fond de ses yeux ?

Quelques jours plus tard, alors que Lucie était à son bureau, occupée à déchiffrer un indigeste texte juridique concernant les lois sur le divorce dont elle avait repoussé la lecture durant des jours, Annabelle vint la voir sans s'être fait annoncer.

Avant même qu'elles aient échangé les salutations d'usage, elle comprit, à l'expression grave de son amie, qu'il ne s'agissait pas d'une simple visite amicale. Elle demanda à Mme Heath de leur préparer du thé et de l'apporter au salon.

— Nous avons peut-être un suspect dans l'affaire des pamphlets de Claremont, déclara Annabelle en s'asseyant devant la table basse en désordre.

Lucie s'étonna d'être aussi surprise par cette nouvelle. À vrai dire, elle avait totalement oublié cet épouvantable épisode. Les dernières semaines étaient passées comme dans un rêve.

— Je suis tout ouïe, dit-elle.

À cet instant, Mme Heath apporta un plateau qu'elle déposa sur la table. Annabelle attendit qu'elle soit partie pour reprendre :

— Nous pensons que cela pourrait être votre cousine. Lady Cecily.

Lucie sursauta.

— En êtes-vous certaine ?

Annabelle hocha la tête.

— Une jeune femme dont la description lui correspond en tout point a été vue entrant dans votre chambre le soir du bal. Elle en est sortie peu de temps après. Si nous n'avons cette information que maintenant, c'est parce que le valet de pied qui l'a remarquée – sans rien soupçonner sur le moment – est parti le lendemain du bal pour un séjour chez ses parents.

Lucie garda le silence un long moment.

— Cela soulève plus de questions que cela n'apporte de réponses, dit-elle finalement. Quel aurait pu être son motif ?

— Je n'en sais rien, mais j'ai demandé à Montgomery de ne prendre aucune décision avant que je vous aie consultée. Après tout, il s'agit d'une personne de votre famille.

— Je vous en suis reconnaissante, mais je n'ai aucune idée de ce qu'il faut faire. La nature de vos preuves est si fragile que mes parents risquent fort de nier ou, pire, de m'accuser de faire porter le blâme sur ma cousine en usant de votre influence sur Montgomery.

Son amie hocha la tête.

— C'est un peu ce que je craignais.

Cecily. Qui aurait cru que ces yeux bleus innocents cachaient tant de perfidie ? *Elle a toujours eu deux visages, l'aurais-tu oublié ?*

— Je propose que nous ne fassions rien pour l'instant, conclut-elle.

— Je suis navrée d'être la messagère d'une nouvelle aussi déprimante.

— Et moi, je vous suis très reconnaissante de me l'avoir apportée.

Soudain, Lucie s'avisa qu'elle aussi avait quelque chose à annoncer. Se levant, elle se dirigea vers son bureau pour y prendre une petite carte destinée à Annabelle, qu'elle avait rédigée tôt ce matin-là.

— Une invitation à un déjeuner de célébration organisé par le consortium d'investissement, expliqua-t-elle.

— Il y a donc quelque chose à célébrer ? demanda Annabelle en retournant l'enveloppe dans sa main.

Le cœur de Lucie battit un peu plus vite.

— Oui.

Son amie leva vers elle un regard interrogateur.

— Nous détenons de nouveau la majorité des parts de London Print, poursuivit Lucie.

L'homme de loi, M. Beedle, avait apporté les contrats la veille, et Tristan et Lucie avaient apposé leur signature sur les petites lignes pointillées. Par la suite, Tristan s'était montré étrangement taciturne, et Lucie n'avait pas éprouvé l'euphorie escomptée.

Annabelle déposa l'invitation sur la table.

— Pour une raison que je ne m'explique pas, j'ai des réticences à vous demander comment vous avez accompli ce miracle.

— Disons que j'ai… franchi le Rubicon.

Son amie écarquilla les yeux de surprise.

— Bonté divine ! Alors c'était lord Ballentine ?

Pour toute réponse, Lucie hocha brièvement la tête.

— Seigneur, murmura Annabelle.

L'espace d'un instant, Lucie se demanda si elle avait eu tort de mettre leur amitié à l'épreuve d'un tel secret, et si elle avait été stupide, ou égoïste, de se décharger ainsi de ce poids.

Pourtant, ce n'était pas seulement pour soulager sa conscience qu'elle avait laissé l'aveu jaillir de ses lèvres. Elle ressentait une soudaine envie de faire savoir au monde entier que Tristan était son amant. À plusieurs reprises, elle avait dû lutter contre l'impulsion de le crier sur les toits d'Oxford.

Annabelle posa une main sur la sienne.

— Allez-vous bien ? demanda-t-elle, ses grands yeux verts soudain alarmés.

— Oh oui. La proposition est venue de Ballentine, mais j'assume totalement ma décision de l'avoir acceptée.

Et elle continuait à l'assumer, nuit après nuit. Du moins, dans la mesure où un opiomane est libre de se rendre dans une fumerie d'opium…

Annabelle devait avoir compris la situation, car son expression se fit franchement inquiète.

— Est-il bon avec vous ?

Était-il bon avec elle ?

Lucie savait qu'elle se sentait légère et, elle osait le dire, heureuse entre ses bras. Il la faisait rire. Et, après la décevante pénurie de tartelettes aux fraises durant leur pique-nique, il lui en avait apporté un plein panier la veille au soir.

— Je vois, dit Annabelle.

Lucie se rendit compte qu'elle était restée silencieuse, un sourire rêveur aux lèvres.

— Qu'avez-vous dit au consortium ? Comment avez-vous présenté cette… hum… négociation ?

— Par une demi-vérité, avoua Lucie. Je leur ai dit que nos rencontres régulières à London Print avaient convaincu lord Ballentine de mes compétences et de ma bonne volonté et qu'il souhaitait retrouver une vie plus paisible sans toutefois renoncer à ses bénéfices s'il nous vendait des parts.

— Vos rencontres régulières, répéta Annabelle. Très bien. Euh… Lucie ?

— Oui ?

— Quand vous aurez besoin de parler, je serai là.

« Quand », pas « si ». Comme toujours, Annabelle comprenait très bien.

— Bien, reprit Lucie d'un ton léger. Avez-vous avancé sur les tracts pour la foire de St. Giles ? Je me suis aperçue hier que nous devions les faire imprimer avant la fin de la semaine.

Quelques jours plus tard, Lucie paressait dans le mauvais lit d'Adelaide Street, profitant de ce que Tristan était descendu dans la cour chercher de l'eau fraîche à la pompe pour passer mentalement en revue sa liste de choses à faire.

Elle n'avait toujours pas envoyé de réponse à Millicent Fawcett au sujet de la dernière proposition d'amendement pour l'Acte sur les maladies contagieuses.

Elle devait rédiger la lettre d'information du mois de juillet.

Il fallait parfaire la nouvelle version du contenu du premier magazine afin de l'envoyer à l'imprimerie dans les délais.

Elle n'avait toujours pas progressé sur la satanée campagne de lady Harberton pour les femmes à bicyclette.

Et elle devait encore envoyer à lord Melvin la synthèse des activités récentes de la société pour le suffrage féminin.

Voyons, lord Melvin…

— Enfer ! s'exclama-t-elle.

La réunion de travail avec lord Melvin pour préparer l'amendement sur l'Acte de propriété des femmes mariées était prévue pour aujourd'hui.

Elle l'avait complètement oubliée.

Sautant du lit, elle chercha frénétiquement ses vêtements épars dans la pièce.

Apercevant un bas, elle se rua pour le ramasser tout en réfléchissant à toute vitesse. Un train quittait Oxford à 11 heures pour la gare de Paddington, mais elle aurait beaucoup de chance si elle parvenait à trouver un fiacre à temps. En hâte, elle passa ses culottes, sa chemise, son autre bas, son jupon… Les nœuds et les rubans échappaient à ses doigts, rendus malhabiles par l'affolement.

Tristan la trouva ainsi, tournant sur elle-même à la recherche des attaches dissimulées sur l'arrière de sa jupe. Un broc à la main, il la regarda tournoyer d'un air amusé.

— Je laisse une amante assoupie et je retrouve un derviche tourneur, dit-il en riant. Que vous arrive-t-il ?

— Je dois aller à Londres. Je devrais déjà y être.

Elle devait également revoir ses priorités, songea-t-elle. Elle s'était montrée négligente. Voilà des jours qu'elle n'était pratiquement pas rentrée chez elle.

Son compagnon déposa le broc sur la table.

— À Londres ? Pour quoi faire ?

— J'ai un rendez-vous de travail. À midi. Je vous en prie, faites quelque chose !

Il l'aida à enfiler sa robe.

— À midi ? demanda-t-il. Vous n'y serez jamais.

— Il le faut, marmonna-t-elle tout en boutonnant son corsage.

— Mais…

Un bouton s'accrocha et se détacha. À présent, il ne tenait plus qu'à un fil.

— Flûte, marmonna-t-elle.

— Lucie.

Au contact de sa main sur le sommet de sa tête, son premier réflexe fut de reculer dans un sursaut, mais elle ne pouvait pas le blâmer. Elle était la seule responsable de ce qui lui arrivait. Certes, il n'avait pas beaucoup insisté pour qu'elle rentre chez elle s'occuper de ses affaires, mais pourquoi l'aurait-il fait, s'il pouvait l'avoir auprès de lui, offerte à ses tendres assauts ?

Prenant une profonde inspiration, elle le regarda droit dans les yeux.

— Nous ne pouvons pas continuer ainsi, s'entendit-elle déclarer. Pas ainsi.

Il parut se pétrifier.

Elle en eut le cœur si serré qu'elle crut qu'il allait s'arrêter de battre.

— Souhaitez-vous rompre ? demanda-t-il.

— Je…

Elle secoua la tête, indécise.

— Cela ne peut pas continuer ainsi, répéta-t-elle.

Il parut se détendre imperceptiblement.

— C'est la prérogative de la dame de mettre un terme à une liaison, dit-il, et en temps normal, je ne demanderais aucune explication. Toutefois, étant donné la vitesse à laquelle vous êtes passée d'une agréable satisfaction à cet affolement, au diable les convenances. Que se passe-t-il, Lucie ?

Contrariée, elle étira ses doigts crispés. Par où commencer, dans la liste qu'elle venait de dresser mentalement ?

— J'ai des responsabilités, dit-elle. Beaucoup de responsabilités.

— Vous en avez toujours eu. Cela n'explique pas que vous preniez la fuite brusquement.

Toujours immobile, il darda sur elle un regard qui avait pris des lueurs d'acier et attendit. Si elle décidait de quitter définitivement cette chambre pour se consacrer à sa mission sacrée, il ne la retiendrait pas. Hélas, ce n'était pas en prenant la fuite qu'elle retrouverait sa vie d'autrefois, elle le savait très bien.

— J'ai manqué un rendez-vous avec lord Melvin, dit-elle d'un ton acerbe. Parce que j'étais au lit avec vous.

Le regard de son compagnon étincela.

— Melvin, dit-il entre ses dents.

— Je ne m'attendais pas que vous compreniez.

Elle mentait. Elle avait espéré qu'il comprendrait. Et elle était déçue.

— Il se trouve que je prends mes rendez-vous au sérieux, poursuivit-elle. Ils sont importants pour mon combat, et je…

À son grand désarroi, sa gorge se noua douloureusement.

— Où sont mes chaussures ? marmonna-t-elle.

Elle en aperçut une près de la chaise, couchée sur le côté, les lacets en désordre, telle une bête renversée par une voiture gisant sur la chaussée. Elle se laissa tomber sans grâce sur le siège et glissa son pied dans la bottine.

Aussitôt, Tristan posa un genou à terre, chassa ses mains de la chaussure et noua ses doigts aux siens.

— Je pourrais vous aider, proposa-t-il.

— Vous ? dit-elle en le regardant, surprise. M'aider ?

— Je m'efforcerai de ne pas me vexer de votre incrédulité, dit-il vertueusement.

— Je n'ai pas besoin d'aide.

— Très bien. Dans ce cas, accordez-moi le plaisir de me rendre utile, adorable tête de mule.

Elle hésita.

— Voyons, vous ne savez rien de mon travail !

Il haussa un sourcil, ironique.

— Vous en parlez tout le temps.

— Vraiment ?

— Absolument.

— Et vous m'écoutez ?

Il haussa les épaules.

— Je vous écoute quand cela m'intéresse.

— Oh ! Et depuis quand le droit de vote pour les femmes vous intéresse-t-il ?

— Je n'y ai jamais été opposé. Et *vous* m'intéressez. Cela me suffit.

Étrange. Il semblait parfaitement sérieux.

Peut-être le moment était-il venu de savoir si Tristan était capable d'éprouver de l'intérêt pour la Cause en elle-même. La réunion avec lord Melvin était ratée de toute façon. Autant s'attaquer à une autre tâche. Par exemple, la pile de courrier qui l'attendait chez elle.

Lucie avait encore le souffle un peu court. L'émotion, sans doute. Car elle découvrait qu'elle était sujette à l'émotion.

— Je pars la première, dit-elle. Je vous déverrouillerai la porte de la cuisine pour que vous puissiez entrer.

29

Apercevant les trois sacs en toile de jute pleins à craquer qui trônaient au milieu du salon de Lucie, Tristan pila net sur le seuil avec un sifflement de surprise.

— Quand vous parliez de sacs de courrier, ce n'était pas une image ! s'exclama-t-il.

En ôtant sa veste, il s'approcha du bureau. Fascinée, Lucie le regarda rouler ses manches, révélant ses solides avant-bras. Tout dans son attitude exprimait une résolution diablement séduisante.

— Que dois-je faire ? demanda-t-il en se tournant vers elle d'un air plein de bonne volonté.

M'embrasser.

Elle s'éclaircit la voix.

— Vous prenez une lettre, vous déterminez si l'expéditrice est une femme mariée et si ses griefs concernent son couple. Si c'est le cas, vous classez la lettre dans une des catégories suivantes.

S'étant tournée pour ouvrir les portes d'un petit meuble en bois de cerisier, elle en sortit des boîtes étiquetées et un carnet de suivi.

— Les femmes mariées peuvent exprimer cinq principales difficultés, expliqua-t-elle en déposant les boîtes l'une à côté de l'autre sur la longue table. Maltraitances émotionnelles ou physiques, privations financières, mélancolie due au manque de buts dans la vie, ou une combinaison de tout cela.

Tristan ne répondit pas. Quand elle pivota vers lui, il semblait pensif.

— Bien. Continuez, dit-il avec un signe de la main.

— Vous classez chaque lettre dans une catégorie et vous inscrivez dans le carnet de suivi le nombre de lettres ajoutées à chaque boîte. C'est tout.

— Je vois, dit Tristan d'un ton si neutre que c'en était suspect.

— Je vous en prie, dit Lucie en lui présentant le premier sac d'un geste élégant.

— Lucie…

Il paraissait de nouveau soucieux.

— Au nom du Ciel, quel est le but de ce décompte macabre ?

— Macabre ? C'est de la recherche, rectifia-t-elle.

— Et que cherchez-vous exactement ?

— Savez-vous quel est le principal argument de l'opposition à un amendement de l'Acte de propriété des femmes mariées ?

Il eut au moins la décence de paraître vaguement gêné.

— Je crains que non, avoua-t-il.

— Ils prétendent que nous devons maintenir cette loi parce que si une femme n'est pas totalement dépendante de son mari, cela menacera l'harmonie du foyer. Leur raisonnement est que c'est seulement quand une épouse dépend totalement de son mari qu'il se sent obligé de prendre soin d'elle en dépit de ses égoïstes intérêts masculins. Selon les mêmes principes, cela est censé décourager la femme de manquer de respect à son protecteur et lui donner envie de se conduire en bonne épouse.

Il esquissa un sourire sans joie.

— Il y a une certaine logique dans tout cela.

Lucie lui décocha un regard noir.

— La logique n'a aucune valeur quand ses postulats ne sont pas ancrés dans la réalité. Nous avons rassemblé de nombreuses preuves que le mariage ne protège pas les femmes de la négligence, voire de la cruauté. Nous pourrions même aller jusqu'à affirmer que c'est exactement l'inverse qui se produit. Ce qui signifie que le principal argument contre l'amendement de cette loi n'est pas valable, que ce soit sur le plan moral ou sur le plan factuel. Les personnes qui continueront à le brandir devront courir le risque de voir leurs affirmations largement contredites par les faits. Ceci...

Elle désigna les trois sacs remplis de courrier.

— ... est notre dossier contre l'Acte de propriété des femmes mariées.

Tristan lui jeta un regard indéchiffrable, mais elle pouvait presque entendre les rouages de son esprit tourner à toute vitesse.

Secouant la tête, il tendit la main vers le coupe-papier. Puis il prit une enveloppe dans le sac devant lui et l'ouvrit d'un élégant mouvement de poignet.

— « Chère madame, lut-il à haute voix. Voilà trente ans que Florence Nightingale s'est embarquée pour les champs de bataille de Crimée où, à elle seule ou presque, elle a sauvé d'une mort certaine des milliers de nos soldats blessés. Hélas, l'existence de femmes telles que moi n'a pas changé depuis, bien que Mlle Nightingale ait démontré le courage et les capacités du beau sexe. Et je parle bien d'une existence, et non d'une vie, parce que nous ressemblons à de jolis bibelots, décoratifs mais finalement inutiles, notre place étant décidée par d'autres que nous. Je ne peux m'empêcher de trouver que nos vies manquent de sens et sont artificiellement remplies par des tâches et des rituels vides de sens, qui n'aident en rien à nous élever ou à changer les cruelles réalités qui frappent ce monde – la pauvreté, les maladies, la maltraitance des enfants, pour n'en nommer que quelques-unes. Certains jours, j'en ai le souffle coupé et le cœur oppressé, quand je regarde ma vie filer entre mes doigts comme du sable dans un sablier... » Hum.

Il laissa la lettre tomber au centre de la table et regarda Lucie d'un air dubitatif.

— Je suppose que celle-ci va dans la catégorie « Mélancolie » ?

Sans attendre sa réponse, il prit la lettre suivante sur la pile.

— D'une certaine Mme Annie Brown... « Chère madame, je suis de plus en plus convaincue que le combat pour les droits des femmes mariées sera plus long et plus rude que toutes les autres batailles que le monde ait connues. Depuis toujours, on a enseigné aux hommes qu'ils étaient les monarques absolus dans leur famille et que tuer une épouse à petit feu n'était pas un meurtre... »

Sa voix s'étrangla dans sa gorge.

— Enfer, murmura-t-il après un silence.

Ce fut tout ce qu'il dit pendant un long moment.

Au début, Lucie tenta à plusieurs reprises de lui parler, mais il ne répondit que par des marmonnements distraits, si bien qu'elle finit par renoncer. Il ne toucha pas aux biscuits ni au thé qu'elle lui servit quand l'horloge sonna 11 heures. Il déclina également le cognac qu'elle lui proposa. Le front barré d'une ride, il semblait plongé dans une intense concentration. Entre deux lettres, elle lui lançait parfois des regards à la dérobée. Elle découvrait tant de facettes chez cet homme qu'elle avait toujours trouvé désespérément creux !

Elle avait vidé son propre sac et attaqué le suivant, alors que celui de Tristan était encore à moitié plein. Mais, avec son expérience, elle cernait rapidement la tonalité d'une lettre et n'avait pas besoin de la lire en totalité.

Soudain, son compagnon bondit sur ses pieds, la faisant tressaillir. Puis elle vit qu'il avait le regard perdu dans le vide.

— Voulez-vous une tasse de thé ? proposa-t-elle en abaissant le courrier qu'elle lisait.

— Non, merci, répondit-il d'un ton absent, avant de faire craquer les jointures de ses doigts d'un geste fort peu élégant.

— Si cette tâche vous semble trop fastidieuse, vous pouvez...

— Oh non ! l'interrompit-il. C'est intéressant.

— Vraiment ?

Le sourire de Tristan se fit sardonique.

— Oui. C'est une véritable malle aux trésors. Pleine de pépites. Celle-ci est ma préférée.

Il prit une lettre qu'il avait mise de côté.

— « Chère madame, je me tourne vers vous en toute confidence, dans l'espoir que vous pourrez m'aider. Je connais un homme qui dit à son épouse : "Je vous possède, j'ai un acte notarié qui le prouve et j'ai le droit de vous faire ce que je veux", et la loi d'un pays chrétien dit qu'elle doit se soumettre à des actes dont l'indécence ferait rougir un démon. L'homme, dont on dit qu'il a été créé à l'image de Dieu, est la bête la plus vile au monde, et la plus cruelle. Cela ébranle ma foi dans la bonté divine, au point que je tremble pour ma santé mentale. »

Interrompant sa lecture, il leva les yeux du feuillet pour river son regard à celui de Lucie. Celle-ci pencha la tête de côté.

— Eh bien ? demanda-t-elle.

— Je présume que vous lisez ce genre de témoignage tous les jours.

Dans ses iris ambrés dansait une lueur déconcertante.

— En effet.

— Depuis combien de temps ?

Elle réfléchit rapidement.

— Les lettres ont commencé à affluer il y a environ cinq ans, quand mon nom a été connu. Nous les conservons et les classons depuis presque deux ans.

— « Nous » ?

— Les sections du mouvement pour le suffrage féminin à travers tout le pays. Je collecte les statistiques deux fois par mois.

— Oh.

Il arpentait à présent la pièce, les mains nouées dans le dos.

— Combien ? demanda-t-il. Je parle des lettres.

— Pour l'instant, nous en sommes à quinze mille.

Il éclata d'un rire dur.

— Et ce sont seulement celles des femmes qui vous écrivent.

— Je suppose qu'il y en a beaucoup plus qui ne s'expriment jamais, confirma Lucie.

— En effet…

Il l'observait d'un air intense, comme s'il la voyait pour la première fois.

— Et vous n'avez jamais eu envie d'abattre le premier homme que vous croisez dans la rue ?

Cette fois, elle était vraiment intriguée.

— Quelle curieuse idée !

— Ou de mettre le feu au Parlement ?

— Vous êtes en colère, comprit-elle enfin. Ces lettres vous ont choqué.

— Je savais que mon père était un mari épouvantable, dit-il en laissant son regard errer sur les boîtes à présent remplies de lettres. Je n'avais pas compris que tous les hommes l'étaient.

— Pas tous, rectifia-t-elle. Ces lettres ne reflètent pas une réalité universelle. Les femmes heureuses en ménage ne nous écrivent pas. Mais, naturellement, elles seraient prises dans le même piège si leur chance tournait.

Il la regarda d'un air accablé.

— C'est abominable. Tout ceci...

Une tension dont elle n'avait pas vraiment pris conscience jusqu'à présent se dénoua dans la poitrine de Lucie. Puis une soudaine légèreté l'envahit. Par réflexe, elle serra les poings dans les plis de sa jupe, comme pour s'empêcher de flotter vers le plafond.

Jusqu'à présent, elle n'avait pas su comment son amant réagirait, mis devant des réalités que la plupart des hommes refusaient de voir. Serait-il victime de cet aveuglement sélectif qui affligeait tant d'hommes par ailleurs tout à fait raisonnables quand ils étaient confrontés à des faits choquants ? Se raccrocherait-il à des justifications ridicules ? Tenterait-il de minimiser la situation ? Ou bien serait-il capable de regarder en face une vérité dérangeante ? Elle aurait dû lui faire confiance. L'esprit de Tristan était souple et rapide comme l'eau vive. Il détestait la rigidité des conventions et ne trouvait aucun confort dans les limitations qu'elles leur imposaient.

— Elles disent toutes la même chose, n'est-ce pas ? demanda-t-il en désignant le contenu des trois sacs postaux.

— Je le crains.

— Et pourtant, vous restez dans votre siège, l'air parfaitement tranquille.

Elle se redressa.

— Voilà dix ans que je n'ai pas connu la tranquillité, Tristan.

Il fronça les sourcils. Plusieurs secondes passèrent dans un silence lourd.

— Non, dit-il finalement. Je suppose que non, en effet. Seigneur !

L'air accablé, il enfouit les doigts dans ses cheveux, les décoiffant complètement.

— Lucie, il faut de toute urgence rédiger un rapport ! Faire connaître ces résultats !

Cette fois, elle ne put retenir un sourire agacé.

— C'était précisément mon projet, figurez-vous.

Pensif, il poursuivit :

— Toutefois, il sera difficile de trouver un journal qui accepte de les publier. Ces révélations sont une bombe…

— C'est pratiquement impossible, confirma-t-elle. Nous avons essayé mais, comme vous vous en doutez, les gens ne veulent pas savoir. Bien sûr, la société a conscience que les femmes ne sont pas en sécurité auprès de leur propre compagnon depuis *Oliver Twist*. Vous savez, quand Dickens fait assassiner la pauvre Nancy par Bill Sikes ? Seulement, Nancy était une pauvre fille du prolétariat. Or, vous l'aurez sûrement remarqué, la plupart de ces lettres sont très bien tournées, parfois rédigées sur du papier à lettres luxueux. Elles sont signées par des femmes de la classe moyenne, voire par des aristocrates, Tristan. Les violences infligées aux femmes mariées ne sont pas un secret, mais on voudrait nous faire croire que cela n'arrive que chez les pauvres. C'est faux, il y en a partout. Elles n'épargnent personne.

Nous en avons la preuve. Et, comme vous le dites, c'est un dossier explosif.

Il pâlit.

— Il faut présenter cela devant la Chambre des communes.

Elle émit un petit reniflement de mépris.

— Pour que ces précieux témoignages soient casés entre deux débats sur les tarifs des importations ? Pour qu'on les oublie à peine entendus, comme toujours ? Pour qu'on nous demande une fois de plus d'être patientes ? Non, merci. Depuis vingt ans, des hommes influents bataillent pour le suffrage féminin au cœur du Parlement. Soyez certain que nous avons envisagé toutes les options possibles. Voilà vingt ans que, nous aussi, nous tentons de nous faire entendre.

Il darda sur elle un regard vaguement vexé.

— Je suppose que vous avez essayé le *Manchester Guardian* ?

— Naturellement. En fin de compte, nous avons décidé d'acquérir notre propre moyen de diffusion.

Posant sur lui un regard appuyé, elle poursuivit :

— Des circonstances inattendues ont ruiné ce projet.

Il la regarda d'un air perdu.

Puis, alors que la compréhension se faisait jour dans son esprit, une expression horrifiée se peignit sur ses traits.

— London Print.

Elle hocha la tête.

— Bonté divine, murmura-t-il. Cela aurait pu ruiner toute la maison d'édition.

— C'était un risque à prendre, admit-elle en lui adressant un sourire navré. Même si nous espérions de tout cœur que London Print y survivrait d'une façon ou d'une autre.

Il secoua la tête comme s'il s'éveillait d'un rêve.

— Vous avez acheté toute une maison d'édition pour une seule et unique publication.

— Une publication d'une importance historique. Un rapport qui aurait été lu par des dizaines de milliers de femmes semblables à celles qui nous envoient ce genre de témoignages. Nos lectrices auraient su qu'elles ne sont pas seules. Enfin, notre combat aurait fait la une de la presse.

— Votre plan est complexe, dit-il après un silence, mais audacieux. Assaillir les femmes à travers tout le pays depuis les pages de leur innocent magazine de divertissement... C'est même un peu brutal. Et je suis surpris que vous ayez ainsi joué avec les fonds apportés par votre consortium d'investissement.

— Tristan, dit-elle d'un ton patient. Elles savent.

Devant l'incrédulité qui emplissait ses yeux, elle reprit :

— Jamais je n'aurais effectué une telle manœuvre sans l'accord de mes actionnaires. Mieux, elles savent toutes qu'elles ne récupéreront peut-être jamais leur mise. C'est précisément pour cette raison qu'il a été si difficile de réunir un consortium. Très peu de femmes en Angleterre disposent d'une fortune personnelle et soutiennent suffisamment la cause du suffrage féminin pour prendre un tel risque.

Il affichait l'expression d'un homme qui vient d'apprendre que la Terre n'est pas plate.

— Nous avons en Grande-Bretagne un cercle d'investisseuses financièrement suicidaires ? De petites ladies Salisbury ? Vraiment ?

Elle était presque navrée pour lui.

— Tristan, je ne suis pas la seule femme en colère dans ce pays.

— Non, dit-il lentement. Je suppose que non.

Les dents serrées, l'air résolu, il s'éloigna d'elle et se dirigea vers la porte. Aussitôt, elle bondit sur ses pieds et courut derrière lui. Elle le rejoignit dans le couloir, alors qu'il avait déjà enfilé son manteau et décroché son chapeau des patères.

Le cœur de la jeune femme s'affola.

— Vous partez ? demanda-t-elle.

— Je vais à Londres, répondit-il en prenant sa canne.

Reviendrez-vous ?

Une main sur la poignée de la porte, il jeta un regard par-dessus son épaule. Ses yeux semblaient rivés sur un point qu'elle ne discernait pas.

— Si vous voulez de moi ce soir, dit-il, attendez-moi dans notre chambre, mais je ne peux pas vous dire à quelle heure je serai de retour. Fermez la porte de service à clé, c'est plus sûr.

— Attendez ! Comment entrerez-vous ?

Il était déjà parti.

Ce ne fut qu'avec un temps de retard qu'elle s'avisa qu'il était sorti par l'escalier de devant, en plein jour. Ils devenaient beaucoup trop imprudents.

Quand il rentra, la nuit était d'un noir d'encre derrière les rideaux de leur petite chambre d'Adelaide Street. Lucie avait sombré depuis longtemps dans un sommeil agité. Elle se réveilla, désorientée, au son de pas prudents. Elle ouvrit les paupières, mais s'aperçut qu'elle n'y voyait pas mieux les yeux ouverts que fermés.

— Chut ! fit la voix de Tristan au-dessus d'elle. C'est moi.

Le matelas plongea sous son poids dans un craquement de protestation. Lucie tendit une main dans sa direction. Ses doigts rencontrèrent une peau de satin tendue sur des muscles solides. Elle ne l'avait pas entendu entrer dans la chambre ni ôter ses vêtements.

— Vous êtes revenu, dit-elle.

Encore tout ensommeillée, elle fit courir sa main le long de son dos, sur sa colonne vertébrale, lui arrachant un ronronnement de satisfaction.

Toujours invisible dans la nuit, il souleva la couverture et roula sur elle. Il sentait bon. Lorsque son corps chaud et nu se pressa contre le sien, une douce impatience la gagna.

— Qu'avez-vous fait ? demanda-t-elle en caressant ses mèches soyeuses.

— J'ai rencontré quelques camarades.

De ses lèvres, il effleura son oreille, puis le creux de son cou encore chaud de sommeil.

— Et j'ai pris mon siège à la Chambre des lords.

Cette fois, elle ouvrit grand les yeux.

— Une épée de plus au service de votre croisade, princesse.

Son souffle lui caressa le menton.

— J'ai eu envie de le faire dès le jour où vous m'avez parlé du siècle écoulé depuis Mary Wollstonecraft, mais…

Levant la tête, elle pressa ses lèvres sur les siennes. Il laissa échapper un petit soupir surpris. Quand elle chercha sa langue de la sienne, il poussa un gémissement et se pressa sur elle de tout son poids. Une soudaine chaleur se forma entre les jambes de Lucie, qui se cambra pour plaquer ses seins contre son torse.

Cela ne lui suffisait pas. Elle se débattit, entravée par les draps et sa chemise de nuit.

Dans un rire grave, il interrompit leur baiser.

— Quelle fougue ! dit-il.

— Je vous veux, dit-elle en enfonçant ses ongles dans ses épaules, comme pour soulager la douleur que lui causait le désir intense qu'elle avait de lui.

Il émit un petit son apaisant.

— Alors vous m'aurez.

Le lit grinça quand, roulant sur le côté, il glissa sa main sous sa chemise de nuit pour remonter le long de sa cuisse. Ce contact délicieusement intime ne lui apporta qu'un soulagement fugitif. Une tension se formait en elle, exigeant plus que cela. Elle serra les cuisses pour retenir sa main qui la caressait paresseusement.

— Ma pauvre chérie, murmura-t-il tendrement.

Il se souleva, puis elle entendit le grincement sur le plancher du coffret de bois qui accompagnait toujours leurs ébats.

Elle referma les doigts sur son poignet.

Il se figea.

— Laissez cela, dit-elle doucement. Si vous voulez. Soyez prudent.

Il roula sur elle, et un léger vertige envahit Lucie lorsqu'elle sentit son érection se presser contre elle, rude et impatiente.

— Oh Seigneur..., murmura-t-il.

Quant à elle, elle était muette de stupeur. Il venait de la pénétrer d'un mouvement fluide, presque soyeux, éveillant en elle des sensations inédites. Un gémissement incontrôlable monta de sa gorge. Elle se dissolvait déjà dans un tourbillon de plaisir. Une main sur l'épaule de Tristan, l'autre au creux de ses reins, elle suivit ses lents va-et-vient en elle. Elle entendit confusément l'écho de sa voix qui l'invitait à prendre tout son temps, la nuit s'il le fallait, s'il pouvait tenir assez longtemps... mais ce fut elle qui ne tint pas. Le plaisir la traversa dans un spasme voluptueux, et un ciel étoilé se rua vers elle tandis qu'un long cri de jouissance jaillissait de ses lèvres.

Elle était encore pantelante quand, avec un grondement étranglé, il la rejoignit dans l'extase. De ses mains rêveuses, elle caressa sa nuque trempée de sueur.

Lorsqu'il se redressa et releva la tête, elle perçut son regard sur elle.

— Naturellement, dit-il avec une tendresse teintée d'ironie. J'aurais dû savoir que la politique aurait sur vous un puissant effet érotique.

Elle posa ses paumes sur son dos moite de transpiration. Ses muscles étaient tendus sous l'effort qu'il fournissait pour ne pas l'écraser de tout son poids.

Elle sentait sur son ventre une substance humide et légèrement collante. Il avait tenu sa promesse.

— C'est vous qui me faites cet effet, répondit-elle.

Alors qu'elle luttait déjà contre la somnolence, elle attendit qu'il lui réponde de ne jamais lui faire confiance, de ne jamais avoir besoin de lui, mais il garda le silence jusqu'à ce qu'elle s'endorme.

Tristan était étendu sur le côté, plaqué contre la femme qui dormait entre ses bras. Son sang courait encore avec force dans ses veines et tous ses sens étaient aux aguets, comme si des menaces rôdaient dans l'ombre. Il l'aurait protégée contre n'importe quoi, contre n'importe qui.

Toutefois, la pire menace pour elle, c'était lui. Il sentait son cœur battre sous sa main. Savait-elle qu'elle était amoureuse de lui ?

Pour sa part, il était douloureusement conscient d'être fou d'elle. Quand elle avait été emportée par l'orgasme, il avait presque joui en elle. L'espace d'un instant, il avait craint de ne pas pouvoir se retenir.

Il enfouit son visage dans ses cheveux pour humer son parfum. L'hubris venait avant la chute, disait-on. Et il était bel et bien *tombé*, tombé amoureux d'elle.

Jamais il ne supporterait de rester aux Indes. Il devait trouver une autre solution.

Et surtout, il devait faire ce qu'il redoutait tant : lui dire la vérité. C'était ce qu'aurait fait un homme bon. Pendant la moitié de sa vie, il n'avait pas eu envie d'être quelqu'un de bon, mais aujourd'hui c'était le cas. Cecily, Rochester, les Indes… Il allait tout lui avouer. À cette idée, presque de leur propre volonté, ses bras se resserrèrent autour d'elle, comme pour retenir le bonheur encore quelques heures.

30

Le lendemain après-midi, quand il rentra chez lui dans Logic Lane, Tristan trouva sur son bureau un courrier du général Foster. Il se ferait un plaisir de les accueillir à Delhi, sa mère et lui, écrivait-il, jusqu'à ce que Tristan trouve un logement. Celui-ci n'éprouva aucun soulagement à cette nouvelle. À présent, la perspective de quitter l'Angleterre lui était presque physiquement insupportable. Toutefois, il demanda à Avi de réserver trois billets sur un navire qui devait quitter Southampton dans trois semaines. Cela lui laisserait le temps de régler ses affaires financières et administratives et de surveiller l'avancement de la publication de ses ouvrages chez London Print.

Afin d'allonger ses journées de travail, puisque ce serait nécessaire, il décida de loger quelques nuits par semaine dans l'appartement du directeur, situé au dernier étage de la maison d'édition. Il n'aimait pas cette idée non plus, car cela l'éloignerait de Lucie.

Naturellement, il n'avait pas trouvé le courage de lui parler ce matin-là. Les yeux de sa compagne brillaient d'une émotion qu'il n'avait pas voulu détruire, en bon égoïste qu'il était. Il devait d'abord trouver une solution. Il se confesserait à elle quand il aurait quelque chose à lui proposer… qu'elle veuille encore de lui ou non.

Parviendrait-il à la convaincre de le rejoindre dans l'appartement au-dessus de leurs bureaux londoniens ? C'était peu probable. D'ailleurs, il voulait lui faire l'amour dans la soie, pas sur un canapé poussiéreux. Sans compter qu'elle serait réticente à l'idée de rester loin de ses obligations, qui la retenaient à Oxford. Ce matin-là, au moment de se séparer, elle lui avait dit qu'elle ne le verrait pas le soir car elle avait trop de travail.

Il tria le reste de son courrier. Une lettre de Blackstone, probablement encore des menaces courtoises, qu'il jeta à la corbeille sans l'ouvrir.

Un câble de l'éditeur du *Manchester Guardian*. Il le déposa sur la pile « Urgent ».

Une enveloppe d'un expéditeur anonyme, rédigée d'une main féminine, suivait de près le courrier de Blackstone. Ce n'était pas la première fois qu'une femme dénichait son adresse et lui envoyait une déclaration. Puis il sursauta, saisi d'un mauvais pressentiment. Il reconnaissait l'écriture de la femme de chambre de sa mère, qui lui écrivait parfois quand la comtesse était trop épuisée pour tenir la plume. D'une main tremblante, il déchira l'enveloppe.

Monsieur,

Je me permets de vous informer que Madame a disparu d'Ashdown hier soir, et on ignore où elle se trouve. Des rumeurs parmi le personnel affirment qu'elle n'est pas en sécurité ici. Je crois qu'elle aurait aimé que vous en soyez averti. Votre retour lui a rendu des forces. J'espère que cette lettre vous parviendra, car j'ai des raisons de craindre que je suis surveillée…

La lettre datait de trois jours. Ce qui signifiait que la comtesse avait disparu depuis quatre jours.

— Avi ? appela-t-il d'une voix glaciale. Préparez-vous. Nous partons pour Ashdown.

Jarvis, le majordome-espion-garde du corps de Rochester, se tenait devant la porte du bureau de son maître, la mine patibulaire.

— Laissez-moi passer ou je vous tue, dit Tristan d'un ton onctueux.

L'homme bondit de côté comme s'il avait marché pieds nus sur des charbons ardents, et Tristan entra dans le bureau.

— Où est-elle ? gronda-t-il, ramassé sur lui-même, prêt à l'attaque.

Assis à son bureau, Rochester observa sa posture menaçante et fronça les sourcils.

— Tristan. Vous tombez bien. J'allais vous convoquer.

— Voilà que vous changez les règles, à présent ? Je ne m'attendais pas à cela de vous.

Son père le regarda s'approcher d'un air méfiant.

— Je vous ai prévenu que je vous surveillais, grommela-t-il. Et ce que j'ai vu, c'est votre habituel manque de coopération.

Tristan avait déjà contourné la table de travail massive pour se placer juste devant Rochester.

— Vous m'avez donné trois mois, lui rappela-t-il, nez à nez contre lui. Ils ne sont pas encore écoulés.

— À quoi bon attendre, puisque…

— Où est mère ?

— Signez ceci et elle reviendra.

Sans le quitter des yeux, Rochester tapotait un document sur son bureau. Tristan y jeta un bref coup d'œil. Il parvenait à peine à déchiffrer l'écriture à travers le voile de rage qui lui brouillait le regard, mais il y voyait assez pour comprendre qu'il s'agissait d'un contrat de mariage… déjà signé et portant le sceau de l'honorable comte de Wycliffe.

Alors, reculant d'un pas, il dégaina l'épée de sa canne, qui fendit l'air dans un sifflement aigu.

Rochester parut transformé en statue de pierre. Ses yeux passèrent rapidement du visage de Tristan à la fine lame d'acier qui vibrait devant sa joue.

— Vous n'oseriez pas, dit-il, ses lèvres bougeant à peine.

— Je n'oserais pas… tailler le vieux tapis de Harry ? demanda Tristan. Oh, mais je crois que si.

La pointe de l'épée s'enfonça dans la tapisserie royale que Rochester chérissait tant, juste au cœur de l'arbre généalogique.

— Non ! hurla son père.

Il tenta de s'emparer de la lame, avant de se raviser et de tendre les mains vers la gorge de Tristan.

Celui-ci fut plus rapide.

Les doigts de Rochester s'étaient enfoncés dans son bras pour tenter de chasser le poing qui lui serrait la cravate.

— Où est-elle ? répéta Tristan.

— Votre comportement est inacceptable, marmonna Rochester en se débattant.

Tristan le serra un peu plus.

— Où est-elle ?

— Je n'en sais rien.

Tristan imprima un imperceptible mouvement à sa main qui tenait l'épée. Des fils de soie vieux de plusieurs siècles cédèrent sans la moindre résistance.

— J'ignore où elle se trouve ! hurla Rochester, ses traits patriciens déformés par la rage.

Enfer.

Tristan était furieux, mais son instinct le trompait rarement : son père disait vrai. Rochester n'avait rien à voir avec la disparition de la comtesse.

Ce monstre, en ordonnant à Tristan de signer ce contrat qui engageait toute sa vie, avait tenté un coup de bluff, parce qu'il s'inquiétait de voir son emprise sur son fils se réduire comme peau de chagrin.

Tristan lâcha la cravate de Rochester. Toutefois, il ne baissa pas son épée.

— Que dit sa femme de chambre ? Ou a-t-elle disparu également ?

Rochester passa sa langue sur ses lèvres pour les humecter. Son regard était meurtrier, mais Tristan devait avoir l'air encore plus effrayant que lui, pour qu'il se montre soudain aussi docile.

— Cette garce s'était enfuie, grommela-t-il. Nous l'avons retrouvée, mais elle a répété qu'elle ne savait rien, aussi l'avons-nous laissée repartir.

— En la plaçant sous surveillance.

— Bien entendu, marmonna Rochester.

Tristan se promit de rechercher Carey pour s'assurer qu'on ne lui avait pas fait de mal et déterminer si elle en savait plus. Elle avait tenté de lui parler lors de sa dernière visite, bon sang ! Ce maudit Jarvis l'en avait découragée, et lui, Tristan, n'était pas intervenu.

Le comte jeta un regard vers la déchirure d'un pied de long que Tristan avait infligée à la tapisserie.

— Vous me le paierez. Je vous supprime votre pension.

Tristan secoua la tête.

— Je ne vous ai jamais vu prendre soin d'un être humain comme vous prenez soin de ce bout de tissu moisi.

Une moue de dédain passa sur le visage de Rochester.

— Les gens meurent, dit-il. Les idées, les traditions et la gloire sont éternelles. Elles continueront à vivre bien après que vous serez redevenu poussière.

Tristan secoua la tête. Cet homme était un véritable tyran, semblable à ses ancêtres immortalisés sur cette tapisserie, qui avaient gagné et défendu leurs titres et leurs terres en utilisant habilement leurs vassaux comme de la chair à canon au fil des guerres. Étant donné que leur sang coulait dans ses propres veines, Tristan aurait pu être pire que ce qu'il était. Un monstre sans cœur, en plus d'un libertin notoire. Or, ce n'était pas le cas.

Non, ce n'était pas le cas.

Il observa l'arbre généalogique, les noms à la calligraphie fleurie de tous ceux qui étaient venus avant lui, et il sut, dans toutes les fibres de son être, qu'il faudrait qu'il soit réduit à l'état de mendiant en haillons pour donner la priorité à un objet plutôt qu'à un être humain. Il secoua la tête, sous le choc. Ici, dans ce bureau, devant cette tapisserie, Rochester avait tenté d'étouffer ses instincts, année après année. Il avait même tué quelques chatons pour cela. *Votre père vous a détruit au lieu de vous construire.*

Il rengaina sa lame, darda sur Rochester un œil menaçant et quitta la pièce sans un regard en arrière. Était-il d'une droiture irréprochable ? Certainement pas, mais Rochester n'avait pas réussi à ruiner ses fondations. Et le plus remarquable, c'était qu'il ait fallu si longtemps à Tristan pour s'en apercevoir.

Tout en montant dans la voiture qui l'attendait près de l'entrée de service, il songea que la comtesse avait peut-être préparé sa fuite de longue date. Rétrospectivement, il lui semblait que l'au revoir qu'elle lui avait adressé lors de sa dernière visite avait étrangement ressemblé à de véritables adieux.

Maintenant, il devait la retrouver avant Rochester. Hélas, la seule piste qu'il avait pour l'instant l'obligeait à rendre visite aux deux femmes qu'il avait le moins envie de voir.

De retour à Oxford, il fit halte au Randolph Hotel et déposa une carte à l'attention de lady Wycliffe pour une invitation à une promenade. Puis il retourna à Logic Lane pour répondre à quelques courriers urgents et en rédiger d'autres, avant de se rendre chez Lucie, au mépris de sa demande. Ce soir, il avait besoin de sa compagnie.

Elle ne lui ouvrit pas la porte de la cuisine. Toutefois, elle devait se trouver chez elle, car il avait vu de la lumière derrière les rideaux du salon, depuis le jardin. Comme elle ne répondait pas aux petits coups qu'il frappa à la vitre du salon, il prit la liberté de crocheter la porte de service et de se glisser à l'intérieur.

— Lucie ? murmura-t-il dans le silence.

Sa gouvernante dormait sans doute à l'étage. Il était stupide de s'être introduit ainsi chez elle. Lucie serait folle de rage contre lui. Tant pis, cela en valait tout de même la peine.

Il s'immobilisa en entrant dans le salon.

Elle était roulée sur elle-même devant l'âtre, endormie sur une pile de courrier. Derrière elle, les bûches s'effondrèrent dans un crépitement ambré, révélant en ombre chinoise sa silhouette assoupie.

Ses hommes tombaient de sommeil de la même façon après la bataille, sans se soucier de l'endroit où ils se trouvaient.

Boadicée était roulée en boule dans les plis de sa jupe, ses yeux d'or fixés sur lui avec un calme menaçant. Il s'approcha doucement. La petite furie noire gardait sa maîtresse avec une vigilance admirable.

— Tu es un bon chat, murmura-t-il.

Elle agita doucement la queue, mais ne planta pas ses griffes dans sa chair quand il s'agenouilla devant sa maîtresse toujours assoupie.

Lucie dormait comme elle vivait : dédiée à sa mission sacrée. Une de ses mains reposait sur le sol, paume levée, vers sa joue, et l'autre était sous un livre encore ouvert, un épais volume de droit s'il en jugeait par son apparence, une lecture qui l'aurait lui-même assommé dès les premières pages.

Une soudaine tendresse monta en lui, rapidement suivie d'une bouffée de culpabilité. Elle était littéralement tombée de fatigue. Il lui imposait ses demandes nuit après nuit et jamais elle ne se refusait, peut-être parce que le plaisir qu'elle venait de découvrir entre ses bras les enfiévrait autant l'un que l'autre, puis elle travaillait sans relâche toute la journée. Parce que sa plus grande peur était de mourir avant que ses camarades et elle-même soient des femmes libres.

Avec précaution, il retira le livre de sa main. Elle ne bougea pas. Dans le sommeil, son front était aussi lisse et pur que celui d'une enfant, et sa bouche, à présent détendue, offrait une expression plus douce que jamais.

Il fit délicatement courir ses doigts entre ses sourcils. Il fallait qu'il lui parle des Indes. Il le fallait absolument. Il devait la réveiller et le lui dire maintenant. Peut-être pourrait-il lui proposer de partir avec lui. Il en avait envie, comprit-il soudain. Très envie. Avec une femme comme elle à ses côtés, un voyage, n'importe lequel, ne serait pas une corvée mais une aventure.

Il tressaillit, toujours à genoux devant elle, saisi d'un léger vertige. Venait-il d'admettre qu'il pourrait trouver de la joie en s'attachant à une femme ?

Non, pas à une femme.

À Lucie.

Celle qui avait voué sa vie à lutter contre les lois qui régissaient le mariage en Angleterre.

— Ma foi, très bien…, murmura-t-il.

Glissant les bras sous ses genoux et ses épaules, il la souleva contre son torse. Sous leur poids, les marches menant à sa chambre craquèrent dans le silence de la nuit.

La lune dessinait un rectangle de lumière pâle sur le plancher de la pièce. Son lit était étroit, à peine suffisant pour une seule personne.

Quand Tristan tenta de la déposer sur le couvre-lit, elle se blottit contre lui.

— Je vous avais dit de ne pas venir, murmura-t-elle d'une voix ensommeillée.

S'agenouillant près du lit, il posa son front contre le sien.

— Je sais. Et je ne vous ai pas écoutée. Je m'en vais.

Quand elle tendit une main vers lui pour la glisser sous son manteau, il se figea.

— Restez, insista-t-elle.

— Votre gouvernante est là, ma belle.

Elle serra le poing sur sa chemise.

— Restez, répéta-t-elle. Ici. Je l'enverrai demain matin… faire une course.

— Très bien, dit-il.

Déjà, le plancher devenait dur et inconfortable sous ses genoux.

Il prit la main de sa compagne, qui s'était rendormie, pour la glisser sous les draps.

Puis il délaça ses chaussures, ôta sa cravate et s'étendit sur le tapis au pied de son lit.

Elle s'agita dans un froissement de draps.

— Dites-moi quelque chose, murmura-t-elle. J'aime votre voix.

Il scruta la pénombre en se demandant, l'espace d'un instant, si sa vie de séducteur était définitivement derrière lui. Déjà, une mélodie inondait ses pensées...

— Que diriez-vous de Yeats ? proposa-t-il.

— Hum...

Il prit cela pour un oui.

Quand vous serez vieille, et grise, et lasse,
Sommeillant devant le feu, prenez ce livre
Et lisez lentement, et rêvez du doux regard
De vos yeux autrefois, de leurs ombres profondes.
Combien ont loué vos moments de grâce et de joie
Et aimé votre beauté d'un amour vrai ou faux !
Mais un seul a aimé l'âme voyageuse en vous...

Du lit au-dessus monta un léger ronflement.

Tristan se figea.

— Philistine, marmonna-t-il.

« Il gèlera en enfer avant que tu retrouves ta vie de séducteur », chuchota une petite voix railleuse dans sa tête.

Tristan et Lucie dormaient désormais chez elle plutôt que dans Adelaide Street. Ainsi, ils pouvaient travailler ensemble dans le salon entre le petit déjeuner et le déjeuner, dès que Lucie avait expédié Mme Heath pour une longue course dans une ville voisine.

Cette organisation était parfaitement logique, puisqu'ils devaient se consulter pour prendre des décisions éditoriales importantes. Toutefois, Lucie jetait de temps à autre des regards inquiets à son amant. Tranquillement installé dans son grand fauteuil, il prenait des notes sur le carnet qu'il avait toujours dans sa poche de poitrine pendant que Boadicée grimpait sans façon sur lui.

Elle était vaguement alarmée de voir à quel point il était devenu agréable de se mettre au travail quand il était présent dans la pièce. Elle avait toujours protégé avec soin ce salon, qui était son espace personnel et son sanctuaire, mais une confortable routine s'était installée entre eux et semblait tout à fait naturelle. Comme s'ils avaient fait cela toute leur vie... et allaient continuer.

— J'envisage d'ajouter une rubrique où je parlerais des différentes lois inégalitaires et de la manière dont elles affectent la vie quotidienne des femmes, dit-elle. Avec des termes simples pour les profanes, bien entendu. Et il faudrait que je tourne cela de façon que ce soit agréable à lire, je suppose... Qu'en pensez-vous ?

Tristan se leva et la regarda, agenouillée au centre d'un cercle de morasses[1] de la prochaine édition du *Discerning Lady's Magazine*, ses jupes jaunes en désordre autour de ses jambes.

Il se leva, s'approcha d'elle en louvoyant et s'agenouilla près d'elle.

— À priori, c'est une excellente idée, dit-il.

— Je me demande également si je ne devrais pas éliminer certaines de ces réclames, poursuivit-elle.

Elle marqua un silence, distraite par le contact de sa main virile au creux de son dos, qu'elle percevait

1. Morasse : épreuve de contrôle réalisée à partir de la galée (planchette de bois où l'ouvrier typographe place les caractères de plomb et les images composant une page afin de l'imprimer). *(N.d.T.)*

à travers la fine étoffe de coton de sa robe. Elle était passée d'une vie entière sans le moindre contact physique à un raz de marée de caresses et de baisers, du moins quand Tristan était là, et elle ne cessait de s'en émerveiller.

Elle toussa pour s'éclaircir la voix.

— Regardez, dit-elle.

Elle désigna une galée, dont la moitié était occupée par une publicité.

Pour affiner la taille et lui donner d'agréables proportions. Votre silhouette s'est-elle épaissie ? Vos cures de vers solitaires vous ont-elles donné mauvaise mine ? Pour continuer à plaire à votre mari, envoyez dès aujourd'hui un télégramme au Dr James Mountebank pour commander votre première boîte de Pilules Amaigrissantes chimiques hautement efficaces.

— Je n'aime pas l'idée que les femmes ingèrent le ver solitaire, mais ces pilules ne me plaisent pas non plus.

— Ce n'est sans doute qu'un remède de charlatan, dit Tristan. Quelques herbes, de la farine et un liant quelconque.

Elle s'appuya contre lui et, d'un geste naturel, il passa son bras autour de sa taille.

— Et que dites-vous de celle-ci ?

D'un coup de menton, il désigna le portrait d'une femme souriante d'un certain âge portant un col haut fermé sous le menton par un grand nœud.

« J'ai cinquante ans mais, grâce au savon Pear, j'ai le teint d'une jeune fille de dix-sept ans », clamaient de grandes lettres rouges en surimpression sur son buste.

— C'est un mensonge éhonté, dit Lucie. Personne ne lui donnerait dix-sept ans.

— Elle en a le triple, ce qui lui donne le privilège de raconter ce qu'elle veut.

Lucie se tourna vers lui pour enfouir son visage au creux de son cou, là où il sentait si bon.

— Apparemment, les précédents responsables de publication estimaient que tout le monde n'était pas aussi indulgent que vous pour les femmes de son âge, dit-elle.

Il déposa un baiser léger sur son front.

— Au risque de trahir mes camarades masculins, je vais vous révéler un secret. Si les femmes savaient de quoi rêvent les garçons enfermés à Eton ou les hommes enrôlés dans les régiments de Sa Majesté, il ne leur viendrait jamais à l'idée d'ingérer des vers pour attirer les regards des admirateurs.

— Ne me dites pas que c'est aussi simple que cela ?

— Si. La plupart des hommes sont ravis de gagner les faveurs de n'importe quelle femme tant qu'elle est consentante.

— C'est vous qui devriez rédiger la rubrique sur la chasse au mari.

— Vous débordez d'idées de génie, ce matin, murmura-t-il avant de poser ses lèvres sur les siennes.

À peine leurs langues se furent-elles frôlées que leur baiser se fit passionné, voluptueux. Seigneur, elle perdait toute pudeur. Il avait créé un monstre.

Elle s'écarta de lui, le souffle court.

— J'ai une autre idée de génie, dit-elle. La foire de St. Giles commence lundi.

— Et ?

Était-ce son imagination ? L'éclat du regard de son compagnon semblait soudain éteint.

— Et j'ai pensé que nous pourrions peut-être sortir de nouveau.

— À la foire ? Ensemble ? demanda-t-il avec une légèreté forcée.

Un désagréable pressentiment envahit la jeune femme. Il n'avait aucune envie de se rendre à la foire en sa compagnie.

Il lui prit la main.

— Au mépris de l'absolue discrétion que vous demandiez ? poursuivit-il.

Non, bien sûr que non, mais au milieu de la foule, leur proximité pourrait sembler tout à fait fortuite. Ou peut-être tentait-elle de s'en convaincre, faisant fi de tout bon sens. Depuis quelque temps, ses rêveries avaient pris un tour saugrenu. Elle s'imaginait parader au bras de Tristan, à cheval, ou dans une voiture fermée, en partance pour des destinations inconnues. Elle les voyait, comblés et radieux, à la table du petit déjeuner baignée de soleil d'un hôtel pittoresque de la côte, loin de la routine et de la paperasse. D'autres visions plus déconcertantes lui montraient Tristan confortablement installé dans un grand fauteuil, absorbé dans l'écriture, grattant d'une main distraite Boadicée entre les oreilles.

Elle poussa un soupir de dépit.

— Vous avez raison. C'était juste une idée…

Il lui adressa un sourire un peu distrait.

— C'était une très bonne idée, renchérit-il en déposant un baiser au creux de sa paume. Nous ferons cela. Une autre fois.

31

Tristan aurait adoré se rendre à la foire de St. Giles en compagnie de Lucie. Il lui aurait gagné un bibelot au stand de tir, l'aurait regardée dévorer de la barbe à papa et se serait amusé à faire des commentaires torrides sur sa façon de chevaucher un cheval mécanique.

On était lundi soir, l'air était chargé des parfums sucrés des pommes d'amour, et il se trouvait effectivement à la foire… mais en compagnie de Cecily, qui s'accrochait à son bras comme une moule à son rocher.

Cette foire était la sortie la moins intime qu'il avait pu trouver pour cette invitation de dernière minute, si tardive qu'elle en était presque cavalière. Les orgues de Barbarie et les chevaux à vapeur des manèges faisaient régner un épouvantable vacarme parmi la foule compacte qui envahissait les rues.

Toutefois, le plus pénible, c'étaient les efforts que Tristan devait déployer pour faire la conversation à lady Wycliffe dans l'espoir de lui arracher des informations sur sa mère. D'autant qu'il n'avait aucune certitude. Le fait que les deux femmes aient récemment entretenu une correspondance et parlé de ses fiançailles ne signifiait pas que sa mère ait fait la moindre confidence à lady Wycliffe sur sa situation à Ashdown.

Pour ne rien arranger, lady Wycliffe semblait fermement résolue à rester en arrière, à côté du valet de pied qui les escortait, au lieu de discuter avec lui.

— Oh, regardez ! s'exclama Cecily en tendant le doigt devant elle.

Un peu plus loin, au sommet d'une tourelle qui surplombait la marée mouvante de chapeaux et de casquettes, on préparait un homme à s'élancer dans les airs, après l'avoir attaché par un harnais à un solide câble qui courait au-dessus de leurs têtes entre deux immenses mâts.

— Continuez à marcher, Cecily, ordonna lady Wycliffe derrière eux. Restez près de lord Ballentine. Cet endroit est infesté de voleurs.

La main de Cecily se serra un peu plus fort sur le bras de Tristan, si c'était possible, et elle leva vers lui son visage inquiet, que dissimulait en partie le bord de son élégant chapeau.

Agacé, il répondit d'un ton un peu sec :

— Ce ne sont que des gens du peuple qui profitent d'une soirée de fête. La plupart d'entre eux n'ont aucune intention de dépouiller les demoiselles bien nées.

Apparemment rassurée, elle lui sourit.

— S'ils s'en prenaient à moi, vous me feriez un rempart de votre corps, n'est-ce pas ?

À cet instant, un hurlement s'éleva. L'homme sur la tourelle venait de sauter dans le vide et semblait voler au-dessus de leurs têtes, les mains sur sa casquette. Quelque part, un singe poussa un cri strident. Sans doute était-ce l'une de ces pauvres créatures assises sur les orgues de Barbarie, vêtues d'un uniforme. Il ne manquait plus qu'un chapelier fou pour que le tableau soit complet, songea Tristan, irrité.

Cecily tira sur sa manche.

— Pouvons-nous nous approcher de la tour ? J'aimerais les voir sauter.

Il accepta. Il venait de remarquer une table où l'on servait des rafraîchissements, près de la file d'attente pour monter sur la tourelle. Avec un peu de chance, il pourrait interroger lady Wycliffe devant une citronnade.

Hélas, ils durent faire halte bien avant la table des boissons fraîches. Cecily venait de tomber en arrêt devant un stand de tir, où quelques hommes faisaient feu sur des boîtes de conserve en prenant des poses viriles. Le camelot apostrophait les passants mâles avec un épais accent irlandais, les mettant au défi de gagner un trophée pour leur bien-aimée – en l'occurrence, des fleurs en cire aux couleurs mornes.

Cecily posa sa main libre sur l'avant-bras de Tristan.

— Pourquoi ces armes font-elles si peu de bruit ? demanda-t-elle.

— Parce que ce sont des carabines à air comprimé. N'êtes-vous jamais allée à une foire ?

Elle fit non de la tête.

— Oh, j'aimerais tant avoir un bouquet comme ceux-ci ! s'exclama-t-elle en battant des paupières. Cela me rappellerait notre première sortie dans une foire.

Avant qu'il ait eu le temps de refuser, lady Wycliffe intervint :

— Allez donc vous amuser. Je vous surveillerai depuis la table des rafraîchissements. Je suis assoiffée. Matthew !

Le valet de pied couva le stand de tir d'un regard de regret.

— Oui, madame.

En proie à une exaspération croissante, Tristan regarda la comtesse s'éloigner dans la foule, le dos raide. Il savait que s'il la contrariait maintenant, il n'obtiendrait d'elle que des réponses par monosyllabes.

— Une partie, dit-il à l'Irlandais.

— Très bien, chef. Excellent choix, chef.

L'homme rafla les pièces que Tristan venait de poser sur le comptoir et se tourna pour décrocher une carabine de la cloison derrière lui.

Tristan ôta son manteau. Alors qu'il s'apprêtait à le déposer sur le comptoir, Cecily ouvrit les bras avec un sourire radieux, ne lui laissant d'autre choix que de lui tendre le vêtement.

Résigné, il mit l'arme en joue. Un frisson courut le long de son dos quand son corps reconnut ce mouvement si familier.

Puis il se figea.

Lucie.

Il sentit sa présence avant même de la voir. Il avait perçu son regard, si intense qu'il en avait presque la joue brûlante.

Du coin de l'œil, il reconnut sa silhouette fine.

Un mauvais pressentiment lui noua le ventre.

Elle était figée telle une statue au beau milieu de la foule en liesse, vêtue de la robe bleu pâle qu'elle portait le jour de leur sortie en barque sur la Cherwell.

Il aurait dû se douter qu'elle viendrait à la foire sans lui.

« Restez où vous êtes ! » l'implora-t-il par la pensée.

Cecily et elle si proches l'une de l'autre… c'était le désastre assuré. Il le savait au plus profond de lui.

Elle mit le cap sur lui.

Abaissant son arme, il se tourna vers elle.

Elle serrait une liasse de tracts contre sa poitrine. Son expression était glaciale.

Bon sang ! Il n'aurait pu imaginer pire scénario.

Elle fit halte à un pas de lui et le parcourut de son regard gris, plus froid que jamais.

— Lord Ballentine, quelle surprise de vous voir ici.

Puis, saluant la compagne de Tristan d'un hochement de tête, elle poursuivit :

— Et ma cousine Cecily. Le monde est petit.

Elle se tourna de nouveau vers lui en haussant les sourcils d'un air désabusé.

Une sueur froide lui inonda le dos.

Elle était blessée. À cause de lui.

Cecily dut sentir l'air crépiter entre Lucie et lui, car elle se pressa contre lui d'un air possessif.

C'était de pire en pire.

— Oh, oh ! s'exclama alors l'Irlandais. Une suffragette, regardez-moi ça !

Il avait dû remarquer les tracts qu'elle tenait contre elle, ou la broche qu'elle portait au revers de sa veste.

— On aura tout vu ! poursuivit l'homme. Une suffragette sur le stand de tir de McMahon !

Des têtes se tournèrent dans sa direction.

— Un peu de tenue, vous ! gronda Tristan à mi-voix.

— Bien sûr, chef.

L'Irlandais s'inclina, puis il se tourna vers Lucie.

— Je parie que vous êtes aussi douée avec un fusil qu'avec votre langue, pas vrai, mademoiselle ? Tenez !

Il prit une carabine et la lui tendit.

— Voilà une chance de le prouver.

Il était toujours aussi excité et semblait sur le point de se remettre à crier. Un cercle de curieux s'était formé autour d'eux.

Lucie regarda l'homme sans répondre.

— Allons, mademoiselle, une partie. C'est la maison McMahon qui vous l'offre.

Cet homme était-il las de vivre ? Il venait de placer le fusil devant Lucie sur le comptoir.

La jeune femme ne jeta même pas un regard à l'arme.

— Curieux, dit-elle d'une voix assez tranchante pour couper du verre. D'où vous vient l'idée que j'ai quoi que ce soit à prouver à qui que ce soit ?

Elle se tourna de nouveau vers Tristan, qui dut lutter contre une folle envie de l'attirer à lui pour la serrer dans ses bras. Pâle et majestueuse, elle ressemblait à une apparition qu'un simple courant d'air aurait dissipée.

— Lady Lucinda, la salua-t-il, la gorge nouée.

Puis, comme il lui était impossible de ne rien dire, il demanda :

— Vos… activités se passent-elles bien ?

Elle lui décocha un sourire meurtrier.

— Merveilleusement bien, répondit-elle d'un ton léger. Et vous, lord Ballentine ? La foire vous plaît-elle ?

— Oh oui ! répondit Cecily avec des inflexions plus sucrées qu'une pomme d'amour. Je la trouve particulièrement inspirante. Ces couleurs joyeuses, cette musique entraînante, cette foule en liesse… Tristan, que diriez-vous d'un bal sur le thème de la foire pour annoncer nos fiançailles ?

Le cœur de Tristan s'arrêta.

— C'est que nous allons nous marier, voyez-vous, expliqua Cecily à Lucie. Et mon petit doigt me dit que les fêtes à thème vont bientôt avoir un grand succès à Londres.

Comme dans un cauchemar, il baissa les yeux vers Cecily, qui tourna vers lui son visage radieux.

La courbe douce de son menton avait pris une expression butée, et ses yeux bleus étaient à présent si limpides qu'il pouvait voir les lueurs d'acier dans leurs profondeurs. Jamais il ne les avait remarquées jusqu'à présent. Il l'avait sous-estimée. Cette femme n'avait jamais été un agneau.

Enfer.

Il se tourna de nouveau vers Lucie, les tripes nouées par la même terreur que la première fois qu'il s'était trouvé sur un champ de bataille à la recherche de survivants.

Le tableau était tout aussi sinistre. Lucie était livide, ses lèvres plus blanches que des os.

Il fit un pas vers elle. Aussitôt, elle recula.

— Je vois, dit-elle avec un calme effrayant. Toutes mes félicitations.

Déjà, son regard se détournait pour se perdre dans la foule.

— Je... je dois retourner à mon stand, dit-elle. Tous mes vœux de bonheur. Au revoir.

Il la regarda s'éloigner, la tête haute, telle une reine en exil.

— Lord Ballentine ?

Il repoussa la main de Cecily et la fusilla du regard.

— Quelle mouche vous a piquée de dire une chose pareille ? demanda-t-il d'une voix qu'il ne reconnaissait pas.

Son cœur battait la chamade.

Rattrape-la. Rattrape-la !

Cecily le couvait d'un air abasourdi.

— Mais elle est… de ma famille, bégaya-t-elle. Pourquoi ne pas lui annoncer nos fiançailles même si elles ne sont pas encore officielles ?

— Parce qu'il n'y aura pas de fiançailles, s'entendit-il répondre.

Assez de cette farce !

Le menton de Cecily se mit à trembler.

— Que voulez-vous dire ?

— Qui veut tenter sa chance ? lança McMahon. Un demi-penny les cinq tirs !

Déjà, Lucie avait disparu dans la foule. Pas étonnant. Elle était menue et marchait toujours d'un pas rapide.

— Tristan ? demanda Cecily dans un sanglot.

Il s'élança sans un regard en arrière, n'écoutant que son cœur.

32

Quand Lucie regagna sa maison, un quart d'heure plus tard, elle avait toujours le souffle court et laborieux, mais elle l'entendait à peine. Elle avait beau savoir que son cœur battait, quelque part au fond de sa poitrine, elle ne le sentait pas. Comme si elle s'était déconnectée d'elle-même. Elle n'était plus qu'un esprit froid et désincarné, flottant sans but d'une pièce à une autre dans sa maison glacée.

Tristan lui avait menti.

Tristan était fiancé à Cecily.

Tristan lui avait menti.

Dix minutes ne s'étaient pas écoulées qu'il fit irruption dans sa cuisine.

Le spectacle à présent familier qu'il offrait, avec son beau visage ravagé par la culpabilité, mais qu'elle connaissait finalement si peu, lui fit l'effet d'un coup de poignard entre les côtes. Puis elle se rendit compte qu'elle avait porté ses mains à son cœur, comme pour le protéger.

En trois pas, il traversa la pièce pour se placer juste devant elle, bien trop près à son goût.

— Lucie...

La gifle qu'elle lui assena fut si violente qu'il tourna la tête de côté sous l'impact.

Quand il regarda de nouveau Lucie, ses yeux ambrés étincelaient littéralement.

— Laissez-moi au moins vous expliquer !

La main de la jeune femme avait imprimé une marque rouge sur sa joue.

— Taisez-vous ou je vous frappe de nouveau.

Il leva les mains dans un geste fataliste.

— S'il le faut, d'accord.

— Partez, gronda-t-elle en étirant ses doigts douloureux.

Au moins, se félicita-t-elle, elle n'était pas en train de geindre ou de glapir. Sa voix était aussi froide que son cœur.

Il secoua la tête et tenta de parler, mais aussitôt, elle leva une main menaçante.

— Tout ce que je vous demandais, c'était d'être honnête, mais c'était manifestement trop espérer de vous. Autant ordonner à un tigre de ne pas tuer. C'est plus fort que lui. Comme j'ai pu être naïve !

Il serra les dents.

— Vous n'avez pas été naïve. Et je ne vous ai pas menti.

Elle croisa les bras.

— Êtes-vous fiancé à ma cousine, oui ou non ?

— Non.

Son regard était si franc, si limpide ! Était-il sincère ? Une folle étincelle d'espoir se forma dans la poitrine de Lucie, qu'elle éteignit rageusement.

— Pourquoi affirmerait-elle cela si c'était faux ?

Une expression furieuse se peignit sur les traits de Tristan.

— Cette espèce de petite...

Secouant la tête, il s'interrompit dans un soupir de frustration.

— Non, ce n'est pas sa faute. C'est Rochester.

Une formidable lassitude s'abattit soudain sur Lucie, lui donnant envie de prendre la fuite et de se rouler en boule dans une grotte, loin de cet homme immature.

— Bien entendu. C'est toujours la faute de quelqu'un d'autre, n'est-ce pas ?

Puis, comme il ne partait toujours pas, elle se détourna et quitta la pièce.

Il la suivit dans le couloir. Elle percevait sa détermination, aussi palpable qu'un mur de brique.

— Partez, répéta-t-elle plus fort.

— Pas tant que vous aurez l'impression d'avoir été naïve, répondit-il avec calme. Ceci est entièrement ma faute.

— Ah ! Vous l'admettez !

— Bien entendu, mais j'espérais que vous m'accorderiez des circonstances atténuantes.

Elle laissa échapper un rire sans joie.

— Rochester me fait chanter, dit-il alors. Il a pris ma mère en otage.

Elle s'immobilisa.

Quand elle pivota sur ses talons, il soutint son regard avec calme, mais il semblait bouleversé et serrait les poings comme s'il était en proie à de violentes émotions.

Une fêlure se forma dans la coque de glace qui enserrait le cœur de Lucie. Elle entendit presque le craquement qui la fissurait. Toutefois, elle recula quand Tristan tendit les mains vers elle. L'air abattu, il laissa retomber ses bras.

— Très bien, dit-elle. Vous pouvez vous expliquer.

Il la suivit dans le salon, où elle s'assit sur le vieux canapé, les mains nouées, le dos raide. Il demeura debout devant elle, tel un renégat dans le box des accusés.

— Rochester est prêt à tout pour assurer la descendance des Ballentine, commença-t-il. Il a pris peur quand il a compris que je n'envisageais pas de me marier dans un avenir proche.

Une lourdeur s'abattit sur Lucie, la ramenant soudain dans son corps. Les réticences de Tristan envers le mariage auraient dû la laisser indifférente, mais lorsqu'elle l'entendait les présenter ainsi, avec une si paisible assurance, une inexplicable douleur montait en elle, du plus profond de son être.

— Votre premier devoir, à ce stade de votre vie, est d'avoir un héritier, résuma-t-elle froidement. Les demandes de votre père n'ont rien de déraisonnable.

Il hocha la tête en signe d'assentiment.

— C'est possible, mais ce qui est déraisonnable, c'est qu'il n'hésite pas à recourir aux pires stratagèmes pour que les Ballentine conservent le comté de Rochester. Il a arrangé un mariage entre votre cousine et moi et m'a donné quelques mois pour me refaire une réputation afin que Cecily puisse accepter ma main sans que votre famille soit éclaboussée par le scandale. Afin de s'assurer ma coopération, il a menacé de placer ma mère dans un asile. Et si vous devez savoir une chose sur Rochester, c'est qu'il ne fait jamais de menaces en l'air.

Lucie frissonna, mal à l'aise. On aurait dit un mauvais roman gothique. Toutefois, elle savait que lady Rochester avait toujours été considérée comme une personne lunatique, pour ne pas dire un peu folle. Et il arrivait en effet que l'on enferme discrètement des femmes de l'aristocratie au comportement… différent. De plus, Lucie avait vu les marques du fouet paternel sur le dos de Tristan. Rochester semblait effectivement capable du pire.

— Voilà pourquoi vous avez besoin d'argent, dit-elle lentement, comprenant enfin. Voilà pourquoi vous tenez tant à vos revenus de London Print.

Il hocha la tête.

— Il me faut un peu d'argent pour nous faire vivre, ma mère et moi, aux Indes.

Aux Indes ?

Elle déglutit péniblement.

— Je vois.

Un voile de regret passa devant les yeux de Tristan.

— Ma chère Lu…

Elle l'interrompit en secouant la tête, incrédule.

— Quand comptez-vous partir ? demanda-t-elle d'une voix tremblante.

Tristan passa les mains sur son visage d'un geste las.

— Dans quelques semaines.

— Déjà…, murmura-t-elle.

— J'ai commis l'erreur de ne pas vous en parler plus tôt. J'aurais dû tout vous expliquer le jour où vous m'avez fait lire ces lettres… C'est à ce moment-là que je me suis rendu compte que vous auriez au moins compris l'absurdité de ma situation.

Seigneur, qu'elle se sentait triste, tout à coup !

— Pourquoi ne m'avez-vous rien dit ?

Tombant à genoux, il leva vers elle un regard si sincère qu'elle en fut bouleversée.

— Parce que, au début, c'était mon problème et que moi seul pouvais le résoudre. Croyez-le ou non, je ne m'étais pas attendu que des sentiments et une estime mutuelle se forment entre nous. C'est pourtant ce qui s'est passé et, très rapidement, j'ai eu des réticences à vous avouer mon impuissance. En tant qu'homme, j'avais déjà assez honte de ne pas avoir pu protéger ma mère quand j'étais encore à Ashdown. Car, comme vous pouvez l'imaginer, Rochester s'est toujours comporté comme une brute. Et surtout, je craignais, en vous disant la vérité, d'en arriver exactement à ce qui se passe à présent.

« Des sentiments et de l'estime… mais apparemment, pas de confiance », songea-t-elle en baissant les yeux vers son beau visage agité par les émotions.

— Alors vous avez préféré vous comporter comme un lâche, conclut-elle.

Il pâlit.

— Oui, répondit-il simplement.

Comment lui aurait-il dit la vérité, alors ? En face ? Dans une lettre qu'elle n'aurait lue que lorsqu'il aurait été en route pour les Indes, dont il ne serait pas revenu avant des années ? Non, dont il ne reviendrait pas avant des années, rectifia-t-elle. Car il partait toujours. Il la quittait. Et il lui semblait que quelque chose de vital se brisait en elle.

— C'est pour cela que vous avez emprunté de l'argent à Blackstone, dit-elle d'une voix dénuée d'émotion. Un homme plus dangereux encore que votre père.

Il hocha la tête.

— Rochester ne peut rien contre Blackstone. Toutefois, il y a une complication. Ma mère a disparu depuis quelques jours, et ce n'est pas le fait de Rochester. Tant que j'ignore où elle se trouve, j'ai les mains liées. Je dois la retrouver avant lui.

Un vertige la saisit. Était-ce le contact des mains de Tristan sur ses jupes ? Son odeur chaude qui montait jusqu'à elle ? Elle secoua la tête, comme pour éclaircir ses pensées.

— Tout ceci semble… presque inconcevable.

Il haussa un sourcil, surpris.

— Vraiment ? Avec tout ce que vous savez sur les souffrances que subissent les femmes mariées derrière les portes closes ?

Il avait repris des couleurs ; ses traits s'étaient adoucis. Il ressemblait à un homme qui vient de déposer un terrible fardeau après l'avoir porté trop longtemps, et cela chassa les derniers doutes de Lucie. Il lui disait la vérité.

— Et pourtant..., murmura-t-elle, pensive. Et pourtant, vous êtes venu dans mon lit. Alors que cela mettait en danger votre indépendance financière, et par conséquent tous vos plans.

Il lui décocha un regard impuissant.

— Que dire pour ma défense ? Vous étiez nue.

Lucie enfouit son visage entre ses mains, accablée. Cela confirmait ses soupçons. Il n'avait jamais vraiment eu de désir pour elle ; il avait simplement été emporté par ses pulsions.

Elle prit une profonde inspiration pour dissiper ce nouveau coup de poing.

— Je comprends que vous ayez gardé le silence à propos de votre mère, dit-elle. Moi-même, je serais restée discrète dans des circonstances semblables. Pourtant, je regrette que vous ne m'ayez rien dit.

Parce que, si son esprit comprenait la situation, son corps la refusait. Elle avait les nerfs à vif et le cœur lourd. *Les Indes*. Il serait parti. Sans lui avoir dit la vérité.

La terrible révélation continuait à la traverser par vagues, aussi brûlante que de l'acide, charriant de douloureuses images. L'expression de Cecily, son regard triomphant. Le visage coupable de Tristan. La demande qu'elle lui avait faite, si naïve, d'aller ensemble à la foire. Les rêves où elle l'aurait suivi jusqu'au bout du monde... Elle avait l'impression de tomber en une chute sans fin.

— Ma chère Lucie…

Levant les mains, il noua les bras autour de sa taille d'un geste ardent, possessif, à la fois insupportable et irrésistible. Son instinct hurlait à Lucie de prendre la fuite, de quitter cet homme qui était la source de tant de tourments et de confusion… et, terrible paradoxe, de courir se réfugier dans ses bras.

Elle secoua la tête, mortifiée.

Une lueur de rage et de passion passa dans les yeux de Tristan. Il se redressa et approcha son visage du sien.

— Vous avez l'air si loin de moi, tout à coup…, murmura-t-il.

Aussitôt, elle détourna la tête. Il semblait sur le point de l'embrasser… et elle était assez sotte pour en avoir désespérément envie.

Se penchant vers elle, il enfouit son visage dans son cou.

Elle demeura immobile entre ses bras. Bientôt, les lèvres de son compagnon remontèrent le long de sa gorge. Sous ce contact si doux, si familier, une inavouable faiblesse s'empara d'elle, la privant de toute volonté.

Elle le prit par les cheveux, à pleines mains, et tira. Il avait abîmé une relation précieuse ; il fallait qu'il paie.

— Je n'ai jamais voulu vous faire de mal, murmura-t-il à son oreille. Je vous demande pardon. S'il vous plaît, pardonnez-moi.

— De belles paroles ne vous absoudront pas.

Il s'écarta légèrement pour la couver d'un regard étincelant.

— Et ceci ? demanda-t-il.

Elle poussa un soupir de colère quand sa bouche s'écrasa sur la sienne… avant d'ouvrir les lèvres. Il l'embrassa avec fougue, avec passion, avec désespoir. Furieuse de sa propre faiblesse, elle glissa une main sur sa nuque pour l'attirer un peu plus à elle. Aussitôt, il referma les bras autour d'elle pour la serrer contre son torse… et elle s'abandonna contre lui avec une docilité qui la fit enrager. Son corps fondait de désir pour lui. Même sans l'honnêteté. Même sans la confiance. Elle le voulait en elle et elle le haïssait en même temps. C'était aussi sordide que grotesque.

De ses cuisses, il plaquait ses jupes contre le canapé, lui immobilisant les jambes. Elle aurait pu le mordre, mais elle sentait son excitation, son impatience, son désir. Elle savait que la seule chose qui pouvait l'arrêter à présent, c'était qu'elle lui demande de la laisser.

Hélas, les mots refusèrent de franchir ses lèvres.

Dans un soupir exaspéré, elle posa une main sur son abdomen, puis sur sa braguette… Il la désirait. Dans un gémissement enroué, il se pressa contre elle, l'écrasant de tout son poids, la plaquant sans douceur contre le dossier du canapé. S'ensuivit une véritable mêlée, un ballet sauvage de baisers, de caresses, de vêtements arrachés dans des craquements d'étoffe lacérée.

Faisant appel à toute sa volonté, Lucie s'écarta de lui. Un hoquet de stupeur lui échappa quand elle vit sa chemise déchirée comme du papier, du col à la taille.

Elle darda un regard furieux sur son compagnon.

— Contenez-vous un peu ! marmonna-t-elle.

L'ombre d'un sourire passa sur le visage de Tristan.

— C'est précisément ce que je fais, répondit-il.

Il écarta les pans de la chemise ruinée, dénudant les seins de Lucie, et baissa la tête. Envahie par une vague brûlante, la jeune femme se cambra, puis rejeta la tête en arrière contre le dossier.

À présent, rien ne les arrêterait. Il était animé par une pulsion plus puissante et plus ancienne que la raison... et elle avait envie de lui. Pour la dernière fois.

Elle n'offrit aucune résistance quand il remonta ses jupes. Puisqu'elle avait laissé entrer un séducteur dans sa vie, dans son lit, une folle étreinte en chemise déchirée était probablement la façon la plus appropriée de lui dire au revoir.

Il se pencha sur elle, une main sur le dossier du canapé, l'autre sur sa braguette qu'il ouvrit de ses doigts impatients, l'air si fébrile qu'elle le reconnaissait à peine.

Elle ferma les paupières. Elle ne voulait plus rien voir.

Comme il s'était soudain figé, elle rouvrit les yeux.

Au-dessus d'elle, il semblait au comble de la souffrance.

— Lucie, gémit-il d'une voix à peine audible. Dites que vous voulez bien de moi.

Qu'il était tentant de se refuser à lui alors qu'il était au comble de l'excitation !

Hélas, elle en aurait été aussi frustrée que lui.

Rien qu'une dernière fois.

Elle fit remonter ses paumes le long de ses bras, puis le prit par les épaules.

— Je veux bien de vous.

Il entra en elle avec une telle fougue qu'elle en eut le souffle coupé. Elle s'accrocha à lui, ses lèvres sur les siennes, tandis que la passion les emportait. Elle savait qu'il ne s'arrêterait que quand elle aurait crié de plaisir, et elle était heureuse de perdre cette bataille. Elle avait été bien naïve de croire si longtemps qu'il lui suffirait de faire taire sa voix pour faire taire son cœur. Et il était bien naïf s'il s'imaginait à présent qu'il n'avait qu'à lui donner du plaisir pour regagner son cœur…

Elle retint la jouissance jusqu'à ce que Tristan soit couvert de sueur, jusqu'à ce qu'il en ait mal, avant de se laisser emporter par le brasier dans un long cri de volupté.

Longtemps après, il demeura étendu sur elle de tout son poids, attendant que les battements frénétiques de son cœur s'apaisent. Puis il se laissa rouler sur le plancher, la tenant toujours contre lui, l'enlaçant tendrement.

— Laissez-moi rester cette nuit, demanda-t-il d'une voix déjà ensommeillée.

Elle était trop lasse pour le chasser.

— Tirez les rideaux et fermez la porte à clé, ordonna-t-elle.

Déjà, l'épuisement de plomb qui suit souvent un choc émotionnel la gagnait. Quand il revint auprès d'elle, elle sombrait déjà dans le sommeil.

La douleur d'avoir été trahie se réveilla au petit matin, lorsque la froide lumière de l'aube filtra derrière les rideaux. Lucie resta étendue sur le dos, les paupières lourdes de tristesse. Plus elle observait le plafond, plus elle voyait des toiles d'araignée, minces petits voiles gris déchirés et poussiéreux.

Tristan partait toujours pour les Indes, et elle se sentait toujours aussi stupide. Cette pensée pesait sur son cœur et semblait la regarder de l'air sournois des gargouilles qui ornaient les toits d'Oxford.

Elle aurait dû se réjouir. Avec le départ de Tristan, elle aurait de nouveau le temps de se consacrer à tout ce qui comptait pour elle. Et elle aurait de facto tout le contrôle sur London Print. N'avait-elle pas rêvé, depuis un mois ou deux, d'avoir enfin les coudées franches ?

Comme tout changeait vite ! Aujourd'hui, la perspective de le voir s'en aller créait un terrible vide en elle.

Ce qui l'intriguait le plus, c'était qu'avant lui, rien ne lui avait paru manquer dans sa vie. Comment pouvait-il à présent lui sembler aussi essentiel ?

Avec un soupir découragé, elle se détacha de lui et roula sur le côté avant de s'asseoir lourdement. Cela le réveilla. Elle pouvait presque le sentir.

Il y eut un froissement de couvertures, puis il posa la main sur son dos nu. Aussitôt, les épaules de Lucie se tendirent.

Sa caresse cessa immédiatement.

— Je suppose que vous êtes toujours fâchée, dit-il.

Il y avait une note si intime dans sa voix encore enrouée de sommeil que c'en était douloureux. Plus tôt il partirait, mieux cela vaudrait.

— Oui, répondit-elle sans le regarder.

Ce devait être de la colère – ce vide, cette douleur dans la poitrine.

Il y eut un silence. De nouveau, elle entendit le froissement des couvertures quand il s'assit à son tour.

— Ne voulez-vous pas me regarder ? demanda-t-il d'un ton un peu bourru.

Elle jeta un coup d'œil par-dessus son épaule. Le spectacle de ses cheveux en désordre et de ses épaules nues lui serra douloureusement le cœur.

— Amusant, non ? dit-elle. Vous m'avez demandé de ne pas vous faire confiance, mais je l'ai fait. Je vous ai demandé d'être honnête, et vous ne l'avez pas été. Nous avons tous les deux enfreint les règles.

Il lui jeta un regard sans joie.

— Non, répondit-il. Ce n'est pas amusant.

Elle détourna les yeux. Au moins, il ne tentait pas de nier qu'il avait été malhonnête. Secrets de famille, bonnes et mauvaises raisons... quoi qu'il en soit, elle ne s'était doutée de rien. Elle s'était donnée à lui, elle l'avait regardé dans les yeux quand il était entré en elle, et elle n'avait rien soupçonné. Il était diaboliquement doué pour garder un secret. Il aurait pu lui cacher n'importe quoi... jusqu'à ce qu'il soit contraint de tout lui avouer, parce que les secrets finissent toujours par émerger à la lumière et faire s'effondrer toutes vos certitudes.

— Non, en effet, admit-elle. Ce n'est pas drôle.

Elle enfouit son visage entre ses mains et appuya les paumes sur ses yeux. Elle aurait aimé avoir bonne mine pour le déjeuner festif prévu au Randolph Hotel avec le consortium d'investissement ce midi, mais cela semblait compromis. Elle était si épuisée qu'elle n'était même pas certaine de tenir debout.

— Je vous serais très obligée de quitter cette maison, à présent, dit-elle.

Elle détourna les yeux pendant qu'il ramassait ses vêtements et s'habillait, parce que c'était la dernière fois et qu'elle n'avait pas le courage de le regarder.

Il ne résista pas lorsqu'elle le poussa vers la cuisine, sans doute parce qu'il se sentait coupable, mais à quelques pas de la porte, il se retourna vers elle.

— J'aimerais vous voir ce soir, dit-il.

Elle secoua la tête.

— Moi pas.

Il serra les poings, comme s'il s'interdisait de revenir auprès d'elle.

— Parce que j'ai trahi votre confiance ?

Entre autres choses.

Elle ne put que hocher la tête.

Un silence douloureux tomba entre eux. Ils demeurèrent immobiles, comme si, impuissants, ils regardaient se transformer ce qu'ils avaient créé.

Il ferma les paupières, éclipsant brièvement l'éclat ambré de son regard.

— Je retrouverai ma mère, dit-il. Et ensuite, je gagnerai votre pardon.

Au loin, elle entendit la porte de service qu'il refermait derrière lui, puis elle vit sa silhouette massive obscurcir brièvement la fenêtre de la cuisine tandis qu'il passait, le regard droit devant lui.

Alors elle s'adossa au mur et se laissa tomber sur le sol, à même les dalles glacées.

Le problème n'était pas qu'elle ne lui ait pas pardonné. C'était qu'elle l'avait déjà fait. Seigneur, elle était à deux doigts de se ruer dehors pour le rattraper ! Elle se jetterait dans ses bras et enfouirait son visage au creux de son cou. Elle s'enivrerait de son parfum et le supplierait de rester, d'oublier tout ce qui s'était passé et d'ignorer tout ce qu'ils auraient à affronter.

Elle était à deux doigts de devenir sa créature, une femme prête à implorer un mari qui ne rentrait pas le soir à la maison, à lui trouver des excuses quand il mentait, à se mentir à elle-même pour pouvoir continuer à jouer les satellites autour de ce soleil capricieux qu'était un homme, alors qu'elle ne dépendait pas de lui pour manger, avoir un toit sur la tête et n'avait pas besoin de la protection de son nom.

Son nez lui brûlait. Une larme roulait sur sa joue, qu'elle essuya d'un geste agacé. Qu'il était humiliant de découvrir en elle-même des choses qu'elle n'avait pas soupçonnées ! Et révélées par Cecily, qui plus est ! « C'est que nous allons nous marier, voyez-vous… » Elle ne s'était pas attendue que cela fasse si mal. Un coup de poignard dans le dos n'aurait pas été plus douloureux.

Elle avait été tellement sûre de ne jamais vouloir partager sa vie avec un homme ! Tellement persuadée que les tendres sentiments et la vie domestique n'étaient pas pour elle ! Elle s'était aveuglée. Elle n'avait tout simplement pas rencontré d'homme qui la tentait assez. Jusqu'à présent.

Elle avait dû remettre sans réfléchir une bonne partie de son cœur entre les mains insouciantes de Tristan car, en cet instant, une douleur lancinante la consumait, juste au centre de sa poitrine, comme une déchirure, une plaie à vif. Et elle avait dû nourrir, à son insu, le secret espoir que malgré ce qu'elle voyait chaque jour dans le monde, elle était digne d'être traitée avec respect.

Une ombre duvetée s'approcha d'elle, puis Boadicée monta sur ses genoux, douce et réconfortante, en poussant des miaulements plaintifs.

Lucie serra contre elle son petit corps à la fourrure si douce.

— Tout va bien, dit-elle. Je vais me relever. Tu sais que je me relève toujours… C'est juste un moment difficile à passer.

Une patte noire se posa délicatement sur son cœur, là où elle avait si mal.

Tristan rentra chez lui sans rien voir ni entendre en chemin, ravagé par la terrible scène qui s'était déroulée à Norham Gardens, dévasté par la douleur qui lui consumait le cœur. Son dégoût de lui-même était si violent qu'il le ressentait physiquement ; ses nerfs et toutes les fibres de son être étaient tendus à se rompre.

Les tendres sentiments et sa vie de débauche, clairement, ne faisaient pas bon ménage ! Toutefois, il avait mené une longue vie d'excès en tous genres et n'avait connu l'amour que pendant un mois. Voilà pourquoi il avait commis une erreur. Les vieilles habitudes avaient la peau dure. Il allait se rattraper. Il allait regagner le cœur de Lucie. Bon sang, il avait l'impression de l'avoir perdue, et c'était insupportable.

Il martela du poing sa porte d'entrée, dans Logic Lane.

Quelques instants plus tard, il entendit des pas. Il fronça les sourcils. Ce n'était pas la démarche feutrée d'Avi.

Son corps était tendu comme un archet de violon quand le battant pivota enfin sur ses gonds.

Tristan écarquilla les yeux de stupeur.

Il se trouvait face au comte de Wycliffe.

33

Wycliffe, qui était de taille et de corpulence moyennes, dut rejeter la tête en arrière pour soutenir le regard de Tristan. Une lueur d'agacement passa brièvement dans ses yeux gris.

Tristan darda un regard meurtrier sur cet homme qui avait chassé sa propre fille de la maison et se trouvait à présent chez lui sans y avoir été invité, sans même s'être fait annoncer.

— Bien le bonjour, Wycliffe, dit-il d'un ton railleur. Voilà un honneur inattendu.

Si cette visite était effectivement inattendue, elle n'était pas un honneur, en vérité. Quelle qu'en soit la raison, la présence de Wycliffe ici n'augurait rien de bon.

— Si nous allions discuter au salon ? suggéra ce dernier.

La petite pièce était déjà encombrée de monde. Avi boudait devant l'âtre froid, lèvres pincées et regard courroucé. À prudente distance de lui se tenait un homme chaussé de lunettes à la mine sévère de notaire. Il y avait également un valet de Wycliffe, un jeune homme d'une vingtaine d'années qui portait le manteau de velours pourpre de Tristan, oublié la veille à la foire.

— Je suis désolé, monsieur, dit Avi en redressant le menton. Sa Seigneurie a insisté.

D'un regard torve, il désigna Wycliffe.

— Vous avez bien fait, le rassura Tristan, alarmé par son propre calme.

Il se tourna vers le comte.

— Que puis-je faire pour vous ? ?

De sa canne, Wycliffe désigna son jeune valet, ou plutôt le manteau.

— Ceci vous appartient-il ?

— Puisque mon monogramme et mon blason sont parfaitement visibles sur la doublure, je présume que la question est purement rhétorique. Que voulez-vous savoir, au juste ?

Les traits de Wycliffe se durcirent.

— Ma pupille, lady Cecily, le portait hier soir quand elle est rentrée au Randolph Hotel vers minuit. Après qu'on l'a vainement cherchée pendant des heures.

Une sueur glacée inonda Tristan lorsqu'il comprit les implications de ces paroles.

9 heures du matin n'avaient pas encore sonné. Quoi qu'ait raconté Cecily, on avait probablement relayé son récit par câble à Wycliffe Hall en toute hâte, et le comte avait dû sauter dans le premier train pour Oxford.

— Que voulez-vous dire exactement ? s'enquit-il d'un ton onctueux.

Wycliffe haussa un sourcil, incrédule.

— Que nous avons un problème.

— Lady Cecily et vous avez un problème, rectifia Tristan.

— Un problème dont vous êtes la cause, insista le comte.

— Est-ce ce qu'affirme la demoiselle ?

Une expression perplexe passa sur le visage de Wycliffe.

— Elle n'affirme rien, comme il faut s'y attendre dans une telle situation. Ce qui est clair, c'est qu'on vous a vus ensemble à la foire, puis que vous avez disparu tous les deux. On a ensuite aperçu ma nièce qui quittait le hangar à bateaux de lady Margaret Hall quelques heures plus tard, en état de choc et portant votre manteau, après une soirée de recherches sans résultat.

Tristan avait l'impression d'avoir un bloc de glace à la place du cœur. La situation serait sans doute claire comme de l'eau de roche aux yeux des commères, qui en définitive étaient les arbitres ultimes dans de telles situations.

— Mon manteau était peut-être au hangar à bateaux avec lady Cecily, mais moi, je n'y étais pas.

Ce n'était pas à Wycliffe qu'il s'était adressé mais à Avi, qui le regardait d'un air déçu et accablé. Bon sang, que c'était humiliant !

— Dans ce cas, où étiez-vous entre 20 heures et minuit ? marmonna le comte.

Dans l'angle de la pièce, l'homme en costume gris prenait des notes dans un carnet.

Tristan comprit aussitôt qu'il ne s'en sortirait ni par son habituel bagout, ni par une querelle, ni par l'alcool. La flèche fendait l'air dans sa direction, et il était plaqué au mur.

Il hocha la tête, pensif.

— Ce que je fais de mes nuits ne vous regarde pas, répondit-il finalement.

Le comte demeura impassible, mais Tristan n'en fut guère surpris.

— Alors je dois vous demander de nous accompagner à Wycliffe Hall.

— Naturellement, répondit Tristan d'un ton aimable. Dès que mon avocat sera là. Avi, ayez la bonté d'expédier un câble à la résidence de Beedle à Saint James's.

Cette fois, le visage de Wycliffe se décomposa.

— À Londres ?

— Exactement, répondit Tristan en s'asseyant dans son grand fauteuil et en étendant les jambes. Il devrait être là dans trois heures tout au plus. Puis-je vous offrir du thé ?

La vaste et lumineuse salle de restaurant du Randolph Hotel fleurait bon l'été, probablement en raison des opulents bouquets disposés sur chaque table. Des plateaux d'argent à étages étaient chargés de petits sandwichs et de tartelettes au citron, ainsi que de minuscules pots de gelée de violette et de crème fraîche pour accompagner les scones tout juste sortis du four.

Ceci était un véritable festin pour une gourmande comme Lucie, mais elle avait l'impression de manger de la sciure. Tous ses sens étaient engourdis, et son esprit revenait sans cesse à Tristan, à son profil si pâle quand il était passé devant la fenêtre de sa cuisine. « Tout est terminé », songea-t-elle. Plus jamais elle ne connaîtrait ses baisers.

— Ma chère, si vous avez envie de vous retirer, personne ne vous en voudra.

Ces paroles prononcées à mi-voix la firent tressaillir. Lentement, Lucie se tourna vers lady Salisbury, sa voisine de droite, qui s'était penchée vers elle et ne cachait pas son inquiétude.

Lucie toussota.

— Veuillez m'excuser, dit-elle prudemment. J'avais l'esprit ailleurs.

Lady Salisbury hocha la tête.

— Ma foi, c'est une honte, dit-elle. Soyez assurée que rien de tout cela n'est votre faute, même si certains vous regardent avec mépris. Pour ma part, je n'ai jamais trouvé normal que l'on inflige la *Sippenhaft*, la punition collective, à toute une famille parce qu'un de ses membres s'était mal comporté. Je trouve cela terriblement socialiste.

Lucie ne comprenait rien à ce discours.

Elle jeta un regard furtif autour de la table, puis dans la salle. L'atmosphère festive semblait vibrer d'une tension cachée, qu'elle n'avait pas remarquée jusqu'à présent. C'était subtil, mais indéniable. Des regards fuyaient le sien. Des têtes penchées en conciliabule s'écartaient en sursaut.

Lentement, elle posa la tasse de thé qu'elle tenait depuis une bonne minute sans même la voir.

— Pour un déjeuner festif, tout le monde a l'air bien nerveux, fit-elle remarquer. Que se passe-t-il ?

Lady Salisbury lui jeta un regard surpris.

— Vous n'êtes donc pas au courant ?

— Au courant de quoi ?

— Bonté divine, vous ne savez pas !

Un mauvais pressentiment fit courir un frisson dans le dos de Lucie.

— Eh bien, dites-moi !

Lady Salisbury jeta des regards de conspiratrice autour d'elle, puis se pencha un peu plus vers sa voisine.

— Votre cousine lady Cecily..., commença-t-elle à mi-voix. Il semble qu'elle ne soit pas rentrée à l'hôtel hier soir après la foire. On l'a cherchée partout.

Lucie se figea.

— Et on ne l'a pas retrouvée ?

La comtesse émit un petit « tss tss » ironique entre ses dents.

— Elle est rentrée toute seule. Intacte. Enfin, presque.

Haussant un sourcil d'un air lourd de sous-entendus, elle poursuivit :

— Apparemment, lord Ballentine a disparu avec elle. Elle n'est revenue qu'à l'aube, le manteau du vicomte sur les épaules.

Un silence brutal emplit l'esprit de Lucie ; les lisières de son champ de vision blanchirent. Puis les formes et les couleurs de son environnement revinrent avec force tandis que les voix autour d'elle semblaient exploser dans un rugissement assourdissant.

— Lady Lucinda ?

Elle regarda droit dans les yeux bleus de lady Salisbury, qui la couvait d'un regard alarmé.

— Impossible..., murmura-t-elle.

La comtesse secoua la tête.

— Quelle tristesse, n'est-ce pas ? Une si jolie jeune fille ! Maintenant, les fiançailles sont ternies par le scandale. Même s'il y aura sans doute quelques jeunes dindes de son âge pour trouver cela terriblement romantique...

Lucie avait envie de faire taire lady Salisbury pour l'empêcher de déverser dans la pièce son flot de venin.

Tout ceci était un mensonge.

Et personne ne le savait, sauf Tristan et elle.

À moins qu'il n'ait déjà tout dit... faisant d'elle une paria absolue.

— Allez-vous bien ? s'enquit sa voisine, qui semblait sincèrement inquiète. Diable. Je n'aurais pas dû vous annoncer la nouvelle aussi brutalement.

Lucie secoua la tête.

— J'ai seulement besoin d'un peu d'air frais.

Elle était au bord de la nausée.

Quand un gentleman compromettait une innocente de la bonne société, il l'épousait. Il n'avait pas le choix, *a fortiori* si la rumeur était déjà sur toutes les lèvres. Refuser de réparer, c'était condamner la malheureuse à une mort sociale. Et se condamner soi-même par la même occasion.

Elle quitta la salle d'un pas pressé tout en murmurant des excuses, évitant soigneusement les regards curieux. Il fallait qu'elle parle à Tristan de toute urgence.

Elle traversa la ville comme dans un brouillard. Les voitures passaient dans un claquement de sabots, des passants et des étudiants en toge noir et blanc l'évitaient en grommelant. Dans Market Street, la tour Norman s'élevait, grise et sinistre comme une immense pierre tombale. Quand les cloches de St. Mary sonnèrent, lui rappelant qu'elle approchait de Logic Lane, elle s'efforça de se ressaisir.

Elle appuya plusieurs fois sur la sonnette du numéro trois. Après ce qui lui parut une éternité, la porte s'ouvrit et Avi apparut sur le seuil. Lorsque le valet fronça les sourcils d'un air méfiant, le cœur de Lucie se serra.

— Bonjour, Avi.

— Monsieur n'est pas…

— S'il vous plaît ! l'interrompit-elle en posant une main sur le battant. J'ai une nouvelle urgente pour lui.

Le valet ne répondit pas.

— Avi, plus tôt il sera informé, mieux cela vaudra, insista-t-elle.

Il parut réfléchir, le visage fermé.

— Bien, dit-il enfin en reculant. Si madame veut lui laisser sa carte ou un message…

Prestement, elle se glissa par la porte entrebâillée et se rua vers l'escalier.

Tristan n'était pas là. Le logement était désert. Elle inspecta la chambre, où le lit était fait et le divan inoccupé, à part un livre posé à l'envers. Le bureau et les étagères étaient poussiéreux, signe que Tristan n'était guère venu chez lui dernièrement. De fait, il avait passé les semaines précédentes à Londres… ou avec elle.

Lucie dévala de nouveau les marches et entra dans le salon.

— Madame…, commença le valet.

Pivotant sur ses talons, elle chercha le regard d'Avi.

— Sa disparition est-elle en lien avec… un incident concernant lady Cecily ?

— Je ne saurais le dire, madame, répondit-il en haussant les sourcils.

— Vous n'en savez rien ou vous ne voulez pas le dire ?

Il pressa les lèvres d'un air buté.

« Seigneur, accordez-moi la patience ! » pria-t-elle en silence.

— Aimez-vous bien lord Ballentine ? demanda-t-elle.

Avi pencha la tête.

— Monsieur est un bon maître, à sa façon, mais il paraît qu'il a compromis une demoiselle.

Il semblait accablé. Il n'avait pas envie que Tristan soit coupable de ce dont on l'accusait, comprit-elle.

— J'ai des raisons de croire qu'il ne l'a pas réellement compromise, déclara-t-elle.

Avi sursauta.

— Non ? J'en suis très heureux. J'étais surpris que Monsieur ait fait une telle chose.

— Et je suis venue l'aider, continua Lucie.

Elle mentait. C'était elle-même qu'elle espérait aider.

— Puis-je apporter une tasse de thé à madame ? proposa Avi, qui la regardait à présent avec chaleur. Ou un xérès ?

— Non, merci. Dites-moi seulement ce que vous savez.

— Bien. Ils sont venus l'attendre ici. Si j'avais su, je ne les aurais pas laissés entrer, mais ce qui est fait est fait, et maintenant il est parti avec eux.

Un affreux soupçon fit frémir Lucie.

— Ils ? répéta-t-elle.

— Lord Wycliffe et deux autres messieurs.

Il plissa les lèvres d'un air de dégoût.

— Des gens désagréables.

— En effet, approuva Lucie.

— Très méchants, insista Avi.

— Qu'ont-ils dit ? Que voulaient-ils ?

— Ils ont affirmé que Monsieur et la jeune dame avaient été vus quittant la foire ensemble et qu'elle était rentrée seule en pleine nuit vêtue du manteau de lord Ballentine. Monsieur n'avait aucun alibi... Madame ?

Elle venait de se laisser tomber sur un siège, accablée.

— Pas d'alibi ? répéta-t-elle. Il ne leur a pas dit où il était la nuit dernière ?

Le valet secoua la tête, mais Lucie voyait que son esprit agile reconstituait son propre récit de la situation.

— Ils sont partis pour Wycliffe Hall, poursuivit-il. Pour signer le contrat de mariage, je suppose.

— Non ! s'exclama Lucie. Il ne peut pas engager toute sa vie sur la base d'une simple accusation. Nous ne sommes plus au Moyen Âge !

— La réputation de la demoiselle serait ruinée et celle de Monsieur également, s'il n'officialisait pas les fiançailles.

— Ils ne sont pas fiancés, rectifia Lucie d'un ton agacé.

Avi secoua la tête.

— Il y avait un arrangement, même s'il n'était pas formel.

Il avait raison, songea-t-elle en arpentant la pièce. Quant à Tristan, il n'avait pas fourni d'alibi. Il la protégeait… et cela éveillait en elle une tempête d'émotions.

— Je comprends que la bonne société puisse secrètement adorer un libertin, déplora le valet, mais on tournera le dos à un homme qui s'en prend à une innocente.

Elle laissa échapper un petit rire sans joie.

— C'est certain.

— Et Monsieur ne peut se permettre de ternir sa réputation, n'est-ce pas ?

Lucie pila net.

— Que voulez-vous dire ?

— Madame doit savoir que lord Ballentine a emprunté de l'argent à une personne peu recommandable ?

— Bonté divine, oui. M. Blackstone.

Avi lui décocha un regard grave.

— Si l'on apprend qu'il a séduit une débutante ou brisé une promesse de fiançailles, qui achètera ses livres ? Pourquoi les lectrices auraient-elles envie d'acheter sa poésie romantique ? Et, dans ce cas, comment remboursera-t-il son prêt ?

À chaque question, la tête de Lucie lui tournait un peu plus vite.

— Le prince de Galles ne soutiendra plus la publication de ses carnets de guerre, dit-elle en croisant le regard d'Avi. Or on ne se permet pas impunément de ne pas rembourser un emprunt à Blackstone, je suppose.

— Je suppose, renchérit poliment Avi.

— J'imagine que s'il faisait cela, les intérêts du prêt monteraient en flèche.

— J'imagine, madame.

Elle s'assit de nouveau dans le fauteuil, accablée.

— C'est même pire que cela, murmura-t-elle. Nous devions racheter des équipements à une autre maison d'édition. La production a commencé, mais les clients vont annuler leurs précommandes. Et la rénovation des locaux a entraîné des dépenses importantes...

Elle se ressaisit en voyant qu'Avi la regardait d'un air effaré. Elle n'aurait pas dû l'inquiéter ainsi, songea-t-elle dans un soupir.

— Quand sont-ils partis ?

Il tourna les yeux vers l'horloge.

— Il y a environ une demi-heure, madame.

Lucie ralentit le pas alors qu'elle s'engageait dans la grand-rue. Ses jambes tremblaient. Elle fit halte près du pilier sculpté peint en bleu d'une boutique de confitures. Derrière la vitrine, des pots de gelée et de marmelade étaient artistiquement disposés en pyramide.

À l'heure qu'il était, soit Tristan avait parlé d'elle afin de fournir un alibi, soit il avait décidé d'emporter noblement leur secret dans sa tombe... et elle n'aurait su dire quelle option la terrifiait le plus. Oui, elle était terrifiée. C'était le mot.

Parce que, entre une pyramide de confitures et les groupes d'étudiants qui remontaient la rue d'un pas pressé, elle devait prendre une décision, et vite. Sur le trottoir opposé, les aiguilles de l'horloge de la tour de St. Mary indiquaient presque midi moins le quart. Le prochain train pour Wycliffe Hall quitterait la gare peu après midi. Deux minutes. Il lui restait deux minutes pour décider de monter ou non à bord de ce train.

Elle ne parvenait plus à respirer.

Tristan savait exactement ce qu'il risquait. Il ne voulait pas de Cecily, mais une union avec elle était à présent son option la plus confortable, socialement et financièrement. Même s'il tentait de se disculper en jetant Lucie en pâture à l'opinion publique, il serait contraint d'épouser Cecily, dont la réputation de débutante devait être préservée… contrairement à celle de Lucie, dont tout le monde se moquait comme d'une guigne.

Tristan ne trahirait pas leur secret. C'était inné en lui, cet élan de protéger ceux qui étaient en danger. Ses cicatrices en étaient la preuve. Jamais il ne tirerait sur une femme sans défense.

Elle pouvait rentrer chez elle. Elle pouvait continuer à mener la vie qu'elle s'était patiemment construite. Après tout, ne savait-elle pas depuis toujours que Tristan devrait un jour prendre épouse ?

Ou alors elle pouvait s'engager sur sa gauche. En direction de la gare. Et prendre ce fichu train.

La grande aiguille de l'horloge bougea d'un cran.

Un calme soudain descendit sur elle. Avant que son esprit ait osé se l'avouer, son cœur était parvenu à une évidence.

Elle ne pouvait pas rentrer chez elle. Non parce que la vision de Tristan entre les bras de Cecily lui était insupportable, mais parce que, chaque matin, elle se levait pour se battre pour la liberté et le droit de choisir. Pourrait-elle poursuivre la lutte sans déshonneur, en sachant qu'elle avait gardé le silence alors que Tristan était sur le point de perdre injustement sa liberté et son droit de choisir ? Certainement pas. Une telle lâcheté la rongerait comme un acide.

Oui, mais la Cause ! protesta une petite voix. Si on apprenait la vérité, jamais Lucie ne pourrait poursuivre sa mission !

Les cloches de l'église sonnèrent midi moins le quart.

Lucie leva les yeux vers la tour.

Apparemment, une part d'elle-même était déconnectée de son combat. Elle avait vécu si longtemps pour la Cause qu'elle avait supposé que ses principes et ses actes ne faisaient qu'un. Elle s'était trompée.

Ce qu'il y a d'intéressant dans les grandes causes politiques, c'est qu'en général elles se débrouillent très bien sans vous. La question est plutôt de savoir comment vous vous débrouillez sans elles.

— Allez au diable, Melvin ! marmonna-t-elle.

Et, prenant ses jupes à pleines mains, elle s'élança à la recherche d'un fiacre.

34

Par chance, le centre-ville autour de la gare de Newbury n'avait guère changé depuis la dernière fois que Lucie l'avait traversé, une dizaine d'années auparavant. Quand elle sortit en courant de l'entrée principale, la façade de brique rouge du relais de poste apparut, de l'autre côté de la place du marché. Elle n'était pas certaine de pouvoir rattraper Wycliffe et Tristan, mais elle allait essayer.

Le patron de l'auberge se trouvait derrière le comptoir – ce ne pouvait être que lui, car il lisait la *Pall Mall Gazette* pendant les heures de travail et ne daigna même pas lever les yeux lorsqu'elle franchit le seuil. Derrière lui, dans un angle de la pièce, une femme âgée était assise dans une chaise en osier, un châle sur les épaules, son tricot à la main.

— J'ai besoin de louer un cheval, dit-elle à la *Pall Mall Gazette* en essayant de retrouver son souffle.

La tête de l'homme apparut enfin, plissant les yeux par-dessus le journal.

— Où voulez-vous aller, madame ?

— À Wycliffe Hall.

Il hocha la tête.

— La diligence pour Wycliffe Hall part dans une demi-heure. Trois pence le billet.

— Avez-vous un cheval à louer ?

Wycliffe Hall se trouvait à trois miles au sud de Newbury en coupant à travers champs. Avec la diligence, le trajet était deux fois plus long.

L'homme l'observa d'un œil sceptique.

— Un cheval ? répéta-t-il.

— Un cheval, confirma-t-elle.

Elle avait la bouche sèche et des fourmis dans les jambes. Derrière l'homme, la grande aiguille de l'horloge fixée au mur lui indiquait qu'elle perdait de précieuses minutes. Pendant qu'ils parlaient, Tristan était peut-être en train de signer son contrat de mariage.

L'homme se tourna vers la femme qui tricotait dans son fauteuil en osier.

— Beth, avons-nous un cheval ?

La femme leva les yeux d'un air pensif.

— *Aye*, dit-elle finalement. Le poney, mais il n'y a pas de selle pour dame.

Le tenancier regarda de nouveau Lucie avec un haussement d'épaules fataliste.

— Je crains que nous n'ayons pas de selle pour vous, madame. Vous prenez le billet à trois pence ?

— Non, répondit-elle. Je prends une selle ordinaire.

Il écarquilla les yeux de surprise, avant d'éclater de rire.

— Très drôle ! s'exclama-t-il.

— Je ne plaisante pas, insista Lucie avec un calme qui aurait dû alarmer son interlocuteur.

— Voyons, madame, il faut prendre la diligence.

— Je prends le poney et une selle ordinaire.

— Pour vous-même ? demanda-t-il en secouant la tête. Ce n'est pas raisonnable.

La *Pall Mall Gazette* commença à remonter devant son visage.

Lucie glissa sa main droite dans sa poche.

Entendant le déclic métallique, l'homme leva les yeux en fronçant les sourcils. Quand il se retrouva nez à nez avec le pistolet de poche de Lucie, il tressaillit, puis la regarda, bouche bée.

— Je prends le poney, répéta-t-elle. Et une selle ordinaire.

Avec des gestes prudents, l'aubergiste leva les mains pour les poser sur sa tête, laissant tomber son journal.

— Bonté divine, ceci n'est pas un hold-up ! s'impatienta-t-elle. Voici un shilling pour le cheval et trois pence pour votre châle.

Elle agita l'arme en direction de la femme, qui semblait tout aussi pétrifiée que son mari, et glissa quelques pièces sur le comptoir de sa main gauche.

— Cette scène absurde aurait été inutile si les femmes avaient le droit de porter des pantalons, expliqua-t-elle quelques minutes plus tard à la jeune femme, sans doute la fille du patron, qui lui amenait un poney New Forest, sellé et bridé.

La jeune femme la regarda, les yeux ronds, rouler son élégante robe étroite ainsi que ses jupons autour de ses cuisses, révélant ses jambes. Une fois qu'elle eut sauté sur la selle, Lucie drapa le châle autour d'elle pour préserver sa modestie autant qu'elle le pouvait. Toutefois, ses chevilles et le bas de ses jambes étaient encore visibles, et dès l'instant où elle quitta l'écurie, elle se sentit terriblement nue.

Elle traversa la place du marché au trot, s'attirant des regards scandalisés des passants. S'ensuivit un interminable trajet le long des rues pavées, jusqu'à ce qu'elle atteigne enfin les faubourgs de la ville, où des champs cultivés ou en jachère s'étendaient jusqu'à Wycliffe Hall. Bientôt, elle fit quitter la route au poney et lui lâcha la bride.

Même si, selon toute probabilité, il était déjà trop tard.

Comme Tristan s'y était attendu, il trouva son père dans la bibliothèque de Wycliffe Hall. Rochester se tenait devant le bureau, raide comme la justice, à côté d'un Tommy Tedbury à l'air pincé et d'un homme en qui Tristan reconnut le notaire de Rochester. Détail intéressant, lady Wycliffe était également présente, un peu à l'écart, devant l'âtre. Toutefois, la principale actrice de ce bourbier brillait par son absence.

— Où est-elle ? demanda-t-il en dardant un regard furieux sur Rochester.

— Si vous parlez de lady Cecily, elle est souffrante, répondit froidement le comte.

— Tiens donc ! ricana Tristan d'une voix si lourde de menaces que lady Wycliffe porta une main à sa gorge.

— Inutile d'infliger plus de tourments à la malheureuse, bougonna Rochester. Vous l'avez suffisamment humiliée.

— Est-ce vous qui êtes derrière tout cela ? demanda Tristan.

Il avait envisagé cette hypothèse pendant l'interminable trajet que Wycliffe et lui avaient effectué jusqu'à Newbury dans un silence hostile.

— Non, répondit son père avec un sourire mauvais. Vous êtes l'unique artisan de votre perte. Le moment est venu de payer le prix de vos péchés.

Derrière Tristan, Wycliffe émit une petite toux.

— Permettez-moi de m'étonner que la perspective d'épouser une jeune lady aussi accomplie que ma pupille soit présentée comme une punition, fit-il remarquer.

Il se plaça entre Rochester et Tommy Tedbury, faisant front uni avec eux contre Tristan, et poursuivit :

— Tout bien considéré, Ballentine, vous faites une excellente affaire. Aussi suis-je surpris que vous nous ayez contraints à de tels efforts. D'abord vous reportez la signature du contrat, puis vous séduisez cette innocente, et à présent vous refusez de vous comporter en gentleman. Tout pourrait être tellement plus simple !

— Simple ? répéta Tristan. Alors que vous venez me chercher flanqué de votre avocat ?

Wycliffe haussa les épaules.

— Désormais, les fiançailles sont une obligation absolue.

Tristan se tourna vers Beedle, qui semblait mal à l'aise devant ce déferlement d'hostilité.

— Beedle, je déteste être contraint de la sorte. Que dit la loi ?

Son avocat dansa d'un pied sur l'autre.

— Une preuve que vous n'avez pas passé la nuit avec la jeune femme serait d'un grand secours, monsieur. Cela ne restaurerait pas la réputation de la demoiselle mais vous laverait de tout soupçon aux yeux du monde et de vos proches.

Dommage. Naturellement, Tristan avait envisagé de dire à Wycliffe qu'il était l'amant de sa fille. Le comte y aurait peut-être réfléchi à deux fois avant de décréter qui il devait épouser.

Dans le train, alors que les superbes paysages embrumés de la campagne anglaise en été défilaient derrière les vitres, il avait envisagé toutes les options possibles. Après tout, c'était sa vie qui était en jeu. Hélas, chaque voie n'avait abouti qu'à une sombre impasse, car aucune ne menait à Lucie.

Lucie ! Sa fée rebelle, son tendre amour… Son corps tremblait de désir de la retrouver. Maintenant qu'il était sur le point de la perdre pour toujours, il voyait enfin la vérité. C'était elle qu'il aurait dû épouser, et aujourd'hui même. Non pas pour se sauver d'une morne existence auprès de Cecily, ni pour s'épargner de rudes manœuvres afin d'échapper à un mariage dont il ne voulait pas. Non pas pour récupérer ses parts de London Print, ou parce que leur union serait une bonne alliance entre deux comtés. Il devait l'épouser parce qu'elle était la seule constante dans sa vie. Son étoile Polaire.

Bon sang, il lui suffirait de prononcer son nom maintenant et il l'aurait pour toujours ! Elle le haïrait pour cela, mais elle serait son épouse. Pourtant, peu avant l'arrivée en gare de Newbury, il avait compris qu'il n'en ferait rien. Il préférait se faire de nouveau tirer dessus plutôt que lui couper les ailes. Et une rage froide avait empli le douloureux vide dans sa poitrine.

— Un alibi ! grommela Wycliffe. Même si vous en aviez un, la seule façon de régler honorablement cette triste affaire est de protéger ma pupille en lui donnant votre nom.

— Il va le faire, déclara Rochester. Il sait que sinon, leur réputation à tous deux sera ruinée.

Tristan lui décocha un sourire caustique.

— Pour que toute la lumière soit faite sur cette histoire, dites-moi une chose : lady Cecily a-t-elle bel et bien affirmé que je l'avais entraînée dans le hangar à bateaux cette nuit ?

Rochester fit la grimace, tandis que Wycliffe haussait les épaules.

— Ma pupille n'a nul besoin de s'appesantir sur vos ignominies, marmonna-t-il. Ce qui compte, c'est que les circonstances sont parfaitement claires et que des témoins ont vu Cecily portant votre manteau.

Dans le couloir, on entendit alors des pas rapides. Puis quelqu'un ouvrit la porte à la volée, derrière Tristan.

Tous ceux qui étaient tournés vers l'entrée reculèrent d'un air incrédule. Une folle bouffée d'espoir s'alluma en Tristan.

Son cœur lui disait qui, exactement, venait d'arriver.

Très lentement, il pivota sur ses talons en s'efforçant de calmer son agitation.

Tel un ange de la vengeance, Lucie se tenait sur le seuil, les joues rouges de colère et les cheveux en désordre.

Quand elle traversa la pièce, son petit menton levé avec détermination, il comprit. C'était lui qu'elle venait venger.

— Lucie, non ! s'exclama-t-il en lui barrant le chemin.

Sans un regard pour lui, elle se posta devant Wycliffe.

— Lord Ballentine est innocent, déclara-t-elle. Il a un alibi. Il a passé la nuit avec moi.

35

Un silence assourdissant tomba sur la bibliothèque. « Le silence qui suit une explosion », songea Lucie avec un étrange détachement. Tout le monde était livide.

Le temps semblait avoir ralenti sa course car, pendant une bonne minute, elle put observer la scène. Tommy, sa mère et des inconnus qui ressemblaient à des hommes de loi, avec leurs carnets à la main, se tenaient autour d'elle, au garde-à-vous, tels des soldats de plomb. Il y avait également Rochester, debout près du fauteuil de Wycliffe qui n'avait pas changé de place depuis toutes ces années. Et le grand canapé Chesterfield derrière lequel elle avait passé tant de matinées, cachée, pour lire ou jouer aux échecs. Curieusement, le meuble semblait moins imposant qu'autrefois. C'était, en fait, un canapé ordinaire. D'ailleurs, à présent qu'elle y pensait, le plafond paraissait plus bas, les rayonnages étaient couverts de poussière, et le tapis était bien trop élimé même pour une maison de campagne.

Regarder de nouveau son père droit dans les yeux la laissait étrangement indifférente. De même que cette bibliothèque, il était plus âgé et plus petit que dans son souvenir, et les rides autour de sa bouche s'étaient creusées. Avec ses yeux écarquillés de stupeur, il avait presque l'air comique. Voilà donc l'homme qu'elle avait tant craint et détesté autrefois ?

Rochester fit un pas vers elle. Aussitôt, le temps parut se remettre en marche dans un douloureux sursaut. Le père de Tristan, encore grand et imposant, dardait sur elle un regard vert hostile.

— Que voulez-vous dire ? tonna-t-il.

— Je veux dire, répondit-elle d'une voix haute et claire, que lord Ballentine a passé la nuit dans mon lit et qu'il ne peut donc pas avoir compromis ma cousine.

De la direction de sa mère parvint un petit cri étranglé.

Lucie percevait sur elle le poids du regard de Tristan, mais elle s'interdit de tourner les yeux vers lui. Ce serait trop douloureux de le regarder. Elle ne pouvait pas se permettre la moindre faille dans son armure.

— Cessez donc de prendre des notes ! marmonna Wycliffe sans s'adresser à quelqu'un en particulier. Si un mot de tout ceci sort de cette pièce, je vous fais rayer de l'ordre.

Les trois hommes qui ressemblaient à des notaires ou à des avocats se figèrent, le crayon à la main.

Rochester chercha le regard de Lucie.

— Voilà une affirmation bien audacieuse, dit-il. Pouvez-vous la prouver ?

— Exigeriez-vous que je fournisse un témoin ? répliqua-t-elle d'un ton ironique. En général, on n'en convoque pas dans ce genre de situation.

— Silence ! aboya son père.

À présent, non seulement Wycliffe n'était plus livide, mais une alarmante rougeur avait envahi son cou et son visage.

Le cœur de Lucie battait à tout rompre. Peu à peu, l'aspect irréel de la situation s'estompait à mesure que se dissipait l'impression d'urgence vitale qui l'avait galvanisée tandis qu'elle traversait les champs au grand galop.

— Vous pouvez me faire taire ici, rétorqua-t-elle, mais je n'hésiterai pas à m'exprimer dans la presse. Surtout si j'ai la confirmation qu'il y a des conséquences.

D'un geste éloquent, elle posa une main sur son ventre.

Un hoquet de stupeur collectif parut littéralement aspirer l'air de la pièce.

Tristan fit un pas vers elle, avant de s'immobiliser. Cela lui demandait un effort surhumain. Même depuis l'autre côté de la pièce, elle percevait le combat qui se livrait en lui. Elle lui décocha un regard à la dérobée. Son visage était décomposé. « Qu'avez-vous fait ? » lut-elle dans ses yeux.

— Thomas, allez chercher votre cousine, ordonna alors Wycliffe, les yeux rivés sur la main de Lucie toujours posée sur son ventre.

Tommy se tourna vers lui d'un air choqué et désapprobateur.

— Exécution ! insista leur père.

Lucie connaissait bien ce ton. C'était celui qui précédait les corrections.

Pinçant les lèvres, Tommy se dirigea vers la porte.

Aucun mot ne fut prononcé jusqu'à son retour.

Cecily avait exactement l'air d'une jeune femme qui vient de se laisser séduire sur un tas de foin et le regrette amèrement. Ses cheveux étaient en désordre, et son délicat visage rougi et gonflé par les larmes. Lucie la regarda, abasourdie. Pas étonnant que les hommes présents dans la pièce brûlent de la protéger ! Elle aussi, elle aurait ressenti le même élan... si elle ne l'avait pas si bien connue.

Lorsque Cecily aperçut Tristan près du bureau, une lueur d'effroi passa dans ses beaux yeux bleus. Puis elle vit Lucie, et son expression se fit perplexe. Quand, enfin, Wycliffe l'informa des déclarations de Lucie, son visage se ferma tout à fait.

— Eh bien, Cecily, s'impatienta Wycliffe. Qu'avez-vous à répondre à cela ?

La jeune fille demeura un instant immobile, les épaules voûtées. Puis elle prit la parole, d'une voix douce mais ferme.

— J'ai à répondre que ma cousine Lucie tente de me voler mon fiancé.

Wycliffe haussa les sourcils d'un air stupéfait tandis qu'un murmure choqué s'élevait parmi les hommes de loi. Ceci n'était pas une défense mais une attaque en règle.

Lucie émit un rire incrédule.

— Me marier ? Plutôt me casser une jambe ! s'exclama-t-elle.

— Et pourtant, vous êtes ici, répondit Cecily d'un air de dignité offensée. Et vous affirmez que vous et lui avez...

Sa voix s'étrangla, comme si elle ne pouvait se résoudre à prononcer les mots. Puis elle plissa le nez, donnant l'impression de retenir ses larmes.

— Cecily, dit Wycliffe d'un ton plus froid. Permettez-moi d'insister, avez-vous quelque chose à dire qui puisse nous aider ?

Pour la première fois depuis qu'elle était entrée dans la bibliothèque, Cecily regarda Lucie dans les yeux.

— Vous ne m'avez jamais aimée, dit-elle alors. Je crois même que vous m'avez toujours enviée.

— Moi, vous envier ? s'exclama Lucie, abasourdie.

Cecily hocha la tête.

— Pour avoir pris votre place auprès de vos parents. Et vous tentez à présent de vous venger en détruisant mon bonheur.

Derrière Cecily, Lucie vit lady Wycliffe porter une main affolée à ses lèvres. Lentement, elle secoua la tête.

— Je n'ai *jamais* eu la place que vous occupez, Cecily. Et je n'ai jamais été heureuse ici. Quant à votre bonheur… Croyez-vous vraiment qu'il soit juste de contraindre par la ruse lord Ballentine à vous épouser ?

Cecily fronça les sourcils. Au fond de ses yeux passa une lueur de rage.

— Allons, allons ! s'exclama Tommy en s'avançant, l'air contrarié. Tout cela ne me plaît vraiment pas. J'ai l'impression d'assister à un interrogatoire. Et c'est parfaitement absurde. Cecily n'a jamais contraint personne !

— Dans ce cas, pourquoi suis-je ici ? demanda Tristan d'un ton patient.

Il s'était adossé contre le bureau, ses longues jambes croisées au niveau des chevilles, l'air faussement détendu. Lucie percevait sa colère contenue… et ne pouvait chasser la déconcertante impression qu'elle était dirigée contre elle.

Tommy se tourna vers lui.

— Parce qu'une dame n'évoque pas des questions aussi embarrassantes. Au demeurant, elle n'en a pas besoin. On l'a vue avec vous et elle a disparu pendant des heures, sans chaperon. Cela suffit à mettre sa réputation en danger. Alors, par le Ciel, Ballentine, vous allez faire ce que l'honneur vous commande !

Tristan lui adressa un sourire malicieux.

— Votre sœur affirme également que je l'ai séduite, et je ne le nierai pas. Que voulez-vous, Tedbury, que j'épouse les deux ? Beedle, que dit la loi ?

— Hu-hum, s'étrangla le notaire.

— Il a un tatouage ! s'exclama alors Cecily. Lord Ballentine a un tatouage. Sur le torse.

Toutes les têtes se tournèrent vers elle. Quant à Lucie, il lui sembla que son cœur s'arrêtait de battre. Elle chercha le regard de Tristan. Lui aussi paraissait surpris.

— Intéressant, dit Rochester d'un ton onctueux. Pourriez-vous nous le décrire, lady Cecily ?

Celle-ci était plus rouge qu'une pivoine. Toutefois, comme Rochester l'encourageait d'un coup de menton, elle poursuivit :

— Il est sur le côté droit.

Wycliffe se tourna vers Tristan.

— Est-ce vrai ?

— Oui.

Tommy s'approcha de lui.

— Monstre ! gronda-t-il. Vous avez osé…

— Du calme ! l'interrompit Lucie. Cecily peut très bien avoir surpris une conversation entre femmes et non l'avoir vu de ses yeux.

— Ne soyez pas insolente, siffla Wycliffe. Votre cousine n'évolue pas dans des cercles où l'on discute des tatouages de Ballentine devant les débutantes !

À l'évidence, son père n'avait aucune idée de ce dont les femmes discutaient entre elles lors des soirées un peu arrosées.

Son regard se riva à celui de sa cousine. Cecily semblait totalement perdue, mais la lueur au fond de ses yeux disait clairement qu'elle n'allait pas renoncer.

— Alors parlez-nous un peu de ce tatouage, suggéra Lucie. Je vous mets au défi de le décrire.

Le pari était risqué, mais elle n'avait plus rien à perdre.

Dans la pièce, un concert de protestations, de soupirs et d'exclamations s'éleva.

— C'est... une femme nue qui danse dans un cercle, dit Cecily.

Lucie fut parcourue d'un désagréable frisson.

— En êtes-vous certaine ? demanda-t-elle.

Cecily dévoila ses petites dents acérées.

— Vous êtes bien insistante, ma cousine.

— Une femme, vous dites ?

— Exactement.

— Et vous ne lui avez rien trouvé d'étrange, à cette femme ?

Cecily se recroquevilla comme si elle s'apprêtait à bondir.

— Elle était manifestement très dénudée.

— Et vous prétendez l'avoir vue de près ?

— Tout à fait.

Un silence absolu régnait à présent dans la bibliothèque. Chacun devait se représenter dans quelle situation les yeux de Cecily avaient pu voir de près le torse de Tristan.

— Et ses quatre bras ne vous ont pas semblé étranges ? demanda Lucie.

Cecily ouvrit des yeux ronds.

Puis une lueur de compréhension passa dans son regard, comme si elle venait de résoudre une énigme particulièrement ardue.

— Si vous croyez que je vais tomber dans un piège aussi grossier, ricana-t-elle. Elle n'a pas quatre bras, voyons !

— Assez ! s'exclama Wycliffe. Cela suffit, maintenant. Messieurs...

— Elle a effectivement quatre bras, dit alors Tristan.

Tout le monde se tourna vers lui. Cecily, quant à elle, recula d'un pas.

Tristan porta une main à sa cravate comme pour la dénouer.

— Vous faut-il une preuve ?

— Non ! s'exclamèrent Wycliffe, Tommy et Rochester comme un seul homme.

Ils semblaient choqués. Et gagnés par le doute.

En dépit des menaces de Wycliffe, les hommes de loi, le crayon à la main, suivaient leur échange d'un air fasciné, comme s'ils regardaient un match de tennis dont les balles auraient été remplacées par des grenades.

Lady Wycliffe fit un pas en avant, si pâle et luisante de sueur qu'on eût dit une statue de cire.

— Cecily ! s'exclama-t-elle en s'approchant de sa nièce, une main tendue vers elle. Dites que c'est faux, voyons !

Cecily continuait à reculer très lentement.

— Bonté divine, marmonna Wycliffe.

Les lèvres de Cecily tremblèrent.

— C'est Arthur qui me l'a dit, avoua-t-elle. C'était son idée. Il m'a dit... pour le tatouage... Il m'a dit de... Ce n'était pas mon intention. Je me suis perdue à la foire en essayant de vous rattraper, après que vous m'avez abandonnée, ajouta-t-elle en tournant vers Tristan un regard brillant de larmes.

— Sortez ! gronda Wycliffe à l'adresse des hommes de lois. Dehors, tout de suite.

À présent, Cecily sanglotait.

— Je suis allée me cacher au hangar à bateaux pour pleurer parce que lord Ballentine m'avait parlé très durement, dit-elle. Et je me suis endormie d'épuisement, sur son manteau. À mon réveil, le soleil s'était couché. Je ne pouvais pas rester toute la nuit dans le hangar. Il fallait que je rentre, même sans chaperon. Je n'ai pas eu le choix.

— Non, mais rien ne vous obligeait à m'accuser, lui rappela Tristan d'une voix douce.

Elle lui jeta un regard incrédule.

— Tout le monde me cherchait, le scandale était inévitable. Si vous n'aviez pas été impliqué nommément, vous ne m'auriez pas épousée.

Il secoua lentement la tête.

— Je n'ai jamais eu l'intention de vous épouser et je suis désolé qu'on vous l'ait fait croire, Sissy.

Elle serra les poings d'un geste rageur.

— Il n'est pas question que je reste sans rien faire et que j'épouse le premier venu qu'on choisira pour moi.

— Felicity, ramenez-la dans sa chambre, ordonna Wycliffe à son épouse dans un murmure.

Lady Wycliffe semblait marcher avec difficulté, comme si elle était prise dans des sables mouvants. Puis, redressant le menton, elle saisit Cecily par le bras d'un geste ferme et, sans un regard pour les hommes autour d'elles, entraîna sa pupille hors de la bibliothèque.

Une fois la porte fermée derrière elles, Wycliffe se tourna lentement vers Rochester.

— Bien, dit-il avec un calme olympien. On dirait que c'est ma fille et non ma nièce que votre fils va épouser.

Rochester pâlit.

— Certainement pas ! maugréa-t-il. Tristan est l'héritier de la maison des Rochester. Il se mariera selon sa position dans le monde !

Lucie vit son père faire un pas vers Rochester, si rapidement que cela avait dû être un réflexe.

— Insinueriez-vous qu'une fille de la maison des Wycliffe n'est pas digne de lui ?

— Voyons, Wycliffe, soyez sérieux. Un Ballentine ne va pas épouser une…

— Je vous suggère de réfléchir avant de parler, le coupa le père de Lucie d'un ton glacial. Un Ballentine vient de ruiner la réputation de *deux* Tedbury en moins de temps qu'il n'en faut pour le dire ; il va au moins épouser l'une des deux.

— Je n'ai pas l'intention d'épouser qui que ce soit ! s'exclama Lucie.

Puis elle quitta la bibliothèque, exaspérée.

Elle savait que Tristan la suivrait. Il la rattrapa dans le hall, encore loin de la porte principale.

— Wycliffe n'a pas totalement tort, dit-il sans préambule.

Elle s'était également attendue à l'entendre dire cela. Toutefois, elle continua de marcher en priant pour que son poney soit encore là, prêt à partir.

— Non seulement il n'a pas tort, insista Tristan, mais nous devons parler.

— Tristan, je ne vous épouserai pas, alors par respect pour notre dignité à tous les deux, s'il vous plaît, ne me le demandez pas.

Il la prit fermement par le haut du bras, l'obligeant à s'arrêter et à se tourner vers lui.

La gorge de Lucie se noua. Elle n'était pas prête à ce qu'il la touche, à sentir son odeur. Il ne lui restait pas assez de force pour se quereller avec lui, surtout s'il rivait ainsi son regard au sien, avec une telle détermination.

— Vous êtes bien consciente que nous avons un problème.

Il semblait calme, mais jamais elle ne l'avait vu aussi sérieux. Sans doute la perspective du mariage ne lui souriait-elle pas plus qu'à elle. Ne le lui avait-il pas dit encore la veille, quand elle l'avait interrogé dans son salon ?

Elle secoua la tête, épuisée.

— Je ne suis pas venue pour vous obliger à choisir entre Cecily et moi, mais pour vous permettre de choisir entre la vie conjugale et la liberté. Je ne peux pas me marier, vous devriez au moins savoir cela de moi.

Elle se détourna pour s'en aller. De nouveau, il la prit par le bras. Son visage était si dur qu'il paraissait taillé dans le roc.

— À votre avis, combien de temps faudra-t-il avant que l'affaire s'ébruite ? Qu'adviendra-t-il de votre réputation, Lucie ? De London Print ? De votre combat ?

L'espace d'un instant, elle en eut le souffle coupé. L'énormité de ce qu'elle venait de faire était encore tenue à distance par une mince barrière de déni, mais celle-ci céderait au premier choc.

— Ma famille emportera ce secret dans sa tombe. Il se pourrait très bien que l'affaire en reste là.

— Possible, mais peu probable, ma belle.

— Je ne vous épouserai pas, insista-t-elle. Ce n'était qu'une question de justice.

— De justice ? répéta-t-il d'un ton incrédule.

— Pour quelle autre raison aurais-je agi ainsi ? s'impatienta Lucie en haussant la voix.

Il fallait qu'elle s'éloigne de cet endroit. De cet homme. Hélas, sa poigne se fit plus ferme encore sur son bras.

— Pour quelle autre raison ? demanda-t-il. Après ce qui s'est passé le mois dernier, est-il présomptueux de ma part de supposer que vous avez de l'affection pour moi ?

De l'affection ! Que le terme était faible, inconsistant, ridicule !

— Il n'y a pas cinq minutes, vous sembliez prêt à épouser ma cousine, riposta-t-elle. Mon affection pour vous ne semble pas compter beaucoup.

Il la regarda d'un air médusé.

— L'épouser ? Certainement pas ! Et auriez-vous aimé que je vous dénonce pour avoir un alibi ? Je l'avoue, j'y ai pensé. Je n'en ai rien fait. Comment aurais-je pu vous contraindre au mariage ? Mais c'est vous qui venez probablement de vous y contraindre.

— Jamais ! protesta-t-elle en libérant son bras d'un geste brusque. Plutôt être une paria qu'une esclave !

Il prit une profonde inspiration.

— Ce n'est ni le lieu ni le moment pour une telle discussion. Parlons-en en privé.

— Ni le temps ni l'endroit ne changeront rien à ma décision.

— Bonté divine, soyez un peu raisonnable, Lucie ! Vous m'avez dans votre lit chaque nuit et vous ne vous en plaignez pas. Où serait la différence ?

Elle faillit lui donner un coup de pied dans les tibias.

— Le sexe, siffla-t-elle. Naturellement, vous ne voyez rien d'autre... Oh, si je pouvais me permettre la même insouciance que les hommes !

Elle se remit en marche, les yeux rivés sur la porte.

— La différence entre une épouse et une amante est la même qu'entre le jour et la nuit, dit-elle, exaspérée de le voir toujours sur ses talons. Citez-moi une femme mariée, une seule, qui ait fait progresser une cause importante hors de son foyer !

Il poussa un soupir exaspéré.

— Et c'est cela qui vous inquiète ?

Qu'il était facile pour lui de se moquer d'elle !

— Citez-m'en une seule, répéta Lucie. Vous n'en trouverez pas, parce qu'il est pratiquement impossible pour une femme d'accomplir quoi que ce soit quand elle a la charge d'un mari, les exigences constantes d'une vie d'épouse, sans parler des enfants. Pourquoi pensez-vous que les plus progressistes d'entre nous n'aient d'autre choix que le célibat ?

— Arrêtez ! rugit-il. Arrêtez de fuir ! Arrêtez de vous cacher derrière votre satanée mission !

— Me cacher ? répéta-t-elle, stupéfaite.

— Oui, vous cacher.

De nouveau, il usa de sa force pour l'arrêter. En cet instant, elle le détesta presque. Il dut le voir dans son regard, car une lueur de défi s'alluma dans ses iris ambrés.

— Soyez honnête, murmura-t-il en s'approchant d'elle. Si vraiment vous ne vouliez pas d'un homme dans votre vie ni des *conséquences* que cela entraîne, jamais vous n'auriez pris le risque de m'inviter dans votre lit.

Il était si proche qu'elle sentait son souffle sur sa joue. Les battements erratiques de son cœur l'empêchaient de réfléchir. « Cours ! entendait-elle seulement. Cours ! » La voix se fit plus impérieuse encore quand les yeux de Tristan s'adoucirent, se teintant des pépites d'or qui lui étaient à présent si familières.

— Vous n'êtes pas stupide, Lucie, dit-il d'un ton plus chaleureux. Vous saviez très bien quels risques vous preniez. Et pourtant, vous avez tout de même voulu de moi. Demandez-vous pourquoi.

— Vous avez raison, articula-t-elle avec peine. Je vous désirais. Mais même si les lois étaient différentes, jamais je ne vous épouserais.

Cela le surprit. Elle en profita pour se libérer.

— Vous me trouvez assez bien pour m'inviter dans votre lit mais pas assez pour m'épouser ? demanda-t-il d'un ton indigné.

Bien des femmes avaient dû lui dire exactement la même chose dans un passé pas si lointain ! songea-t-elle avec une pointe d'ironie, tandis que des valets de pied aux yeux écarquillés de stupeur leur ouvraient la porte.

— Nous ne nous entendrions pas, déclara-t-elle en s'engageant dans le grand escalier de pierre.

— Bah ! s'exclama-t-il, sur ses talons. Et puis-je savoir pourquoi, je vous prie ?

Avec soulagement, elle constata que son poney l'attendait près de la fontaine, que tenait par la bride un garçon d'écurie à l'air inquiet.

Pestant contre ses jupes étroites qui entravaient ses pas, elle continua de descendre et rétorqua :

— Si je devais me marier, je choisirais un homme fidèle. Ce que vous ne serez jamais.

— Qu'en savez-vous ? grommela-t-il.

Enfin, elle sauta de la dernière marche.

— Vous êtes Tristan Ballentine, voyons.

Il la contourna alors pour lui barrer le chemin, faisant voler le gravier sous ses pieds.

— Ma réputation est essentiellement fondée sur des rumeurs, et vous le savez.

Lucie le fusilla du regard.

— Même vous, vous n'avez pas confiance en vous. Ne m'avez-vous pas avertie de ne jamais vous faire confiance ? Quand les gens me disent qui ils sont, je les écoute.

— Bon sang, je vous l'ai dit parce qu'à l'époque, je croyais que c'était vrai. Si nous pouvions parler calmement, je vous expliquerais que tout a changé et...

— Des paroles ! l'interrompit-elle. Rien que du vent ! De toute façon, vous êtes bien trop impulsif. Prenez notre première nuit ! Dès que vous m'avez vue nue, vous êtes pratiquement tombé sur moi, alors que vous aviez tant à perdre !

Elle le vit pâlir.

— En effet, dit-il avec une douceur inattendue. Je suis *tombé sur vous*. Parce que je vous avais désirée la moitié de ma satanée vie.

Elle redressa fièrement le menton.

— Veuillez me laisser passer, je vous prie.

Au lieu d'obtempérer, il se rapprocha et se pencha vers elle pour la regarder avec une telle intensité qu'un étrange silence se forma dans l'esprit de Lucie.

— Dans votre intérêt, dit-il d'une voix à peine audible, j'espère qu'il n'y aura pas d'enfant. Parce que si c'est le cas, je vous le dis très clairement, je vous traînerai devant l'autel, de force s'il le faut, vous me direz oui, et au diable la politique.

Elle n'aurait pas été plus choquée s'il l'avait prise par la gorge. L'espace d'un instant, elle lutta contre une soudaine nausée.

— Enfin, les masques tombent, murmura-t-elle. Pensez bien à ceci, Ballentine. Un enfant sera plus en sécurité sans vous, si vous devenez une brute comme votre père.

Elle le vit tressaillir. Il parut sur le point de riposter mais, fait exceptionnel, il semblait soudain incapable de trouver ses mots.

Enfin, il renonça à la retenir. Il ne bougea pas d'un pouce quand elle le contourna d'un bond pour sauter sur le poney, levant ses jupes pour s'installer maladroitement sur la selle. Du coin de l'œil, elle vit qu'il était toujours immobile là où elle l'avait quitté. Il ne s'était même pas tourné vers elle.

Lorsqu'elle remonta l'allée quelques instants plus tard, elle eut l'impression que les tendres liens qui les avaient reliés se brisaient dans sa poitrine.

36

Lucie avait l'impression d'être anesthésiée, exactement comme la dernière fois qu'elle avait quitté Wycliffe Hall. Elle revint à Newbury au petit trot et rendit le poney sans un mot. Dans le train, ses yeux restèrent secs, mais elle ne vit rien du paysage qui défilait derrière les vitres.

De retour chez elle, elle caressa Boadicée et lui donna à manger, puis parcourut méthodiquement le courrier que Mme Heath avait déposé sur son bureau. Il y avait une carte d'Annabelle, qui lui demandait si tout allait bien. Son amie avait dû la voir quitter la salle de restaurant du Randolph Hotel. Venait ensuite une missive de lady Athéna, rapportant que des gens du *Manchester Guardian* s'étaient rendus la veille dans le bureau de Tristan. Dans un geste de dépit, Lucie retourna la lettre. Le simple fait de voir son nom lui était douloureux.

Tout en mettant de l'ordre sur son bureau, elle prit une décision. Dès le lendemain, elle partirait pour l'Italie. En Toscane, personne n'avait entendu parler d'elle, des suffragettes ou de lord Ballentine.

Peu après minuit, lord Arthur entra dans son dortoir de Merton College d'un pas chancelant, empestant l'alcool. Il tenta maladroitement d'allumer une lampe en marmonnant.

Tristan bondit sur lui dès qu'il eut fermé la porte. Une seconde plus tard, il avait pris le gamin à la gorge.

Des clés tombèrent sur le sol dans un cliquetis métallique.

Arthur était aussi raide qu'une statue de sel, le dos plaqué contre le torse de Tristan. Ce dernier avait posé sa main sur sa bouche pour étouffer ses appels à l'aide.

— Pas un geste, lui chuchota-t-il à l'oreille. Je suis à deux doigts de vous rompre la nuque. Avouez qu'il serait dommage qu'elle se brise par accident.

Ce n'était pas vrai, un cou ne se cassait pas aussi facilement, mais le jeune homme n'en savait rien. Au pire, il ressentait une vive douleur… et probablement des envies de meurtre.

— Je vais relâcher ma pression, l'avertit Tristan, mais au moindre cri, à la moindre tentative de vous débattre, je vous le ferai regretter. Est-ce clair ?

Il y eut une pause, puis lord Arthur acquiesça dans un petit gémissement.

— Bien.

Faisant pivoter le gamin sur ses talons, Tristan le plaqua contre le mur et posa les mains de chaque côté de sa tête. Arthur semblait au comble de la confusion, et l'odeur douce-amère de la peur montait de lui, presque écœurante, mais Tristan était tellement fou de rage qu'il n'éprouvait pas la moindre compassion.

Il se pencha vers lui.

— J'ai passé une très, très mauvaise journée, dit-il. Par chance, elle aurait pu être pire si vous aviez une meilleure vue.

L'autre tenta vainement de reculer.

— Que voulez-vous dire ?

— Ou peut-être étiez-vous trop distrait pour distinguer clairement mon tatouage ? poursuivit Tristan.

L'autre pâlit comme un spectre.

— Cecily ? murmura-t-il.

— Cecily, confirma Tristan.

— Enfer, gémit Arthur. Je n'ai jamais... Bon sang, les femmes ! C'était juste une idée en l'air. Je n'ai pas pensé un instant qu'elle...

— Elle affirme que vous avez concocté ce plan de bout en bout.

L'autre ouvrit la bouche comme pour protester, mais aucun son n'en sortit.

Curieux.

Après ses brûlantes démonstrations de jalousie et ses discours enfiévrés par l'alcool dans Holywell Street, Tristan s'était attendu à plus de combativité de sa part. Cela dit, il mesurait une tête de plus que le gamin. Bon sang, qu'Arthur semblait jeune, avec le duvet blond qui ombrait sa lèvre supérieure ! Essayait-il de se laisser pousser la moustache ? se demanda Tristan, agacé par cette distraction. Voir Arthur comme un enfant ne l'incitait absolument pas à l'étrangler...

Il secoua la tête pour chasser ces pensées.

— Si vous étiez à ma place en cet instant, que feriez-vous ?

Arthur ne répondit pas, mais Tristan le vit déglutir avec peine. Ses yeux étaient rivés sur l'épingle de cravate de son agresseur et son front luisait de transpiration.

— Et, question qui m'intéresse encore plus, allez-vous continuer longtemps à me chercher des noises ?

Après un silence, le jeune homme leva son visage pâle et le regarda droit dans les yeux.

— Non.

Son haleine empestait le whisky.

Tristan se rendit compte alors qu'il l'avait plaqué contre une carte punaisée au mur. Une carte de la Grèce aux couleurs passées et au papier fané. De fait, toute la pièce était décorée de cartes de toutes tailles, certaines très colorées, d'autres en noir et blanc. Il n'aurait su dire quelle discipline Arthur étudiait. L'archéologie ? La cartographie ? Les lettres classiques ? Ou peut-être aimait-il simplement les cartes… Tristan ne lui avait jamais posé la question.

— Bien, dit-il en reculant d'un pas. Excellent.

Le gamin s'affaissa sur lui-même en portant une main à son cou.

Une désagréable sensation envahit alors Tristan. Soudain, il était impatient de s'en aller.

— Vous ne savez pas ce que c'est.

Il y avait tant d'amertume et de ressentiment dans la voix d'Arthur que Tristan se figea, une main sur la poignée de la porte. Le regard du jeune homme était morne mais son menton redressé avec rage.

— Vous ne savez pas ce que c'est de savoir que des gens aussi beaux que vous existent et qu'on ne les aura jamais. Absolument jamais.

Tristan lui jeta un regard incrédule. Le jeune lord ne fit que lever le menton un peu plus haut avec mépris.

S'appuyant d'une épaule contre l'encadrement de la porte, il observa plus attentivement les traits hautains du gamin. Le défi avait peut-être remplacé la peur sur son visage mais la détresse, en arrière-plan, était si visible qu'elle en était aveuglante.

— Vous avez raison, dit lentement Tristan. Je ne sais pas ce que c'est.

Une lueur de surprise passa dans les yeux d'Arthur, avant d'être remplacée par une expression méfiante.

— Je n'ai encore jamais rencontré quelqu'un qui, en fin de compte, ne voudrait pas de moi au moins une nuit, au moins une fois, si je le décidais, poursuivit Tristan. On pourrait dire que le destin m'a distribué des cartes particulièrement favorables.

Arthur serra les dents, vibrant de rancœur muette.

— Peut-être cela vous consolera-t-il toutefois de savoir que la seule femme que j'aie jamais aimée m'a rejeté, poursuivit-il avec détachement.

Alors qu'il se détournait, Arthur demanda d'un ton dur :

— Pourquoi ?

Tristan le regarda par-dessus son épaule.

— Parce que, je présume, partager ouvertement sa vie avec moi l'obligerait à se marier et la condamnerait à vivre dans une sorte de prison.

Le jeune homme pinça les lèvres.

— Un peu comme moi. La prison, si je trahis mes préférences personnelles.

Tristan tressaillit.

— En effet, murmura-t-il. Un peu comme vous.

— Au moins, son geôlier ne la battrait pas tous les jours, railla Arthur.

Puis, observant Tristan d'un air pensif, il ajouta :

— Ou peut-être que si…

Enfer et damnation.

Tristan avait fait cette allusion à la prison sans réfléchir, mais maintenant qu'il y songeait, une évidence le frappait : il s'était comporté comme un idiot. Frustré que Lucie ne voie pas qu'il donnerait sa vie pour protéger son épouse, il n'avait pas entendu ses inquiétudes. Maintenant que l'hostilité d'Arthur l'assaillait par vagues et qu'il imaginait le gamin, sale et affamé, derrière des barreaux, il commençait à comprendre. Un poids terrible lui pesait soudain sur la poitrine. Les pièces du puzzle se mettaient en place. Le désir, la prison, le mariage…

Il chercha le regard d'Arthur. « Vous êtes un monstre ! Vous n'avez pas de cœur ! » Une émotion, brûlante comme la honte, monta en lui. Bien des gens étaient attirés par lui, il n'y pouvait rien, mais la vérité, c'est qu'il ne s'en était jamais réellement soucié.

Il passa une main sur son visage.

— Je suis désolé, dit-il.

Arthur lui décocha un regard sévère.

— Pour quoi, au juste ?

Pour sa coupable insouciance. Pour cette époque violente dont les lois entravaient l'expression libre de la vie et de l'amour, du moins quand on n'était pas né homme ou, si c'était le cas, que vos inclinations n'étaient pas conformes à la norme. Tristan n'était pas responsable de ces lois, mais il n'avait rien fait non plus pour les changer. Il avait gâché un temps précieux dans des guerres inutiles.

— Pour toutes sortes de choses, je suppose, répondit-il.

— Je n'ai que faire de votre pitié, dit sèchement le jeune homme. Tout ce que je vous demande, c'est un peu de respect.

— N'aimez-vous que les hommes ?

Arthur se redressa avec fierté.

— En quoi cela vous concerne-t-il ?

— Vous êtes un cadet de famille. Rien ne vous oblige à vous marier. Il y a des solutions… Un célibataire peut vivre avec un autre. Un valet…

— Ça alors ! fit mine de s'étonner Arthur en agitant une main aristocratique. Bien sûr qu'il y a des solutions. Nous les avons toujours trouvées et les trouverons toujours. Toutefois, si j'ai souvent rêvé que vous entriez par surprise dans ma chambre en pleine nuit, Ballentine, je n'imaginais pas que vous viendriez pour m'agresser ou jouer les conseillers conjugaux. Par conséquent, je vous saurais gré de quitter les lieux.

Les couloirs de Merton College passèrent comme dans un brouillard quand Tristan s'en alla. Lui qui était venu régler des comptes repartait confus et ramené à plus de modestie.

Le soleil matinal se déversait à flots dans le salon de Lucie comme si c'était une journée d'été ordinaire, mais aujourd'hui, elle s'en allait. Elle avait fait ses bagages et préparé ses papiers.

Toutefois, attraper Boadicée était une autre affaire. La chatte, qui détestait sa caisse de voyage, s'était cachée toute la matinée.

Quand Boadicée tenta enfin une sortie, attirée par un bol de pâtée, Lucie plongea. Elle referma les mains sur son ventre, mais la chatte s'étira avec une incroyable souplesse, glissa entre ses doigts telle une anguille et, un instant plus tard, sauta en haut de l'armoire en bois de cerisier, les oreilles à l'horizontale, le regard assassin.

Lucie approcha un repose-pieds et monta dessus.

— Sois raisonnable, marmonna-t-elle en se hissant sur la pointe des pieds pour tendre les mains vers l'animal. Je connais tous tes trucs, c'est toujours moi qui ai le dernier mot et… Aïe !

Elle regarda, incrédule, les gouttes de sang perler sur le dos de sa main.

— Tu es complètement folle ! marmonna-t-elle.

Si elle en jugeait par le regard furieux de Boadicée, celle-ci n'hésiterait pas à la griffer de nouveau, voire à la mordre si nécessaire.

— Tu ne perds rien pour attendre ! fulmina Lucie.

Elle alla se laver les mains, faisant suivre la brûlure de la griffure par celle du savon sur la plaie, et revint au salon.

— Attends un peu, sale bête !

S'agenouillant devant son sac de voyage, elle l'ouvrit pour y prendre ses gants de cuir. Elle avait trouvé le premier quand on sonna à la porte.

Elle tressaillit.

Non, elle n'avait pas rêvé. La sonnette retentit de nouveau, aiguë, agressive, lui vrillant les tympans. Bon sang, elle n'y était pour personne !

Mais la présence de son visiteur semblait traverser les murs telle une vapeur malsaine. Il était toujours là, aux aguets, retenant son souffle.

Il n'était pas près de s'en aller, comprit-elle.

Elle se leva, remonta le couloir, son gant à la main, et tourna le verrou.

Un visage aristocratique aux traits tirés apparut. Sur le seuil se tenait la dernière personne au monde que Lucie s'attendait à voir.

— Mère, la salua-t-elle.

— Chut ! murmura la comtesse en jetant un regard nerveux derrière elle.

Près du trottoir, un fiacre attendait. Avec ses efforts pour attraper Boadicée, Lucie ne l'avait pas entendu arriver.

Lady Wycliffe parcourut d'un regard rapide sa robe de voyage et son gant, qu'elle tenait dans sa main blessée.

— Bien. Ne m'invitez-vous pas à entrer ?

Lucie garda la porte à demi ouverte.

— Que voulez-vous ?

Sa mère pinça les lèvres, sans doute choquée par la grossièreté de ses manières.

— Je préférerais en parler en privé.

De nouveau, elle regarda derrière elle. Sa silhouette mince et sèche semblait plus rigide que d'ordinaire, si toutefois c'était possible. On eût dit qu'elle s'attendait à voir une meute de gens du peuple avides de curiosité fondre sur elle d'un instant à l'autre. Lady Wycliffe ne s'aventurait jamais dans ce genre de quartier, sauf à l'occasion, pour ses bonnes œuvres. Quelle que soit la raison de sa présence, elle devait estimer que c'était urgent. Cependant, cela ne concernait en rien Lucie, qui ne bougea pas.

— Très bien, dit lady Wycliffe, une lueur d'acier dans ses yeux bleus. J'ai besoin de votre aide pour faire disparaître quelqu'un.

37

J'ai besoin de votre aide pour faire disparaître quelqu'un.

Dans la liste des phrases les moins probables que Lucie s'attendait à entendre dans la bouche de sa mère, celle-ci venait sans doute en tout premier.

Lucie s'effaça pour la laisser passer.

— Qui avez-vous assassiné, mère ?

Lady Wycliffe entra et lui jeta un regard impatient.

— Personne. Pour l'instant.

Dès qu'elles furent dans le salon, la comtesse se tourna vers elle et chercha son regard.

— Vous n'êtes pas réellement enceinte, j'espère ?

Lucie secoua la tête. Pour ce qu'elle en savait, elle ne l'était pas. Elle se demanda comment sa mère aurait réagi si elle avait répondu par l'affirmative. Toutefois, à présent rassurée, lady Wycliffe se contenta d'acquiescer d'un hochement de tête. Puis elle parcourut la pièce d'un regard curieux : la presse à imprimer maculée d'encre dans un angle, le divan à la tapisserie usée. Elle s'interdit d'aller jusqu'à l'âtre pour faire courir son doigt ganté sur le manteau de la cheminée mais, visiblement, la tentation était forte.

Puis elle s'approcha du portrait de tante Honoria.

— Quel cynisme ! murmura-t-elle en observant les Valentines au vinaigre que Lucie avait glissées dans le cadre d'ivoire. Mais peut-être Honoria aurait-elle trouvé cela amusant.

— Si vous pouviez en venir au fait, mère, demanda Lucie. J'ai un train à prendre.

Sa mère tressaillit.

— Bien sûr.

Se tournant vers Lucie, elle déclara :

— C'est à propos de lady Rochester.

Le nom frappa Lucie en pleine poitrine avec la force d'un coup de poing. Un instant, elle en eut le souffle coupé. Une vive douleur se diffusa sous ses côtes, comme si elle avait été touchée physiquement.

Elle était plus impatiente que jamais de partir pour la Toscane, où personne n'avait jamais entendu parler de la famille Rochester et où elle ne risquerait plus d'être si douloureusement blessée par la seule mention d'un nom.

Sa mère la regarda se ressaisir d'un œil trop narquois à son goût.

— Je vous écoute, dit Lucie d'une voix étranglée.

— Il y a eu un problème à Ashdown. La comtesse ne peut pas rester chez elle pour l'instant.

— Je sais.

— Je me doutais que vous étiez au courant, après la scène scandaleuse d'hier, rétorqua sa mère. Quoi qu'il en soit, la comtesse ne peut plus se cacher à Wycliffe Hall. La maison est grande et Wycliffe ne fait pas très attention, mais le personnel finira par parler.

Elle s'exprimait du ton monocorde et dénué d'émotion qu'elle réservait aux sujets pénibles. De fait, cacher une aristocrate en fuite était tout à fait scandaleux. Pourquoi lady Wycliffe prenait-elle tant de risques en abritant une femme en danger ? Par loyauté envers une vieille amie ? Pour se venger de son époux ? En vérité, peu importait. Quelles que soient ses raisons, Lucie devait l'aider à protéger la mère de Tristan.

Tristan. Que ce prénom faisait mal !

Elle devait le prévenir. À tout le moins, lui envoyer un câble.

— Avez-vous un plan ? demanda-t-elle en s'efforçant de revenir à l'urgence du moment au lieu de s'appesantir sur sa tristesse.

— Il faut qu'elle quitte l'Angleterre au plus vite, dit sa mère. Toutefois, je préférerais qu'elle reste dans le climat européen, qui lui est familier. Le décès de son fils aîné l'a beaucoup ébranlée. Toute source de stress supplémentaire, comme de vivre parmi, disons, des Américains, pourrait la briser définitivement.

Elle jeta un regard perçant à Lucie.

— Pourriez-vous vous en occuper ?

La jeune femme esquissa un geste fataliste.

— Oui, répondit-elle.

Pour chaque prostituée enceinte qu'elle avait envoyée dans un foyer d'accueil, elle avait aidé une aristocrate à disparaître – des jeunes filles qui attendaient un enfant et voulaient le garder, des épouses qui ne pouvaient pas demander le divorce.

— Très bien, dit lady Wycliffe, dont la mine pincée parut se détendre légèrement.

— Cela aura un coût, l'avertit Lucie. Un coût élevé.

— Ce point ne devrait pas poser de problème.

— Vraiment ?

— Wycliffe a ses défauts, mais l'avarice n'en fait pas partie, expliqua la comtesse. Et une épouse avisée peut mettre de côté une fortune considérable en trente ans de mariage, ajouta-t-elle avec une pointe de fierté.

— Je vois..., murmura lentement Lucie. Très bien. Je vais vous adresser à des personnes qui pourront vous aider.

Sa mère tressaillit, puis une ride de contrariété se forma entre ses sourcils.

— N'allez-vous pas vous occuper vous-même de cette... opération ? demanda-t-elle.

Elle semblait sincèrement inquiète.

— Mes contacts savent ce qu'ils font.

Contournant son sac de voyage, Lucie se dirigea vers son bureau, qu'elle avait rangé avec soin en vue de son départ. Elle ouvrit un tiroir et en sortit un feuillet vierge, un stylo, de l'encre et un morceau de cire à sceller. Sa mère, qui l'avait suivie, l'observa avec attention pendant que la plume courait sur le papier.

— Cecily a avoué avoir répandu les pamphlets dans les couloirs de Claremont, dit-elle quand sa fille apposa sa signature en bas de la lettre.

Le stylo échappa au contrôle de Lucie, formant une boucle supplémentaire sur son paraphe.

— Je sais, dit-elle.

— Apparemment, elle a craint que vous ne la remplaciez dans mon affection, après nous avoir vues discuter à Claremont de façon amicale. Après tout, vous êtes ma fille. La perspective de ne plus être la première l'a plongée dans la panique. J'ai cru comprendre qu'elle n'était venue dans votre chambre que pour vous faire une farce et qu'elle a alors vu la pile de pamphlets.

Lucie saupoudra du sable sur l'encre. Cette « confession » n'était probablement que la dernière ruse de Cecily – flatter sa tante en lui faisant croire que regagner son affection valait la peine de semer le chaos dans un palais ducal.

— Elle a révélé une nature admirablement combative, concéda Lucie. Dommage qu'elle en fasse si mauvais usage.

La comtesse dansa d'un pied sur l'autre.

— Son comportement nous a terriblement déçus.

Lucie alluma la bougie pour faire fondre la cire.

— Allez-vous l'expédier chez tante Clothilde, en Suisse ? Je me souviens que vous m'en menaciez chaque fois que *je* vous décevais terriblement, père et vous.

Ce qui était arrivé assez souvent.

— Elle part demain pour Berne, confirma lady Wycliffe après un silence.

— Bien.

Tante Clothilde était un dragon. Lucie était presque désolée pour sa cousine. Presque.

— Cecily ne s'est jamais vraiment remise du décès de ses parents, plaida sa mère. Elle est terrifiée à l'idée de se retrouver seule au monde.

Lucie secoua la tête.

— J'avais l'impression que Tommy et vous l'adoriez.

Elle versa un peu de cire fondue sur la lettre et imprima son sceau dans la petite flaque rouge vif.

Elle passerait par le bureau de poste en se rendant à la gare pour envoyer un message à Tristan. Il voulait retrouver sa mère, puis se faire pardonner, avait-il affirmé. À ce souvenir, la souffrance se réveilla. Après ce qu'elle lui avait dit en le quittant à Wycliffe Hall, il avait probablement tiré un trait définitif sur elle. Elle pouvait raisonnablement estimer qu'il avait renoncé à se faire pardonner.

Elle tenta de retenir les larmes qui lui brûlaient les paupières. Elle avait envisagé de revenir vers lui pour avoir une discussion, comme une femme adulte en possession de ses facultés rationnelles, mais cela aurait-il changé quoi que ce soit ? Les lois étaient ce qu'elles étaient. Les craintes de Lucie ne disparaîtraient pas comme par magie. Tout espoir ne ferait que prolonger sa souffrance.

Seul l'éloignement pouvait encore la sauver.

Elle tendit la lettre à sa mère.

— Ceci devrait vous aider, dit-elle.

La comtesse couva l'enveloppe d'un œil méfiant.

— Que dois-je en faire, exactement ?

— Il y a là-dedans une lettre de recommandation de ma part, ainsi que les adresses et les mots de passe pour entrer en contact avec une femme qui forge des documents permettant de passer les frontières et avec une autre qui trouvera une destination convenable et s'occupera des questions pratiques. Je dois vous demander d'observer à tout prix la plus grande confidentialité.

— Oh, fit faiblement lady Wycliffe. Je dois démarcher deux autres personnes ?

Comment pouvait-on être aussi naïve ?

— Vous voulez faire disparaître quelqu'un sans laisser de traces, lui rappela Lucie. Et pas n'importe qui. L'épouse d'un homme aussi puissant que brutal. Croyez-moi, cette solution est la plus sûre que je connaisse. Il m'a fallu des années pour la mettre au point.

— Très bien.

Le regard de sa mère se posa sur la malle et le sac de voyage ouvert près de la porte, puis revint sur Lucie.

— Vous me surprenez, dit-elle. Je ne vous prenais pas pour une femme qui fuit.

Lucie battit des paupières, désarçonnée.

— Et moi, je ne vous prenais pas pour une femme qui se bat.

Sa mère parut réprimer un petit hoquet, puis elle hocha brièvement la tête.

— Je suppose que nous fuyons ou combattons chacun à notre façon quand l'occasion l'exige, n'est-ce pas ?

De nouveau, elle posa son regard sur le sac.

— On dirait que vous partez pour quelque temps.

— En effet.

Un ange passa.

— Y a-t-il une adresse où nous pourrons vous joindre ?

— Non.

Pourquoi sa famille aurait-elle voulu la joindre ?

Une émotion passa dans le regard de sa mère, faible et vacillante comme la flamme d'une bougie dans un courant d'air. Puis son attention fut distraite.

— Oh, mais qui voilà ?

Lucie jeta un coup d'œil par-dessus son épaule. Boadicée, cette insolente bestiole, avait enfin daigné sortir de sa cachette. Ignorant superbement Lucie, elle se frotta contre les jupes de leur visiteuse avant d'en flairer l'ourlet avec délicatesse.

— Incroyable, murmura lady Wycliffe. Alors tu étais ici !

Elle se pencha pour caresser la fourrure noire étincelante de Boadicée avec une étrange familiarité.

Un pressentiment glacial envahit Lucie.

— Que voulez-vous dire ?

— Pardon ?

Sans cesser de caresser la chatte entre les oreilles, sa mère leva les yeux vers elle.

— Vous avez dit : « Alors tu étais ici », comme si vous connaissiez cet animal.

— Parce que je la connais très bien. Elle fait partie d'une portée de lady Violet.

Lucie la regarda sans comprendre. Lady Violet ?

Sa mère esquissa un geste impatient.

— La gagnante du deuxième prix à l'Exposition féline de Londres.

À présent, Lucie était complètement perdue. Elle n'avait jamais prêté la moindre attention à l'obscure passion de sa mère pour les chats de concours.

— J'aurais dû me douter qu'il vous l'offrirait, poursuivit lady Wycliffe. Dieu sait pourquoi ! Vous avez toujours été odieuse avec lui.

Il sembla à Lucie que le monde cessait de tourner sur son axe. Gagnée par un horrible pressentiment, elle demanda :

— Lui ? De qui parlez-vous ?

— De lord Ballentine, voyons !

Pendant un instant, Lucie en demeura muette de stupeur.

— Vous devez vous tromper, dit-elle alors que les pensées s'entrechoquaient dans son esprit sans produire le moindre sens. Ce n'est qu'un chat de gouttière.

Lady Wycliffe lui jeta un regard choqué.

— Un chat de gouttière ? Certainement pas ! Il m'a fallu des années pour que l'éleveur obtienne ces caractéristiques : fourrure noire, queue à pointe blanche, stature haute sur pattes… Je reconnaîtrais cette lignée n'importe où. Quel âge a-t-elle ?

Sa voix ne parvenait plus à Lucie qu'à travers un brouillard.

— Dix ans, articula-t-elle avec peine. Elle aura dix ans en automne.

— Alors c'est bien ce que je disais. Je m'en souviens comme si c'était hier. Lord Ballentine a pris un de nos chatons au cours du dernier été qu'il a passé à Wycliffe Hall, il y a dix ans. Il a expliqué que c'était pour offrir à une jeune femme qui manquait cruellement de compagnie. Il a présenté cela de façon si charmante ! Je ne l'ai pas oublié, parce que je ne donne jamais un chaton à la légère. Pour lui, j'ai fait une exception, parce que j'avais une dette envers sa maman. Une dette que je considérerai comme remboursée avec intérêts quand cette affreuse affaire sera... Seigneur, Lucie, allez-vous bien ?

Non, elle n'allait pas bien du tout. Elle avait la gorge nouée, le nez lui piquait et ses yeux lui brûlaient. Jamais elle ne s'était aussi lourdement trompée. Pivotant sur ses talons, elle remonta le couloir d'un pas incertain et entra dans la cuisine. Puis elle demeura plantée là, une main sur son ventre, à l'endroit où elle avait assené à Tristan une gifle magistrale.

— Seigneur, murmura sa mère, qui l'avait suivie.

Elle semblait inquiète.

— Je vous ai troublée, ajouta-t-elle.

— Non, répondit Lucie en secouant la tête. Non, tout est parfaitement clair.

Tristan avait déposé Boadicée devant sa porte. Cette jeune femme qui avait cruellement besoin de compagnie, c'était elle.

Distraitement, elle vit lady Wycliffe regarder autour d'elle d'un air effaré, observant les meubles bon marché et le modeste évier en fonte – des objets tout à fait étranges à ses yeux. Cette cuisine devait lui sembler bien misérable.

Durant des années, Lucie n'avait eu que du mépris pour Tristan.

Et, durant des années, sa vie avait été infiniment plus chaleureuse, plus douce, plus joyeuse grâce à cette petite compagne à quatre pattes qui, par moments, avait été son unique amie au monde.

Parce que je vous avais désirée la moitié de ma satanée vie.

Sur le moment, elle s'était empressée d'oublier cette déclaration. Non seulement parce qu'elle était folle de rage mais parce que, avec lui, comment démêler le vrai du faux ? Et puis, si elle l'avait pris au sérieux, que serait-il advenu d'elle ?

Elle se savait capable de résister à un séducteur avenant, audacieux, intelligent et d'une tendresse désarmante.

En revanche, elle se savait incapable de résister à un séducteur avenant, audacieux, intelligent et d'une tendresse désarmante éperdument amoureux d'elle depuis toujours.

— Quelle sotte j'ai été..., murmura-t-elle.

Sa mère émit un claquement de langue triomphant. Elle venait de trouver une bouteille de vin près de la glacière, encore à moitié pleine et bien rebouchée. Elle la prit d'un geste résolu.

— Tenez, dit-elle en versant un peu de vin dans une tasse à thé. Vous avez besoin d'un petit remontant.

— Merci, maman.

Elle avait parlé avec une gratitude sincère. Sa mère dut s'en rendre compte, car elle s'interrompit et leva vers elle un regard surpris.

— Mais je n'ai pas le temps, poursuivit Lucie. J'ai un train à prendre.

38

Tristan était penché sur son bureau, les paumes bien à plat, étudiant un journal.

Lucie le parcourut d'un regard fébrile, envahie par un tel soulagement que ses jambes, soudain, la portaient à peine. Il rayonnait de beauté, comme chaque fois qu'il était en manches de chemise, sa cravate dénouée. Ses espoirs de le trouver avaient été bien minces. Pendant le trajet en train jusqu'à Londres, elle avait décidé de lui présenter des excuses, mais elle n'avait pas osé envisager autre chose. Tout ce qu'elle savait, c'était qu'elle devait lui demander pardon. Et s'il ne voulait plus entendre parler d'elle, elle y survivrait.

Il leva les yeux. Son expression neutre lui noua l'estomac. Survivre ? C'était placer la barre assez bas. Avec cet homme, elle aurait pu être *heureuse*.

Quand elle tourna le verrou derrière elle, une émotion passa enfin dans son regard ambré.

— Puis-je entrer ? demanda-t-elle.

Il lui décocha un regard ironique.

— Faites donc.

À pas lourds, elle s'approcha de son bureau. Ses jambes étaient en plomb.

Le regard de Tristan descendit de son sévère col gris jusqu'à ses bottines, s'attardant un instant sur ses mains qui serraient ses jupes, et l'ombre d'un sourire étira ses lèvres.

— Vous avez une mine affreuse, madame. La nuit aurait-elle été mauvaise ?

— Épouvantable, avoua-t-elle. Et la vôtre ?

— Pas mieux.

Elle dut se retenir fermement au bureau pour s'interdire de ramper sur la table et se réfugier dans les bras de Tristan.

— Vous avez remis votre boucle d'oreille, dit-elle.

Il leva une main, comme pour la porter au petit clou de diamant, mais laissa retomber son bras avec un haussement d'épaules fataliste.

— Votre mère est à Wycliffe Hall, reprit-elle. J'ai aidé ce matin à organiser sa fuite.

Il hocha la tête.

— J'ai reçu il y a quelques heures un câble de ma mère m'informant qu'elle allait bien et s'apprêtait à partir pour le Continent. Je suis heureux de vous entendre confirmer cette nouvelle.

Lucie secoua la tête.

— On dirait qu'elles nous ont bien eus, tous les deux.

— Les mères ! Des créatures terriblement secrètes.

— Comme toutes les femmes, je présume, quand les circonstances l'exigent.

Il acquiesça d'un coup de menton.

— Je n'en doute pas un instant. Toutefois, quelque chose me dit que les manigances de lady Wycliffe et de ma mère ne sont pas le seul motif de votre visite.

Le cœur de Lucie fit un petit bond dans sa poitrine. Il était généreux de lui tendre ainsi la perche. Elle prit une profonde inspiration pour entamer son petit discours d'excuses… et posa les yeux sur les gros titres de l'un des journaux ouverts sur le bureau.

En un instant, son esprit se vida soudain de toute pensée.

Pendant qu'elle enregistrait ce qu'elle était en train de lire, Tristan demeura étrangement silencieux.

— Ce sont nos chiffres ! murmura-t-elle, atterrée. Ce sont les données de notre rapport !

Lorsqu'elle leva les yeux vers lui, au comble de la perplexité, il hocha la tête.

— En effet, dit-il simplement.

Elle prit l'un des journaux.

— Qui vous les a communiqués ?

— Une certaine Mme Fawcett.

— Millicent Fawcett ?

— Elle-même. Vous avez mentionné son nom une ou deux fois.

Il ne manquait pas d'humour. Elle avait mentionné son nom des *dizaines* de fois.

— J'ai fait le pari qu'elle disposerait des mêmes informations que vous, poursuivit-il. Dans un élan de pur romantisme, j'avais l'intention de vous faire une surprise dans les journaux… C'était avant qu'un drame digne de Shakespeare, dont j'assume la responsabilité, se déroule dans la bibliothèque de Wycliffe Hall.

Sur le côté gauche de son bureau, il avait disposé des paragraphes, des gros titres et des chiffres tapés à la machine, à la manière de la maquette d'une page de journal.

S'efforçant de parler d'un ton calme, Lucie reprit :

— On m'a dit que des gens du *Manchester Guardian* étaient venus ici…

— En effet. J'ai reçu la visite du rédacteur en chef.

Lequel était également le propriétaire du journal, comme elle le savait très bien.

— Pourquoi ? demanda-t-elle doucement. Pourquoi est-il venu vous voir ?

Il lui adressa un sourire mystérieux.

— Parce que je lui ai fait une offre irrésistible.

Le cœur de Lucie se serra.

— Ne me dites pas que vous avez forcé la main d'un rédacteur en chef… d'autant plus que celui-ci est favorable au suffrage féminin !

— Bien au contraire, répondit-il tandis qu'une lueur joyeuse s'allumait dans ses yeux. Autrefois, j'avais l'habitude de… comment dire… de rassembler des informations sensibles sur mes camarades de la bonne société et d'en faire usage quand mes fonds étaient en baisse, ce qui m'arrivait avec une consternante régularité. Toutefois, une telle source de revenus demande qu'on n'y ait recours qu'avec parcimonie et à bon escient.

— Une source de revenus ? Vous voulez dire, du chantage pur et simple ?

— Oui, répondit-il avec une désarmante absence de scrupules. Toutefois, comme je viens de vous le dire, il ne faut en user qu'avec modération, et il est difficile d'y recourir lorsqu'on se trouve à l'étranger. Voilà pourquoi je disposais d'une fortune potentielle en secrets de famille et dettes impayées. Je l'ai échangée.

Cette fois, elle crut que son cœur allait s'arrêter de battre.

— Vous avez donné toutes vos informations au propriétaire du *Manchester Guardian* ? En échange de la publication de notre rapport ?

Il hocha de nouveau la tête.

— Je crois que les gros titres d'un journal national seront plus efficaces que de transformer des magazines féminins en chevaux de Troie. Le *Manchester Guardian* atteint un lectorat bien plus important. Et, naturellement, vous ferez ce que vous voudrez des magazines.

Le pouls de Lucie battait à tout rompre.

— Pourquoi ? demanda-t-elle dans un souffle. Pourquoi avez-vous fait cela ?

— Parce que je le pouvais. Mon livre de comptes contient un certain nombre d'informations qui pourraient menacer des gens très influents et qui valent de l'or pour les journalistes d'investigation d'un journal libéral.

Lucie était si choquée qu'elle restait pétrifiée.

— Je devrais sauter de joie, dit-elle lentement. Et je devrais être furieuse qu'il ait fallu que ce soit vous qui résolviez notre problème de façon si magistrale.

— Moi... Vous voulez dire, un homme ?

— Oui.

Il sourit.

— J'aurais dû m'attendre à un accueil aussi réservé, mais rassurez-vous. Ce livre de comptes vous a appartenu dès l'instant où vous avez fait irruption dans la bibliothèque de Wycliffe, telle Jeanne d'Arc volant à mon secours, car il m'aurait servi à me sortir de ce piège, d'une façon ou d'une autre.

Lucie avait une petite idée de ce qu'il avait dû en coûter à Tristan de sacrifier une telle fortune potentielle, à présent qu'elle en savait plus sur sa situation et ses efforts pour se libérer de toute dépendance financière envers un père tyrannique. Certes, leur maison d'édition leur assurerait probablement de confortables revenus dans un avenir proche, mais les vieilles habitudes avaient la vie dure. Les peurs anciennes étaient profondément enracinées. Elle en savait quelque chose.

— Je n'arrive pas à croire que vous ayez cédé toutes vos munitions au *Guardian* pour la Cause, dit-elle, toujours médusée.

— Presque toutes, nuança-t-il d'un ton vaguement penaud. J'aurais dû être plus précis.

Naturellement. Il n'était pas homme à abattre tout son jeu d'un seul coup. Sans doute avait-il conservé quelques cartes gagnantes dans sa manche. Et, pour tout dire, une part d'elle-même trouvait cela plutôt rassurant.

— Ce rapport va faire du bruit..., commença-t-elle. Mon nom sera-t-il cité ?

Tristan secoua la tête.

— Tout est totalement anonyme.

Elle dut de nouveau s'appuyer sur le bureau pour ne pas tomber. La vérité allait enfin être révélée. Pourtant, elle n'éprouvait aucune euphorie. Son cœur était encore oppressé, son pouls erratique... exactement comme à l'instant où elle était entrée dans ce bureau.

Aujourd'hui, sa mission n'était plus sa priorité.

Elle chercha le regard de Tristan.

— Plus de secrets, dit-elle.

— Entre vous et moi ? demanda-t-il d'un air soudain alarmé. Tout à fait d'accord. Mon manque d'honnêteté était impardonnable.

— Ma foi, pas totalement, étant donné les circonstances.

Il chercha son regard d'un air surpris.

— Auriez-vous changé d'avis ?

— J'ai appris la vérité, pour Boadicée.

Il sursauta comme s'il avait été pris en flagrant délit, tel un gamin surpris les doigts dans le pot de confiture... ou un libertin qui vient de révéler un cœur pur et fidèle, bien caché sous son gilet de dandy.

— Ah, dit-il d'une voix à peine audible.

Qu'elle avait envie de le toucher !

— Vous auriez pu choisir n'importe quel chaton, dit-elle, mais vous en avez pris un dans la portée d'une chatte de Wycliffe. Pourquoi ?

Il réfléchit un instant.

— Il m'a semblé que vos parents vous devaient une compensation après vous avoir mise à la porte.

La gorge nouée, elle acquiesça.

— Boadicée a été un immense réconfort pour moi.

— J'en suis très heureux.

— Pourquoi ne m'avez-vous jamais dit que vous aviez de l'estime pour moi ?

Il rit doucement.

— Ce n'est pas de l'estime que j'avais pour vous, Lucie, même si, en toute franchise, j'étais trop inexpérimenté pour comprendre grand-chose à mes sentiments, à l'époque. Tout ce que je savais, c'était que j'avais dix-huit ans et que j'étais totalement sous la coupe paternelle. Je n'avais rien à offrir à une femme, surtout à une femme telle que vous. Comme vous vous en doutez, jamais mon père n'aurait approuvé mon choix.

Elle ne l'imaginait que trop bien.

— Je vous ai dit des horreurs, à Wycliffe Hall, murmura-t-elle. Je vous présente mes excuses. J'étais… effrayée.

Il hocha la tête.

— Je sais.

— Oh ?

— Oui. Quand vous avez peur, vous sortez vos griffes et vous sifflez.

Il haussa les épaules.

— Comme les chats, ajouta-t-il.

Elle avait fait plus que le griffer. Elle avait tenté de lui lacérer le cœur, dans l'espoir vain de protéger le sien.

Elle posa un regard éloquent sur le journal ouvert sur le bureau.

— Pourtant, vous nous aidez à publier notre rapport. Dans le *Manchester Guardian*.

Il la regarda avec une alarmante bienveillance.

— Oui, dit-il simplement.

— Merci.

Puis, dans un souffle saccadé, elle ajouta :

— Je crois bien que je vous aime.

Il se figea, comme s'il craignait de se briser au moindre mouvement.

— Vous… croyez ?

Sa voix était plus enrouée que jamais, et un brasier d'émotions contenues depuis une éternité illuminait ses yeux.

Lucie ne put que hocher la tête.

Peu à peu, un sourire fleurit sur le visage de son compagnon. S'écartant du bureau, il s'approcha d'elle.

— Tant mieux. Parce que je serais venu vous chercher.

Lucie déglutit péniblement.

— Oh ?

Les iris de Tristan étincelaient, révélant toutes les nuances de l'or. Il prit le visage de Lucie entre ses mains. Sur ses joues moites, les paumes de son compagnon étaient merveilleusement chaudes. Il avait eu exactement le même geste la première fois qu'il l'avait embrassée. Et elle comprenait à présent que le premier contact entre leurs lèvres avait scellé le début de la fin de son ancienne vie. Car plus jamais elle ne pourrait retourner à son existence passée. Le seul chemin possible, c'était d'aller de l'avant, dans un territoire à peine connu où embrasser Tristan était juste, et même nécessaire. Un monde où sa propre place n'était encore qu'une zone blanche sur la carte.

— Vous n'avez tout de même pas cru que j'en resterais là ? demanda-t-il d'un ton de tendre reproche.

Si, elle l'avait cru. Jusqu'à ce qu'elle découvre la vérité sur Boadicée.

— Je vous aurais cherchée et retrouvée. Pour vous présenter de plates excuses pour vous avoir menti. Et vous demander en mariage avec la grâce d'un phacochère.

— Oh.

Il se pencha vers elle. Aussitôt, elle entrouvrit les lèvres. Une lueur gourmande passa dans ses yeux ambrés.

— Je vous aurais embrassée, poursuivit-il en effleurant sa bouche de la sienne avec douceur. Puis je vous aurais montré une liste.

— Une liste ? répéta Lucie en se redressant.

— Je sais que vous adorez les listes, répondit-il.

Il glissa ses doigts dans la poche de poitrine de son gilet et en sortit un petit feuillet.

— Tenez.

Interloquée, elle lut :

Mary Wollstonecraft
Mary Shelley
Ada Lovelace
Mary Somerville
Harriet Taylor Mill
Elizabeth Garrett Anderson
Millicent Fawcett

Mary Shelley, l'auteur de *Frankenstein*. Elizabeth Garrett Anderson, sœur de Millicent Fawcett et première femme diplômée de médecine à Londres. Ada Lovelace, connue pour ses remarquables travaux mathématiques sur la machine à différence[1]...

Toutes ces femmes étaient des pionnières ou avaient apporté une contribution exceptionnelle dans une discipline ou une autre. Toutefois, si c'était là le critère, cette liste était à peine une ébauche. Perplexe, Lucie chercha le dénominateur commun entre ces noms.

— Des femmes qui ont fait progresser de nobles causes dans le monde, expliqua Tristan, alors qu'elles étaient accablées par un mari, les obligations d'une vie d'épouse et souvent des enfants. Mary Somerville en a eu six, il me semble. Je suis certain qu'elles ont été beaucoup plus nombreuses ; la seule limite à cette liste, c'est le peu que je connais d'elles.

Lucie chercha son regard. Aussitôt, une douce chaleur s'alluma en elle et ses joues s'enflammèrent. Il l'avait entendue. Quand ils s'étaient querellés à Wycliffe Hall, alors qu'il était submergé par l'émotion, il l'avait entendue. Et il répondait à ses inquiétudes au lieu de la juger sévèrement, comme les gens le faisaient d'ordinaire lorsqu'une femme remettait en question le rôle d'épouse et de mère que la société lui imposait.

Comment douter de ses sentiments pour lui maintenant ?

— Je sais qui elles sont, marmonna-t-elle d'une voix enrouée par l'émotion.

— Je n'en doute pas, mais je me demande pourquoi vous avez choisi de ne plus vous en souvenir.

Dans un soupir, Lucie froissa la liste dans son poing.

---

1. Machine à différence : calculatrice mécanique, ancêtre de l'ordinateur. *(N.d.T.)*

— Et si je n'étais pas comme elles ?

Il la regarda d'un air intrigué.

— Personne ne pourrait nier que vous êtes leur égale en termes de détermination.

« Vu de l'extérieur, peut-être », songea-t-elle tandis que sa main se mettait à trembler.

— Je ne suis pas très douée pour faire les choses à moitié.

— Ça alors ! fit-il mine de s'étonner.

Puis, remarquant son tremblement, il referma une main protectrice sur la sienne.

— Lucie, qu'y a-t-il ?

Il lui fallut un effort de volonté pour soutenir son regard.

— Et si je vous aimais trop ? demanda-t-elle.

— M'aimer… trop ?

— Oui. Si un enfant naissait de notre union et que j'avais trop d'amour pour lui ? Si la maternité me détournait de mon combat ?

À présent, ses lèvres tremblaient également.

— Vous avez vu ce qui s'est passé, comment j'ai commencé à négliger ma mission : en oubliant des rendez-vous, en manquant d'attention… Et le pire, c'est que, sur le moment, cela m'a laissée parfaitement indifférente. Si je renonçais à la Cause par *indifférence*, même involontaire ?

Enfin, une lueur de compréhension se peignit sur les traits de Tristan.

— Je vois, dit-il avec douceur. Ce que vous craignez, ce ne sont pas seulement les contraintes et la perte de crédibilité.

Elle haussa les épaules d'un geste impuissant.

— Si le fait d'avoir des personnes à aimer me rendait faible ?

— Ma douce, murmura-t-il en portant sa main à ses lèvres pour y déposer un baiser. Et si vous aviez simplement été emportée dans les remous d'une situation inédite et excitante, en commençant une relation avec moi ?

— Ma foi, c'est possible.

— Et ne confondez pas faiblesse et vulnérabilité, poursuivit-il. Ce n'est pas du tout la même chose.

— Ah non ? demanda-t-elle d'une petite voix étranglée.

— Non. Quand j'étais au front, j'ai été vulnérable. Jamais faible.

— En effet, je suppose qu'il y a une différence.

— Alors considérez ceci : peut-être n'êtes-vous pas obligée de choisir, suggéra-t-il d'un ton prudent. Et si l'amour galvanisait votre énergie combative ? Et si, en regardant vos filles, vous voyiez en elles la meilleure raison de continuer à vous battre pour la liberté féminine ? Et pensez aux fils qui pourraient faire trembler le Parlement, en attendant que les femmes y aient accès !

Quel tableau il lui dressait ! Des filles aux cheveux de feu et au tempérament volontaire à ses côtés. De grands dadais, la dépassant d'une bonne tête. Jamais elle ne s'était autorisée à imaginer une scène aussi étrange, mais après tout, pourquoi pas ?

Elle secoua la tête, amusée.

— Vous êtes beaucoup trop doué avec les mots.

— En effet.

Du bout du doigt, il essuya la larme qui perlait au coin de son œil.

— Et j'ai passé la moitié de ma vie à mépriser ostensiblement les convenances. Nous établirons nos propres règles.

— Certes, mais vous serez toujours le propriétaire légal de ma personne.

— Dans ce cas, j'ai bien fait de ne pas vous demander de nouveau votre main.

Lucie fut si surprise par ces paroles qu'elle ne sut que répondre.

— Mon intention, reprit-il en souriant, était plutôt de mettre un genou à terre devant vous pour vous demander de vivre avec moi dans le péché jusqu'à l'amendement de l'Acte de propriété des femmes mariées.

Et, sous son regard stupéfait, il joignit le geste à la parole.

— Je dois être honnête, poursuivit-il en levant vers elle un visage plus grave que jamais. Je déteste l'idée de ne pas donner mon nom à la femme que j'aime, mais j'ai entendu vos objections et je crois les comprendre. En revanche, des fiançailles officielles, quelle que soit leur durée, atténueraient le scandale que nous ne manquerons pas de causer et vous permettraient de préserver vos biens et votre indépendance.

Elle baissa les yeux vers lui, saisie d'un vertige, le cœur battant à tout rompre.

Une lueur inquiète passa dans le beau regard ambré de Tristan, peut-être en raison de son silence prolongé, lui donnant une folle envie de se jeter à son cou.

— Et les héritiers ? demanda-t-elle. Vous devez en avoir un, et l'acte pourrait ne jamais être amendé.

— J'en ai déjà un. Mon cousin Winterbourne sera le bienvenu s'il a envie de prendre la relève après mon décès. Tout ce que je veux, Lucie, c'est vivre à vos côtés.

Elle se laissa tomber sur le plancher devant lui, ses jupes contre les genoux de son compagnon.

— Pourquoi ? demanda-t-elle dans un souffle.

— Pourquoi ? répéta-t-il d'un air perplexe.

Elle ferma les paupières.

— Pourquoi m'aimez-vous ?

La femme que j'aime. Il avait dit cela avec une telle facilité !

— Pourquoi aime-t-on quelqu'un ? murmura-t-il comme pour lui-même. On aime, Lucie, c'est tout.

Une part d'elle-même, celle qui tentait maladroitement de déployer ses ailes, pouvait comprendre cela, et son intuition lui soufflait que ses doutes étaient infondés, mais…

— Cela m'aiderait si vous me donniez une raison.

Parce qu'il existait également une grande part d'elle, endurcie par la vie, sur laquelle étaient gravées toutes les raisons pour lesquelles elle n'était pas digne d'être aimée. Des raisons nombreuses, mesurables, parfaitement claires. Trop exigeante, trop directe, trop cassante, trop impatiente… Trop ceci, ou pas assez cela, mais toujours scandaleuse. Toutefois, l'un après l'autre, ces défauts pouvaient changer. Révéler des aspects positifs. Hélas, l'étrange magie de l'amour romantique semblait avoir tendance à glisser entre ses doigts comme de la brume, à échapper à la raison et au contrôle.

— Bien, répondit Tristan. Pour commencer, j'exerce sur vous une excellente influence. Quand je suis avec vous, vous riez plus et vous travaillez moins.

Elle rouvrit les yeux.

— Rire, travailler… tout cela me rend heureuse.

— J'ai découvert que c'était du pareil au même, répondit-il avec un haussement d'épaules philosophe. C'est un grand bonheur de faire plaisir à une femme qui ne dépend pas de moi. Vous m'avez laissé entrer dans votre vie parce que vous me désiriez, non parce que vous aviez besoin de moi. C'est très flatteur.

Elle avait besoin de lui, faillit-elle protester. Car l'amour, elle était en train de l'apprendre, c'était avoir besoin de quelqu'un même quand il n'avait rien d'autre que lui-même à offrir.

— Il faut être courageux pour s'attacher à une femme qui n'a pas besoin mais envie de vous, répondit-elle.

— Par chance, je suis plutôt courageux. Dois-je vous montrer ma Victoria Cross ?

— S'il vous plaît, soyez sérieux.

— Je le suis. Et vous êtes vous-même la femme la plus courageuse que j'aie jamais rencontrée – je le sais depuis le jour où, l'année de vos treize ans, vous avez fondu sur moi montée sur un cheval bien trop grand pour vous. Je croyais vous connaître, mais mes sentiments n'étaient qu'un vieux fantasme d'adolescent plein de fierté blessée et de rêves torrides. Les derniers mois m'ont ouvert les yeux sur la femme derrière la guerrière, et la réalité s'est avérée bien plus fascinante que tout ce que mon imagination avait créé. Aujourd'hui, je ris de ma naïveté. Votre opiniâtreté me rend admiratif. Votre saine colère m'inspire. Vous êtes comme une tempête qui balaie le paysage et transforme tous ceux qu'elle touche. Imaginez les montagnes que nous déplacerions si nous unissions nos forces ! Mais je m'égare… Quand vous me regardez, je sais que vous me voyez vraiment, parce que c'est votre don. Vous savez voir en profondeur. Vous préférez la vérité au confort, et croyez-moi, j'ai grand besoin d'une femme qui sache rire devant la laideur, parce qu'il y a bien des ténèbres dans mon âme. Mais mon cœur, si noirci soit-il, est à vous, et seulement à vous, jusqu'au jour où vous n'en voudrez plus. Et même alors, il vous appartiendra encore.

Comme elle ne répondait pas, il pencha la tête de côté d'un air perplexe.

— Me serais-je montré trop sentimental ?

— Non, répondit-elle d'une voix enrouée par l'émotion. Alors… vous avez l'impression que je vous ai compris.

— Oui.

— Malgré toutes mes paroles acerbes ?

— Mon amour, si je place en vous une telle confiance, c'est justement à cause de toutes vos paroles acerbes.

— J'éprouve la même chose quand je suis avec vous, avoua-t-elle en luttant contre les larmes. Je me sens comprise. Vue telle que je suis.

Il avait vu la jeune fille vulnérable et solitaire dix ans plus tôt, quand tout le monde ne voyait en elle qu'une harpie sulfureuse. Il avait vu ses secrètes envies de danse, de sensualité, de défis, de plaisir et de jeu, et il lui avait offert tout cela. Jamais il n'avait eu peur d'elle. Tout juste avait-il eu peur pour son propre cœur, et elle ne pouvait guère l'en blâmer.

— Oui, poursuivit-elle dans un souffle. Je vous vois et vous me voyez. Et ma réponse est oui.

— Oui ? répéta-t-il d'un ton prudent.

Elle prit son visage entre ses mains.

— Oui à des fiançailles, jusqu'à ce que je sois votre égale aux yeux de la loi.

Puis, sans lui laisser le temps de répondre, elle ajouta :

— Toutefois, je dois vous prévenir. Mariée ou non, je ne serai jamais une fée du logis.

Un sourire gourmand aux lèvres, il la prit par la taille.

— Tant mieux. L'homme qui se tient devant vous préfère les Valkyries aux fées du logis.

Les Valkyries ?

Non. Ce n'était pas possible !

— Vos poèmes..., murmura-t-elle, incrédule. Parlaient-ils de...

Une expression résignée passa sur les traits de son compagnon.

— Je présume que, d'une façon ou d'une autre, ils ont toujours parlé de vous, admit-il.

Après un silence médusé, elle retrouva la parole.

— Vous êtes de moins en moins crédible dans votre personnage de libertin, Tristan Ballentine. Bientôt, vous allez essayer de me faire croire que vous avez gardé votre pucelage pour moi.

Il éclata de rire. Lucie se pencha vers lui, si près que son visage devint flou, et posa ses lèvres sur les siennes pour l'embrasser. Enfin. Enfin !

Oui.

Ils s'embrassaient encore quand il se redressa. Elle eut soudain l'impression de flotter – littéralement. Ses pieds quittèrent le sol tandis qu'il la soulevait entre ses bras puissants et la serrait contre son torse, l'enveloppant de sa merveilleuse odeur d'homme. Puis il chercha son regard.

— *Contra mundum ?* demanda-t-il.

Elle sourit.

— *Contra mundum*, répondit-elle.

Contre le monde.

Elle enfouit son nez au creux de son cou puissant.

— Je pourrais ajouter que vous êtes un irrésistible petit bout de femme, dit-il d'une voix rauque de désir, avec des seins faits pour être léchés et des fesses qui tiennent parfaitement dans ma main, ce que je trouve délicieusement excitant.

— Je vois. Faute de pouvoir exercer sur moi une autorité maritale légale, vous devrez vous contenter de me séduire et de me convaincre par des déclarations torrides.

— Je le crains.

Elle se blottit contre lui.

— Où allons-nous ainsi ? demanda-t-elle.

Il se dirigeait d'un pas assuré vers une porte latérale.

— Connaissez-vous l'appartement de fonction du directeur, au dernier étage ? Je suggère que nous en fassions notre second foyer pendant la durée de nos fiançailles, en toute discrétion.

— En toute discrétion ? Dois-je en déduire que nous garderons le secret sur notre choix de vivre dans le péché ?

— Oui. Je crois que le premier enfant de Mary Wollstonecraft est né en dehors des liens du mariage, mais je crains que le monde ne soit pas encore prêt pour cela, mon amour.

— Des fiançailles à durée illimitée et un nid d'amour secret au sommet de notre maison d'édition londonienne… Bonté divine, nous allons en passer, du temps, au bureau !

— Tout ce que j'espère, c'est que cela *manquera* suffisamment de romantisme pour votre goût.

— L'idée me plaît.

Du coude, il poussa la porte.

— En route pour l'appartement du directeur ! annonça-t-il en montant prudemment l'escalier en colimaçon, Lucie toujours dans ses bras. Il y a là-haut un grand canapé où j'ai la ferme intention de vous séduire.

— Oh, dit-elle faiblement. Ma foi, pourquoi pas…

— Et ensuite, poursuivit-il, profitant lâchement du fait que vous serez comblée et tout alanguie, je solliciterai votre autorisation de faire chanter un ou deux pairs du royaume pour qu'ils soutiennent l'amendement de l'Acte de propriété des femmes mariées.

Lucie poussa un soupir ravi.

— Vous avez déjà ma bénédiction, dit-elle.

Après tout, quand une femme avait à sa disposition un libertin perdu de réputation, autant faire le meilleur usage de la situation, n'est-ce pas ?

Épilogue

En ce premier jour du mois d'août, la chaude lumière dorée de l'après-midi entrait à flots dans le salon de Hattie au Randolph Hotel, accablant d'une lourde torpeur ses quatre occupantes qui somnolaient sur les fauteuils et canapés.

— Je crains que mes jambes ne manquent d'entraînement, avoua Annabelle, qui, les paupières mi-closes, observait les chérubins sur les fresques du plafond.

Sur le divan en face d'elle, Hattie leva imperceptiblement la tête.

— Oh ? demanda-t-elle.

— Oui, confirma Annabelle d'un ton navré. Je ne les sens plus.

— Ah, fit Hattie en s'adossant de nouveau à son oreiller de soie. Je suis soulagée de vous l'entendre dire. Pendant un moment, j'ai cru que j'étais la seule à avoir les cuisses comme de la gélatine.

— Vous n'êtes pas la seule, la rassura Catriona depuis son grand fauteuil.

— Tout de même, reprit Hattie après un silence, j'aimerais bien recommencer bientôt, mais sur un modèle ordinaire comme celui de Lucie, pas sur un tricycle.

Lucie sourit. Aujourd'hui, elles avaient effectué leur première promenade à bicyclette – ou, plutôt, pour Annabelle, Catriona et Hattie, en tricycle Victor pour dames. Il fallait fournir un effort colossal pour faire tomber ces tricycles, un exploit que Hattie avait pourtant accompli à deux reprises. Seul le Ciel savait ce qu'il adviendrait d'elle sur un modèle classique à deux roues.

Avec prudence, Lucie fit tourner son pied droit, puis le gauche. Pour sa part, ses jambes allaient très bien, ce qui était surprenant car elle venait de reprendre l'équitation sur les conseils de Tristan, qui l'avait invitée à consacrer quelques heures par semaine à des « activités agréables » autres que celles qu'ils pratiquaient derrière des portes closes. Il louait des chevaux dans une écurie de Binsey – pas vraiment de fringants étalons, mais l'endroit était suffisamment éloigné de la foule qui fréquentait l'université et facilement accessible à pied depuis Norham Gardens. Chaque jeudi soir, ils faisaient quelques pas dans Port Meadow, puis s'offraient une longue chevauchée le long de la Tamise au crépuscule. À califourchon.

— Pour rouler avec un modèle ordinaire, dit-elle à Hattie, vous devrez porter un pantalon.

Si l'on apercevait les longues culottes fendues que portaient les femmes, révélées à la vue de tous depuis les hauteurs d'une bicyclette, ce serait le scandale du siècle.

— Avec plaisir, répondit Hattie. Tant que je peux le mettre *sous* mes jupes et non *à la place* de mes jupes.

— Je m'interroge, murmura Catriona. La morale et la mode devront-elles s'adapter pour que nous soyons autorisées à pratiquer la bicyclette ? Ou bien les nouvelles technologies imposeront-elles de force un changement des mentalités et des vêtements ?

— La mode se doit d'être pratique, répondit paresseusement Lucie. Sauf si vous êtes très riche. Dans ce cas, elle ne sert qu'à étaler votre fortune.

— Il m'en coûte de l'avouer, dit Hattie, mais je commence à partager votre vision désabusée. J'ai échangé avec lady Harberton au sujet de mon article sur la Rational Dress Society dans le *Discerning Lady's Magazine*. Elle semble très remontée contre la mode actuelle des robes à traîne. Dans sa dernière lettre, elle a dressé l'inventaire de tout ce qu'elle a retrouvé dans la traîne de la robe de sa nièce après une sortie dans Londres. Je ne me souviens pas de tout, mais il y avait deux mégots, une croûte de tourte au jambon, une peau d'orange, un bout de semelle, du tabac à priser, quelques épingles à cheveux et cure-dents. Quand on lit la liste, ce n'est pas très engageant.

Ses amies poussaient encore des gémissements horrifiés lorsqu'elle s'étira pour faire main basse sur le dernier éclair du plateau de la collation.

— Vous devriez tenir une chronique dans le *Discerning Lady's Magazine* sur les risques de la mode et la façon d'y remédier, suggéra Lucie. Ce serait l'occasion de vous faire un nom en tant qu'experte.

— Bonne idée, approuva Hattie en portant la pâtisserie à ses lèvres. Harriet Greenfield, fanatique d'art et de mode pleine de discernement.

— À propos d'art, s'enquit Catriona, comment s'est passée votre excursion à Londres la semaine dernière, Hattie ? Ne deviez-vous pas visiter une exposition de tableaux préraphaélites ?

L'éclair s'immobilisa devant les lèvres de la jeune femme et resta suspendu dans les airs.

— Très bien, je vous remercie, répondit-elle, un ton trop haut. Cela a été hautement… instructif.

Lucie regarda son amie, dont le teint d'albâtre venait de s'empourprer. Intéressant.

— Une excursion ? demanda-t-elle sans cacher sa curiosité.

Hattie détourna les yeux.

— La visite d'une exposition privée dans Chelsea, répondit-elle. Sur les préraphaélites.

— Cela, je l'avais compris, répondit Lucie avec des inflexions ironiques. Je présume que vous avez dû échapper à la surveillance de M. Graves ?

— Oui, fit Hattie, toujours un ton au-dessus de la normale.

— Comment M. Graves a-t-il pris la chose ? s'enquit Annabelle, peut-être dans l'espoir secret d'échapper elle aussi à son garde du corps, à l'occasion.

Pour toute réponse, Hattie planta ses dents nacrées dans son éclair en haussant les épaules avec toute l'insouciance d'une riche héritière envers ce que peut bien penser le personnel.

Elle leur cachait quelque chose, c'était évident.

Toutefois, Hattie étant parfaitement incapable de garder un secret, il y avait fort à parier qu'elle les convoquerait bientôt pour tout leur avouer.

Quant au secret de Lucie – elle vivait désormais clandestinement avec Tristan –, il avait été accueilli avec une étonnante simplicité par ses amies. Bien mieux accueilli, d'ailleurs, que l'annonce d'un éventuel mariage, perspective que toutes les trois avaient estimée dangereusement opposée au caractère de Lucie.

Il avait fallu qu'une énorme bague de fiançailles, prélevée dans le coffret à bijoux de lady Rochester, apparaisse à son doigt pour que Hattie donne son approbation, et Tristan avait dû user de tout son charme pour arracher à Catriona des félicitations prononcées du bout des lèvres. Quant à Annabelle, la seule des trois à avoir été informée de leurs amours clandestines avant leurs fiançailles, elle s'était contentée de demander, un petit sourire ironique aux lèvres :

— Vous ne l'aimez pas du tout, hum ?

Lucie était éperdument amoureuse de lui. Chaque matin, elle se sentait joyeuse et légère dès le réveil lorsqu'elle se souvenait qu'il était son compagnon. Avec le temps, elle pourrait même s'habituer à partager la vie de quelqu'un qui se souciait plus d'elle qu'elle ne le faisait elle-même.

Cela avait été particulièrement rassurant de l'avoir à ses côtés, imperturbable, quand leur rapport avait été révélé au grand public. Des hommes influents s'étaient rangés du côté du rédacteur en chef du *Manchester Guardian* pour défendre sa décision de publier ces chiffres, mais ils avaient été moins nombreux que ceux qui avaient accusé le journal de profaner ce sanctuaire qu'était la vie de famille. En l'occurrence, la principale pierre d'achoppement n'avait pas été l'ampleur des maltraitances que subissaient les femmes dans leur propre foyer, mais la révélation que les épouses des classes moyennes et supérieures y étaient tout aussi exposées que les autres.

Bien. Il fallait s'attendre qu'un tyran qui voit son pouvoir lui échapper redouble d'efforts pour le conserver. La tempête que l'affaire avait soulevée prouvait qu'elles avaient fait plus que chatouiller le monstre. Elles l'avaient frappé en plein cœur, atteignant la prérogative de tout homme marié de dicter sa loi sous son toit sans avoir de comptes à rendre à personne.

Si le *Manchester Guardian* n'avait pas cité de noms, du moins pour l'instant, les sections pour le suffrage féminin à travers tout le pays avaient décidé de faire profil bas et, comme à l'accoutumée, d'attendre que l'agitation retombe. Et se rabattre sur les promenades à bicyclette pour se changer les idées était le moins qu'une femme pût faire étant donné les circonstances…

Conséquence positive du séisme causé par la parution du rapport, l'annonce des fiançailles de Lucie et de Tristan était passée quasiment inaperçue. « Le don Juan de Londres et la Mégère suffragette ! Lequel des deux a dompté l'autre ? » avait toutefois titré la *Pall Mall Gazette*, mais personne n'ignorait les liens qui unissaient leurs familles depuis longtemps, ni leur toute nouvelle alliance éditoriale. Et puisque Wycliffe et Rochester avaient publié l'annonce dans le *Times*, comme le voulaient les convenances, la fièvre était vite retombée. Rochester s'était résigné à garder le silence sur l'affaire, du moins pour le moment. Son héritier avait échappé de justesse à un scandale retentissant, aussi n'était-il guère pressé d'apporter de l'eau au moulin des rumeurs.

La seule à être vilipendée était Cecily et, par extension, la maison des Wycliffe, mais là aussi, un développement inattendu avait remédié à la situation.

— J'allais oublier de vous annoncer la nouvelle, dit Lucie en se redressant sur un coude.

Trois visages somnolents se tournèrent vers elle.

— Mon frère va se marier.

Trois fronts se plissèrent sous l'effet de la confusion. Lucie n'avait pas l'habitude de donner des nouvelles de sa famille et, de manière générale, se désintéressait totalement des mariages mondains.

— Avec notre cousine Cecily, ajouta-t-elle.

Elle sourit en entendant le hoquet de stupeur qui parcourait le petit groupe.

— Qui aurait cru que Tommy aurait ce cran ? murmura-t-elle. C'est un crétin, mais un crétin qui a le sens de l'honneur. Il est prêt à s'asseoir sur sa fierté et sa réputation pour redorer le blason des Wycliffe. Je lui tire mon chapeau, vraiment.

— Oh, mais au contraire, c'est très astucieux de sa part ! protesta Hattie. Il est manifestement fou d'elle, je l'ai bien vu à la partie de campagne chez Annabelle. Et maintenant, lady Cecily aura envers lui une dette éternelle. Elle va lui vouer une véritable adoration.

— C'est vrai, admit Lucie après un silence pensif. Hattie, êtes-vous certaine de ne pas vouloir nous raconter cette exposition sur les préraphaélites à Chelsea ?

— Tout à fait certaine, marmonna Hattie.

Cette fois, Lucie n'en doutait plus.

Le prochain scandale couvait dans l'ombre, attendant d'éclater.

Note de l'auteur

L'histoire de Lucie m'a été inspirée par un poème de l'époque victorienne et par une lettre que j'avais trouvée à l'occasion de mes recherches pour *Panique chez les Montgomery*, le premier volume de cette série.

Ci-dessous, quelques versets de ce poème :

Les droits des femmes

Le droit d'être celle qui console
Quand toute consolation échoue
Le droit de réchauffer les cœurs
Quand la douleur se fait trop lourde

Le droit d'instruire le jeune esprit
À croire au Ciel et au Seigneur
Le droit de guider les petits pieds
Sur le chemin suivi par le Sauveur

Le droit d'être un rayon de soleil
Que le foyer soit grand ou modeste
Le droit de sourire avec amour
Et de rappeler les joies célestes

Tels sont les plus nobles droits des femmes
Les droits que Dieu lui a remis
Réconforter l'homme sur la Terre
Et l'aider à gagner le Paradis.

M.C.M.R.

Les extraits suivants proviennent d'une lettre d'Anne Brown Adams, fille de l'abolitionniste américain John Brown, adressée à l'abolitionniste canadien Alexander Ross à une date située entre 1870 et 1880. Pour *La réputation perdue de lord Ballentine*, j'ai pris la liberté de les rassembler en deux missives envoyées à Lucie par des femmes britanniques.

Le combat pour les droits des femmes mariées sera plus long et plus rude que n'importe quel autre combat que le monde ait [inséré : jamais] connu. On a enseigné aux hommes qu'ils étaient les monarques absolus dans leur foyer (même dans un pays républicain), depuis que le monde a commencé, et que tuer une épouse à petit feu n'est pas un meurtre ; on a enseigné aux femmes depuis l'enfance que révéler [inséré : par un regard ou une parole] ou même confier à une amie intime les secrets de sa vie conjugale était pire qu'une disgrâce. Là réside le pouvoir de l'homme. Il sait que, quoi qu'il fasse, sa femme sera muette comme une tombe [2].

Je pourrais vous dire des choses qui se sont déroulées sous mes yeux et qui vous feraient bouillir le sang dans les veines [...].

On enseigne aux femmes que leur seul espoir de gagner le paradis est de « tenir jusqu'au bout » [...]. Je connais un homme qui dit à sa femme : « Je vous possède, j'ai un droit (publication des bans et certificat de mariage) sur vous et je l'ai fait enregistrer, j'ai le droit de vous faire ce qu'il me plaît... »

J'ai trouvé assez saisissant le contraste entre le poème et la réalité que vivaient les femmes. Manifestement, le culte victorien de la vie domestique avait un côté obscur : derrière les portes closes, les fées du foyer ne pouvaient compter que sur la chance. Les épouses avaient très peu de recours légaux en cas de violences conjugales et ne pouvaient pas non plus confier leurs souffrances à leurs amies.

Je me suis demandé comment une femme telle que Lucie, qui connaissait très bien les risques qu'elle courait, pouvait tomber amoureuse dans de telles circonstances. Qu'est-ce qui pouvait l'inciter à dire « oui » à la perspective d'être la propriété d'un époux ?

J'ai regardé de plus près la vie de couples de l'époque victorienne, comme ceux de Millicent Fawcett, qui a mené le mouvement britannique pour le suffrage féminin, ou de Harriet Taylor Mill, qui a inspiré le célèbre essai de John Stuart Mill, *De l'assujettissement des femmes*. Toutes deux ont milité pour le suffrage féminin avant leur mariage, aucune ne connaissait de difficultés financières majeures, et l'une comme l'autre ont accepté de renoncer au peu de droits qu'elles avaient. J'ai supposé qu'elles étaient tombées amoureuses et avaient préféré vivre auprès de leur bien-aimé quel qu'en soit le prix. Toutefois, et le fait est bien documenté, leurs maris étaient en première ligne dans le combat pour les droits des femmes au Parlement.

Lucie aurait pu épouser Tristan en 1882, quand l'Acte de propriété des femmes mariées a été amendé. L'Acte de propriété existe toujours dans la législation britannique ; il a été amendé pour la dernière fois en 2016 pour autoriser une veuve à bénéficier de l'assurance-vie de son défunt époux.

Toutes les dispositions légales mentionnées dans ce roman étaient en vigueur à cette époque... ainsi, hélas, que la collection de détritus dont lady F.W. Harberton, à la tête de la Rational Dress Society, a dressé la liste dans son combat contre les robes agrémentées d'une traîne.

Le personnage de Tristan est inspiré des artistes qui ont appartenu au mouvement décadent britannique mené par l'écrivain irlandais Oscar Wilde.

Je me suis accordé une licence artistique pour certaines dates. Le poème *Quand vous serez vieille*, de Yeats, a été publié pour la première fois en 1889. L'extrait de la conférence de Millicent Fawcett devant la London School of Economics date des années 1870. Quant aux conseils de Ruth Smythers aux futures épouses, ils ne datent que de 1894 et sont généralement considérés comme un canular.

Remerciements

J'ai de la chance, plein de gens merveilleux m'ont soutenue pendant la rédaction de *La réputation perdue de lord Ballentine*. Un immense merci à :

Matt, mon amour.

Maman et mamie, pour votre soutien inconditionnel

Bernie – on n'a pas idée de faire l'aller-retour en une journée à New York. En costume trois-pièces. Depuis la Pennsylvanie. En plein mois de juillet.

Tous mes amis qui ont lu un roman d'amour pour la première fois de leur vie – spéciale dédicace à Anna, à Rob et à Nils.

Tous mes merveilleux cousins, de Beyrouth aux chutes du Niagara. Merci.

Mes *sensitivity readers*[1].

Kate et Montse – que ferais-je sans ma dose quotidienne de *Lilac Wine*[2] ?

Tout le bataillon d'auteurs de romance et de fiction historique qui ont pris le temps de soutenir

1. *Sensivity readers* : « lecteurs de sensibilité », personnes chargées de relire un manuscrit pour s'assurer qu'il ne choque pas les minorités, pratique courante dans l'édition anglo-saxonne. *(N.d.T.)*
2. *Lilac Wine*, chanson sur les chagrins d'amour. *(N.d.T.)*

mon travail, en particulier Renée Rosen, Chanel Cleeton, Gaelen Foley, Eva Leigh, Anna Campbell, Megan McCrane, Amy E. Reichert et Stephanie Thornton. Je n'en serais pas là sans leur soutien et leurs encouragements.

Jennifer Probst, Rachel Van Dyken et Lauren Layne – l'Arbre de Confiance est un joyau et j'adore en faire partie.

Un remerciement spécial à mon merveilleux agent, Kevan Lyon, qui a toujours une longueur d'avance, et à Sarah Blumenstock, qui a une patience formidable et un œil d'aigle. C'est une vraie joie de travailler avec vous.

J'AI LU

13389

Composition
FACOMPO

Achevé d'imprimer en Italie
par GRAFICA VENETA
le 3 janvier 2022

Dépôt légal : février 2022
EAN 9782290209660
OTP L21EPSN002024N001

ÉDITIONS J'AI LU
87, quai Panhard-et-Levassor, 75013 Paris

Diffusion France et étranger : Flammarion